张公武 —— 编著

唯美
爱情
—— 中国古典式浪漫

中央编译出版社
Central Compilation & Translation Press

图书在版编目 (CIP) 数据

唯美爱情：中国古典式浪漫 / 张公武编著 . -- 北京 : 中央编译出版社 , 2023.9
  ISBN 978-7-5117-4459-3

Ⅰ . ①唯… Ⅱ . ①张… Ⅲ . ①古典诗歌—鉴赏—中国 Ⅳ . ① I207.2

中国国家版本馆 CIP 数据核字 (2023) 第 118275 号

唯美爱情：中国古典式浪漫

图书策划	张远航
责任编辑	哈　曼
责任印制	刘　慧
出版发行	中央编译出版社
地　　址	北京市海淀区北四环西路 69 号（100080）
电　　话	（010）55627391（总编室）　（010）55627319（编辑室）
	（010）55627320（发行部）　（010）55627377（新技术部）
经　　销	全国新华书店
印　　刷	北京建宏印刷有限公司
开　　本	710 毫米 ×1000 毫米　1/16
字　　数	597 千字
印　　张	42
版　　次	2023 年 9 月第 1 版
印　　次	2023 年 9 月第 1 次印刷
定　　价	98.00 元

新浪微博：@ 中央编译出版社　　　**微　信**：中央编译出版社（ID：cctphome）
淘宝店铺：中央编译出版社直销店（http://shop108367160.taobao.com）（010）55627331
本社常年法律顾问：北京市吴栾赵阎律师事务所律师　闫军　梁勤
凡有印装质量问题，本社负责调换，电话：（010）55626985

前　言

《无题》

[唐]李商隐

春蚕到死丝方尽,蜡炬成灰泪始干。

春蚕吐丝一直到死才把丝吐尽,蜡烛一边发出光亮,一边流着烛泪,直到燃尽为止。诗句借春蚕和蜡烛的物性特点比喻夫妻或相爱男女之间"永远相爱,到死为止"的坚贞不渝的爱情。

由爱情而婚姻、家庭,家庭关系是所有人类社会关系中最基础的关系。

异性相吸、相爱,在古今中外全部历史和所有地域芸芸众生身上发生过、存在过,又在不断地进行着、存在着的既是客观的又是主观的事实。

男女情爱、性爱之发生和保持,乃至终生存续,这个在人类和人类社会贯彻始终的基本事实,本然地具有两重性:自然性和社会性。

第一,这是一种自然性。人,作为一种生物,一种高等动物,到了一定的年龄,性生理器官和性生理功能发育成熟,就会对异性产生需求和向往,就会发生春思、想念、恋爱、婚姻等情事,这既是个体的需要,也是群体的需要,是人类作为一个生物物种的不断繁衍、自我保存和发展壮大的必要。没有性爱,没有爱情、婚姻、家庭及因之而来的生育后代等基本事实,人类将无以为继,无法生生不息。

第二,这又具有社会性。相思、恋爱和婚姻、家庭、生育等情事的发生发展,与社会诸多因素紧密相关,甚至可以说是由社会的种种因素,即社会的生产方式、经济发展、政治法律制度、婚姻习俗、生活方式、思想观念、道德情操等,所制约和决定的,它甚至就是这种种社会因素的产物和表现。

爱情,或者说人类的两性情感,是人类最重要的情感之一。对于这种自然性和社会性相结合、相统一的人的情感,中国古代哲人早已认识到了,并予以明确的肯定。《孟子·告子上》里,告子说:"食、色,性也。"(对饮食、异性的需要,是人的本性。)《孟子·万章上》里,孟子说:"男女居室,人之大伦也。"(男女结婚成为夫妻,一辈子生活在一起,是人与人之间重大的伦常关系。)夫妻关系是所谓"五伦"之一,它甚至可说是最重要的人伦关系,因为"父子""兄弟"这二"伦"都是从夫妻关系中产生出来的。

爱情,在古今中外的文艺作品中,以各种各样的主题不断地、尽情地呈现出来。在欧洲,文艺复兴完全打破了黑暗中世纪强制推行的虚伪的禁欲主义,实际上此前已经开始打破,此后,对爱情的描写和讴歌充斥于诗歌、小说、绘画、音乐、戏剧等文学艺术形式。正如恩格斯在《路德维希·费尔巴哈和德国古典哲学的终结》中所说:"性爱特别是在最近八百年间获得了这样的意义和地位,竟成了这个时期一切诗歌必须环绕着旋转的轴心了。"

中国古代,早在两千多年前最早的一部诗歌总集《诗经》里,就有许多描写爱情的篇章和诗句。在这些篇章和诗句里,中国古代先民的爱情得到了纯朴、真挚、动人的表现。孔子的伟大功绩之一是整理了《诗经》,还给予《诗经》切实中肯的评价,例如《论语·为政》说:"《诗》三百,一言以蔽之,曰:'思无邪'。"《诗经》的三百余首诗,用一句话来概括,就是真情流露,不虚假。这是对《诗经》内容的高度概括和肯定。

在中国古代社会条件下,诗词是文学作品的重要形式,在相当时期里,甚至是主要形式。在中国两千多年漫长的封建社会里,小农经济、男耕女织是主要的生产方式和生活方式。随着社会的发展，也有一部分人逐渐离开农村，去读书科考、任官作吏、经商贩卖、服役（劳役、兵役），等等。封建社会是男权占主导地位的社会，在男女关系、家庭关系、家庭生活中，封建礼教是主导的、主流的意识形态。男尊女卑，"男主外、女主内""男女大防""男女授受不亲""父母之命，媒妁之言"等观念占据了男女恋爱婚姻的主导地位。然而，男女相爱、两情相悦，又本然地具有自愿性、双向性和平等性，这虽然与封建礼教的主流社会意识相矛盾，但必然会顽强地表现出来，除了在日常生活中表现出来之外，也会直接间接地通过诗词等文学艺术形式表现、流传下来。因此，我们能从流传至今的历代诗词曲赋等作品里，看到古人对于多方面的爱情表现及爱情生活的描述。由于古代女性在爱情及爱情生活方面常常处于被动的、被决定的、被压抑的地位，因此，她们对于爱情及婚姻生活的需要和追求既可能是淡然、被动的，也可能是迫切、强烈和主动的，这种情况在古诗词曲赋里有许多表现。

中华人民共和国成立后，国家制定和颁布的第一部法律就是《婚姻法》。这是我国历史上第一部关于婚姻制度的全面的现代的法律。它的基本理念和基本法条对于中国人的婚姻、家庭及男女双方的权利、义务等的规范，一直适用至今，乃至将来。

现今，爱情婚姻方面的意识形态、社会风尚等早已演进得与古时代、旧社会迥然不同，不可同日而语。但在现今的社会和人生情景下，我们回望古诗词，看到其中呈现出来的许多古人的两情相悦、两心相许、地老天荒的爱情，犹如绚丽春花、纯亮月光、坚定磐石、不凋青松，其真其善其美，不亦有感悟共情乎！其灵犀相通、双眸凝望、愁思怨念、如泣如诉、呼天抢地等，不亦唏嘘喟叹乎！

本书所说的"古（代）"，包括从上古直到清朝灭亡（1911）的时间范围。本书对所选录的古诗词名句，每一条都用现代语作了简单的解释，力求通俗化，以有助于读者的理解。同时，对每一条中重点的，或切中主题的，或流传较广的句子作斜体处理，以引起读者的特别关注。每个方面的古诗词名句按其第一个字的汉语拼音音序排列,如第一个字相同,再按第二个字的汉语拼音排序,依次类推。

中央编译出版社对本书的出版给予了积极的安排,出版社的领导、策划和责任编辑以及其他有关人士对本书的编著工作予以热诚的指导、支持和协助,谨此致谢。

在本书编著过程中,笔者参考和利用了一些古今论著和材料,在此对其作者表示衷心的敬意及感谢。需要指出的是,由于古代诗词在千百年的流传中,存在着多种载体,形成了多种版本,有些诗词句子本身以及各种诠释在不同版本中有不一致的地方,对此,今人已无法去向原作者请教或核对了,学问家、研究者见仁见智,会有不同的解读、诠释或取舍。在此情况下,本书遵循了约定俗成的原则,但可能在个别地方,表现为本书编著者自己的理解和处理观点,这一点希望得到读者的理解和谅解。另基于篇幅和做抛砖引玉考虑,全书收录的部分诗词为节选,感兴趣想深入探究诗歌全貌的读者,可借助现代网络手段和便利条件进行查阅学习。由于编著者学养水平有限,书中或有讹误、缺失、欠妥之处,请读者批评指正。

张公武

于北京师范大学

2022 年 6 月

目　录

一　春心荡漾 / 1

二　恋爱情迷 / 91

三　夫妻相濡 / 263

四　相思苦念 / 381

五　生离死别 / 503

一 春心荡漾

《采莲子二首》其二

[唐]皇甫松

船动湖光滟滟秋,贪看年少信船流。
无端隔水抛莲子,遥被人知半日羞。

人的生长发育是有规律的,男孩在12—20岁,女孩在10—18岁进入青春期,在此时期会经历生理上的发育成熟和心理上的发展转变,包括第二性征的出现及其他的性发育、体格发育、认知能力发展、人格发展和社会性的发展成长等,同时也可能会发生生理上、心理上的问题。人一进入青春期,就会本能地对异性产生某些"感觉"和亲近的需要。这种"感觉"和需要也就是俗话说的"春心""春情"。青春期开始后,这种"心""情"有时几乎是不可抑制的,也是正常的。你看,在前引的这首诗里,那个在随水漂流的采莲船上的姑娘"贪看"另一条船上的男青年,竟情不自禁地抓起一把莲子"隔水"抛向对方,即向对方抛去"喜爱"的信息;然后又感到自己的行为或许被别人看见了,自己含"羞"了半天。可以说,这场"偶遇"、这一"贪看"和"抛莲子"行为绝非"预设"或"安排"的,完全是姑娘在偶遇时抑制不住的爱的冲动和情的喷发。这不正是"春心荡漾"的即兴的激情表现吗?发生在唐代的这个故事已过去了一千三四百年,即使在男女青年相处已非常开放、自由的当今,人们也要为这首诗描写的别致的一幕而击节嗟叹。

在中国漫长的封建社会里,封建礼教在两性关系方面的种种说教和"规矩",极大地束缚和压抑了人们(特别是青年人)在两性方面本然的性情和需求。这样,在人们(特别是青年人)本然具有的"春心""春情"与为封建统治秩序服务的人为压抑、"规矩"之间,形成了巨大的隔阂和矛盾。但是,既然"春心""春情"是人的本性使然和流露,它就肯定是压抑不住的,会在日常生活中不断显现出来,尤会在封建礼教影响减弱的民间底层青年男女(以及某些中上层家庭青年男女)中凸显出来,也会在一些民歌之类文艺作品中记录下来。古今社会情况虽不可同日而语,但古今人们(尤其是青年人)"春心荡漾"的必然性和同一性除了在表现形式上有时代差异之外,在其内生性、本质性上,又有多少差别呢?

让我们一起去欣赏和领略青春年少的那一份炙热纯真的情感吧!

西子妆慢·白浪摇天

[宋]张炎

白浪摇天,青阴涨地,一片野怀幽意。
杨花点点是春心,替风前、万花吹泪。

[赏析]江河波浪翻滚,大地树草青青,广阔原野的怀抱清幽意深。点点杨花蕴含着春心春情,风吹起无数杨花,竟好像是有情人的眼泪无尽。这是全词上片的前半。词句以杨花无数喻春天到来时,人们心中漾起的春心春情。

懒 起

[唐]韩偓

百舌唤朝眠,春心动几般。
枕痕霞黯澹,泪粉玉阑珊。
笼绣香烟歇,屏山烛焰残。
暖嫌罗袜窄,瘦觉锦衣宽。
昨夜三更雨,今朝一阵寒。
海棠花在否,侧卧卷帘看。

[注释]澹:即"淡"。阑珊:将尽,衰落。

[赏析]百鸟齐鸣唤叫早晨还在睡觉的人,也激荡起她的春心春情。昨夜面妆的霞彩已为枕痕压得暗淡,春梦中的泪已把敷粉的脸冲洗得憔悴。纱绣笼罩的香炉里香烟早已燃尽,绘有山峦的画屏后面还残留着烛光一线。套上罗袜感到太紧太窄,穿起锦衣反觉又大又宽。昨夜三更听见雨声,今天早晨颇有阵阵寒意。担心院中盛开的海棠花是否安然无恙,她斜倚床边,掀开帘子一角,向外望去。诗句描写慵懒的少妇在初夏早晨被鸟鸣声激起心动后的种种情态。

西江月·宝髻松松挽就
[宋]司马光

宝髻松松挽就,铅华淡淡妆成。
青烟翠雾罩轻盈,飞絮游丝无定。
相见争如不见,有情何似无情。
笙歌散后酒初醒,深院月斜人静。

[注释]铅华:铅粉,脂粉。争如:怎如,倒不如。

[赏析]挽着松松云髻,化着淡淡脂粉的妆容。翠绿烟雾般的薄薄罗衣,笼罩着她轻盈的身体,她的舞姿就像飞絮、游丝,飘摇不定。见了面倒不如不见面,不见面就不会生情,人有情还不如没有情。宴饮结束,笙歌散场,醉酒渐醒,只见庭院深深,斜月高挂,四处寂静无声。词句描写作者对所见舞姬的眷念之情,内心性灵流露,意味隽永深长。

佳人歌

[汉]李延年

北方有佳人,绝世而独立。
一顾倾人城,再顾倾人国。
宁不知倾城与倾国?佳人难再得!

[**注释**]载[汉]班固《汉书·外戚传上》。

[**赏析**]在北方有一位美人,她的姿容举世无双,又超凡脱俗特立独行。她只要对守城的士卒瞧上一眼,便使城垣失守;她顾看君王一下,君王就会神荡心迷,以致家国败亡。他们岂是不知道弃城败国的重大危害?只是这样的美人世所难遇,不可再得呀!"一顾""再顾",后演化出成语"倾城倾国"(或作"倾国倾城"),本指因女色而亡国,后多形容女子容貌极美,世人无不为之倾倒。

诗经·王风·采葛

彼采葛兮,一日不见,如三月兮!
彼采萧兮,一日不见,如三秋兮!
彼采艾兮,一日不见,如三岁兮。

[**注释**]葛:葛藤。萧:蒿的一种,即艾蒿。艾:多年生草本植物,其叶可药用(制作灸用艾绒)。

[**赏析**]那个采葛的姑娘啊,我一天没见到她,好像隔了三个月啊!那个采萧的姑娘啊,我一天没见到她,好像隔了三季啊!那个采艾的姑娘啊,我一天没见到她,就好像隔了三年啊。诗句描写男青年对进行采集劳作的姑娘的动心、求爱的春心春情。

诗经·召南·摽有梅

摽有梅,其实七兮。
求我庶士,迨其吉兮。

[注释]摽:一说落下坠落,一说抛掷。庶士:指普通平民未婚男子。迨:等到,趁着。

[赏析]梅子熟了纷纷掉落,树上尚有七成。你若有心想追求我,不要错过这吉日良辰。全诗三段,这是第一段。诗句描写姑娘渴求被爱,希望有人大胆来追求的心情。

春思二首·其一

[唐]贾至

草色青青柳色黄,桃花历乱李花香。
东风不为吹愁去,春日偏能惹恨长。

[赏析]春草满是青色,柳芽初时发黄,桃花开满枝头,李花香飘远方。东风吹得春意盎然,却吹不走我的烦愁,春光烂漫反惹得我春愁悠长。诗句描写美好的春光引起了人们的春心春情,悠长难解。

南乡子·乘彩舫
［五代］李珣

乘彩舫,过莲塘,棹歌惊起睡鸳鸯。
游女带香偎伴笑,争窈窕,竞折团荷遮晚照。

[**注释**]窈窕:(指女子)姿态美好。

[**赏析**]乘坐彩饰的游船,荡桨在荷花塘里,船歌惊起了睡在莲叶间的鸳鸯。游船里的少女身带浓香,互相依偎着,不断欢笑,争相显示美貌,还摘取圆圆的荷叶遮挡夕阳。词句描写青春少女游赏莲塘,春心萌动、竞相欢愉、展示美貌的情景。

眼儿媚·迟迟春日弄轻柔
［宋］朱淑真

迟迟春日弄轻柔,花径暗香流。
清明过了,不堪回首,云锁朱楼。
午窗睡起莺声巧,何处唤春愁?
绿杨影里,海棠亭畔,红杏梢头。

[**赏析**]温煦的春风抚弄着杨柳轻柔的枝条,花园小路上流散着阵阵花香。清明时节已过了,天空却起了云雾,把红楼笼罩,似乎也锁住了往事,使人不堪回首。午睡过后,听着莺儿娇声啼鸣,不禁唤起了我的春愁。春愁在哪里?是在绿杨影里,还是在海棠亭畔,抑或是在红杏梢头?词句描写春煦、花香、云雾、莺啼等春天景况勾起了作者的春愁。这是幻化在绿杨、海棠、红杏等处的女子内心那无可名状又难以解脱的春心春愁。

无题·重帏深下莫愁堂

[唐]李商隐

重帏深下莫愁堂,卧后清宵细细长。
神女生涯原是梦,小姑居处本无郎。
风波不信菱枝弱,月露谁教桂枝香。
直道相思了无益,未妨惆怅是清狂。

[**注释**]神女:即宋玉《高唐赋》中的"巫山神女"。清狂:旧注谓不狂之狂,犹今所谓痴情。

[**赏析**]幽寂的厅堂中层层帷幕深垂,独卧床上思想往事,倍感静夜漫长。像巫山神女那样能与楚王偶遇相恋,不过是幻梦一场,姑娘的住所本来就没有情郎做伴。菱枝柔弱偏被风波摧残,桂叶没有月露滋润难以飘出芳香。空头相思徒劳无益,抛却痴心春情而惆怅孤独,又有何妨?诗句描写青春女子爱情失意,感到相思的苦闷和幽怨,因而宣示宁愿孤独终身,也要坚守自己清高孤傲的情性。

霜 月

[唐]李商隐

初闻征雁已无蝉,百尺楼台水接天。
青女素娥俱耐冷,月中霜里斗婵娟。

[**注释**]楼台:又作"楼高"。青女:指主管霜雪的女神。素娥:即月中的嫦娥,因月色白,故称。婵娟:指(姿态)美好,也指月亮。

[**赏析**]刚开始听到远行飞往南方的大雁鸣叫,蝉已经销声匿迹;在百

尺高楼上极目望去,水天连成一片。霜神青女和月中嫦娥都耐得住寒冷,她们在冷月寒霜中争妍斗俏,比拼着冰肌玉骨的姿容,谁更美好。诗句借物候现象和神话传说,表现深秋寒夜里霜神和嫦娥那冷艳绝俗、清幽空灵的孤寂形象。诗句亦隐喻某些妙龄女子高标绝俗、耿介不随的孤寂处境。

牡　丹
［唐］薛涛

传情每向馨香得,不语还应彼此知。
只欲栏边安枕席,夜深闲共说相思。

[赏析] 牡丹花向四处散发馨香传播深情,即使它不说话,也能知道它需要爱情慰藉的内心。我只想在花圃旁边安置床榻与它亲近,在夜深人静时与它互诉衷情。全诗八句,这是后四句。诗句借描写牡丹馨香使人亲近,表达作者自己孤寂的心灵和期盼爱情的心愿。

采莲子二首·船动湖光滟滟秋
［唐］皇甫松

船动湖光滟滟秋,贪看年少信船流。
无端隔水抛莲子,遥被人知半日羞。

[赏析] 湖光秋色,水波闪动,采莲少女荡着小船;因为只顾凝视岸边的那个美少年,任凭小船随波漂流。她突然没来由地抓起一把莲子,向那个"少

年"抛掷过去,她觉得好像被远处的人看到了,因而感到不好意思,自己含羞了半天。诗句描写采莲少女看到美少年而情不自禁地抛掷莲子以求引起对方的注意和眷顾,表现了采莲少女内心强烈的、几乎是不由自主地涌动的春情。

子夜四时歌·春歌二十首·其一
[南北朝]南朝乐府

春风动春心,流目瞩山林。
山林多奇采,阳鸟吐清音。

[赏析]春风的吹拂焕发起我的春心,春游山林,目光所及,处处是美景。特别是山林里的奇花异草更吸引人,那些雄性鸟儿倾吐着清脆的求偶声音。诗句描写少女春游时感到春心萌动。

子夜四时歌·春歌二十首·其十
[南北朝]南朝乐府

春林花多媚,春鸟意多哀。
春风复多情,吹我罗裳开。

[注释]哀:本意凄恻,这里引申意为动听。

[赏析]春天林苑里的花儿多么媚丽,春天里鸟儿的啼鸣多么动听。春风吹拂充满温煦柔情,轻轻撩起游春少女的衣衫。诗句描写春天的多种景象勾起了女子的春心春情。

一 春心荡漾

思帝乡·春日游
[唐]韦庄

春日游,杏花吹满头。
陌上谁家年少,足风流?
妾拟将身嫁与,一生休。
纵被无情弃,不能羞。

[注释]妾:少女自称。

[赏析]春日里出外游赏,杏花掉满我的头。路上邂逅的那个小伙子多么潇洒俊俏、倜傥风流,他是谁呀?我真想嫁给他,那样的话这一生也就满足了!哪怕日后被他抛弃,我也认了,绝不羞愧、后悔。词句描写一个情窦初开的少女,对一个小伙子一见钟情,不顾一切地想嫁给他。反映了天真少女对爱情的渴求和憧憬,却不知漫漫情路上难以预测的艰辛。

竹枝词二首·其二
[清]方文

春水新添几尺波,泛舟小妇解吴歌。
笑指侬如江上月,团圆时少缺时多。

[注释]吴歌:喻指情歌(因其内容多为描写爱情)。侬:我。

[赏析]春水涌来使江水上涨波浪翻滚,渔船上的少妇不禁唱起了吴歌。她们笑指自己犹如江上映着的月儿,团圆的时候少,缺失(情爱)的时候多。诗句描写春季到来时船家少妇渴求爱情滋养的心态。

无题·飒飒东风细雨来

[唐]李商隐

春心莫共花争发,一寸相思一寸灰。

[**赏析**]向往爱情的心愿切不要和春花一起开放、争荣竞发呀,一寸一寸的相思之情也有可能幻灭,化成一寸一寸的灰烬。这首诗表现一个深居幽闺的女子追求爱情而幻灭的绝望之情。全诗八句,这是最后两句。春心,即对爱情的向往和期求,它虽然具有自然合理性,但美好愿望不能实现,甚至终成"灰烬"的爱情空想、爱情悲剧,亦不少见。此诗句在一定意义上反映了这一社会情状。

点绛唇·蹴罢秋千

[宋]李清照

蹴罢秋千,起来慵整纤纤手。
露浓花瘦,薄汗轻衣透。
见客人来,袜刬金钗溜。
和羞走,倚门回首,却把青梅嗅。

[**注释**]刬:同"铲"。袜刬:这里指跑掉鞋子,以袜着地。金钗溜:快跑时头上的首饰松了而掉下来。

[**赏析**]荡完秋千,慵倦地下来,拍整一下纤纤素手。花枝挂着很多露珠,花儿含苞待放,身上出汗渗透了薄薄的罗衣。花园里突然进来一个陌生青年,她慌了神,顾不上穿鞋,只穿着袜子就走,连松散发髻上的金钗也滑落下来了。她含着羞涩躲开,临到园门边又回头一瞥,装作要闻一闻青梅的花香,

想瞅一眼那个翩翩青年。词句描写春心萌动的少女不期而遇一个陌生青年时惶遽的情姿,以及她很想见那青年的含羞、矫饰又期待的心态。

春　词
[唐]白居易

低花树映小妆楼,春入眉心两点愁。
斜倚栏杆背鹦鹉,思量何事不回头。

[注释]妆楼:华美的楼屋,古代常指富家女子的住处。

[赏析]低低的花和绿树掩映着小巧清丽的红楼,闺中女子满面春风,眉心却结了些许忧愁。她斜倚着庭院的栏杆,背对着鹦鹉,她在想什么事情,也不回头看一下这鸟儿。诗句描写闺中青春女子在庭院里凝神沉思的景象,以"思量何事"表现女子内心的春思情愁,意味深长。

玉楼春·雕鞍好为莺花住
[宋]晏几道

雕鞍好为莺花住,占取东城南陌路。
尽教春思乱如云,莫管世情轻似絮。

[注释]莺花:莺啼花开,泛指春日景物、风月。东城南陌:指北宋都城汴京(今河南开封)的城东、城南一带(当时是繁华地方)。

[赏析]我跨着雕饰精美的马鞍,被这莺啼花开的美景吸引住了,在汴

京城东城南的繁华风月里流连忘返。我心中的春思不禁如同乱云飘荡,哪管这世上的情意常常似柳絮轻舞纷飞。这是全词的上片。词句描写作者内心对情爱的需求与理智(知道"世情轻似絮")的矛盾。

东飞伯劳歌
[南北朝]萧衍

东飞伯劳西飞燕,黄姑织女时相见。
谁家女儿对门居,开颜发艳照里间。
南窗北牖挂明光,罗帷绮箔脂粉香。
女儿年几十五六,窈窕无双颜如玉。
三春已暮花从风,空留可怜与谁同。

[注释]伯劳:鸟名。黄姑:指牵牛星。间:里巷,乡里。牖:窗户。绮箔:指丝质帷幔。三春:春季三个月。

[赏析]伯劳鸟朝东飞,燕子向西飞,牵牛星和织女星隔着银河遥望相见。住在对面的那户人家的女孩,容貌艳丽在十里八乡都出名,她容颜绽开,那艳丽容光投照在里巷间。皎洁月光透过窗户,照着她床边的帷幔,屋里散发着脂粉香。女孩将到十五六岁,身材窈窕,白皙如玉,无与伦比。然而春季即将过去、花儿随风谢落,女子虽然可爱,还没有夫家,谁来爱怜她?诗句以青年男子的眼光描写美丽少女的情状,流露出艳羡、爱慕的心情。

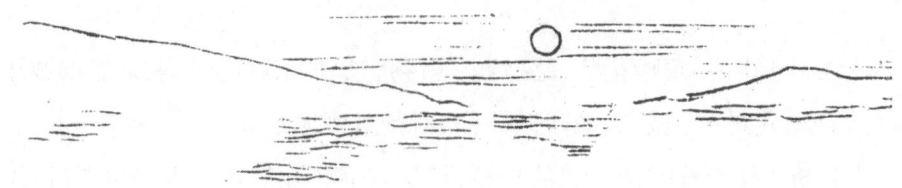

诗经·郑风·东门之墠

东门之墠,茹藘在阪。
其室则迩,其人甚远。
东门之栗,有践家室。
岂不尔思?子不我即。

[注释]墠:经过整治的郊野平地。茹藘:即茜草。阪:小山坡。迩:近。践:齐,指房屋整齐。尔:你。子:你。

[赏析]东门附近有大块平地,沿着小山坡生长着茜草。那个人的家离我家很近,而那个人却总是远着我。你家在东门外一棵大栗树旁,你家的房屋又大又整齐。我怎么会不思念你呢?是你不肯靠近我。诗句描写情窦初开的少女向往意中男子的心曲。

临江仙·斗草阶前初见
[宋]晏几道

斗草阶前初见,穿针楼上曾逢。
罗裙香露玉钗风。
靓妆眉沁绿,羞脸粉生红。

[赏析]我初次见到这个姑娘时,她正在台阶前和别的少女玩斗草游戏;再次相见是在七夕夜里,因为拜月乞巧,在穿针楼上和她重逢。斗草时她的香罗裙上沾了露水,头上的玉钗在风中微微颤动。七夕时,她是多么靓丽照人,双眉沁着翠黛,微笑透露羞涩,粉脸生出娇红。这是全词的上片。词句描

写作者当年两次偶遇某少女的情景，刻画了少女的靓丽娇美，也流露出自己的艳羡心态。

减字木兰花·春怨
［宋］朱淑真

独行独坐，独唱独酬还独卧。
伫立伤神，无奈轻寒著摸人。
此情谁见，泪洗残妆无一半。
愁病相仍，剔尽寒灯梦不成。

[赏析]我独自行走又独自静坐，独自吟唱独自饮酒还独自睡卧。独自伫立时会黯然神伤，初春的寒气落在身上也没有感觉。这样的情景谁见过，谁能忍受？自己的泪水把粉妆冲洗得差不多没有了。愁楚和疾病交相袭来反反复复，寒夜剪尽屋里的灯花，勉强入睡，也没有春情在梦境。词句描写闺中女子身心孤独、苦闷难遣、愁病交加、春心无可寄托的情状。

春女怨
［唐］朱绛

独坐纱窗刺绣迟，紫荆花下啭黄鹂。
欲知无限伤春意，尽在停针不语时。

[赏析]她独自坐在纱窗前刺绣不停，黄鹂在窗外紫荆花下婉转啼鸣。

想要知道刺绣女内心对春情的向往和伤感,只有看她停下绣针不言不语地静静思虑时的情形。诗句描写刺绣女在辛苦劳作时没有工夫思虑自己的心事,她停针不动时就是她种种伤春的心事和怀想涌上之际。

吴 歌
[明]刘基

蛾眉二八不曾愁,有色无媒郎不留。
月里蟾蜍推落地,几时再得广寒游。

[注释]蛾眉:蚕蛾的须细而弯,借指美人的眉毛,进而指美女。二八:十六岁。蟾蜍:古代神话中嫦娥偷吃了丈夫羿的不死药而飞升至月宫,托身成为蟾蜍,这里借指美少女。广寒:古代神话把嫦娥在月亮上的居所称为广寒宫(指其很寒冷)。

[赏析]十六岁的美少女眉毛弯弯,还不曾有过忧愁,她虽然美艳如花,如果没有媒人来说媒,情郎也不肯接受。如果把嫦娥推落到大地上,她什么时候才能回到月亮里的广寒宫啊?(如果美少女被冷落没人来保媒求婚,她什么时候才能得到情郎眷顾啊?)诗句描写情窦初开的少女担心被冷落而产生的忧思。

柳 絮
[唐]薛涛

二月杨花轻复微,春风摇荡惹人衣。
他家本是无情物,一任南飞又北飞。

[**注释**]杨花：即柳絮。他家：柳絮的家，指杨柳树。

[**赏析**]到了（农历）二月份柳絮轻轻掉落犹如微尘，在春风的吹拂下四处飘荡，沾惹人衣。杨柳树本身就是无情的物种呀，任由从它身上生长出来的柳絮忽南忽北四处乱飞。诗句描写没有情义的杨柳树上掉落的柳絮到处乱飞、飘忽不定，是不可能成为伴侣的。女诗人托物伤情，表达知音难觅的抑郁心情。

采莲曲二首·其一
［清］蒲松龄

返棹孤舟漾碧丛，少年逼趁半塘中。
若非邻女来相唤，渐入深荷路欲穷。

[**赏析**]小船独自返回摇荡在碧绿莲叶丛里，那小伙子在莲塘半路趁机逼近过来。要不是邻家女孩来呼唤我，或许我会无路可走而与他深入到荷塘当中。诗句描写采莲少女在莲塘里遭遇小伙子迫近过来意欲追求的情景，少女虽有内心遐想但不敢大胆行动。

伤春曲
［宋］吴女盈盈

芳菲时节，花压枝折，
蜂蝶撩乱，栏槛光发。
一旦碎花魂，葬花骨，
蜂兮蝶兮何不来？空使雕阑对寒月。

[注释]槛:栏杆的横木,泛指栏杆。

[赏析]花儿芳香艳丽的时节,花团锦簇要把枝条压折,蜂儿蝶儿飞来停满栏杆,光彩斑斓。一到花儿凋谢、骨碎魂销、葬入土地,那些蜂儿蝶儿为什么一个也不来了?徒留那些雕花的栏杆空对着清寒的月光。作者是歌女,词句表现作者已看透了那些到风月场中寻花问柳的男子,并无真情实意可言,从而对世态人心展开冷峻思考和批评。

画兰自题

[清]金小宝

风华澹澹墨光浮,写出奇姿气韵幽。
花亦似侬心爱好,愈逢知己愈低头。

[注释]澹:同"淡"。澹澹:疏淡。侬:我。

[赏析]在墨色中浮现的兰花风度疏淡有致,它有着奇妙的姿态和幽雅的韵味气质。这兰花跟我的内心一样喜爱美好纯真,愈是欣逢知己,愈是低眉相迎。作者是歌女,咏物自喻,表现自己风韵美好,内心幽静、感情纯真。

春日行

[南北朝]鲍照

风微起,波微生。
弦亦发,酒亦倾。
入莲池,折桂枝。
芳袖动,芬叶披。
两相思,两不知。

[赏析]微风轻吹,微波荡漾。弹拨琴弦,斟满酒杯。青春女子们荡桨没入荷叶田田的池中,一会儿又荡回岸边攀折那尚未开花的桂枝。她们挥动罗袖摇着桨,船儿轻快地行进,翠绿的水草叶子向两旁倒伏。春游中的青年男女彼此产生了爱慕情思,但双方都不表示什么,各自相思,不知道对方的心思。这是一首描写青年男女春游的诗,全诗二十二句,这里是最后十句。诗句描写春游时的青年男女互相爱慕,但都保持着矜持,互不沟通,各自猜测对方心思的情状。

谒金门·风乍起

[五代]冯延巳

风乍起,吹皱一池春水。
闲引鸳鸯香径里,手挼红杏蕊。
斗鸭阑干独倚,碧玉搔头斜坠。
终日望君君不至,举头闻鹊喜。

[注释]绉:同"皱"。闲引:逗着玩。香径:指花园里的小路。挼:揉搓。阑干:同"栏杆"。

[赏析]春风刚轻轻地吹起来,把平静的池面吹出一层皱纹,也吹动了女子的春心。她只能独自徘徊在花园小路上,手里揉搓着红杏花蕊,逗着鸳鸯消解愁闷。独自倚靠着池边的栏杆观看斗鸭,头上的碧玉簪斜垂下来。整日思念心上人,但心上人始终不见回来。忽然听到喜鹊的叫声,莫非真的是你来了?词句描写春天里的女子孤独苦闷难以排遣,切盼心上人到来的情状。

和陈君仪读太真外传·其二

[宋]黄庭坚

扶风乔木夏阴合,斜谷铃声秋夜深。
人到愁来无处会,不关情处总伤心。

[赏析]夏日里的乔木枝繁叶茂,树与树互相聚首连接难分,深秋暗夜,幽谷里的铃声隔山传来,不绝如缕。一个人心里有春愁的时候,是没法儿排解安慰的,即使是一些外界与人的情感无关的声响、事物,也会触及心灵中的痛感而引起伤心。人具有"移情"的心理机制。诗句指出由于内心存在春心、春愁等"情结",某些外界的情况可能触发、勾起人心中某种"相应"的"共鸣",而伤及人的春心春情。

玉楼春·春景

[宋]宋祁

浮生长恨欢娱少,肯爱千金轻一笑。
为君持酒劝斜阳,且向花间留晚照。

[注释]君、花:在此词上片中,本指杏花。
[赏析]总是抱怨人生短暂欢娱太少,怎肯因为吝惜千金而轻视欢笑。让我为你举起酒杯,奉劝斜阳,请慢些落下,多向花丛照耀一些时光。这是全词的下片。词句描写作者对春花的眷恋深情。从词的拟人手法中,亦可感到作者内心对心上人的一往情深,如痴如醉。

清平乐·赠陈参议师文侍儿
[宋]刘克庄

宫腰束素,只怕能轻举。
好筑避风台护取,莫遣惊鸿飞去。
一团香玉温柔,笑颦俱有风流。
贪与萧郎眉语,不知舞错伊州。

[注释]避风台:据传汉成帝宠幸的赵飞燕体态轻盈,成帝特筑避风台以护之。颦:皱眉。萧郎:泛称女子所喜爱的男青年。伊州:唐代乐舞名。

[赏析]这个侍儿腰肢纤细,体态婀娜,飘然而舞,怕是能把她轻轻地托举起来。真该筑一座避风台好好护住她,别让她像惊起的鸿雁随风飞走。她像一块散发着香气的美玉,多么灵巧又充满温柔。她巧笑蹙眉,风姿绰约,顾盼流韵。她只顾频送秋波,与意中人眉目传情,却在不经意间乱了节拍,合不上乐曲《伊州》。词句描写参议陈师文家蓄养的侍儿舞姬轻盈迷人的风姿情韵,及其在表演时青春萌动、心不在焉的情景。

纪 梦
[明]王微

孤枕寒生好梦频,几番疑见忽疑真。
情知好梦都无用,犹愿为君梦里人。

[赏析]越是孤独地躺着越感寒冷,却频频做着好梦,梦里几次见那个人,好像真有那么回事。心里明白,梦都是空的并没有用,但我还是愿做你梦中的那个人。诗句描写作者梦境中的春情,并希望好梦成真。

秋夜曲二首·其二
[唐]王维

桂魄初生秋露微,轻罗已薄未更衣。
银筝夜久殷勤弄,心怯空房不忍归。

[注释]桂魄:"月亮"的别称。神话传说月亮上有极高大的桂树,故称。银筝:指装饰华美的筝。

[赏析]秋天的月亮升起来了,生出清冷的秋露,罗衣轻薄却懒得更换。在这秋夜里,久久地弹拨着银筝,为何这样殷勤地玩赏乐音?是空房里寂寞难耐,不适合回去呀!诗句描写女子以殷勤弄筝来耗度寂寞难寝的秋夜时光,表现其春心萌动的幽幽之情。

蝶恋花·春到桃源人不到
[金]元好问

过眼风花人自恼。
已挫寻芳,更约明年早。
天若有情天亦老;世间原只无情好。

[赏析]风吹过花凋谢,恰似云烟过眼,人们都是自寻烦恼。已尽情寻找过爱的芬芳,虽遭受挫折,我还想它明年早一点来到。老天如果有爱情,也会因伤情而衰老;世上的人哪,要是没有爱情的追求岂不更好!这是全词的下片。词句指出人们总是为爱情而苦恼,从反面说,还不如"无情好"。描写人们对爱情不忍放下、不断追求的无尽烦恼。

晚桃花
[唐]白居易

寒地生材遗校易,贫家养女嫁常迟。
春深欲落谁怜惜,白侍郎来折一枝。

[**注释**]白侍郎:作者时任刑部侍郎。

[**赏析**]全诗八句,这是后四句。前四句诗是说有一树桃花因生长在竹丛松林中而开得晚。后四句是说这株在偏僻地方生长的桃树很容易被人遗忘,就像寒门贫家的女儿常常晚嫁,贻误了妙龄青春韶光。这一树桃花寂寞地度过春天快要凋零,谁会来赏识怜惜它?今天机缘巧合被我白某发现,我就折一枝回去欣赏吧。诗句指出了"贫女晚嫁""爱情迟到"的社会现象,诗句也暗喻许多产生于"寒地"的人才因为处境不利、无人赏识而致埋没。

清平乐·红笺小字
[宋]晏殊

红笺小字,说尽平生意。
鸿雁在云鱼在水。
惆怅此情难寄。
斜阳独倚西楼。
遥山恰对帘钩。
人面不知何处,绿波依旧东流。

[**注释**]红笺:印有红线格的纸,用此纸写的信多指情书。

[**赏析**]精美的红线格信纸写满小字,说的是我素来对你爱慕的情意。

鸿雁飞翔云端,鱼儿悠游水里。我满怀的惆怅难以在信笺里传寄。夕阳下我独自一人倚着西楼,遥远的群山恰好正对着窗上帘钩。桃花般的人面不知何处去了,只有碧波绿水依旧在向东流淌。词句描写作者所怀念所爱恋的女子已不知去向,只能让无所归属的相思之情跟随流水悠悠而去。

丽人曲
〔唐〕崔国辅

红颜称绝代,欲并真无侣。
独有镜中人,由来自相许。

[**注释**] 并:相比。无侣:无双。

[**赏析**] 她的美貌称得上冠绝当代、举世无双,没有人比得上。但是没有人来追求,她只能陶醉在镜子里,孤芳自赏。

虞美人·行行信马横塘畔
〔宋〕秦观

红妆艇子来何处。
荡桨偷相顾。
鸳鸯惊起不无愁。
柳外一双飞去、却回头。

[**赏析**] 荷塘小船上的红妆少女来自何处?她荡着桨,似乎不经意地把

目光扫向四处。水中的鸳鸯似乎受了惊突然飞起,带点怨愁,它们双双向柳外飞去却频频回头。这首词是作者科考落榜失意时所写。这是全词的下片,词句描写小船上采莲少女羞涩的风姿及其春情萌动的心思。

小重山·湖上秋来莲荡空
［宋］沈晦

湖上秋来莲荡空。

年华都付与,木芙蓉。

采菱舟子两相逢。

双媚靥,一笑与谁浓。

［**注释**］木芙蓉:落叶灌木,又称"芙蓉花",与芙蓉(荷花)有别。这里可视为同义。靥:脸颊的酒窝。

［**赏析**］秋天来了,莲叶凋落尽,湖塘上空空荡荡。青春年华都付给岸边和水上的芙蓉了呀。采菱少女与驾船小伙在莲塘里一再相逢。她笑起来时那对明媚的酒窝,为谁泛起浓浓的红晕?这是全词的上片。词句描写采菱少女深情羞涩的红晕,充满风情,极具魅力。

《西厢记》第一本"楔子"
［元］王实甫

花落水流红。

闲愁万种,无语怨东风。

[赏析]花儿被风吹落在溪水中,溪水都被染红。内心的万般愁绪,说不明理不清,难以言说,只能怨东风把花吹落到水中。曲词描写怀春少女崔莺莺内心由于期求爱情而产生的莫名幽怨。

花 前
[清]屈大均

花前小立影徘徊,风解吹裙百摺开。
已有泪光同白露,不须明月上衣来。

[赏析]她亭亭玉立站在花前,人面花容互相映掩,微风似乎懂点什么,吹开了她裙子的百褶。她眼中泪光闪闪,潸然而下的泪和晶莹的白露沾湿了她的衣裳,即使没有月光也能看出她内心的伤感。诗句刻画了一位女子凄清幽旷的形象,为爱伤情,意蕴深沉。

减字木兰花·画桥流水
[宋]王安国

画桥流水。
雨湿落红飞不起。
月破黄昏。
帘里余香马上闻。
徘徊不语,今夜梦魂何处去?
不似垂杨,犹解飞花入洞房。

[**注释**]洞房：指幽深的居室。

[**赏析**]美丽的小桥下流水潺潺，落花被雨淋湿掉在地上。月亮在黄昏中升起来了。女子所乘车子的帘子里透出香气，骑着马的他也闻到了。但女子乘坐的车很快过去了。他怅然若失，徘徊再三，无话可说，真不知今天夜里梦魂将去何处寄托。他觉得自己实在是连杨花都不如，杨花尚能够穿帘入户，追随着意中人飞进深处居室。词句描写主人公与倾心的女子邂逅，但又错过了机会，以及他不知所归的黯淡失落的心情。

赠卢夫人
[唐]常浩

佳人惜颜色，恐逐芳菲歇。
日暮出画堂，下阶拜新月。
拜月如有词，傍人那得知？
归来投玉枕，始觉泪痕垂。

[**注释**]拜月：古代习俗，在中秋时女子拜月祈求团圆，或发某些心愿。

[**赏析**]美女爱惜自己的美好容颜，唯恐自己的美貌像花一样逐渐衰败。黄昏时走出雕画的厅堂，在台阶下祭拜升起的新月。佳人在拜月时发了什么心愿，旁人哪里会知道呢？拜月后回到房间，躺在华美的枕席上，才觉着满面泪痕多么心伤。诗句描写"卢夫人"担心衰老、拜月祈祷青春永驻的情景。作者是歌女，诗句恐怕也是作者忧虑爱情和衰老的自况。

打毬作
[唐]鱼玄机

坚圆净滑一星流,月杖争敲未拟休。
无滞碍时从拨弄,有遮栏处任钩留。
不辞宛转长随手,却恐相将不到头。
毕竟入门应始了,愿君争取最前筹。

[**注释**]毬:即球,此处似为马球。月杖:指击球杆。从:同"纵"。相将:带领。

[**赏析**]滚圆光滑的球打出去如同流星,球杆不断击球,似乎不会停休。如果没有滞碍就可以纵情飞去,如果碰到栏障就会戛然停留。转动球杆随手而出多么洒脱,只是恐怕到不了头进不了球门。毕竟只有进了球门才能算数,但愿您拔得头筹。此诗描写唐时的击球运动,栩栩如生。暗含之意是女作者以待击(待嫁)的"球"自况,表示不愿任人拨弄,希望如愿出嫁"入门",有一个良好的归宿。

望江南·江南蝶
[宋]欧阳修

江南蝶,斜日一双双。
身似何郎全傅粉,心如韩寿爱偷香,天赋与轻狂。
微雨后,薄翅腻烟光。
才伴游蜂来小院,又随飞絮过东墙,长是为花忙。

[**注释**]何郎:指何晏,三国时魏人,面白如敷粉,被时人认为是美男。韩

寿：晋代人，被时人认为是美男，大官贾充的女儿与之私通。

[赏析]江南的蝴蝶呀，成双成对地在夕阳下翻飞舞蹈。那些蝶儿长得像何晏那样美，心思又像那个韩寿专爱窃玉偷香，整天在花丛中流连，天生的轻浮狂浪。一场小雨过后，蝴蝶翅膀沾水黏腻，在夕阳的照耀下发出微光。它跟从蜜蜂飞进小院，又随着柳絮越过东墙，总是为追逐鲜花、吮吸花蜜不停地奔忙。这首词拟人地描写了蝴蝶的物性；词句暗含讽喻，讥刺专去寻花问柳的轻狂放荡的男子。

望江南·江南柳

[宋]欧阳修

江南柳，花柳两相柔。
花片落时粘酒盏，柳条低处拂人头。
各自是风流。

[赏析]江南的杨柳和花儿都是美丽温柔的。花瓣缓缓飘落在酒杯上，柳枝细梢在人们的头顶上轻轻扫来扫去。各自都是那么风流情浓。这是全词的上片。词句以花朵和柳枝喻江南女子都具有美丽动人、温柔情浓的特点。

望江南·江南柳

[宋]欧阳修

江南柳,叶小未成阴。
人为丝轻那忍折,莺嫌枝嫩不胜吟。
留著待春深。
十四五,闲抱琵琶寻。
阶上簸钱阶下走,恁时相见早留心。
何况到如今。

[**注释**]簸钱:古时一种女孩玩的游戏。恁:那。

[**赏析**]江南柳枝的叶子还小,尚不能形成树荫。人们因为它像丝一般轻柔不忍心去折,连黄莺也觉得柳枝太嫩不能停在上面歌唱,只能等到春意深浓的时候再看。到她十四五岁怀抱琵琶时,再去寻看她。那个女孩在台阶上玩簸钱游戏,我在台阶下路过,那时已经留下了印象,更何况现在见到她,怎能不留心?词句描写了女孩成长为青春少女的过程及男子的心思。

马头调·卖相思

[清]蒋士铨

叫了一声卖相思,谁来把俺着相思买。
这相思,卖与那有情的人儿把相思害。

[**注释**]俺:我。着:这。

[**赏析**]我从大街走过、从小巷出来,一声声叫喊:"卖相思啰!"不知道有谁会来买我的这个相思。"相思"这个东西只会是有情的人来买,真要

把相思卖给了他/她,他/她就会害起相思病呀!词句虚拟"买卖男女相思"之事,以戏谑的口吻,表现男女内心真实存在的春心春情。

越人歌
[先秦]无名氏

今夕何夕兮,搴舟中流。
今日何日兮,得与王子同舟。
蒙羞被好兮,不訾诟耻。
心几烦而不绝兮,得知王子。
山有木兮木有枝,心说君兮君不知。

[注释]搴:拔。王子:据汉刘向《说苑》载,当指春秋时楚国的王子黑肱。被:同"披"。訾:说坏话。诟:耻辱。说:通"悦"。

[赏析]今夜是个什么良宵啊,能够驾船到河的中流。今天是个什么吉日啊,能够有缘与王子同乘一舟。承蒙王子看得起,不因为我是舟子的身份而嫌弃我,责骂我。我心里有许多烦恼绵绵不绝,只希望与王子成为知心朋友。山上有树啊树上有许多枝杈,我心里是多么喜爱你呀,你却不知道。诗句描写驾船女子春心荡漾,对乘船王子单向爱慕、思恋的心情。

采桑子·金风玉露初凉夜

[宋]晏几道

金风玉露初凉夜,秋草窗前。
浅醉闲眠。一枕江风梦不圆。
长情短恨难凭寄,枉费红笺。
试拂幺弦,却恐琴心可暗传。

[**注释**]金风:即秋风。秋天在五行中属金。幺弦:琵琶里最细的弦,借指琵琶。

[**赏析**]在这个金风玉露天气初凉的夜晚,我只能独自一人站在窗前遥望,秋草瑟瑟,不能与意中人相见。喝了点酒让心情闲适些好入眠,但江上凉风又吹醒了我,想在梦里会面也没能圆全。写一封信吧,绵长的情意、短暂的怨艾很难说清,枉然白费了红色信笺。要是试着弹奏一曲,但意中人不在跟前,这琴里的心思怎能暗中传送?词句上片描写主人公思念意中人却不能相会的孤独难耐,下片描写主人公考量用何种方式向对方表述心意,又觉得都很难办。

长干曲四首

[唐]崔颢

君家何处住?妾住在横塘。
停船暂借问,或恐是同乡。
家临九江水,来去九江侧。
同是长干人,自小不相识。
下渚多风浪,莲舟渐觉稀。
那能不相待,独自逆潮归。
三江潮水急,五湖风浪涌。
由来花性轻,莫畏莲舟重。

[注释]妾：女子自称。横塘：三国时在建康（今南京市）所建之堤塘。九江：这里泛指长江。长干：唐时街巷名，地临横塘。下渚：下游。三江、五湖：均为泛指。花性：喻女子性情。

[赏析]你家住在哪里？我家就在横塘。停下船暂且问一声，你我恐怕还是同乡街坊。我的家面临长江，在长江边来来往往。原来咱们都在长干巷长大，可惜未曾相识，从小没有来往。越往下游去风浪越多，采莲的船只渐见稀少，哪里能不相等待，独自迎着潮水归去呢？三江五湖潮水很急，常起风浪，女子身轻犹如花朵，不必怕莲舟过重而不能弄潮。诗句描写女子与男子的二问二答，暗含"原来是街坊，可惜未来往"的情愫和遗憾，和"现在交往也来得及"的潜台词；又隐含女子邀约，而男子并没有明白表示。展现出青年男女萍水相逢时双方的复杂心理，语言平常，情意深长。

拜新月

[唐]李端

开帘见新月，便即下阶拜。

细语人不闻，北风吹裙带。

[注释]拜月：唐代流行的一种习俗，女子对月亮神诉说自己的心愿。新月：指农历十五新满之月。

[赏析]卷起门帘，一轮明亮新月照在地面，急出房门走下台阶，虔诚地对月跪拜。我对月亮神细语喃喃别人不会听见，只有微凉的北风吹动着我的裙带。诗句描写少女拜月，诉说内心隐衷和祈求愿望能够实现，韵味浓厚，令人遐想。

神弦歌·清溪小姑曲
[南北朝]南朝乐府

开门白水,侧近桥梁,
小姑所居,独处无郎。
日暮风吹,叶落依枝,
丹心寸意,愁君未知。

[注释]小姑:本是世俗对丈夫妹妹的称呼,这里泛指年轻未嫁的姑娘。

[赏析]年轻姑娘住所门外是白练般的溪流,旁边不远有一座小桥。她好像是独居自处,含苞待放没有情郎。天快黑了,晚风吹拂,树叶要掉落却依恋着树枝。她有爱的丹心与真情实意,愁的是心中郎君并未得知。诗句描写年轻姑娘对爱情的向往和对意中人并不知情的迷茫心情。

冬夜寄温飞卿
[唐]鱼玄机

苦思搜诗灯下吟,不眠长夜怕寒衾。
满庭木叶愁风起,透幌纱窗怕月沈。
疏散未闲终遂愿,盛衰空见本来心。
幽栖莫定梧桐处,暮雀啾啾空绕林。

[注释]温飞卿:即唐朝诗人、词人温庭筠。衾:被子。沈:通"沉"。梧桐:古代传说是凤凰栖身之树,这里比喻自己无处栖身。

[赏析]在灯下苦苦思索搜写沉吟诗句,长夜里不就寝怕被褥冷寒。庭院里的树叶愁秋风起被吹落,透过帘幕纱窗向外望,也怕月亮沉落不见。眼

见人事更替时光流转,自己的心愿却始终没有实现。平生无处安定四处漂泊,就像麻雀黄昏时在树间乱飞。诗句是女作者向好友温庭筠吐露心声,感叹自己情无所归属、无处可托身的凄婉心境。

兰若生春阳

[汉]无名氏

兰若生春阳,涉冬犹盛滋。
愿言追昔爱,情款感四时。
美人在云端,天路隔无期。
夜光照玄阴,长叹恋所思。
谁谓我无忧,积念发狂痴。

[**注释**]兰若:即兰花与杜若,均为生长于春时的香草。愿言:指沉静细思。

[**赏析**]兰花与杜若生长在春时,过了冬天它们仍然茂盛荣滋。我沉静细思着往日所爱,情怀依旧四时都一致。只是美人远在云端,天路漫漫与我相隔无期。月光明亮,照遍下界幽暗,我长长叹息,怀想心仪的人儿。谁说我无忧无虑,心中积压的相思使我发狂如痴。诗句描写主人公对心中所恋女子如痴如狂的无尽思念。

枕上偶成

[明]马湘兰

懒向秦楼听玉箫,兰房香冷夜迢迢。
双飞羡煞衡阳雁,闷对灯花只自挑。

[**注释**]秦楼听玉箫:相传秦穆公女儿弄玉喜欢吹箫,与萧史结婚。夫妇吹箫,引来凤凰,后二人乘凤凰飞去。迢迢:这里指时间长。衡阳雁:据说雁南飞到湖南衡阳为止。

[**赏析**]我身心慵懒,是因为不能像弄玉那样听箫吹箫,卧房虽香却很冷寂,夜又漫长。极为羡慕大雁,双双南飞直到衡阳,我孤宿闷愁,只能独自挑挑灯花。作者为歌女,诗句表现她独宿时的苦闷心情。

[仙吕]一半儿·春梦
[元]查德卿

梨花云绕锦香亭,蝴蝶春融软玉屏。
花外鸟啼三四声。
梦初惊,一半儿昏迷一半儿醒。

[**赏析**]梨花像白云一般环绕着锦香亭,春天的蝴蝶飞舞在暖融融的屏风周围。突然花丛外面传来了鸟儿的啼叫声声,使我从美梦中惊醒,我有一半儿醒了,仍有一半儿昏昏沉沉在春梦中。曲词描写女子(或男子)坠入相思"春梦"又突然醒来的情景。

蝶恋花·丽质仙娥生月殿
[宋]赵令畤

丽质仙娥生月殿。
谪向人间,未免凡情乱。
宋玉墙东流美盼。
乱花深处曾相见。

[**注释**]宋玉:古代辞赋家,著名美男子。这里泛指美男。

[**赏析**]月宫中的仙女有天生的丽质,却被贬谪到了人间。既然来到人间,难免会与凡人一样困惑于情爱。墙东边的那个美男目光流盼,让她心乱。啊,那天在花园深处曾与他邂逅相见。这是作者以说唱形式表现唐代元稹《莺莺传》内容的十二首词的第一首的前半。词句描写美丽仙女、闺阁小姐其实也和凡人、普通人一样,迫切需求爱情的滋养,她们内心的"凡情"也会因美男的吸引而生"乱"。

采莲曲二首·其二
[清]蒲松龄

两船相望隔菱茭,一笑低头眼暗抛。
他日人知与郎遇,片言谁信不曾交。

[**注释**]菱:菱角。茭:茭白(水生植物"菰"的嫩茎,是一种蔬菜)。

[**赏析**]两船相近,互相凝望,只隔着一些菱角、茭白,心花放,嘴含笑,羞低头,眼光暗射正对上。日后别人知道我与郎君早已相见了,谁会相信我与他连一句话也没有说过。诗句描写少女初遇后来的郎君时情窦开、心相仪的情景。

洛神赋
[三国]曹植

凌波微步,罗袜生尘。
动无常则,若危若安;进止难期,若往若还。
转眄流精,光润玉颜,含辞未吐,气若幽兰,华容婀娜,令我忘餐。

[**注释**]转眄:转眼顾盼。

[**赏析**]她("洛水女神")在水波上小步行走,罗袜溅起的水沫如同尘埃。她动静没有规律,像危急又像安闲;她进止难以预知,像离去又像回返。她双目顾盼之间流露出奕奕神采,容颜焕发着泽润,话未出口,口气已幽香如兰。她的体态婀娜多姿,使我茶饭不思。作者是曹操的儿子,遭到其兄曹丕的冷漠和迫害。他在极度失落中,在洛水边徘徊时,邂逅了这个所谓"洛水女神"。全赋很长,这里只是其中几句。这几句是作者对这个美丽"精灵"样貌的描述,实际上寄托了他对心目中某个美女的爱慕、想象和追求。

青门引·春思
[宋]张先

楼头画角风吹醒。入夜重门静。

那堪更被明月,隔墙送过秋千影。

[**注释**]画角:军用的号角,因涂了彩色,故称。

[**赏析**]一阵阵晚风,夹着城楼上的号角声,把我惊醒。夜幕降临,重门紧闭,更显得庭院寂静。我正心烦意乱,哪里还能忍受融融的月光,隔墙送来荡秋千少女的倩影。这是全词的下片。词句描写作者在临近清明时,独处家中,深感孤独寂寞;隔墙灵动的"秋千影",触痛了作者思春的情怀和忧郁的心境。

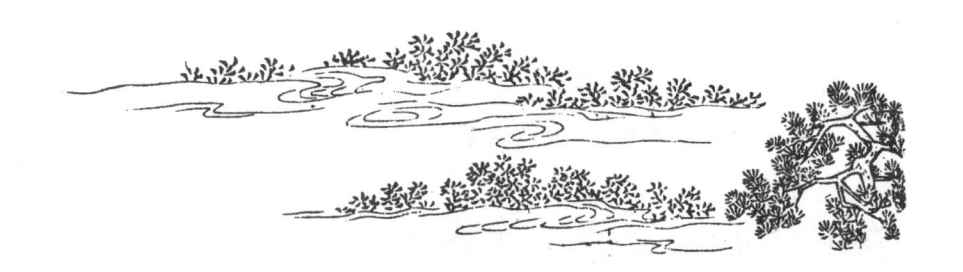

鹧鸪天·佳人
[宋]苏轼

罗带双垂画不成,嬹人娇态最轻盈。
酥胸斜抱天边月,玉手轻弹水面冰。
无限事,许多情。
四弦丝竹苦丁宁。
饶君拨尽相思调,待听梧桐叶落声。

[注释]嬹:迷恋。四弦:即琵琶。丝竹:本是古代对弦乐器和竹管乐器的总称,泛指音乐。饶:任凭,尽管。

[赏析]双双垂下的罗带飘逸柔软,比画儿还美,她那娇滴滴轻盈盈的风姿多么迷人。丰满的胸前斜抱着月儿般的琵琶,如玉的手指轻轻地弹拨琵琶,发出如"水面冰"的声音。好像有无限的心事,又有很丰富的感情。琵琶乐声似在诉说你的愁闷。任凭弹尽了相思调,但这只是一厢情愿。只要秋天一来临,请你听我弹奏"梧桐叶落"的萧索之音。词句怀着对琵琶女(歌女一类的青春女子)的同情,既描绘了她们的美丽资容,又表现了她们相思无着落的幽怨期盼情态和心声。

祝英台近·晚春
[宋]辛弃疾

罗帐灯昏,呜咽梦中语。
是他春带愁来,春归何处,却不解带将愁去。

[赏析]灯光昏暗,还记得在帐里梦中的呜咽自语。是春天把情愁给带

来了,如今春天不知又回到哪里去了,为什么却不把情愁也带走?这是全词下片的后半。词句描写春天扰动了女子春心,春心却无所寄托,表现多情女子为春愁所苦、无可奈何的心境。

有所思
[唐]贾曾

洛阳城东桃李花,飞来飞去落谁家。
幽闺女儿爱颜色,坐见落花长叹息。
今岁花开君不待,明年花开复谁在。
故人不共洛阳东,今来空对落花风。
年年岁岁花相似,岁岁年年人不同。

[赏析]洛阳城东面的桃花李花随风飘转,它们飞来飞去,最终将落入谁家?闺中少女喜爱艳丽春色,眼看花朵飘落不禁幽怨叹息。今年花开季节不见你来,明年花开时节不知谁会在?过去在城东相识时却未有共情,你今年来了,也只能空对落花在风中飘飞。啊,年年岁岁花的美艳是相似的,而岁岁年年有情相恋的人却不同。诗句描写闺中少女对爱情的希冀和不能如愿的幽怨空落心情。

新嫁娘组诗五十一首·其二
[清]黄遵宪

脉脉春情锁两眉,阿侬刚及破瓜时。
人来偶语郎家事,低绣红鞋伴不知。

[注释]侬:我。破瓜:指女子十六岁。

[赏析]春心萌动脉脉有情愁,我刚到十六岁也不免为婚事皱眉。有人来与父母谈到男家情况,我低着头绣红鞋装作没听见。诗句描写旧时在"父母之命、媒妁之言"的婚姻制度下,青春少女关心自己婚事却不敢表露的心情。

丙辰年鄜州遇寒食城外醉吟五首·其一
[唐]韦庄

满街杨柳绿丝烟,画出清明二月天。
好是隔帘花树动,女郎撩乱送秋千。

[注释]寒食:古时有寒食节,在清明节前一两天。花树:这里喻亭亭玉立的女子。

[赏析]满街杨柳垂下碧绿丝绦犹如漫漫轻烟,如画般的清明时节正是一年中最美好的"二月天"。隔着帘幕看去,好像有妙龄女郎在摇摆晃动,啊,她们是不是在荡秋千,撩得我心跳怦怦。诗句描写北方清明时节的美丽景象,在这美好景色中,女郎的活动更引起男子们遐想万千。

浣溪沙·一向年光有限身
[宋]晏殊

满目山河空念远,落花风雨更伤春。
不如怜取眼前人。

[赏析]对着旷远河山,纵然怀念远方亲人,也是徒然;风雨交加,满地是落花,春天就要过去,令人伤感。还是好好珍惜怜爱眼前的人吧。这是全词的下片。词句表达作者伤春怀远、惆怅无奈,感怀当下、珍惜身边人的心绪。

南歌子·雨暗初疑夜
[宋]苏轼

卯酒醒还困,仙村梦不成。
蓝桥何处觅云英,只有多情流水伴人行。

[注释]卯:地支的第四位。卯时,相当于早晨五时至七时。蓝桥、云英:唐人传奇云,"蓝桥便是神仙窟",落第书生裴航在这里遇见仙女云英,并终与之成婚。

[赏析]早晨酒醒后还有些困意,到仙村里悠游的梦是做不成了。或许我已到了蓝桥驿,但是到哪里去找那个仙女云英呢?只有多情的流水陪伴着我行走呀!全词描写雨后溪边行人骑马赶路的情景。这是全词的下片。词句描写仙境并不存在,梦中情人无法得到;寄寓作者对情爱无着、宦海沉浮的切身感受,表现了作者孤寂、落寞的心绪。

一落索·眉共春山争秀
[宋]周邦彦

眉共春山争秀,可怜长皱。
莫将清泪湿花枝,恐花也、如人瘦。

[**赏析**]你的柳眉跟妩媚的春山争比青秀,可惜总是长久地紧皱。别让泪水打湿了花枝,免得花儿也像人一样消瘦。这是全词的上片。词句描写如花似玉的歌女内心对爱情的怨艾和痛苦,显示作者对她们的同情。

怨 情
[唐]李白

美人卷珠帘,深坐蹙蛾眉。
但见泪痕湿,不知心恨谁?

[**注释**]蹙:皱(眉)。蛾眉:蚕蛾的须细而弯,借指女子细而弯的眉毛。

[**赏析**]美人卷起了晶莹的珠帘,她静静地久坐着,皱起了细而弯的眉毛。只见她两腮有湿湿的泪痕,不知她内心里对谁有怨念爱恨。诗句描写女子默默流泪,内心充满幽怨。其青春愁思,令人怜惜。

春思二首·其一
[唐]张窈窕

门前梅柳烂春辉,闭妾深闺绣舞衣。
双燕不知肠欲断,衔泥故故傍人飞。

[**赏析**]门前梅花柳芽显现春光烂漫,我在幽深的闺房里绣着婚嫁用的舞裙。成双成对的燕子不知道我内心苦衷愁肠欲断,仍然像过去一样衔来春泥筑巢,在屋边绕着人飞舞,这使得我心里更烦愁。诗句以春光烂漫燕子双

飞筑巢,表现切盼婚嫁的女子见此景象更加深了春思伤感。

浣溪沙·莫许杯深琥珀浓
[宋]李清照

莫许杯深琥珀浓,未成沈醉意先融。
疏钟已应晚来风。
瑞脑香消魂梦断,辟寒金小髻鬟松。
醒时空对烛花红。

[**注释**]许:有研究者认为是"诉"字之讹。诉:这里是辞酒之意。沈:即"沉"。融:形容酒醉的意态。瑞脑:一种名贵的香。辟寒金:借指珍贵的金饰。

[**赏析**]不要推辞喝掉这杯琥珀色浓香的酒吧!虽然没有沉醉却已意兴朦胧。晚来风起吹散醉意,稀疏的晚钟声使我醒悟到已过了白天。瑞脑的香气熏断了愁梦,金钗太小使发髻云鬟散松。长夜寂寥,醒来空对着的烛花仍很红。词句描写青春女子陷入日夜困扰、如醉似梦、难以自拔的春心愁情中。

浣溪沙·漠漠轻寒上小楼
[宋]秦观

漠漠轻寒上小楼,晓阴无赖似穷秋。
淡烟流水画屏幽。
自在飞花轻似梦,无边丝雨细如愁。
宝帘闲挂小银钩。

[注释]无赖:无聊,无意趣。穷秋:秋天到了尽头,暮秋。

[赏析]带着轻冷的薄寒独自登上小楼。拂晓时阴云惨淡像是暮秋季节。彩色屏风上画的是轻烟笼罩下的潺潺流水,意境幽幽。自由自在的花絮随风飞舞,好像是我的一场梦;漫天的雨丝无边无际,犹如纠结在心中的纤细万缕的春愁。实在无法解脱,只得把华美的帘帐笼住挂上小巧的银钩。词句描写女子在初春的阴冷中所产生的寂寞春心和幽怨情思。

春望词四首·其四
[唐]薛涛

那堪花满枝,翻作两相思。
玉筯垂朝镜,春风知不知。

[注释]筯:同"箸",筷子。玉筯:借喻女子的两行眼泪。

[赏析]春花满枝反令人难以承受,更加重了相思。清晨对镜梳妆时垂下两行泪,春风啊,你知不知道女子相思的苦楚?词句描写女子在春花繁盛时节,春心荡漾,而春情无人相知、相思无所归属的茫然、烦闷的心情。

阮郎归·南园春半踏青时
[宋]欧阳修

南园春半踏青时,风和闻马嘶。
青梅如豆柳如眉,日长蝴蝶飞。
花露重,草烟低,人家帘幕垂。
秋千慵困解罗衣,画堂双燕归。

[注释]慵困:懒洋洋、困倦的样子。画堂:有彩画装饰的堂屋。

[赏析]在南郊园林里游春踏青,在和煦春风中听到马的嘶鸣。青青的梅子只有豆粒大,细嫩的柳叶像弯弯的眉毛。春日渐长,蝴蝶到处飞舞。花朵上露水浓重,青草低小如一片轻雾,家家户户已挂上帘幕。荡罢秋千,觉得格外困倦,解开罗衫小憩,只有画堂前双燕飞归与她做伴。词句描写少妇春游后困乏而又孤独、春思涌起难以排遣的情状。

暮春五首·其二
[明]周文

鸟声泣暮雨,蝶梦绕东风。
花落不堪问,春光半已空。

[赏析]鸟儿在晚春的雨中啼泣声声,蝴蝶只在我的梦中凭借东风飞舞。不忍再看花儿的不断凋落,春光快速流逝过半,再也留不住。作者是歌女。诗句感叹春光流逝,暗喻自己青春难再、身无所依。

《红楼梦》第二十七回
[清]曹雪芹

侬今葬花人笑痴,
他年葬侬知是谁?

[赏析]这是《红楼梦》中林黛玉《葬花词》中的两句。意即:我今天在

这里葬花,人们都笑我这是痴呆犯傻行为,可是以后来埋葬我的会是谁呢?诗句道出了林黛玉深感难以掌控自己的青春和人生命运,青春的结局或许还不如落花的内心痛楚和绵绵悲情。

贫 女
[唐]秦韬玉

蓬门未识绮罗香,拟托良媒益自伤。
谁爱风流高格调,共怜时世俭梳妆。
敢将十指夸针巧,不把双眉斗画长。
苦恨年年压金线,为他人作嫁衣裳。

[赏析]住在蓬门陋屋里的贫家女子没有见识过绮罗的芳香,想托良媒说个好人家却感到悲伤。谁会钟爱我高尚的品格和雅致的情调,人们都喜欢世俗时兴流行的那种妆扮。敢于夸自己手指灵巧针线活做得好,而不靠天天描画眉毛与人争比短长。痛苦深恨年年手拿着金线刺绣,都是给富贵人家小姐做嫁衣裳。诗句描写贫家女儿期求爱情又因家境贫寒处于不利地位,只能"为他人作嫁衣裳",而忧郁寂寞自伤自怜的心情。

春 晴
[宋]周姬

瞥然飞过谁家燕,蓦地香来甚处花。
深院日长无个事,一瓶春水自煎茶。

[注释]瞥:很快地看一下。蓦:突然。

[赏析]眼前掠过的飞燕要到谁家去?突然飘来的是什么地方的花香?在这华美幽深的楼院里白日长长无事可做,就装一瓶清冽的春水自个儿来煎茶吧。作者是歌女。诗句描写春暖花开时节,歌楼女子无所事事,心情孤独,自求淡泊的情景。

赠别二首·其一
[唐]杜牧

娉娉袅袅十三余,豆蔻梢头二月初。
春风十里扬州路,卷上珠帘总不如。

[注释]娉娉:形容美好的容貌。袅袅:形容美好的体态。豆蔻:多年生草本植物,初夏开花,(农历)二月初含苞未放。

[赏析]容貌姣好举止轻盈正在十三四岁妙龄的少女,活像二月初含苞待放的一朵豆蔻花。春风吹拂着的十里扬州路途上,多少人家轻轻地卷起珠帘,哪有一个在帘后的女子像她那样漂亮。此诗据说是作者升官赴长安上任,离开扬州时赠别相识歌女之作。全诗八句,这是前四句。诗句描写歌女美好的容貌和风姿,也蕴含对豆蔻年华女郎的无限怜爱情意。

九张机·其七
[宋]无名氏

七张机,*鸳鸯织就又迟疑。*
只恐被人轻裁剪,分飞两处,一场离恨,何计再相随?

[赏析]这要织的第七匹绸绢,想织成一幅鸳鸯图案,心中又迟疑起来。只恐这匹彩绢被人轻率地裁剪,不巧正把鸳鸯分开在两个地方,造成彼此的一场离恨,再也没有办法互相追随双飞双栖。这是组诗的第七首。诗句描写纺织少女对未来爱情的憧憬和恐怕与恋人分开的担忧。

蝶恋花·春景
[宋]苏轼

墙里秋千墙外道。
墙外行人,墙里佳人笑。
笑渐不闻声渐悄。
多情却被无情恼。

[赏析]围墙里面,少女正在荡秋千,围墙外面恰好是一条路。少女玩得高兴发出清脆的笑声,墙外一个行人听得出神;笑声渐渐消停,行人怅然若失。这个自作多情的男子似乎为少女的无情所苦恼。这是全词的下片。少女的笑声本出自快乐的心情,并非向着特定人,而墙外行人却枉自生情并因之产生无谓的苦恼。词句描写少女的天真和行人的怅然,十分真切自然。

挂枝儿
[明]民歌

青天上月儿恰似将奴笑,
高不高,低不低,正挂在柳树梢。
明不明,暗不暗,故把奴来照。
清光你休笑我,
且把自己瞧:*缺的日子多来也,团圆的日子少!*

[注释]奴:古时女子自称。

[赏析]青天上的月亮好像在笑话我,它高不高、低不低的,正好挂在柳树梢上;它明不明、暗不暗的,故意照着我。清亮的月光你别笑话我,你还是瞧瞧你自个儿吧:你多数日子是残缺的,团圆的日子很少,真还不如我!词句描写女子与残缺的月亮相比而得到一点自我安慰,以排遣渴望爱情却孤独寂寞的心情。

古诗十九首·西北有高楼
[汉]无名氏

清商随风发,中曲正徘徊。
一弹再三叹,慷慨有余哀。
不惜歌者苦,但伤知音稀。
愿为双鸿鹄,奋翅起高飞。

[注释]清商:指凄清的商声乐曲,声情悲怨。中曲:乐曲的中段。
[赏析]商声乐曲凄切伤悲随风传送,在乐曲的中段又徐缓回旋。佳人

弹着琴,伴随着声声叹息,抚琴堕泪感慨哀伤不已。佳人弹奏的不仅是内心痛苦,更是叹惜其内心的痛苦得不到真正的知音。佳人多么希望有人与她化作一对鸿鹄,结伴展翅,去那无限广阔的蓝天高飞遨游。全诗十六句,这是后八句。诗句描写一位佳人以琴声表达内心的孤独痛苦,期盼得到理解自己的知音和真正同心的爱情。

牡丹亭·题记
[明]汤显祖

情不知所起,一往而深,
生者可以死,死可以生。

[**赏析**](女主人公)对爱情的欲求不知怎么地被激发起来,而且一往情深,越陷越深了。活着的她可以因为爱情而死,死了之后又可以因为爱情而再生。杜丽娘是戏剧《牡丹亭》中的女主人公,她被塑造为一个执着于情、为爱而死、起死回生、死死生生的痴情女子。作者在该剧的"题记"中认为,只有像她这样需要和对待"(爱)情"的心理和行为,才是"情之至"(爱情的极点)。

木兰花·秋千院落重帘幕
[宋]晏几道

秋千院落重帘幕,彩笔闲来题绣户。
墙头丹杏雨余花,门外绿杨风后絮。

[赏析]院子里秋千荡摇,门庭上帘幕重重。闲暇时她在华丽的门上挥笔题诗。墙里佳人犹如要出墙的红杏雨后的花,门外的游子好像绿杨柳絮随风飘飞。这是全词的上片。词句描写主人公对似曾相识的佳人的忆念,韵致缠绵,情思深远。

苏幕遮·曲栏干
[清]吴藻

曲栏干,深院宇。
依旧春来,依旧春来去。
一片残红无著处。
绿遍天涯,绿遍天涯树。

[赏析]回廊栏杆曲折,深屋广宇庭院。年年依旧是春天来了又去了。天涯各处树木都已绿遍,只有一枝残剩的红花,好像无处着落。这是全词的上片。词句描写在深宅大院里所感受到的春天景象。作者是富家女,风姿绰约,又才情高致。据说其因所嫁非偶,终身不乐。词句暗含作者春情难抑,又孤芳无人欣赏的寂寞惆怅心情。

题都城南庄
[唐]崔护

去年今日此门中,人面桃花相映红。
人面不知何处去,桃花依旧笑春风。

[赏析]去年这个时候,就在这户人家门里,姑娘美丽的面庞和盛开的桃花交相辉映分外艳红。今年再来这里,那位美丽姑娘不知到哪里去了,只有那门前的一树桃花仍旧在春风中不语含笑。诗句描写作者对去年邂逅的美丽姑娘的"一见钟情"式的忆念,并对未能再见到这位姑娘感到怅然若失。诗句也反映出人们普遍具有的因失去了美好事物而怅惘的心情。

黄梅五首·其三

[宋]陈师道

冉冉梢头绿,婷婷花下人。
欲传千里信,暗折一枝春。

[注释]冉冉:慢慢地。婷婷:亦作"亭亭",形容女子身材修长、姿态柔美。
[赏析]树枝梢头慢慢地抽出了绿芽,修长柔美的姑娘亭亭玉立在花下。她想给远在千里外的心上人传达思念,悄悄地折下了一枝春花。诗句描写处在青春初期少女的美丽和风姿,及其内心的春思。

江南曲四首·其三

[唐]储光羲

日暮长江里,相邀归渡头。
落花如有意,来去逐船流。

[赏析]夕阳西下江风习习,小船上的青年男女们互相招呼着回归渡口。

落花有情意,来来去去晃荡着,紧随在船儿后面漂流。诗句以江船傍晚回归的情景,喻示青年男女对爱情的期望与追求。

浣溪沙·日日双眉斗画长
[宋]晏几道

日日双眉斗画长,行云飞絮共轻狂。
不将心嫁冶游郎。
溅酒滴残歌扇字,弄花熏得舞衣香。
一春弹泪说凄凉。

[注释]冶游:原指男女在春天或节日外出游玩,后移易专指嫖妓。

[赏析]每天都仔细地把眉毛画得长长,举止像天上行云般飘浮,像纷飞柳絮那样轻狂,但绝不把真心付给浪荡公子哥儿。酒杯中溅出的酒滴漫漶了歌扇上的字,为迎合拈花弄草的人把舞衣熏得幽香袅袅。天天弹琴歌唱、虚度芳华,只能暗中流泪、独自凄凉。词句描写歌妓的日常生活状态,及其对爱情的真实需求和内心的痛苦。

思帝乡·如何
[五代]孙光宪

如何?遣情情更多。
永日水堂帘下,敛羞蛾。
六幅罗裙窣地,微行曳碧波。
看尽满池疏雨,打团荷。

[注释] 水堂帘：亦作"水晶帘"，比喻晶莹华美的珠帘。蛾：蛾眉，指眉头。六幅：六褶。窣：窸窣，形容细小的摩擦声音。

[赏析] 为什么呀，这是为什么？越是想排遣情愁，情愁反而越多。整天在水晶帘子的内外徘徊，把愁眉紧锁。六褶的罗裙拖着地面，发出窸窣的声音，在池塘边缓步行走曳起水面碧波。看着稀疏雨滴落满池塘，无情地打着圆圆的嫩荷。词句描写青春女子或许是春情难抑，或许是期望未达，绵绵情愁无法排遣、无处诉说，而整天在自家花园的池塘边徘徊的情愁困境。

天仙子·水调数声持酒听

[宋]张先

沙上并禽池上暝。

云破月来花弄影。

重重帘幕密遮灯。

风不定，人初静，明日落红应满径。

[注释] 并禽：成对的鸟儿，这里指鸳鸯。暝：这里与"眠"同义，有说法为"天黑"。

[赏析] 天黑后鸳鸯并眠在池边的沙滩上。明月冲破云层，晚风吹动了婆娑花影。一重重帘幕密密地遮住了灯光。风还没有停，人声已渐渐安静。明天清早，落花定会铺满园中的小径。这是全词的下片。词句描写作者对自己青春逝去、韶华不再的孤独处境的淡淡哀愁和苦闷心情。

春 怨
[唐]刘方平

纱窗日落渐黄昏,金屋无人见泪痕。
寂寞空庭春欲晚,梨花满地不开门。

[注释]金屋:本指妃嫔所居宫室,泛指华丽居室。

[赏析]纱窗外夕阳西下已近黄昏,华丽居室里她独自一人脸上挂满泪痕。空落的庭院、寂寞的心绪,春天就要过去,梨花凋落满地,院门紧闭多么冷清。诗句描写华丽居室寂寥冷清,抒发春情女子对春光流逝倍感落寞无奈的伤感心情。

泰娘歌
[唐]刘禹锡

山城少人江水碧,断雁哀猿风雨夕。
朱弦已绝为知音,云鬟未秋私自惜。
举目风烟非旧时,梦寻归路多参差。
如何将此千行泪,更洒湘江斑竹枝。

[注释]山城:或指武陵郡(今湖南常德)。参差:长短、高低不齐。斑竹:一种有斑点的竹子,也叫"湘妃竹"。传说舜帝死后,他的妃子娥皇和女英在湘水上啼哭,眼泪洒在竹子上,竹竿上都生出了斑点。

[赏析]这个山城人口稀少,江水碧绿流淌不息,风雨黄昏中雁儿失群猿猴哀叫。泰娘丧失了知音,不再弹奏弦琴,她的云鬟仍然乌亮,只能自我珍惜。满眼风烟浑浊已不是原来环境,梦想回归京城路途难行。怎么才能把我

的千行泪水,也像娥皇和女英的泪水那样洒在竹子上,而成为永远的斑竹呢?全诗三十八句,作者满怀同情地叙写年轻歌女泰娘的坎坷人生。这是全诗的最后八句。诗句总结性地表达对泰娘凄凉身世的无限伤感和深切同情。

鹊踏枝·谁道闲情抛掷久
[五代]冯延巳

谁道闲情抛掷久?
每到春来,惆怅还依旧。
日日花前常病酒,不辞镜里朱颜瘦。
河畔青芜堤上柳。
为问新愁,何事年年有?
独立小桥风满袖,平林新月人归后。

[赏析]谁说我抛开忘却闲情愁绪已经很久?每当春天来临,我的惆怅心情仍然依旧。天天都在花前饮酒,常常烂醉昏沉,也不在乎镜子里原本红润的面容已然消瘦了许多。河边的青草、堤上的绿柳,年年都会生长。面对美景不禁暗自思量,为何年年会有新的情愁?我独自伫立在小桥的桥头,清风吹拂着我的衣袖。我回去后,树林中升起一弯新月。词句描写春天来临时,春心萌动、为情所困的人们总会产生新的情愁。词句反映了年轻人常常存在的春思不已、情愁伤怀的心绪。

暮春即事

[唐]鱼玄机

深巷穷门少侣俦，阮郎惟有梦中留。
香飘罗绮谁家席？风送秋歌何处楼？

[**注释**]侣俦：同伴，伴侣。阮郎：相传东汉时刘晨、阮肇入天台山，遇两位仙女，留居半年而归。后以"刘郎"或"阮郎"指代情郎。

[**赏析**]住在深巷穷门里的女子很难得到美好的伴侣，如意的情郎只能留住在梦中。那些穿着丝绸衣裳、身上飘着香气的人是在哪家豪门里赴宴？被风吹送出来的歌声是出于哪个华丽的楼阁？诗句感叹出身于穷苦底层人家的女子，不可能得到高贵如意的情郎，她们进不去那种笙歌艳舞的富贵人家，够不着那种身穿罗绮的情郎。

子夜歌二首·其一

[南北朝]萧衍

恃爱如欲进，含羞未肯前。
朱口发艳歌，玉指弄娇弦。

[**赏析**]心怀爱意想进到跟前，却感到羞怯不肯贸然。嫣红嘴唇唱一曲艳丽的歌，纤细手指弹出美妙的乐章。诗句描写女子渴望爱情又感到羞涩，而以唱歌弹琴来表示心性的情景。

摊破浣溪沙·手卷真珠上玉钩

[五代]李璟

手卷真珠上玉钩,依前春恨锁重楼。
风里落花谁是主?
思悠悠。
青鸟不传云外信,丁香空结雨中愁。
回首绿波三楚暮,接天流。

[**注释**]青鸟:古代传说曾为王母传递消息给汉武帝,这里指代带信的人。丁香结:指丁香花的蓓蕾。三楚:泛指长江中游及其以南的广大地域。

[**赏析**]卷起珍珠编织的门帘,挂上帘钩,在高楼上的我依然被春情愁恨深深困扰。谁是那些被风吹落的花儿的真正主人?这使我的忧思悠悠不断。信使不曾捎来远行心上人的一点音讯,春雨中的丁香蓓蕾似是一团团凝结的忧愁。我回头眺望暮色中的三楚大地,只见碧绿的江水似从天而降,浩荡奔流。词句描写主人公内心的希望已成徒然无望的伤春和怨恨的心绪。此词作者是南唐第二位皇帝,写此词或别有深意。这里只当作表达春心春情的词来理解。

薄命佳人

[宋]苏轼

双颊凝酥发抹漆,眼光入帘珠的皪。
故将白练作仙衣,不许红膏污天质。
吴音娇软带儿痴,无限闲愁总未知。
自古佳人多命薄,闭门春尽杨花落。

[**注释**]的皪:亦作"的砾"。明亮、鲜明貌。

[**赏析**]她的双颊如凝结的奶酥般白嫩,头发像抹了漆般乌黑,眼光射入帘内像珍珠那样光亮闪烁。她故意把一大块白绢裹在身上模拟仙女的披风,没有抹一点红色脂膏,似乎是怕玷污了天生的丽质。她用吴地娇滴柔软的口音说话,还要带点儿童的天真,但心里的无限幽愁苦闷别人难以捉摸知晓。自古以来姿色出众的女子多是福薄不济、命途多舛,当青春过去花儿凋落后,她们只能闭门在家向老了。诗句描写天生丽质的少女种种情韵姿态,作者对她们缺少爱情润泽的"薄命"人生,怀有深深的同情和慨叹。

池上双凫

[唐]薛涛

双栖绿池上,朝去暮飞还。
更忆将雏日,同心莲叶间。

[**注释**]凫:野鸭。将:携带。莲:谐音"怜",双关词。

[**赏析**]你看那野鸭双双栖宿在绿波池塘边,朝朝暮暮同飞共还。更让人称羡的是它们携带幼雏的日子,在莲叶之间互相怜爱,同心哺育幼雏。诗句描写野鸭双宿双飞、同育幼雏的情景。诗句羡慕地描写野鸭的爱情和亲情,从而反衬、暗喻女作者自己孤单、寂寞的心绪。

上阳白发人
[唐]白居易

宿空房,秋夜长,夜长无寐天不明。

耿耿残灯背壁影,萧萧暗雨打窗声。

[**注释**]上阳:上阳宫,在洛阳皇宫内苑的东西。白发人:指"入时十六今六十"的老年宫女。耿耿:本指明亮,这里指灯光"微亮"。

[**赏析**]宿在空落的房间里,秋天的夜晚多么漫长,总是睡不着,天迟迟不亮。灯光昏暗,背影留在墙壁上,夜雨潇潇不断敲打着窗棂。全诗很长,描述老年宫女一生的悲苦命运。这里是其中几句。诗句描写宫女一生被幽禁宫中,夜复一夜、年复一年、孤寂凄清的情境。

蝶恋花·遥夜亭皋闲信步
[五代]李煜

桃李依依春暗度。

谁在秋千,笑里轻轻语。

一片芳心千万绪,人间没个安排处。

[**赏析**]春天悄悄地快过去了,桃李风姿依依想把春天留住。谁家小姐在荡着秋千,愉悦的笑声中轻轻地说着什么。少女多情善感、芳心千思万绪,人间没有能把她们的春情妥善安置的去处。这是全词的下片。词句描写春天易逝,春情难安,少女在玩乐和笑声中,释放着无法确定、难以安放的青春萌动。

唐儿歌·杜豳公之子
[唐] 李贺

头玉硗硗眉刷翠,杜郎生得真男子。
骨重神寒天庙器,一双瞳人剪秋水。
竹马梢梢摇绿尾,银鸾睒光踏半臂。
东家娇娘求对值,浓笑书空作唐字。

[注释] 唐儿:指杜豳公(黄裳)之子,其母为唐廷公主,故其小名叫"唐儿"。硗硗:隆起,突出。天庙:庙堂,朝廷。瞳人:即瞳仁。银鸾:指银项圈下鸾鸟形的坠子。睒光:闪光。对值:犹配偶。

[赏析] 玉一般白皙的额头隆起饱满,眉毛像刷了翠黛,杜豳公家的小公子真是个美少年啊。体态庄重气质沉稳,将来定能成栋梁;眼睛明亮清澈传神,像是一把能剪开秋水的剪刀。他骑着竹马,只穿着短袖上衣,绿尾枝叶垂在后面,项圈下的鸾鸟形坠子闪着银光。哎呀,各府里的美丽少女都盯上了他,想求他做自己的郎君,笑着在空中用手指划出一个"唐"字。诗句详细描绘了一个贵族公子少年美男的形象,表现了他是许多贵族少女心中热烈向往的"美少年"。

寄蜀中薛涛校书
[唐] 王建

万里桥边女校书,枇杷花下闭门居。
扫眉才子知多少,管领春风总不如。

[注释] 薛涛校书:薛涛是当时蜀地著名才女,有官员曾奏授其"校书郎"

职位。扫眉：画眉毛。汉代张敞任京兆尹时，曾为其妻画眉毛。扫眉才子：本指那些为女子所心悦的风流情郎或意中人，此诗中泛指女才子们。春风：指春风词笔，风流文采。

［赏析］在万里桥旁，住着很有才华的女校书，住宅里有许多枇杷树，她在枇杷花下闭门而居。像她那样有才华的女子，如今已经很少了，即使那些领略文学高妙意境的人，总也有点不如她。诗句别出心裁地赞美薛涛才情极高，不仅超过其他女子，也为男士所不及，明示艳羡。

怨春郎·为伊家
［宋］欧阳修

为伊家，终日闷。
受尽恓惶谁问。
不知不觉上心头，悄一霎身心顿也没处顿。

［注释］伊：人称代词，他或她。恓惶：凄凉惶恐烦恼。霎：短时间，一会儿。

［赏析］就是因为他，我整天闷得慌，受尽了凄凉烦恼，谁会知道！不知怎么的，心头又涌上来他的身影面庞，悄没声儿地一会儿工夫，我的心我的身就无处安顿没着没落。这是全词的上片。词句描写少女暗恋某个男子时烦闷不已、极为焦虑、魂不守舍的心态。

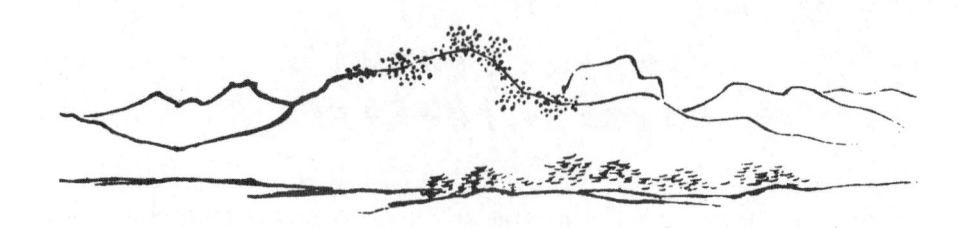

浣溪沙·残雪凝辉冷画屏

[清]纳兰性德

我是人间惆怅客,知君何事泪纵横。
断肠声里忆平生。

[注释]君:指作者自己。

[赏析]我只是人世间一个失意的过客,我知道自己为什么总是自怨自艾泪流满面。回忆一生不免痛心断肠。词句表现作者独自伤感于爱情和身世的凄楚心情。

西宫春怨

[唐]王昌龄

西宫夜静百花香,欲卷珠帘春恨长。
斜抱云和深见月,朦胧树色隐昭阳。

[注释]西宫:皇帝的妃嫔居住的宫室。云和:古代琴、瑟一类乐器的代称。昭阳:汉代宫殿名,曾为汉成帝宠妃赵飞燕所居住。这里指皇帝的寝殿。

[赏析]妃嫔居住的宫室夜晚非常安静,只有庭院里开放着的花朵散发着芳香。妃嫔想卷起珠帘迎来皇上的宠幸,却只是空等一场,更显得春夜的恨怨漫长。妃嫔们斜抱着乐器只能凝望着月亮,她们看不到被树荫遮蔽着的昭阳殿。诗句描写妃嫔们幽居于后宫,深怀春情和怨恨。

题画柳

[明]林秋香

昔日章台舞细腰,任君攀折嫩枝条。
如今写入丹青里,不许东风再动摇。

[**注释**]章台:汉代长安有章台街,为娼妓聚居之地。丹青:颜料,指代图画。

[**赏析**]过去的我曾在章台街舞动细腰卖笑,美丽嫩枝任由男子玩弄攀折。如今我这棵嫩柳已经固定在图画里,不管东风怎样来吹也不会动摇。诗句明示柳枝已固定在图画中,不会再随风摇曳任人攀折。作者说明自己已经从良嫁人,有了固定的家庭,不会再像过去那样生活,他人不要再来打扰,表明了从容坚定的心性。

诗经·小雅·隰桑

隰桑有阿,其叶有难。
既见君子,其乐如何。
……
心乎爱矣,遐不谓矣?
中心藏之,何日忘之!

[**注释**]隰:低湿的地方。阿:通"婀",美。难:通"娜",盛。君子:这里指称所喜爱的男子。遐:何。

[**赏析**]低洼地里的桑树多么美丽,枝叶茂盛风姿飘逸。我看见他英俊的样子,心里乐滋滋无法言喻。……心里对他极有爱意,为何不对他表白?

心中深藏着的相思,哪天能够忘记?全诗四段,这里是第一、第四段。诗句描写女主人公对某个男子爱慕暗恋,却又不好意思表白,只能每天思念不已。

《西厢记》第二本第一折
[元]王实甫

系春心情短柳丝长,
隔花阴人远天涯近。

[赏析]春心荡漾,渴望系住他的心,我的情思实在比柳丝还长,我与他虽然只隔了一道花阴,却不能亲近,好像远在天涯。词句描写剧中女主人公崔莺莺对张生春心萌动。

琵琶行
[唐]白居易

弦弦掩抑声声思,似诉平生不得志。
低眉信手续续弹,说尽心中无限事。

[赏析]琵琶的弹拨声中掩饰、隐含着她悲切的沉思,似乎在诉说她人生和感情的不得志;她低着头随手连续地弹个不停,好像要用琴音把心中的无限往事说尽。全诗很长,这是其中的几句。诗句描写琵琶女通过琵琶的弹奏来表达内心的情感、思绪、不平和伤痛,也表现出作者对"同为天涯沦落人"的琵琶女的巨大同情和共鸣。

忆扬州

[唐]徐凝

萧娘脸下难胜泪,桃叶眉尖易觉愁。
天下三分明月夜,二分无赖是扬州。

[**注释**]萧娘:在南北朝以后的诗词中,常将男子所爱恋的女子称为"萧娘",将女子所爱恋的男子称为"萧郎"。后来萧娘、萧郎泛化为美女、俊男的代称。脸下:有的版本作"脸薄"(指容易害羞)。桃叶:原是晋王献之爱妾名,后泛化为美女或佳人的代称。无赖:这里是无奈、无可奈何的意思。

[**赏析**]美女萧娘娇美的面庞难以承受相思离别眼泪,桃叶女郎眉头易皱会使人觉得她有什么忧愁。明月夜里若天下总共有三分美景,其中二分无论怎么说也是在扬州啊!诗句表面是怀地,实际是怀人。作者忆念在扬州遇到的美女、佳人;扬州的景色之所以那么美好,就是因为那里多有使男子钟情的美女呀。

鹧鸪天·小令尊前见玉箫

[宋]晏几道

小令尊前见玉箫,银灯一曲太妖娆。
歌中醉倒谁能恨,唱罢归来酒未消。
春悄悄,夜迢迢。
碧云天共楚宫遥。
梦魂惯得无拘检,又踏杨花过谢桥。

[**注释**]小令:短小的歌曲。尊:同"樽"。玉箫:此处指代一名歌女。碧云

天:这里指天上神仙居所。楚宫:楚王的宫殿,此暗用楚王与巫山神女相会之典故。谢:唐代有著名歌妓谢秋娘。谢桥:指代歌女通往烟花巷陌的路。

[赏析]在酒席上我见到了唱小令的玉箫。银灯映照着,只这一曲短歌,便显出她是多么妩媚妖娆。被她的歌声迷醉,谁不会为此悔恨懊恼!带着她的余音归来,我心中的醉意仍没有消。春色如此静悄,春夜漫长迢遥。仰望夜空中的神仙居所,它跟楚国宫殿一样遥远难以达到。只有在梦境里,魂灵无拘无束,才能踏过满地杨花,走过谢家附近小桥,到达她的居所。词句描写作者对某歌女一见倾心、念兹在兹,想在梦境中与她欢会。表现作者对该歌女的爱恋深情。

菩萨蛮·小山重叠金明灭

[唐]温庭筠

小山重叠金明灭,鬓云欲度香腮雪。
懒起画蛾眉,弄妆梳洗迟。
照花前后镜,花面交相映。
新帖绣罗襦,双双金鹧鸪。

[注释]小山:眉妆的名目,指眉毛弯弯如小山状。蛾眉:指女子的眉毛细长弯曲像蚕蛾的触须。罗襦:丝绸短袄。金鹧鸪:指用金线绣贴在衣服上的鹧鸪图样。

[赏析]眉妆漫染使额黄有所脱落或明或暗,云朵般的发髻蓬松垂下至雪白的香腮边沿。慵懒地起来,画一画蛾眉,梳洗打扮整容颜意兴迟慢。戴上首饰花朵,对着镜子前后照了又照,首饰花朵与美貌交相辉映。穿上新绣贴的丝绸短袄,上面有一对对金色鹧鸪令人眼热。词句描写闺阁女子起床梳妆打扮的娇慵姿态,以及妆成穿戴后聊感满意的情韵。词句暗示女子春情涌动、孤独寂寞、勉强梳妆的身心境况。

《红楼梦》第九十回
［清］曹雪芹

> 心病终须心药治，
> 解铃还须系铃人。

[赏析] 心里的疾病最终要用心理的药物和方法来治疗，铃铛上的结还得由系上这个结的人去解开。这个话指出不同的心理疾病（特别是情爱方面的恋思性"心病"）要用不同的方法治疗，谁弄出来的事情、谁造成的问题，仍得由谁来解决，在因爱情而生出的种种"心结"的解开上更是如此。

生查子·新月曲如眉
［五代］牛希济

> 新月曲如眉，未有团圆意。
> 红豆不堪看，满眼相思泪。
> 终日劈桃穰，仁在心儿里。
> 两朵隔墙花，早晚成连理。

[注释] 穰：同"瓤"。仁：桃仁。这里与"人"谐音，意思相关。连理：不同根的树木连生在一起，比喻夫妻。

[赏析] 新月弯弯如同眉毛，它似乎没有想着团圆的时日。实在不愿看见红豆，看到它满眼会涌出相思泪。我一天到晚掰劈桃核以获取桃仁，桃仁在桃核里犹如我喜欢的那个人在我心里。我跟他是仅隔着一面墙的两朵花，早晚要结为连理成夫妻。诗句描写少女对意中人的相思之情，表达了少女对爱情的热切期盼，倾吐了与心上人永远相爱、生活在一起的美好愿望。

和乐天春词

[唐]刘禹锡

新妆宜面下朱楼,深锁春光一院愁。
行到中庭数花朵,蜻蜓飞上玉搔头。

[**注释**]乐天:即白居易。宜面:又作"粉面"。玉搔头:即玉簪。因此可用来搔头,故称。

[**赏析**]精心化好妆容缓缓走下阁楼,深深庭院春光美好反而添愁。走到庭院中数着新开的花朵,忽然有蜻蜓飞来盘旋在玉簪上头。诗句描写闺中女子装扮时宜,在深院春光中反而生出寂寞忧愁,只有蜻蜓闻到香气飞来做伴。诗句含蓄表现深闺青春女子的孤独、冷清的春思情愁。

乐府歌辞·陌上桑

行者见罗敷,下担捋髭须。
少年见罗敷,脱帽着帩头。
耕者忘其犁,锄者忘其锄。
来归相怨怒,但坐看罗敷。

[**注释**]罗敷:秦姓人家女儿的名字。捋:抚摩。帩头:包扎头发的纱巾。

[**赏析**]路过的人看见罗敷,放下担子捋着胡须注视她。年轻人看见罗敷,禁不住脱下帽子重整头巾,以期引起罗敷的注意。看见了罗敷,耕地的人忘记了自己犁地的事情,锄地的人忘记了自己锄地的活计。没有干完农活,回来后互相埋怨,都是因为只顾着看罗敷的美貌了。全诗很长,分三大

段。这是第一大段中的末几句。诗句以人们都忘乎所以地注视着秦罗敷,来表现这个青春女子所具有的极为出色的美貌和对男子们的巨大吸引力。

酷相思·本意
[清]郑燮

杏花深院红如许,一线画墙拦住。
叹人间咫尺千山路,不见也相思苦,便见也相思苦。
分明背地情千缕,伴恼从教诉。
奈花间乍遇言辞阻,半句也何曾吐,一字也何曾吐。

[赏析]红艳的杏花开放在深宅庭院,一道画墙把明媚春光拦住。可叹本是近在咫尺,却像隔着千山万水,见不着她苦苦相思,即便见了一下仍是相思苦苦。自己在背地里明明有千缕情结、万般话语,要把心中情爱烦恼向她倾诉。但在花丛间乍一与她相遇时,却不知从何说起,半句话也没有说出,连一个字也没有吐露。词句描写作者回忆年轻时对所钟情少女既相思又错失缘分的情境。

赠邻女
[唐]鱼玄机

羞日遮罗袖,愁春懒起妆。
易求无价宝,难得有心郎。
枕上潜垂泪,花间暗断肠。
自能窥宋玉,何必恨王昌。

[注释] 宋玉：战国时楚国辞赋家，当时公认的美男子。王昌：唐时美男子的代称。

[赏析] 羞涩的邻家姑娘用罗袖遮着光照和颜面，因为思春愁情慵懒得不愿妆扮。唉，这世上无价的珍宝容易求取，真正有爱心的郎君却很难得到啊！姑娘躺在床上禁不住悄然落泪，在赏花时也触景暗自神伤断肠。若能主动争取，就会得到宋玉那样有才的美男的青睐，又何必去怨恨王昌之流不理睬自己呢！诗句描写姑娘思春，痛感"有心郎"难以得到而黯然神伤。女作者劝慰青春女子们大胆追求爱情，而不必自我怨艾、纠结。这或许也是女作者的自况、自勉。

新上头

[唐] 韩偓

学梳松鬓试新裙，消息佳期在此春。
为爱好多心转惑，遍将宜称问傍人。

[注释] 上头：古代女子年十五始用簪束发，表示成年。松鬓：亦作"蝉鬓"，指两鬓头发梳作蓬松状。

[赏析] 姑娘把鬓发梳得蓬松，又一遍遍地试穿新裙，她在这个春天就要"上头"等待婚嫁好日子了。各种美好的打扮样式很多，反使她困惑不知怎么取舍，于是多处问人：我这样的打扮是否合乎时兴？诗句描写姑娘进入婚嫁期时，着意打扮、追求漂亮和时髦的兴奋又不知如何才好的忐忑心情。

[双调]大德歌·冬
[元]关汉卿

雪纷纷,掩重门,
不由人不断魂,瘦损江梅韵。
那里是清江江上村,香阁里冷落谁瞅问?
好一个憔悴的凭阑人。

[**注释**]江梅:指唐玄宗的妃子梅妃。她本姓江,因爱梅,唐玄宗封她为"梅妃"。那里:同"哪里"。阑:同"栏"。

[**赏析**]大雪纷飞,家家禁闭重重门户,这种时候使人不由地悲伤得肠断魂丢,使梅妃也瘦损得失去了往日的情韵。哪里是(梅妃故乡)清江江上村?幽香闺阁那么冷落谁会来看望过问?冒雪凭栏翘首遥望远方,她这个美人是多么的憔悴。曲词以梅妃的故事表现闺中女子内心的孤寂伤悲和对爱情的执念与追望。

舞春风·严妆才罢怨春风
[五代]冯延巳

严妆才罢怨春风,粉墙画壁宋家东。
蕙兰有恨枝犹绿,桃李无言花自红。
燕燕巢时帘幕卷,莺莺啼处凤楼空。
少年薄幸知何处,每夜归来春梦中。

[**注释**]宋家东:在先秦宋玉《登徒子好色赋》中描绘的"东家之子",是一位绝色佳人。凤楼:指华丽闺阁。

[赏析]门庭高贵、楼屋奢华,她恰似宋玉的那位东邻佳人,此时刚完成端庄绮丽的妆扮,她却怨起了春风。蕙草兰花虽有怨恨,草叶花枝还是会绿,桃树李树不能诉说,仍会开放出红花。燕子双双归巢育雏,屋主人会卷起帘幕,莺儿娇声啼鸣,闺阁中人内心空空。那个薄情青年哪,不知道现今他在什么地方,每天夜里我只能在梦中与这个心仪神盼的人相会。词句描写闺阁女子相思难解、徒然怨恨的春心春情。

春 思

[唐]李白

燕草如碧丝,秦桑低绿枝。
当君怀归日,是妾断肠时。
春风不相识,何事入罗帏?

[注释]罗帏:丝织的帘帐。

[赏析]燕地小草刚似丝绒一般碧绿柔软,秦地的桑叶已把绿树枝压得很低。当你怀念家乡恋人切盼归来之际,也是我想念你而致肠断之时。春风啊,你与我并不相识,你为什么要吹进我的罗帐里来撩起我的春思?诗句描写春天已到,春风吹来勾起了女子内心的春心情思。

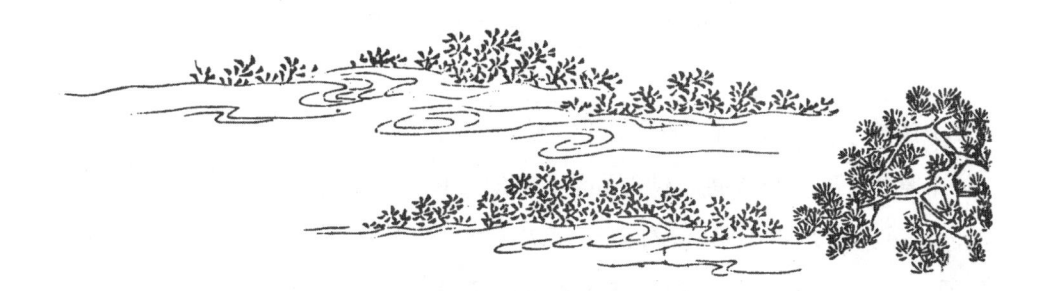

临江仙·柳外轻霜池上雨
[宋]欧阳修

燕子飞来窥画栋,玉钩垂下帘旌。
凉波不动簟纹平。
水精双枕,傍有堕钗横。

[注释]帘旌:指帘幕。簟:竹席。水精:同"水晶"。

[赏析]燕子飞回门前,窥伺着飞到精美画梁间,玉钩已放下了幕帘。床上竹席纹路平展,好像清凉的水面没有波纹漾动。床头两个水晶枕头,她头发上的金钗已拔下横放在枕边。这是全词的下片。词句通过燕子的视角描写夏时女子寝室里艳丽奢华又显得冷清孤寂的境况。

踏莎行·杨柳回塘
[宋]贺铸

杨柳回塘,鸳鸯别浦。
绿萍涨断莲舟路。
断无蜂蝶慕幽香,红衣脱尽芳心苦。
返照迎潮,行云带雨。依依似与骚人语。
当年不肯嫁春风,无端却被秋风误。

[注释]别浦:江河支流入水口。骚人:诗人。

[赏析]弯曲的池塘被杨柳环绕,偏僻的水流边鸳鸯也很少。厚密的浮萍挡住了采莲姑娘的小船。没有蜜蜂和蝴蝶来倾慕荷花的幽香,粉红的荷花凋落了,结出的莲子心儿很苦涩。夕阳映照下潮水涌进荷塘,行云带着雨点打着

荷花。它随风摇曳似乎在向诗人诉说衷肠：当时不肯跟随春风开放,如今无缘无故地在秋风中憔悴备受凄凉。词句描写荷花的特性,似乎是说佳人以清高自许反而耽误了青春,落得寂寞寡欢。此词似暗含作者荷花命途的自况。

秋　夜
［宋］朱淑真

夜久无眠秋气清,烛花频剪欲三更。
铺床凉满梧桐月,月在梧桐缺处明。

[赏析]秋夜多么清旷气爽,我却久久没有睡意,频频剪着烛花快到深夜三更。铺床要去睡,床不但凉而且有许多通过梧桐叶缝隙洒下来的月影,从梧桐叶缝隙看上去月儿还是那么明亮。诗句描写女作者秋夜在月影下空自怀念、爱情无所归属的孤独寂寞心境。

［黄钟］人月圆·春晚次韵
［元］张可久

一声啼鸟,一番夜雨,一阵东风。
桃花落尽,佳人何在？
门掩残红。

[赏析]一个春日,白天鸟儿欢乐啼鸣,夜晚却下了一场雨,又刮来了一阵风。满树的桃花被吹落了,往日的佳人如今在哪里？只有那孤寂的门扉里

掩藏着满地的落红。这是该曲词的后半,描写作者旧地重游时睹景思人、落寞怅惘的愁绪,忆念着心中不知何在的那个佳人。

一落索·一夜雨声连晓
[宋]朱敦儒

一夜雨声连晓。青灯相照。
旧时情绪此时心,花不见、人空老。
可惜春光闲了。阴多晴少。
江南江北水连云,问何处、寻芳草。

[赏析]雨声彻夜直到清晨。只有一盏青灯照着我。难忘的往事此时又在心中萦绕,美丽的花儿见不到,我渐渐地空自衰老。大好春光白白闲过。天气阴多晴少很难把握。江南江北水云相连一片渺茫,请问我还能到什么地方,才能寻找到嫩绿美妙的芳草。词句描写作者未能得到希冀的情爱,而感到苦闷、茫然、无奈的空落心绪。

[黄钟]人月圆·一枝仙桂香生玉
[元]赵孟頫

一枝仙桂香生玉,消得唤卿卿。
缓歌金缕,轻敲象板,倾国倾城。
几时不见,红裙翠袖,多少闲情。
相应如旧,春山澹澹,秋水盈盈。

[注释]卿卿:好友、情人或夫妻间的一种亲昵称呼。象板:用以配合曲调打节拍的板,形如象牙或镶以象牙。澹:同"淡"。

[赏析]你好像仙宫里的一枝桂花,又好像美玉有芳香,真得唤叫你一声"卿卿"。缓缓地唱着《金缕曲》,轻轻地敲着象牙板,你是绝代佳人倾国倾城。好久没有见到你了,不见你的翠袖红裙,惹起我多少思念情。我想你青春如往昔,蛾眉仍像淡淡春山,明眸依旧秋水盈盈。曲词描写作者对某歌女的欣赏和思念心情。

赠所思
[五代]张窈窕

与君咫尺长离别,遣妾容华为谁说。
夕望层城眼欲穿,晓临明镜肠堪绝。

[注释]说:同"悦"。层城:古代神话谓昆仑山有层城九重,后用以比喻高大城阙。

[赏析]我与你近在咫尺却长久分离不能相会,我的美丽容颜能让谁喜悦。每天夜晚对着高大城阙望眼欲穿,早晨起来仍是孤身对着明镜,让我愁肠欲断。诗句描写女主人公日夜思念某心中人却不能与之相会,望眼欲穿,愁肠欲断。暗含家贫身微难以高攀之意绪。

宫 词
[唐]顾况

玉楼天半起笙歌,风送宫嫔笑语和。
月殿影开闻夜漏,水晶帘卷近秋河。

[**赏析**]高高的玉楼里笙歌又响起来了,风送来那乐声,与嫔妃们的频频笑语相伴和。月亮照着殿堂影影绰绰,她只能听着漏壶单调地滴答,卷起水晶珠帘似乎靠近了银河。诗句描写居于深宫的女子在孤凄落寞中的无限幽怨和寂寥。

小重山·昨夜寒蛩不住鸣
[宋]岳飞

欲将心事付瑶琴。
知音少,弦断有谁听。

[**注释**]寒蛩:秋天的蟋蟀。瑶琴:饰以美玉的琴。

[**赏析**]我想把满腹的忧思赋予瑶琴,弹奏一曲抒发心情。但是高山流水的曲子没有知音,纵然弹断了弦又有谁会来听!这是全词的最后几句。词句以知音难觅比喻作者的抗金主张得不到皇帝和权臣的重视与认同,描写作者身为朝臣极度苦闷又无可奈何的复杂心情,也表达了作者深忧国事和时势的爱国情怀。除去作者暗喻的本意,此词句亦可移用于爱情方面:喻指男子或女子因遇不上、找不到一个知音、可心的情人,而发出的孤独寂寞的慨叹。

一　春心荡漾

蓦山溪·赠衡阳妓陈湘

［宋］黄庭坚

鸳鸯翡翠，小小思珍偶。
眉黛敛秋波，尽湖南、山明水秀。
娉娉嫋嫋，恰似十三余，
春未透，花枝瘦，正是愁时候。

［注释］翡翠：指一种偶禽，翡为雄，翠为雌，有蓝色或绿色的羽毛。娉娉：形容美好的容貌。嫋：同"袅"。嫋嫋：形容美好的体态。

［赏析］鸳鸯和翡翠，小小的禽鸟珍惜配偶，总是成双成对。眉毛如青黑的远山，眼睛像柔美的秋波，尽显湖南地方的山明水秀。姣好的容貌、轻盈的体态，恰似十三四岁的妙龄少女，春天还未到盛大光景，花枝瘦削还没有完全开放，正是多愁易感的时候啊。这是全词的上片。词句描写作者赠词对象正处在年少貌美、眉清目秀、情窦初开时候的清丽形象。

《牡丹亭》惊梦［皂罗袍］

［明］汤显祖

原来姹紫嫣红开遍，似这般都付与断井颓垣。
良辰美景奈何天，赏心乐事谁家院。

［注释］断井颓垣：井塌水断，墙壁坍倒，形容破败的景象。

［赏析］原来的这个地方各色花儿盛开多么美艳，如今却井塌水断，墙壁坍倒，破败得不忍卒看。无奈的是那些美好的时光、美丽的景色现在何处，那些让人赏心悦目的快乐事情还会发生在谁家的院子里？这是《牡丹亭》

剧中的一段唱词。曲词描写剧中女主人公（杜丽娘）情无寄托、伤春惆怅、极度烦闷的心情。

诗经·陈风·月出

月出皎兮，佼人僚兮。
舒窈纠兮，劳心悄兮。

[**注释**] 佼：美好。僚：同"嫽"，娇美。窈纠：形容女子走路时婀娜体态的曲线美。悄：忧愁状。

[**赏析**] 月亮出来明亮皎洁，那个丽人多么娇媚漂亮。她柔美、曼妙、安静又婀娜，勾住我的心儿怦怦跳。全诗三段，这是第一段。诗句描写男子对所见丽人的倾慕与思念。

宫　词
［唐］薛逢

云髻罢梳还对镜，罗衣欲换更添香。
遥窥正殿帘开处，袍袴宫人扫御床。

[**注释**] 云髻：高耸的发髻。罗衣：指轻软丝织品制成的衣服。正殿：指后宫正殿，为君王自己寝殿。袍袴宫人：指穿袍着裤、服役任事的低级宫女。

[**赏析**] 梳好了云髻还对着镜子再三端详修饰，换上新的华彩罗衣又洒

上浓香。傍晚时分远远地窥望正殿门帘掀开处,袍袴宫女正在为君王清扫御床。全诗八句,这是后四句。诗句描写后宫妃嫔刻意梳妆打扮,做好准备,期盼君王临幸而又不可得的情景和怨恨心理。

登徒子好色赋
[先秦]宋玉

(东家之子,)增之一分则太长,减之一分则太短;
著粉则太白,施朱则太赤;
眉如翠羽,肌如白雪;
腰如束素,齿如含贝;
嫣然一笑,惑阳城,迷下蔡。

[注释]阳城、下蔡:都是楚国地方,属于楚国贵族的封地。

[赏析](我家东邻的那位小姐,)她的身材,如果增加一分就显高了,如果减少一分就显矮了。她的肤色,如果敷上白脂粉则嫌太白,如果抹上朱红粉又显得赤色了。她的眉毛有如翠鸟的羽毛,她的肌肤白得像雪。她腰身纤细似是束着素帛,牙齿整齐如同含着小贝。她甜美地一笑,会使阳城一带的人们晕乎倾倒,足以让下蔡地方的人们迷得忘乎所以。全赋较长,这是其中的一部分。这是宋玉对楚王问他是否"好色"的回答(自己一点不"好色")的一部分,宋玉自我证明:东面邻家的这位绝色美女"登墙窥臣三年",自己也没有动心。也表现了作者对"理想美人""标准美人"的厘定和向往。

乐府诗集·伤歌行·杂曲歌辞
[汉]无名氏

昭昭素明月,辉光烛我床。
忧人不能寐,耿耿夜何长。
微风吹闺闼,罗帷自飘扬。
揽衣曳长带,屣履下高堂。

[注释]寐:入睡。耿耿:形容有心事、心不安。闺闼:女子所居内室的门户。屣:鞋子。履:踩,走。

[赏析]皎洁的月亮高挂天空,清冷的光辉照着我的床。心有忧思的人不能入眠,耿耿于怀为何夜那么漫长。不时有微风吹进闺阁,丝质帷幔不停地飘扬。女子披上衣服曳起裙带,穿上鞋子走出闺房。全诗十八句,这是前八句。诗句描写闺阁女子内心因孤寂而忧伤,在漫漫长夜里更觉苦恼。

闺 思
[清]万翠雅

针线慵拈倦欲眠,妒他双燕逗帘前。
小鬟未识侬心意,戏扑飞花贴翠钿。

[注释]翠钿:花形发饰。

[赏析]身体疲倦想睡觉,懒得拿起针线活,真妒忌那一对燕子在我窗帘前逗着玩耍。小丫鬟还不能理解我内心的春思,只顾追逐扑采飞花用来装饰头发。诗句描写作者困于春思的情态。

杨柳枝·织锦机边莺语频

[唐]温庭筠

织锦机边莺语频,停梭垂泪忆征人。
塞门三月犹萧索,纵有垂杨未觉春。

[赏析]织机旁边的黄莺频频地歌唱春光来临,她却停下了机梭垂泪思念远征戍边的亲人。虽然现在已是阳春三月,但塞外依然是荒凉萧索;这里纵然已是杨柳低垂,她却没能感受到春的温暖。诗句描写春天还未到塞外,征人不能遥知妻子的春思;又描写家乡春光已临,加深了女子的春愁。

题竹郎庙

[唐]薛涛

竹郎庙前多古木,夕阳沉沉山更绿。
何处江村有笛声,声声尽是迎郎曲。

[注释]竹郎:竹农,伐竹者。竹郎庙:古时祭祀竹郎神的庙,在今四川荣县。迎郎:郎,明指竹郎神,又暗指情郎,语义双关。

[赏析]竹郎神庙前有许多古老的树木,夕阳西沉时竹山显得更加翠绿。哪里的江边村落传来悠扬的笛音,吹的都是迎接竹郎神、情郎哥的喜庆声声。诗句描写民俗活动,又暗含情郎来临之意,反映了一般青春女子的心愿,或许这也是女作者自己的期望。

夜　筝

[唐]白居易

紫袖红弦明月中,自弹自感暗低容。
弦凝指咽声停处,别有深情一万重。

[赏析]明亮的月光下,她的紫色衣袖随着手指在红色琴弦上拂动,她低首,满面愁容,独自弹奏,沉浸在自我的想象和感受之中。忽然,琴弦凝绝,柔指停住在如泣如诉的声音处,那片刻的宁静诉说出她内心特别的深情千万重。诗句描写乐女在明月夜独自弹筝的情状,乐声的突然停顿反映出乐女心中蕴含的万般情思和无限酸辛。

[仙吕]一半儿·拟美人八咏·其七

[元]查德卿

自调花露染霜毫,一种春心无处托。
欲写又停三四遭。
絮叨叨,一半儿连真一半儿草。

[注释]霜毫:指毛笔。连真:指工整的楷书。
[赏析]自己用花儿调制好蘸毛笔的颜色,要在信里寄托对心上人的情意。写了一张撕了,又再三写。絮絮叨叨真不知该说些什么,写写停停,前一半写得工整后一半写得潦草。曲词描写怀春少女给情人写信,写了又停、再三书写的情景。

贺新郎·用前韵送杜叔高
［宋］辛弃疾

自昔佳人多薄命，对古来、一片伤心月。
金屋冷，夜调瑟。

[**赏析**] 自古以来美丽佳人多是薄命，情爱遭际坎坷不幸。因而她们对着天上亘古不变的明月，难免感伤身世；也会躲进华丽清冷的屋子里，在夜晚借弹奏锦瑟来抒发内心的不平和怨愤。这首词本是作者评论诗友杜叔高之作。全词详说友人品格高洁，才华出众，诗作清峻，却壮志难酬、痛苦无处诉。这里是全词上片中的几句。这几句明写佳人的"薄命"困境，暗中却有其独立存在的意蕴。

二　恋爱情迷

从青春期开始,男女在感情上互相吸引,进而就可能发展为恋爱。现代社会,男女平等,男女交往的机会很多,大大方方地谈恋爱是个普通的事情。谈成了,就会进入婚姻组成家庭;没谈成,也是常有的事。但在封建时代,谈恋爱可没有那么普通和容易。

中国封建社会在婚姻、家庭方面的规矩和习俗很多。诸如,以男子、男权为主导,男尊女卑,男女授受不亲,女性囿于家庭小范围,不能或很少参加社会活动;平民百姓是一夫一妻,统治阶级、富贵阶层则是一夫一妻多妾;青年人婚姻不自由、不自主,由"父母之命、媒妁之言"决定,讲究"门当户对",女子只能"嫁鸡随鸡、嫁狗随狗";大多数是较早结婚(男子在十八到二十岁左右、女子在十五六至十七八岁左右);实质上的买卖婚姻;等等。在这一系列封建礼教规矩、观念、习俗的束缚下,青年男女何谈自由、自主的恋爱、婚姻?

青年男女互相吸引、互相爱恋,是人的本性,即使在重重束缚下,封建时代青年人的恋爱仍在暗暗地或半明半暗地以某种方式进行着……

明代,有美貌才女张红桥,自称必得才如李白者始嫁。才子林鸿知道了,托邻媪投诗示爱:

桂殿焚香酒半醒,露华如水点银屏。

含情欲诉心中事,羞见牵牛织女星。

张红桥作答诗曰:

梨花寂寂斗婵娟,银汉斜临绣户前。

自爱焚香消永夜,从来无事诉青天。

这样,一来二去,互相引为知音,两人终成夫妻。在那个时代,林鸿与张红桥文绉绉的恋爱故事也可说是颇为"浪漫"的了。

二 恋爱情迷

谈恋爱,当事男女总要相见、约会。请看一幕密约幽会的情景:

海棠花下月明时,有约暗通私。

不付能等得红娘至,欲审旧题诗。

支,关上角门儿。

——《仙吕·游四门六首》其四(元·无名氏)

采菱曲二首·其二

[南北朝]江洪

白日有轻风,轻云杂高树。
忽然当此时,采菱复相遇。

[赏析]阳光明媚,清风徐来,云彩好像在高高的树顶上悠悠飘浮。就在采菱角的时候,我和她忽然再次相遇了。诗句描写暗含情愫的一对青年男女在采菱时期然又不期然地相遇,分外恬适喜悦。

柳絮词

[清]钱谦益

白于花色软于绵,不是东风不放颠。
郎似春泥侬似絮,任他吹着也相连。

[赏析]柳絮比白花更白,比棉花还轻软,要不是春风吹来,它不会飘舞狂颠。情郎你好像春泥我就像柳絮,不管风怎么吹,我也与你紧紧粘住相连。诗句描写女子追慕情郎、要与情郎永远相爱的坚决心态。

[双调]蟾宫曲·梦中作
[元]郑光祖

半窗幽梦微茫,歌罢钱塘,赋罢高唐。

风入罗帏,爽入疏棂,月照纱窗。

缥缈见梨花淡妆,依稀闻兰麝余香。

唤起思量,待不思量,怎不思量!

[注释]钱塘:喻指南北朝钱塘(今杭州)名妓苏小小。高唐:战国时楚国台馆名。

[赏析]窗户半开,梦中幽会依稀微茫,她婉转歌唱一曲犹如苏小小,她的柔情蜜意跟巫山神女一样。夜风吹动了轻薄的丝绸帏帐,清爽之气从稀疏的窗棂进入,月光映照着纱窗。恍惚间看到她素雅淡妆如同梨花,隐约中闻到她身上如兰似麝的芳香。美梦唤起我对往事的回想,又不忍再开启已经尘封的遗憾,只是刻骨铭心的温馨往事又怎能不思量!词句描写作者在梦中重现昔日恋情,而勾起对旧情的无限回想。

复偶见三绝句·其三
[唐]韩偓

半身映竹轻闻语,一手揭帘微转头。

此意别人应未觉,不胜情绪两风流。

[赏析]她在竹帘后面半隐半现、轻声细语,他微微转过头去,小心地掀起竹帘。其中的隐秘别人应该并未觉察,但二人的相思情意已流注在彼此心田。词句描写了一个画面:一个道观(或寺庙)的厅堂里,有人正在宣讲什么

经文或道理；而在竹帘后的一个"女冠"（女道士）却隔着竹帘与一个听讲男子悄声说话。诗句描写当时社会上存在的妙龄道姑与世俗男子私下恋爱、暗通款曲的现象。

春　晓
[唐]元稹

半欲天明半未明，醉闻花气睡闻莺。

狵儿撼起钟声动，二十年前晓寺情。

[注释]狵儿：宠物小狗。

[赏析]一个春日的拂晓，天色朦胧，将明未明，我在醉乡中尚未完全苏醒，好像闻着一股花香又听到黄莺的啼鸣。一只宠物小狗碰动了寺钟，钟声划破寂静夜空，使我不禁想起了二十年前的一个黎明在寺庙里发生的事情。诗句是说，在这样一个将明未明、似醒非醒的境况下，勾起了作者对二十年前在寺庙里一段旧情的回忆。

《迷青琐倩女离魂》第一折[元和令]
[元]郑光祖

杯中酒，和泪酌；

心间事，对伊道。

似长亭折柳赠柔条。

哥哥，你休有上梢没下梢！

从今虚度可怜宵，奈离愁不了！

[**注释**]伊:他或她。这里指说话的对方。

[**赏析**]这一杯酒我和着眼泪喝下了,我心里的想法要对你说一说。我折取柔软的柳枝在长亭送别你。哥哥呀,你可不能一走之后没有下文违背婚约。你要知道,从今以后我每天将在离愁中苦度时光,心里的相思有多么难熬。少女倩女与王生在父母指腹为婚的基础上相爱。曲词描写少女的忧心,她也是在告诫情郎,不能因赴京应举而抛弃她。

答赵生红梨花诗

[宋]谢金莲

本分天然白雪香,谁知今日却浓妆。

秋千院落溶溶月,羞睹红脂睡海棠。

[**注释**]赵生:赵汝州。作者为妓女。赵汝州赠诗称她为"红梨花",她作此诗回答,后来嫁给了赵汝州。

[**赏析**]明代有戏曲《红梨记》,写赵汝州与谢金莲的故事。我本来像梨花一样雪白有天然的清香,谁知道到今天竟要浓妆艳抹,被你称作"红梨花"。院子里开着多种多样的花,秋千架也在月光普照下,我羞于亲眼目睹那胭脂红红睡着的海棠花。诗句作者表示自己本来十分纯洁清白,迫于无奈误入风尘,才成了所谓的"红梨花",以此向情人表白自己是懂美丑、有良知的,对青楼生活自感耻辱,并不愿过这样的生活。

诗经·郑风·狡童

彼狡童兮,不与我言兮。
维子之故,使我不能餐兮。
彼狡童兮,不与我食兮。
维子之故,使我不能息兮。

[赏析]你个美貌少年啊,不再与我聊天嬉戏。就是因为你的缘故,使我连饭都吃不下了呀!你个美貌少年啊,不再与我一块吃饭。就是因为你的缘故,使得我睡不着觉了呀!诗句描写痴情的少女因对方的冷淡、躲避而十分痛苦,这也是该少女遭遇失恋痛苦时的呼喊。

踏莎行·碧海无波

[宋]晏殊

碧海无波,瑶台有路。
思量便合双飞去。
当时轻别意中人,山长水远知何处。

[注释]碧海:有资料显示其为传说中的海名。瑶台:指陆上的仙境。

[赏析]碧蓝的大海风平浪静,通往神山没有险阻,到瑶台仙境去也有便捷的路径。本来可以与她双飞同去,现在回想起来真是后悔不迭。当时轻率地与意中人分别,如今山长水远、音信杳然,不知她到底在哪儿!这是全词的上片。词句描写主人公对当年没有把握住爱恋"意中人"的好机会而深感懊悔,一时的"轻别",成为终生的思念和遗憾。

[仙吕]一半儿·题情四首·其二
[元]关汉卿

碧纱窗外静无人,跪在床前忙要亲。

骂了个负心回转身。

虽是我话儿嗔,一半儿推辞一半儿肯。

[注释]嗔:生气,怒。

[赏析]碧纱窗外静悄悄没有人,他急忙跪倒在床前要和我相拥亲吻。骂了他一句"负心郎",我就回转身不理。虽然我说话时好像挺生气的样子,其实是半推半就和他亲了又亲。曲词描写情人相会时女方外嗔内喜、半推半就的欢爱情形。

碧玉歌
[晋]孙绰

碧玉破瓜时,郎为情颠倒。

芙蓉陵霜荣,秋容故尚好。

碧玉小家女,不敢攀贵德。

感郎千金意,惭无倾城色。

碧玉小家女,不敢贵德攀。

感郎意气重,遂得结金兰。

[注释]碧玉:本为一女子名字。后泛指民间美丽少女。破瓜:即破瓜年,旧时拆"瓜"字为"二八"以纪年,指女子十六岁。芙蓉:这里指木芙蓉,秋季开花。金兰:本是结拜兄弟姐妹的代称,这里指代夫妻。

[赏析]小家碧玉十六岁了,情郎被她迷得神魂颠倒。秋天经霜后的木芙蓉,花开得洁白美艳。普通人家的女儿,不敢去攀富贵高门。感激情郎千金重的盛意,我惭愧的是没有倾城美色。女孩只是小家碧玉,不敢去攀富贵高门。感激情郎的深情厚谊,使得你我结合成为百年之好。全诗十六句,这里是前十二句。诗句描写青春少女受情郎追求时既渴望又喜悦的心态,并表示普通人家女儿宁愿与有情有义的普通男子结合,而不愿攀高结贵。据说后世的"小家碧玉"一语出于此。

马头调

[清]民歌

变一面青铜镜,常对姐儿照;
变一条汗巾儿,常系姐儿腰;
变一个竹夫人,常被姐儿抱;
变一根紫竹箫,常对姐樱桃;
到晚来品一曲,才把相思了,才把相思了。

[注释]竹夫人:一种圆柱形的中空竹篾制品,夏时用来抱着取凉。

[赏析]我要变成一面青铜镜,常常照着姐儿姣容;我要变成一条汗巾,常常系在姐儿的腰间;我要变成一个竹夫人,常常被姐儿怀抱;我要变成一支紫竹箫,常常对着姐儿红红的樱桃小嘴;到晚上听姐儿吹一曲箫,才能把我的相思了,才能使我的相思了。曲词描写男主人公通过比喻直白地表示要与情人拥抱、接吻,以了却无尽的相思。

[仙吕]一半儿·别时容易见时难

[元]宋方壶

别时容易见时难,玉减香消衣带宽。

夜深绣户犹未拴,待他还,一半儿微开一半儿关。

[**赏析**]与你分别很容易,再与你欢聚多么困难,我身体消瘦没有精神,衣带渐宽。夜深了我的绣房没有上门闩,房门一半儿微开一半儿虚关,就为等着你来。曲词描写女子因相思而形容憔悴衣带渐宽,焦虑地等待情人在夜里潜来欢会的情景。

少年游·并刀如水

[宋]周邦彦

并刀如水,吴盐胜雪,纤手破新橙。

锦幄初温,兽烟不断,相对坐调笙。

低声问向谁行宿?城上已三更。

马滑霜浓,不如休去,直是少人行。

[**注释**]并:古州名。今山西太原一带。并刀:指并州出产的刀子,以锋利著称。吴盐:吴地出产的盐。兽烟:兽形香炉中散发出的香烟。

[**赏析**]并州的刀像水一般清亮,吴地的盐比雪还要白洁,她那纤纤细手把新摘的橙子剥开。华美的锦缎帷帐里有着温暖柔情,兽形香炉散发出的熏香袅袅上升。他俩相对而坐,他陶醉在女子的笙曲中。夜已深,她悄声地问:这时候了,你还能到哪儿去投宿?城里已打了三更。霜很浓路很滑,很少有人行走,不如就别走了吧。词句描写女子让情人留宿的情景。

放风筝二首·其二

[明]杨宛

薄情如纸竹样心,辜负丝丝用意深。
一自飞扬留不住,天涯消息向谁寻?

[**注释**]丝:谐音"思"。

[**赏析**]糊成风筝的纸又薄又轻,竹篾扎成的骨架是空心,就像是你这个人啊,辜负了牵着你的丝(思)线的长长深情。风筝一旦放飞到空中就无法留住,飘到天涯,能到哪里去向谁寻问?诗句以风筝喻情人,慨叹对方薄情,飞走之后再无音讯,表现女子失恋后的痛苦心情。

诗经·卫风·氓

不见复关,泣涕涟涟;
既见复关,载笑载言。

[**注释**]复关:指女子的情人"氓"居住的地方。

[**赏析**]那个"氓"的住屋静悄悄,我心中疑惑不禁泪水涟涟。终于盼到那个人出现了,与他又说又笑我喜开颜。全诗很长,从女主人公的角度叙述"氓"与自己情爱的发生及婚后变化的全过程。这是其中的四句,描写恋爱中的女子思念和幽会情人"氓"时的心态与景况。

《西厢记》第五本第四折
[元]王实甫

不见时准备着千言万语,
得相逢都变做短叹长吁。

[赏析]这个话是指情人好不容易相见,由于情意充沛,又由于信息阻隔和误会,使得心中本有的千思万绪,不知道拈起哪一个话头儿才好,反造成了语言的窘涩,一时只有一声接一声的"短叹长吁"。

[双调]寿阳曲·别珠帘秀
[元]卢挚

才欢悦,早间别,痛煞煞好难割舍。
画船儿载将春去也,空留下半江明月。

[注释]卢挚:元代著名学者、作家。珠帘秀:元代名伶。

[赏析]刚才还在一起欢笑娱悦,很快就分别了,我心好痛,实在难以割舍。装饰华美的船儿载着春光和我心仪的美人离去了,只留下空荡荡的半江明月和我做伴。曲词是作者与珠帘秀分别时的赠作,表现了春尽人去后作者真挚又失落的心情。

鹧鸪天·彩袖殷勤捧玉钟

[宋]晏几道

彩袖殷勤捧玉钟,当年拼却醉颜红。
舞低杨柳楼心月,歌尽桃花扇底风。

[赏析]当年首次相逢,你身着彩衣、手捧玉杯殷勤劝酒,我开怀畅饮不怕喝醉满脸通红。你翩翩起舞,从月亮刚上柳梢直至楼顶又沉落下去,我尽情歌唱一直唱到已没有力气扇动桃花扇了。这是全词的上片。词作者回忆与恋人首次相遇时尽情地跳舞歌唱、彻夜不眠以致筋疲力尽的欢愉情状。

地驱乐歌辞

[南北朝]北朝乐府

侧侧力力,念君无极。
枕郎左臂,随郎转侧。

[注释]侧侧力力:象声语,指带着悲切的叹息声。

[赏析]内心悲切不禁声声叹息,我对郎的思念无边无际呀。头枕在郎的左臂上,转动反侧全都随郎的心意。诗句描写女主人公终于与情郎在一起时,因思念悲切而又热烈率直的情状。

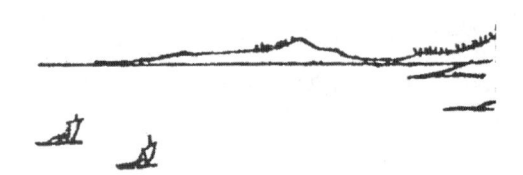

《西厢记》第一本第三折
［元］王实甫

侧着耳朵儿听，蹑着脚步儿行，
悄悄冥冥，潜潜等等，
等待齐齐整整，袅袅婷婷，姐姐莺莺。

[注释] 蹑：放轻（脚步）。

[赏析] 我侧着耳朵听，尽量放轻脚步，悄悄走在昏暗之处，偷偷地躲藏在花园的假山后面，等呀等着，等着看那穿戴得整整齐齐，身姿轻盈柔软、亭亭玉立的莺莺小姐。曲词描写张生躲在太湖石假山后面偷偷等待、看着崔莺莺来与他幽会时的紧张小心的情态。

鹧鸪天·曾为梅花醉不归
［宋］朱敦儒

曾为梅花醉不归。佳人挽袖乞新词。
轻红遍写鸳鸯带，浓碧争斟翡翠卮。

[注释] 梅花：喻指情人。卮：古代盛酒的器皿。

[赏析] 我曾经因为她而喝醉不愿回来。她挽住我的手臂求我写一首新词。我用红色在她那条鸳鸯带上写了个遍，她忙着把浓碧的美酒给我在翡翠酒杯里斟满。这是全词的上片。词句描写一对情人"挽袖""乞词""写红""斟酒"等爱恋、亲昵的情状。

卖花声·元夜漫河

[清]赵怀玉

茶熟酒温暾，消尽黄昏，看灯情异去年人。
只有半床残月到，许客平分。

[**注释**]漫河：地名，在今河北省。暾：刚出的太阳。这里指酒温热。

[**赏析**]茶沏好了酒温热了，黄昏过尽，在这元宵夜我只能自斟自饮，观赏花灯却见不到去年相会的那个人。回到房间，是一张残剩的空床，能让我分享的只有月光。这是全词的前半。词句描写作者元宵夜在羁旅之地，见不到情人，而倍感孤寂、怅惘、失落的心情。

诉衷情·长因蕙草记罗裙

[宋]晏几道

长因蕙草记罗裙，绿腰沉水熏。
阑干曲处人静，曾共倚黄昏。

[**注释**]蕙草：香草。沉水：即沉水香。阑干：同"栏杆"。

[**赏析**]每当看见蕙草就想起穿着绿腰罗裙的她，体态窈窕、韵致优雅，散发着幽香。夕阳已下，万籁俱寂，在曲折回廊栏杆的深处，她与我依偎在一起，直到月出无声响。这是全词的上片。词句作者回忆当年与情人幽会的情境。

南柯子·怅望梅花驿
[宋]范成大

怅望梅花驿,凝情杜若洲。
香云低处有高楼。
可惜高楼、不近木兰舟。
缄素双鱼远,题红片叶秋。
欲凭江水寄离愁。
江已东流、那肯更西流。

[注释]杜若:一种香草。缄:指为信封封口。双鱼:指装信件的两块鱼形木板,把信件夹在中间,指代信。题红片叶:指唐时宫人以红叶题诗寄情的故事。

[赏析]惆怅地远望着梅花驿,凝视生长着杜若的绿洲。彩云下面有一座高大华丽的楼屋。可惜那楼屋远离河边停靠的木兰舟。用封口的鱼板寄信路途太远,用红叶题诗寄情又不合时宜。想让滔滔江水带去我的离愁相思,但江水已向东流去,它怎能向西回流。词的上片描写男主人公无以接近心仪女子的怅恨,愁思绵长;词的下片描写在家中高楼的女子,虽深切怀念但无法表达思恋的焦虑、失望。全词是描写男女双方都有情却无法接近的痛苦。

吴歌六首·其二
[明]刘基

承郎顾盼感郎怜,准拟欢娱到百年。
明月比心花比面,花容美满月团圆。

[注释]准拟:准备,打算。

[赏析]我感觉到了情郎顾盼的眼光也接纳情郎的怜爱,我打算和情郎欢欢乐乐地过一辈子。我的心像月儿那样明亮,我的容貌像花儿那样美艳,我俩未来的生活一定会团圆美满。诗句描写情窦初开的少女得到情郎的眷顾时,内心的纯真无邪和对未来的憧憬期盼。

临江仙·闺思
[宋]史达祖

愁与西风应有约,年年同赴清秋。
旧游帘幕记扬州。
一灯人著梦,双燕月当楼。
罗带鸳鸯尘暗淡,更须整顿风流。
天涯万一见温柔。
瘦应缘此瘦,羞亦为郎羞。

[注释]西风:即秋风。风流:指风度、仪态等。

[赏析]情愁年年与秋风同时来到,好像事先早已约好。都记得当年同游扬州的帘幕时光。幽微灯光使人入梦,醒来后只见皓月当空、燕子双栖,我独自悲秋神伤。看看绣着鸳鸯图案的合欢带,心绪更加暗淡,还是要梳妆打扮保持原来的美貌风流。虽是各在天涯,万一能够重见,岂能缺乏温柔。身体消瘦、心灵无着,缘于这条罗带,红袖飘零、羞涩憔悴,只是为了郎君。词句描写女主人公对情人的思念,又想象对方会因思念自己而消瘦憔悴,显示女主人公怀恋旧情又有感愧的复杂心情。

[双调]寿阳曲·思旧三首·其一
[元]邦哲

初相见,意思浓,两下爱衾枕和同。

销金帐春色溶溶,云雨期真叠叠重重。

[注释]衾:被子。

[赏析]你我初次相见,一见钟情爱意浓浓。咱俩同床共枕,感情多么和睦同心。在精美的床帐里,春情融化了我的身心,云雨重叠使我极度快乐销魂。词句直白地描写女主人公与情人一起生活的幸福快乐。

水龙吟·春思
[明]贝琼

楚天归雁千行,一书不寄相思苦。

匆匆过了,踏春时节,更愁风雨。

燕子黄昏,海棠春晓,几翻凄楚。

问谁能为写,重重别恨,算除有、江淹赋。

[注释]楚天:此词中指楚地武陵(今湖南常德)。作者当时在淮南。踏春时节:古时指(农历)三月三日上巳节。几翻:即几番。江淹赋:指南朝文学家江淹所著的《别赋》。

[赏析]从楚地武陵归飞的雁群已过了千行,她对我却没有一封书信来往,更使我相思难熬。时光匆匆,已过了人们踏春玩赏季节,风雨越来越多使人闷愁。黄昏时燕子归巢,海棠花盛情开放,我心中却只有几多凄楚环绕。要问谁能写出我心中重重的离怨别恨,算起来只有江淹的《别赋》才够得上。

这是全词的上片。作者回忆年轻时的一段恋情,在这春暖花开、良辰美景之时,更增添了对她相思的凄楚。

钓鱼湾
[唐]储光羲

垂钓绿湾春,春深杏花乱。
潭清疑水浅,荷动知鱼散。
日暮待情人,维舟绿杨岸。

[**注释**] 维舟:系船停泊。

[**赏析**] 垂钓在春天的绿树水湾,春已深了,杏花盛开纷繁。潭水清澈使人怀疑水浅,忽然见到荷叶晃动才知鱼受惊而游散。天色渐晚,那人还在等待他的情人,他把小船缆绳轻轻系在岸边的杨树上。诗句描写一个青年以"垂钓"为掩护等待情人的到来。

摊破浣溪沙·春草萋萋绿渐浓
[元]赵雍

春草萋萋绿渐浓。
梨花落尽晚来风。
试问相逢何处好,小楼东。
朱箔移影无限恨,玉箫声转曲将终。
独倚阑干谁是伴,月明中。

[**注释**]萋萋:形容草长得茂盛的样子。箔:指帘子。

[**赏析**]春草生长茂盛,大地绿荫渐浓。梨花已经落尽,傍晚习习微风。若要问该去哪儿幽会,最好是在我住的小楼东面。朱红帘子上的月影不断移动,情人没来我是无限怨恨,吹起玉箫也难以倾吐愁闷。深夜独自倚着栏杆没有伴侣,只有明月高挂空中。词句描写女主人公伫候情人到来却落了空,从而深怀幽怨情恨的心境。

送 别
[唐]杨凝

春愁不尽别愁来,旧泪犹长新泪催。
相思倘寄相思字,君到扬州扬子回。

[**注释**]扬子:古津渡名。在今江苏省扬州市邗江区南。

[**赏析**]相见的欢愉还没有使春愁消尽,离别的情愁却又来临,旧的眼泪还在流,又催出新的泪水。倘若把我对你的相思写下来寄给你,就是希望你到了扬子渡口立即返回!诗句描写女子不愿相恋男子离开自己的爱愁心情。

[正宫]玉芙蓉·四时闺怨·其一
[明]金銮

春风岁岁来,春病年年害。
惜花心终朝牵惹愁怀,乔才负我的心肠歹,薄幸撩人情性乖。
人何在,把行程漫猜,这些时粉香消常是泪盈腮。

[注释]乔才：或是名字，或指乔姓才子。

[赏析]春风年年都会吹来，春情难抑，年年都生相思病。珍惜情爱使我一天到晚牵挂情人心怀幽怨。姓乔的这小子辜负于我，心肠太坏，他很薄情，撩拨玩弄我，品性乖张恶劣。现今他跑到哪儿去了？他的行踪我猜也猜不着，这些日子我脸上粉香全没了，只有泪水盈眶满腮。曲词描写青春女子直抒被情人所伤的爱怨愤恨，直斥玩弄她又消失了踪迹的薄幸男子。

踏歌词四首·其一
[唐]刘禹锡

春江月出大地平，堤上女郎连袂行。
唱尽新词欢不见，红霞映树鹧鸪鸣。

[注释]踏歌：没有伴奏、踏地为节拍的清唱，是当时巴楚一带男女青年对歌相亲时的一种民俗。袂：衣袖。连袂：犹联袂。欢：古时对所爱之人的昵称。

[赏析]月亮出来了，春江边的大地多么平坦，女郎们手牵手衣袖相连，在江堤上行进。她们在踏歌中把即兴新词都唱完了，自己喜欢的人还没有出现，直到第二天早晨红霞已照到树顶，才有了雄与雌的鹧鸪和鸣。"鹧鸪鸣"既可以理解为终于等到了自己喜欢的人，也可以理解为只有鹧鸪和鸣仍没有见到意中人的遗憾。

南乡子·斜月半胧明

[清]王鹏运

此恨拼今生,红豆无根种不成。
数遍屏山多少路,青青,一片烟芜是去程。

[**赏析**] 为了他,我甘愿付出终生的爱和恨,然而饱含爱情的红豆没有根不能生长。数遍了重重山峦、条条大道,那一片雾气笼罩的青翠野草地,就是他离去的路程。这是全词的下片。词句描写离别后女主人公对情人怨恼的痴情和深沉的相思。

感旧·其四

[清]黄景仁

从此音尘各悄然,春山如黛草如烟。
泪添吴苑三更雨,恨惹邮亭一夜眠。
讵有青鸟缄别句,聊将锦瑟记流年。
他时脱便微之过,百转千回只自怜。

[**注释**] 吴苑:吴地园苑,代指女子的新居。邮亭:相当于驿站的馆舍。讵:岂有,哪里有。青鸟:即青鸟(神话传说中为西王母传递情讯的信使)。锦瑟:唐李商隐有《锦瑟》一诗,代指作者自己的《感旧》诗。微之:即唐代诗人元稹(字微之)。

[**赏析**] 分别后人各两地音信杳然,远处青山如她的眉黛,绿草如烟雾弥漫。她的眼泪增添了吴地园苑半夜三更的雨,愧恨使我在路途的驿馆里难以入眠。哪里会有青鸟来为我传送诉说离愁的情书?聊且将自己的似水流

年记写在《感旧》诗句里。将来有一天即使像张生那样经过她的住地,也只会暗自神伤而不可能再续前缘。诗句描写作者对没有结果的恋情的无奈、愧悔和伤感。

[中吕]阳春曲·题情二首·其一
[元]白朴

从来好事天生俭,自古瓜儿苦后甜。
奶娘催逼紧拘钳,甚是严,越间阻越情忺。

[**注释**]好事:指男女相爱的情事。俭:挫折,曲折。"从来……"两句为当时民间谚语。忺:高兴,适意。

[**赏析**]从来情爱之事都曲折多磨难,如同自古以来瓜儿总是先苦后甜。我的亲娘催逼我很紧管束我很严,越是阻挠我对你的爱越是情意绵绵。曲词描写女主人公不惧好事多磨,不怕亲妈严管,大胆追求爱情的心态。

《水浒传》第七十二回·念奴娇·天南地北
[元]施耐庵

翠袖围香,绛绡笼雪,一笑千金值。
神仙体态,薄幸如何消得?

[**赏析**]翠绿的衣袖散发着浓香,绛红色的绡绢罩着白皙的肌肤,你嫣然一笑就值千金。你美如仙女的丰盈体态,我虽然艳羡有情,但怎能消受得

起！在《水浒传》里,作者安排这首词为宋江所写,是宋江送给当时名妓李师师的。这是全词上片的后半。据说因为李师师受宋徽宗青睐,宋江为达其受朝廷招安的政治目的,想走李师师这个"后门",所以词句赞捧李师师是"神仙体态"云云,其恭维巴结之意溢于言表。词句表面上是追求女子的情爱词句,本质上是宋江别有用心的"政治性"谀辞。

诗经·王风·大车

大车槛槛,毳毛如菼。
岂不尔思?畏子不敢。
大车啍啍,毳毛如璊。
岂不尔思?畏子不奔。
榖则异室,死则同穴。
谓予不信,有如皎日!

[**注释**]大车:古代用牛拉运农作物的车,有人认为是指古代贵族的乘车。这里按前者解。槛槛:指车轮的响声。毳毛:或指兽毛织成的衣。菼:初生芦苇。指其青绿颜色。尔:你。子:你。啍啍:沉重徐缓的样子。璊:红色美玉。奔:指私奔。榖:通"谷",指活着,生。皎:本指玉石之白,引申为明亮。

[**赏析**]大车行进发出"槛槛"响声,赶车人穿着青绿毛衣。难道你不想念我?你是胆小不敢表露。大车沉重发出"啍啍"响声,你穿着红色毛衣。难道你不想跟我好?你是胆小不敢与我私奔。生若不能与你同居一室,死了也要与你同葬在一个墓穴。你若不相信我的真心,我愿对着皎洁明亮的上天发誓。诗句描写女子与赶大车的男子相爱,但该男子怯懦不敢表明态度,更不敢与女子相偕私奔。这才引起女子发出激烈的"毒誓"。

感旧·其一
[清]黄景仁

大道青楼望不遮,年时系马醉流霞。
风前带是同心结,杯底人如解语花。
下杜城边南北路,上阑门外去来车。
匆匆觉得扬州梦,检点闲愁在鬓华。

[注释]青楼:指豪丽的楼屋。流霞:神话传说中的仙酒,泛指美酒。下杜、上阑:原为长安繁华之地。这里代指女子居所地界。扬州梦:借指曾经的爱缘情事。

[赏析]在没有遮拦的大路边那座高楼是她的住所,当年我的马系在楼前曾与她共醉流霞。衣带打成同心结样式在风中飘动,她举起酒杯容颜像能解语的花。她的华居靠近下杜城边、上阑门外,道路贯通南北车马来回奔驰。啊,我在那里匆匆进出到底不过是美梦一场,现在鬓发已经斑白,检点自己只有闲愁无限。诗句表达了作者对年轻时有缘无果的爱的向往和留恋之情。

莺莺传·明月三五夜
[唐]元稹

待月西厢下,迎风户半开。
拂墙花影动,疑是玉人来。

[注释]三五:即十五。拂:轻轻擦过。

[赏析]在西厢房下等待月亮出来,面对清风把门儿轻轻打开半扇。墙

边花枝的影似乎晃动了一下,怕是我的心上人已悄然到来。这首诗在《莺莺传》中被安排为女主人公崔莺莺写给张生的诗。诗句描写崔莺莺与张生在月夜下幽会时既大胆又小心的情思和景象。

[越调]凭阑人·春思
[元]乔吉

淡月梨花曲槛傍,清露苍苔罗袜凉。
恨他愁断肠,为他烧夜香。

[赏析]庭院里栏杆曲折,淡淡的月光照着梨花。走在有青苔的小路上,清冽的露珠打湿了我的罗袜感到很凉。真恨他让我相思悠悠愁断肠,但我还是要烧夜香向天祈祷祝福他!曲词描写女子对远方情人的深切怀念、爱怨和心中对他的祝福,表现女子对爱情的诚挚。

《牡丹亭》标目[蝶恋花]
[明]汤显祖

但是相思莫相负,牡丹亭上三生路。

[注释]但是:这里是"只要"的意思。三生:佛教观念认为人有"三生",或称"三世",即前世、现世、来世。

[赏析]在《牡丹亭》剧中指女主人公杜丽娘和柳梦梅的爱情经历了"生前、死后、重生"三阶段。只要你我执着于爱恋相思而互相不辜负、不背弃,

那就是牡丹亭上的爱情,即使经历了极为艰辛的"三生三世"路途,也终将成为眷属。词句表达杜丽娘和柳梦梅在牡丹亭结成的爱情是生死不渝、永不相负之情。

元夜三首·其三
[宋]朱淑真

但愿暂成人缱绻,不妨常任月朦胧。
赏灯那得工夫醉,未必明年此会同。

[**注释**]元夜:(农历)正月十五日元宵节夜。缱绻:形容情投意合,难舍难分,缠绵。

[**赏析**]但愿在这元宵夜的短暂时间里能尽情温存缠绵,希望这月色总是朦朦胧胧不要太亮,以免让人看见。如果去欣赏各种灯儿,哪里还有工夫去喝酒,明年这时候未必会有同样的机会。全诗八句,这是后四句。诗句描写一对情人在元宵节夜晚幽会缠绵,又伤感于时间短暂、未来不知如何的既珍惜又迷茫的复杂心情。

虞美人·一帘花影惊风碎
[明]施绍莘

当初的是恩情甚,信也须难信。
此情若是果然真,不枉别来终日锁眉痕。

[赏析]当初你我海誓山盟,咱俩的爱情是多么深,那时的情形让我现在难以置信。如果你真是有情不负当初约定,也不枉分别后我对你相思竟日,愁眉紧锁,苦苦等到如今。这是全词的后半。词句描写女子对情人的相思苦情,对情人是否真心爱过她有很大的不安和疑虑。

有所思
[唐]卢仝

当时我醉美人家,美人颜色娇如花。
今日美人弃我去,青楼珠箔天之涯。
天涯娟娟姮娥月,三五二八盈又缺。
翠眉蝉鬓生别离,一望不见心断绝。

[注释]青楼:华美的楼所,指美人居处。珠箔:即珠帘。娟:美丽。姮娥:即"嫦娥"。三五:指十五。二八:指十六。蝉鬓:古代女子的一种发式,望之如蝉翼。

[赏析]当年我醉倒在美人的家里,那美人的红晕容颜娇美如花。如今美人弃我于不顾,她的华美小楼、晶莹珠帘对我来说已是远在天涯。天上只有高悬的月亮和美丽的嫦娥,十五、十六的月亮圆了也会渐渐缺失。她那深绿的画眉、蝉翼般的鬓发都生生地离开我了,我见不着她了呀,我的心都碎了,肠也要断了。全诗二十句,这是前八句。诗句是主人公(或是作者)直白地叙述对一位美人的深爱,以及失恋后的痛苦心情。

诗经·齐风·东方之日

东方之日兮,彼姝者子,在我室兮。
在我室兮,履我即兮。
东方之月兮,彼姝者子,在我闼兮。
在我闼兮,履我发兮。

[**注释**] 姝:美女。履:踩,走。闼:门,内门,一说内室。

[**赏析**] 东方的太阳红彤彤,美丽的姑娘在我房间里。在我房间里啊,悄悄伴我情意浓啊。东方的月亮白晃晃,美丽的姑娘在我内门旁。在我内门旁啊,她悄悄随我情意长啊。诗句直露地描写美丽姑娘整天都和心爱的男子在一起。

江上竹枝词

[清] 姚鼐

东风送客上江船,西风催客下江船。
天公若肯如侬愿,便作西风吹一年!

[**注释**] 客:这里指情郎。上江:(船只)逆江往西而上。下江:(船只)顺流往东而下。

[**赏析**] 载着情郎的船被东风吹送着逆江而上向西去了,西风则会把载着情郎的船吹送着顺流回来。但愿上天眷顾肯如我愿,一年到头只刮西风把情郎送回来留在我身边。诗句描写女子渴望情郎能回到自己身边不走,表现了女子对情郎的痴情爱欲。

诗经·陈风·东门之池

东门之池,可以沤麻。
彼美淑姬,可以晤歌。

[**注释**]池:指护城河。一说池水。麻:麻类植物的纤维,是古代重要的制衣原料。姬:古代对女子的美称。

[**赏析**]东门外的护城河,是浸泡、洗漂麻的好地方。那里还有美丽的女子呀,可以和她们相会、欢唱。全诗三段,这是第一段。诗句描写青年男子利用沤麻等干活的场所和机会,与女子会面,欢畅地唱歌,展现情愫。

诗经·陈风·东门之枌

东门之枌,宛丘之栩。
子仲之子,婆娑其下。

[**注释**]枌:白榆树。宛:春秋时陈国都城(今河南南阳)。栩:柞树。子仲之子:子仲氏家的女儿。婆娑:盘旋舞动的样子。

[**赏析**]宛城东门那儿有许多白榆树,一片高平的土地上还有许多柞树。子仲家里的美丽姑娘,正在那儿婆娑起舞。全诗三段,这是第一段。诗句描写春秋时期陈国社会的一种习俗:青年男女利用在城外野地举行的舞会,互相选择、追求、恋爱、幽会。

诗经·陈风·东门之杨

> 东门之杨,其叶牂牂。
> 昏以为期,明星煌煌。
> 东门之杨,其叶肺肺。
> 昏以为期,明星晢晢。

[**注释**]牂牂:风吹树叶的响声;一说草木茂盛的样子。肺(pèi)肺:枝叶茂盛状。晢:明亮。

[**赏析**]东门外有棵白杨树,茂盛的叶子辉映着夕阳。约好黄昏时在那儿见面,我等到星星闪亮了你也没出现。东门外的白杨树啊,枝叶是多么茂盛。约好黄昏时在那儿见面,我等到星星闪亮了你也没出现。诗句描写主人公对未如约来到约会地点的恋人的怨艾。但诗句未表明是男方还是女方失约。

江城子五首·其三·斗转星移玉漏频
[五代]和凝

> 斗转星移玉漏频,已三更,对栖莺。
> 历历花间,似有马蹄声。
> 含笑整衣开绣户,斜敛手,下阶迎。

[**注释**]漏:漏壶,古代计时器具。

[**赏析**]北斗星转向,众星移位,玉漏计时不停,已到半夜三更。对着在树上栖息的黄莺,她独自担忧。透过门外稀疏花丛,远处似乎传来了马蹄声。

整整衣裳佩饰,打开绣房门,她饱含笑容走下台阶,在身体斜旁叠手相迎。这是组词五首中的第三首。词句描写女子在夜晚迎候情人的情景。

内顾诗二首·其二
[晋]潘岳

独悲安所慕,人生若朝露。
绵邈寄绝域,眷恋想平素。
尔情既来追,我心亦还顾。
形体隔不达,精爽交中路。
不见山上松,隆冬不易故。
不见陵涧柏,岁寒守一度。
无谓希见疏,在远分弥固。

[注释] 绵邈:遥远,久远。精爽:精神,灵魂。潘岳:又名潘安,当时著名美男。

[赏析] 作者十二岁与杨容姬订婚,到二十九岁才完婚。此诗是作者十九岁随父在琅琊时写给杨氏之作。独自在外只有悲苦,没有什么可羡慕的,人生好像清晨的露水很快就会干掉。我在遥远险阻与世隔绝的地方,多么眷恋与你相处的往日时光。你温情地追随于我,我的心也还深恋着你。虽然路途阻隔身体无法达到,但你我的魂灵已在中途交融。没有看见高高山上的松树吗?在严冬季节仍不改原来的样子。没有看见冈峦谷底的柏树吗?在最冷时候依旧稳守不变。你我并不因为不得相聚而疏离了感情,反而因为分隔两地使感情更加牢固。诗句作者表示自己身在远域,更加深切地怀念未婚妻,更加忠贞于相互的爱情。

寄贺方回

[宋]贺铸姬

独倚危楼泪满襟,小园春色懒追寻。
深思总似丁香结,难展芭蕉一片心。

[注释]姬:古代对女子的美称,或对妾的一种称呼。贺方回:即贺铸,北宋词人。

[赏析]我独自倚立在高楼,泪水流满衣襟,小花园里的美好春光也懒得去顾寻。愁思深沉不解,如同丁香含蕾郁结,萦怀难以展开,恰似芭蕉紧裹蕉心。作者据说是贺铸的情人(或妾)。诗句描写其对贺铸既思念又怨艾的心绪。

古　意

[明]杨宛淑

独坐空为忆,春来断消息。
形神自相语,犹恐旁人识。
不恨君去远,但恨身无翼。

[注释]形神:身体和精神。

[赏析]独自静坐发呆只是空想着你,春天以来一直没有你的消息。身心只能自我相顾,自言自语,又恐怕被别人识透我的心思。我并不怨恨你去了遥远地方,只恨自己没有翅膀能飞到你身旁。诗句描写女主人公对情人暗自思恋又难以诉说的深情,以及自己的困窘处境。

[越调]小桃红·情
[元]无名氏

断肠人寄断肠词,词写心间事。
事到头来不由自,自寻思,思量往日真诚志。
志诚是有,有情谁似? 似俺那人儿。

[赏析]痛断肝肠的人寄去苦苦相思的语词,句句都是内心想念的情痴。事到如今不能由自己做主;仔细寻思自问,往日与你相好确是自己真诚的意志。谁还有真心诚意与我相似? 就是我心中的那个人啊! 这是一首"接龙"曲词,表现女子与恋人真诚相爱,但身不由己,迫于无奈只得写信告别。

满江红·西湖感旧
[清]董俞

对澄湖如镜,玉人何处?
艳影尚疑花欲笑,丽情只有莺能诉。
叹西陵、松柏自年年,风流误。

[注释]湖:指杭州西湖。西陵:又作西林、西泠,西湖名胜的一部分。

[赏析]面对澄明如镜的西湖,当年那美丽女子现今在何处? 盛开的花朵疑似她靓艳的倩影,黄莺的啼鸣好像她在诉说心中的情愫。可叹西陵一带,年年只有不惧寒冷的松柏挺立于此,再也没有她与我一起流连的踪迹,情爱风流已经错过,往事再难寻觅。作者故地重访。这是全词下片的后一部分。词句感叹当年情景不能重现,恋人无法再见,作者追忆失去的恋情,内心无限惆怅。

减字木兰花·多情多爱
［宋］马光祖

多情多爱，还了平生花柳债。
好个檀郎，室女为妻也合当。
杰才高作，聊赠青蚨三百索。
烛影摇红，记取媒人是马公。

[**注释**] 檀郎：古代被认为是美男的潘岳（又称潘安），小字檀奴，后以"檀郎"为女子对夫婿或所爱慕男子的昵称。青蚨：昆虫名，古时以其特性作为钱的代称。

[**赏析**] 书生，你真是既多情又多爱，竟逾墙入室，追花折柳，求偿风流债；好一个色胆包天的"檀郎"，我就让这家的小姐做你的妻也算配得上。你有此高作可称才子。本县聊且赠送你三百吊钱作为婚资。在你们洞房花烛之时，别忘了让你们成婚的媒人是我马大人。

［仙吕］一半儿·题情四首·其四
［元］关汉卿

多情多绪小冤家，迤逗得人来憔悴煞；
说来的话先瞒过咱。
怎知他，一半儿真实一半儿假。

[**赏析**] 你真是个多情多心眼儿的小冤家，把我挑逗得很是兴奋又极为憔悴，见面时总是甜言蜜语哄骗我。我怎么能辨得清你有多少是真心实意，有多少是虚情假话，实际上你是半真半假把我耍。曲词描写女主人公在情人

离开后,对情人的私房情话和种种表现的回想与矛盾心情。

赠别二首·其二
[唐]杜牧

多情却似总无情,唯觉樽前笑不成。
蜡烛有心还惜别,替人垂泪到天明。

[赏析]你我有深厚感情,离别时刻面对酒樽却说不出话、笑不出来。案头的蜡烛仿佛还有惜别的心意,替离别的人儿流着烛泪一直到天明。诗句描写作者离开扬州前夕对相爱歌女的不舍和伤感。

鹧鸪天·不合尊前唱竹枝
[清]严绳孙

多少事,只心知,又拈红豆记相思。
而今牢落青衫泪,谁似浔阳夜泊时。

[注释]浔阳夜泊:指唐朝诗人白居易遭贬谪江州时,在浔阳江头送客遇琵琶女的故事。

[赏析]多少往事,只记在自己心里,我又在拈取红豆时陷入相思。现今我潦倒失意,一想起过往情形,青衫就被泪水打湿。谁如同白居易在浔阳江头送客时遇到的那个琵琶女一样,能与我衷肠互诉?这是全词的下片。词句作者忆昔伤今,委婉又伤感地表达对昔日所恋女子的深情怀念。

青玉案·元夕
[宋]辛弃疾

蛾儿雪柳黄金缕,笑语盈盈暗香去。
众里寻他千百度。
蓦然回首,那人却在,灯火阑珊处。

[**注释**]元夕:正月十五元宵节夜晚。蛾儿:指女子。蓦然:突然。阑珊:稀疏,零落。

[**赏析**](在元宵节夜晚观灯的)女子们穿着漂亮衣服,戴着珍贵首饰,说笑着走过,随风飘来一阵香气。我对那么多走过的女子仔细辨认,没有发现她。突然间一回头,却看见她正待在那灯火稀疏的地方。这是全词的下片。词句描写主人公在人群中苦苦寻找他所爱慕的人,突然发现"那人"在灯火稀疏的僻静地方等待着。词句也是委婉地表达双方的爱情在互相寻求中达到了心灵贯通的境界。

山花子·无题
[清]佟世南

芳信无由觅彩鸾,人间天上见应难。
瑶瑟暗萦珠泪满,不堪弹。
枕上彩云巫岫隔,楼台微雨杏花寒。
谁在暮烟残照里,倚阑干。

[**注释**]彩鸾:彩色鸾鸟,是传说中属于凤类的吉祥鸟,在这里指信息的传递者。岫:山,山洞。

[**赏析**]来自你芳闺的书信却找不到信使来传递,你我就像是相隔在人间与天上,难以相见。面前摆着镶玉的琴瑟,你的身影总萦绕在我心里,使我泪水盈眶,根本无心弹奏乐曲。枕上的彩云被隔断在巫山那边,楼边的杏花在寒冷的微雨中绽开。你在夕阳余晖下的暮霭烟云中,倚着栏杆。词句描写作者与情人因不能相见而强烈地互相思念的情景。

鹧鸪天·元夕有所梦
[宋]姜夔

肥水东流无尽期,当初不合种相思。
梦中未比丹青见,暗里忽惊山鸟啼。
春未绿,鬓先丝。
人间别久不成悲。
谁教岁岁红莲夜,两处沉吟各自知。

[**注释**]元夕:农历正月十五日,元宵节,这里指南宋宁宗庆元三年(1197)的元宵节。肥水:水名,源于安徽合肥紫蓬山,一支东流入巢湖,一支西北流入淮河。丹青:指绘画,这里特指(恋人的)画像。沈:即"沉"。

[**赏析**]肥水滔滔东流无尽无休,当初不该一见钟情与她两相恋。元宵夜梦见她有点模糊,不如画像真切,好梦还突然被窗外山鸟的鸣啼惊破。春草树木还没有绿,我的两鬓已出银丝。离别太久,一切伤感似乎都会被时光抹去。但谁让年年都有个元宵夜,在这个夜晚,两地之人都会沉吟相思。作者年轻时流寓合肥,曾与一弹筝女子相恋,此后天各一方,但作者旧情难抑。词句描写作者历久不忘该女子的情思。

二 恋爱情迷

述怀寄人
［宋］温婉

分手长亭后，音书更杳闻。

离愁应似我，况味不如君。

玉管宁无恨？兰莸别有熏。

攀思共明月，心绪正纷纭。

[注释]长亭：古时十里一长亭，五里一短亭，为旅途歇息和送别之处。玉管：对管乐器的美称。兰莸：兰，兰花，香；莸，莸草，臭。

[赏析]自从与你在长亭分别后，你音讯杳然，我收不着你的书信。离愁之苦没有人赶得上我，我的境况情味跟你没法儿比。当我吹奏时怎能不流露怨音？兰花香、莸草臭，我本想受你的指导和影响，我确实想与你团聚共赏明月，现在我是心烦意乱，失去了方寸。诗句中女主人公直白地表示攀爱对方，但对方离去后杳无音信，使女子陷入心烦意乱之中。

《红楼梦》第七十回·唐多令·柳絮
［清］曹雪芹

粉坠百花洲，香残燕子楼。

一团团逐队成毬。

漂泊亦如人命薄，空缱绻，说风流。

[注释]百花洲：在今江苏苏州。传说是吴王夫差携西施游乐之地。燕子楼：唐代高官张愔为其爱妾关盼盼所建住所，张死后，关独守楼中十余载而终，故址在今江苏徐州市西北。缱绻：形容男女情投意合，难舍难分。

[**赏析**]花朵飘落在百花洲,花香消失在燕子楼。柳絮随风飘扬成一团团绒球。飘飞的柳絮就像那薄命的人,徒有难舍难分的情感,纵然才华出众倜傥风流,终将四散无处归宿。这是全词的上片。词句是作者为小说中人物林黛玉代言,设定为林黛玉的自喻。词句暗示其无所归宿的爱情命运。

三洲歌
[南北朝]南朝乐府

风流不暂停,三山隐行舟。
愿作比目鱼,随欢千里游。

[**注释**]风流:这里指风吹水流。三山:非特指,谓多座山。欢:对情人的一种昵称。

[**赏析**]风吹水流啊船儿不停,渐驶渐远,消失在山后。我真愿像比目鱼那样,跟随着情郎千里同游。诗句描写女子期盼与情郎长久在一起的心情。

卜算子·风生杜若洲
[宋]张孝祥

风生杜若洲,日暮垂杨浦。
行到田田乱叶边,不见凌波女。
独自倚危栏,欲向荷花语。
无奈荷花不应人,背立啼红雨。

[**注释**]杜若:香草名。凌波:形容女子身姿轻盈,行走如履水波。

[**赏析**]微风吹过长着杜若的沙洲,河边的垂杨在夕阳下摇曳。青年男子忐忑不安地来到荷叶茂密的塘边,却没能见到那身姿轻盈、一脸甜蜜的女郎。他独自倚在荷塘边的栏杆上,见不到心上人,想向荷花倾诉衷肠。荷花似乎有点明了他的苦衷,却无法回应他的深切渴望。荷花只能背过脸去暗自垂泪,花瓣纷落。词句描写青年男子未能见到相约的女子,而柔肠百结、失望惆怅的心情,并描绘出连荷花也为之动容垂泪的幽怨意境。

卜算子·风雨送人来

[宋]游次公

风雨送人来,风雨留人住。
草草杯盘话别离,风雨催人去。
泪眼不曾晴,眉黛愁还聚。
明日相思莫上楼,楼上多风雨。

[**赏析**]情人在风雨中来到,指望风雨能把他留住。简单地吃了点饭,刚说了几句别离后思念的愁苦,没想到在风雨中他又要匆匆离去。眼泪流着没法揩干,黛眉愁结不能舒展。往后在相思时切不要登楼,楼上多见风雨,使人更添情愁。词句描写情人在风雨中匆匆来到又匆匆离去,使女子在从希望到失望的煎熬中更添离别的凄苦和相思的情愁。

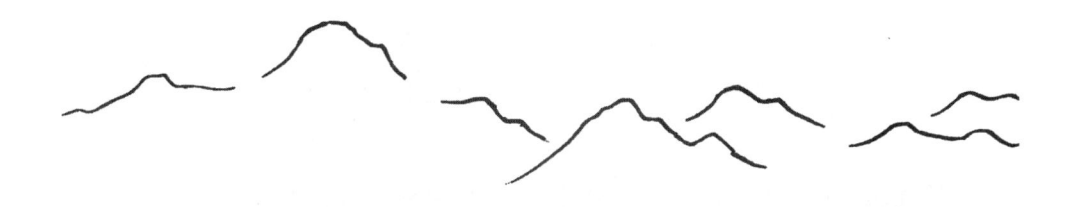

琴歌二首·其一

[汉]司马相如

凤兮凤兮归故乡,遨游四海求其皇。
时未遇兮无所将,何悟今兮升斯堂。
有艳淑女在此方,室迩人遐毒我肠。
何缘交颈为鸳鸯,胡颉颃兮共翱翔。

[**注释**]凤凰:古代传说中的百鸟之王,雄的叫凤,雌的叫凰。皇:即"凰"。何悟:为什么。迩:近。遐:远。毒:痛苦,难受。颉颃:指鸟上下飞。

[**赏析**]据说当时蜀郡富豪卓王孙之女卓文君,年轻寡居。司马相如宦游蜀郡,应邀参加卓王孙的盛大宴会。司马相如当众弹琴挑逗卓文君,后二人私奔。凤啊凤啊现在回到故乡,以前遨游四海为了寻求凰。时运未到没遇着凰呀,这就是为什么我今天要来到宴会厅堂。有位美丽小姐住在这里的闺房,室近人远,思念之情正残虐着我的心肠。哎呀,如何才能有缘分结为夫妻成鸳鸯,比翼齐飞自由翱翔。诗句作者直白地表达追求"凰",期求与之"共翱翔"的热切心情。

琴歌二首·其二

[汉]司马相如

凰兮凰兮从我栖,得托孳尾永为妃。
交情通体心和谐,中夜相从知者谁。
双翼俱起翻高飞,无感我思使余悲。

[**注释**]孳尾:本指禽鸟交尾,此处喻人之婚配。妃:即妻子、配偶。中夜

相从：半夜里跟从我，即指"私奔"。

[赏析]凤鸟啊凤鸟，愿你与我起居相依，形影不离，我永远做你妻。我与你情投意合身心和谐，咱们半夜里私奔没人知悉。比翼齐起一块儿高飞上下，别让我思念不已落下悲伤。诗句以女主人公（卓文君）语气表示愿意相好，作者热烈地追求爱人，并大胆地提出在半夜里私奔的要求。

赠远二首·其一

[唐]薛涛

芙蓉新落蜀山秋，锦字开缄到是愁。
闺阁不知戎马事，月高还上望夫楼。

[注释]芙蓉：荷花。锦字：形容妻子写给丈夫的书信。

[赏析]荷花凋谢，蜀地已是秋天，打开她的书信是愁怀一片。闺阁女子不懂得戎马军旅之事，在月亮高挂时她又上楼瞭望夫君的去处。此诗受赠人一般认为应是元稹。元稹宦海浮沉。女作者似对元稹心存爱意，故诗中有"锦字""望夫楼"等情语。

答人寄吴笺

[明]赵丽华

感君寄吴笺，笺上双飞鹊。
但效鹊双飞，不效吴笺薄。

[**注释**]吴笺：吴地（今江苏苏州一带）产的信纸。

[**赏析**]感谢你用吴笺写来的书信，信纸上印的"双飞鹊"图案尤其让我喜欢。但愿你我能仿效喜鹊双宿双飞，而不要像信纸那样的薄轻（情）。诗句描写女子（作者）借信纸及上面印的图案大胆发挥，希望与对方成双，不希望对方薄情。

高高山上一树槐
［清］民歌

高高山上一树槐，手攀槐枒望郎来。
娘问女儿："望什么"。
"我望槐花几时开。"

[**注释**]枒："丫"的异体字，枝丫。

[**赏析**]高高的山上有一株槐树，我手攀槐树枝眺望情郎过来的路。娘问女儿："你在望什么呀？""娘啊，我是在望槐花什么时候开。"歌词描写少女急切盼望情郎早点来到，又要掩饰自己心思的情态。

挂枝儿
［明］民歌

隔花阴，远远望见个人来到，穿的衣，行的步，
委实苗条，与冤家模样儿生得一般俏。
巴不得到跟前，忙使衫袖儿招。粉脸儿通红羞也，姐姐你把人错认了。

[**注释**]冤家：这里是对情郎的昵称。

[**赏析**]隔着树叶花影，远远看见一个人走来，他穿的衣裳，走路的姿势，确实轻曼美妙，模样儿跟我的那个情郎一般俊俏。恨不得他马上到我跟前，急忙挥动衣袖呼招。那人粉白的脸蛋忽然羞得通红，笑说："姐姐，你认错人了。"曲词调侃地描写女子急切盼望情郎来到，以致错认了人，被人取笑。

赠　婢
[唐]崔郊

公子王孙逐后尘，绿珠垂泪滴罗巾。
侯门一入深如海，从此萧郎是路人。

[**注释**]绿珠：西晋时大富豪石崇的宠妾，这里喻指被豪门夺走的美丽婢女。侯：古代贵族五个等级爵位中的第二等；侯门：这里泛指贵族豪门人家。萧郎：泛指女子所爱恋的男子。

[**赏析**]公子王孙竞相追逐这个女郎，有绿珠般美貌的女郎无奈泪流湿透了罗巾。你一旦进入了幽深似海的贵族豪门人家，此后你我即使相见，也将是陌生的路人一样。诗句描写与作者相恋的底层女子被胁迫、劫夺进入贵族豪门人家，二人的爱情只能断绝。诗句反映了封建社会等级森严导致的爱情悲剧。

凤凰台上忆吹箫·瓜渚烟消

[清]庄械

瓜渚烟消,芜城月冷,何年重与清游。
对妆台明镜,欲说还羞。
多少东风过了,云缥缈、何处勾留?
都非旧,君还记否?吹梦西洲。

[**注释**]瓜渚:指长江北岸的瓜洲。芜城:"扬州"的别称。

[**赏析**]瓜洲的烟云早已消散,扬州城上的月光清冷,什么时候能与你再次同游?面对梳妆台上明亮的镜子,想起那一段欢娱和狂热的日子,真是羞得我说不出口。东风年年吹绿江南,但那片缥缈的行云,却不知留在了天涯何处。都不是尘封旧事,你该记得当初的快乐与温馨,难道都成了逝去的绮梦?这是全词的上片。词句通过回忆往事,抒发女主人公对昔日情侣的深深萦怀和忆念之情,实际上也是表现作者内心的深情。

诗经·周南·关雎

关关雎鸠,在河之洲。
窈窕淑女,君子好逑。
参差荇菜,左右流之。
窈窕淑女,寤寐求之。
求之不得,寤寐思服。
优哉游哉,辗转反侧。

[**注释**]雎鸠:水鸟名,传说它们雌雄形影不离。"关关"指雌雄二鸟的和鸣叫声。窈窕:文静美好的样子。君子:女子对男子的尊称。逑:配偶。参差:长短不齐状。荇菜:一种水草,可食。寤:睡醒。寐:睡着。

[**赏析**]雎鸠"关关"地鸣叫着,双双停留在河中的沙洲。文静善良的美貌女子,是年轻君子心中追求的对象。荇菜长短不齐,在船的左右两边捞取它。对这个文静善良的美貌女子,日日夜夜都想追求她。这个美丽的女子追不到呀,无论醒着还是做梦都想着她。悠悠不断的思念没个完,躺在床上翻来覆去怎么也睡不着。全诗五段,这是第一、二、三段。诗句描写青年男子对美貌女子的爱慕和追求,反映出男子渴求配偶的心声和追求美丽女子的纯真性情。

挂枝儿

[明]民歌

鬼门关告一纸相思状,不告亲,不告邻,只告我的薄幸郎。
把他亏心负义开在单儿上,欠了我恩债千千万,一些儿也不曾偿。
勾摄他的魂灵也,在阎王门前去讲。

[**注释**]鬼门关:迷信说法中指人生活着的"阳间"与人死后去的"阴间"的交界关口。薄幸:薄情,负心。单儿:指状纸。阎王:传说中掌管地狱的神灵。

[**赏析**]我要到鬼门关去,向阎王呈递一纸相思状,我不告亲人,不告邻居街坊,只告那个薄幸负心的情郎。把他做的丧失良心、背弃仁义的事都写在状纸上,告他欠了我千千万的恩情债,至今一点儿都没有偿还。我要向阎王去控诉他,要求追索、摄取他的魂灵,让他不得安生。歌词描写女子对"亏心负义"的情人的怨恨,迫于无奈只好向阎王告状,要求阎王严厉惩罚他。

投赠张红桥

[明]林鸿

桂殿焚香酒半醒,露华如水点银屏。
含情欲诉心中事,羞见牵牛织女星。

[注释]张红桥:美貌才女,自称必得才如李白者始嫁。

[赏析]在高大宏伟的殿堂里烧香祈祷,酒似已醒了一半,月光如水一样映照着琉璃金饰的神佛肃穆庄严。我脉脉含情想向神灵倾诉心中的爱慕事情,但又害羞怕见到天上的牵牛星和织女星,怕这两颗神星看穿了我对你的情意。作者托邻媪投以此诗示爱,打动了张红桥,张遂引为知音,两人终成夫妻。

秋 夕

[清]黄景仁

桂堂寂寂漏声迟,一种秋怀两地知。
羡尔女牛逢隔岁,为谁风露立多时?
心如莲子常含苦,愁似春蚕未断丝。
判逐幽兰共颓化,此生无分了相思。

[注释]桂堂:对寺观殿宇的美称。女牛:指织女星、牛郎星。判:同"拼",舍弃。

[赏析]桂木构建的华美厅堂里,沉寂中只有滴漏声声,秋夜里的怀念,隔在两地的人都神会心知。真羡慕牛郎织女一年还能相会一次,我是为了谁在秋夜的风露里伫立多时?我的心因为相思常与莲子心一样苦,我的相思

愁绪像春蚕不断吐丝。我不再顾惜生命,宁愿与幽兰一起衰颓败谢,因为在今生已没有希望能了却相思。诗句描写作者因不能与初恋钟情的女子结合而感无限痛苦的心情。

[仙吕]一半儿·拟美人八咏·其一
[元]查德卿

> 海棠红晕润初妍,杨柳纤腰舞自偏。
> 笑倚玉奴娇欲眠。
> 粉郎前,一半儿支吾一半儿软。

[**注释**]偏:同"翩"。玉奴、粉郎:指女子所恋美男。

[**赏析**]面容像刚开的海棠花那样润满红晕,腰身像初春的杨柳枝那样纤细,起舞翩翩。她娇媚地笑着,似乎很困倦。她倚到了那个美男身上,支支吾吾不知在说什么,浑身已经酥软。曲词描写青春女子面对爱人情不自禁的情状。

[仙吕]游四门六首·其四
[元]无名氏

> 海棠花下月明时,有约暗通私。
> 不付能等得红娘至,欲审旧题诗。
> 支,关上角门儿。

[**注释**] 不付能：即不甫能，没料想，想不到。

[**赏析**] 约好在月光明亮的时候，在海棠花丛下暗自幽会。没想到我还在记背那首赠诗，她已飘然而至。只听到轻轻的一声"吱"，她把花园角门悄悄关上了。曲词描写一对情人密约幽会的景象。

浪淘沙·写梦
[清]龚自珍

好梦最难留，吹过仙洲。
寻思依样到心头。
去也无踪寻也惯，一桁红楼。
中有话绸缪，灯火帘钩。
是仙是幻是温柔。
独自凄凉还自遣，自制离愁。

[**注释**] 桁：梁上的横木。一桁：指一座。

[**赏析**] 美好的梦最难留下，梦中我到了仙人居住的地方。心里总想着重温旧梦。这一座红楼虽然已了无踪影，但寻找它似乎仍在常见惯遇之处，熟悉在心头。在那梦中的红楼上，灯火荧荧，低垂帘钩。我和她轻言蜜语，多么温柔，如同在仙境又像是幻景。醒来后只剩下凄凉的自己，只能独自排遣离愁别绪。作者借托梦追忆青年时期的一段深情艳遇。

采桑子·恨君不似江楼月
[宋]吕本中

恨君不似江楼月,南北东西,南北东西,只有相随无别离。
恨君却似江楼月,暂满还亏,暂满还亏,待到团圆是几时?

[赏析]我怨恨你还不如江楼上空的明月,明月不论转到南北东西哪个方位,都能照到这江楼之上,与我永远相随相伴不分离。我还怨恨你却像这江楼上空的明月,暂时圆满却又亏缺,暂时圆满却又亏缺啊,等到你我团圆谁知是何年何月?词句描写女子与情侣常有分离、不能长相厮守的哀怨心绪。

题玉泉溪
[唐]湘驿女子

红树醉秋色,碧溪弹夜弦。
佳期不可再,风雨杳如年。

[赏析]我为满山红叶的秋季景色而陶醉,入夜在碧绿的溪水边弹拨琴弦。美好的时光再也没有了,他走之后我只感到风雨沉沉度日如年。诗句描写女子在与男子相会后,男子却杳无音信,独留自己在风雨中度日如年的悲伤感情。

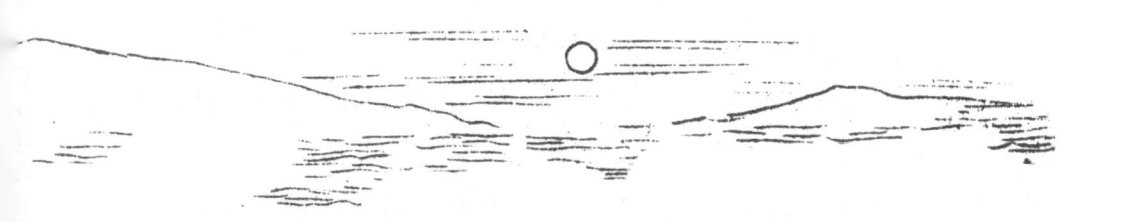

菩萨蛮·花明月黯笼轻雾

[五代]李煜

花明月黯笼轻雾,今宵好向郎边去。
划袜步香阶,手提金缕鞋。
画堂南畔见,一向偎人颤。
奴为出来难,教郎恣意怜。

[**注释**]划:只,仅,犹言"光着"。划袜:只穿着袜走路。奴:少女自称。

[**赏析**]花明月暗,四周轻雾笼罩,如此良宵正好去幽会情郎。只穿着袜子悄悄地走下台阶,手里提着绣鞋。在华丽堂屋的南边,终于与你相见,一刹间依偎在你怀里,我的心仍在颤抖,怦怦乱跳。你可知道我出来见你是多么的不易,这会儿就让你尽情地把我爱怜。词句描写热恋中的少女偷偷出来与情郎幽会时,又紧张又兴奋,渴望得到充分爱怜的心态。

诉衷情·花前月下暂相逢

[宋]张先

花前月下暂相逢。苦恨阻从容。
何况酒醒梦断,花谢月朦胧。
花不尽,月无穷。两心同。
此时愿作,杨柳千丝,绊惹春风。

[**赏析**]恋人在花前月下幽会,相逢时光太短暂。真恨那阻挡我们的理由。酒醒之后,美梦断了,花儿谢了,月亮也朦胧黯然了。但花是开不完的,月亮又会升起。我们相爱的心永远一样。这个时候我真愿成为杨柳的枝叶,永

远伴随着春情春风。这是一首赠给恋人的词,描写主人公在困苦悲辛中对情人的至爱深情,表现了对爱情的忠贞不渝和对美好前景的期盼。

思佳客·香阁银灯蜡炬浓
[清]汪森

欢绪少,酒杯慵,晓云易散月华空。
相思只恨蓬山隔,不为珠帘抵万重。

[注释]慵:懒洋洋,困倦。蓬山:即蓬莱山,传说为仙人(或美女)住处。

[赏析]在一起欢愉的时间很少,也没有喝酒陶醉,相聚如清晨的云彩容易散去,快乐又如夜里的月光转眼消失。只怨恨你远在蓬山,与我相隔如仙凡,一层珠帘咫尺天涯犹如万重山,难以相见,相思无限。这是全词的下片。词句描写主人公对情人无限相思与盼望的心情。

感旧四首·其二
[清]黄景仁

唤起窗前尚宿酲,啼鹃催去又声声。
丹青旧书相如札,禅榻经时杜牧情。
别后相思空一水,重来回首已三生。
云阶月地依旧在,细逐空香百遍行。

[注释]丹青:两种可制作颜料不易褪色的矿物,常喻绘画,这里借喻坚

贞的爱情。相如札：指司马相如（与卓文君相爱而）写的书信和诗赋。杜牧：唐代诗人，风流才子。杜牧情：指杜牧所写某诗，谓爱情已矣。三生：佛教用语，指前生、今生、来生。

[赏析] 被窗前的鸟儿啼叫声唤醒时，还带着昨夜的醉意朦胧，杜鹃鸟"不如归去"的啼鸣一声又一声。用丹青写下的旧日盟誓、司马相如式的情书都还在，经历僧人坐禅般的参悟，这种杜牧式的情心已经虚空。离别后的不断相思空随流水而去，旧地重游回头一看，好像已过了三生。从前晴云飘动、明月临照的幽会之地依然如故，为寻找她的芳香，我只能一遍一遍地踯躅独行。诗句描写作者对曾经恋爱之情的失落、惋叹和无限哀惜的迷茫心情。

[中吕]醉高歌过红绣鞋·寄金莺儿

[元]贾固

黄河水流不尽心事，中条山隔不断相思。
当记得夜深沉、人静悄、自来时。
来时节三两句话，去时节一篇诗，记在人心窝儿里直到死！

[注释] 中条山：山名，在山西省西南部。

[赏析] 黄河水滔滔不绝，流不尽我心中的想念；中条山巍巍横亘，隔不断我对你的相思。我记得很清楚，那个夜深时分，人声静寂，你来到我跟前。你诉说的情话简单温柔，离开时留下了诗一首。这一切永远记在我心里，一直到我死去。作者曾在山东做官，与当地歌妓金莺儿过从甚密。后作者迁任陕西，以此曲赠金莺儿，代之立言。前一部分是"醉高歌"。这里是后一部分"红绣鞋"，表达金莺儿对情人的无限依恋之心情。

梦游三首·其一
[五代]徐铉

魂梦悠扬不奈何,夜来还在故人家。
香濛蜡烛时时暗,户映屏风故故斜。
檀的慢调银字管,云鬟低缀折纸花。
天明又作人间别,洞口春深道路赊。

[**注释**]奈何:处置,对待。故人:过去的恋人。檀的:古代女子在脸上点饰的红点。洞:指神仙所居之处。赊:远。

[**赏析**]梦里游魂飘忽悠悠、不由自主,夜幕降临,还在过去恋人的家里。散发幽香的烛光忽明忽暗,投射在门户和屏风上的影像摇曳不定。脸上涂饰红点的她随意地调弄着饰银的乐管,高高的云鬟上低缀着纸花。见面多么难得,临近天亮却不得不跟人间一样作别。只是这神仙居所春意深浓、路途遥远,没法再来呀!诗句描写作者夜梦中与过去的恋人在故地相会,女子美丽依旧、情意缠绵,但天亮了又不得不作别,后会又无期。诗句表达了作者与女子深深相恋、苦苦相思又无限惜别的心情。

绮怀十六首·其十五
[清]黄景仁

几回花下坐吹箫,银汉红墙入望遥。
似此星辰非昨夜,为谁风露立中宵?
缠绵思尽抽残茧,宛转心伤剥后蕉。
三五年时三五月,可怜杯酒不曾消。

[**注释**]银汉：银河。红墙：指女子居所。三五：即十五。消：消除，消受。

[**赏析**]多少回因怀念她而坐在花下吹箫，伊人所在的居所虽然近在咫尺，却如天上的银河一般遥不可及。今夜这样的星辰已不是昨夜的星辰了，我这是为了谁冒着风露，伫立在庭院直到深更半夜。缠绵的情丝如残茧已经抽尽，宛转的心灵创伤似剥剩的芭蕉。看到十五的月亮，就想到她十五岁的年华，可叹，这几杯酒怎能消除我心中的绵绵哀愁。据说作者年轻时曾与表妹两情相悦，但没有结果。诗句描写作者内心对初恋情人既绝望又清醒的无限怀恋的心绪。

荷叶杯·记得那年花下
[唐]韦庄

记得那年花下，深夜，初识谢娘时。
水堂西面画帘垂，携手暗相期。
惆怅晓莺残月，相别，从此隔音尘。
如今俱是异乡人，相见更无因。

[**注释**]谢娘：晋代女子谢道韫极具文才，后常以"谢娘"指称才女。

[**赏析**]清楚记得我与"谢娘"初次相遇，是那年那个夜晚，在池塘西面的花丛下。画帘低垂，不忍别离，就拉着手，暗自约定相会日期。残月将尽的凌晨，莺儿的啼鸣响起，不得不在惆怅中分别，从此尘世相隔，失去了音讯。如今都已远离故地，成了异乡之人，想见面恐怕更没有机会了。词句回忆二人初恋的情景，欢悦情深，预约未来。但别后天各一方，音讯断绝，再未相见。全词语浅情真，怀念深长。

临江仙·梦后楼台高锁

[宋]晏几道

记得小蘋初见,两重心字罗衣。
琵琶弦上说相思。
当时明月在,曾照彩云归。

[注释]心字罗衣:上面有心形花纹的罗衣。彩云:这里比喻小蘋。

[赏析]我清楚记得初次见到小蘋姑娘的情景,她穿着双层的有心形花纹的罗衣。我弹奏琵琶表达爱慕相思之情意。今晚的明月还是当年与小蘋分别时的那个明月,它曾经照着美丽的她像彩云一般飘然归去。这是全词的下片。词句怀念初恋情人,充满对别离后的女子(小蘋)的思念与惆怅。

小 曲

[清]民歌

既有真心和我好,再不许你要开交。
再不许你人面前儿胡撕闹,再不许你嫌这山低来望那山高,
再不许你见了好的又把槽来跳。

[注释]要开交:指断绝关系。

[赏析]既然你说是真心和我相好,那就不许你以后和我断了。也不许你再和别的小女子调情嬉闹,更不许你见了那山高又嫌我这山低,喜新厌旧,见了好的又想跳槽。曲词表现女子面对情人的追求,直白尖锐地"约法三章",要求对方爱情专一,不能"胡闹""跳槽"。

诗经·秦风·蒹葭

蒹葭苍苍,白露为霜。
所谓伊人,在水一方。
溯洄从之,道阻且长。
溯游从之,宛在水中央。

[**注释**]蒹葭:指生长不久、尚未抽穗的芦苇。洄:逆流而上。

[**赏析**]河边的芦苇青苍苍,清晨的露水结成霜。我心中怀恋的那个人,就在对岸河边上。逆流而上去追寻她,道路险阻而且漫长。顺流而下,去跟从她,她仿佛是在河水中央。全诗有三大段,这是第一大段。诗句描写主人公对爱恋中人的思慕、向往和追求。诗句也创造出"在水一方"这种可望难即的具有相当普遍意义的人生意境。

浣溪沙·瓜陂铺题壁
[宋]无名氏

剪碎香罗浥泪痕,鹧鸪声断不堪闻,马嘶人去近黄昏。
整整斜斜杨柳陌,疏疏密密杏花村,一番风月更销魂。

[**注释**]香罗:香罗帕,古时常作为男女定情时相赠的信物。浥:沾湿。鹧鸪:鸟名,其叫声如"行不得也哥哥"。陌:田间小路。

[**赏析**]我要把那沾着泪痕的香罗帕剪碎,鹧鸪鸟的叫声实在不堪听闻,时近黄昏,马嘶鸣着人已远去。这个地方,既整齐又歪斜的小路旁都是杨柳,村庄里杏花正开放得疏密有致,怎能忘记这一场令人销魂的蜜意甜情?词句描写女子在情人迅疾离去后的伤感怨情。

子夜四时吴歌·夏歌
［南北朝］萧衍

江南莲花开，红花覆碧水。
色同心复同，藕异心无异。

[**注释**]莲花：即荷花。

[**赏析**]江南的荷花开了，一片红光覆盖在碧绿水面上。荷花的颜色与情人的内心一样红，红莲根部的藕是白的，与情人们纯洁的心没有差别。诗句以莲花与藕根的红与白，同情人内心的炽热与洁净相对应，描写爱情的热烈与挚诚。

锁南枝·捏泥人
［明］民歌

将泥人儿摔碎，着水儿重和过，再捏一个你，再捏一个我。
哥哥身上也有妹妹，妹妹身上也有哥哥。

[**赏析**]我把已捏好的你和我两个泥人摔碎，加上水重新和成泥团，重新捏一个哥哥你，再捏一个妹妹我。这样泥人哥哥身上有妹妹我的泥，泥人妹妹身上也有哥哥你的泥了。这是全词的后半。词的前半说先捏成你、我两个泥人。全词描写农家少女边捏泥人，边与情哥哥直抒心曲。词句表现了少女对情人无比热烈的爱情和大胆直白的追求。

诗经·郑风·将仲子

将仲子兮,无逾我园,无折我树檀。
岂敢爱之?
畏人之多言。仲可怀也,人之多言亦可畏也。

[**注释**]将:这愿,请。仲:古时兄弟排行按"伯仲叔季"的顺序,仲代表老二。逾:越过。

[**赏析**]二哥呀,请你听我的话,别越礼来到我家的园地,别攀折我家的青檀枝。不是我舍不得檀树枝条,我是怕邻人乱嚼舌头毁我名声。二哥呀,虽然我十分思念你,可是邻居街坊们的闲言碎语也是很可怕的呀。全诗三段,这是第三段。第一、二段描写少女表示"畏我父母""畏我诸兄"的种种担忧。这一段描写少女对心爱的人一往情深,又害怕周边人们背后议论的矛盾心情。

诗经·小雅·白驹

皎皎白驹,食我场苗。
絷之维之,以永今朝。
所谓伊人,于焉逍遥。

[**注释**]絷:拴,捆。维:系住。

[**赏析**]毛色洁白的马儿呀,吃着我家园子里的嫩苗。绊住马腿系住缰绳,今朝与你尽情欢乐。我心仪的人你不要走,留在我这儿可以自在逍遥。全诗三段,这是第一段。从全诗来看,描写的是女子想象中的情景,反映了女子对美好爱情的期盼。

子夜歌·今夕已欢别

[南北朝]南朝乐府

今夕已欢别,合会在何时?
明灯照空局,悠然未有期。

[注释]欢:对情人的一种昵称,这里指与情人约会。局:本指棋局,布局,设置,这里是比喻情人幽会。

[赏析]今夜与情人相见后又分别了,何时才能重温柔情,再尝甜蜜?明灯照着空荡荡的房帏,时光悠然漫长,相见无有定期。诗句描写女主人公在与情人欢愉之后,对不确定的未来的期待和怅惘的心情。

更漏子·金雀钗

[五代]李煜

金雀钗,红粉面,花里暂时相见。
知我意,感君怜,此情须问天。

[赏析]插上雀形钗头的金钗,红红脂粉匀盖着面颊,只能在花园里与你短暂相见。我相信你知道我的心意,我也十分感激你对我的怜爱。但是这份深爱浓情能否如愿,只有去问那苍天。全词描写的是梦境。这是全词的上片,描写少女精心打扮,与情人相见,又表现少女对爱情前途的担忧,以及对不确定的未来的疑虑。

更漏子·锦筵红

[宋]张先

锦筵红,罗幕翠,侍宴美人姝丽。
十五六,解怜才,劝人深酒杯。
黛眉长,檀口小,耳畔向人轻道。
柳阴曲,是儿家,门前红杏花。

[注释]姝:美好,美女。儿家:古时年轻女子对自家的称呼。黛:青黑色。檀:浅红色。

[赏析]筵席桌上铺着红锦缎,房间里挂着碧绿丝幕,侍宴的女子长得很美。年纪不过十五六岁,已懂得爱慕才子,不时给我斟酒,劝我多饮几杯。她青黑的眉毛细又长,红唇的小嘴贴着我的耳旁轻轻地说:在弯弯小路柳荫处,就是我的家,门前有棵树开着红杏花。词句描写才子(作者)与佳人(侍女)邂逅在酒筵上,佳人轻声告知自己的住处,主动邀约才子相会的情景。

[双调]沉醉东风·赠妓朱帘秀

[元]胡祗遹

锦织江边翠竹,绒穿海上明珠。
月淡时,风清处,都隔断落红尘土。
一片闲云任卷舒,挂尽朝云暮雨。

[注释]朱帘秀:又称珠帘秀,当时名妓。朝云暮雨:喻指男女情合。

[赏析]这帘儿是江边的翠竹加锦丝绦织就,这帘儿是南海中的明珠用红绒线串成。无论是在淡月下,还是在风清处,它都不沾染飞花,并能够隔断

红尘中的灰土。它像一片彩云,能卷能舒,能屈能伸;它看尽了多少朝云暮雨,却不着一点印痕。曲词高度赞誉朱帘秀身处红尘,仍能清华绝俗,高标立身,表现了作者对朱帘秀的景仰爱慕之情。

渔家傲·近日门前溪水涨
[宋]欧阳修

近日门前溪水涨。郎船几度偷相访。
船小难开红斗帐。无计向。
合欢影里空惆怅。愿妾身为红菡萏。
年年生在秋江上。重愿郎为花底浪。
无隔障。随风逐雨长来往。

[注释]红斗帐:一种红色圆顶小帐。合欢:并蒂而开的荷花。菡萏:即荷花。

[赏析]近日门前溪水上涨了,情郎几次摇着船儿偷偷来到。只因采莲船儿太小,难以挂起红斗帐。不能亲爱是没法子呀,在并蒂荷花下空自惆怅。我愿成为一朵红荷花,年年生长在秋江上,再希望情郎是花下的浪。这样你我之间就没有任何障碍与阻隔,能随风逐雨长久来往。词句描写一对情人趁溪水上涨时幽会,囿于客观条件(船小)难以放开的情境,表现水乡女子对爱情的热烈向往和渴求。

诗经·小雅·菁菁者莪

菁菁者莪,在彼中阿。
既见君子,乐且有仪。
菁菁者莪,在彼中沚。
既见君子,我心则喜。
菁菁者莪,在彼中陵。
既见君子,锡有百朋。
泛泛杨舟,载沉载浮。
既见君子,我心则休。

[**注释**]菁菁:草木茂盛。莪:莪蒿,一种野草,可食。阿:山的弯曲处,山坳。君子:对男子或丈夫的尊称。沚:水中小洲。陵:丘陵,土山。锡:同"赐"。朋:古时以贝壳为货币,两串为"朋"。休:安定,欢乐。

[**赏析**]莪蒿长得很茂盛啊,就长在那山坳处。我见到那个男子了,仪表堂堂还乐呵呵。莪蒿长得很茂盛啊,还长在那水中小洲。我见到那个男子了,我的心里欣喜快乐。莪蒿长得很茂盛啊,丘陵地里也有很多。我见到那个男子了,他送给我贝币二百串。杨木船儿泛流河上,忽上忽下随波逐流。我和他一起荡舟,我的心里安定欢畅。诗句描写女子见到那个男子后,心里很高兴,两人恋爱,以及在一起荡舟遨游的相爱过程。

诗经·邶风·静女

静女其姝,俟我于城隅。
爱而不见,搔首踟蹰。

[**注释**]姝：美好，美女。俟：等待。踟蹰：心里迟疑、要走不走的样子。

[**赏析**]雅静端淑的美女，约我在城角边相见。她却躲藏着不来见我，害得我直挠头，忐忑难安。全诗三段，这是第一段。诗句描写男女约会时捉迷藏式的趣闹调情。

[双调]水仙子·春情
[元]徐再思

九分恩爱九分忧，两处相思两处愁，十年迤逗十年受。
几遍成几遍休，半点事半点惭羞。
三秋恨三秋感旧，三春怨三春病酒，一世害一世风流。

[**注释**]迤逗：牵挂。

[**赏析**]你我有九分恩爱又有九分担忧，人在两处不断相思又不断发愁，迁延十年的牵挂在十年里生受。几次要成婚，几次又罢休，只是因为一丁半点的事儿想起来真是惭恨愧羞。一到秋季就多生怨恨又感念旧情，一到春天就春心难抑又借酒浇愁。啊，你害得我一生纠结于你的情爱风流。词句描写女子诉说与情人从开始恋爱至今已有十年之久，饱尝了忧、愁、受、休、羞等的煎熬、痛苦的情路历程。

暗香·旧时月色

[宋]姜夔

旧时月色,算几番照我,梅边吹笛?
唤起玉人,不管清寒与攀摘。
何逊而今渐老,都忘却春风词笔。
但怪得竹外疏花,香冷入瑶席。

[注释]何逊:南朝诗人,其住舍有梅花。但怪得:惊异于。瑶席:对宴席的美称。

[赏析]昔日皎洁的月光,曾多少次照着我,对着梅花吹着玉笛,声韵谐和。笛声唤起美丽佳人,不顾清冷寒瑟,跟我一起攀折梅花。而今我就像何逊渐入衰老,已忘却往日春风般绚丽的文采辞藻。令我惊异的是竹林外稀疏的梅花,仍将它的清冷幽香散入这豪奢的宴席之上。这是全词的上片。词句描写作者回忆往日同美丽恋人在一起的时光,吹笛折梅言情,情境多么幽雅,情意绵绵难以忘怀;而今人已衰老,感慨只有梅花依旧芳香。

阮郎归·旧香残粉似当初

[宋]晏几道

旧香残粉似当初。人情恨不如。
一春犹有数行书。秋来书更疏。
衾凤冷,枕鸳孤。愁肠待酒舒。
梦魂纵有也成虚。那堪和梦无。

[注释]衾:被子。

[**赏析**]旧时残剩香粉的芳馥仍跟当初相似。那个人的情意已远不如以前,让我恨怨。春天里还寄来几行书信,到了秋季书信更是稀疏。我只能孤零零一个人盖着冰冷的凤凰被,躺在鸳鸯枕上。只好以酒浇愁,来纾解内心的忧伤。纵使在醉梦中能见着他,也只是虚空。何况连梦里也见不着他呀。全词描写失恋女子的忧伤,表现女子对走后音信越来越稀疏的男子的恨怨。

节妇吟·寄东平李司空师道
[唐]张籍

君知妾有夫,赠妾双明珠。
感君缠绵意,系在红罗襦。
妾家高楼连苑起,良人执戟明光里。
知君用心如日月,事夫誓拟同生死。
还君明珠双泪垂,恨不相逢未嫁时。

[**注释**]襦:短衣,短袄。良人:女子对自己丈夫的称呼。明光:本是汉代宫殿名,这里指皇宫。

[**赏析**]你明知道我是有丈夫的,你还要送给我一对明珠。我感谢你的缠绵情意,把明珠系在我的红罗短衣。我家的高楼就连着皇家的花园,我丈夫手持长戟值守在宫殿里。我明白你爱恋我的心思,像太阳月亮一样光明热诚,但是我忠心侍奉丈夫,况且我早已起誓要与他同生共死。所以你赠给我的珍贵明珠只能退还你,我难过得眼泪都掉下来了,只遗憾我没有在出嫁前与你相逢。这首诗所描写的女子对他人求爱的婉拒是意味深长、隽永得体的,女子对他人提出的某种邀约追慕的婉辞,有理有节,又尊重对方。

九绝为亚卿作·其五
[宋]韩驹

君住江滨起画楼,妾居海角送潮头。
潮中有妾相思泪,流到楼前更不流。

[**注释**]亚卿:葛次仲,字亚卿,作者的朋友。海角:指江入海处,海水涨潮时,潮水溯江而上。

[**赏析**]你住在江边的华美高楼中,我住在海角,天天送潮头往江里涌流。这潮头里有我多少相思泪啊,潮头流到你的高楼前就流不动了,你可知道?诗句以女子口吻描写一底层女子对某位住高楼男子的一片痴情。

如意娘
[唐]武则天

看朱成碧思纷纷,憔悴支离为忆君。
不信比来长下泪,开箱验取石榴裙。

[**注释**]武则天:十四岁入宫为唐太宗的才人。其时与太子李治有情。唐太宗死后,入感业寺为尼。唐高宗李治在寺中看见了她,复召入宫,后立为皇后。史载此诗是她在感业寺为尼时写给李治的。看朱成碧:把红色看成绿色。支离:意同憔悴。比来:近来。石榴裙:红色裙子,转意指女性的美妙风情。

[**赏析**]泪眼模糊、思绪纷乱,竟把红的看成了绿的;面容憔悴、骨立形销,只因为相思你过度呀。你若不相信我近来因思念你而总是落泪,那就打开衣箱,来验看我石榴裙上的斑斑泪痕吧。诗句描写作者对李治的爱恋思慕之情,希望唤起李治旧情,接受她的爱意,让她回到宫中。

东阳溪中赠答
[南北朝]谢灵运

可怜谁家妇？缘流洒素足。
明月在云间，迢迢不可得。
可怜谁家郎？缘流乘素舸。
但问情若为，月就云中堕。

[注释]可怜：可爱。洒：通"洗"。若为：若何，怎么样。

[赏析]这是谁家可爱的姑娘，就着这流水在洗濯白皙的脚丫？明月高挂出没在云端，太过遥远，可望不可即啊。这是哪家的愣头小伙子，在江中驾着白篷帆的小船？要问我的心情怎么样，你看那月亮已从云中落下来啦。这首诗是作者摹拟东阳江中男女青年互相通情的话。前四句是男子直问，后四句是女子应答。诗句描写民间青年男女朴实直白的爱欲和欢欣热烈的情态。此诗亦作为分开的两首诗。

无题四首·其一·来是空言去绝踪
[唐]李商隐

来是空言去绝踪，月斜楼上五更钟。
梦为远别啼难唤，书被催成墨未浓。
蜡照半笼金翡翠，麝熏微度绣芙蓉。
刘郎已恨蓬山远，更隔蓬山一万重。

[注释]半笼：半映，指烛光微亮。刘郎：相传东汉时刘晨和阮肇上天台山采药，遇见两个女子，被邀至女子家，留居半年乃还，后又入山寻二女，渺

然无所遇,后世以"刘郎""阮郎"指情郎。蓬山:即蓬莱仙境,泛指情人所居之处。

[赏析]她说还要来的,其实是句空话,一去杳无影踪。我在楼上空等,直到残月西斜,传来五更钟声。我在梦里因为远别啼哭难以呼叫,醒来后研墨未浓匆忙写成一封信。残烛的余光微亮,照着用金线绣成翡翠鸟图案的被子,浓重的麝香气味飘入绣着荷花式样的帷帐。我像古时的那个刘郎,本已怨恨蓬山仙境太过遥远,更那堪我所思念的那个人还隔着蓬山有千重万重。诗句借刘郎的典故,述说今后要再见那个情人是不可能的了,以此表示主人公的情思难收、情人难见的惆怅心情。

《西厢记》诸宫调·卷一
[金]董解元

兰闺久寂寞,无事度芳春。
料得行吟者,应怜长叹人。

[赏析]《西厢记》里张生与崔莺莺初次相遇时,互相产生了爱慕之情。张生在夜里隔墙吟诗一首,崔莺莺即和以此诗。长久住在芳香的闺阁里真是寂寞,无所事事,虚度着美好的青春年华。料想那个在外漂泊的吟诗书生,应当能理解和怜惜我内心的感叹、寂寞与期待。诗句是崔莺莺内心渴望爱情的自述。这也成了崔莺莺与张生曲折爱情故事的开端。

自题桃花杨柳图
[清]顾媚

郎道花红如妾面,妾言柳绿是郎衣。
何时化得鹣鹣鸟,拂叶穿花一处飞。

[**注释**] 鹣鹣鸟:比翼鸟。

[**赏析**] 情郎呀你说我的容颜比花儿还红艳,我要说你的衣裳如同翠绿柳叶。什么时候咱俩能成为比翼鸟,一起拂开树叶,穿过花丛,欢乐齐飞?作者是歌女。这是一首题画诗,作者直白地告知情人,希望与他成婚"一处飞"。

远别曲
[明]谢榛

郎君几载客三秦,好忆侬家汉水滨。
门前两株乌桕树,叮咛说向寄书人。

[**注释**] 三秦:陕南、关中、陕北,合称"三秦",今指陕西省地域,此诗中指陕北一带地方。

[**赏析**] 情哥哥好几年客居在三秦地方,你总该记得我家是在汉水旁边。我要特别嘱咐捎信的人让他说清楚,我就是家门前有两株乌桕树的那个姑娘呀。实际上并不存在"寄书人"。诗句描写未婚少女对长期在外的意中人的思念,希望他不要忘了自己,即家门口有两株乌桕树、一直在等待着他的那个姑娘。

[北仙吕]一半儿·郎如春光妾如舟

[清]杨瑛昶

郎如春光妾如舟,河水清波一处流。
情长情短几时休?
思悠悠,一半儿莲红一半儿藕。

[**赏析**]情郎你好像明媚的春光,我如同一只小船,小船沐浴着春光在水波里漂流。你与我的情有多长久,会不会止休?情思悠悠、爱情永久,我是开在水面上的红莲花,你是长在水底下的藕。曲词描写女子对情郎的热烈情感,期望情郎与自己就像藕根与莲花一样分不开。

生查子·情景

[宋]姚宽

郎如陌上尘,妾似堤边絮。
相见两悠扬,踪迹无寻处。
酒面扑春风,泪眼零秋雨。
过了别离时,还解相思否。

[**注释**]陌:田间东西方向的小路,泛指道路。
[**赏析**]情郎啊,你如同路上的尘埃,我恰似堤边的柳絮。在随风飘忽的悠扬中相逢,一旦分离,今后到哪里去寻找你的踪迹呢?在习习春风里相聚,饮酒使脸儿通红,沉浸在幸福中;在沥沥秋雨下分别,雨点和着眼泪,痛苦在怨恨中。离别时是多么难舍难分,过了这时刻,你能否遥感到我对你的相思是与日俱增。词句描写女主人公与情人萍水相逢,情感炽热真挚,又表

现离别后内心对情人的怨艾和深深的思恋。

乐府二首·其二
[宋]许棐

郎心如纸鸢,断线随风去。
愿得上林枝,为妾萦留住。

[**注释**]鸢:老鹰。纸鸢:指风筝。上林:汉代皇帝花园的名称。上林枝:借指高大树木。萦:缠绕。

[**赏析**]情郎的心思如同风筝飘忽不定,拽着它的线一断,就随风飘走。但愿有高大的树木枝杈,为我把它缠绕挂住留下来。词句描写女子因情郎心思飘摇不定而痛苦,显示女子的一片痴情。

寄 情
[宋]温婉

郎在溪西妾岸东,双眸寄恨托溪风。
待郎行尽溪边路,笑入垂杨避钓翁。

[**赏析**]情郎在小溪西岸,我在溪的东岸,在溪流微风中,两人目光互射传情。情郎走完溪边小路,要与我碰面了,我心花怒放、满面含笑,赶紧躲入杨柳枝里,以免让钓鱼老翁瞅见。诗句描写一对恋人相约相会的过程和女子的欢愉心情。

惜分飞·泪湿阑干花著露

[宋]毛滂

泪湿阑干花著露,愁到眉峰碧聚。
此恨平分取,更无言语空相觑。
断雨残云无意绪,寂寞朝朝暮暮。
今夜山深处,断魂分付潮回去。

[**注释**]阑干:眼泪纵横的样子。潮:指钱塘江潮。

[**赏析**]你泪流纵横,像一枝鲜花沾带着露珠,忧愁在你的眉间紧紧缠绕,又像是碧绿山峰叠聚。这离愁别恨你我平均分取,只能互相凝望默然无语。雨停了云散了,欢愉过去再无情致。从此朝朝暮暮只能空守孤寂。今夜我将投宿在山野深处,只有我的情魂会跟随钱塘江潮,回到你的心窝深处。作者在钱塘(今杭州)官府任职时与一歌女相恋,任期届满回乡,以这首词赠此女,表达其内心难舍的情思。

忆王孙·鄱阳彭氏小楼作

[宋]姜夔

冷红叶叶下塘秋,长与行云共一舟。
零落江南不自由。
两绸缪,料得吟鸾夜夜愁。

[**注释**]鄱阳:作者的故乡,今江西鄱阳县。彭氏:宋代时为鄱阳地方世族。冷红:指枫叶。绸缪:缠绵。鸾:传说中凤凰一类的鸟。吟鸾:指作者的妻子。

[**赏析**]霜后的枫叶一片绯红,在肃杀的秋风里一叶叶飘落到水塘中。

游子浪迹江南,如同与天上行云共乘一舟。我一介布衣辗转风尘,难以安身立命,何言自由。我与在合肥的心上人情意缠绵、相互思念,在我登上彭氏小楼之际,料想她每天夜里因为思念我而忧愁。词句描写作者在漂泊羁旅中感怀身世,思念爱人,真挚幽微,意蕴深远。

读《牡丹亭》绝句

[明]冯小青

冷雨幽窗不可听,挑灯闲看牡丹亭。
人间亦有痴于我,岂独伤心是小青!

[**赏析**]在清幽的窗下不忍听淅沥的雨声,愁闷中挑亮油灯阅读《牡丹亭》。《牡丹亭》里的人物至情至性,人世间还真有比我更痴心于情的人,为情而伤透了心的岂止我冯小青一人。据说,作者十七岁时嫁给杭州富公子冯生为妾。因为大妇不容而至别业居住,不久病死。诗句作者感慨直诉自己为情所困而伤透了心。

红桥答诗

[明]张红桥

梨花寂寂斗婵娟,银汉斜临绣户前。
自爱焚香消永夜,从来无事诉青天。

[**注释**]婵娟:美好(多形容女子)。银汉:银河。

[赏析]洁白的梨花悄然开放多么美好,明亮的星光倾斜地临照到我的锦绣闺房。我喜欢自己在夜里焚香以消弭漫漫长夜的寂寞,从来不是为了什么事去向青天祈求保佑。此诗是作者对林鸿《投赠张红桥》求爱诗的"答诗"。诗句表示自己十分清白,自爱自重,只力求做好自己,从来不靠上天眷顾或需要他人垂怜。后来张红桥与林鸿结为夫妻。

读曲歌

[南北朝]乐府

怜欢敢唤名?念欢不呼字。
连唤欢复欢:两誓不相弃。

[注释]读曲:又作独曲,独自演唱。欢:对情人的昵称,犹如"亲爱的"。名、字:古人有"名",又有"字"(别名),对人常常称"字",以示尊重或亲密。

[赏析]怜爱你呀不敢直呼你的名,想念你呀又不忍唤叫你的字。只好连连呼唤亲爱的亲爱的、我的欢呀我的欢啊,咱俩曾经山盟海誓、互不相弃。诗句描写女子思念情郎、热爱情郎,但愿两不相弃的急切心情。

越 歌

[明]宋濂

恋郎思郎非一朝,好似并州花剪刀。
一股在南一股北,几时裁得合欢袍?

[**注释**]并州:古代州名(今山西太原一带),以产精良锋利刀剪闻名。合欢袍:指婚服。

[**赏析**]我恋着你,思念你,已不是一天两天了,你我就好像并州剪刀的两股刀片,应是铆在一起。只是眼前一股在南,一股在北,什么时候才能铆在一起,剪裁得两身婚服进洞房?诗句描写女子渴望与久恋的情郎早日成婚。

青玉案·凌波不过横塘路
[宋]贺铸

凌波不过横塘路。
但目送、芳尘去。
锦瑟华年谁与度?
月台花榭,琐窗朱户。
只有春知处。

[**注释**]横塘:地名,在苏州城外,是作者隐居地。锦瑟华年:指青春年华。琐窗:雕绘连琐花纹的窗。

[**赏析**]你步履轻盈却不肯来到横塘。我只能凝望目送你带走芬芳。你会与谁共度青春美好时光?是近月的楼台花开的庭榭,还是朱门里雕画的窗下?只有春风才知道你生活的地方。这是全词的上片。词句描写作者对某俏丽佳人的向往、爱慕,和得不到佳人青睐的怅憾。

采莲曲

[唐]白居易

菱叶萦波荷飐风,荷花深处小船通。
逢郎欲语低头笑,碧玉搔头落水中。

[**注释**]飐:摇曳。

[**赏析**]菱叶在水面飘荡,荷叶在风中摇曳,荷花深处,她的小船与他的小船碰见。采莲姑娘想与他说话,又带着羞涩含笑低头,一不留神头上的碧玉簪掉落水中。诗句描写青年男女利用采莲的机会乘舟在荷花丛中会面的情景。

千秋岁·春恨[①]

[明]杨基

柳花飞尽。鱼鸟无音信。
杯减量,愁添鬓。
梅酸心未老,藕断丝犹嫩。
欢笑地,转头都做江淹恨。

[**注释**]江淹:南朝文学家,以《别赋》一文著名。江淹恨:指离别之恨。

[**赏析**]柳絮已经飘飞掉尽,也没有鱼或雁传来任何音信。酒量越来越少,愁思使得两鬓添霜。青涩的感情(初恋),总是令人难忘,藕早已断了藕

---

① 一说此词为欧阳修所作。

丝还是那么嫩。在一起欢笑的地方,转眼之间都变成了离别的幽恨,实在让我懊恼难忘。这是全词的上片。词句描写作者回忆年轻时的一段恋情,人虽然早已分别,情思仍然不断,总是难以忘怀。

代赠二首·其一
［唐］李商隐

楼上黄昏欲望休,玉梯横绝月中钩。
芭蕉不展丁香结,同向春风各自愁。

[**注释**]代赠:为别人代写的赠人之作。

[**赏析**]黄昏时分想登楼凭栏远眺终于作罢,楼梯横断情郎不来,只有新月如钩。芭蕉心尚未展开,丁香花蕾郁结难解,它们同时向着春风各自深怀忧愁。诗句描写女子(以丁香喻)与情郎(以芭蕉喻)怀有相同情愫,都因不得与对方相会而忧愁。

秦楼月·楼阴缺
［宋］范成大

楼阴缺,阑干影卧东厢月。
东厢月,一天风露,杏花如雪。
隔烟催漏金虬咽,罗帏黯淡灯花结。
灯花结,片时春梦,江南天阔。

[**注释**]阑干:即"栏杆"。金虬:造型为龙的铜漏,古代计时器具。灯花结:灯芯烧结成花,旧俗认为有喜事。

[**赏析**]在未被树荫遮住的楼阁一角,栏杆的影子恰在东厢房前,天空是一轮皓月。月光照着东厢,满天风清露冷,杏花洁白如雪。隔着烟雾,能听到铜龙滴水,声如哽咽,催促着时光;东厢房丝质帷幕里灯光昏暗,灯芯结了花。灯芯结了花,只做了一会儿春梦,便到了天高地阔的江南。全词描写闺中女子月夜怀人、春梦迷离的情景,也含蓄地寄托了作者对心上人的爱意。

题李昔非斋头

[明]董如瑛

路入桃源莫问津,吾家别有武陵春。
绿窗深锁无人到,唯有花香暗袭人。

[**注释**]斋:书斋。桃源:即陶潜在《桃花源记》中所描述的世外桃源。这里借指李昔非书斋。问津:询问渡口,打听情况。武陵:指误入桃花源的武陵渔人。

[**赏析**]进入了世外桃源,就不要打听是什么地方了,这书斋里别有一番武陵渔人最喜爱的春天。绿色的纱窗、深闭的门锁,没有别人会来到,只有一股股花香袭来,把人熏得神迷魂消。作者是歌女。诗句描写在情郎李昔非书斋,绿窗春深,无人打搅,书斋成为香巢,任由李昔非和她欢度良宵。

绮怀十六首·其十六

[清]黄景仁

露槛星房各悄然,江湖秋枕当游仙。
有情皓月怜孤影,无赖闲花照独眠。

[注释]星房:星光照着的房间。喻指所恋女子居室。无赖:可爱。

[赏析]露水沾湿的栏杆、星光照着的房间各自无声悄然,浪迹江湖的我在秋夜里独自倚枕,权当在游历仙界。当空的皓月似乎多情地照着我孤单的身影,可爱的秋花好像很同情我只能独自成眠。全诗八句,这是前四句。诗句描写作者对初恋钟情而未能结合的女子始终念念不忘,又免不了顾影自怜。

挂枝儿

[明]民歌

露水荷叶珠儿现,是奴家痴心肠把线来穿。
谁知你水性儿多更变:这边分散了,又向那边圆。
没真性的冤家啊,随着风儿转。

[注释]奴家:古代女子自称。冤家:对情人的昵称。

[赏析]荷叶上的露水显得跟珍珠似的,是我痴心冒傻气妄想用线把它串起来。谁知你是个水性的人如此善变:这边与我分手散了,又到那边跟别的女人团圆。你是个没有真心诚意的冤家呀,总是随着风儿滴溜溜乱转。歌词描写女子对喜新厌旧的"水性"情人的恨怨心情。

桂枝香·示李生

[明]薛素素

绿窗烟暝,苍阶月冷。
向多情诉衷肠,又恐怕旁人私听。
低低唤郎,低低唤郎,与你潜行花径,把心期偷订。
更叮咛,莫向人前语,空耽薄幸名。

[注释]心期:心愿之期。

[赏析]绿纱窗外一片烟霭天色昏暗,冷寂的月光照着苍白的石阶。我要向情郎诉说衷肠,又恐怕被旁人偷听了。低声地低声地呼唤情郎:我和你悄悄地溜到花园小路边,把咱俩欢情心愿的时间地点秘密约定。我还要特别嘱咐你,切勿对别人夸口显摆,你若这样做,会摊上轻薄无情的坏名声。作者是歌女。词句描写女作者直白地要求与情郎密约欢情的情状。

遣 怀

[唐]杜牧

落魄江南载酒行,楚腰肠断掌中轻。
十年一觉扬州梦,赢得青楼薄幸名。

[注释]楚腰:历史上有"楚王好细腰"的传说。掌中轻:传说汉成帝宠妃赵飞燕体态轻盈,"能为掌上舞"。扬州梦:当时扬州是繁华的都市,一些人到扬州寻求梦想的美好享乐的生活。青楼:一般指妓院之类风月场所。薄幸:薄情,负心。

[赏析]我落魄江南,行为放纵,醉里寻梦,与细腰美人调笑,看轻盈歌

女曼舞。在扬州过了十年梦幻般的日子,今天才猛然醒悟,只是已在风月场里留下了轻薄负心的坏名声。诗句描写作者在终于做官后,自曝曾浪迹扬州过了十年不自拘检、恍如梦幻的生活,在自嘲自遣中凝结着仕途失意、怀才不遇、自责自新的沉重和怨艾。

减字木兰花·卖花担上
[李]李清照

卖花担上,买得一枝春欲放。
泪染轻匀,犹带彤霞晓露痕。
怕郎猜道,奴面不如花面好。
云鬓斜簪,徒要教郎比并看。

[赏析]在街头的卖花担上,买得一枝含苞欲放的花。花苞上的露水好似均匀的泪珠,还闪耀着朝霞红彤彤的光芒。恐怕情郎的心里想,我的面容不如花朵娇艳。我把花当作簪子斜插在云鬓间,只为让情郎看一看,到底哪个漂亮。词句描写女子以花为簪极力妆扮,切盼情郎肯定自己美貌的小心思。

[越调]小桃红八首·其二
[元]杨果

满城烟水月微茫,人倚兰舟唱。
常记相逢若耶上,隔三湘,碧云望断空惆怅。
美人笑道:莲花相似,情短藕丝长。

[**注释**]若耶:溪名。在今浙江绍兴若耶山下。相传西施曾在此溪浣纱。三湘:指湘江流经的湖南地域。藕丝:谐音"我思"。

[**赏析**]满城弥漫着从水上升起的雾烟,月光渺茫暗淡。有人斜倚着兰舟低声吟唱。我常常想起与他邂逅在若耶溪畔,但他已远在天涯,隔着三湘,我望断了碧云天,也是徒然失望惆怅。唉,我跟美丽的莲花一样,开放的时间(我与情郎相处的时间)虽然短暂,但"藕丝"(我的情思)很长很长。曲词描写水乡采莲女子对远方恋人的无尽的思念。

[仙吕]一半儿·春情
[元]徐再思

眉传雨恨母先疑,眼送云情人早知,口散风声谁唤起?
这别离,一半儿因咱一半儿你。

[**赏析**]你我眉目传情使我娘亲先产生了怀疑,这种雨丝云情般的秘密外人竟早已得知,散布出去风声这个责任到底由谁引起?使得咱俩不得不分离,一半儿是因为我不慎一半儿要赖你。曲词描写少女与情人的恋情被母亲和他人识破、终至被迫分离的懊恼,以及对情人的半嗔半怨。

挂枝儿

[明]民歌

眉儿来,眼儿去,我和你一道看上。
不知几世修下来,和你恩爱这一场。
便道有个妙人儿,你我也插他不上。
人看着你是男是女?
怎你我二人合一副心肠。
若把你我二人上一上天平,你半斤,我八两。

[注释] 修:修行,修炼。佛教有三世说,认为人"今世"的幸福是"前世"修善积德所致。插:这里有"第三者""插足"之意。半斤、八两:旧时一市斤(五百克)为十六两,所以半斤等于八两。

[赏析] 你我眉来眼去,彼此对眼互相看上。不知是前几世多少积德行善,才修来了今世这一场恩爱。即使有个妙俏的女人也插不进足。别人看你是个男人,为何又像个女人,怎么就跟我有着同样的一副心肠!如果把你我放在天平上称,正好你是半斤我是八两。歌词描写女子与爱郎互相爱慕的欢欣满意的心态。

寄答丘长孺三首·其二

[明]白欢

每至关情不自持,私将檀板掩蛾眉。
受郎一顾心愈乱,不敢当筵误唱词。

[注释] 檀板:由两块板组成的打击乐器(用以控制节拍),多用檀木

制作。

[赏析]每每唱到相思动情时,我几乎不能自持,只好举起檀板遮掩住蛾眉眼神。特别是与你的眼神相对而视,我的心更加怦乱,真害怕在筵席上当着众人唱错了词。作者是歌女。全诗八句,这是前四句。诗句描写作者在酒筵上唱曲,又与情郎眉目传情,几乎不能自持的情态。

浣溪沙·门隔花深梦旧游

[宋]吴文英

门隔花深梦旧游。夕阳无语燕归愁。
玉纤香动小帘钩。
落絮无声春堕泪,行云有影月含羞。
东风临夜冷于秋。

[赏析]梦里我又来到当年的庭院,但花丛茂密遮掩住门见不到人。夕阳默默无语渐渐沉落,燕子归来寂无声音,好像还带着忧愁。一股香气浮动,她那纤纤玉指摘了帘钩放下帘幕。柳絮无声飘落,似乎是春天在掉眼泪,浮云把含羞的月光遮住,怕人看见它的模样。临夜时料峭的春风吹来,势头比秋风还要凄冷。这是怀人感梦的词。词句描写梦游旧地却未见到昔日情人,梦醒时分内心感到凄然的寒冷。

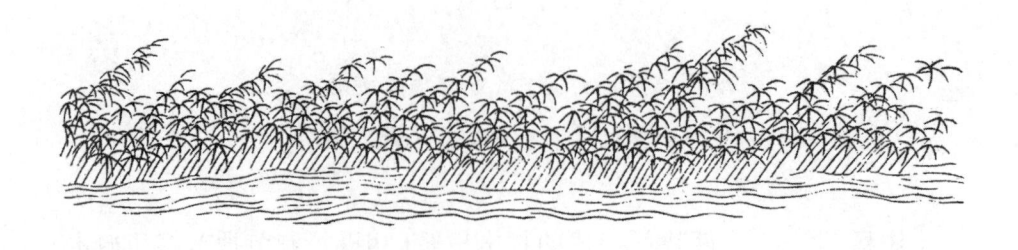

临江仙·梦后楼台高锁

[宋]晏几道

梦后楼台高锁,酒醒帘幕低垂。

去年春恨却来时。

落花人独立,微雨燕双飞。

[赏析]午夜梦后唯见高楼深锁,宿酒醒来只觉帘幕低垂。去年春光逝去的怅恨又袭上心头。想起在那百花凋零时,曾孤单地凝神伫立,看着春雨霏霏中燕子双双齐飞。这是全词的上片。词句是感旧怀人,描写与相爱之人分别后的孤独和相思,蕴含人生无常、欢愉难再的愁楚。

蝶恋花·丽质仙娥生月殿

[宋]赵令畤

蜜意浓欢方有便。

不奈浮名,旋遣轻分散。

最恨多才情太浅,等闲不念离人怨。

[注释]等闲:随随便便,轻易。

[赏析]你若真有浓重的柔情蜜意,就会有欢聚的方便时机。但是你耐不住对俗世功名的求取,旋即只看重赴考而轻易地与我分离。最让女子怨恨的就是那种虽有才华却薄情寡恩的男子,往往随随便便地离她而去,全不念及她的浓情和恨怨。这是全词的下片。词句直陈被离弃女子的怨愤,谴责一些才子始乱终弃的负情行为。

听 筝

[唐]李端

鸣筝金粟柱,素手玉房前。
欲得周郎顾,时时误拂弦。

[注释]金粟柱:古时称桂木为金粟。这里指筝的弦轴细而精美。周郎:指三国时吴国名将周瑜。史书载:周瑜擅长音律,听别人弹奏,如发现有弹错的地方,即能予以指正。故时人谣曰:"曲有误,周郎顾。"

[赏析]弹奏桂木轴的筝发出优美的乐声,用白玉般的手指拨动筝弦的美人坐在玉制的筝枕前。她为了博取那才郎的青睐,故意时时错拨筝弦以引起他的注目和眷顾。诗句里以"周郎"指代女子心中暗恋的俊美才郎,描写女子为了吸引俊美才郎的注目而故意弹错曲调的心计和情态。

和友人洛中春感

[唐]白居易

莫悲金谷园中月,莫叹天津桥上春。
若学多情寻往事,人间何处不伤神。

[注释]金谷园:指西晋时大富豪石崇所建豪华庄园(故址在今河南洛阳市西北)。天津桥:隋炀帝即位后在洛阳城建立的架在洛水上的桥梁(我国最早的可以开合的大型浮桥)。

[赏析]不要为衰败后的金谷园寂寞的月色而悲伤,也不必感叹天津桥及其周边曾有过的繁丽春色。若总像多情的人那样不断地回忆寻访遗憾的过往,人间哪里没有令人伤心劳神的事情呢!诗句劝慰友人面对现实,多向前看,不纠结于包括情事在内的往事,阔达乐观地面对现实,面向未来。

羽林郎

[汉]辛延年

男儿爱后妇,女子重前夫。
人生有新故,贵贱不相逾。
多谢金吾子,私爱徒区区。

[注释]羽林郎:汉代官名,羽林军(皇家禁卫军)军官。金吾:即执金吾,汉代羽林军长官职名,后亦用以泛指一般军官。金吾子:这里指高级军官或大官家的豪奴。

[赏析]男人喜欢新娶的小媳妇,而女子看重原配的旧情。人生的婚嫁可能有不同缘故,而人的门第高低贵贱已然注定不能逾越。我很感谢您的美意和殷勤,白白地耗费了您对我的爱意,真是对不起!这首诗描写一个豪奴在酒家调戏"当垆"的俏丽"胡姬",而被该少女利用"贵贱不相逾"的封建礼法予以拒绝。全诗较长,这是最后六句。诗句描写少女以"绵里藏针"的智慧把豪奴非礼顶了回去,维护了自己的人格和尊严。

长相思·游西湖

[宋]康与之

南高峰,北高峰,一片湖光烟霭中。
春来愁杀侬。
郎意浓,妾意浓。油壁车轻郎马骢,相逢九里松。

[注释]南高峰、北高峰:山峰名,杭州西湖周边南北对峙的两座山峰。杀:同"煞"。骢:指毛色青白相间的马。

[**赏析**]南高峰、北高峰,两峰之间一片湖光在烟雾迷蒙中。春天来了,面对湖光山色,我的愁绪更加沉重。郎对我有浓浓情意,我也是情意浓浓。我坐着油壁香车,郎骑着骏马青骢,记得你我初次相逢是在九里松。词句描写女子牢记着双方初次相见相爱的地点。

诗经·周南·汉广

南有乔木,不可休思;
汉有游女,不可求思。
汉之广矣,不可泳思;
江之永矣,不可方思。

[**注释**]汉:指汉水。

[**赏析**]南山上满是高大的树木,我却不可能在那树荫下歇息乘凉。汉水对岸有一个女子是我心中所想,我却没法儿去追求她。汉水滔滔宽又广啊,要想游过去是不可能的;江水深长激流多多啊,就是有竹筏也很难渡过。全诗两段,这是第一段。诗句描写男子对心仪女子的一种"可望而不可即,心向往之,身却不能至"的企慕和单相思的困境。

清平乐·夏日游湖

[宋] 朱淑真

恼烟撩露,留我须臾住。
携手藕花湖上路,一霎黄梅细雨。
娇痴不怕人猜,和衣睡倒人怀。
最是分携时候,归来懒傍妆台。

[注释] 须臾:片刻。霎:短时间,一会儿。

[赏析] 夏日西湖,恼人的烟雾、撩人的水露,使人时时驻足停留。我与他拉着手在莲湖边的路上赏荷悠游,忽然间来了一阵黄梅细雨使我们避在幽静处。我难以自持也不怕被别人撞见,撒娇装傻倒在他的怀里。最难受的是不得不松手各自回家的时候,到了家里还在回味刚才的甜蜜滋味,懒得到梳妆台前整理仪容。词句描写女主人公与情人游湖时利用避雨机会,主动热切地倒在情人怀中,以及雨停不得不回家,仍心荡神迷的情态。

《西厢记》第四本第二折

[元] 王实甫

你原来苗而不秀,呸!你是个银样镴枪头。

[注释] 秀:指农作物吐穗开花。镴:焊锡,即铅锡合金。银样镴枪头:表面是银质实际是焊锡做成的枪头。比喻外表很好看实际上不中用。

[赏析] 原来你看起来像一棵好苗子,却不能吐穗开花结果。呸!你不过是个长得挺帅,表面好看却不敢担当,不能托付终身的银样镴枪头。这个话是《西厢记》里女主人公崔莺莺的婢女红娘责骂张生对追求爱情缺乏勇

气,又软弱自私不敢担当的话。

清平乐·凄凉晚色
[清]金庄

年时曾忆城东。杏花点点飞红。
门外凭他寒食,玉阑自有春风。

[注释]寒食:古时有寒食节(在清明节前一两天),习俗是这一天不动烟火,只吃冷食。

[赏析]想起去年住在城东,正是杏花飘落的时候,也不管门外别人怎么过寒食节,在楼阁闺房内自有着温暖爱意如沐春风。这是全词的下片。词的上片描写女子雨夜里陷入相思梦境,下片词句描写女子回忆往日在城东爱情火热时的欢欣情景。

菩萨蛮·年时记着花前醉
[宋]苏庠

年时记着花前醉,而今花落人憔悴。
麦浪卷晴川,杜鹃声可怜。
有书无雁寄,初夏槐风细。
家在落霞边,愁逢江月圆。

[赏析]记得当年我在情人面前心醉,而今花儿凋落、情人离去,我是多

么难堪憔悴。夏日原野里只有麦浪滚滚,杜鹃鸟的啼血呼唤也很可怜。心思写在书信里,但没有雁儿替我送传,在这初夏时节只有风轻轻吹过槐树间。她的家在霞光落下的江边,当圆月映在江心时,她是否也有愁思在心田。词句含蓄地描写作者对曾经所爱女子的怀念,以及失恋所带来的内心的隐痛。

[商调]金络索挂梧桐·咏别
[元]高明

念奴半点情与伊家,分付些儿莫记差。
不如收拾闲风月,再休惹朱雀桥边野草化。
无人把,萋萋芳草随君到天涯。
准备着夜雨梧桐,和泪点常飘洒。

[注释] 念奴:本是唐朝天宝年间的著名歌女,这里是曲中女子用以自称。伊:人称代词,他或她,这里指对方,你。朱雀桥:本在金陵城外,这里是借指。野草化:即野草花,喻风月场中女子。

[赏析] 我的这点爱情都给了你了,今天你要远走高飞,我嘱咐你几句话你可不要记差:你就收起那些闲心思,再也别去招惹在朱雀桥边卖唱站街的那些风月女子。没有人管你,只有茂盛的芳草伴随你浪迹天涯。你要准备好听着夜雨滴梧桐,你的眼泪也会跟着飘洒。这是全曲下片中的大部分。曲词描写女子与情人离别时对情人的殷殷又辛辣的嘱咐,反映出女子对情人的不舍和不放心。

竹枝词十首选二·其一

［清］方文

侬家住在大江东，妾似船桅郎似篷。
船桅一心在篷里，篷无定向只随风。

[注释]大江：长江。大江东：指长江下游南岸地域。桅：船的桅杆。篷：这里指船的风帆。

[赏析]我家是船户，住在大江南岸，我恰似船的桅杆，情郎你好像风帆。我岿然独立不动不移，一门心思只顾风帆，风帆却没有固定指向，只是随风转动忽张忽收。诗句以"桅""帆"为喻，称自己对爱情专一坚定，而情郎却心神不定，对自己三心二意。描写恋爱中女子对情郎爱情心思不确定性的焦虑心情。

丑奴儿慢·春日

［清］黄景仁

徘徊花下，分明记得，三五年时。
是何人。挑将竹泪，粘上空枝。
请试低头，影儿憔悴浸春池。
此间深处，是伊归路，莫惹相思。

[注释]三五：十五。

[赏析]徘徊在这棵桃树的花下，清楚地记得十五年前的情景。我与表妹在此流连又分别，她的眼泪空洒在树枝上。现在低下头看看，池塘中映出的是自己憔悴的身影，又仿佛是表妹痛苦的幻象。她正是从这里走向远处，无奈与

我断了情缘。就不要触景回味、重惹相思了。这是全词的后半。词句描写作者与初恋情人(表妹)的往事,表现作者一往情深和拂之不去的思念。

[仙吕]赏花时·春情
[元]高安道

盼杀人也秋水春山。
几时看宝髻鬅松云乱绾?
怕的是樽空酒阑,月斜人散。
背银灯偷把泪珠弹。

[注释]杀:同"煞"。秋水:这里借指眼波。春山:这里借指眉毛。宝髻:插着宝簪的发髻。鬅:形容头发散乱。云:这里指(乌云般黑的)头发。绾:盘结。阑:将尽,尽。

[赏析]盼煞我了,你也不回来看看我溜溜的眼波和蹙起的眉毛。什么时候见过我插着宝簪的发髻如此蓬松散乱,乌云般的黑亮头发这样随意盘结?我真怕酒喝完了酒杯空了,月亮斜落人都散去。(你再次走了)我只能背对着银灯偷偷地落泪啊!这是全曲的后半。曲词描写女主人公既盼望意中人回来与自己相会,又恐怕会面后他又走了,只剩下自己流泪空落、惆怅孤独的难受心情。

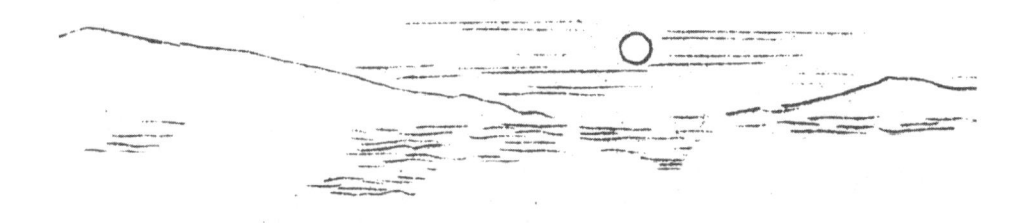

诗经·邶风·匏有苦叶

匏有苦叶，济有深涉。

深则厉，浅则揭。

[**注释**] 匏：匏瓜，果实比葫芦大，古人常把整个匏瓜拴在腰间以渡水。济：渡，渡口。

[**赏析**] 用来帮助渡河的匏瓜的叶子尚苦，还未成熟，渡口处的水有深有浅。水深的地方就脱下衣服游过去，水浅的地方撩起衣服就能过。全诗四段，这是第一段。全诗是描写少女在渡口等待心上人来到，本段描述渡口的状况。

马头调·凄凉两个字
[清]民歌

凄凉两个字儿实难受。

恩爱两个字儿，常挂在心头。

好歹两个字，管叫旁人猜不透？

相思两个字，叫俺害到何时候？

牵连两个字儿，难舍难丢。

佳期两个字，不知成就不成就？

团圆两个字，问你能够不能够？

[**赏析**] 独自一人多凄凉，这滋味实在难受。夫妻恩爱的生活，常常向往挂心头。你对我到底是好是坏，我怎么也猜不透。我心里的相思病，害到

何时能到头？跟你的感情牵连，我真是难舍难丢。洞房花烛好日子，到底能不能成就？你我团圆成夫妻，我要问你到底能够不能够？曲词描写女主人公对爱情和成婚的苦恼、期盼的既怨怼又急切的心情，以及既主动又被动的处境。

兜鞋儿·寄张生
[宋]郑云娘

千回作念，万般思想，心下暗猜疑。
蓦地得来厮见，风前语，颤声低。

[注释]张生：张姓年轻人，作者的情郎。蓦：突然。厮见：相见。

[赏析]上千回思念着你，万般渴望与你欢会，心里暗暗猜疑怕你失约不来。突然间你出现了，来与我相见相拥，我在风中低声说话，连声音都发颤。词句描写作者与情郎相约见面，在等待和相见时内心紧张以致话音颤抖的情景。

卜算子·前度月圆时
[宋]蔡伸

前度月圆时，月下相携手。
今夜天边月又圆，夜色如清昼。
风月浑依旧。水馆空回首。
明夜归来试问伊，曾解思量否。

[注释] 风月：这里泛指景色。浑：全，满。

[赏析] 上次月儿圆的时候，我和他在月光下手拉着手。今夜天上的月亮又圆了，夜色多么清亮如同白昼。夜间景色完全跟以往一样，水边亭台上却没见着他的踪影。明天夜里我倒要问问他，你难道不理解我对你的想念吗？词句描写女主人公等待情人时的焦虑心情。

西陵歌
[南北朝]苏小小

妾乘油壁车，郎骑青骢马。
何处结同心？西陵松柏下。

[注释] 苏小小：相传是南朝时齐国的钱塘（杭州）名妓。西陵：又称西泠、西林，是杭州西湖一带名胜，在西湖孤山的西北侧，古代此处曾是一个渡口。松柏：以其耐寒常绿的物性象征坚贞不渝的品性。

[赏析] 我乘坐着油饰的篷车，情郎骑着毛色青白相间的骏马。到什么地方去确定咱俩的爱心和缔结情人关系呢？还是到西陵那儿的长青松柏树下吧！诗句描写作者对未来美好生活和坚贞不渝的爱情的憧憬与向往。

子夜四时歌·夏歌
[南北朝]南朝乐府

青荷盖渌水，芙蓉葩红鲜。
郎见欲采我，我心欲怀莲。

[注释]渌水:绿水,清水。芙蓉:荷花。葩:花。

[赏析]青绿的荷叶铺满了荷塘水面,荷花是多么鲜嫩红艳。郎呀见了我就想把我采摘,我的心里也像荷花一样,希望能孕怀、结出许多莲子啊!诗句描写男子有心、女子有意,两相情愿,尤以女子口吻直白表现对男子的爱意和对婚姻生活的向往。

诉衷情·青梅煮酒斗时新
[宋]晏殊

青梅煮酒斗时新,天气欲残春。
东城南陌花下,逢着意中人。
回绣袂,展香茵,叙情亲。
此时拼作,千尺游丝,惹住朝云。

[注释]东城南陌:泛指游赏之地。拼:舍弃,不顾惜。朝云:宋玉《高唐赋》有"且为朝云,暮为行雨"句,这里暗喻意中人。

[赏析]用青梅煮酒要及时清新,最好在春光将尽时候。在东城南陌的花丛间,恰好与意中人邂逅相逢。我招呼她放下绣花衣袖,铺开芳香的茵席,亲近坐叙相思之情。这时候我直白表露心迹,要用缠绵的千尺游丝,牵绊住我的意中人。词句描写作者趁邂逅之机大胆追求意中人的情景。

[中吕]阳春曲·题情二首·其二
[元]白朴

轻拈斑管书心事,细折银笺写恨词。
可怜不惯害相思。
则被你个肯字儿,迤逗我许多时。

[赏析]轻轻拿起斑竹笔管,书写我的心事,仔细折起写着怨恨词语的银白信纸。可怜我受不了这相思的折磨。只因为你口中说的"肯"字,挑逗得我长时间里痴心渴望、魂不守舍。曲词描写女主人公为男子的许诺和情爱所困的柔婉性情与心态。

柳枝词
[唐]刘禹锡

清江一曲柳千条,二十年前旧板桥。
曾与美人桥上别,恨无消息到今朝。

[赏析]那一湾清澈的江水,岸边杨柳垂枝万千,让人想起二十年前在这旧板桥上的事。我曾在这桥上与美人依依惜别,时光流逝,至今音讯杳然,叫我怎能忘怀。诗句描写作者旧地重游时,对往日钟情女子的念念不忘和深深痛惜的心情。

视 月
[南北朝]虞骞

清夜未云疲,珠帘聊可发。
泠泠玉潭水,映见蛾眉月。
靡靡露方垂,晖晖光稍没。
佳人复千里,余影徒挥忽。

[注释]泠泠:形容清凉。靡靡:迟迟,渐渐。

[赏析]夜晚清凉,我尚未感到疲倦,且把已放下的珠帘重新卷起。看着门外清凉水潭里的月儿,弯弯的多像她的细细蛾眉。夜深了,露珠积成落下的水滴,月光渐渐黯淡沉落向西。千里之外的佳人啊,她是否还能看到月亮即将匿没的余影。诗句描写作者在清冷的夜晚看着月影怀念远方的情人。

醉太平·闺情
[宋]刘过

情高意真,眉长鬓青。
小楼明月调筝,写春风数声。
思君忆君,魂牵梦萦。
翠绡香暖熏云屏,更那堪酒醒。

[注释]绡:生丝织品。

[赏析]你情调高雅爱意真切,眉毛弯弯鬓发黑亮。在小楼里,在明月下,玉指弹拨筝声悠脆,犹如春风拂面。我思念你有无穷的回忆,魂牵梦萦的是难忘的甜蜜。翠绿的帘帐,温暖的熏香,云纹的屏风,你为解脱相思而沉入醉

乡，酒醒之后更觉离愁难堪呀。词句作者描绘其相恋女子的美好容颜和真挚情致，抒写其与相恋女子双向思念的情景。

［中吕］阳春曲·题情
［元］王和卿

情粘骨髓难揩洗，病在膏肓怎疗治？
相思何日会佳期。
我共你，相见一般医。

［注释］膏肓：中医学里人体一个穴位的名称，被认为是个药力达不到的部位，因此有"病入膏肓"之语，谓病太重，没法救治了。

［赏析］情爱已深深粘住骨髓，难以把它揩掉洗净；相思病已进入膏肓，还怎么能治疗好？只是不断地想着哪一天能见面。你和我相见了，才是最好的治疗。曲词指出真挚相爱之情是无法割断的，"相思病"是无法医治的。只有两人见了面、在一起，才是唯一的、最好的治疗方式，才能使相思病痊愈。

子夜四时歌·秋歌·其七
［南北朝］南朝乐府

秋夜凉风起，天高星月明。
兰房竞妆饰，绮帐待双清。

［赏析］秋天夜晚，凉风不断，天空高旷，星月明亮。女子闺房刻意妆饰

得华贵芬芳,艳丽帏帐正等待一双情侣来到。

金缕衣
[唐]杜秋娘

劝君莫惜金缕衣,劝君惜取少年时。
花开堪折直须折,莫待无花空折枝。

[**赏析**]我劝你不要太热衷于享乐,我劝你一定要珍惜青春年少的宝贵时光。花开正艳的时候,就抓紧把它摘取,不要等到花谢后只能折取一根空枝。诗句劝谕人们要珍惜青春年华,及时学习进取,建功立业,乃至摘取爱情果实,而不要只图眼前的一些享乐和荣华,以免时光流逝、事业无成、爱情错失,只留下"空折枝"的遗恨。

西湖竹枝歌九首·其四
[元]杨维桢

劝郎莫上南高峰,劝侬莫上北高峰。
南高峰云北高雨,云雨相催愁杀侬。

[**注释**]南高峰、北高峰:杭州西湖周边的两座山峰,两峰遥相对峙,属杭州胜景。云雨:宋玉《高唐赋》里说楚怀王梦中与巫山神女相会,神女临去说自己"旦为朝云,暮为行雨"。后世因以"云雨"喻指男女欢合情事。杀:同"煞"。

[**赏析**]情郎呀我恳求你别去登上南高峰,我也要克制自己不去登上北高峰。南高峰上云层浓浓,北高峰上细雨蒙蒙,那云和雨将互相催生欢会情事,你我见了云和雨会更加郁闷忧愁。

古诗十九首·冉冉孤生竹
[汉]无名氏

冉冉孤生竹,结根泰山阿。
与君为新婚,菟丝附女萝。
菟丝生有时,夫妇会有宜。
千里远结婚,悠悠隔山陂。
思君令人老,轩车来何迟!
伤彼蕙兰花,含英扬光辉。
过时而不采,将随秋草萎。
君亮执高节,贱妾亦何为?

[**注释**]冉冉:柔弱下垂。泰山:即太山,指大山,高山。阿:指山坳。为新婚:指已订婚,但还未迎娶。菟丝:一年生草本植物,多寄生在豆科植物上,种子可入药。这里是女子自比。女萝:一种缘松的蔓生植物。这里以之比女子的未婚夫。山陂:泛指山和水。轩车:有篷的车。这里指接新娘的车。蕙兰:兰花的一种,初夏开花,有香气。这里是女子自喻。

[**赏析**]我是纤弱孤独的野生竹,希望结合生根在大山谷地。我与你已经订立婚约,就好像菟丝和女萝要缠绕在一起。菟丝的生长有时令限制,夫妇结合也应当在适宜时节。你我两家远隔千里,要结婚隔着多重山水。思念你使我青春变老,迎娶的车为何迟延不来到?想想我跟纯洁的蕙兰香花一样,含苞待放容光焕发多么鲜亮。如果过了时节还不来采撷,花朵将在秋雨

飒风中像秋草一样萎谢。我相信你有担当、有亮节,会信守成约,我也与你一样执着于爱情,我还能怎样,只有苦苦等待。诗句描写男女双方已有婚约,男方迟迟未来迎娶,女子因而产生疑虑和忧伤的心绪。表现了待嫁姑娘盼望夫家早日来迎娶的急切心情,并从正面表示相信男方一定会信守成约,自己没有什么不放心的。

赠远二首·其二

[唐] 薛涛

扰弱新蒲叶又齐,春深花落塞前溪。
知君未转秦关骑,月照千门掩袖啼。

[**注释**] 赠远:据说实为赠元稹。蒲:香蒲,菖蒲。秦关:西北边关,这里是虚指,当时元稹被贬谪至江陵府。

[**赏析**] 柔弱的香蒲叶长得新嫩又整齐,春天过去,花儿凋落撒满河溪。知道您遭贬谪远地未能转圜,在明月照着千门万户时,我掩袖为您悲啼。这是女作者赠给诗人元稹的两首诗之一。据说作者曾属意元稹,未果。后来作者自制女道士服以明志,终身未嫁。诗句表达作者对元稹遭贬的关怀和思念,也暗自为对元稹的爱恋不能实现而伤感。诗句可说是作者失恋的自我悲歌。

望江南·春不见

[清]陈锐

人不见,孤负可怜人。
花下又逢三月雨,梦中犹隔一条云。
风露夜纷纷。

[**注释**]孤负:这里同"辜负"。

[**赏析**]见不着心仪的那个人,辜负了可怜的有情人。娇花遭到三月雨打,即使在梦中也隔着层层叠叠的云。夜幕沉沉难以相见,只有风露纷纷。这是全词的下片。词句描写主人公追忆往事、伤怀情思的无限惆怅心情。

望江南·春不见

[清]贺双卿

人不见,相见是还非。
拜月有香空惹袖,惜花无泪可沾衣。
山远夕阳低。

[**赏析**]如意的人儿你在哪里?恍惚中相见,似是而非。点香拜月祈祷,白白泪湿襟袖,可惜花儿飘落只能粘住衣裳。我已没有泪水,凝望远山,只见夕阳越来越低。这是全词的下片。词句描写女主人公理想破灭、情无所寄的凄清、幽怨的心情。

摸鱼儿·双蕖词

[金]元好问

人间俯仰今古。

海枯石烂情缘在,幽恨不埋黄土。

相思树,流年度,无端又被西风误。

兰舟少住。

怕载酒重来,红衣半落,狼藉卧风雨。

[**注释**]西风:暗喻社会上的封建礼教顽固势力。

[**赏析**]作者在全词的序文中讲述了当时发生的一件悲剧:一对青年男女相恋,因遭家人反对,愤而一起沉塘自尽。后来那年池塘中的荷花全都并蒂而开。古今人间的爱情常常在俯仰之间消逝成为陈迹,但坚贞的爱情即使海枯石烂仍然存在,他们内心的幽怨情恨不是黄土所能掩埋得了的。这对青年男女的相思情爱,本来已被岁月蹉跎,又无缘无故地被猛烈的西风阻拦贻误。我只能乘船小住。恐怕我带着酒水再次来凭吊时,荷花已大半飘落,狼藉在风雨中了。这里是词的下片的大部分。词句描写作者对殉情男女的坚贞爱情的同情和哀伤。

木兰花令·拟古决绝词柬友

[清]纳兰性德

人生若只如初见,何事秋风悲画扇?

等闲变却故人心,却道故人心易变。

[**注释**]悲画扇:班婕妤本是汉成帝的宠妃,被汉成帝弃入冷宫后,班因

之自喻"秋扇"。等闲：平白地，轻易地。故人：指情人。

[赏析] 如果情人间相处总像刚相识钟情的时候，怎么会有"秋风一起画扇被弃"那样的悲痛？如今情人轻易地变了心，反而说情人的心就是容易变的。这是全词的上片。词句描写常见的情人间"情变"的现象。从全词看，作者似是借失恋女子的口吻，表达对"薄情郎"的怨愤和谴责。

解佩令·人行花坞
[宋] 史达祖

人行花坞。衣沾香雾。
有新词、逢春分付。
屡欲传情，奈燕子、不曾飞去。
倚珠帘、咏郎秀句。
相思一度。秾愁一度。
最难忘、遮灯私语。
淡月梨花，借梦来、花边廊庑。
指春衫、泪曾溅处。

[注释] 秾：这里同"浓"。庑：正房对面或两侧的小屋。

[赏析] 她轻盈地穿行在花丛，衣衫沾满花朵的香气。每逢春天，他都会写下新词交她吟咏。现在屡次想再传情愫，无奈燕子不曾飞去。她只能倚着珠帘，重吟情郎旧日的词句，聊慰当下的情思。相思一阵又一阵，不断增加浓浓的情愁。最难忘那时的幽会，遮住灯光甜蜜低语。溶溶春月照着如雪的梨花，现在只有借魂梦，重回庭院花畔廊边的屋子。我要指给他看我的春衫，上面有溅着相思泪痕的地方。词句描写作者想象中与情人相思相会的情境。

杨柳枝词八首·其八

[唐]白居易

人言柳叶似愁眉，更有愁肠似柳丝。
柳丝挽断肠牵断，彼此应无续得期。

[**注释**]愁肠：愁闷的情绪。

[**赏析**]人们都说柳叶像美人轻蹙的眉，而为爱愁闷、纠结的心情更像那柳丝千万条。柳丝般的爱情如果断折了，再怎么牵肠挂肚，彼此也难有再续前缘的时候。诗句以柳丝的摇曳比喻难以言传、难以排解的情愁苦闷。诗句还指出情丝具有经不起断折的脆弱性，一经断折就很难再续前缘了。

问棨诗

[唐]王福娘

日日悲伤未有图，懒将心事话凡夫。
非同覆水应收得，只问仙郎有意无。

[**注释**]棨：孙棨，唐代文人。仙郎：指孙棨。

[**赏析**]我天天感到悲伤，但没有什么特殊的打算，也不值得把自己的心事告诉那些凡夫俗子。你和我的关系并不是泼出去的水，而是可以维系的，我只认真问你一句话：你到底对我有没有爱意？诗句作者为歌妓，希望与孙棨结为正式夫妻，脱离歌妓生涯。而孙棨作和诗回答："韶妙如何有远图，未能相为信非夫。泥中莲子虽无染，移入家园未得无。"表示拒绝。

踏莎行·润玉笼绡
[宋]吴文英

润玉笼绡，檀樱倚窗。

绣圈犹带脂香浅。

榴心空叠舞裙红，艾枝应压愁鬟乱。

[注释]笼绡：薄纱衣服。檀樱：指浅红色的樱桃小口。绣圈：绣花项圈妆饰。

[赏析]她倚在窗前，温润如玉的肌肤，罩着薄薄的纱衣，罗扇遮住浅红的樱桃小口。脖颈上围着绣花圈饰，散发出淡淡的脂粉香气。红色的百褶舞裙上叠着石榴花纹，艾草枝儿斜插在头上以免舞动时乱了云鬟。这是全词的上片。词句描写作者午睡时，在梦境中见到了昔日的恋人，其身姿、服饰等历历在目，表现了作者对昔日恋人的思念心情。

[双调]清江引·惜别
[元]贯云石

若还与他相见时，道个真传示：

不是不修书，不是无才思，绕清江买不得天样纸。

[注释]他：这里指女方（新文化运动前还没有"她"字）。传示：消息，音信。清江：河流名，也可泛指清澈的河流。

[赏析]假如你回去见到她的时候，一定要告诉她我的真实信息：不是我不想写信，也不是我没有才情文思写不出信，只因为走遍清江流域也买不到天那般大的纸。曲词以没有天大的纸能写尽自己情意，巧妙表达主人公对情人的无尽思念。

竹枝词九首·其二

[唐]刘禹锡

山桃红花满上头,蜀江春水拍山流。
花红易衰似郎意,水流无限似侬愁。

[**注释**]蜀江:指称长江流经四川(含重庆)的一段。
[**赏析**]红艳艳的山桃花开满枝头,蜀江的春水拍打着山岸滚滚奔流。花开得火红,衰败也很快,就像是郎君的心思情意变化迅速,这使我心中的惆怅和哀怨如水流一样无尽无休。诗句描写女子失恋时的痛苦心情。

诗经·郑风·山有扶苏

山有扶苏,隰有荷华。不见子都,乃见狂且。
山有桥松,隰有游龙。不见子充,乃见狡童。

[**注释**]扶苏:树木名,一说是桑树。隰:低湿的地方。子都:当时对美男的称呼。子充:对良人、正派人的称呼。
[**赏析**]山上有茂盛的扶苏,低洼水塘里有美艳的荷花。没有见到那个俊美男子啊,却来了个轻狂之人。山上有高大的乔木松柏,低洼水塘里有丛生水荭。没有见到那个良人啊,见到的只是个狡狯少年。诗句描写女子在现实约会里所见到的青年与她理想中的美男有很大的落差,而深感失望。

铙歌·上邪

[汉]乐府

上邪!
我欲与君相知,长命无绝衰。
山无陵,江水为竭,冬雷震震,夏雨雪,天地合,乃敢与君绝!

[注释]上:指上天。邪:同"耶",语气词。

[赏析]老天爷啊!我敢对上天发誓:我要与你相爱一辈子,绝不会中途情衰婚变。除非高山成了平地,滔滔的江水枯竭,冬天雷声滚滚,夏天下起了大雪,天与地合在一起,真要到了那种境况,我才敢说与你关系断绝。诗句描写感情炽热的女子,直白地以现实生活中绝不可能发生的自然现象来表明自己要与对方永远相爱、至死不渝的心迹。

捉搦歌四首·其二

[南北朝]乐府民歌

谁家女子能行步,反著袷襌后裙露。
天生男女共一处,愿得两个成翁妪。

[注释]捉搦:即捉拿,是当时民间一种男女相捉的游戏。著:即"着"。袷:夹衣。襌:单衣。妪:老年妇女的通称。

[赏析]谁家的姑娘走起路来舒缓轻盈,反穿着上衣把后裙外露。老天爷造就了男子和女子,就是让他们相处在一起。愿你我两人结成夫妻,直到成为白头老翁老妪。诗句描写在"捉搦"相戏中,大胆的青年男子直白地表示爱慕,愿与女子结为夫妻白头偕老。

有所思
[南北朝]萧衍

谁言生离久,适意与君别。
衣上芳犹在,握里书未灭。
腰中双绮带,梦为同心结。
常恐所思露,瑶华未忍折。

[**注释**]瑶华:传说中的仙花,比喻美丽女子。

[**赏析**]谁说我们已分开很久了?我只记得才与你分别。我的衣服上还留着你的芳香,手里还握着你写的书信。我腰间系的两条丝带,在梦中成了同心结。我不敢表露对你的深爱,看着美如仙花的你不忍攀折。诗句描写作者与情人分别后,心中极为思念,渴望结成夫妻。

青玉案·凌波不过横塘路
[宋]贺铸

试问闲愁都几许?
一川烟草,满城风絮,梅子黄时雨。

[**赏析**]要问郁积在我心里的无谓忧愁会有多少?就好像那遍野烟云般的青草,又如同满城漫天飞舞的柳絮,还恰似江南淅淅沥沥的梅雨。这是全词下片中的后几句。词句以草、絮、雨三种暮春时节的具象,表现恋情失落时愁绪的广阔、纷乱。

菩萨蛮·回文夏闺怨
[宋]苏轼

手红冰碗藕,藕碗冰红手。
郎笑藕丝长,长丝藕笑郎。

[**注释**]冰:上句"冰"字是名词,下句"冰"字作动词。藕:谐音"偶"。丝:谐音"思"。

[**赏析**]这是一种回文词,词中每两句一组,下句为上句的倒读。古代大户人家常在冬天凿冰藏于地窖,留待夏天用。红润的手捧着盛了冰块和莲藕的玉碗,这盛着冰块和莲藕的玉碗又冰了她那红润的手。情郎笑着说这藕(偶)的丝(思)很长啊,她说这有着长丝(思)的藕(偶)在讪笑郎君呢!佳人似乎是在嗔怪情郎不能领会爱意或不识其中情趣。这是全词的下片。这里的末一句显出诗题"夏闺怨"的本意。

即 事
[明]吴文兰

授色颦眉薄,无言寄意深。
对郎扃绣户,默默解芳心。

[**注释**]授色:指画眉。颦:皱眉、蹙眉。扃:关闭。绣户:指女子闺阁、房间的门户。

[**赏析**]淡画眉毛,轻蹙眉头,虽然没说什么,但内心意蕴颇深。面对来到的情郎,轻轻关上房门,你应该悟解我内心的默认。诗句通过恋爱中的女子画眉、无言、关门等动作,表现女子对情郎的接纳和默认,情韵深沉。

写　情

[唐]李益

水纹珍簟思悠悠,千里佳期一夕休。
从此无心爱良夜,任他明月下西楼。

[注释]簟:竹席。

[赏析]躺在波纹花样的精美竹席上,思绪万千,久久不能平静。千里返乡,期待已久的与意中人的约会,一天就彻底结束了。从此以后,我再也没有心情欣赏夜晚的月色美景,管它明月是不是已经落到了西楼后面。诗句描写主人公兴冲冲地来与意中人相会,却碰了个大钉子。诗句表现男子失恋后心灰意懒的情绪。

新添声杨柳枝词

[唐]裴諴

思量大是恶姻缘,只得相看不相怜。
愿作琵琶槽那畔,得他长抱在胸前。

[注释]大是:最是。他:这里即"她"。

[赏析]思来想去,这确实不是美妙的姻缘,只得她看了一眼,却不是蜜意怜爱。我愿成为琵琶弦槽的那一边,这样能让她长久地抱在胸前。诗句使用"正话反说"手法,表达了愿与恋人长相拥抱、亲怜蜜爱的心情。

子夜歌

[南北朝]南朝乐府

宿昔不梳头,丝发披两肩。

婉伸郎膝上,何处不可怜。

[注释]宿昔:即"夙昔",从前,以往。这里指"昨夜"。婉:柔顺。

[赏析]昨夜欢会时连头都没梳,黑丝般的长发披在两肩。柔顺地依偎在情郎的膝上,面容身姿没有一处不显得动人可爱。诗句描写娇媚的青春女子得到情郎宠爱时的良好感觉,以及对与情郎相聚时光的甜蜜回忆。

踏莎行·随水落花

[元]贾云华

随水落花,离弦飞箭,今生无计能相见。

长江纵使向西流,也应不尽千年怨!

盟誓无凭,情缘无便。

愿魂化作衔泥燕,一年一度一归来,孤雌独入郎庭院。

[赏析]落花随流水而去,箭离弦飞去无法回头。你我今生没有机会再相见了。纵使长江水能向西回流,也消不尽我千年的哀怨。过去的盟约没有凭据,现在有情缘却不能称心如意。我只愿在死后让我的魂魄化作燕子,一年一度衔着泥归来,孤独的一只雌燕飞入郎君家的庭院与你相见。词句描写作者与恋人被迫无奈分手的凄苦深情,以及即使死后也要相见的坚贞之意和惨痛之情。据记载,(女)作者之母与郎君魏鹏之母先有指腹为婚之约,作者与魏鹏亦私自相偕。后来母悔约不允,作者与魏鹏分别时写下此词,不久郁郁而死。

玉楼春·桃溪不作从容住

[宋]周邦彦

桃溪不作从容住,秋藕绝来无续处。
当时相候赤栏桥,今日独寻黄叶路。
烟中列岫青无数,雁背夕阳云欲暮。
人如风后入江云,情似雨余黏地絮。

[**注释**]桃溪:非指地名,意指山上有桃树、山下有溪流的地方。用刘晨、阮肇入天台山被仙女留住的典故。赤栏桥:非指桥名,喻指春天景况。岫:山,山洞。

[**赏析**]桃树下方的溪水潺潺流淌,不肯从容留住,秋天的莲藕一折断就没有连接之处。回想当年互相等候在春天的桥上,如今我只能独自徘徊在遍地黄叶的荒路。烟雾笼罩着的青苍山冈无数,云天将暮,归雁背对夕阳飞去。心上的人虽然像风后的云,已在江面上消失得无影无踪,但我心中对他/她的感情却如同雨中柳絮落在了地面无法飘走。词句似乎并没有明确的个体指向,却描写出人们心中常常具有的对情爱、对某个"心上人"不能忘怀的"情结"。

江南曲

[南北朝]柳恽

汀洲采白蘋,日暖江南春。
洞庭有归客,潇湘逢故人。
"故人何不返?春花复应晚。"
"不道新知乐,只言行路远。"

[**注释**]汀洲：水中或水边的平地。潇、湘：今湖南地域的两条水流，泛指今湖南地域。故人：老朋友，意指曾经的情人。

[**赏析**]她在沙洲上采摘白蘋草，风和日丽正是江南好春光。碰见从洞庭湖那边回来的熟人，熟人说曾在那边见到过她的情人。"他远行多时，为什么不回来？他应该知道春光易逝，春花易谢。""归客没有说故人结交新欢之事，只是说路途太远难以回还。"诗句描写男子外出后，移情别恋另有"新知"，使得在家乡等待他的（往日）情人深感失落的难堪情景。

蝶恋花·庭院深深人悄悄

[清]谭献

庭院深深人悄悄。

埋怨鹦哥，错报韦郎到。

压鬓钗梁金凤小，低头只是闲烦恼。

[**注释**]韦郎：本指唐朝韦皋，借指女子所倾心的情郎（或丈夫）。

[**赏析**]庭院很深有多重，院内人们静悄悄。埋怨鹦鹉瞎说什么韦郎来到，害得我心花怒放，把金凤钗戴在精心梳理的头发上，风姿绰约又小心，却是空欢喜一场，自寻烦恼。这是全词的上片。词句描写深闺女子对情郎的倾心相思，情郎并没有回来，自己白白增添了烦恼。

菩萨蛮·铜簧韵脆锵寒竹

[五代]李煜

铜簧韵脆锵寒竹,新声慢奏移纤玉。
眼色暗相钩,秋波横欲流。
雨云深绣户,未便谐衷素。
宴罢又成空,魂迷春梦中。

[注释]铜簧:装在竹管乐器里的铜片,在吹奏时发出声响,指管乐器。雨云:即云雨,指男女欢爱。

[赏析]吹起管乐器,里面的簧片发出清脆铿锵的声音,美人灵活移动着纤纤玉指舒缓地奏出新曲。目光暗暗注视,眼里充满着情意,她那清亮的眼神像秋水的波纹不断地流盼转动。深入华美的内室成就欢爱,但彼此尚未来得及充分表露衷情。欢宴结束后,种种空虚随即而来,爱欲情迷不过是一场春梦。词句描写在皇家宴会时一贵族男子与一奏乐宫女发生的情爱和迷恋的情景。这首词是作者前期作品,这或许就是作者对宫廷生活情景的一种写照。

浣溪沙·晚逐香车入凤城

[唐]张泌

晚逐香车入凤城,东风斜揭绣帘轻,慢回娇眼笑盈盈。
消息未通何计是,便须佯醉且随行,依稀闻道太狂生。

[注释]香车:华丽的车子。凤城:指京城。
[赏析]傍晚时分,我追逐着她的香车,一直跟随进入京城。一阵东风斜

吹过,掀起香车的绣帘,终于看到了她的容颜,娇媚的眼光扫来,闪着盈盈笑靥。有什么法子能与她接上话,让我倾诉衷情?佯作喝醉了酒踉踉跄跄尾随行进,隐约听见她在车里轻声地骂道:"这小生好轻狂。"词句描写男青年大胆"盯梢",佯醉尾随女子的车子,希望能与女子"搭上话""通消息"的狂热追求,而女子送出笑意,又轻声地骂他"太狂"。此场景不禁令人发噱。

长生殿·传概
[清]洪昇

万里何愁南共北?两心那论生和死!
笑人间儿女怅缘悭,无情耳。

[**注释**]怅:不如意。悭:吝啬,缺欠。

[**赏析**]真诚相爱的恋人即使分隔万里在南北两地也不会愁怨,两颗相爱的心誓愿同生共死,岂惧生离死别。我要笑人间许多男女,他们常常怅惘和遗憾于彼此缺少缘分,实际上他们是没有真正的爱情啊!曲词作者认为真挚相爱的恋人是不怨愁分隔两地,是愿意同生共死的;不要说什么爱不成是因为缺少缘分,实际上是没有真挚的爱啊!

二 恋爱情迷

寒食日重游李氏园亭有怀
[唐] 韩偓

往年同在鸾桥上,见倚朱阑咏柳绵。
今日独来香径里,更无人迹有苔钱。
伤心阔别三千里,屈指思量四五年。
料得他乡遇佳节,亦应怀抱暗凄然。

[赏析] 想当年你我同在李氏花园的鸾桥上,你斜靠着红色的桥栏,咱俩一道歌咏柳絮,绵绵亲热之情至今记忆犹新。今天我在昔日园中长满香花青草的小路上踽踽独行,已没有当年相伴之人的踪影,满地只有青苔。屈指算来,一晃四五年过去了,远隔着三千里多么让我心伤。料想远在他乡的多情的她遇到节日时,一定也会十分痛苦,凄凉满怀。诗句作者回忆往年曾与一位女子有过一段情缘,但后来分开了,二人别离多年,相距遥远。但作者认为彼此仍会互相怀念,无穷留恋。

《西厢记》第三本第二折
[元] 王实甫

望穿他盈盈秋水,
蹙损他淡淡春山。

[注释] 他:这里即"她"(女主人公)。秋水:喻明亮清澈的眼睛。蹙:皱。淡淡春山:喻女子的眉毛。古代曾时兴把女子眉毛画成"山峦"状,称为"远山眉"。

[赏析] 切望着他的到来,她那双水汪汪的明亮的眼睛,似乎要把他的

来路看穿。她的眉头总是皱着,似乎忧愁得不能舒展。曲词描写女主人公盼望心爱之人到来的急切、忧虑的心情。此曲词后来演化出成语"望穿秋水""望眼欲穿",形容盼望之迫切。

孟 珠

[南北朝]南朝乐府

望欢四五年,实情将懊恼。
愿得无人处,回身与郎抱。
将欢期三更,合冥欢如何。
走马放苍鹰,飞驰附郎期。

[**注释**]冥:昏暗。附:同"赴"。

[**赏析**]盼望与你欢爱已苦等了四五年,始终没有机会,让我多么懊恼。但愿能与你单独相处,没人看到,我一回身与你面对面热烈拥抱。现在你约我在三更时欢会,那就在天黑后见面吧。我会像马驰鹰飞那样急速地去赴约。诗句直白地描写女子想与情郎欢爱、身心相融的大胆火热的期待之情。

诗经·郑风·溱洧

维士与女,
　伊其相谑,赠之以勺药。

[**注释**]溱、洧:春秋时郑国的两条河,在今河南省密县汇合。维:语气词。谑:开玩笑。勺药:即芍药,别名"江篱",谐音"将离",寓意分手。

[**赏析**]古代恋人欲分手时赠对方以芍药。诗句"赠之以勺药"是"正话反说"式的爱情表达:你我干脆分手吧,我另找别人去了。全诗两段,这是两段中重复使用的最后三句。仲春之际,青年男女在溱水和洧水边游春踏青,他们戏谑玩笑,有的还故意赠送芍药试探对方。

念奴娇·书东流村壁

[宋]辛弃疾

闻道绮陌东头,行人长见,帘底纤纤月。
旧恨春江流不断,新恨云山千叠。
料得明朝,尊前重见,镜里花难折。
也应惊问:近来多少华发?

[**注释**]东流:古县名,治所在今安徽省东至县东流镇。绮陌:多彩的道路,宋时多用以指花街柳巷。纤纤月:形容美人纤细的足。尊:同"樽"。

[**赏析**]听说在花街柳巷的东面,行人常见到她在帘下的足迹。旧日情愫在心中如春江水流淌不断,新的遗憾又像云山一样层层叠叠。假如以后有那么一天,与她在酒宴上再次相见,她将会像镜子里的鲜花使我无法采撷,她也会惊讶我又白了头。据专家考证,作者年轻时路过池州东流县时曾结识一位女子,这次经过此地重访不遇,心有感伤而作此词。这是全词的下片。词句描写作者对曾有过情愫现在却不知踪迹的女子的忆念,极具沧桑之感。

那呵滩

[南北朝]南朝乐府

闻欢下扬州,相送江津湾。
愿得篙橹折,交郎到头还。
篙折当更觅,橹折当更安。
各自是官人,那得到头还?

[注释]那呵:谐音"奈何"。欢:对情人的一种昵称。扬州:当时州名,位于今南京市东南。江津:今湖北江陵县附近。交:教。到:这里同"倒"。官人:这里指给官府当差的人。

[赏析]情郎啊你要去扬州了,我只能在江津湾头送别。真想让长篙大橹忽然断折了,让情郎不得不掉转船头回来啊!篙断了再去找一根,橹断了会另行安装。各人都是去给官府当差干活的,哪能随便掉转船头回还?诗句描写女子不愿情郎远赴他乡任事,而情郎表示自己在官府当差,身不由己。

摸鱼儿·双蕖词

[金]元好问

问莲根、有丝多少,莲心知为谁苦?
双花脉脉妖相向,只是旧家儿女。
天已许。甚不教、白头生死鸳鸯浦?
夕阳无语。算谢客烟中,湘妃江上,未是断肠处。

[注释]丝:与"思"谐音。谢客:谢灵运,小字客儿,时称谢客。湘妃江:即湘江,传说帝舜死后,其二妃(娥皇、女英)痛哭不已,后投江殉情而死。

[赏析]我要问莲花的藕根,你有多少根丝(思),莲子心那么苦,是在诉说谁的痛苦?两朵鲜花情意绵绵,相亲相爱,他们不过是普通人家的儿女。苍天已经应许了他们的感情,为什么不能让他们白头偕老,共赴鸳鸯栖息处?夕阳也无话可说了。就算是谢灵运作的伤感诗句,以及湘妃殉情的惨痛,也赶不上这一对青年男女给人间带来的哀伤呀!这是全词的上片。词句描写作者对这一爱情悲剧的彻骨痛心,对殉情青年男女的极大同情。

摸鱼儿·雁丘词

[金]元好问

问世间,情为何物,直教生死相许?
天南地北双飞客,老翅几回寒暑。
欢乐趣,离别苦,就中更有痴儿女。

[赏析]这首词的序文说了这样一件事:有人捕获一只雁,把它杀了,另一只雁悲鸣着不飞走,竟然自投于地殉情而死。因此词人写道:请问世间各位,爱情究竟是什么,竟会让这两只飞雁遵行同生共死的爱情许诺?南飞北归那么遥远,总是比翼双飞,不管多少寒暑已然年老,仍然恩爱相依为命。双飞是多么快乐,离别才是真正的痛苦。到此刻,才知这一对雁儿竟比人间的痴情儿女还要痴于爱、苦于情呀!这里是全词的前一部分。词作者感叹动物之间的"爱情"竟是如此坚贞不渝、超越生死,感慨爱情究竟是一种什么力量。

我爱秋香

[明]唐寅

我画蓝江水悠悠,爱晚亭上枫叶愁。
秋月溶溶照佛寺,香烟袅袅绕经楼。

[注释]袅袅:形容烟气缭绕上升。秋香:可能实有其人,也可能只是美女的代称。

[赏析]我画的蓝色的江水悠悠地流,我在爱晚亭上感到枫叶也和我一样愁忧。秋月明亮普照大地,也照着佛寺,人们看到寺庙里香烟缭绕,弥漫着整个经楼。这是一首"藏头诗",四句诗的第一个字连起来读就是"我爱秋香"。诗句似婉转又直白地表达作者对"秋香"的爱情,也可以一般地理解为一种表现爱情的艺术意象。

四愁诗四首·其一

[汉]张衡

我所思兮在太山。
欲往从之梁父艰,侧身东望涕沾翰。
美人赠我金错刀,何以报之英琼瑶。
路远莫致倚逍遥,何为怀忧心烦劳?

[注释]太山:即泰山。梁父:泰山下一小山名。金错刀:指当时使用的有"错金"工艺的钱币。英:即"瑛",美石似玉者。琼、瑶:两种美玉。

[赏析]我所思念的美人在泰山。想追随她,仅泰山的那条支脉就很艰险,侧身向东望去,我涕泪沾湿衣襟。美人送给我金错刀,我要回报给她美

玉。但路途遥远送不到，我徘徊不安。为什么我总是心烦意乱？就是因为不能断绝思念。作者写此诗或怀济世之志，而有议论朝政的初衷，以"美人"隐喻"君主"。这里只按字面，把它看作是追求美人（情人）的情诗。

卜算子·我住长江头
［宋］李之仪

我住长江头，君住长江尾；
日日思君不见君，共饮长江水。
此水几时休，此恨何时已。
只愿君心似我心，定不负相思意。

［赏析］我住在长江的上游，你住在长江的下游，我天天思念你却见不着你，但咱俩喝的是同一条长江的水。长江水不会停止奔流，我心中的情愁也不会停息。只希望你的心和我的心一样不会变，我永远不会辜负你恋念我的情意。诗句指出同一条长江把双方的生活和情爱维系在一起，期望所爱者与自己永远保持真挚坚贞的爱情。

闻李端公垂钓回寄赠
［唐］鱼玄机

无限荷香染暑衣，阮郎何处弄船归？
自惭不及鸳鸯侣，犹得双双近钓矶。

[**注释**]李端公：有研究者认为是李郢，也有认为是李亿（字子安，作者的丈夫）。阮郎：情郎的代称。此处指李端公。矶：水边突出的岩石或石滩。

[**赏析**]暑天荷花浓烈的香气熏染了你的衣裳，你这个钓鱼的郎君什么时候能划船回归？我惭愧自己还不如那鸳鸯的侣偶，它们还能到钓鱼的石滩边双宿双飞。诗句直白地表现女作者对这位李端公的爱意，希望与他成为"鸳鸯侣"。不知这是恋爱的事实，还只是作者一厢情愿坦露心迹的诗意想象。

江神子·杏花村馆酒旗风
[宋]谢逸

夕阳楼外晚烟笼。粉香融。淡眉峰。
记得年时，相见画屏中。
只有关山今夜月，千里外，素光同。

[**赏析**]黄昏时，小楼外烟雾笼罩。小楼内你的面颊粉白融着浓香，淡淡双眉如远处山峰。记得当时我们相拥的景象犹在画屏中。如今远隔千里关山重重，今夜只有皎洁月光照着你我，相思与共。这是全词的下片。词句怀忆与伊人的恋情，作者身处异乡，相距远，离别苦，心惆怅，相思情更浓。

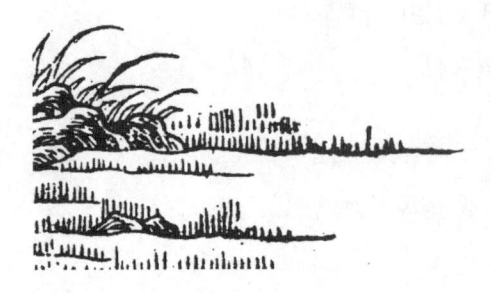

江城子·西城杨柳弄春柔

[宋]秦观

西城杨柳弄春柔。动离忧。泪难收。
犹记多情,曾为系归舟。
碧野朱桥当日事,人不见,水空流。

[注释]江城子:与"江神子"为同一词牌。

[赏析]西城外的早春时节,杨柳摇曳多么轻柔。牵动了我与你离别后的忧愁,扑簌簌的泪水难以止收。还记得你当时那么多情,系住了我归来的小舟。绿野上,红桥边,赏春踏青泛舟已成往事,如今见不到你,只见江水空自淌流。这是全词的上片。词句描写作者深情回忆当年与情人热恋游春的往事,充满离愁相思的伤感。

昔思君

[晋]傅玄

昔君与我兮形影潜结,今君与我兮云飞雨绝。
昔君与我兮音响相和,今君与我兮落叶去柯。
昔君与我兮金石无亏,今君与我兮星灭光离。

[注释]柯:树枝。

[赏析]过去你与我啊形影暗中连接,今日你与我啊像流云飞散骤雨停止。过去你与我啊像声响与回音相应和鸣,今日你与我啊像落叶与树枝分离。过去你与我啊像金石坚定没有缝隙,今日你与我啊像流星陨落光芒灭失。诗句描写一对恋人往日情感炽热,如今情感全都消失,表现作者对失恋

的无限伤感和惋惜！诗句也可理解为描写一个女子对失恋的伤感和怨艾。

湖上卧病喜陆渐鸿至
[唐]李冶

昔去繁霜月，今来苦雾时。
相逢仍卧病，欲语泪先垂。
强劝陶家酒，还吟谢客诗。
偶然成一醉，此外更何之！

[**注释**]陶家：陶渊明家，意指陶醉。谢客：谢灵运之客，意指感谢。

[**赏析**]往日你离去时月光如霜，今天你又来到时惨雾迷茫。与你重新相逢，我却仍卧病在床，想说点什么已是泪眼汪汪。勉强喝点酒，我心里已然陶醉，吟诵诗句感谢你柔情如往。难得有机会能一醉，心满意足再没有什么要求。诗句描写作者有病时见昔日情人来看望，受到慰藉，心怀感激，情深意长。

[双调]碧玉箫十首·其六
[元]关汉卿

席上樽前，衾枕奈无缘。
柳底花边，诗曲已多年。
向人前未敢言，自心中祷告天。
情意坚，每日空相见。
天！甚时节，成姻眷。

[**注释**]衾：被子。

[**赏析**]在筵席上，在酒杯前，与你经常见面，无奈的是无缘同被共枕眠。在柳树下，在繁花旁，你我唱和诗词歌曲已经多年。一向不敢向别人诉说对你的爱，只能在心中祷告上天给予成全。我对你的情意十分坚决，但没有机会向你表白，每天只与你空相见。天哪！要到什么时候，我才能与你结成夫妻合为眷属。曲词描写处于底层的歌女对于爱情婚姻的追求和向往，也反映出当时社会因阶层地位不同导致的对爱情婚姻的阻隔。

挂枝儿

[明]民歌

喜鹊儿不住的喳喳叫，
急慌忙开了门往外瞧：甚风儿吹得我乖乖到。
携手归房内，双双搂抱着。
你虽有千期万约的书儿也，不如喜鹊儿报得好。

[**赏析**]喜鹊喳喳地叫个不停，着急慌忙地开门往外瞧：是什么好风把我的乖宝贝儿吹到了。手牵手回到房里，互相紧紧地搂抱。哎呀，你纵使写千封万封情书相约，也不如这喜鹊的叫声报得好。歌词描写女子亲切地赞扬情郎兑现约定，真实地来到眼前，这才算落实爱情，才是真正的好。

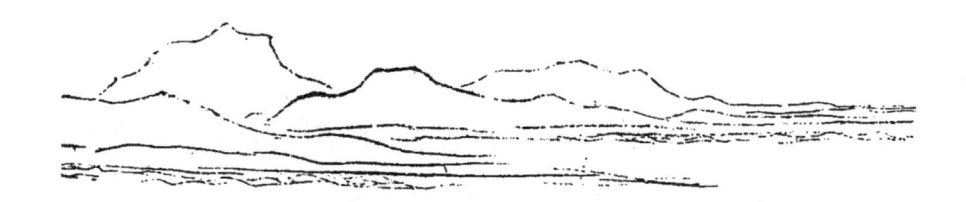

减字木兰花·相逢不语

[清]纳兰性德

相逢不语,一朵芙蓉着秋雨。
小晕红潮,斜溜鬟心只凤翘。
待将低唤,直为凝情恐人见。
欲诉幽怀,转过回廊叩玉钗。

[**注释**]芙蓉:荷花。凤翘:古时女子的凤形头饰。

[**赏析**]心里相爱的人相逢时都不言语,她似有泪痕就像一朵荷花着了雨。她脸颊泛起红晕,低头走开,步履含愁,头上斜插的凤形玉钗在抖动。他想低声呼唤她,她神情凝重是怕被人看到吧。她转过回廊,在不显眼的地方轻轻叩着玉钗,她是在等待他来诉说幽幽情怀,还是转过身来要再看他一眼?词句描写一对有情人未约相遇时,四目交投又不敢说话,擦肩而过又留恋不舍的心理和情态,极富神韵。

懒画眉·喜裴生见过

[明]董贞贞

相逢花下乍停镳,便觉倾心爱楚腰。
春情能不为君抛,片时相对相倾倒。
何必琴心暗里挑。

[**注释**]镳:马嚼子的两端露出嘴外的部分。停镳:指停住马。楚腰:历史上有"楚王爱细腰"的典故,这里喻女子身姿曼妙。

[**赏析**]与你相逢在花下,你立即停住了马,我觉得你对我是一见倾心,

喜爱我身姿婀娜曼妙。我的春情也迅即发动，怎能不把媚眼向你抛，相对片刻都为对方所倾倒。司马相如弹琴暗中挑逗卓文君那一套根本不必要。词句描写女主人公与裴生邂逅，一见钟情，互相倾心，既然如此迅捷拍合，男子也用不着玩弹琴挑逗的把戏了。女子激动、迫切之情溢于言表，毫不掩饰。

卜算子·相逢情便深

[宋]施酒监

相逢情便深，恨不相逢早。
识尽千千万万人，终不似、伊家好。

[赏析]我与你一遇见，爱情就那么深，只恨未能早早相逢。我见识过千百个女子，到底没有一个有你那么美好。据说词句是作者写给杭州妓女乐婉的临别赠词的上半阕。词句描写作者对该女子相见恨晚、难以割舍的情怀。这些词句可能是男子临别时情爱冲动的表露，也可能只是这位施姓官员（"酒监"）逢场作戏敷衍女子的表面谀辞。

三五七言

[唐]李白

相亲相见知何日，此时此夜难为情……
早知如此绊人心，还如当初不相识。

[赏析]现在分别，不知道我们何时才能像以前那样亲爱相守，在这秋

风秋月的秋夜,我难以抑制心中的情衷……要是早知道相爱如此牵绊我心,还不如当初不曾相识呢。诗句描写有情人不得不分别时的矛盾凄婉心情。

[双调]清江引·有感
[元]乔吉

相思瘦因人间阻,只隔墙儿住。
笔尖和露珠,花瓣题诗句,倩衔泥燕儿将过去。

[注释]间阻:阻隔,作梗。倩:请(别人代替自己做事)。

[赏析]相思太深日渐消瘦,只因爱情受到人为阻拦。我家与她家只有一墙之隔,却不能相会遂愿。用笔尖蘸着露珠,在花瓣上题写爱语情诗,让燕儿衔泥做巢时把它捎过去。曲词想象通过燕子给恋人传递情讯,表现青年男女对自由恋爱的迫切渴望。

复赠赵象
[唐]步非烟

相思只怕不相识,相见还愁却别君。
愿得化为松上鹤,一双飞去入行云。

[赏析]相思多多,只恐怕并不真正了解,好不容易相见了,又发愁一会儿就要分别。我真愿咱俩能化成青松之上的一对白鹤,双双飞到天上的云彩里去生活。诗作者本是某官员之妾。这首诗是女作者与邻生赵象一见钟情,

相互赠诗和约会后所写,表达女作者对恋人的无限思念,对自由恋爱的强烈愿望。

凤箫吟·锁离愁

[宋]韩缜

销魂。
池塘别后,曾行处、绿妒轻裙。
恁时携素手,乱花飞絮里,缓步香茵。
朱颜空自改,向年年、芳意长新。
遍绿野,嬉戏醉眠,莫负青春。

[**注释**]恁:那。茵:垫子或褥子。素手:指女子洁白如玉的手。

[**赏析**]心魂不定啊,自从在那个池塘边与她分别后,无日不黯然神伤,想起同游的地方,连绿草都妒忌她的罗裙。那时携着她的玉手,在花丛柳絮之中,在翠绿芳草地上,信步徜徉。如今她的容颜或许辉光难再,但心中情意仍像芳草一样年年常新。还是要畅快游遍绿野,忘掉烦恼,嬉戏酣饮,不辜负韶华青春。这是全词的下片。词句作者回忆昔日与情人在一起时的赏心乐事,而叹息离愁、颜改之令人伤感,表示既然时光难再、徒增怀念,何不趁青春年华及时欢乐。

寄张正字

[宋]谭意歌

潇湘江上探春回,消尽寒冰落尽梅。
愿得儿夫似春色,一年一度一归来。

[注释]潇湘:潇水、湘水,在今湖南省境内,代指湖南。儿夫:(昵称)我的夫君(相好,情人)。

[赏析]张某某是汝州人,在潭州做官。你从潇湘回老家探亲,也该回来了,现在冰雪已消,梅花落尽。但愿我的相好仍春风满面,每年春天回到我的身边。作者为歌妓,流落在潭州(今湖南长沙)。诗句描写作者对张某某愿以身相许,希望他早日回来团聚。

春日偶成

[明]苏桂亭

小院春寒日半斜,佳期不定似飞花。
相思尽日浑无赖,望断长天数落霞。

[注释]佳期:好日子,相会的日子。无赖:无奈。

[赏析]小院春寒料峭,太阳已向西斜,相会的日子像飘飞的花不能确定。一天到晚相思重重实在无奈,看着空旷的天空中红霞已渐渐落下。诗句描写女子整日相思,望天兴叹,表现了寂寞难耐、掌握不了自己命运的空落心情。

《西厢记》第一本第四折
[元]王实甫

小子多愁多病身,怎当她倾国倾城貌?

[赏析]这个话是《西厢记》里张生初见崔莺莺时的内心独白。前一句是张生自指因相思而"多愁多病",后一句是形容崔莺莺具有"倾国倾城"的美貌。

自题红豆相思图九首·其五
[清]胥秀林

心事从人欲说难,留将图画与人看。
等闲表示相思子,自是衷肠一片丹。

[注释]等闲:随随便便,轻易。
[赏析]我的心事很难对人说呀,只能留在图画里让你去看。这画里的红豆不是一般的红豆,它表示的相思意是我出自内心的一片真情啊。诗句作者向赠画对象表示,《红豆相思图》寄寓了自己内心深处的真实诚恳的相思爱意。

九张机·两张机
[宋]无名氏

行人立马意迟迟。深心未忍轻分付。
回头一笑,花间归去,只想被花知。

[**赏析**]那个即将远行的少年不舍离别驻马迟疑。少女忍着内心的深情蜜意没说什么,她只是回头一笑娇羞又矜持,就从花丛间离开回去了,好像是只能让花儿知晓她内心的秘密。全诗"九张机"完整地描写一个民间织锦少女与采桑时遇见的少年的爱情故事。这是其中的"两张机",诗句描写少年匆匆离别时,少女心中不舍又难以直白表露的情景。

[双调]折桂令·杏桃腮杨柳纤腰
[元]孔文升

杏桃腮杨柳纤腰,占断他风月排场,鸾凤窠巢。
宜笑宜颦,倾国倾城,百媚千娇。
一个可喜娘身材儿是小,便做天来大福也难消。

[**注释**]颦:皱眉。

[**赏析**]脸蛋好像杏儿桃儿,腰身纤细似杨柳摆摇,风月场里,鸾凤窠巢,都被你一个人占尽了。笑起来好看,皱眉也好看,你的容颜真正是倾国倾城、百媚千娇。你的身材虽小巧,却那么令我喜爱,我就算有天大的福气也难以消受你的美貌。作者以此曲词赠给艺名为"千金奴"的歌女。这里是全曲词的大部分。曲词直白地描绘歌女的美貌,作者的奉承和垂涎的心态溢于言表。

杨万里《诚斋诗话》·寄友人
[宋]尤褒

胸中蓄积千般事,到得相逢一语无。

[**注释**]襞:衣服上的褶子,泛指衣服的褶纹。

[**赏析**]心中像衣服褶纹似的积藏着千种事、万般情,待到相逢见面时却说不出一句话。诗句描写相恋的人心中本有无限的相思,见面时却不知怎样表达出来才好的情境。

琴河感旧四首·其三
[清]吴伟业

休将消息恨层城,犹有罗敷未嫁情。
车过卷帘劳怅望,梦来携袖费逢迎。
青山憔悴卿怜我,红粉飘零我忆卿。
记得横塘秋夜好,玉钗恩重是前生。

[**注释**]琴河:即琴川,在今江苏常熟境内。感旧:作者早年与卞玉京(时称"秦淮八艳"之一)相恋,但未能结合,后作者游琴川时,卞亦在此地,友人邀卞来与吴相会,卞至而不见。层城:神话传说昆仑山有层城九重,此处喻女子处于高远境界。罗敷:古代作品中的美女。青山:有研究者疑为指"青衫"(当时低阶官员衣服)。卿:古代夫妻或好友间的昵称。横塘:地名,或在南京秦淮河边,或在江苏吴江县。

[**赏析**]我并不怨恨她在层城高处而不肯相见,她还怀有罗敷未嫁时的那种高傲。路上相逢,劳她卷起车帘惆怅凝望,我在梦中蒙她迎接牵袖相随。我穿着青衫面容憔悴,她还怜惜我,我长久怀念她,只因为红粉飘零。清楚记得秦淮河边横塘美好的秋夜,她赠给我玉钗是前生的恩爱情缘。诗句描写作者对从前恋人仍怀有深深眷念,并有自责懊悔之意。

浣溪沙·绣面芙蓉一笑开

[宋]李清照

绣面芙蓉一笑开。

斜飞宝鸭衬香腮。

眼波才动被人猜。

一面风情深有韵,半笺娇恨寄幽怀。

月移花影约重来。

[注释]绣面:唐宋时女子面额上常贴着花样纹饰,形容面容娇美。芙蓉:荷花。宝鸭:指女子头上的鸭形宝钗。

[赏析]少女娇美的笑靥宛如刚出水的荷花,宝石镶嵌的鸭形宝钗斜插鬓边,衬托着红润的面颊。她眼波流盼,心思让人难以猜测。她的面容和表情多么标致富有风韵,她既娇媚又恨怨地递过来折叠信笺,寄托着幽幽心怀。她约我在月上柳梢花影绰绰的时刻再次见面。词句描绘了一个姣美艳丽、情窦初开的少女形象,描写她充满幽思又主动邀约、大胆追求爱情的神态。

更漏子·星斗稀

[唐]温庭筠

虚阁上,倚阑望,还似去年惆怅。

春欲暮,思无穷,旧欢如梦中。

[注释]阑:同"栏"。

[赏析]在空荡荡的楼阁上,我倚着栏杆远望,还同去年一样,只有无限的失望和惆怅。人生的春光渐渐消逝,对你的相思无尽无休,旧日的爱恋和

欢愉仍是我现在梦中的情景。这是全词的下片。词句描写闺中女子对情人的无限相思,以及惆怅、失望与无奈的心情。

赠吴湘逸
[明]周飞卿

絮语花阴夜未央,细聆音韵转悠扬。
君今幸作吹箫侣,侬愿期为双凤凰。

[**注释**]未央:未尽。吹箫侣:相传秦穆公女儿弄玉喜欢吹箫,与萧史结婚。夫妇吹箫,引来凤凰,二人乘凤凰而去。

[**赏析**]夜里与你在花荫下说着悄悄话,仔细聆听你的话音多么动情悠扬,如同箫声一样。你现今恰似那引起弄玉春情的萧史呀,我也期望与你结合成为双飞的凤凰。这个吴湘逸或许擅于吹箫,使女作者怦然心动,联想到弄玉的故事,直白地表示愿与对方结为夫妇。

[双调]蟾宫曲·赠曹绣莲
[元]贯云石

薰风吹醒横塘,一派波光,掩映红妆。
娇态盈盈,春风冉冉,翠盖昂昂。
一任游人竞赏,尽教鸥鹭埋藏。
世态炎凉,只恐秋高,冷落空房。

[**注释**] 薰：一种香草，泛指花草的芳香。横塘：泛指水塘。

[**赏析**] 春风不断吹来，水塘波光粼粼，花草散发芳香，岸边树丛掩映着你的红装。身姿娇柔步态轻盈，和煦春风吹拂起翠绿的头巾。你任由那些游人竞相观看啧啧赞赏，你使得鸥鹭等鸟儿不能自容到处躲藏。美人啊，你可知道这世态有炎热亦有冰凉，只恐怕天时变化，虽似秋高气爽，却会使你遭受冷落独处空房。曲词作者极力赞美曹绣莲，又对其充满怜惜之情，真诚劝谕她对"世态炎凉"要有精神准备。

鹧鸪天·寄李之问
[宋]聂胜琼

寻好梦，梦难成。

况谁知我此时情。

枕前泪共阶前雨，隔个窗儿滴到明。

[**赏析**] 我梦想得到一个好的归宿，但这样的好梦难以做成。何况有谁会知道我内心的期盼和苦涩之情。我独自在枕上流着泪，跟窗外下着的雨一样，没完没了一直滴到天明。这是全词的下片。词句描写作者送别李之问后，对未来的不确定心怀忧虑，又对情人思念不断的痛苦心情。据说作者最后还是嫁给了李之问为妾。

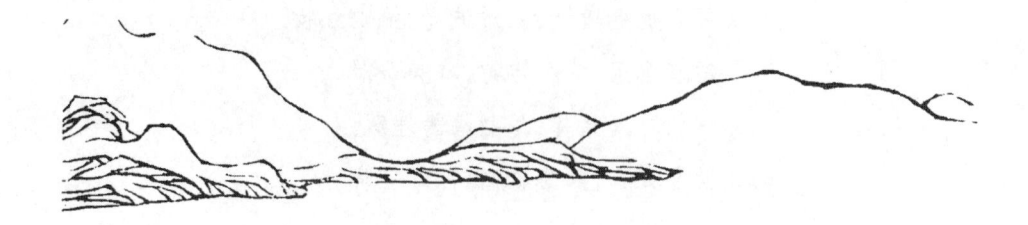

莺莺诗
[唐]元稹

殷红浅碧旧衣裳,取次梳头暗淡妆。
夜合带烟笼晓日,牡丹经雨泣残阳。
依稀似笑还非笑,仿佛闻香不是香。
频动横波娇不语,等闲教见小儿郎。

[**注释**]殷:读音 yān,赤红色,赤黑色。夜合:合欢花别称。

[**赏析**]她衣衫暗红、裙子浅绿,已是陈旧,鬟髻随意挽着,妆饰淡雅平常。像晨光下的合欢花被水汽笼罩,又如沐雨后的牡丹带着泪珠面对夕阳。她嘴唇微启,似在浅笑又不是在笑,我仿佛闻到了一股幽香又不像是幽香。她眼波频频溜动却娇羞不语,端庄娴静,只当我是个普通少年郎。作者对崔莺莺始乱终弃,但这位初恋对象到底还是令他刻骨铭心不能忘怀。诗句描绘作者初见崔莺莺时,莺莺美丽矜持、含情摄人的形象。

鹤冲天·黄金榜上
[宋]柳永

烟花巷陌,依约丹青屏障。
幸有意中人,堪寻访。
且恁偎红倚翠,风流事,平生畅。
青春都一饷。
忍把浮名,换了浅斟低唱。

[**注释**]恁:这么,这样。一饷:吃一顿饭的时间。

[**赏析**]在歌姬们居住的街巷里,有摆放着美画屏风的绣房。幸运的是那里有我的意中人,值得我去追求寻访。且这样与她倚翠偎红,享受风流情韵,这是我平生最感欢畅的生活。青春时光都是一样的短暂。我宁愿忍住心疼,抛开曾经热衷追求的虚浮的功名,去换取那温柔乡中浅浅的一杯酒和在耳畔低回婉转的吟唱。作者参加科举屡试不中,流寓苏杭。这是全词的下片。词句描写作者在科举落第后对功名仕途灰心无奈,而流连情爱、落拓不羁的生活和情绪。

临江仙·佳人

[宋]李石

烟柳疏疏人悄悄,画楼风外吹笙。

倚阑闻唤小红声。

熏香临欲睡,玉漏已三更。

坐待不来来又去,一方明月中庭。

粉墙东畔小桥横。

起来花影下,扇子扑飞萤。

[**注释**]漏:古代计时器具。

[**赏析**]轻烟般的雾霭笼罩着庭院里稀疏的杨柳,夜深人静,风把外面吹笙的乐音送进了雕画的楼阁。她倚着栏杆等待,好像听到有人呼唤丫鬟小红的声音。闺房里点着熏香,焦灼使她难以入寝,玉漏滴响夜已三更。等待呀等待,他似乎来了又回去了,庭院里只洒满了月光。粉墙外东边横着的小桥没有一点动静。她心里多么空落,来到庭院的花影下,用扇子扑向飞萤。词句描写闺中女子夜里切盼情郎来幽会,却落空了。词句表现女子期待、幻想、失落、忧郁的心理过程和幽怨心情。

《红楼梦》第三十四回·林黛玉题帕诗三首·其一

[清]曹雪芹

眼空蓄泪泪空垂,暗洒闲抛却为谁?
尺幅鲛绡劳解赠,叫人焉得不伤悲!

[注释]鲛绡:泛指薄纱。这里指手帕。

[赏析]满眼含泪却又白白流垂,这眼泪暗暗地洒,空空地抛,是为了谁?谢谢你好意赠给我一尺见方的手帕,因为你内心的情思,我怎么能不伤感心悲?诗句是作者描写的小说人物林黛玉在贾宝玉所赠手帕上的题诗,表明林黛玉内心对贾宝玉示爱的感悟与回应。

竹枝词二首·其一

[唐]刘禹锡

杨柳青青江水平,闻郎江上唱歌声。
东边日出西边雨,道是无晴却有晴。

[注释]唱:一作"踏"。晴:与"情"字同音,这里是双关语。

[赏析]杨柳枝青青,江水平如镜,我听到了那个少年郎的唱歌声。东边天上出太阳,西边却下着雨,说是下雨天不晴吧,却明明有晴天呀。也就是:说是没有情吧却明明是有情呀。诗句利用"情""晴"同音,描写当地青年男女淳朴的爱情,表现一个青春少女在春日里,听到心中情郎的歌声时所产生的心理活动。

诗经·郑风·野有蔓草

野有蔓草,零露漙兮。
有美一人,清扬婉兮。
邂逅相遇,适我愿兮。

[**注释**]漙:形容露水多。邂逅:偶然遇见,不期而遇。

[**赏析**]田野里到处蔓延着青草,清晨的露珠又多又圆。那个美人在独自行走,眉清目秀,嗓音婉转。恰巧与我不期而遇,这是多么适合我的心愿。全诗两段,这是第一段。男子对这个美女早已有一番心思,今天不期而遇真是天赐良机啊!

诗经·召南·野有死麕

野有死麕,白茅包之。
有女怀春,吉士诱之。

[**注释**]麕:古书里指獐子(类似鹿,没有角)。吉士:古时对男子的美称。诱:求,指求爱、求婚。

[**赏析**]在原野射猎得到一只獐子,用白茅草包裹好作为礼物。有一个少女正春心萌动,那英俊的猎手借这个猎物来搭话追求。全诗三段,这是第一段。诗句描写青年男女对爱情的向往和追求,朴实率真。

子夜歌
[南北朝]南朝乐府

夜长不得眠,明月何灼灼。
想闻欢唤声,虚应空中诺。

[**注释**]灼灼:明亮状。欢:指恋人。诺:答应声。
[**赏析**]长夜漫漫辗转难眠,明月当空多么明亮。我仿佛听到了恋人在呼唤,我向虚空中回应很是急切。诗句描写女主人公切望恋人与自己"呼唤—应答"互动的心情。

[中吕]朝天子·赴约
[元]刘庭信

夜深深静悄,明朗朗月高,小书院无人到。
书生今夜且休睡着,有句话低低道:
半扇儿窗棂,不须轻敲,我来时将花树儿摇。
你可便记着,便休要忘了,影儿动咱来到。

[**赏析**]曲词是对唐元稹《莺莺传·明月三五夜》诗句内容的进一步具体演绎。曲词十分直白、口语,不用再多解释。曲词描写女主人公崔莺莺与张生约定,夜深月明人静时到张生住所(小书院)来幽会,以树影晃动为号;并再三叮嘱张生"记着""休要忘了",反映了崔莺莺主动追求爱情的大胆、急切的心情。

眼儿媚·一寸横波惹春留

[清]厉鹗

一寸横波惹春留,何止最宜秋。
妆残粉薄,矜严消尽,只有温柔。
当时底事匆匆去?悔不载扁舟。
分明记得,吹花小径,听雨高楼。

[注释]底事:何故,为什么事。

[赏析]你双眼溜转秋波,惹得我春情涌动,岂止在秋高气爽时,无论何时都会爱你不够。你卸下妆扮、洗去敷粉,完全抛弃了矜持和严肃,只有无限的温柔。当时为什么就匆匆离去了呢?真后悔我没能像范蠡载着西施荡舟那样,与她一同浪迹江湖。我清晰地记得与她在花园小路上悠然漫步,在高楼上听着淅沥的雨声。词句描写作者与所恋女子欢聚的情景,以及离别后的懊悔、自责和对她的眷恋、思念的心情。

《红楼梦》第五回·枉凝眉

[清]曹雪芹

一个是阆苑仙葩,一个是美玉无瑕。
若说没奇缘,今生偏又遇着他;
若说有奇缘,如何心事终虚化?

[注释]阆苑:传说中神仙的居住地。葩:花。仙葩:即仙花,喻指林黛玉。美玉:喻指贾宝玉。

[赏析]林黛玉是仙宫里的一朵仙花,贾宝玉是一块美玉没有疵瑕。如

二 恋爱情迷

果说这两人并没有奇妙的姻缘,这辈子怎么偏偏遇到了一起?如果说这两人注定有奇美姻缘,为什么两人内心的纯真爱情终究虚空破灭成了悲剧一场?这是全词的前半。全词是作者在《红楼梦》中对贾宝玉和林黛玉的纯真爱情及其悲剧命运的描述、预判和感叹。

[双调]得胜令·一见话相投
[元]景元启

一见话相投,半醉捧金瓯。
眼角传心事,眉尖锁旧愁。
绸缪,暗约些儿后。
羞羞,羞得来不待羞。

[**注释**]瓯:指酒盅。金瓯:喻该盅之珍贵。绸缪:缠绵。

[**赏析**]一与他相见说话就情味相投,已然喝得有点醉了,仍然捧着珍贵的酒盅。眼睛盯着他看,传递我的心思,蹙着眉头不知道他会怎么想。情意缠绵,背着父母暗地约他相会。哎呀,我就不害臊吗?竟这样私约情郎,真是羞得我不能再羞了。全曲有七段,这是第一段。曲词描写少女与男子一见钟情,主动邀约,表达少女情意缠绵、难舍难分、大胆追爱的痴情。

[中吕]红绣鞋·一两句别人闲话
[元]无名氏

一两句别人闲话,三四日不把门踏,五六日不来呵在谁家?
七八遍买龟儿卦。久已后见他么,十分的憔悴煞。

[注释]买龟儿卦：买来龟甲烧灼以占卜，测吉凶。

[赏析]听到别人一两句闲言碎语，你就胆小害怕了，三四天不踏进我门里来，五六天都不来了，呵，你去谁家啦？害得我买来龟甲烧灼，七八遍地占卜、算卦，测咱俩的情爱未来会咋样。好久后才见到他，哎呀，他真是十分的憔悴，无精打采，没人样儿啦！曲词描写女主人公斥责情人因听到几句闲言碎语，就退缩、躲避而不敢上门相会的软弱心理，表现女主人公大胆、泼辣地追求爱情，又痛惜情人懦弱、胆怯、"憔悴"的状态。

西江月·寄张生

[宋]郑云娘

一片冰轮皎洁，十分桂魄婆娑。
不施方便是如何？莫是嫦娥妒我？
虽则清光可爱，奈缘好事多磨！
仗谁传与片云呵，遮住霎时则个。

[注释]张生：张姓年轻人。桂魄：神话传说中月亮上有高大桂树。好事：指男女情爱之事。霎时：极短时间。则个：语尾助词，得了，行了。

[赏析]一轮圆月明亮洁白，高大的桂树多么茂盛婆娑。为什么不给我们一点方便？难道是嫦娥嫉妒我的情爱？月光虽然皎洁清亮让人喜爱，但妨碍好事使我们感到很为难。谁能去告诉云彩快把月光遮掩，哪怕只遮住一会儿也行啊！词句描写作者迫切向往与情人张生约会欢愉，希望不被月光照见，即不被他人知道。

续林景清题壁诗

[明]杨玉香

一曲霓裳奏不成,强来别院听瑶笙。
开帘觉道春风暖,满壁淋漓白雪声。

[注释]林景清:据说是作者的恋人。霓裳:曲调名。瑶笙:镶有美玉的笙,是对笙的美誉。白雪:即《阳春白雪》,是高雅的曲调。

[赏析]我心烦意乱连一曲《霓裳》都弹不下去,赶快来到这个院子听你吹奏瑶笙。刚拨开门帘就感觉一股春风扑面而来,满屋子洋溢着《阳春白雪》般美妙至极的乐声。作者赞誉林景清吹笙十分高妙,对自己有很大的吸引力,使自己如沐春风。不知林景清的"题壁诗"写了什么,作者以续诗形式表现出对林景清的仰慕和追求之意。

[南商调]黄莺儿·赠陈生

[明]顾长芬

一自结盟言,感卿卿心最专。
西陵松柏时相念,祝苍生见怜。
愿和谐百年,守贞坚肯随风转。
结良缘,今生永好,比翼效鹣鹣。

[注释]西陵:又称西泠、西林,在杭州西湖孤山的西北侧。鹣鹣:古代传说中的比翼鸟。

[赏析]自从与你结下情缘作了盟誓,感谢你对我的爱极为专一。你我就像西陵那里的松柏树坚挺又常青,拜苍天有眼能够怜爱我们。愿咱俩和谐

百年,互相坚守贞洁绝不随风移转。愿尽早结成良缘永远相好,效法比翼鸟今生不分离。作者是歌女。词句描写作者赞许情人陈生专情,表示自己也是坚贞不渝,希望早日正式成婚。

西洲曲
[南北朝]南朝乐府

忆梅下西洲,折梅寄江北。
单衫杏子红,双鬓鸦雏色。
西洲在何处?两桨桥头渡。
日暮伯劳飞,风吹乌臼树。
树下即门前,门中露翠钿。
……
忆郎郎不至,仰首望飞鸿。
鸿飞满西洲,望郎上青楼。
楼高望不见,尽日栏杆头。
栏杆十二曲,垂手明如玉。
卷帘天自高,海水摇空绿。
海水梦悠悠,君愁我亦愁。
南风知我意,吹梦到西洲。

[**注释**]西洲:地名,约在湖北武昌附近,在长江之南。江北:长江之北。指情郎现在居住地。伯劳:鸟名,惯于单栖。乌臼:树名,又作"乌桕"。翠钿:镶有翠玉的头饰。飞鸿:指书信。

[**赏析**]回忆往事我要到西洲采摘梅花,把它捎给在江北的情郎。我穿着杏红色单衫,鬓发黑得像雏鸦的颜色。怎么去西洲啊?坐船划桨渡过桥

头。伯劳鸟在黄昏时孤独飞翔,风吹乌桕树沙沙作响。我的家就在乌桕树下,戴着翠玉头饰的我就在门里呀。……我等待的情郎没有来,许多鸿雁飞来西洲,也没有捎来他的书信。我心系远方,登上高楼,整天在楼上伫立凝眸。楼上栏杆弯曲十二道,扶栏杆的手洁白如玉。卷起珠帘见天空高远,如江水般荡漾着一片空空泛泛的深绿。海水如梦悠悠,情郎与我两相忧愁。或许有南风知我心意,把我的梦吹到西洲。诗句细致描写女子对情人的怀念,婉转缠绵,情思悠长。

题金山寺壁示双渐

[宋]苏小卿

忆昔当年折凤凰,至今消息两茫茫。
盖棺不作横金妇,入地当寻折桂郎。

[注释]题解:作者为庐州歌女。双渐:北宋庆历年间进士。苏小卿与双渐恋情甚笃。苏母将小卿卖给茶商,船过金山寺(在今江苏镇江市),苏小卿题此诗于寺壁。折凤凰:喻指男子情场得意。横金:贪财。折桂:即"蟾宫折桂",指科举考中。

[赏析]想当年你情意绵绵与我相好,你说进京赶考至今没有消息,我心里茫然无着。我就是死了也不会去做贪财的商人的老婆,我就是到了地下也要去寻那个蟾宫折桂的才郎。全诗八句,这是前四句。诗句作者表明自己的志气和"非君不嫁"的决心。据说后来二人终成夫妇。苏、双二人的故事在宋元民间广为流传。

[仙吕]一半儿·题情四首·其三
[元]关汉卿

银台灯灭篆烟残,独入罗帏掩泪眼,乍孤眠好教人情兴懒。
薄设设被儿单,一半儿温和一半儿寒。

[注释]篆烟:盘香的烟缕。

[赏析]银台灯熄灭了,盘香也快燃尽,他离开了房间,我含着泪独自进入罗帏床帐。突然间只剩自个儿,孤枕难眠兴尽意懒。这薄薄的被子似有点儿温,更有点儿寒。曲词描写女主人公在情人离去后感到孤独冷清的意绪。

《牡丹亭》惊梦
[明]汤显祖

莺逢日暖歌声滑,人遇风情笑口开。
一径落花随水入,今朝阮肇到天台。

[注释]阮肇:传说到山中采药与仙女婚配,后世指代情郎。

[赏析]黄莺在风和日丽时,歌声最婉转,人在情爱中会笑口常开。梦中循着一条漂浮着落花的水流走去,那里就是天台山,我就是"阮肇",那里的仙女已在等待我了。《牡丹亭》描写杜丽娘与柳梦梅的爱情故事。诗句表现柳梦梅以阮肇自喻,见到了天台仙女般的杜丽娘。

[仙吕]寄生草

[元]无名氏

有几句知心话,本待要诉与他。
对神前剪下青丝发,背爷娘暗约在湖山下,冷清清湿透凌波袜。
恰相逢和我意儿差,不刺,你不来时还我香罗帕!

[注释]湖山:指湖山石,花园里的假山。

[赏析]我有许多知心的话儿,本打算倾诉给他。我还在神像前剪下一绺黑发准备送给他,我背着爹娘暗自与他相约在假山下,久久等候使得露水湿透了罗袜。他原说与我相好,谁知忽然变卦不来啦。哼,你要是不愿意了,就还给我送你的香罗帕。曲词描写满腔热忱爱恋的少女遭到男子背约失信时的愤懑心情。

诗经·郑风·有女同车

有女同车,颜如舜华。
将翱将翔,佩玉琼琚。
彼美孟姜,洵美且都。
有女同行,颜如舜英。
将翱将翔,佩玉将将。
彼美孟姜,德音不忘。

[注释]舜:木槿。华、英:同"花"。将翱将翔:形容女子体态轻盈。琼琚:女子身上所佩之玉。孟姜:家中长女称"孟",孟姜,即姜家大女儿,泛指美女。洵:诚然,实在。都:娴雅。将将:即锵锵,玉石相互碰击摩擦发出的声音。德

音：美好音容。

[**赏析**]有幸与一位美女同乘一车，她的美貌犹如木槿花。她亭亭玉立，步履轻盈，身上佩戴贵重美玉。那个美女就是姜家大小姐呀，她实在是美丽又优雅。有幸与一位美女一同出行，她的美貌犹如木槿花，她亭亭玉立，步履轻盈，身上佩玉铿锵悦耳。那个美女就是姜家大小姐呀，她美好优雅的音容让我终生不忘。诗句描写乘车的男子极力赞美同车同行的女子，表露出艳羡、垂涎、倾慕、追求之意。

有所思

［汉］乐府

有所思，乃在大海南。何用问遗君？

双珠玳瑁簪，用玉绍缭之。

闻君有他心，拉杂摧烧之。

摧烧之，当风扬其灰。

[**注释**]玳瑁：龟状动物，其甲有彩纹。问遗：这里"问"与"遗"二字同义，即"赠与"。绍缭：犹"缭绕"，缠绕。拉杂：堆集。

[**赏析**]我思念的那个人，住在大河的南边。我拿什么礼物赠给你？我用玳瑁做成簪子，两边还缠绕着玉珠。突然听说你另有所爱了，我愤而把要送你的礼物堆在一起烧掉。把这些东西付之一炬，让风把烧成的灰吹去。女子获知爱人移情别恋了，气愤之下把要送给爱人的珍贵礼物亲手销毁。诗句描写女子失恋后伤心决绝的情景。

菩萨蛮·玉炉冰簟鸳鸯锦

[五代]牛峤

玉炉冰簟鸳鸯锦,粉融香汗流山枕。
窗外辘轳声,敛眉含笑惊。
柳阴烟漠漠,低鬓蝉钗落。
须作一生拼,尽君今日欢。

[注释]簟:竹席。辘轳:安装在井架上转动绳索以汲水的圆木。

[赏析]香炉散烟,竹席清凉,锦缎被褥绣着鸳鸯,汗水融和脂粉流在了枕头上。窗外天已微明,传来了辘轳转动声,微皱的眉间有几分惊恐,含笑的相视里看见晨光。柳树笼罩着淡淡的雾气,云鬓低垂蝉形金钗掉落。她定是拼了一生的激情,才能让情郎今天尽情欢愉。词句从女子角度直白地描写一对情人的夜生活。

菩萨蛮·玉人又是匆匆去

[宋]张先

玉人又是匆匆去。马蹄何处垂杨路。
残日倚楼时,断魂郎未知。
阑干移倚遍。薄幸教人怨。
明月却多情,随人处处行。

[注释]阑干:同"栏杆"。

[赏析]情郎啊你匆匆忙忙地走了。不知你的马蹄现在踏着哪条垂着杨柳的路。夕阳下我倚着楼头远望,你哪里知道我像丢了魂似的没着没落。楼上的每寸栏杆我倚了个遍。你个薄情人真叫我心里恨怨。天上的明月是多情

的,人走到哪里明月就跟到哪里。词句描写女子对已远走的"薄幸"情人爱恨交集的心情。

采莲曲
[唐]崔国辅

玉溆花争发,金塘水乱流。
相逢畏相失,并著木兰舟。

[注释]溆:指水塘边。著:同"着"。

[赏析]玉色的水塘边花儿盛开,水波闪着金光流转不断。我的船与她的船在采莲时正好相逢,机会难得都怕失去,两只船儿紧紧靠着,走走停停不分开。诗句描写互相爱慕的青年男女借驶船采莲的机会大胆炽热地接触的情态。

古别离
[唐]孟郊

欲别牵郎衣,郎今到何处?
不恨归来迟,莫向临邛去!

[注释]临邛:蜀地古城(今四川邛崃),汉时富家女卓文君家乡。司马相如和卓文君在此相爱私奔。

[赏析]要分别了,我拽住情郎的衣服,禁不住急切地问:郎呀你这是要到哪里去?我不会怨恨你归来迟迟,只要你不到临邛那个地方去就好了。诗句描写女子最隐秘、最放不下的心思——害怕情郎见异思迁、移情别恋。

寄生草·写情书

[清]民歌

欲写情书,我可不识字。
烦个人儿,使不的!
无奈何画个圈儿为表记。
此封书惟有情人知此意:
单圈是奴家,双圈是你。
诉不尽的苦,一溜圈儿圈下去。

[赏析]想写封情书给你,可是我不识字呀。请人代笔写吧,那可使不得!无奈只得用画圈儿来表示。这封信只有你才知晓我的心意:单个圈儿代表我,双圈儿代表你。我说不尽的相思苦,只好一溜单圈、双圈儿画到底。

吴 歌

[明]民歌

约郎约到月上时,看看等到月蹉西。
不知奴处山低月出早,还是郎处山高月出迟?

[注释]蹉:差误,过。

[赏析]与郎约好,月上东边时见面,等呀等呀,眼看月亮已偏到了西。不知是我住处山岭低矮,月儿升起早,还是哥哥你住的地方山高,月亮出得迟?诗句描写少女委屈地责备情郎失约不来相会的空落心情。

小长干曲
[唐]崔国辅

月暗送湖风,相寻路不通。
菱歌唱不彻,知在此塘中。

[**注释**]不彻:形容歌声时断时续。

[**赏析**]夜色昏暗,凉风习习,湖边找人,路径难辨,似是不通。却传来了她唱的菱歌声,时断时续。啊,我明白了,她就在这荷塘中。诗句描写情人之间通过歌声传递信息、以求相会的情景。

竹枝词
[明]王叔承

月出江头半掩门,待郎不至又黄昏。
深夜忽听巴渝曲,起剔残灯酒尚温。

[**注释**]巴渝曲:巴渝地方(大致为今川东)民歌。

[**赏析**]月亮从江上升起,我的房门半闭半开,情郎昨夜没来,今天又到了黄昏。夜深时,忽然听到巴渝地方的情歌声,我赶紧把快燃尽的灯儿拨亮,还好,为情郎准备的一遍一遍温过的酒没有凉。诗句描写女子等待情郎约会的真挚急切的心情。

闺　情
[唐]李端

月落星稀天欲明，孤灯未灭梦难成。
披衣更向门前望，不忿朝来鹊喜声。

[注释] 不忿：不平，不满，恼恨。鹊喜声：古时习俗认为喜鹊噪叫表明有喜事临门。

[赏析] 月落星稀眼，看天光就要大亮，一盏孤灯未灭，我是一夜未睡。只好披衣起来再到门前看看，令人恼恨的是早早的就有了喜鹊的叫声。诗句描写闺中女子一夜未睡，等待情人到来的焦灼不安的烦恼心情。天已发亮，喜鹊在大声噪叫，岂非是一种讽刺，更使女子恼怒。

《西厢记》诸宫调·卷一
[金]董解元

月色溶溶夜，花阴寂寂春。
如何临皓魄，不见月中人？

[注释] 溶溶：光影浮动的样子。皓魄：指明月。

[赏析] 月色如水，地上光影浮动不定；春花成荫，反显得寂寞冷清。为什么我距离明月这么近，却看不到月亮中的人呢？在《西厢记》剧中，男女主人公张生和崔莺莺初次相遇后，互相产生了爱慕之情。张生在夜里隔墙吟出此诗。张生大胆直问在这月光下为什么不能一睹芳容，表现其内心对崔莺莺抑制不住的爱情渴望，极具挑逗之意。崔莺莺春心荡漾，对其挑逗一点不发怵，迅即吟出了和诗。

[仙吕]一半儿·题情四首·其一

[元]关汉卿

云鬟雾鬓胜堆鸦,浅露金莲簌绛纱,不比等闲墙外花。骂你个俏冤家,一半儿难当一半儿耍。

[**注释**]堆鸦:形容女子头发黑得如乌鸦羽毛堆拥。绛纱:指红色纱裙。

[**赏析**]鬓发如云雾高耸,胜过堆积的鸦羽,稍微露出的脚轻轻移动,红色纱裙窸窣作响,你与那些卖笑的庸常女子可不一样。笑骂你一声俊俏的冤家呀,一半儿是你的情我难以承当,一半儿是玩笑话。曲词描写男主人公与女子欢会时的惊艳和调情。

诗经·邶风·匏有苦叶

招招舟子,人涉卬否。
人涉卬否,卬须我友。

[**注释**]招招:船摇动的样子。卬:俺,我。

[**赏析**]船夫摇着船过来了。你们先走吧我不走。你们先坐船渡河,我要等我的朋友。全诗四段,这是第四段。诗句描写女子执着地等候情人的到来,暗含女子期盼情人早日过来迎娶自己之意。

集贤宾·小楼深巷狂游遍

[宋]柳永

争似和鸣偕老,免教敛翠啼红。
眼前时、暂疏欢宴,盟言在、更莫忡忡。
待作真个宅院,方信有始终。

[赏析]怎么也不如做夫妻,鸾凤和鸣,相偕到老为好,以免每次相会都让你敛眉啼哭、伤心忧愁。眼前只是暂时的疏离欢宴,但你我已海誓山盟,你不必忧心忡忡。待我把你娶到我买的宅院里,你就会相信咱俩的爱情有始有终。作者与名为"虫娘"的歌妓相恋情切。这是全词下片的后半段。词句作者表白自己对虫娘的爱是真情实意的。

秋日再寄[①]

[唐]晁采

珍簟生凉夜漏余,梦中恍惚觉来初。
魂离不得空成病,面见无由浪寄书。
窗外江村钟声绝,枕边梧叶雨声疏。
此时最是思君处,肠断寒猿定不如。

[注释]晁采:唐代女诗人。作者与文茂相邻而居,幼时有白头之约,及长常相幽会,后成婚。簟:竹席。浪:徒然。

---

① 一作秋日寄文茂。

[**赏析**]在漏壶的滴水声中夜已渐深,精致的竹席已生出凉意,恍惚中似入梦境却又醒来。想在梦中与你魂魄相会还是不成,致使我相思成病;没有办法与你相见,写写情书也是徒然。此时已过半夜,窗外江边的村庄已停止打更,我只能在枕头上听着雨打梧桐的疏落声。这是我最思念你的时刻,即使是哀号肠断的寒猿也不如我痛苦。诗句描写作者与文茂已结同心,现在相隔两地,夜里空对罗帐,有无尽的相思,几至断肠。

如梦令·正是辘轳金井

[清]纳兰性德

正是辘轳金井,满砌落花红冷。
蓦地一相逢,心事眼波难定。
谁省?谁省?从此簟纹灯影。

[**注释**]蓦地:出乎意料地,突然地。簟:竹席。

[**赏析**]正是在装着辘轳的金井边,已是暮春,石阶上满是落花残红。与她意外相逢,她眼波闪烁,心事难猜。谁能知道她在想什么?谁能理解她不定的眼神?自从这一邂逅,她的身影总是出现在我的竹席波纹上,晃动在灯光烛影中,常使我辗转反侧,彻夜难眠。词句描写主人公对某女子一见钟情,她那闪烁的惊鸿一瞥烙印在他的心头,使他无法忘怀、怅望无际。

《西厢记》第二本第四折

[元]王实甫

知音者芳心自懂,感怀者断肠悲痛。

[**赏析**]相爱知心的恋人啊,对于这个琴声中蕴含的情意,那颗洁白芬芳的心自然听得懂,因为内心的感动,更觉得离别的那种断肠般的伤悲是多么苦痛。

读曲歌
[南北朝]乐府诗集

执手与欢别,合会在何时?
明灯照空局,悠然未有期。

[**注释**]局:指棋局。期:又指"棋",双关语。

[**赏析**]与情郎分别时拉着手不肯放,什么时候你能再来与我相会和合?明灯照着空空的棋盘,时光悠悠,有没有准日子再续欢局?诗句描写女子与情人分别时依依难舍的情态。

诗经·邶风·终风

终风且暴,顾我则笑。
谑浪笑敖,中心是悼。
终风且霾,惠然肯来。
莫往莫来,悠悠我思。
终风且曀,不日有曀。
寤言不寐,愿言则嚏。
曀曀其阴,虺虺其雷。
寤言不寐,愿言则怀。

[注释]谑:开玩笑。敖:同"傲"。曀:天阴沉。虺虺:形容打雷的声音。

[赏析]整天刮风又急又猛,他有时冲我笑一笑,不过是放荡调笑带着傲慢,我的内心为此感到悲哀。风整天吹着灰霾笼罩,他竟然肯来与我相见。他长时间是不来的啊,让我悠悠思念心里难以平静。风总是吹着,天色阴沉,不少日子没见到阳光。睡一会儿就睡不着了,因为想他直打喷嚏。天总是阴沉着脸,不时传来隐隐雷声。睡一会儿就睡不着了,因为想念他而愁思满怀。诗句以女主人公口吻描写情人行为浪荡放肆、行踪飘忽不定,使她怀疑忐忑、心情难舒,又有期待思念、心绪不安的情状。

偶 题
[唐]罗隐

钟陵醉别十余春,重见云英掌上身。
我未成名君未嫁,可能俱是不如人?

[注释]钟陵:唐代县名。今江西进贤县。掌上身:形容体态轻盈曼妙。

[赏析]当年在钟陵醉饮,与你一别已十几个春天了,没想到今天重见,云英你还是那样轻盈曼妙。我仍旧是默默无闻的落第者,你竟然还没有出嫁,难道我们俩都比不上别人?作者当初赴考,路过钟陵时结识了乐营女子云英。约十二年后,作者又落第(据说作者十考不中),在钟陵与云英不期而遇。诗句是作者对自己怀才不遇、默默无成的不甘,也是对云英虽风姿绰约而未能脱出风尘的痛惜,蕴含同是不遇于时的"天涯沦落人"的感慨和不平。

竹枝词二首·其一
[元]丁鹤年

竹鸡啼处一声声,山雨来时郎欲行。
蜀天恰似离人眼,十日都无一日晴。

[注释]竹鸡:一种山禽。蜀:古地域名。今四川地域。

[赏析]山林间的竹鸡一声声啼鸣,山雨袭来时你却要离我远行。这蜀地天气恰似送别人的泪眼,连着十天里也没有一天会放晴。诗句描写女子不得不送别情郎时眼泪淋漓不断的伤感情景。

浣溪沙·著酒行行满袂风
[元]姜夔

著酒行行满袂风,草枯霜鹘落晴空。
销魂都在夕阳中。
恨入四弦人欲老,梦寻千驿意难通。
当时何似莫匆匆!

[注释]著,即"着"。著酒:指喝酒。袂:衣袖。鹘:隼的旧称。销魂:本指极度快乐。这里指很忧伤愁苦。四弦:即琵琶。

[赏析]喝了点酒随意漫步,衣袖兜满清风。原野上的草已一片枯黄,鹰隼为捕食从晴空中滑落。伫立在夕阳下,深感离别是多么愁苦忧伤。怨恨陷入琵琶的声韵,人就要渐渐衰老;梦中到千百个驿站去寻觅她,心意仍然难以相通。真不如在分离的时刻,不要那么急急匆匆。作者曾在合肥与一妙解音律的女子相恋,后来分离,仍放不下这段感情。此词上片描写天地高旷、夕阳渐收,下片描写相思深远、伤感无限。

诗经·郑风·褰裳

子惠思我,褰裳涉溱。
子不我思,岂无他人?
狂童之狂也且!
子惠思我,褰裳涉洧。
子不我思,岂无他士?
狂童之狂也且!

[注释]褰:撩起。裳:下衣(古代上衣称衣、下衣称裳)。子:你。溱、洧:水名。在古时郑国境内,二水在今河南省密县境内汇合。

[赏析]你若爱我想我,赶快提衣过溱河来。你若不再想我,岂是没有他人爱我?你真是个傻哥哥!你若爱我想我,赶快提衣过洧河来。你若不再想我,岂是没有其他帅哥?你真是个傻哥哥!诗句描写姑娘对恋人又爱又恨的娇嗔与率直。

减字木兰花·自从君去

[宋]李秀兰

自从君去,晓夜萦牵肠断处。
绿遍香阶,过夏经秋雁又来。
想伊那里,应也情怀愁不止。
渺渺书沉,直至如今没信音。

[赏析]自从你离去后,我日思夜想梦萦魂牵以致肠断。春天的绿色布

满了庭阶,度过炎夏经历爽秋,大雁又飞来。料想你在那里,应该也是伤情怀愁,不止不休吧。但是直到如今,也没有收到你的任何音信呀!全词描写女作者对远方情人的无尽思念,料想对方也应如此想念自己,已快一年了,却没有收到任何音信。女作者感到极大的失落,委婉地责备对方。

叹 花

[唐] 杜牧

自恨寻芳到已迟,往年曾见未开时。
如今风摆花狼藉,绿叶成荫子满枝。

[注释] 狼藉:乱七八糟,杂乱。

[赏析] 都怪自己寻访春色欣闻花香到得太迟,以往见过的含苞欲放的花儿再也见不着了。如今风吹雨打鲜花凋谢散落一地,绿叶已然成荫,果实结了满枝。诗句以自然界花落叶长、成荫结果的景象,喻指作者昔日钟情的妙龄女子青春过去已结婚生子,流露出作者错过追求时机、惋惜惆怅、难以名状的意绪。

三　夫妻相濡

在中国古代的婚姻只有"礼"没有"法",到中华人民共和国成立后,才有了国家制定的《婚姻法》。古代婚姻基本的"礼"就是"父母之命、媒妁之言"。在这个原则下,婚姻建立要经过一套烦琐的程序,包括纳采(男方来提亲)、问名(问姑娘姓名、八字)、纳吉(男方送女家薄礼,表示可以进行议婚)、纳征(送正式聘礼到女家)、请期(择定结婚日期)、亲迎(新郎赴女家迎接新娘)、花轿迎亲、拜堂、宴宾(宴请亲戚朋友)、闹洞房、合卺(新婚夫妇在洞房内共饮合欢酒),经过这么多道程序,才算结为夫妻。古代的婚姻本质上是一种民事契约,是使情爱能与性爱结合的一种制式、一种伦理。总体上说,结婚后夫妻应是终身相爱相伴的关系,白头偕老。如果发生了不可调和的矛盾,在男尊女卑的观念支配下,男方可以"休妻",女方却不能要求离婚;如果丈夫死了,妻子必须"守节",而妻子死了,丈夫却可以"续弦"。唐代诗人白居易对这种男女不同等的观念和习俗十分不平,在诗作中予以抨击。

中国古代,以小农经济为主要生产方式,聚村而居,男耕女织,年复一年地进行着简单再生产;同时,聚族生活,几世同堂,进行着人口再生产。在安守封建礼教、保持基本和睦的家庭里,能看到这样一番情形:"春日宴,绿酒一杯歌一遍。再拜陈三愿:一愿郎君千岁,二愿妾身常健,三愿如同梁上燕,岁岁长相见。"(五代冯延巳《长命女·春日宴》)平民百姓的夫妻爱情甜蜜、温暖和融的例子也很多很多。例如:"解不开同心扣,摘不脱倒须钩,糖和蜜、搅酥油。活摆布千条计,死安排一处休。恁两个忒风流,死共活休要放手。"(元无名氏《[商调]梧叶儿·题情》)即使在人生艰困的家庭,夫妻也能直面现实、和合以对,例如:"潦倒丘园二十秋,亲炊葵藿慰余愁。绝无暇日临青镜,频遇凶年到白头。海气荒凉门有燕,溪光摇荡屋如舟。不能沽酒持相祝,依旧归来向尔谋。"(清吴嘉纪《内人生日》)丈夫一时外出,滞留他乡时,还设想着回家后,夫妻共同回忆的情景,例如:"君问归期未有期,巴山夜雨涨秋池。何当共剪西窗烛,却话巴山夜雨时。"(唐李商隐《夜雨寄北》)应该承认,古代广大平民百姓的夫妻爱情关系虽然受到封建礼教的种种束缚,存在许多矛盾和问题,但其"过日子"的基本面还是有序、和合的。

在这一部分里,读者可以看到古人夫妻恩爱等方面的许多情形。

自题小照呈外

[清]林颀

爱君笔底有烟霞,自拔金钗付酒家。
修到人间才子妇,不辞清瘦似梅花。

[注释]外:外子。旧时妻子对丈夫的一种称谓。

[赏析]作者是清代诗人张问陶的继室。我爱你富有才华,笔尖下能流出云烟晚霞,我甘愿拔下头上的金钗兑掉去付酒钱,陪你醉倒梦乡。成为你这个才子的妻子,是我在人间修来的福气,我也不怕自己模样清瘦像是一枝梅花。诗题表明这首诗是作者题写在自己的画像上"呈"给丈夫的。诗句描写作者对丈夫才华的欣赏和由衷的爱慕,表白自己为了爱情甘愿"自拔金钗"给丈夫买酒、与丈夫共度贫困生活的坚定志节。

挂枝儿·卷二·爱

[明]冯梦龙

爱你骂我的声音儿好,爱你打我的手势儿娇。
还爱你宜喜宜嗔也,嗔我时越觉得好。

[注释]嗔:怒,生气。

[赏析]我喜爱你骂我的声音特别好听,我喜爱你打我的手势十分娇媚。我还喜爱你一会儿高兴、一会儿生气的喜怒无常的样子,特别是你对我发怒的姿态更使我觉得可爱。这里是曲词的后半。曲词描写丈夫以"嬉皮笑脸"的手法来化解妻子的生气动怒(或佯作生气动怒)的言语、情态。这也是俗语所谓"打是亲、骂是爱"的夫妻之间打情骂俏的景象。

燕歌行
[晋]陆机

白日既没明灯辉,夜禽赴林匹鸟栖。
双鸠关关宿河湄,忧来感物涕不晞。
非君之念思为谁?别日何早会何迟!

[注释]匹鸟:成对的鸟,特指鸳鸯。河湄:河岸,水与草相接的地方。晞:干,干燥。

[赏析]太阳已经隐没,明灯闪耀光辉,夜间的禽鸟飞返树林,鸳鸯也已栖宿。鸠鸟"关关"地叫着和鸣,双双夜宿在河岸边,忧愁的我触景伤情,整夜涕泪不干。不是因为想念你,我还能想念谁?为什么你与我分别得那么早,你还迟迟不能回归!全诗十二句,这是后六句。诗句描写妻子对丈夫在外服役不归的深切怀念的悲苦之情。

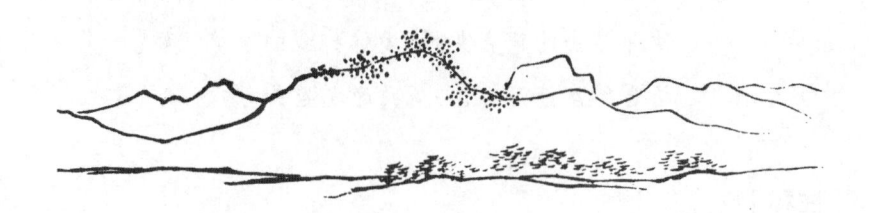

秦淮花烛词

[清]钱谦益

宝镜台前玉树枝,绮疏朝日晓妆迟。

梦回五色江郎笔,一夜生花试画眉。

[**注释**]玉树枝:形容才貌之美。绮疏:即绮窗,有镂空花纹的窗户。江郎:指江淹,南朝的文学家,自称一次梦中有人索其怀中五色笔。生花:传说唐朝诗人李白少时曾梦见笔头生花。画眉:史载西汉大臣张敞曾为妻子画眉。

[**赏析**]华贵的镜台映照着你的美貌,朝阳已照进镂花的窗户,你才开始妆扮。我手里握着江淹的那支五色笔,笔头能生花,让我在新婚次日试着为你描画眉黛。作者为明末清初江南"诗坛领袖",其五十九岁时娶"秦淮八艳"之一的二十三岁的柳如是为妾。诗句引用多个典故,表现作者内心的得意和对柳的爱慕。

[北仙吕]一半儿·新嫁娘十六首·其一

[清]冯云鹏

宝奁装就待春风,鸳枕鸯衾色色红。

怎样鱼游春浪中?

覰朦胧,一半儿猜疑一半儿懂。

[**注释**]奁:古代妇女梳妆用的镜匣。覰:看,瞧。

[**赏析**]宝贵的梳妆镜匣已准备好了,鸳鸯枕头被子样样都那么艳红,只等待新婚夜欢度春风。真不知道鱼儿在春浪中会怎样游泳?看着他,真有点模糊朦胧,我一半儿猜疑他将怎么做,我一半儿也懂得该怎样行动。曲词

描写新嫁娘在新婚之夜对夫妻生活的向往与忐忑的心情。

踏莎行·叶打星窗

[清]万树

宝袜香存,彩笺音断,细将心事灯前算。
三年有半为伊愁,人生能几三年半?

[**注释**]宝袜:指腰彩,女子束于腰间的彩带。彩笺:指小幅彩色笺纸,常用来写信。伊:她(指妻子)。

[**赏析**]香艳的彩带还束在腰间吧,彩色笺纸的书信却久已断绝。在这幽暗的灯前,细细想着与你在一起的美好时光。唉,三年半来,我思念你,总为你忧愁,人生能有几个三年半呢?这样的日子真让我痛苦难熬。这是全词的下片。词句描写作者羁旅在外时对妻子的无限思念。

古意赠今人

[南北朝]鲍令晖

北寒妾已知,南心君不见。
谁为道辛苦,寄情双飞燕。
形迫杼煎丝,颜落风催电。
容华一朝尽,惟余心不变。

[**赏析**]北地的寒冷我已知道,在南方的我的心思你却不了解。谁能去向你

述说我的辛劳和春思,只有托付双飞的燕子传递深情。家务紧迫使我像织机上的梭子奔忙不停,昔日的美颜早已如风雨中的闪电瞬间消失。花容月貌已被岁月消磨殆尽,剩下不变的只有我对你的真心。全诗十四句,这是后八句。诗句描写在家的妻子诉说自己的辛劳,衷心期待丈夫早日归来的又怨又盼的心情。

已 凉
[唐]韩偓

碧阑干外绣帘垂,猩色屏风画折枝。
八尺龙须方锦褥,已凉天气未寒时。

[**注释**]龙须:草名,可织垫席。

[**赏析**]门上低垂着绣帘,门外是碧绿的栏杆,猩红色的屏风上画着曲折的花枝。床上铺着八尺见方的龙须草垫席和锦缎被褥。天气已经转凉,还未到寒冷之时。诗句描写一间华丽精致的闺阁内室,又是一年中"已凉未寒"的舒适天气,含蓄地表现闺阁中的妻子渴望夫妻相聚,面对的却是空落寂寞,从而未免产生"闺怨"心情。

寄 夫
[清]郭晖远妻

碧纱窗下启缄封,尺纸从头彻尾空。
应是仙郎怀别恨,忆人全在不言中。

[注释]缄：指为信封封口。

[赏析]在碧纱窗下开启夫君来信的封口，从头到尾空空如也，只是一张白纸。我想这应该是你满怀的离情别恨，对我的思念全在没有书写的不言之中。据说，郭晖远在给妻子寄的信里，没有把信装进去，却误装了一张白纸。妻子误以为他别有深意，便寄了这首诗，后两句从正面表述情意，巧妙地化解了尴尬。

咏同心兰

[清]钱谦益

并头容易共心难，香草真当目以兰。
不似西陵凡草木，漫将啼眼引郎看。

[注释]兰：兰花，亦即香草。同心兰：这里象征夫妻同心。并头：指结为夫妻。西陵：在今杭州孤山一带，当时习俗为男女相恋定情的场所。凡草木：喻指平凡世人。啼眼：含着泪珠的眼睛。

[赏析]结为夫妻容易，真正相知同心却很难，真能同心就天天会像香草兰花一样芬芳超限。你不是在西陵地方谈情说爱的那种世俗女子，她们只会乱抛媚眼随意洒泪，招惹男人钟爱。此诗是作者写给爱妾柳如是的。诗句咏物抒情，喻柳如是为"兰"，赞美其品格、情操，并表明自己与柳如是真正相知同心的爱侣。

生查子·旅夜

[清]彭孙遹

薄醉不成乡,转觉春寒重。
枕席有谁同?夜夜和愁共。
梦好恰如真,事往翻如梦。
起立悄无言,残月生西弄。

[赏析]酒喝得少没能进入梦乡,反觉得春寒料峭更加寒冷。有谁会来和我同床共枕?夜夜只能和愁闷共度空帐。好梦里恰如真情实况,往事反而同梦境一样。醒了伫立窗前默默无言,只见残月还挂在西边。词句描写作者在旅途之夜的孤寂苦闷,抒发眷念妻子、追忆往事之情思。

素 帕

[明]杨慎

不写情词不写诗,一方素帕寄相思。
郎君着意翻覆看,横也丝来竖也丝。

[注释]素帕:不绣任何花或字的白手帕。

[赏析]杨慎与黄娥新婚不久,因得罪了皇帝,被判永远充军云南永昌卫。妻子黄娥在四川老家苦守,托人捎给杨慎一块素帕。杨慎反复思索,终于悟出妻子在其中蕴含的深情,写下此诗。你没有写一句爱词情诗,只捎来一方素帕,不知是何意思。我拿着素帕翻来覆去地看,横竖只有一条一条的丝(思)。

友人婚杨氏催妆

[唐]贾岛

不知今夕是何夕,催促阳台近镜台。
谁道芙蓉水中种,青铜镜里一枝开。

[注释]催妆:当时婚俗。指女子出嫁时须男方多次催促,才梳妆启行。

[赏析]真不知道今儿是个什么夜晚,几次催促在阳台上的姑娘快到镜台前梳妆打扮。谁说荷花只能生长在水里,你看在青铜镜里的这一枝荷花开得多么艳丽。诗句描写当时的一种婚俗,赞美新娘如荷花般美丽。

裁衣曲

[明]陈基

裁衣不怕剪刀寒,寄远惟忧行路难。
临裁更忆身长短,只恐边城衣带缓。
银灯照壁忽垂花,万一衣成人到家。

[注释]缓:宽松。银灯:铜制的灯盏。

[赏析]给丈夫剪裁缝制衣服,哪里会怕剪刀寒凉了手,愁的只是路途遥远难以及时送达。要剪裁,先得想好他的身量长短,恐怕他在边关寒地,衣带宽松不够温暖。照着空房的灯芯忽然打结成花,真希望我把衣服缝成时,他恰好回到家。全诗十句,这是后六句。诗句描写妻子给丈夫裁缝衣服,关心、忧虑戍边丈夫冷暖,并盼望丈夫早日回家的真挚心情。

[越调]小桃红八首·其八

[元]杨果

采莲湖上棹船回,风约湘裙翠。
一曲琵琶数行泪,望君归,芙蓉开尽无消息。
晚凉多少,红鸳白鹭,何处不双飞?

[注释]棹:桨,划(船)。湘裙:用湘地产的丝织品制成的裙。这里是双关语,又暗指"夫容"。

[赏析]湖上的采莲船划回来了,风吹着采莲女用湘丝制成的翠绿色的裙。在一曲琵琶声中,采莲女泪流不止,切盼着你归来,荷花都开完了还没有你的消息。多少个寒凉的夜晚,那些鸳鸯和白鹭,到哪里不是双宿双飞?词句描写采莲女子思念丈夫、盼其归来的真切心情。

以指甲赠外

[清]席佩兰

掺掺指爪脆珊瑚,金剪修圆露雪肤。
付与檀奴收拾好,不须背痒倩麻姑。

[注释]外:外子,丈夫。这里指作者丈夫孙原湘。掺掺:犹"纤纤"。檀奴:潘岳,又名潘安,小字檀奴,时人认为是美男。倩:请(别人代替自己做事)。麻姑:传说中的仙女,东汉时有人说她"貌美丽,手爪似鸟"。

[赏析]纤纤玉手的指甲,犹如珊瑚一样脆,我把它从雪白的手指上剪下来修得圆整。交付给我的"檀奴"收好,你后背痒了用它来挠痒痒,也不需要去请麻姑那样的美女了。妻子剪下自己的手指甲,寄给在外地做事的丈

夫,既表现对丈夫的一片深情,也含有某种暗示或警示。

子夜吴歌四首·秋歌
[唐]李白

长安一片月,万户捣衣声。
秋风吹不尽,总是玉关情。
何日平胡虏,良人罢远征。

[注释]捣衣:古人做衣服,先将麻质衣料放在砧上用棒槌捶击,使之柔软以便缝制。玉关:玉门关,这里指代戍边之地。良人:对丈夫的称呼。罢:停止。

[赏析]长安城映照在一片月光中,千家万户里传出捣衣的响声。秋风吹不散这此起彼伏的声音,因为这声音牵系着对在玉关戍边亲人的深情。什么时候能平息胡人的侵扰,让我的丈夫能停止远征回归家乡。诗句指出了长安城里的捣衣声与在玉关戍边的亲人之间内在的情感关系,并希望尽早结束边境的战事让丈夫回来。

水调词十首·其七
[唐]陈陶

长夜孤眠倦锦衾,秦楼霜月苦边心。
征衣一倍装绵厚,犹虑交河雪冻深。

[注释]秦楼:指边关城楼。交河:泛指边地的河流。

[赏析]漫漫长夜我孤身蜷曲在锦缎被里,你在边关霜冷的月光下会有多么困苦的心境。我在给你缝制的冬衣里,多装了一倍的厚丝绵,还恐怕边地交河一带太冷,大雪封冻得太深呀!全诗描写孤独在家的妻子为在边地征戍的丈夫制作棉衣时的心情。

车遥遥篇
[晋]傅玄

车遥遥兮马洋洋,追思君兮不可忘。
君安游兮西入秦,愿为影兮随君身。
君在阴兮影不见,君依光兮妾所愿。

[注释]洋洋:同"扬扬"。君:指丈夫。妾:妻子自称。

[赏析]马儿扬蹄拉车,奔向遥远的地方,追念着你的行踪,我不可能忘记你。夫君要西游秦地,求取功名仕途,我愿作为你的影子,追随在你身旁。夫君若在暗处,影子则无法随身,我愿夫君永远依傍着光亮。诗句描写妻子在丈夫外出离别时十分爱怜又无奈惆怅的心情。

木兰花·美人书字
[宋]李邴

沉吟不语晴窗畔,小字银钩题欲遍。
云情散乱未成篇,花骨欹斜终带软。
重重说尽情和怨,珍重提携常在眼。
暂时得近玉纤纤,翻羡镂金红象管。

[注释]银钩:比喻写字遒劲有力。欹斜:倾斜,歪。

[赏析]风日晴和,沉静不语坐在窗边,秀丽遒劲的字迹把信笺写满。表达情思如同飞云篇章,有点散乱,笔锋力求端庄,终究带点柔软。再三重申内心的情思和幽怨,切望你常常不忘家里,自己也多加珍重。读到这封信,你会感觉玉身的亲近,还会艳羡我握着镂金象牙笔管的纤手软软。词句描写闺中女子给丈夫写信时的状态和内心的情思。

诗经·唐风·绸缪

绸缪束薪,三星在天。
今夕何夕,见此良人。
子兮子兮,如此良人何!

[注释]绸缪:缠绕,缠绵。束薪:柴薪捆在一起,喻夫妇同心。三星:参(shēn)星,由三颗星组成,黄昏时在西方出现。良人:古时女子对丈夫的称呼。

[赏析]咱俩今夜缠绵缱绻,犹如柴薪捆得紧紧,参星已出现了。今夜是个什么夜晚呵,此生有幸遇到你这位夫君。郎呀郎呀我是多么高兴,能嫁给你这样的好夫君。全诗三段,这是第一段。诗句描写洞房花烛夜新娘的欣喜心情。

别内赴征三首·其二
[唐]李白

出门妻子强牵衣,问我西行几日归。
归时倘佩黄金印,莫学苏秦不下机。

[注释]内:内子,即妻子。

[赏析]临出门时,妻子拽住我的上衣问:你这次西游几时才能回来?我回答说:如果我回来的时候像苏秦那样佩带着宰相的黄金印章,你会不会认为我太看重功利而不理我,都不从织机上下来?诗句描写妻子对丈夫外出远去参加幕府的行动不太满意又无可奈何的复杂心情。

诗经·郑风·出其东门

出其东门,有女如云。
虽则如云,匪我思存。
缟衣綦巾,聊乐我员。

[注释]匪:即"非"。缟:未染色的白绢。綦:暗绿色。聊:同"愿"。员:同"云",语气助词。

[赏析]来到东门外,美女曼妙多如彩云。虽说美女多如彩云,却不是我心中所思所爱。唯有家里素衣绿巾的妻,才是我的快乐和心魂之所在。全诗两段,这是第一段。诗句描写男子不为众多美女所动,而忠守于家中素朴的妻子。

长命女·春日宴

[五代]冯延巳

春日宴,绿酒一杯歌一遍。
再拜陈三愿:一愿郎君千岁,二愿妾身常健,
三愿如同梁上燕,岁岁长相见。

[**注释**]绿酒：未经过滤泛着淡绿色泡沫的酒。

[**赏析**]在明媚的春天家人相聚欢宴，喝一杯家酿的酒，唱一遍歌。我举杯拜谢陈述三个心愿：一愿夫君长寿千岁，二愿我身体永葆康健，三愿咱俩夫妻如同梁上燕，年年岁岁形影相随，永远相伴。词句描写家中欢宴时妻子（可能已过了青春期）直白表述自己愿与丈夫恩爱一生的真切心情。

一半儿·新婚夕
[清]觉罗廷奭

春宵底事最消魂？
漏滴铜龙灯影昏。香腻不胜春。
问玉人，一半儿含羞一半儿肯。

[**注释**]消魂：同"销魂"，指灵魂离开肉体，形容极度快乐。

[**赏析**]洞房花烛夜，什么事最令人快乐？铜壶滴漏声中，人在灯影里酥软朦胧。温香软玉使人情不自禁。轻轻问一声亲爱的美人，她一半儿含羞不语，一半儿闭眼首肯。词句描写新婚夜的情景。

谒金门·春半
[宋]朱淑真

春已半，触目此情无限。
十二阑干倚遍，愁来天不管。
好是风和日暖，输与莺莺燕燕。
满院落花帘不卷，断肠芳草远。

[赏析]春光匆匆已过去一半,看到繁花凋落,情绪无限慨叹。把廊榭的栏杆倚了个遍,越看越发增加伤感,天也不能帮我摆脱愁怨。风和日暖,春光仍在,总不如双双对对的莺莺燕燕那么欢快。不忍心卷起帘子,看到落花满院。芳草漫远到天边,思恋的人也远在天边,心中的情思使我肠断。词句描写女主人公惜春伤怀、愁绪难解,流露出对已有的婚姻并不遂意的孤独、苦闷、忧郁的"闺怨"心情。

鹧鸪天·彩袖殷勤捧玉钟

[宋]晏几道

从别后,忆相逢,几回魂梦与君同。
今宵剩把银釭照,犹恐相逢是梦中。

[注释]剩把:尽把。银釭:银制的灯盏。

[赏析]分别后的日子里,总是回忆我们初识的情景,多少次在梦里和你相聚。今天夜里尽管拿着银灯一遍遍地照着你看,还是恐怕我们今宵相逢仍在梦中。这是全词的下片。词句描写夫妻久别重逢后惊喜不已的心情。

和友人鸳鸯之什·其一

[唐]崔珏

翠鬣红衣舞夕晖,水禽情似此禽稀。
暂分烟岛犹回首,只渡寒塘亦并飞。
映雾乍迷珠殿瓦,逐梭齐上玉人机。
采莲无限兰桡女,笑指中流羡尔归。

[注释] 鬣:本指某些兽类颈上的长毛。桡:船桨。

[赏析] 翠绿脖颈红色羽毛的鸳鸯在夕阳的映照下缤纷闪动,各种水鸟像它那样有情的也很稀少。当它暂时告别偶然居住的烟岛时,还频频回头张望恋恋不舍,只是短距离的横渡寒塘,也要比翼齐飞一刻不离。珠殿上覆盖的鸳鸯瓦也好像要在淡淡的晨雾中相依飞翔,鸳鸯似乎还追逐玉女们的织机,上了匹匹锦缎。许多采莲姑娘的划桨声惊动了一对对鸳鸯,她们心中十分羡慕,不禁指着鸳鸯大笑着回归。全诗二十四句,这是前八句。诗句刻画了鸳鸯相亲相爱、不舍不分的情态,并以之比喻形影不离的热恋男女和美满幸福的恩爱夫妻。

踏莎行·候馆梅残
[宋]欧阳修

寸寸柔肠,盈盈粉泪。
楼高莫近危阑倚。
平芜尽处是春山,行人更在春山外。

[注释] 平芜:平坦的草地原野。

[赏析] 思念的人柔肠寸寸、千回百转,满眼的泪珠流在妆扮好的脸颊。雕画的楼太高,不要去倚栏眺望,以免更增伤感。平阔原野的尽头,是隐隐约约的春山,远行的人更远,在春山之外踪迹寻难。这是全词的下片。词句描写游子想象闺中人在楼头凝目远望,见不到所思念之人的情景,反映了居人不知行人远在何处的内心痛苦。

小至日京口舟中

[清]柳如是

错引旧愁停语笑,探支新喜压悲伤。
微生恰似添丝线,邀勒君恩并许长。

[注释]小至:古时指"冬至"节气的前一日。微生:古代复姓,字面意思即卑微的生命,这里是作者自指。邀勒:请求得到。

[赏析]错枉地想起了旧时愁怨,而停止了说话和笑容,当我感知到新的喜悦,就抑止了悲伤。我卑微的生命好像已增添了向上提升的丝绳,多么希望得到夫君长久的恩爱。作者本是明末清初"秦淮八艳"之一,后嫁给名士钱谦益为妾。全诗八句,这是后四句。诗句是作者与钱乘船游镇江途中的和诗,表示自己跟了钱谦益十分欣喜,可以抛开过去内心的忧伤了,感激钱对自己的恩爱宠幸。

春 怨

[唐]金昌绪

打起黄莺儿,莫教枝上啼。
啼时惊妾梦,不得到辽西。

[注释]辽西:泛指北方边地。

[赏析]快赶走树上的黄莺,别让它老在树枝上啼叫;它的啼叫会惊破我的好梦,使我不能在梦里到辽西与丈夫见面。诗句描写女子对戍边的丈夫的思念。

高唐赋·序

[先秦]宋玉

旦为朝云,暮为行雨。
朝朝暮暮,阳台之下。

[赏析]早晨我是一团灿烂的云霞,傍晚时分我化成了飘忽不定的雨。每天早晨和晚上,我都在巫山南面高台之下。在这篇《高唐赋》里,作者宋玉杜撰了一个神话故事,讲述的是所谓"巫山神女"行云降雨,以及"巫山神女"和"楚王"相爱欢娱的神话传说。后来由此演化出的"云雨"之语,暗喻男女欢好。

秋思赠远二首·其一

[唐]王涯

当年只自守空帷,梦里关山觉别离。
不见乡书传雁足,唯见新月吐蛾眉。

[赏析]当年别离时就向你表示我在任上甘愿独守空帷,常在梦中历尽重重关山与你相会,醒来仍是天各一方。没见到飞过的大雁捎来书信,我只见到一轮新月好像你的蛾眉。诗句描写作者在远离家庭的责任上对妻子的忠诚不渝和无尽思念。

明皇与贵妃

[清]袁枚

到底君王负旧盟,江山情重美人轻。
玉环领略夫妻味,从此人间不再生。

[**注释**]明皇:唐明皇,即唐玄宗李隆基。贵妃:指杨贵妃杨玉环。

[**赏析**]唐玄宗在马嵬坡兵变中为了江山社稷,缢死了杨玉环。唐朝君王到底还是背弃了往日的山盟海誓,他看重的只是自己李家的天下江山,完全轻视与美人的爱情。杨玉环也终于尝到了这个夫妻关系的真滋味。从此以后,谁也不会相信皇帝与妃子之间有真正的爱情了。

长安古意

[唐]卢照邻

得成比目何辞死,愿作鸳鸯不羡仙。
比目鸳鸯真可羡,双去双来君不见。

[**注释**]比目:鱼名。古人用比目鱼、鸳鸯鸟比喻男女相爱,相伴终身。

[**赏析**]如果能像比目鱼那样总能和心爱的人在一起,就是去死也在所不辞;如果能像鸳鸯鸟那样总能和心爱的人在一起,宁作凡人也不会去羡慕神仙。比目鱼、鸳鸯鸟真是令人羡慕,你没有看到它们总是双去双来吗?全诗很长,这是其中四句。诗句表达对坚贞不渝的爱情的赞扬和切望。

代夜坐吟
[南北朝]鲍照

冬夜沉沉夜坐吟。含声未发已知心。
霜入幕,风度林;朱灯灭,朱颜寻。
体君歌,逐君音;不贵声,贵意深。

[赏析]冬夜里天幕黑沉沉,我与妻对坐吟和心声。含情脉脉还未开口,彼此情深已知心相印。屋外结霜寒气入屋,朔风飕飕刮过树林,红亮的灯已经吹灭,妻子美颜难以看清。她静静地听我歌吟,仔细体味我的音韵;不在乎声音是否动听,重在我的情意深深。诗句描写作者在屈居故里、失意惆怅时,夜里与妻子深情吟和、相互理解的温婉情景。

赋得对镜赠汪琨随新婚
[清]吴嘉纪

洞房深处绝氛埃,一朵芙蓉冉冉开。
顾盼忽惊成并蒂,郎君背后觑侬来。

[注释]觑:偷看,注意地看。

[赏析]新婚夫妇的洞房里很洁净,隔绝尘埃,新娘对镜理妆,如一朵荷花渐渐绽开。顾盼时忽然在镜中发现花儿并蒂成两朵,原来是郎君悄然来到背后偷看她。诗句作者开玩笑地描写友人新婚夜的情景,作为对好友新婚的赠礼。

近试上张水部
[唐]朱庆余

洞房昨夜停红烛,待晓堂前拜舅姑。
妆罢低声问夫婿:画眉深浅入时无?

[注释]张水部:指张籍。舅姑:新娘的公公婆婆。

[赏析]昨夜洞房,花烛彻夜通明,今天早上,拜见公婆要讨得好评。梳妆打扮好了,她小声地问自己的丈夫:我画眉毛的浓淡是否合宜?诗句描写新媳妇在新婚次日拜见公婆前刻意打扮、惴惴不安的心态。这只是本诗的表面意思,实际上诗的题目已表明作者别有深意,以妆容来比喻自己的文笔,借此叩问将来的考官,您看看我的文章够不够格,合不合标准。不过,仅从情诗的角度来看,此诗亦是符合情理,别有情趣。

诗经·豳风·伐柯

伐柯如何?匪斧不克。
取妻如何?匪媒不得。

[注释]柯:指斧柄。伐柯:砍取做斧柄的木料。匪:同"非"。取:通"娶"。

[赏析]怎么才能做成斧子的柄呢?没有斧子去砍伐木料是不成的。怎么才能娶到妻子呢?没有媒人去说合是不成的。全诗两段,这是第一段。诗句反映了当时社会在婚姻上约定俗成的规矩,即要通过媒人从中说合,所谓"媒妁之言"。旧时称做媒为"伐柯",后亦以"伐柯"比喻遵循一定的准则。

生查子·相思意已深
[宋]陈亚

分明记得约当归,远至樱桃熟。
何事菊花时,犹未回乡曲?

[赏析]我很清楚记得,当时咱俩约好你回来的时间,最晚在樱桃熟的时候。可为什么现在连菊花都开了,你还没有回到家乡?这是全词的下片。词句描写少妇诘问丈夫为什么不按约定的时间回来,表现了女子对丈夫爱之深、责之切和思之苦。

诗经·郑风·风雨

风雨凄凄,鸡鸣喈喈。
既见君子,云胡不夷。
风雨潇潇,鸡鸣胶胶。
既见君子,云胡不瘳。
风雨如晦,鸡鸣不已。
既见君子,云胡不喜。

[注释]喈喈:鸡呼伴的叫声。君子:这里指称丈夫。云:语气助词。胡:何,怎么。夷:平坦,平安。瘳:病愈。晦:昏暗,夜晚。

[赏析]风雨交加冷凄凄,鸡儿呼伴叫叽叽。终于见到夫君回来了,我的烦心怎能不平息。风吹雨骤声潇潇,鸡儿在不断地叫,你我仍如胶似漆紧紧搂抱。夫君啊你既已回来了,我相思之苦怎能不全消。风雨连绵天色昏暗,不

管鸡再怎么叫,也不让你离开我。夫君啊我要与你永相守,欢乐不尽我别无他求。诗句描写妻子的心愿:只要与丈夫在一起不分开,就会有无限的欢乐,就是最美满的生活。

江陵愁望寄子安
[唐]鱼玄机

枫叶千枝复万枝,江桥掩映暮帆迟。
忆君心似西江水,日夜东流无歇时。

[**注释**]子安:李忆,字子安,作者的丈夫。

[**赏析**]枫树枝叶千千万万多得不可胜数,远远望去江桥掩映于枫林之中,太阳即将落山,还不见他归来的船帆出现。我对夫君的思念如同西江的水,日夜往东流去,没有停歇的时候。二人生活在长安。李忆在江陵有原配妻裴氏,作者也知情,所以作者实际上处于"妾"位。李忆去江陵接裴氏。诗句描写作者期盼李忆及时归来的愁思和焦灼的心态。

南歌子·凤髻金泥带
[宋]欧阳修

凤髻金泥带,龙纹玉掌梳。
走来窗下笑相扶,爱道画眉深浅入时无?

[**注释**]凤髻:状如凤凰的发型。金泥带:金色彩带。

[**赏析**]拿着手掌大小的龙形玉梳,再用金钗及彩带把头发梳盘成凤凰式样的髻。妻子走到窗下依偎在丈夫怀里,撒娇地笑着问:"我的眉毛色泽深浅合不合时宜呀?"这是全词的上片。词句描写妻子梳妆打扮好后,与丈夫亲昵地撒娇调笑的情态。

寄 夫

[唐]陈玉兰

夫戍边关妾在吴,西风吹妾妾忧夫。
一行书信千行泪,寒到君边衣到无。

[**注释**]陈玉兰:诗人王驾之妻。

[**赏析**]夫君戍守在边关,我独自在吴地,西北风吹来我感到寒冷,不禁担忧夫君。写给夫君书信的每一行文字都包含了我的千行相思泪,冬天已经到来,我给你寄去的寒衣不知收到了没有。诗句描写妻子对戍边丈夫的无限惦念和关爱。

闺 怨

[唐]王昌龄

闺中少妇不知愁,春日凝妆上翠楼。
忽见陌头杨柳色,悔教夫婿觅封侯。

[**赏析**]闺中少妇还未有过离别相思之愁,在明媚春日,精心盛装,登上

翠楼。忽然看到窗外杨柳绿色清新,一股寂寞涌上心头,悔不该让夫君去边塞建功觅取封侯。唐朝时,从军边塞,立功封侯,是许多士人的一种上升途径和人生理想。这首诗描写上层人家少妇在春天时的"闺怨"心情。

叠韵示内

[清]孙原湘

闺中一笑两忘贫,歌啸能全冻馁身。
赤手为炊才见巧,白头同梦总为新。
图书渐富钗环减,针黹偏疏笔砚亲。
还恐不穷工未绝,开樽劝我典衣频。

[注释]内:内人,妻子。针黹:针线。穷、工:欧阳修有"诗穷而后工"之说。开樽:打开酒樽,喝酒。

[赏析]咱俩在闺房中欢笑,就忘了贫困,写诗放歌长啸,能使身体温饱不挨饿受冻。空手没钱能做出饭菜,才算是有智巧,白头偕老梦想与共,总感欢欣。家中藏书日渐丰富,你的首饰却在减少,你亲近笔墨纸砚,偏偏疏远了针线活。还怕因困窘而不能把诗写得更好,多次典当衣服给我买酒喝。作者与妻子席佩兰均擅于写诗。诗句描写作者夫妻专心于写诗,自嘲不怕家中生计匮乏,宁可典当也要藏书写诗。

拟行路难十八首·其三

[南北朝]鲍照

含歌揽涕恒抱愁,人生几时得为乐。
宁作野中之双凫,不愿云间之别鹤。

[注释]凫:野鸭。

[赏析]她含歌未发、揽涕无言,总是愁闷郁郁寡欢。人生什么时候才能得到快乐?我是宁愿去做生活在野草丛中的水鸭,也不愿做独自高翔于云间的孤鹤。全诗十句,这是后四句。诗句着重说宁肯夫妻在一起受贫穷,也不愿高飞富贵而孤独一身。诗句描写富贵人家女子渴求爱情自由而不得的幽怨心境。

子夜四时歌·冬歌

[南北朝]王金珠

寒闺周黼帐,锦衣连理文。
怀情入夜月,含笑出朝云。

[注释]黼:古代礼服上绣的半白半黑的花纹。

[赏析]寒冷的闺房里,床闱有黑白花纹的幔帐,衣服绣着表示恩爱的连理纹。在这月夜里,互相拥抱着尽情欢愉,含笑醒来时天已大亮,空中飘着晨云。诗句描写夫妻在冬夜极乐欢愉的情景。

寒 夜

[清]袁枚

寒夜读书忘却眠,锦衾香尽炉无烟。
美人含怒夺灯去,问郎知是几更天!

[赏析]我在寒夜里读书入迷,竟忘了睡眠,锦缎被里熏香已散,香炉燃尽没了烟。娇美妻子含着怒气把灯夺了过去,嗔怒地质问:"你知不知道现在是几更天了?"诗句描写作者与娇妻的生活趣事。

寒闺怨

[唐]白居易

寒月沉沉洞房静,真珠帘外梧桐影。
秋霜欲下手先知,灯底裁缝剪刀冷。

[注释]洞房:指多进房子的深处住室。

[赏析]寒冷月光照着的深处房间多么幽静,珍珠缀成的门帘上映着梧桐的树影。深秋时节,寒霜尚未降下,我的手已经感受到季节的寒冷,在夜里的灯下,我拿着冰凉的剪刀为丈夫裁缝冬衣。诗句描写妻子在寒夜里为征戍在外的丈夫缝制冬衣的清冷、孤寂的情状。

夜夜曲

[南北朝]沈约

河汉纵且横,北斗横复直。
星汉空如此,宁知心有忆?
孤灯暧不明,寒机晓犹织。
零泪向谁道,鸡鸣徒叹息。

[**注释**]河汉:指银河。暧:光线昏暗。

[**赏析**]银河纵横,天空无限宽广,北斗星横了又竖,不断移动。银河星星空自流转,它们怎会知道我心中忆念着一个人?孤独的灯光昏暗不明,天拂晓了还开动着冰冷的织机。愁苦的思念化作连串的泪水,我能向谁诉说?织到天亮,鸡都叫了,唉声叹气也是徒然。诗句描写女子思夫心切、夜不能寐、彻夜纺织的困苦孤寂的境况。

春　词

[唐]王建

红烟满户日照梁,天丝软弱虫飞扬。
菱花霍霍绕帷光,美人对镜著衣裳。
庭中并种相思树,夜夜还栖双凤凰。

[**注释**]著:同"着"。双凤凰:喻指夫妻双双。

[**赏析**]傍晚的夕阳照得满屋彤红似烟霞,虫儿在屋檐的蜘蛛网间纷纷飞扬。菱花镜闪着光亮照着床帏,美人自顾自对着镜子穿衣裳。庭院里并排种着相思树,树上每晚都栖息着双双对对的凤凰。词句借相思树和传说中凤

凰的景象,描写恋人浓重的春情。

长恨歌
［唐］白居易

后宫佳丽三千人,三千宠爱在一身。

［赏析］后宫里虽然有三千佳丽可供皇帝宠幸,可是皇帝却把用于三千嫔妃的宠爱全集中在杨贵妃一人身上。全诗很长,这是其中两句。诗句总结性地强调皇帝(唐玄宗李隆基)对杨贵妃(杨玉环)宠幸至极的情形。

长恨歌
［唐］白居易

回眸一笑百媚生,六宫粉黛无颜色。

［注释］眸:眼睛。
［赏析］那杨贵妃回过头来眼神一望、嫣然一笑,千娇百媚的姿态都显现出来,使得六宫里的其他嫔妃都显得不美了。全诗很长,这是其中两句。诗句描写受到唐玄宗宠幸的杨贵妃的美貌和媚态超过了宫中的其他嫔妃。

敦煌曲子词·南歌子·悔嫁风流婿
[唐]无名氏

悔嫁风流婿,风流无准凭。
攀花折柳得人憎。
夜夜归来沉醉,千声唤不应。
回觑帘前月,鸳鸯帐里灯。分明照见负心人。
问道些须心事,摇头道不曾。

[**注释**]觑:偷看,细看。些须:即"些许"。

[**赏析**]真后悔嫁给了这个风流夫婿,他十分放荡,一点不靠谱。到处寻花问柳惹人讨厌,使我憎恨。每夜回来总是喝得烂醉,怎么叫也叫不醒。回头望窗前那一轮明月,低头看鸳鸯帐里的亮灯,明月亮灯都照着这个负心的人。我只是盘问他几句我烦恼的事,他总是连连摇头抵赖,说不曾有过。曲词描写女子对丈夫寻花问柳、放荡负心行径的愤怒,以及对自己所嫁非人的怨恨懊悔的心情。

鹊踏枝·几日行云何处去
[五代]冯延巳

几日行云何处去?
忘却归来,不道春将暮。
百草千花寒食路,香车系在谁家树?
泪眼倚楼频独语。
双燕来时,陌上相逢否?
撩乱春愁如柳絮。
悠悠梦里无寻处。

[**注释**]百草千花:明指多种花草,暗指妓女。香车:这里指代丈夫的行踪。

[**赏析**]这几天他像流云似的又飘到了哪里?老是忘记回家,不知道春天将要过去?寒食节时路上千百种野草闲花都滋长出来了,他坐着香车串来串去,又在谁家的树上系住?我独自倚楼,泪眼婆娑,频频自言自语。燕子双双飞回家时,路上是否与他相遇?我的春愁被撩乱得如同碎散的柳絮。即使在悠悠梦里也找不到我的归宿。诗句描写女子对经常在外冶游不归的丈夫既愤怨又难割舍的复杂心情。

诗经·齐风·鸡鸣

鸡既鸣矣,朝则盈矣。
匪鸡则鸣,若蝇之声。

[**注释**]匪:同"非"。

[**赏析**](妻子说)鸡已叫了,恐怕官员们已站满朝堂,你还不赶紧起来。丈夫说没有什么鸡叫,不过是几只苍蝇在嗡嗡。全诗三段,这是第一段。女子似颇有责任心,催促做官的丈夫赶紧去上早朝,男子却贪恋着热被窝不愿起床。

[双调]蟾宫曲·咏别二首·其二

[元]卢挚

记相逢二八芳华,心事年来,付与琵琶。

密约深情,便如梦里,春镜攀花。

空恁底狐灵笑耍,劣心肠作弄难拿。

到了偏咱,到底亏他,不信情杂,忘了人那。

[注释]二八:十六岁。恁:那么,那样。

[赏析]你该记得咱俩十六岁时相逢结合。想起当初,如今我只能弹奏琵琶重温欢愉。那时的密约深情,对镜理妆,似乎都在梦里。那时你狐狸般机灵狡猾,嬉笑玩耍,作弄我,骗人使坏,真拿你没办法。但说到底,偏心钟情于我的,还是你,我忘不了你这个人哪!曲词描写女子甜蜜回忆与远行夫婿当年种种欢爱戏谑,并表示相信他不会负心的深情。

江南曲

[唐]李益

嫁得瞿塘贾,朝朝误妾期。

早知潮有信,嫁与弄潮儿。

[注释]贾(gǔ):商人。瞿塘:瞿塘峡,是长江通过夔门进入三峡的第一个峡。这里泛指长江上中游地方。

[赏析]我嫁给了商人,他经常外出在瞿塘峡周边一带做买卖,总是耽误了回家的日期,我一个人在家里又孤独又寂寞。要是我早年就懂得潮水涨落是守信用、很准时的,倒不如嫁给在江上驾船弄潮的人儿,他准能按时回

到自己身边。诗句描写女子对自己"误嫁"商人,从而使得自己经常处于孤独寂寞状态的怨尤心情。

京师得家书
[明]袁凯

江水三千里,家书十五行。
行行无别语,只道早还乡。

[赏析]从家乡到京城的水路有三千里长,而家信里只有简短的十五行字。每一行字也没有说别的什么事,只是要我尽早回家。诗题指出作者在京城里收到了家信。诗句描写作者的妻子对他的牵挂、思念,并催促作者尽"早还乡"的亲情。

新婚别
[唐]杜甫

结发为君妻,席不暖君床。
暮婚晨告别,无乃太匆忙。
……
仰视百鸟飞,大小必双翔。
人事多错迕,与君永相望。

[注释]迕:违背,不顺从。

[赏析]我和你刚结发成为夫妻,床席被褥还没有睡暖。昨天晚上草草成婚,今天早晨就告别了,这婚结得实在太过短促匆忙。……仰起头来看看天空的各种鸟儿,不管大小都是双双一起飞翔。人世间的事有很多是错厄违背意愿的,我与你虽相隔千里,但我会永远想念你,切望你早日回家。全诗三十二句,这里是中间的四句和最后四句。诗句从妻子的角度描写两人新婚,丈夫却被强征当兵去打仗;新婚妻子表示自己会永远忠于爱情,盼望重聚的衷情。

[商调]梧叶儿·题情

[元]无名氏

解不开同心扣,摘不脱倒须钩,糖和蜜、搅酥油。
活摆布千条计,死安排一处休。
恁两个忒风流,死共活休要放手。

[注释]同心扣:即同心结,用锦带打成的连环回文样式的结,很难解开,象征男女永相爱。倒须钩:指有许多倒刺的钩子,钩上后很难解脱。酥油:从牛羊奶中提取出来的脂肪。忒:太。

[赏析]我们俩是解不开的同心结,是摘不脱的倒须钩,是糖和蜜跟酥油搅和溶化在一块儿了。我们活着要想着法儿千方百计活得丰富多彩,死后就安排合葬,永远在一起。这样的两个男女真是恩爱风流至极,无论死活都不肯放开手。曲词赞誉美好结合、生死不渝、永远在一起的至爱夫妻情。

长生殿·传概
[清]洪昇

今古情场，问谁个真心到底？
但果有精诚不散，终成连理。

[注释] 连理：生在一起的树木枝干，比喻恩爱夫妻。

[赏析] 我要问呀，自古至今在追求爱情和共同生活的全过程中，哪些人能真爱同心坚持到底？如果真是有精诚爱意，无论如何动摇，都像连生树木枝干一样永不分开，那么这一对男女就是恩爱夫妻。曲词指出真正的爱情就是要始终如一、坚持不渝，像连理枝一样永远连接在一起。

新嫁娘词三首·其二
[唐]王建

锦幛两边横，遮掩侍娘行。
遣郎铺簟席，相并拜亲情。

[注释] 锦幛：鲜明华丽的幔幛。侍娘：指新娘的伴娘。簟：竹席。亲情：亲人，亲戚。

[赏析] 华丽的幔幛横铺在两边，新娘在伴娘的遮掩下走来。让新郎在地上铺好竹席，新婚夫妻两人一起拜见他家的亲人。诗句描写当时婚俗的一个场面：新婚第二天，新娘与新郎一起拜见夫家亲戚，从此新娘开始以媳妇的角色在夫家生活。

后园凿井歌

[唐]李贺

井上辘轳床上转,水声繁,弦声浅。
情若何?荀奉倩。
城头日,长向城头住。
一日作千年,不须流下去!

[注释]床:井床,即安装辘轳的木架。弦:指吊着水桶的绳索。荀奉倩:三国魏人荀粲,字奉倩,极爱其妻,这里作者以之自比。

[赏析]辘轳在井架上不断转动,桶中水声咣当,井绳细声相和。你问我爱你的情意如何?与三国时期的荀奉倩一样多。城头上的太阳,你要长驻城头照耀着我。我爱你的日子千年般长久,你不必担心爱的水流会低落。诗句作者表达自己对妻子爱情永驻。可惜作者英年早逝,只有二十七岁。

望驿台

[唐]白居易

靖安宅里当窗柳,望驿台前扑地花。
两处春光同日尽,居人思客客思家。

[注释]靖安宅里:元稹在长安住宅的所在地。望驿台:指元稹在出使地所住的驿邸。

[赏析]此诗作者白居易与诗人元稹是好友。元稹出使东川,写下《使东川》一组绝句,白居易和了十二首诗,此是其中的一首。靖安宅里,天天面对着窗前的碧柳,凝眸念远,春意阑珊,花儿纷纷飘落到地面。两处美好的春光

在同一天消失。此时，家里人思念着出门在外的亲人，出门在外的人一样也思念着家中的亲人。

感 怀
[明]唐寅

镜里形骸春共老，灯前夫妇月同圆。
万场快乐千场醉，世上闲人地上仙。

[注释] 形骸：指人的形体、身体。

[赏析] 镜子里看到的容颜和身体与春色一同老去，灯光下夫妇与日月一样团圆恩爱。这世上万般快乐中有一千种是喝酒喝个醉，这世上空闲无事、自由自在的人就是生活在地上的神仙。诗句作者认为夫妻恩爱与日月同圆、喝酒大醉、无事空闲，都是神仙般的生活。全诗八句，这是后四句。诗句实际上反映的是作者对世俗的功名利禄已心灰意冷，因而显出一种超脱功利、玩世不恭的心态。

鸳鸯篇
[唐]李德裕

君不见昔时同心人，化作鸳鸯鸟。
和鸣一夕不暂离，交颈千年尚为少。

[赏析] 你没有看到吗？那些心愿与共、性情相投的男女都结成了夫妻。他们跟鸳鸯鸟一样，琴瑟和鸣，一时一刻也不分离，交颈缠绵在一起，这样的

唯美爱情：中国古典式浪漫

日子即使过一千年也嫌不够长呢！全诗很长，这是开头四句。诗句歌颂夫妻忠贞不渝、和谐相处的爱情。

孔雀东南飞
[汉]无名氏

君当作磐石，妾当作蒲苇；
蒲苇韧如丝，磐石无转移。

[注释] 磐石：厚而大的石头。

[赏析]（夫君）你就像是磐石，我就像是蒲苇；蒲苇柔韧如丝不会断折，磐石厚重稳固不会转移动摇。全诗是长篇故事诗，所述故事哀婉曲折，这是其中的四句。诗句描写女主人公刘兰芝对丈夫焦仲卿的期待，表现其对夫妻爱情的坚贞不移。

夜雨寄北
[唐]李商隐

君问归期未有期，巴山夜雨涨秋池。
何当共剪西窗烛，却话巴山夜雨时。

[注释] 寄北：指寄给在北方的亲人（妻子）。作者当时旅居巴蜀（今四川省和重庆市地域），家人在北边的长安。巴山：泛指巴蜀地域。

[赏析] 你问我什么时候回家，我回家的日期定不下来。我只能告诉你，

现在这里日夜下雨连绵不断,已经使得秋季的池塘涨满往外溢水了。如果往后哪一天的夜晚,我与你齐坐在家里的西窗下,共同剪下一段段烛花,彼此倾诉今日在巴山夜雨时候互相思念的心情,该有多好啊!诗句描写作者滞留巴蜀时寄怀妻子的深情。

杂诗十首·其一
[晋]张协

君子从远役,佳人守茕独。
离居几何时,钻燧忽改木。
房栊无行迹,庭草萋以绿。
青苔依空墙,蜘蛛网四屋。
感物多所怀,沈忧结心曲。

[注释]君子:指丈夫。佳人:指妻子。茕:孤单。改木:古人钻木取火,不同季节用不同的木料,这里喻季节改换。

[赏析]丈夫到远处去服役,妻子守在家里多么孤独。丈夫离家已经很长时间,季节几经改换,时光疾速如飞。房间里没有丈夫的影迹,庭院的草长得茂盛碧绿。青苔沾满空空的墙壁,屋内四周结满蜘蛛网。看到丈夫用过的物品总是引起回想,内心郁结着深沉的忧愁。全诗十四句,这是后十句。诗句描写丈夫长期在外服役,家里荒凉、破败的情形,对女子独守空房的凄苦境况寄予强烈同情。

今别离四首·其三

[清]黄遵宪

开函喜动色,分明是君容。
自君镜奁来,入妾怀袖中。
临行剪中衣,是妾亲手缝。
肥瘦妾自思,今昔得毋同。
自别思见君,情如春酒浓。
今日见君面,仍觉心忡忡。
揽镜妾自照,颜色桃花红。
开箧持赠君,如与君相逢。

[**注释**]奁:古代妇女梳妆用的锦匣。这里以"锦奁"喻丈夫画像。毋:本相当于"不要",这里指"不"。忡忡:忧虑不安状。箧:小箱子。

[**赏析**]打开你的来信,看到所附画像分明是你的面容,我喜形于色多么高兴。我得到你的画像后,一直把它放在自己衣怀中。你临行带去的衣服,都是我亲手裁剪缝制。衣服肥瘦是我自己的估量,现今和去时可能已有所不同。与你分别后,我是多么想见到你,我爱你的情如春酒般浓烈醇厚。今天看到画像里你的面容,我觉得心里紧张如初婚时候。拿来镜子照照自己,脸色如桃花般艳丽绯红。打开小箱拿出我的照片寄给你,如同我与夫君相逢。作者当时在日本留学。照片在当时(清末时期)还是个新东西。全诗二十六句,这是前十六句。诗句描写少妇看到丈夫来信中夹寄的照片,非常兴奋,其表情、动作、思想充分展现了她挚爱和思念丈夫的炽热感情。

寄 远
［唐］常浩

可怜荧荧玉妆台,尘飞幂幂几时开?

却念华容非昔好,画眉独自待君来。

[注释] 幂:覆盖,罩。画眉:汉代名臣张敞曾为妻子画眉,传为夫妻温情佳话。

[赏析] 很可惜我那光洁明亮的梳妆台,它落满灰尘,什么时候才能擦拭干净重新使用?只是我的花容月貌已不如过去标致,我每天等着你回来给我画眉哪!全诗十二句,这是最后四句。诗句描写女子焦灼地等待远行的丈夫早日回到身边,畅叙温情。

古诗十九首·客从远方来
［汉］无名氏

客从远方来,遗我一端绮。

相去万余里,故人心尚尔。

文彩双鸳鸯,裁为合欢被。

著以长相思,缘以结不解。

以胶投漆中,谁能别离此。

[注释] 遗:馈赠,给予。端:长度单位。古时以二丈为一"端"。绮:有花纹或图案的丝织品。故人:这里指丈夫。

[赏析] 有一位客人从远方回来,给了我一块二丈长织有纹彩的缎子。这是在万里之外的夫君托他捎来的,夫君对我的恩爱和关切仍如以前。缎面

上的纹彩是一对鸳鸯,它正可以裁制成一条合欢被。被面里装进长长的丝(思)绵,四周缀以丝线,如姻缘牢固不会松散。让我和夫君像胶投在漆中一样永远黏结,谁也无法把我们分开。这首诗描写客人带来了丈夫在万里之外托带的织有纹彩的锦缎,使女主人公睹物而喜,释去了心中的某种疑惧。诗句表明坚贞的夫妻爱情"如胶似漆",是不可能分开的(对"客"字的另一种解释是指丈夫本人,也说得通)。

拟客从远方来

[南北朝]鲍令晖

客从远方来,赠我漆鸣琴。
木有相思文,弦有别离音。
终身执此调,岁寒不改心。
愿作阳春曲,宫商长相寻。

[**注释**]文:同"纹"。宫商:古代五音中两个挨着的音。

[**赏析**]一位从远方来的客人,赠予我一张漆饰的鸣琴。琴身木质满布相思的纹路,丝弦上却弹出别离的音韵。我要终身执琴弹奏同你相好和鸣的调门,不论天气多么寒冷,我也不会改变爱你的心。我愿作出一支《阳春白雪》般的高雅曲子,在音律中常有这样美妙的琴声。诗句描写闺中少妇满腹相思,挂念出征丈夫之情。

又寄升庵

[明]黄峨

懒把音书寄日边,别离经岁又经年。
郎君自是无归计,何处青山不杜鹃。

[注释]升庵:杨慎,字升庵。杨慎本在京城为官,因直谏被贬戍云南永昌卫(实际结果是长达三十一年),作者只得回蜀地故里居住,致夫妻长期两地分居。杜鹃:鸟名,又称子规,此鸟啼叫声似是"不如归去"之语音。

[赏析]我已很疲累,懒得把书信寄去那远在天边的地方,夫妻被迫分离一年又一年,不知何时才能完结。夫君自然是想回也回不来的,但哪里的青山会没有杜鹃鸟呢,我就托杜鹃鸟向夫君啼叫转告我心中的悲切呼唤。诗句表达作者对丈夫被贬遣至边地而不得回家的痛楚,以及对丈夫的刻骨铭心的思念和期盼。

长相思·采花

[清]丁澎

郎采花,妾采花,郎指阶前姊妹花,道侬强似它。
红薇花,白薇花,一树开来两样花,劝郎莫似它。

[注释]姊妹花:指一株蔷薇开出多种颜色的花,这是蔷薇树的特性。

[赏析]郎君采花,我也跟着采花,郎君指着台阶前蔷薇树开的花,说我的美貌胜过它。红蔷薇花,白蔷薇花,一株树上开出两种颜色的花,我劝郎君不要像它。词句描写女子灵慧地顺手接过丈夫话头,巧妙地警示丈夫爱情要专一、不要有二心。

杂古诗五首·其四
[唐]施肩吾

怜时鱼得水,怨罢商与参。
不如山栀子,却解结同心。

[注释]商、参:商星、参(shēn)星,都是二十八宿之一,二星此出则彼没,两不相见,比喻亲人友人不能会面,也比喻夫妻感情不和睦的状态。栀子:树木名,果实同名。

[赏析](夫妻)亲爱相好时跟鱼得到水那样总在一起,吵架生怨了就如同商星与参星互不理睬。这样的夫妻还不如山上的栀子树,它的果实总能结在同一个荚里。诗句描写凡俗夫妻相处时常会发生的一种状况。

子夜四时歌·秋歌·其八
[南北朝]南朝乐府

凉秋开窗寝,斜月垂光照。
中宵无人语,罗帏有双笑。

[注释]中宵:半夜时分。

[赏析]天已秋凉,就寝时还开着窗,月光斜穿窗户照着罗帐。半夜时分屋里屋外都没有人声,丝质帐幔晃动着,里面两人在轻轻欢笑。

内人生日

[清]吴嘉纪

潦倒丘园二十秋,亲炊葵藿慰余愁。
绝无暇日临青镜,频遇凶年到白头。
海气荒凉门有燕,溪光摇荡屋如舟。
不能沽酒持相祝,依旧归来向尔谋。

[注释]内人:妻子。丘:一作"邱"。葵:某些开大花的草本植物,或指向日葵。藿:豆叶。葵藿:这里泛指蔬菜。

[赏析]你与我结婚二十年了,我是穷愁潦倒,只能生活在草野田园。你亲自下厨,操持家务,给了我莫大安慰。你一年忙到头,连在镜前梳妆的时间都没有。年年日子难过,常遭困厄,感到庆幸的是咱俩能偕老白头。住屋离海不远,门庭荒凉,只有燕子飞临,好像在波光浪影中飘摇的小船。在你生日之际,我也无力置办酒席向你祝贺,只能像往常一样回来跟你商量怎么办才好。诗句作者描述妻子二十年来含辛茹苦与自己相依相伴的种种情形,表达了作者对妻子的感激、歉疚和敬佩之情,显示了这对夫妻虽然贫困仍能和谐度日的真切深情。

闺　怨

[明]董以宁

流苏空系合欢床,夫婿长征妾断肠。
留得当时临别泪,经年不忍浣衣裳。

[注释]流苏:装在床、帐、幕等物件上面的穗状饰物。浣:洗。

[**赏析**]精美的流苏白白系在合欢婚床上了,新婚夫君应征服役长期在外,使我痛苦断肠。离别时流泪沾湿的衣裳一直都在,经年累月也不忍心洗这件衣裳,以免把我对夫君的忠贞和思念洗掉。诗句描写新婚女子对长期在外服役的丈夫的深切思念,以及发自肺腑的凄婉情伤。

寄吴德仁兼简陈季常
[宋]苏轼

龙丘居士亦可怜,谈空说有夜不眠。
忽闻河东狮子吼,拄杖落手心茫然。

[**注释**]陈季常:官宦富家子弟,成家后,居于黄州之龙丘,信佛参禅,自称龙丘先生。其妻柳氏,对其蓄纳歌妓极为不满。作者被贬官至黄州后,与之成为好友。

[**赏析**]龙丘居士这个人也有点可怜,他信佛参禅,谈空说有,夜里也不按时睡眠。当他听到妻子发出犹如河东狮子吼叫般的呵斥声时,他会吓得六神无主直哆嗦,连手杖掉落到地上都没感觉。全诗二十四句,这是其中的四句。诗句调侃好友陈季常自己有缺,因而"怕老婆"的情状。后来有"河东狮吼"一词形容妇人"凶悍"的声音和势态。

南歌子·凤髻金泥带
[宋]欧阳修

弄笔偎人久,插花试手初。
等闲妨了绣功夫,笑问鸳鸯两字怎生书?

[注释]等闲:平白地。

[赏析]她长时间依偎在丈夫怀里,纤纤手指摆弄着笔管,像是在试着描画刺绣的花样。白白地耽误了不少刺绣的针线功夫,就撒娇地笑着问丈夫:这"鸳鸯"两字怎么写呀?这是全词的下片。词句描写新婚夫妻依偎亲热、娇憨情笃的情景。

杨花吟

[元]胡天游

楼中美人春睡起,愁见杨花思荡子。
荡子飘零去不归,杨花岁岁点春衣。
梦魂不识天涯路,愿作杨花片片飞。

[注释]杨花:柳絮。

[赏析]楼中的美妇睡醒来了,看见杨花飞舞,愁闷的她禁不住思念夫婿。浪荡夫婿飘游在外总是不回家,年年杨花飞舞沾染他的衣裳。梦里不认识远方天涯的路,我愿化作片片柳絮随风而去寻找他。全诗二十句,这是最后六句。诗句描写妻子愿化作柳絮飘至丈夫所去的地方,表达妻子对远出不归的丈夫的思念和不满。

独不见

[唐]沈佺期

卢家少妇郁金堂,海燕双栖玳瑁梁。
九月寒砧催木叶,十年征戍忆辽阳。
白狼河北音书断,丹凤城南秋夜长。
谁谓含愁独不见,更教明月照流黄。

[注释]独不见:此诗题曾见于《乐府诗集·杂曲歌辞》。此诗又名"古意呈补阙乔知之"。卢家少妇:泛指住在长安的少妇。砧:捣衣石。辽阳:泛指今辽宁一带边地。白狼河:今辽宁大凌河,指代边地。丹凤城:指长安。流黄:杂色的丝绢,这里借指帷帐。

[赏析]长安少妇住在芳香高雅的居室,燕子双双栖息在玳瑁式样装画的屋梁。九月的捣衣声中树叶已落尽,我思念着在辽阳边地征戍十年的丈夫。他在白狼河北面的地方,音讯书信断绝,我在京城里总觉得秋夜太过漫长。是谁使我满怀愁绪,独处空床,不能与他相见,还让那明月空照着我床上的流黄帷帐,使我更添愁肠。诗句描写住在京城里的少妇对长期出征不归的丈夫的深切思念和对战事频仍的怨恨。

秋 思

[唐]张籍

洛阳城里见秋风,欲作家书意万重。
复恐匆匆说不尽,行人临发又开封。

[赏析]洛阳城里已吹起了秋风,要写一封家信,表达我对家人的思念

有千万重。写好之后觉得匆忙中还有些话没有说完,在捎信人临行之际,又把信封打开再补充了许多。诗句描写身在洛阳的游子对家人无限思念的绵绵不尽的深情。

寄　内

[清]孙原湘

梅蕊香中折柳枝,天涯又见絮飞时。
空劳辛苦亲调膳,应有推敲寄外诗。
春酒二分离弱体,邮程一月达京师。
归帆不爽临歧约,但嘱荷花略放迟。

[**注释**]内:内子,妻子。

[**赏析**]梅花吐香时你折柳枝送别我,我浪迹天涯又到了柳絮飘飞时节。烦劳你在家亲自烹调膳食多么辛苦,还要推敲寄给我的诗。你身体弱连二分的酒也别喝,诗信在邮路上需要一个月才能到达京师。我回家不会违背临别时的确定,只是请你嘱咐荷花稍为迟开几天。诗题明写是寄给妻子(席佩兰)的信。作者实际上是说他回家的时间要比原来的约定稍迟几天。

美 人
[唐]陆龟蒙

美人抱瑶瑟,哀怨弹别鹤。

雌雄南北飞,一旦异栖托。

谅非金石性,安得宛如昨。

生为并蒂花,亦有先后落。

秋林对斜日,光景自相薄。

犹欲悟君心,朝朝佩兰若。

[**注释**]瑶瑟:镶饰着玉的瑟。别鹤:古代有琴曲《别鹤操》。弹奏此曲喻夫妻分离。

[**赏析**]美人怀抱饰有美玉的琴瑟,弹奏起不胜哀怨的离别乐章。多年夫妻从此劳燕分飞,各自栖息在不同的树上。人的性情本不可能像金石那样坚固,怎么能始终如同往日情景。即使生来就是并蒂的花儿,它的凋谢也免不了有先有后。秋天的树林对着斜阳,天光渐渐向着夜幕消失。我仍想弄明白你的心思,真希望你每天能如佩兰一样高洁不变。诗句说这一对夫妻感情已发生变化了,但认为对此应予以一定的谅解,并站在女方角度表示希望男方能够不变心。

秋 怨
[唐]罗邺

梦断南窗啼晓乌,新霜昨夜下庭梧。

不知帘外如珪月,还照边城到晓无。

[**注释**]珪:同"圭"。古代礼仪用的玉器。

[**赏析**]清晨窗外鸟儿的叫声使我从梦中醒来,庭院里的梧桐在昨夜结

上了一层秋霜。不知道我闺房帘帐外那如珪般圆润的月亮,能否照着我丈夫所在边地一直到天明。诗句描写闺中少妇对月怀人寄情,切盼戍边丈夫能与自己一样同对明月,共怀思念。

踏莎行·春色将阑
［宋］寇准

密约沉沉,离情杳杳。
菱花尘满慵将照。
倚楼无语欲销魂,长空黯淡连芳草。

[注释]菱花:指菱花镜,泛指镜子。慵:慵懒,懒散。销魂:本指极度的快乐。这里指极度伤心。

[赏析]当时咱俩的私密约定是多么深情,而今离别经年却杳无音信。我精神慵懒没有心情妆扮,镜子上都落满了灰尘。寂寞倚楼无语凝噎,只能独自伤心;看着灰蒙蒙的天空,笼罩着绵绵不绝的芳草,就像是我无尽的思念和黯淡的心情。这是全词的下片。词句描写独守空闺的女主人公对久出不归的丈夫的深切思念和幽怨心情。

清平调词三首·其三
［唐］李白

名花倾国两相欢,长得君王带笑看。
解释春风无限恨,沉香亭北倚阑干。

[**注释**]名花:指牡丹花。倾国:喻绝色美人,这里指杨贵妃。君王:指唐玄宗。沉香亭:唐朝皇宫里的园亭,据说由沉香木构筑。

[**赏析**]牡丹花和绝色贵妃相得益彰,常常使得皇帝满面笑容不停地看。在沉香亭北,皇帝和贵妃一起倚着栏杆,在春风中消释了皇帝的无限春情和愁怨。这是作者在朝廷里"供奉翰林"时的奉命之作。诗句借赞誉牡丹花,极力歌颂唐玄宗和杨贵妃之间的"恩爱"之情。

息夫人
[唐]王维

莫以今时宠,难忘旧日恩。
看花满眼泪,不共楚王言。

[**注释**]息夫人:春秋时息侯夫人。

[**赏析**]楚文王灭了息国,息夫人被虏为妾,后生二子,但她从不与楚王说话,后自撞城墙而死。息夫人不因现今得楚王之宠幸而高兴,而是难以忘怀息侯昔日的旧恩。她看着花红美景,只有满眼泪水,她始终不说话是因为她与楚王没有一点爱情可言。

菩萨蛮·牡丹含露真珠颗

[宋]张先

牡丹含露真珠颗,美人折向帘前过。
含笑问檀郎,花强妾貌强?
檀郎故相恼,刚道花枝好。
花若胜如奴,花还解语无?

[注释]檀郎:旧时以"檀奴"或"檀郎"代称情郎或女子所爱慕的男子。

[赏析]牡丹花上的朝露真像颗颗珍珠,俊俏美女折下一枝来到帘前。她含笑问她的夫君:"是牡丹花好看还是我漂亮?"夫君调笑道:"牡丹花比你强多了!"美女脸上挂不住,娇嗔地抢白说:"花儿如果比我还美,它能对你说那些绵绵情话吗?"词句描写一对小夫妻亲昵调情戏谑欢闹的情景。

古绝句四首·其四

[汉]乐府

南山一树桂,上有双鸳鸯。
千年长交颈,欢爱不相忘。

[赏析]南山上有一棵桂树,树上栖息着一对鸳鸯。它们百载千年脖颈总是交缠,互相欢爱永不相忘。诗句歌唱鸳鸯交颈欢爱千年,喻人间夫妻永远相爱到老。

子夜歌·侬作北辰星

[南北朝]南朝乐府

侬作北辰星,千年无转移。

欢行白日心,朝东暮还西。

[赏析]我是夜空的北斗星,千年不会转移。你的心思像白天的太阳,早晨在东傍晚却在西。诗句描写女子称自己的爱情坚定不移,又指丈夫(或情人)用情不专朝东暮西。这是女子对自己丈夫(或情人)的戏谑话语,也可能是女子在"敲打"他不要变心。

诗经·郑风·女曰鸡鸣

女曰鸡鸣,士曰昧旦。

子兴视夜,明星有烂。

将翱将翔,弋凫与雁。

弋言加之,与子宜之。

宜言饮酒,与子偕老。

琴瑟在御,莫不静好。

[注释]昧旦:天色将明未明之际。兴:起来。明星:启明星。弋:弋射,用系着丝绳的箭射鸟。凫:野鸭。言:语气助词。加:射中。宜:肴,(作动词时)烹饪。御:奏。

[赏析]妻子说:"鸡已打鸣了,还不快起来。"丈夫说:"天还没亮呢,你着什么急。""你起来看看吧,启明星已闪亮。""等宿夜的鸟雀离巢翱翔,正

好去射杀雁和野鸭。""如果你的箭射中了鸟,我给你烹调佳肴。"吃着野味喝着酒,我与你恩爱到老。弹奏着琴瑟和谐永久,人生多么安乐美好。全诗三段,这是第一、二段。诗句描写夫妻凌晨时的对话,极具夫妻生活经验,又富有亲昵情趣。"与子偕老""琴瑟和谐""岁月静好",正是古今人们对夫妻恩爱和谐、家庭生活美满的共同愿望。

愁 怀
[宋] 朱淑真

鸥鹭鸳鸯作一池,须知羽翼不相宜。
东君不与花为主,何似休生连理枝。

[注释] 东君:司春之神。

[赏析] 鸥鹭和鸳鸯是羽翼不同的鸟,怎么能在一个水池里共同生活?春神倘若不爱护花儿,不为花做主,不如不让其生长成连理枝。诗句喻指夫妻间互不适应、难以沟通的愁怨。

江南曲
[唐] 于鹄

偶向江边采白蘋,还随女伴赛江神。
众中不敢分明语,暗掷金钱卜远人。

[注释] 蘋:生长在浅水中的多年生蕨类植物。赛江神:当时民俗,用仪

仗、鼓乐、杂戏迎神出会,周游街巷。

[赏析]今天偶然到江边去采些白蘋草,还跟着女伴们参加了"赛江神"巡游活动。人那么多,也不敢跟女伴们说点心里话,只能悄悄地掷个铜钱,以占卜在远处的夫君何时归来。诗句描写思妇在随大流参加民间风俗社会活动时内心的纯朴真挚的情感。

怀良人
[唐]葛鸦儿

蓬鬓荆钗世所稀,布裙犹是嫁时衣。
胡麻好种无人种,正是归时底不归?

[注释]良人:古时女子对自己丈夫的一种称呼。荆钗:用荆条做成的饰品,喻指穷家妻子。胡麻:芝麻。相传芝麻必须夫妻一起去种才能有好收成。

[赏析]乌黑的鬓发乱如风吹过的蓬草,没有金银首饰,只能用荆条做钗插在头上,没有像样的服装,还穿着出嫁时从娘家带来的布衣裳。已到了种植胡麻的季节,却没有人来下种子。丈夫本该回家的时候,为什么还没有回来啊?诗句描写贫穷农家女子的困窘处境和切盼在外服役的丈夫回来的心情。

菩萨蛮·蓬莱院闭天台女

[五代]李煜

蓬莱院闭天台女，画堂昼寝人无语。
抛枕翠云光，绣衣闻异香。
潜来珠锁动，惊觉银屏梦。
脸慢笑盈盈，相看无限情。

[注释]蓬莱：古代传说中的仙山。天台女：指仙女。翠云：指女子头发乌黑浓密。珠锁：用珍珠连缀成的门环。慢：这里同"曼"。脸慢：指脸面（容颜）细嫩红润。

[赏析]蓬莱山上院落里深藏着天台仙女，在华丽的房屋里白天睡觉，没有人说话。熟睡的她稍离了枕头，松散浓密的发髻又黑又亮，身裹着绣衣散发着异香。他偷偷地进来扰动了珍珠门环，银屏后的她从梦中惊醒过来。她细嫩红晕的脸上笑靥盈盈，他俩互相凝视对望，含有无限风情。词句描写作者（皇帝）在皇后（或妃嫔）"昼寝"时与之调情的景象，也可理解为描写青年男子潜入闺房与相恋少女约会的景象。

后汉书·宋弘传

[南北朝]范晔

贫贱之知不可忘，糟糠之妻不下堂。

[注释]知：知己。糟糠：酒糟、米糠。本是酿酒、舂米后剩下的粗劣糟粕，一般用以喂养家畜。旧时穷人缺少食物时用来充饥。这里借指同度贫穷和患难的妻子。下堂：休弃。

[**赏析**] 一个人富贵、发达了,不要忘记在贫困和地位低下时相交的朋友,不可抛弃共同患难过的妻子。这句话是劝诫人不要忘记贫困和患难时的状况。

鹊踏枝·叵耐灵鹊多谩语
[唐]无名氏

叵耐灵鹊多谩语,送喜何曾有凭据?
几度飞来活捉取,锁上金笼休共语。
比拟好心来送喜,谁知锁我在金笼里。
欲他征夫早归来,腾身却放我向青云里。

[**注释**] 叵耐:不可忍耐,可恶。灵鹊:喜鹊。谩:欺骗,蒙蔽。比拟:打算,准备。

[**赏析**] 实在受不了喜鹊叽叽喳喳地噪叫不停,你不断地报告喜讯,究竟有什么凭据?你再这样飞来哄骗我,就把你活捉了锁在笼子里,你休想再聒噪瞎报什么喜。本来是好心给你早报喜讯,谁知你不但不领情,还把我抓住锁进笼子里。既然你盼着那个征人早日归来,就该放我到青天白云里,让我好去探听消息呀。这首词想象少妇与喜鹊的对话:词的上片描写少妇内心期盼出征在外的丈夫在喜鹊噪叫中归来,少妇内心期望未实现故而迁怒于喜鹊,词的下片则是喜鹊的回答。

诗经·陈风·衡门

岂其食鱼,必河之鲂?
岂其取妻,必齐之姜?
岂其食鱼,必河之鲤?
岂其取妻,必宋之子?

[注释]河:黄河。鲂:外形像鳊鱼。取:即"娶"。齐之姜:齐国姜姓女子(齐国君主姓姜)。子:商朝君主姓"子",商纣王的哥哥微仲封于宋,所以宋国的贵族女子姓"子"。

[赏析]要吃鱼何必一定要吃黄河的鳊鱼?要娶妻干吗非得娶齐国的姜姓女子?要吃鱼何必一定要吃黄河的鲤鱼?要娶妻干吗非得娶宋国姓子的女子?全诗三段,这里是第二、三段。诗句通过反问,说明娶妻不必追求门第高贵的女子,只要夫妻两情相悦就很好了。诗句反映了一种纯朴自珍的情爱婚姻意识。

鹊桥仙·纤云弄巧

[宋]秦观

纤云弄巧,飞星传恨,银汉迢迢暗度。
金风玉露一相逢,便胜却人间无数。
柔情似水,佳期如梦,忍顾鹊桥归路!
两情若是久长时,又岂在朝朝暮暮。

[注释]金风:秋风(秋天在五行中属金)。玉露:白露,秋夜的露水。鹊桥:神话传说每年(农历)七月七日,喜鹊在天河上紧贴身体搭成桥,让牛郎、织女过桥相会。

[赏析]夜空中的云巧妙地变幻着姿态,飞逝的流星传送着离愁别恨。

牛郎织女在七夕把迢遥的银河暗渡。他俩每年仅在秋风白露中于天上相会一次，便胜过了人间情侣的无数次亲昵。缠绵的感情像水波似的温柔，甜蜜的相会时光像梦一样迷离，分别之时不忍去看那鹊桥路。只要两人爱情真挚至死不渝，又何求贪求卿卿我我的朝欢暮乐呢。词句描写牛郎织女一年只能相会一次，七夕相聚后又要离别时的心情，婉约蕴藉，聚离相随，乐哀交织，因而显得比人间凡俗夫妻朝夕相处的爱情更为珍贵和坚贞。词句热烈歌颂夫妻美好、纯洁、专一、坚定的爱情。

长干行二首·其一

[唐]李白

妾发初覆额，折花门前剧。
郎骑竹马来，绕床弄青梅。
同居长干里，两小无嫌猜。
十四为君妇，羞颜未尝开。
低头向暗壁，千唤不一回。
十五始展眉，愿同尘与灰。
常存抱柱信，岂上望夫台。
十六君远行，瞿塘滟滪堆。
五月不可触，猿声天上哀。
门前迟行迹，一一生绿苔。
苔深不能扫，落叶秋风早。
八月胡蝶来，双飞西园草。
感此伤妾心，坐愁红颜老。
早晚下三巴，预将书报家。
相迎不远道，直至长风沙。

[注释]床：指井边的护栏。青梅：青的梅子。抱柱信：《庄子·盗跖》写尾生与一女子相约在桥下会面，女子未到突然涨水，尾生守信不离开，抱着桥柱被淹死。望夫台：传说男子久出未归，其妻登台而望，历久化为石。滟滪堆：瞿塘峡口的巨大礁石（今已炸除）。三巴：三地（巴郡、巴东、巴西）的合称，今四川省东部地区。长风沙：地名，在今安徽安庆江边。

[赏析]记得我的头发刚刚盖过额头，在家门口玩折花游戏；你跨着竹竿当马骑过来，手持竹竿绕着井栏帮我打下青梅。咱俩的家同住在长干里，天真无邪的两个孩子互不猜忌。我十四岁成了你媳妇，年少含羞未曾开笑颜。低着头向着墙壁，叫了多少次我不应答一回。到十五岁才舒展眉眼，愿与你白头偕老一同成灰。常抱着至死不渝的信念，岂会想到去上望夫台。十六岁时你离家远行，要经过瞿塘峡的滟滪堆。五月涨水时那个地方行船易触礁，两岸猿猴的哀叫声都传到了天上。门前有你离家徘徊的足迹，渐渐地长满了青苔。苔长得很厚了都扫不掉，秋天早早来到，树叶飘落其上。八月里蝴蝶双双飞到西园草地。见此景象我很感伤，在家忧愁容颜衰老。什么时候你从三巴回来，请预先捎来家书给我。我去迎接你，不怕路远，会一直到长风沙。诗句以女主人公的口吻，叙述一个商人妻子几乎大半生的生活、爱情和思念，细腻凄切缠绵幽怨。后世有"青梅竹马""两小无猜"之语描绘幼年男女间天真无邪的情谊。

子夜歌

[唐]王屋

妾身妾自惜，君心君自知。
莫将后日情，不如初见时。

[赏析]我的身体我自会爱护珍惜，夫君的心思夫君自己明白。别让你

日后对我的感情,不如初次见面相爱时那样深厚了。诗句描写闺中少妇对丈夫的深情和叮咛,流露出少妇心中对丈夫可能移情别恋的不安和忧虑。

渔家傲·为爱莲房都一柄
[宋]欧阳修

妾有容华君不省。
花无恩爱犹相并。
花却有情人薄幸。
心耿耿。因花又染相思病。

[**注释**]省:醒悟,明白。薄幸:薄情。

[**赏析**]我有如此美好的容颜,你却不理会。水上的莲花并不懂得恩爱,还能并蒂依偎在一起。花儿尚且有令人称羡的爱,你这个人却是薄幸无情,使我耿耿于怀难以排解。看到莲花的景象,我的相思病更加沉重难解。这是全词的下片。词句描写闺中少妇对丈夫薄情不顾的怨愤,充满怨尤、自怜又无奈的伤感。

古　意
[清]袁枚

妾自梦香闺,忘郎在远道。
不惯别离情,回身向空抱。

[**注释**]郎：女子对丈夫或所爱男子的称呼。

[**赏析**]我在香艳的闺房里常常梦见你，忘记了你外出在遥远路途上。我太不习惯别离后的独自生活，朦胧中回转身想拥抱你，却落了个空。诗句描写少妇对丈夫痴情思念又深感怅惘的心情。

射阳先生存稿·金陵有赠
[明]吴承恩

青鸾自有云霄伴，莫向场间顾木鸡。

[**注释**]青鸾：古代传说中有一对神鸟，雄鸟是火凤，雌鸟为青鸾，它们一生不离不弃。

[**赏析**]神鸟青鸾与火凤相伴，翱翔在天空，它们不会去管顾在田场里找食的那些呆头呆脑的鸡。传说作者夫妻"情爱甚笃"。诗句描写作者与妻子真挚的爱情。

江　村
[唐]杜甫

清江一曲抱村流，长夏江村事事幽。
自去自来堂上燕，相亲相近水中鸥。
老妻画纸为棋局，稚子敲针作钓钩。
多病所须唯药物，微躯此外更何求。

[**注释**]清江:指作者当时居住地浣花溪(今四川成都郊外)。

[**赏析**]清澈的一湾溪水绕着村子流过,夏日长长,村里的一切是多么清幽。堂屋梁上的燕子自由地飞来飞去,水中的鸥鸟彼此亲近戏游。老妻在纸上画着棋盘,小儿子敲针弯作钓钩。我身体多病只需要药物,这微贱的身躯别无他求。作者颠沛流离几年后,在成都建草堂暂时安居。诗句描写作者家庭在长期动荡漂泊后,稍为安定闲适的生活情景。

赠柔之

[唐]元稹

穷冬到乡国,正岁别京华。
自恨风尘眼,常看远地花。
碧幢还照耀,红粉莫咨嗟。
嫁得浮云婿,相随即是家。

[**注释**]元稹:唐代文学家,在仕途上多次起落。写此诗时,他从尚书左丞(副宰相)高位上被贬谪为鄂州刺史。柔之:元稹的第三任妻子裴淑。穷冬:年终,岁末。正岁:正月。碧幢:指高级官员所乘舟车上张挂着的帷幔。咨嗟:叹息。

[**赏析**]岁末时节我被贬去乡野地方,正月开春我就得辞别京华。我恨自己眼拙,总是风尘仆仆,常被降职到远地去看花。但舟车上的帷幔仍然耀眼张挂,我还做着官呐!亲爱的人儿呀,你就不要叹息了。你既然嫁给了一个如浮云般到处漂泊的夫婿,只能跟随着他,他到哪儿,哪儿就是你的家。诗句描写作者被贬离开京城去远地任职时对妻子的劝慰。

花烛夜
[元] 贾蓬莱

秋波浅浅银灯下,春笋纤纤玉镜前。
天遣赤绳先系足,从今唤作并头莲。

[注释] 春笋:形容女子的手指。赤绳:古代神话传说,月下老人(简称月老)为掌管男女婚姻之神,他有一根红绳用以牵系夫妇之足,此绳一系,二人也必成夫妇。

[赏析] 眼波在银灯下不断流动,镜子里映出我细嫩柔美的手指。月老的红绳已系住了咱俩的足,从今后成为夫妻,就是分不开的并蒂莲。作者在少女时即与上官粹相爱,历经许多波折,终于结成夫妇。全诗八句,这是后四句。诗句描写作者面对"天从人愿""终成百年之好"的结果时,显得极为喜悦的心情。

卜算子·断肠
[明] 夏完淳

秋色到空闺,夜扫梧桐叶。
谁料同心结不成,翻就相思结。

[赏析] 萧瑟的秋景呈现在空旷的闺院中,秋夜的大风把梧桐叶全都扫落。谁能料到同心如一的爱情竟被生生隔断,但我对你的相思仍绵绵不绝。作者幼年早慧,时人视为"神童"。在明亡之际,作者奋起抗清,战败被俘,从容就义,年仅十七岁。这是全词的上片。词句描写作者在就义时表达眷恋妻子的深情。

乐府歌辞·陇西行
[汉]无名氏

取妇得如此,齐姜亦不如。
健妇持门户,亦胜一丈夫。

[**注释**] 取:这里同"娶"。齐姜:指齐国姜姓女子。旧笺认为专指春秋时齐侯女儿、晋文公夫人。古时因以指代贵族女子。门户:正门、房屋的出入口。这里指家庭。

[**赏析**] 娶个媳妇能够这样有本事,连那个齐姜都不如她呀。稳健练达的主妇操持着家里的各种事务,足以胜过一个男子汉大丈夫。全诗三十二句,叙述主妇持家的种种合乎礼法的行为。这是最后四句总结。诗句是对能干主妇的赞誉。在男子居于主导地位、男尊女卑的古代封建社会里,这是对主妇的一种很高的赞誉。

闺 怨
[唐]张汯

去年离别雁初归,今夜裁缝萤已飞。
征客近来音信断,不知何处寄寒衣?

[**赏析**] 去年夫君离别出征正值北雁南飞时,我今夜灯下裁缝寒衣已不见流萤踪迹。远征边塞的夫君近些日子没有任何信息,不知道已开拔到了何地,我给他做好的御寒衣服不知该托寄到哪里?诗句描写守候在家的妻子对远征在外的丈夫的无限惦念。

少年游·润州作

[宋]苏轼

去年相送,余杭门外,飞雪似杨花。
今年春尽,杨花似雪,犹不见还家。

[**注释**]润州:宋朝时州名。今江苏镇江。作者任杭州通判时,被派赴润州赈济灾民。余杭门:北宋时杭州的北门之一。

[**赏析**]去年冬天在余杭门外我送别你时,雪下得很大好像杨花飞舞一样。今年春天已然过去了,杨花飘飞好像下雪一样,还没见你回家,叫我怎能不牵挂。此词是作者在润州设想妻子在杭州思念自己的意象。这是全词的上片。词句描写妻子思念出差在外的丈夫,表达了作者对妻子的思念,体现出作者与妻子之间的深厚感情。

西楼曲

[金]元好问

去年与郎西入关,春风浩荡随金鞍。
今年匹马妾东还,零落芙蓉秋水寒。
并刀不剪东流水,湘竹年年泪痕紫。
海枯石烂两鸳鸯,只合双飞便双死。

[**注释**]并:古州名。今山西太原一带。并刀:指并州出产的刀剪。湘竹:即湘妃竹,其竿上有紫褐色斑点,又称斑竹。

[**赏析**]去年我伴着郎君向西进入潼关,春风和煦,一路跟随着华丽浩荡的车马。今年只剩我单人匹马凄然东还,荷花凋零落尽,深秋的水多么冷

寒。再锋利的并州剪刀也剪不断东去的流水,湘妃的相思泪年年流淌形成了紫褐色的斑竹。即使海枯了、石烂了,鸳鸯互爱的心也不会改变,它们生则双飞双卧,死也同死在一起。全诗十六句,这是其中八句。诗句描写少妇随丈夫西去,丈夫客死他乡;少妇凄然东还,其以斑竹、鸳鸯的不变特性比喻夫妻应有忠贞不渝、同生共死的爱情,并以之自誓。

鹧鸪天·室人降日以此奉寄
[元] 魏初

去岁今辰却到家,今年相望又天涯。

一春心事闲无处,两鬓秋霜细有华。

[**注释**] 室人降日:妻子生日。

[**赏析**] 去年你生日时我已回到家,今年这个日子我仍漂泊天涯,只能与你相望。我思念你的心事无处着落,两鬓已染上秋霜,添了许多细丝般的白发。这首词是作者为妻子生日而作,寄给妻子的,这是全词的前半。词句描写在外羁旅的作者念念不忘妻子生日、非常思念妻子的深情。

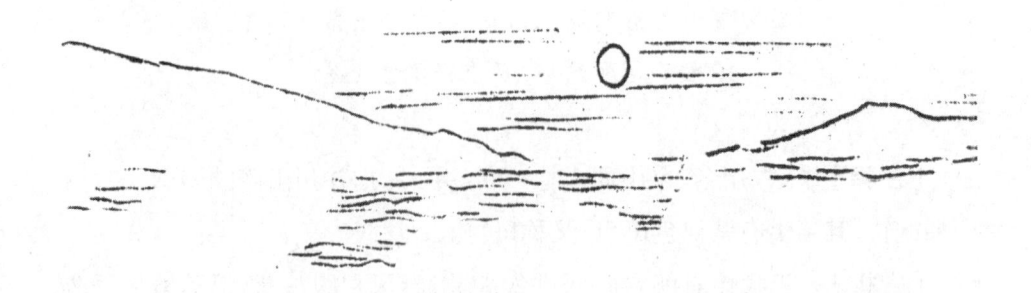

妇人苦

[唐]白居易

人言夫妇亲,义合如一身。
及至死生际,何曾苦乐均。
妇人一丧夫,终身守孤子。
有如林中竹,忽被风吹折。
一折不重生,枯死犹抱节。
男儿若丧妇,能不暂伤情。
应似门前柳,逢春易发荣。
风吹一枝折,还有一枝生。
为君委曲言,愿君再三听。
须知妇人苦,从此莫相轻。

[赏析]人们都说夫妻是最亲密的关系,由情义而结合犹如一个人。但一直到死生之际,其苦其乐何曾平等均匀。妇人死了丈夫,就得终身守寡孤独一生。如同林中的竹子,忽然被大风吹折;竹子折断不能接上重生,一直到枯死,都只能留着断了的"节"。男子如果丧妻,只是暂时伤情。他像门前的柳树,一到春天就会滋长发芽。风吹折一条柳枝,还有别的枝杈会再次长出。我这个话是为妇人所受的委屈代言,希望男人们听我之言,再三思量,是不是这样?人们都该知道妇人们艰辛的处境和内心的苦衷,从此再不要轻视她们。诗句从男子丧妻可以"续弦",而女子丧夫则必须"守节"的角度,批判封建礼教下的男女不平等的现象,得出了不要再轻视女性、应该平等对待女性的结论。

西乌夜飞 ①

[南北朝]南朝乐府

日从东方出,团团鸡子黄。
夫妇恩情重,怜欢故在傍。

[注释]怜:怜爱。欢:对丈夫或妻子(或男女情人)的昵称。

[赏析]太阳每天从东方升起,圆圆的鸡蛋黄总在鸡蛋的中间。夫妇的恩情是多么深重啊,我多么怜爱你,要依偎在你身边缠绵不离开。诗句描写丈夫外出远行归来,妻子把丈夫看作太阳、蛋黄,表示要永远爱着他,围绕在他身边。

春情寄子安

[唐]鱼玄机

如松匪石盟长在,比翼连襟会肯迟。
虽恨独行冬尽日,终期相见月圆时。
别君何物堪持赠,泪落晴光一首诗。

[注释]子安:作者的丈夫李忆,字子安。比翼:翅膀挨着翅膀(飞),喻夫妻恩爱。襟:胸怀。连襟,指彼此知心。

[赏析]我与你的婚约盟誓长久存在,如同松柏常青,我与你比翼齐飞,彼此知心相会,怎肯推迟。虽然我怨恨这个冬天,我只能独自在家,但我相信

---

① 见[南朝宋]郭茂倩《乐府诗集·清商曲辞·西曲歌》。

咱俩终究会在月圆时相见。与你暂时分别,该拿什么东西送给你呢?晴光灿烂,眼泪涌落,只有一首诗送给你。作者明白丈夫远出所为何事(去老家接原配妻子)。全诗十二句,这是后六句。诗句描写作者对李忆真挚缠绵而又无奈伤感的相思之情。

新嫁娘词三首·其三
[唐]王建

三日入厨下,洗手作羹汤。
未谙姑食性,先遣小姑尝。

[注释]谙:熟悉。姑:指新娘的婆婆。小姑:指丈夫的妹妹。

[赏析]新娘婚后三天下了厨房,洗手切菜做羹作汤。新媳妇还不熟悉婆婆是什么口味,把做好的菜先让小姑子品尝。诗句通过让小姑子先品尝饭菜的细节,描写新嫁娘小心翼翼地侍奉婆婆的心态,从一个侧面反映出封建时代的婆媳关系。

诗经·卫风·氓

三岁为妇,靡室劳矣。
夙兴夜寐,靡有朝矣。
言既遂矣,至于暴矣。
兄弟不知,咥其笑矣。
静言思之,躬自悼矣。

[**注释**]靡:无,没有。夙:早。夙兴夜寐:早起晚睡,形容勤劳。咥:笑的样子。

[**赏析**]做你妻子已经三年,我终日忙碌不辞辛劳,起早贪黑操持家务,忙里忙外没有一天闲着。你的目的既已达到,就常常专横甚至施行家暴。兄弟们不知我的处境,见了我还予以讪笑。我静下心来仔细思量,心情黯然独自神伤。这是一首长诗,女主人公自述被称为"氓"的男子追求,而结婚后男子却不能善待她的痛苦的爱情婚姻故事。这里十句,是女主人公述说结婚三年,在家辛苦操劳反被家暴,却又无处诉说而心怀怨恨的境况。

赠　内
[唐]白居易

生为同室亲,死为同穴尘。
他人尚相勉,而况我与君
……人生未死间,不能忘其身。
所须者衣食,不过饱与温。
蔬食足充饥,何足膏粱珍。
缯絮足御寒,何必锦绣文。
君家有贻训,清白遗子孙。
我亦贞苦士,与君新结婚。
庶保贫与素,偕老同欣欣。

[**注释**]内:内人,妻子。作者三十七岁时与诗人杨颖士之妹结婚,以此诗赠给新婚妻子。缯:古代对丝织品总称。贻:遗留。庶:庶几,也可以。

[**赏析**]你我结为夫妻,生是同室而居,死后同穴而葬,一起化为尘土。其他一般夫妇尚且互相勉励,何况是我与夫人。……人生活在世上没有死去时,不能不顾惜自己身体。人活着需要吃饭穿衣,也不过是吃饱穿暖而已。

粗菜淡饭足以吃饱肚子,何必膏粱厚味珍馐才满意。把丝棉絮在一起足以御寒,何必要那些纹彩锦绣。你家里留给子孙的高洁训示是清清白白做人。我也是一个忠贞苦诚的士人,今日有幸与你成婚,我定能持守贫困与清素洁净,与你白头偕老无限欢欣。诗句可说是作者的一篇淡泊明志的"结婚誓词",表示一定会与妻子永远相爱,平平淡淡、欢欢喜喜地白头偕老。

王家少妇
[唐]崔颢

十五嫁王昌,盈盈入画堂。
自矜年最少,复倚婿为郎。
舞爱前溪绿,歌怜子夜长。
闲来斗百草,度日不成妆。

[**注释**]王昌:虚拟名字,犹张三、李四。

[**赏析**]她十五岁嫁给了王昌,艳丽轻盈地进入华美楼堂。自诩是最年轻的小媳妇,总是仗恃夫婿的庇护宠爱。她喜欢在前面溪边绿地显摆舞姿,还常在夜里娇声歌唱,空闲下来就玩斗草游戏,悠闲地过着日子,都不去梳妆。诗句描述一个不谙世事的年轻小媳妇的生活状态。

赠荷花
[唐]李商隐

世间花叶不相伦,花入金盆叶作尘。
惟有绿荷红菡萏,卷舒开合任天真。
此花此叶常相映,翠减红衰愁煞人!

[注释]菡萏:荷花。

[赏析]世人对花和叶的看法不同等,把花插在华贵的铜瓶里,叶子由它落在地上成为土尘。只有荷花是红花绿叶相配,无论荷花是卷是舒,是开是合,都被绿叶衬托得那么自然完美。红花与绿叶总是互相辉映,当荷花凋谢、荷叶掉落时,多么令人惋惜哀愁。作者爱慕王茂元(太原节度使)之女,后娶之为妻。作者以此诗比喻自己与王女的爱情是互相映衬、生死相依的才子佳人式的爱情。

秋灯琐忆

[清]蒋坦

是谁多事种芭蕉?
早也潇潇,晚也潇潇!
是君心绪太无聊!
种了芭蕉,又怨芭蕉!

[赏析]作者蒋坦与表妹秋芙(关瑛)结为夫妻,情深意笃。秋芙去世后,蒋坦作此诗,回忆当年二人日常生活的"幽闺遗事"。诗句前一半是丈夫蒋坦在芭蕉叶上题字:"是谁没事找事种上芭蕉,早早晚晚被风刮得乱响,让人厌烦。"后一半是妻子秋芙在芭蕉叶上作答:"这是你心里烦闷无聊,我种大了芭蕉,你却来怨恨芭蕉,真不像话!"诗文相谑,反映了这一对夫妻的雅兴乐趣和深厚感情。

清平乐·朦胧月午

[宋]晁端礼

兽炉鸳被重熏,故将灯火挑昏。
最恨细风摇幕,误人几回迎门。

[赏析]兽形香炉的香烟不断地熏着鸳鸯被,故意把灯芯挑得小些,使卧室显得朦朦胧胧。最可恨那轻风吹动了帘幕,害得我几次都以为他回来了,赶紧到门口迎接,却扑了个空。这是全词的下片。词句描写女子急切等待丈夫回来的心情。

寄家书作

[清]孙原湘

书寄一千三百里,去时刚值月初弦。
初三数起十三日,书到君边月正圆。

[注释]月初弦:指(农历)上半月,月作弓形,或称上弦月。

[赏析]我寄去的书信有一千三百里路程,发出时刚是上弦月的初三,经过十三天的长途,书信到你手边正好是月圆的时候。作者与妻子(席佩兰)都擅长写诗。诗句直叙作者(在京师)给在家(江苏常熟)的妻子的信从寄出至到达的遥远路程和其时的月亮景象。

诗经·邶风·击鼓

死生契阔，与子成说。
执子之手，与子偕老。

[**注释**]契阔：契，合；阔，离。离合、聚散的意思。成说：约定，成议，盟约。

[**赏析**]同生同死不分离，我与你早已立下誓约。让我握着你的手，同生同死上战场。这首诗本是写战争的，诗句隐含对战争的抵触和怨恨。全诗四段，这是第四段。在现代，这几句诗常被移易为男女双方对爱情的忠贞不渝，誓言携手白头偕老。

杂体诗三十首·古离别
[南北朝]江淹

送君如昨日，檐前露已团。
不惜蕙草晚，所悲道里寒。
君在天一涯，妾身长别离。
愿见一颜色，不异琼树枝。
菟丝及水萍，所寄终不移。

[**注释**]蕙草：一种香草。琼：美玉。琼树枝：这里指好洁丽的容颜。菟丝：即菟丝子，草本植物，多寄生在豆科植物上。

[**赏析**]送别夫君如同是昨天的事，时光已到深秋，屋檐前的露水凝结成珠。蕙草凋零也没有什么好可惜的，我担忧在远方的夫君受饥寒。夫君在天涯远地，我与你长年别离。但愿时而看见自己的容颜，仍像琼树枝一样洁丽。我

多想和菟丝子与水萍一样,与爱人的感情也能始终不渝。全诗十四句,这是后十句。诗句描写女子对远出的夫君的思念,表示与夫君相爱终生不渝。

灞桥寄内二首·其二
[清]王士禛

太华终南万里遥,西来无处不魂消。
闺中若问金钱卜,秋雨秋风过灞桥。

[注释]灞桥:在长安(今陕西西安市)灞水上的桥,古时常为送别之地。内:内人,妻子。太华:指西岳华山(位于今陕西渭南市华阴市)。终南:指终南山,在长安南面。金钱卜:旧时用铜钱作为占卜器具的一种占卜方法。

[赏析]华山、终南山离咱家乡有万里之遥,自来到这西边地方后,处处都使我黯然神伤。你在闺房里如果用铜钱替我占卜,此时此地是秋风秋雨,我正走过灞桥。作者是山东人。诗句描写作者在长安行旅谋事时,与妻子互相思念的伤感心情。

诗经·周南·桃夭

桃之夭夭,灼灼其华。
之子于归,宜其室家。

[注释]夭夭:茂盛而艳丽的样子。
[赏析]晨光映照着桃树林,桃花是多么艳丽妖娆。姑娘今天出嫁了,但

愿在那个家里能和顺适宜。这是婚礼上的唱和诗句,喻指新娘貌美艳丽,也是祝福婚姻美满幸福。全诗三段,这是第一段。诗句描写对出嫁女子的赞美与祝福。

答外诗二首·其一
[南北朝]刘令娴

调瑟本要欢,心愁不成趣。
良会诚非远,佳期今不遇。
欲知幽怨多,春闺深且暮。

[注释]外:指丈夫。旧时妻子也把丈夫称为"外子"。

[赏析]调弄琴瑟弹奏曲子本是为了得到欢乐,但心里愁闷反而没有兴趣。你我在家团聚的日子诚然已不远了,但美好相爱的时光毕竟还不是今天呀!你要知道我内心多么幽怨寂寞,你只要好好想一想深闺春暮的情景就会知道。全诗十二句,这是后六句。此诗是作者对丈夫赠诗的回答,倾吐了作者对丈夫的相思幽怨。

蝶恋花·庭院深深深几许
[宋]欧阳修

庭院深深深几许,杨柳堆烟,帘幕无重数。
玉勒雕鞍游冶处,楼高不见章台路。

[注释]玉勒:玉琢的马衔。雕鞍:雕绘的马鞍。章台路:汉代长安章台下的街名,多妓女居处。后泛指游冶之地。

[赏析]庭院十分幽深,不知有多深。杨柳树上笼罩着层层烟雾,遮挡着房间的重重帷幕不知道有多少层。他坐着华丽的马车出外寻欢作乐,我伫立高楼远望,也看不见他游冶在何处。这是全词的上片。词句描写幽居深院的少妇对丈夫外出寻欢既思念又怨恨的复杂心情。

玉台体十二首·其十二
[唐]权德舆

万里行人至,深闺夜未眠。
双眉灯下扫,不待镜台前。

[注释]镜台:上面装着镜子的梳妆台。

[赏析]出征的人从万里之外回来了,深闺里的妻子彻夜未眠。她在灯光下来回打量双眼眉间,已用不着再到镜子前反复照看。诗句描写妻子在丈夫回来的晚上,不断地自我审视,深恐有不合丈夫心意的地方。

为 有
[唐]李商隐

为有云屏无限娇,凤城寒尽怕春宵。
无端嫁得金龟婿,辜负香衾事早朝。

[**注释**]云屏:雕饰着云母图案的屏风,古代为皇家或富贵人家所用。凤城:指京城。金龟婿:佩有金龟袋(官员配饰)的夫婿。

[**赏析**]云母屏风后面的美人无限娇媚,京城的寒冬已过去,却怕春宵短暂。不知怎么就嫁了个佩有金龟袋的夫婿,虽是好,但他却辜负了我的温暖香被,一早赶去上朝。诗句描写官员娇妻因未能在凌晨多享温情而产生的闺怨心情。

寄 外
[清]陈端生

未曾蘸墨意先痴,一字刚成血几丝。
泪纵能干终有迹,语多难寄反无词。
十年别绪春蚕老,万里羁愁塞雁迟。
封罢小窗人尽悄,断烟冷露阿谁知。

[**注释**]陈端生:清代女作家,撰有长篇弹词《再生缘》。外:外子,丈夫。寄外:寄信给丈夫(陈端生的丈夫罹祸被发配至新疆伊犁边塞)。

[**赏析**]笔还没有蘸上墨汁,情意已先发痴,刚写成一个字,里面就有几缕血丝。眼泪纵使擦干仍会留下痕迹,我有太多的话要说,提起笔来反而不知写什么好了。离别十年,春蚕年年吐丝,我的意绪实在太多,你被羁押在万里之外,让雁儿带信也总是太迟。写完这封信,人们都已静悄悄进入梦乡,但是我的灶火没开,吃冷饭喝凉水的苦楚谁又能知?诗句描写作者内心对远在边塞的丈夫有无限的牵挂之情,自己亦有许多难以言说的痛苦。

菩萨蛮·问君何事轻离别
[清]纳兰性德

问君何事轻离别,一年能几团圆月?
杨柳乍如丝,故园春尽事。
春归归不得,两桨松花隔。
旧事逐寒潮,啼鹃恨未消。

[**注释**]问君:作者问自己。故园:指作者家庭所在的北京。松花:指松花江。鹃:指杜鹃鸟。

[**赏析**]我到底为了什么事,轻易地与家人别离,一年里能有多少月日跟家人团圆相聚?这里的杨柳刚长出柔丝般的细枝,家园里已是三春过尽的时季。春天归去了我却不能回家,船行驶在松花江被江阻隔。往事在心中翻滚,追逐着寒冷的江潮,犹如杜鹃鸟哀啼声声,怨恨未消。作者是康熙帝的侍卫,要扈从皇帝出巡。此词写于作者随驾去长白山祭祀时。词句描写作者思念家园、眷恋妻子的殷殷心情。

我侬词
[元]管道升

我泥中有你,你泥中有我。
与你生同一个衾,死同一个椁。

[**注释**]椁:古代套在棺材外面的大棺材。

[**赏析**]我的泥人中有你,你的泥人中有我。我与你活着同盖一条被子,死了也要同用一口棺材。全词十六句,这是最后四句。词句表现夫妻应白头

偕老、同生共死的观念和愿望。作者是元代著名书画家赵孟𫖯之妻。她觉察丈夫有纳妾之心,气愤之下写了此词,以此巧妙地堵住了丈夫的异想。

合欢诗五首·其一
[晋]杨方

我情与子亲,譬如影追躯。
食共并根穗,饮共连理杯。
……
情至断金石,胶漆未为牢。
但愿长无别,合形作一躯。
生为并身物,死为同棺灰。

[赏析]我的情意是与夫君永相亲爱,如同影子始终追随身躯。吃饭吃的是同根生的谷穗,喝水用的是连理木做成的双杯……爱情刚强坚贞能击断金石,爱情牢固得胜过胶漆。但愿你我天长地久永不分开,两人身心结合犹如一个人。活着就像是并身存在的一个人,死去就化为一口棺材里的灰。全诗二十四句,这里节录其中的十句。诗句是作者(丈夫)叙述新娘的言说,表达对丈夫的真挚、炽热、生死相依、永远追随的爱情。

诗经·邶风·柏舟

我心匪石,不可转也。
我心匪席,不可卷也。
威仪棣棣,不可选也。

[注释] 匪:同"非"。棣棣:雍容娴雅的样子。选:挑拣,这里指屈曲退让。

[赏析] 我的心不是圆卵石,不能由人随意滚转;我的心不是软草席,岂能由人任性翻卷。我雍容娴雅自有威仪尊严,不屈从退让任人说道挑拣。全诗五段,这是第三段。诗句描写女子不容于夫家、受到欺侮,个人价值被否定,但女子表示要保持自己的尊严,不愿退让屈从。

消夏词

[清] 季淑兰

无主荷花开满堤,莲歌声脆小楼西。
鸳鸯自是多情甚,雨雨风风一处栖。

[赏析] 不知谁家的荷花开满在塘堤,采莲姑娘清脆的歌声从小楼西面传来。鸳鸯总是出双入对,那样的多情,不管雨打风吹始终在一起栖息。诗句描写夏季荷花开放时的景象,着重指出鸳鸯总是成双成对爱深情笃,寄托了作者对人间夫妻爱情深厚弥久的祝愿和期盼。

烈女操
[唐]孟郊

梧桐相待老，鸳鸯会双死。
贞妇贵殉夫，舍生亦如此。
波澜誓不起，妾心古井水。

[**注释**]梧桐：传说梧为雄树，桐为雌树（实际上梧桐树是雌雄同株）。殉：以死相从。

[**赏析**]梧树和桐树相偕到老直至枯死，鸳鸯一只死去了另一只也不会独自活下来。贞烈妻子最宝贵的是为丈夫殉节，能舍生忘死才是至善。我发誓不管发生了什么，我心中都不会起波澜，我内心的宁静犹如古井里的水一般。诗句以梧桐、鸳鸯的同生同死等比喻封建时代"烈女"的至死不渝的坚贞爱情。

子夜四时歌·冬歌十七首·其六
[南北朝]南朝乐府

昔别春草绿，今还墀雪盈。
谁知相思老，玄鬓白发生。

[**注释**]春草绿：喻青春年华。墀：台阶，台阶上（下）的空地。玄：黑色。

[**赏析**]往日分别时是春草碧绿的年华，今天你回来白雪已然盖满阶下地面。谁知道相思会这样催人衰老，本来乌黑的鬓角已白发丛生。诗句描写女主人公与回家的丈夫相聚时产生的"相思催人老"的感慨。

古诗十九首·青青河畔草

[汉]无名氏

昔为倡家女,今为荡子妇。

荡子行不归,空床难独守。

[注释]倡:古时指以出卖歌舞伎艺谋生的人。荡子:这里即游子,指出门在外的丈夫。

[赏析]过去我是卖唱人家的女儿,现在成了老是出门在外的人的媳妇。我丈夫出门在外长期不归,我独自守着空床,实在孤苦无依。全诗十句,这是后四句。诗句描写留守家中的妻子的孤寂心情。

一剪梅·漠漠春阴酒半酣

[宋]无名氏

先自离怀百不堪。檐燕呢喃,梁燕呢喃。

篝灯强把锦书看。人在江南,心在江南。

[注释]檐:檐杆。篝灯:用竹笼罩着灯光。这里指点上灯。锦书:指妻子寄给丈夫的书信。

[赏析]自从我外出,离愁会使她事事感到难堪。檐杆上燕子呢喃,屋梁上燕子也呢喃。强抑愁情,挑灯再把她的书信看。她在江南,我的心也在江南。这是全词的下片。词句描写在外谋生的丈夫对妻子的深切怀念。

新嫁娘诗五十一首·其五十一
[清]黄遵宪

闲凭郎肩坐绮楼,香闺细事数从头。
画屏红烛初婚夕,试问郎还记得不?

[**注释**] 不:通"否"。

[**赏析**] 坐在华美的楼屋里,我悠闲地靠着郎君肩膀,数说着从结婚开始至今的闺房种种事情。洞房花烛照着你我面对画屏,新婚夜的甜蜜郎君是否还铭记在心头?诗句描写女子与丈夫婚后生活的甜蜜情景。

无题·相见时难别亦难
[唐]李商隐

相见时难别亦难,东风无力百花残。
春蚕到死丝方尽,蜡炬成灰泪始干。
晓镜但愁云鬓改,夜吟应觉月光寒。
蓬山此去无多路,青鸟殷勤为探看。

[**注释**] 丝:与"思"谐音,这里是双关语。蓬山:即蓬莱山,传说为仙女居住地。

[**赏析**] 见面的机会多么难得,分别更是不舍,已是暮春时节,东风衰微无力,百花凋谢残败,此时离别更令人伤感。春蚕吐丝一直到死才把丝吐尽,蜡烛边发出光亮,边流着眼泪,一直到燃尽泪才流干。你早晨装扮照镜,担忧本是如云般的鬓发改变颜色,青春容颜消失,你夜晚吟诗句,又会觉得月光是那样清寒。你住在蓬莱山,离我这里没有多远,希望有青鸟一样的使者为我殷勤地多去探看。这首描写夫妻深挚爱情的诗在历史上一直广为传诵,尤

其是"春蚕""蜡炬"两句,借春蚕和蜡烛的物性特点比喻夫妻"永远相爱到死为止"的坚贞爱情。

月　夜
[唐]杜甫

香雾云鬟湿,清辉玉臂寒。
何时倚虚幌,双照泪痕干?

[注释]云鬟:指女子(这里特指作者的妻子)的头发。清辉:指月光。虚幌:指月光照着轻薄的帷帐(似有透明之感)。

[赏析]望月时间长了,发鬟的香气弥散到夜雾中,头发被雾气沾湿,明月的清光使你的玉臂感觉寒凉。何时才能团聚同靠着帷帐,让明月把我俩的泪痕照干?作者写这首诗时自身困于长安,妻子儿女在鄜州(今陕西省富县)的羌村。全诗八句,这是后四句。作者在诗句中想象妻子在鄜州望着月亮思念自己的情景,充满了对妻子真挚凄切、亟盼早日团圆的深情。

念奴娇·家信至有感
[清]吴兆骞

消受水驿山程,灯昏被冷,梦里偏叨絮。
儿女心肠英雄泪,抵死偏萦离绪。
锦字闺中,琼枝海上,辛苦随穷戍。
柴草冰雪,七香金犊何处?

[**注释**]抵死:终究,总是。锦字:指妻子寄给丈夫的书信。琼枝:即玉树、琼树,比喻美好的人或物。七香金犊:指用多种香料涂饰过的、让金黄色小牛驾着走的车。

[**赏析**]你将忍受山山水水遥远的驿路旅程;我这里天寒地冻,灯光昏暗,睡梦中还在念叨家乡胜景。儿女情长、夫妻恩深,英雄失意泪满襟,离愁别绪总是萦回在心头。爱妻的书信是多么珍贵,犹如海上的玉树琼枝极为稀罕,你竟不怕千辛万苦,愿到流放地与我共患难。可叹这里只有柴草冰雪,哪里去找七香金犊车供你乘行。这首词是作者被谪戍边塞苦寒之地宁古塔(今黑龙江宁安市地域)四年后,接家书得知其妻将来戍所相伴,深为感动而作。这是全词的下片。词句表达作者对妻子甘愿来边塞的担心,以及对妻子忠贞不渝爱情的感激和欣慰之情。

懊恼曲

[明]顾璘

小时闻长沙,说在天尽头。
人言见郎船,已过长沙去。

[**赏析**]我小时候听人家说,长沙那个地方很远,是在天的尽头。现在有人对我说看见郎君坐的船,已经驶过长沙去了。诗句描写少妇十分惦念出门在外的夫君的行踪,表现她对夫君已远过了"天尽头"的长沙之地,而感到震惊、思念和担忧的心情。

菩萨蛮·晓来误入桃源洞[①]

[唐]无名氏

晓来误入桃源洞,恰见佳人春睡重。
玉腕枕香腮,荷花藕上开。
一扇俄惊起,敛黛凝秋水。
笑倩整金衣,问郎何日归?

[**注释**]桃源洞:陶潜《桃花源记》中所想象的美好地方。这里指女子闺房。黛:画眉毛的青黑色颜料。指代女子眉毛。

[**赏析**]清晨冒失地进入她的闺房,恰好见到美人春睡正沉。香艳的面庞枕着白玉般的手腕,犹如红荷花开在白藕上。扇子轻轻一敲,她突然惊醒坐起,黛眉紧蹙明眸凝住,转而笑了,让我给她整理衣裳,连问郎君是什么时候回来的。词句描写丈夫不期而至,使娇妻又惊异又欢欣的情状。

[中吕]阳春曲·题情六首·其五

[元]白朴

笑将红袖遮银烛,不放才郎夜看书。
相偎相抱取欢娱。
止不过迭应举,及第待何如?

[**注释**]迭:屡次。及第:科举考中。

---

① 一说此词为宋陈师道所作。

[**赏析**]笑着用衫袖遮住白亮的烛光,不让才子丈夫在夜晚还看诗书文章。互相偎依拥抱是多么欢畅,最多不过是这次没考上再去应考,就算是考中了又能怎么样?曲词描写女主人公沉迷于情爱的欢娱,对于丈夫能否考中及功名满不在乎的心态。

为妻作生日寄意

[唐]李郢

谢家生日好风烟,柳绿花春二月天。
金凤对翘双翡翠,蜀琴初上七丝弦。
鸳鸯交颈期千岁,琴瑟谐和愿百年。
应恨客程归未得,绿窗红泪冷涓涓。

[**注释**]谢家:东晋豪门谢安之家,其侄女谢道韫为才女。作者这里以之指代己妻。金凤、翡翠:均为鸟名,这里指鸟形首饰。蜀琴:汉代司马相如、卓文君弹奏之琴。这里指代妻子常用的乐器。

[**赏析**]你的生辰和谢道韫生辰一样,是在柳绿花红的二月美好时节。金凤、翡翠形状的贵重首饰使你更显娇艳,你调试七弦琴想抒发心愿。你我本是鸳鸯形影不离,交颈千岁,你我又是琴瑟谐和,相期百年。只怨我正在外面的客路上,未能及时赶回家中,使得你独自在绿纱窗前对着红烛泪水涓涓。诗句描写作者对妻子的深情厚爱,对未能及时赶回家中祝贺妻子生辰表示歉意。

结　爱
[唐]孟郊

心心复心心，结爱务在深。
一度欲离别，千回结衣襟。
结妾独守志，结君早归意。
始知结衣裳，不如结心肠。
坐结行亦结，结尽百年月。

[赏析]你和我心心相印，结成了深深的爱意。每次不得不离别时，总要互相结衣襟，你这是让我在家守志不移，我这是对你说尽早回家来。我早就知道结衣襟只是一种表示，要紧的是永远结爱同心。有了永爱同心，在家待着是同心，出门在外仍然同心，结尽百年岁月，相爱永远同心。诗句以"结衣襟"这种民俗形式表示夫妻相爱不移心，夫妻只有永结同心，才能始终相爱百年不移心。

七　绝
[清]仓央嘉措

新茶香郁满齿唇，伴得糌粑倍美醇。
情人眼里出西施，每对卿卿每销魂。

[注释]糌粑：约相当于藏族特色食品糌粑（炒青稞面）。西施：春秋时期越国美女。后常作为美女的代称。西施没有留下画像，后人无从对照比较；"西施"只是美女的代称，一个抽象的符号。因而男子们都可把自己所钟爱的女子想象为"西施"，这就是所谓"情人眼里出西施"。卿：古时夫妻或好

友间的爱称。销魂：本指灵魂离开肉体，这里形容极度的快乐。

[赏析]喝着新茶叶泡出的奶茶，满口都是清香，奶茶里再伴点糌粑，醇厚美味倍增。在有情人的眼里，所钟爱的女子像西施一样美丽；每次面对着你，我都好像灵魂出窍，感到极度的快乐。诗句表达了男子面对情人时的爱慕之情。

怨
[明]冯小青

新妆竟与画图争，知是昭阳第几名？
瘦影自临清水照，卿须怜我我怜卿。

[注释]画图：指作者的画像。昭阳：汉代后宫宫殿名。泛指皇帝宠妃所居宫所。

[赏析]新的妆扮竟然要与自己的画像比美争艳，我在夫君心目中能排上第几名？忧愁地看着自己在清水中纤瘦的身影，我只能是自己与身影互相怜爱啊。诗句描写作者内心的凄婉、怨艾与顾影自怜之情。

新婚词四首·其三
[清]完颜守典

绣囊兰屑袭人香，浅浅眉痕淡淡妆。
尽日输情浑不语，依郎肩坐读西厢。

[赏析]装着兰花屑的绣花袋散发着袭人的清香，她的眉毛画得浅浅、

衣妆淡雅。整天温情脉脉,却总是不说话,挨着郎君肩膀而坐,一同阅读《西厢记》。诗句描写新娘在新婚时日的衣着面妆,以及新婚生活悠闲适意的神态。

七 夕
[唐]白居易

烟霄微月澹长空,银汉秋期万古同。
几许欢情与离恨,年年并在此宵中。

[**注释**]烟霄:云霄。澹:同"淡"。银汉:银河。

[**赏析**]高高的天空上挂着淡淡的月亮,秋天里的银河千年万年都是一样。牛郎与织女相聚的欢愉和离别的痛苦,在每年七月七日的夜里表现得最为集中。诗句表现对牛郎织女这一对有情人被迫分离、一年只能相会一次的怜爱同情。

寄 夫
[明]黄娥

雁飞曾不到衡阳,锦字何由寄永昌?
三春花柳妾薄命,六诏风烟君断肠。
曰归曰归愁岁暮,其雨其雨怨朝阳。
相闻空有刀环约,何日金鸡下夜郎。

[**注释**]三春:春季分孟春、仲春、暮春三段。六诏:代指云南地域。刀环:

环、还同音。夜郎：地名，今贵州境内。金鸡：指赦罪诏书。

[赏析]大雁南飞最远到（湖南）衡阳为止，你远在云南永昌，我怎样才能把信笺寄到？春天时节，花儿艳丽，柳枝婀娜，只有薄命的我孤独在家，你在蛮荒的云南，到处烟云雾瘴，思家望乡断肠。说要回来，到了年关还没有回，说天要下雨，却是艳阳高照。我们相约的归期总是落空，什么时候赦罪的诏书才能经过夜郎地方，到达你的谪戍之地？作者为情为义，独守在家三十年。诗句描写作者忠于夫妻爱情，表达了对丈夫的无限同情与思念。

闺怨二首·其一
［唐］沈如筠

雁尽书难寄，愁多梦不成。
愿随孤月影，流照伏波营。

[注释]伏波营：指边防军营。

[赏析]大雁已尽返它的家乡，书信无法再托它寄达。愁绪太多，不能入睡，连在梦中相会都不成，我愿随着月亮漂转，到达戍边之地，流照在你的营地上。诗句描写闺妇对在外征戍的丈夫的诚挚思念之情。

[挂枝儿]劈破玉·分离

[明]佚名

要分离,除非天做了地!
要分离,除非东做了西!
要分离,除非官做了吏!
你要分时分不得我,我要离时离不得你,
就死在黄泉也做不得分离鬼。

[注释]吏:在封建社会,官由朝廷任命、委派,吏是由官在当地雇用的办事人员、差役,没有品级。二者区别森严,不得互换。黄泉:旧时指人死后去的地方,即"阴间"。

[赏析]你我要分离,除非是天地上下颠倒,除非是东西方位互换,除非是官与吏地位翻转。你要分,绝对不得把我分开,我要离,也绝对不能与你别离。就是死后到了黄泉,你我也不能成为分离鬼。曲词是说两人结合成夫妻了,就永远不得分离。主要是从女子的角度,表达既已与男子结成为夫妻,就矢志相爱、忠贞不渝、永不分离的爱情誓言。

玉楼春·夜来枕上争闲事

[宋]欧阳修

夜来枕上争闲事。推倒屏山褰绣被。
尽人求守不应人,走向碧纱窗下睡。
直到起来由自瞋。向道夜来真个醉。
大家恶发大家休,毕竟到头谁不是。

[**注释**]褰：撩起，揭起（衣、被等）。㦬：纠缠，困扰。

[**赏析**]两夫妻夜里躺在床上，为一点小事吵闹起来，竟至推倒了屏风、揭翻了绣被。丈夫好言求和，妻子就是不答应，自己跑到碧纱窗下去睡。第二天起来还纠缠个没完，丈夫向妻子说昨夜我真是喝醉了。唉，夫妻两人吵架的事要由两人解决，到头来甭计较谁是谁非。词句描写了一对夫妻夜里吵架，次晨讲和的过程和情态，妙趣横生。

南流夜郎寄内

[唐]李白

夜郎天外怨离居，明月楼中音信疏。
北雁春归看欲尽，南来不得豫章书。

[**注释**]豫章：郡名，今江西南昌市地域。作者妻子当时寄居的地方。

[**赏析**]我被流放到天外的夜郎，与你离居是多么愁闷怨恨，在这楼里只能见到明月，音信非常稀疏。春天来临，来到南方过冬的雁鸟都飞回去了，但我自来到夜郎后，一直没有得到来自豫章郡的你的书信。作者罹祸被流放至夜郎。诗句描写作者在流放地得不到妻子的书信，而感到焦虑、思念的心情。

夏夜示外

[清]席慕兰

夜深衣薄露华凝，屡欲催眠恐未应。
恰有天风解人意，窗前吹灭读书灯。

[注释]外:外子,丈夫。

[赏析]夜已深,衣衫薄,露水浓重,屡次想催他就寝,又恐怕他不回应。恰好上天理解人意,刮来一阵风,把窗前照着他读书的灯吹灭了。诗句描写妻子心疼丈夫苦读,故意吹灭灯火的情景。

初入谏司喜家室至
[唐]窦群

一旦悲欢见孟光,十年辛苦伴沧浪。
不知笔砚缘封事,犹问佣书日几行。

[注释]谏司:谏官公署。孟光:东汉时有梁鸿、孟光夫妻"举案齐眉"的故事。此处作者以孟光喻妻子。沧浪:指鬓发斑白。封事:谏官向皇帝上奏章事。佣书:指受雇替人写作文书。

[赏析]一见妻子来到真是悲喜交集,我在外为官十年堪称辛苦,已是鬓发斑白。妻子不知道我用笔写的是上呈皇帝的奏章,还问我给别人代写文书每天能写多少行。诗句描写作者夫妻相见时的情景。

清平调词三首·其二
[唐]李白

一枝秾艳露凝香,云雨巫山枉断肠。
借问汉宫谁得似,可怜飞燕倚新妆。

[注释]秾：一作"红"。云雨巫山：指巫山神女与楚王欢会的神话故事。可怜：可爱。飞燕：指汉成帝皇后赵飞燕。

[赏析]贵妃美丽得就像是一枝凝香带露、艳丽盛开的牡丹花，那与楚王欢会的巫山神女与您受皇上的恩宠相比，也会枉自悲伤。若要问汉宫得宠妃嫔，谁能和您相像，即使是那个可爱的赵飞燕，还得依仗新的妆扮。作者在朝廷供奉（任职）翰林学士时，一次唐玄宗与杨贵妃观赏牡丹，命李白作新章，李白奉旨作了此词。词句极力赞美杨贵妃的美艳和受宠。

寄聪娘

[清]袁枚

一枝花对足风流，何事人间万户侯。
生把黄金买别离，是侬薄幸是侬愁。

[注释]万户侯：食邑一万户的侯爵（汉朝最高一级的侯爵），借指高官显贵。

[赏析]有你这个花一样的女人，已让我十分风光满足，何必还去追求人间极品富贵的万户侯呢！为了去获得更多的功名钱财，硬生生地与你别离，这是我的薄情也是我内心的忧愁。作者以此诗表示自己在外出任时对爱妾的歉疚和思念之情。

情

［唐］吴融

依依脉脉两如何？细似轻丝渺似波。
月不长圆花易落，一生惆怅为伊多！

[赏析] 依依不舍、脉脉含情两种情状真难言说，这种细微心态好似轻丝又如渺茫烟波。月亮不会长圆，花儿容易谢落，我一生的惆怅伤怀，总是因为她啊！诗句描写作者对女子（妻子或情人）深不见底、终生爱恋的心情。

长相思·晨有行路客

［南北朝］吴迈远

遗妾长憔悴，岂复歌笑颜。
檐隐千霜树，庭枯十载兰。
经春不举袖，秋落宁复看。
一见愿道意，君门已九关。
虞卿弃相印，担簦为同欢。
闺阴欲早霜，何事空盘桓。

[注释] 虞卿：战国时虞姓名士，赵国用为上卿，后为救朋友而挂印流亡。簦：古代有柄的斗笠，类似伞。盘桓：徘徊，逗留。

[赏析] 自你外出，我长期身心憔悴，岂能欢歌再展笑颜？遮着屋檐的树多少次覆盖霜雪，庭院里的兰花枯干已有十年。春天里没有心思伸手折花，秋叶零落了不忍观看。见到这位远客，请他转告我的心思：你家里的门已关闭太久了。古代贤士虞卿自甘辞官弃印，宁愿戴着斗笠与家人朋友共同欢愉。家园闺

房阴冷,要下早霜,你为何还徘徊不定,不赶快回家来? 全诗二十二句,这是后十二句。诗句描写思妇以虞卿为譬,切盼游历在外的丈夫早日回家来团聚。

远期篇
[南北朝]庾成师

忆别春花飞,已见秋叶稀。
泪粉羞明镜,愁带减宽衣。
得书言未反,梦见道应归。
坐使红颜歇,独掩青楼扉。

[注释] 反:即"返"。扉:门扇。

[赏析] 犹忆与夫君分别是在春花飞扬的时候,现在树上剩下的秋叶已很稀少。眼泪流满敷粉的脸颊,羞于再照镜子,忧愁使身体消瘦衣带渐宽。接到夫君书信说他还没有动身,可我在梦里见到时,他明明说该回家了。眼看着自己的青春美貌逐渐消失,也只能孤独地关上华美楼屋的门扇等候。诗句描写思妇切盼的丈夫未能如期回来,十分失望,只能独自苦苦等待。

六忆诗四首·其一
[南北朝]沈约

忆来时,灼灼上阶墀。
勤勤叙别离,慊慊道相思。
相看常不足,相见乃忘饥。

[**注释**]灼灼:明亮。阶墀:台阶上的空地,台阶。慊慊:不满足状。

[**赏析**]忆想我回来的时候,在台阶上迎候的你是多么光艳照人。进屋殷勤地叙述别离后的情况,不断诉说心里无尽相思。我们互相入神地看着不知道满足,以致到了饭点都忘了饥饿。这四首诗是作者回忆自己外出多时,回来后与妻子"见、坐、食、眠"的情景,这是第一首。诗句描写自己回到家里,与妻子互相叙说相思、互相看着没个够的亲密情境。

六忆诗四首·其四

[南北朝]沈约

忆眠时,人眠强未眠。
解罗不待劝,就枕更须牵。
复恐傍人见,娇羞在烛前。

[**赏析**]我想起咱俩当晚就寝上床的境况:别人家都睡了,我们还强打精神不睡觉。你解开罗衣不用我劝,让你上床则须我用手来牵。唯恐会让别人听到什么,你娇滴滴、羞涩涩坐在灯烛前。这是第四首。诗句描写自己回到家夜晚就寝时妻子娇羞的情态。

夜 坐

[唐]元稹

萤火乱飞秋已近,星辰早没夜初长。
孩提万里何时见,狼藉家书满卧床。

[赏析]夜晚萤火虫乱飞,秋天已很近了,星星若隐若现,长夜漫漫。我们的孩子在万里之外,何时才能见面,家信乱七八糟地散落在卧床上。作者被贬官至通州(今四川达州地域),因该地瘴毒弥漫而患了疟疾,处境凄凉危殆。全诗八句,这是后四句。诗句描写作者在夜晚长坐,思念着已病故的妻子和留在长安的儿女,倍感黑夜漫长,自己身体危殆、内心孤独凄凉。

《西厢记》第五本第四折
[元]王实甫

永老无别离,万古常完聚。
愿普天下有情的都成了眷属。

[注释]眷属:亲属,家属,特指夫妻。

[赏析]但愿夫妻到老永不别离,千万年每个家庭都能完美团聚。愿普天下真心相爱的有情男女都能结成夫妻。戏剧中的这句话是作者在封建礼教束缚的社会条件下,对恋爱和婚姻自由的强烈呼唤,希愿相爱的人都能结成夫妻,永远在一起。后世据之演绎出"有情人终成眷属"的祝福语。

鸳鸯篇
[唐]李德裕

悠悠湘水滨,清浅漾初蘋。
菖花发艳无人识,江柳逶迤空自春。
唯怜独鹤依琴曲,更念孤鸾隐镜尘。
愿作鸳鸯被,长覆有情人。

[注释]菖：菖蒲，多年生草本植物，生长在水边。逶迤：弯弯曲曲、连续不断的样子。鸾：传说中凤凰一类的鸟（以鸾凤比喻夫妻）。

[赏析]湘江水很浅很清澈，悠缓地流向远方。春天到了，江边浮现初生的白蘋。菖蒲花开，茂盛鲜艳，可惜没有人来欣赏，江边的杨柳随春风摇曳，也没有人理睬。可怜那孤傲的仙鹤只能伴着琴声独自起舞，更有那落单的鸾鸟，身影模糊地映在落满尘埃的镜子里。但愿我能做一条绣着鸳鸯的被子，长久地覆盖在对对有情人身上。全诗很长，这是最后八句。诗句描写自然界许多美好事物未能被人认识和欣赏，表达了祝天下有情人结成良缘的美好愿望。

蝶恋花·庭院深深深几许
[宋]欧阳修

雨横风狂三月暮，门掩黄昏，无计留春住。
泪眼问花花不语，乱红飞过秋千去。

[注释]乱红：指落花。

[赏析]现在已是暮春三月，风狂雨骤，没有办法把春光留住。黄昏时分只好把门关上。含着眼泪去问花，花始终一言不发，只是纷乱地飞掠过秋千架向远处飘去。这是全词的下片。词句描写住在深宅大院里的女主人公对春天过去、丈夫游冶不归的既怨恨又无奈的惆怅伤感之情。

凭阑人·寄征衣

[元]姚燧

欲寄君衣君不还,不寄君衣君又寒。
寄与不寄间,妾身千万难。

[赏析] 想把冬衣给你寄去,怕你仍然不能回来,不给你寄去冬衣吧,又怕天气寒冷你身体受不了。到底是寄还是不寄,我心里真是犯了难。词句描写妻子给在远方征戍的丈夫寄冬衣时既诚挚又矛盾的心情。

寄衣曲

[清]席佩兰

欲制寒衣下剪难,几回冰泪洒霜纨。
去时宽窄难凭准,梦里寻君作样看。

[注释] 纨:很细的丝织品。

[赏析] 想给你缝制冬衣,却感到难以剪裁,好几次不禁把冰冷的泪水洒落在霜白的绢品上。不能以你出门时衣服宽窄的尺寸作为标准,几次在梦里寻找夫君,要看看你现在的模样。诗句描写妻子为了给出门在外的丈夫缝制冬衣,急切地想看到丈夫现在的模样,表现妻子内心极为思念丈夫的真情。

端　居

[唐]李商隐

远书归梦两悠悠,只有空床敌素秋。

阶下青苔与红树,雨中寥落月中愁。

[注释]端居:闲居。素秋:指清静寒凉的秋天。

[赏析]得不到远方妻子音信,归家只是在梦中,我躺在空床上面对秋夜的清冷。门前台阶已生出青苔,庭院里的枫树已经叶红,夜雨淅沥,月色暗淡,寥落凄寒,越发勾起我那悠长的愁绪。诗句描写羁旅他乡的丈夫对妻子和家乡的不尽思念。

浪淘沙·书愿

[清]龚自珍

云外起朱楼,缥缈清幽。

笛声叫破五湖秋。

整我图书三万轴,同上兰舟。

镜槛与香篝,雅憺温柔。

替侬好好上帘钩。

湖水湖风凉不管,看汝梳头。

[注释]五湖:说法不一。这里指太湖,代指作者隐居之地。轴:卷轴。镜槛:即镜架,指代梳妆之镜台。香篝:香炉的笼罩,指代香炉。憺:安定,泰然。汝:你。

[赏析]朱红高楼似是耸立云外,隐约缥缈很是清幽。在深秋的太湖边,

有笛声高亢激越。收拾好我的三万卷图书,一同登上木兰舟回还。闺房里有妆镜与香炉,你是多么高雅淡定温柔。请替我挂上窗帘的玉钩。我不管湖水寒冷,湖风清凄,只喜欢看着你梳头。词句描写作者壮志难伸、宁愿归隐水乡,与妻子享受缠绵的归思与爱情。

长恨歌
[唐]白居易

在天愿作比翼鸟,在地愿为连理枝。

[**注释**]比翼鸟:我国古代传说中的鸟,这种鸟只有一只眼睛一个翅膀,雌雄必须并翼齐飞。连理枝:两棵树挨着,枝条交互纠缠在一起分不开。比翼鸟、连理枝都比喻夫妻恩爱不能分开。

[**赏析**]如果在天上,我俩愿变成比翼鸟一起飞翔;如果在地上,我俩愿变成连理枝一同生长。原诗很长,这是其中的两句。诗句本指唐玄宗与杨贵妃的爱情愿望。诗句也是相爱的男女或夫妻常用誓言,表示双方终生相爱、生死不离、坚贞不渝的愿望。

定风波·自春来
[宋]柳永

早知恁么。悔当初、不把雕鞍锁。
向鸡窗、只与蛮笺象管,拘束教吟课。
镇相随,莫抛躲。针线闲拈伴伊坐。
和我。免使年少,光阴虚过。

[注释]鸡窗：指书窗或书房。蛮笺：古时蜀地所产的彩色笺纸。象管：象牙做的笔管。蛮笺象管：指纸和笔。镇：常。

[赏析]早知他那样一走就杳无音信，后悔当初没有把他的雕花马鞍锁住。真该把他留在家里，让他每天坐在书窗前，只与纸笔打交道、吟文作词。我寸步不离，也不必躲闪。手里拿着针线活与他相伴挨着坐，长相厮守。免得我青春虚度，苦苦等候。词句描写女子不愿意所爱男子外出游历去追求功名利禄，只希望有一种安稳平淡又真切温存的爱情生活。

新婚词四首·其一
[清]完颜守典

乍时相见已相亲，斜面窥郎起坐频。
烛影摇红人静后，含羞犹自不回身。

[赏析]刚刚相见，已觉得合乎心意甚感亲近，她斜着面庞偷窥，看他起坐频仍。红烛将尽，光影摇曳，人声寂静，她低眉含羞，坐着不肯回转身。诗句描写洞房花烛夜，新娘对新郎感觉满意又含羞矜持的姿态和心情。

捣练子·砧面莹
[宋]贺铸

砧面莹，杵声齐。捣就征衣泪墨题。
寄到玉关应万里，戍人犹在玉关西。

[注释] 砧：捶衣料的垫石。莹：光洁。杵：一头粗一头较细的木棒。玉关：玉门关,古代是赴西北边域的重要交通关隘。这里泛指边关。

[赏析] 捣衣垫石的表面（因长久使用已是）平滑光洁,捶打衣料的声音协调齐整。捣好衣料,制成衣裳,写着家信不禁泪水涟涟。书信和衣裳寄到边关有万里之遥,可是我那戍边的丈夫还在玉关的西面。词句描写在家的妻子关心和思念戍边丈夫的行为（制衣）和困苦的心情。

敦煌曲子词·菩萨蛮·枕前发尽千般愿
[唐、五代]无名氏

枕前发尽千般愿,要休且待青山烂,
水面上秤锤浮,直待黄河彻底枯。
白日参辰现,北斗回南面。
休即未能休,且待三更见日头。

[注释] 休：休弃、终止、断绝（夫妻关系）。参辰：同"参商",参星和商星,二者此出彼没,互不相见。

[赏析] 两夫妻在枕头上千百次发尽誓愿：永做夫妻、白头偕老。若要断绝关系,要等到出现了青山塌陷、秤锤浮上水面、黄河彻底枯竭、参星商星同时在白天出现、北斗星转到南面这样的情况。即使这些事情都发生了,仍然不能休弃不能断,还要等到太阳在半夜三更里出现。词句描写夫妻两人间的坚决的爱情誓愿。既然这六种自然情况都是根本不可能出现的,那么两人不再相爱、断绝夫妻关系也是绝对不可能的。

长生殿·窥浴

[清]洪昇

镇相连似影迫形，分不开如刀划水。

[**注释**]镇：时常，（表示）全部时间。

[**赏析**]唐玄宗和杨贵妃整天在一起形影不离，两人总是在一块儿，就像是一盆水用刀划也划不开。昆曲《长生殿》描写了唐玄宗与杨贵妃的爱情故事。曲词描写两人当时极度亲昵的状态。

羌村三首·其一

[唐]杜甫

峥嵘赤云西，日脚下平地。
柴门鸟雀噪，归客千里至。
妻孥怪我在，惊定还拭泪。
世乱遭飘荡，生还偶然遂。
邻人满墙头，感叹亦歔欷。
夜阑更秉烛，相对如梦寐。

[**注释**]羌村：当时属鄜州（今陕西富县）。作者家属住在该地。峥嵘：山高峻貌，这里形容云峰。日脚：指透过云间的阳光。孥：儿女。歔欷：哽咽，抽泣。

[**赏析**]西边高旷的天空满布红云，阳光透过云层斜射到地面上。柴草扎成的栅门上鸟雀不断噪叫，经过千里跋涉，我终于回到家里。妻子和孩子们没想到我突然归来，愣了一会儿才喜极而泣。在兵荒马乱之际颠沛流离，我能活着回家实在是运气。邻人们趴在墙头围观，也都感慨叹息，跟着落泪。

夜深了还点着蜡烛,夫妻对坐,感觉真好像是在梦里。作者在朝廷任左拾遗时得罪了皇帝(唐肃宗),被放还鄜州家中探亲。诗句描写作者刚回到家中与妻子儿女相聚时的情景。

十五日夜望月寄杜郎中

[唐]王建

中庭地白树栖鸦,冷露无声湿桂花。
今夜月明人尽望,不知秋思落谁家。

[注释]十五日:农历八月十五日(中秋)。

[赏析]庭院中的地面被月光照得像铺了一层霜,树上栖息着鹊鸦,清冷的秋露悄然无声地打湿了庭树上的桂花。今夜圆月当空,人们都在仰望明月,享受全家团圆的天伦之乐,但不知这中秋夜的愁思会落到哪些人家?诗句描写作者在中秋团圆之夜时内心的愁思,反映了家人和游子的互相思念的情景。

诗经·卫风·伯兮

自伯之东,首如飞蓬。
岂无膏沐?为谁适容!
其雨其雨,杲杲出日。
愿言思伯,甘心首疾。

[注释]伯：古时兄弟按"伯仲叔季"排行，伯是老大；当时也是女子对丈夫的一种称谓。杲：明亮的样子。

[赏析]自从夫君到东边征戍，我的头发就乱糟糟的像蓬草一样。不是没有香膏可用来洗涤梳理，只是夫君不在家，我修饰容貌给谁看呀？天要下雨就下雨，却出太阳亮光光。我一心想念夫君，想得我头很痛也心甘情愿。全诗四段，这里是第二、三段。诗句描写女主人公因为思念去为王事服役的丈夫，连梳妆打扮的心思都没有了，甚至也不管自己头痛难受。

过垂虹

[宋]姜夔

自作新词韵最娇，小红低唱我吹箫。
曲终过尽松陵路，回首烟波十四桥。

[注释]垂虹：桥名。吴江县（今江苏苏州市吴江区）一座著名的桥。小红：范成大送给作者的歌女。松陵：吴江县的别称。十四桥：泛指作者沿途经过的众多石桥。

[赏析]我自创的新词调，音韵极为和谐美妙，小红轻轻地吟唱，我为她吹洞箫伴奏。一曲唱完，小船已驶出了吴江地域。回头望去，轻烟碧波，还有那经过的一座座石桥。诗句描写作者携小红由范成大家（在吴江）乘船返回自己家（在湖州），一路轻快愉悦的情景。

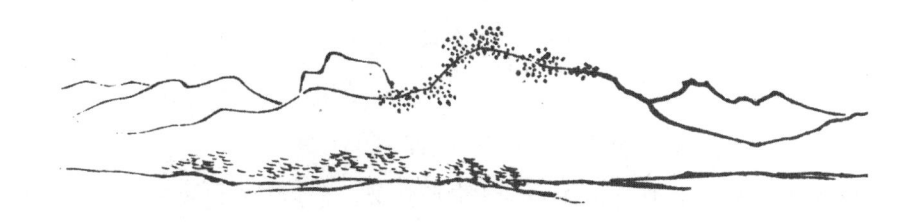

鹧鸪天·醉拍春衫惜旧香

[宋]晏几道

醉拍春衫惜旧香。天将离恨恼疏狂。
年年陌上生秋草,日日楼中到夕阳。
云渺渺,水茫茫。征人归路许多长。
相思本是无凭语,莫向花笺费泪行。

[赏析]借着醉意手拍春衫,回想她留在春衫上的香泽。上天通过离愁别恨来惩罚我的性情疏狂。通向远地的道路上年年生出秋草,天天在楼里等着直到夕阳西下。漫天的云渺无边际,满地的水一片茫茫。征人归来的路多么漫长。相思的心无处安放,相思的话无处倾诉,又何必写在有纹彩的信笺上,费了泪千行。词句既表现了作者怅惘、自责与无奈的心境,又描写了思妇企盼远行人及早归来的忧思之情。

妒 花

[明]唐寅

昨夜海棠初著雨,数点轻盈娇欲语。
佳人晓起出兰房,折来对镜比红妆。
问郎花好奴颜好,郎道不如花窈窕。
佳人闻语发娇嗔,不信死花胜活人。
将花揉碎掷郎前,请郎今夜伴花眠。

[注释]著:即"着"。窈窕:(妆饰、仪容)美好。

[赏析]昨天晚上海棠被雨淋过,花开几朵,轻盈好像欲语含娇。美人早

晨走出兰房,折来一朵海棠,对着镜子与自己容貌比较。她问郎君:"是花好看还是我漂亮?"郎君说:"总不如花美妙啊。"美人一听生气了,娇声嗔怪:"我就不信这死花能胜过活人的艳丽。"她立马把花揉碎扔到郎君身上,道:"既然花比人好看,那么今儿晚上就让花伴着你去睡吧!"诗句描写小夫妻之间玩笑斗嘴、打情骂俏的情景。

玉台体十二首·其十一
[唐]权德舆

昨夜裙带解,今朝蟢子飞。
铅华不可弃,莫是藁砧归。

[注释]蟢子:亦作"喜子""喜蛛",蜘蛛的一种。古时认为"蟢子飞"是一种喜兆。铅华:指铅粉一类的化妆品。藁砧:本是切草使用的砧石,六朝时人们把它作为丈夫的隐语。

[赏析]昨夜我的裙带忽然松弛解开,今天早上又见到蟢子在飞。难道真的兆示丈夫要回来了?铅粉万不可扔掉,正是得用它妆扮自己的时候呀!诗句以"裙带解""蟢子飞"的细节,含蓄地表示女主人公期盼丈夫归来的急切又喜悦的心情。

无题·昨夜星辰昨夜风
[唐]李商隐

昨夜星辰昨夜风,画楼西畔桂堂东。
身无彩凤双飞翼,心有灵犀一点通。

[**注释**]灵犀:指犀牛角。传说犀牛角有一白线,直通大脑,感应灵敏。

[**赏析**]昨天夜晚,星光闪烁,凉风习习,在精美画楼的西畔,桂木厅堂的东边。我身上虽没有五彩凤凰那样的双翅可以飞到你的身边,但我与你彼此的心意却像犀牛角一样灵异相通。全诗八句,这是前四句。诗句描写在一定的时间和一定的地点,在幽静、温馨的气氛下,作者深感自己与妻子虽分隔两地不能长相厮守,但心心相印,总能心领神会,感情非常融洽。

四　相思苦念

中国古代，经济以农业生产为主要支柱，绝大部分人口拘守于广大分散的农村，安土重迁。但随着经济的逐渐发展，生产力水平的缓慢提升，城镇发展起来，也有一部分人脱离农村，去城镇等地谋生，例如从事各种匠作手工业，读书科考，任官作吏，经商贩运，服役（劳役、兵役），也有人成为优伶乐伎、杂工家丁、侍女婢妾、无业游民等。脱离农村的人绝大多数是男子，许多是有妻子儿女的，丈夫离家出外、妻子留守，这就造成了夫妻"两地分居"的客观事实。而且，古代通信极为困难（到清代末才出现公共邮政），男子离家后基本上就"音信杳然"了，所谓"鱼雁传书"只是一种美妙的愿望和想象。在这样的客观状况下，分开的夫妻、情人之间必然产生相思的心理活动。这种"日思夜想"的情感心理，或由本人抒发，或由诗词作者代言，而产生了无数"相思苦念"的诗词。

男子在外谋生，无论有成未成、顺利困难，免不了会思念在家乡的妻子（或情人），特别是在节气时令、季候变化、夜深人静等状况下，思念更甚。请看："年年社日停针线。怎忍见、双飞燕。今日江城春已半。一身犹在，乱山深处，寂寞溪桥畔。春衫著破谁针线。点点行行泪痕满。落日解鞍芳草岸。花无人戴，酒无人劝，醉也无人管。"（宋黄公绍《青玉案·年年社戏停针线》）

大多数情况下，妻子在家留守，操持家计，困难多多，特别是生理上心理上的孤独、无助更为突出，从而产生的"相思"更加浓重。例如："君子于役，不知其期。曷其至哉？鸡栖于埘，日之夕矣，羊牛下来。君子于役，如之何勿思！"（《诗经·王风·君子于役》）丈夫在外服役，"不知其期"，怎能不思念他呢？又如："君行逾十年，孤妾常独栖。君若清路尘，妾若浊水泥。浮沉各异势，会合何时谐？愿为西南风，长逝入君怀。君怀良不开，贱妾当何依？"（三国曹植《七哀》）这个夫君离家已"逾十年"了，这样漫长的分别叫在家的妻子情何以堪？再如："空落得忘餐废寝,怎能够并枕同衾。院落沉沉,无限相思,付与瑶琴。"(元丘士元《[双调]折桂令·相思》)在家的妻子产生"无限相思",却只能"付与瑶琴",这不仅使古代的作者为之同情,即使今人读了也会有共情之叹。由于人们特别是女子相思的普遍性、长久性、难解性,所以有作者这样总结性地写道:"相思长相思,相思无限极。相思苦相思,相思损容色。容色真可惜,相思不可彻。日日长相思,相思肠断绝。肠断绝,泪还续,闲人莫作相思曲!"(唐陈羽《长相思》)

　　古代描写相思(特别是女子的相思)的诗词真是太多太多了,这一部分里辑录的只是其中的极少极少部分。

苏幕遮·怀旧

[宋]范仲淹

黯乡魂,追旅思,夜夜除非,好梦留人睡。
明月楼高休独倚,酒入愁肠,化作相思泪。

[赏析]思念家乡不禁黯然神伤,羁旅愁思实在难以排遣,除非夜夜都做好梦才能有点安慰。当明月照亮高楼时,不要独自倚栏望远;此时喝酒本想洗涤愁肠,却点点滴滴都化作了相思的眼泪。这是全词的下片。词句描写作者作为军旅将领,在镇守边关的职任上,在荒远高旷的夜色中,所产生的怀念家乡和思念妻室等的愁苦心情。

塞下曲六首·其四

[唐]李白

白马黄金塞,云砂绕梦思。
那堪愁苦节,远忆边城儿。
萤飞秋窗满,月度霜闺迟。
摧残梧桐叶,萧飒沙棠枝。
无时独不见,流泪空自知。

[**注释**]霜闺：指秋天里的女子闺房。

[**赏析**]白色的骏马、多沙石的边塞，总让我心中萦绕梦想。愁苦的时节实在难堪，就是因为忆念远在边城的你。秋夜里，萤火虫在纱窗前飞来飞去，月光长时间照着我的闺房。冷霜摧落了梧桐的残叶，西风吹过沙棠树枝飒飒作响。常常独自吟唱《独不见》，思念的泪水空流只有自己知道。诗句描写在秋夜的闺房里只能见到萤火虫和月光，听到风吹树枝的响声，反映了闺中女子内心的寂寞和对从军服役的夫君的思念。

晚秋二首·其二

[唐]无名氏

白日欢情少，黄昏愁转多。
不知君意里，还解忆人摩？

[**赏析**]白天没有些许高兴的心情，到了黄昏更有许多愁绪缠绕在心头。我不知道在你的心里，还有没有对我的回忆。诗句描写被拘禁、流徙在青海边城的士卒思念在中原的妻子（或情人），不知何日方休的愁情苦绪。

闺情二首·其二

[唐]无名氏

百度看星月，千回望五更。
自知无夜分，乞愿早天明。

[**赏析**]夜晚你上百次观看星星月亮，上千回盼望敲响梆子报时已到五

更。你知道睡不着的夜晚和白天无以区分,就乞愿天早点亮。作者是戍边被俘的士卒,诗句描写其在被羁押的边地想象远在家乡的妻子(或情人)对自己的日夜思念。

[双调]沉醉东风·伴夜月银筝凤闲

[元]关汉卿

伴夜月银筝凤闲,暖东风绣被常悭。
信沉了鱼,书绝了雁,盼雕鞍万水千山。
本对利相思若不还,则告与那能索债愁眉泪眼。

[注释]银筝凤:饰有凤头的银筝。悭:欠缺,冷落。鱼、雁:指代书信。雕鞍:华贵的马鞍。这里指代远行人。

[赏析]月夜里没人弹唱,凤头银筝闲置一旁,东风送暖的良辰绣被总是被冷落。鱼沉雁落,书信传送断绝,空盼望远行人从万水千山处回来。这本金和利息对等的相思债如果他不来偿还,我即使愁眉紧蹙泪眼汪汪,也要去状告他,向他索还。曲词描写女子独守空闺,内心极度思念情人,及其要向情人连本带利索还相思债的迫切心情。

诗经·陈风·泽陂

彼泽之陂,有蒲有荷。
有美一人,伤如之何!
寤寐无为,涕泗滂沱。

[**注释**]陂：水边、河岸或山坡。蒲：香蒲。寤：睡醒。寐：睡着。滂沱：形容雨下得很大。

[**赏析**]在那个池塘的堤岸边坡，长着许多香蒲和荷花。有一个俊朗男子，令我身心俱伤。我白天夜里清醒睡着都想着他，什么事也干不成了，每每涕泪像下大雨一样流淌。全诗三段，这是第一段。诗句描写的是一个姑娘对男子的单相思。

秋闺思二首·其一
[唐]张仲素

碧窗斜月蔼深晖，愁听寒螀泪湿衣。
梦里分明见关塞，不知何路向金微。

[**注释**]斜月：一作"斜日"。寒螀：古书上说的一种蝉。金微：古山名，今阿尔泰山脉（横跨新疆维吾尔自治区西北部），当时征戍之地。

[**赏析**]夜晚斜月的光亮照满了碧纱窗，愁思的我听着蝉儿悲鸣，眼泪沾湿衣裳。在梦中，分明看到丈夫戍边所在的关隘要塞，可是始终不知从哪条路走，才能通到金微山上。诗句描写思妇梦境，表现女主人公对丈夫思念之深沉。

忆 别
[清]花珍

碧罗衫子不知寒，廿四桥边月影阑。
事事不堪郎去后，夜深牛女带愁看。

[**注释**]廿四桥：桥名，即二十四桥，在扬州。阑：将尽。

[**赏析**]夜里还穿着翠绿色的单衫却不感觉寒凉，眼看着二十四桥边的月影将要落尽。自郎君你离去后，我事事都不能称心，每天深夜带着幽愁观看牛郎织女星，内心很是羡慕。作者是歌女。诗句描写作者与情郎分别后自己很孤独，夜凉衣单，观看明月，内心羡慕牛郎织女的爱情，情思难已。

玉楼春·别后不知君远近
[宋]欧阳修

别后不知君远近，触目凄凉多少闷。
渐行渐远渐无书，水阔鱼沉何处问。
夜深风竹敲秋韵，万叶千声皆是恨。
故欹单枕梦中寻，梦又不成灯又烬。

[**注释**]鱼：古代传说鱼、雁能传送书信。欹：倾斜，歪。

[**赏析**]自分别后不知你的行程远近，我满目凄凉，心中有说不尽的苦闷。你越走越远，渐渐没有了书信，水面辽阔鱼儿沉底，我能到哪里去问讯？深夜里大风吹着竹林，好像是在敲击秋天的律韵，千万片竹叶的声响全是别愁离恨。我斜倚着单个枕头，希望在梦中见到你，可惜梦没做成，灯芯已燃成了灰烬。词句描写丈夫走后逐渐没有了音信，思妇秋夜不寐，在风吹竹叶声中思念丈夫的痛苦心情。

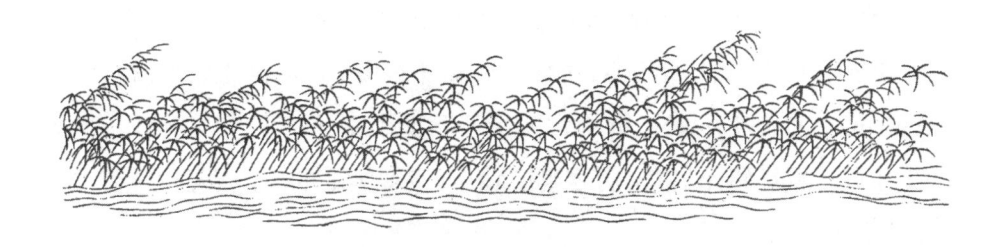

踏莎行·自沔东来丁未元日至金陵江上感梦而作

[宋]姜夔

别后书辞,别时针线,离魂暗逐郎行远。

淮南皓月冷千山,冥冥归去无人管。

[注释]冥冥:昏暗状。

[赏析]与我分别后她写来的书信,临别时她为我做的针线活,都令我思念不已。她来到我的梦中,就像传奇故事里的倩娘,灵魂离开她的躯体,暗地里跟随情郎远行。西望淮南,皎洁的月光笼罩着清冷的群山,想必她的灵魂孤独无依,在昏暗中悄然离去,也没有人照管。这是全词的下片。词句描写作者梦见多年未见的恋人,表现作者难忘旧情,又怜惜恋人的无助和凄怆的处境。

瑶瑟怨

[唐]温庭筠

冰簟银床梦不成,碧天如水夜云轻。

雁声远过潇湘去,十二楼中月自明。

[注释]簟:竹席。潇、湘:潇水、湘水,在今湖南省境内。常指代湖南地域,这里指代古代的楚地。十二楼:原指仙人的住所,这里借指女主人公的居室。

[赏析]秋夜里,床席冰凉,难以入睡做不成梦,天空碧蓝如水,夜云飘飘很轻。长空的雁叫声似在诉说它要远飞到潇湘那边去了,十二楼中夜已深,唯有明月洒着寒光。诗句描写凄清独居、寂寞难眠的女主人公对远方情人的相思和怨念。

忆帝京·薄衾小枕凉天气

[宋]柳永

薄衾小枕凉天气,乍觉别离滋味。
辗转数寒更,起了还重睡。
毕竟不成眠,一夜长如岁。

[赏析]被子薄天气凉,小睡一会就冻醒,突然有刚刚离别的难以名状的滋味涌上心头。辗转反侧,细数着寒夜里敲更声次。起来一会,又重新睡下,来回反侧终究睡不着,一夜如同一年那样漫长。这是全词的上片。词句描写游子离家外出时思念女子而不能入睡的情态。

雁 字

[清]方玉坤

不倩尔报平安,不倩你诉饥寒,
寥寥数笔莫辞难:只写个"一人"两字碧云端。

[注释]倩:请(别人代替自己做事)。尔:你,这里指"南飞雁"。

[赏析]南飞雁呀,我不是请你替我向他报平安,也不是请你代我诉说生活困难受饥寒。我的请托很简单,请你千万别推辞,你只要在飞过蓝天云端时排列成"一人"两字就行了。诗句描写女子想象让飞雁摆阵"写字",以代她传递情爱信息的奇特方式,表现女子她这"一人"对外出之后久无音讯的情郎的殷切思念之情。

八声甘州·对潇潇暮雨洒江天

[宋]柳永

不忍登高临远,望故乡渺邈,归思难收。

叹年来踪迹,何事苦淹留?

想佳人、妆楼颙望,误几回、天际识归舟。

争知我、倚阑干处,正恁凝愁!

[注释]渺邈:遥远。颙望:抬头远望。争:怎。

[赏析]不忍心登临高处,眺望渺茫遥远的家乡,渴求回家的心思难以收拢克制。感叹自己一年来行踪不定,为什么还苦苦地滞留在异乡?想起家里的佳人,正在华美的楼上抬头凝望,多少次错把远处驶来的船当作心上人回家的船。她哪里知道,我也正在倚着栏杆远眺,愁思也是同样的凝重。这是全词的下片。词句描写游子思念家乡和佳人,并想象佳人也在楼上凝望自己的无尽相思和深重情愁。

南歌子词三首·其二

[唐]裴諴

不信长相忆,抬头问取天。

风吹荷叶动,无夜不摇莲。

[注释]摇莲:双关语,谐音"遥""怜"。

[赏析]你如果不相信我对你的长相思念,你可以抬头询问在上的苍天。晚风吹拂池塘里的莲叶,不断摇动,我没有一天夜里不是因为爱怜你而在遥遥思念。诗句描写主人公向恋人表白自己的无尽思念,信誓旦旦,情真意切。

[中吕]红绣鞋·失题

[元]无名氏

裁剪下才郎名讳,端详了辗转伤悲。
把两个字灯焰上燎成灰,或擦在双鬓角,
或画作远山眉,则要我眼根前常见你。

[注释] 名讳:指名字。远山眉:指一种画眉毛的样式。

[赏析] 把我的情郎的名字从纸上剪下来,反复仔细地看着名字却见不到人,我越加伤悲。就把这名字在灯焰上烧成灰吧,把这纸灰擦在我的鬓角,画在我的眉毛上,这样就觉得情郎总在眼前,能常常见到了。曲词描写女子别出心裁地要把情郎名字烧成纸灰,涂抹在鬓角和眉毛上,以求总能见到情郎的样貌,表现女子对情郎的深爱和相思的真切。

诗经·周南·卷耳

采采卷耳,不盈顷筐。
嗟我怀人,寘彼周行。

[注释] 卷耳:即苍耳,嫩苗可食的野菜。顷筐:后高前低的斜口筐子。嗟:叹息。寘:同"置"。周行:环绕的道路,特指大道。

[赏析] 采呀采呀采卷耳呀,半天也没有采满一筐。唉,我就是心里老想着远戍在外的夫君,干脆就把筐儿搁大路边吧。全诗四段,这是第一段。诗句描写妻子怀念在外服役的丈夫,以致提不起劲儿干活的情景。

剑器近·夜来雨
[宋]袁去华

彩笺无数。
去却寒暄,到了浑无定据。
断肠落日千山暮。

[注释]彩笺:彩色信笺,喻指含情书信。

[赏析]你寄来了含情书信好多封,都是些嘘寒问暖的浮面话。你行役到了哪里,何时能够回来,却没有个准信儿。眼前又是夕阳西下、暮色沉沉,群山笼罩在苍茫凄黯中,我更感愁肠欲断、相思难言。这是全词下片的后半。在此前的词句里有"偷弹清泪""憔悴如许"等语。词句描写女主人公对丈夫出征服役的行止信息不确定、自己的相思无以着落而倍感幽怨的心绪。

诉衷情近·雨晴气爽
[宋]柳永

残阳里,脉脉朱阑静倚。
黯然情绪,未饮先如醉。
愁无际。暮云过了,秋光老尽,故人千里。
竟日空凝睇。

[注释]阑:同"栏"。凝睇:凝视,注目。

[赏析]夕阳里,我静静地倚着红色栏杆,含情沉思,不禁黯然神伤,未饮酒心却如同醉了。离愁别绪无边无际。黄昏时的晚云已经飘过,秋日的最好风光已经褪去,心上人与我相隔千里。我整天目光凝滞,空望无语。这是全

词的下片。词句描写作者对相隔千里的心上人的无尽相思和空落怨望。

灞桥寄内二首·其一
[清]王士禛

长乐坡前雨似尘,少陵原上泪沾巾。
灞桥两岸千条柳,送尽东西渡水人。

[**注释**]灞桥:在长安(今陕西西安市)灞水上,古时常为送别之地。内:内人,妻子。长乐坡:指隋唐长乐宫前浐河的岸坡。少陵原:指长安东南向的一块高地。

[**赏析**]长乐坡一带的雨似烟尘弥漫,站在少陵原高地上,泪水沾湿了我的衣巾。灞桥两岸的千百条柳枝,被不断折取,送给了渡灞水远行的人。作者游宦在外、客居长安时,在长乐坡、少陵原处,看着匆匆远行的人们,触景生情。诗句描写作者怀念在家乡(山东)的妻子的心情。

相思歌
[五代]梁意娘

长相思兮长相忆,短相思兮无尽期。
早知如此绊人心,悔不当初莫相识。

[**赏析**]长远的相思、永远的回忆是多么的痛苦,短暂相遇引起的相思也没有止境、难有穷极。要是早知道心中的相思会如此缠住意绪、牵绊人心,

还不如当初未曾见面、未曾相爱。这首诗是作者病重时写给情人李生的。诗句描写自己对李生的相思难以抑止,不能穷尽。这种相思或许也具有某种普遍性。人在少年青春、情意萌动时期,一旦与某个异性相识相恋,这种相思又怎能抑止得住呢?

长相思二首·其一
[唐] 李白

长相思,在长安。
络纬秋啼金井阑,微霜凄凄簟色寒。
孤灯不明思欲绝,卷帷望月空长叹。
美人如花隔云端!
上有青冥之长天,下有渌水之波澜。
天长地远魂飞苦,梦魂不到关山难。
长相思,摧心肝!

[注释] 络纬:昆虫名。又名莎鸡,俗称纺织娘。簟:竹席。渌水:清水。

[赏析] 长久不断的想念啊,我相思的人在长安。秋夜里,纺织娘在井栏边鸣叫,地上有了微霜,竹席已很凉寒。昏暗的孤灯伴着我,因思念她而痛苦欲绝。卷起窗帘望明月,只能徒然长叹息。如花似玉的美人啊,与我远隔在云端!上有迷茫昏暗的无际天空,下有浩渺清水卷起的波澜。天长地远灵魂飞越都很苦艰,重重关山险阻,梦魂相见也很困难。日日夜夜地思念呵,摧裂痛断我的心肝!诗句描写主人公对美人极为思念的心情。古代常用美人比喻所追求的理想。诗句含蓄地抒发了作者的理想不能实现的郁闷心情。

鹧鸪天·代人赋

[宋]辛弃疾

肠已断,泪难收。相思重上小红楼。
情知已被山遮断,频倚阑干不自由。

[注释]不自由:指不由自主,情不自禁。

[赏析]柔肠已断了,情泪仍难收。不尽相思促使我重新登上小红楼。明知他的情早已被青山隔断,我还是不能自禁,再三倚着栏杆眺望远方。这是全词的下片。词题"代人"(此人或是女子,或只是虚以自托),描写对已经中断的情爱的无限留恋。

春 雨

[唐]李商隐

怅卧新春白袷衣,白门寥落意多违。
红楼隔雨相望冷,珠箔飘灯独自归。
远路应悲春晼晚,残宵犹得梦依稀。
玉珰缄札何由达,万里云罗一雁飞。

[注释]袷:同"夹"。白袷衣:白夹衣(唐人以白衫为闲常便服)。白门:本是金陵的别称,亦指男女幽会之地。珠箔:珠帘,这里比喻春雨细密。晼晚:太阳将下山的光景。玉珰:玉质的耳坠。古代男女常用玉质饰品作为定情信物。缄札:指书信。云罗:云密布如罗网,喻路途艰难。

[赏析]初春时节,身披白夹衫躺在床上,眼前旧地的寥落景象使我心情沮丧怅惘。望着雨中你住过的华美楼屋,我倍感凄冷,烛光在濛濛细雨中

飘忽闪烁？我默然归返。你虽已远去,但面对日暮景象,我也会有所伤感,宵残夜短,我见到你的美丽容颜只能在模糊迷离的梦里。玉珰、书信已备好,怎样才够传递给你？只有寄望于万里长空中的大雁把我的书信和情意带去。诗句描写作者重归与情人惜别后的旧地,面对雨幕,不能见到所爱女子时的寥寂、惆怅、痛苦和思念的心情。

御街行·秋日怀旧
[宋]范仲淹

愁肠已断无由醉,酒未到,先成泪。
残灯明灭枕头欹,谙尽孤眠滋味。
都来此事,眉间心上,无计相回避。

[**注释**] 欹:倾斜,歪。谙:熟悉。此事:指相思之事。

[**赏析**] 愁思已使肠断,即使喝很多酒也无以沉醉。酒还没有喝,已流下了很多辛酸泪。残灯闪烁、忽明忽暗,斜靠着枕头,我已尝够了孤眠不能入睡的滋味。这相思之苦积聚在眉间,闷结在心头,实在没有办法回避、排遣。这是全词的下片。词句描写征戍之人在秋夜的明月下,备受相思的煎熬,焦虑不眠,愁绪难遣的心情。

杂曲歌辞·夜夜曲[①]

[唐]田娥

愁人夜独伤,灭烛卧兰房。
只恐多情月,旋来照妾床。

[注释]兰房:指女子居室。

[赏析]我是多愁的人,夜夜独自神伤,只好吹灭蜡烛,摸黑躺在空床。我就怕那多情的明月,很快就来把它的清辉洒到我床上。诗句描写少妇在黑夜里独处,不愿看到明亮的月光,以免勾起内心更多的情思惆怅。

风流子·木叶亭皋下

[宋]张耒

楚天晚,白蘋烟尽处,红蓼水边头。
芳草有情,夕阳无语,雁横南浦,人倚西楼。

[注释]南浦:南面的水边。常泛指送别之地。

[赏析]楚地天色已晚,极目远望直到如烟般的白蘋和满是红蓼的水边尽头。芳草脉脉含情,夕阳默默无语,大雁排成一字阵,飞过南浦,人斜靠着西楼栏杆,满腹愁思。这首词整体是作者抒发自己羁旅他乡时的愁思和对妻子的思念。这是全词上片的后半,描写作者当时所见的一些景象。

---

① 一说出处是南北朝萧纲《夜夜曲二首》其二。

[越调]凭栏人·闺怨

[元]王元鼎

垂柳依依惹暮烟,素魄娟娟当绣轩。
妾身独自眠,月圆人未圆。
啼得花残声更悲,叫得春归郎未知。
杜鹃奴倩伊,问郎何日归?

[**注释**]素魄:月亮。倩:请。

[**赏析**]低垂的柳枝在傍晚的烟霭中轻柔摇曳,美好明亮的月光照着绣花的窗帘。我孤身守着空床入睡,月圆的时候我未能与郎君团圆。杜鹃鸟的"不如归去"的啼鸣多么悲切,叫得花儿凋残、春天回归,郎君你没有听到吗?我要请杜鹃鸟去问郎君,你到底何日回归?曲词描写女子急切地盼望外出的丈夫尽快回来的闺怨心情。

浪淘沙·春梦似杨花

[明]杨慎

春梦似杨花,绕边天涯。
黄莺啼过绿窗纱。
惊散香云飞不去,篆缕烟斜。
油壁小香车,水渺云赊。
青楼珠箔那人家。
旧日罗巾今日泪,湿尽铅华。

[**注释**]香云:指女子的头发、云鬟。篆:喻盘香。篆缕:盘香的烟雾。油

壁小香车：用桐油涂饰过的华车。青楼：这里指用青漆涂饰过的华美楼房。铅华：女子化妆用的铅粉。

[赏析]春情相思梦似飞舞的杨花，飘飞绕转直至海角天涯。黄莺鸣啼着掠过绿窗纱。女子惊乱了头发却不能出去，只能看着屋里盘香缭绕的烟霞。想起你乘坐油壁小香车的时光，那时的欢乐情景已像水一样渺茫、云一般迢遥。青漆涂饰的楼屋、卧房门上的珠帘，那户人家只留在难忘的记忆里。或许你还在用我送给你的罗巾擦拭着今天的眼泪，沾湿了脸上的妆粉。作者描写与妻子往日的深情蜜爱，遥想现今妻子因思念而痛苦的心情。

花心动·春词

[宋]阮逸女

此恨无人共说。

还立尽黄昏，寸心空切。

强整绣衾，独掩朱扉，篝枕为谁铺设。

夜长更漏传声远，纱窗映、银釭明灭。

梦回处，梅梢半笼淡月。

[注释]银釭：银质的灯台。

[赏析]内心的相思无法向人诉说。从白天到黄昏，思念的心绪切切又空落。强打精神整好绣花被，自己关上房门，摆好枕席，忽然悟过来，我这是在为谁铺床陈设？长夜漫漫，打更滴漏的声音清晰传来，灯影映在纱窗上明灭不定。愁闷无聊中渐入朦胧梦境。梦中醒来，只见窗外淡淡的月光仍笼罩着孤冷的梅树梢头。这是全词的下片。词句抒发女子相思不尽却只能清冷独处、寂寞难挨的春情。

十诫诗
[清]仓央嘉措

但曾相见便相知,相见何如不见时。
安得与君相决绝,免教生死作相思。

[赏析]与你相见后就相知相爱了,早知一见面就会钟情,倒不如未曾相见相识。怎样才能与你决绝地了断情缘啊?免得要死要活地总是相思没有个完。诗句描写有情人陷入情网后相思不断,无法摆脱,无限纠结的情状。

醉花阴·薄雾浓云愁永昼
[宋]李清照

东篱把酒黄昏后,有暗香盈袖。
莫道不销魂,帘卷西风,人比黄花瘦。

[注释]销魂:这里形容极度忧愁、悲伤。西风:秋风。黄花:菊花。

[赏析]黄昏后,我在东篱下把盏独酌,菊花的幽香透进了我的衣袖。不要说什么没有黯然的忧愁,秋风卷起珠帘凉飕飕,多情的闺中人比菊花还要消瘦。这是全词的下片。词句抒写作者在深秋重阳佳节时怀念丈夫的凄清寂愁的心情。

代赠二首·其二

[唐]李商隐

东南日出照高楼,楼上离人唱石洲。
总把春山扫眉黛,不知供得几多愁?

[注释]石洲:曲名,在《乐府诗集》中,为思妇怀远之作。

[赏析]太阳出来从东南方照耀着高楼,楼上心怀离愁的女子唱起了《石洲》。纵使总把眉毛画饰成春山样式,又能消去她内心的多少忧愁?诗题"代赠"可能只是作者的一种假托。诗句描写闺中思妇梳妆画眉,吟唱抒怀,以寄托内心思念远人的无限离愁。

春　梦

[唐]岑参

洞房昨夜春风起,遥忆美人湘江水。
枕上片时春梦中,行尽江南数千里。

[注释]洞房:指幽深的内室。

[赏析]昨夜在幽深的内室里感到春风吹起,遥想着远隔着渺渺湘江水的爱妻。我在枕上片刻入梦,恍惚迷离,却已走完了去往江南的数千里路程。此诗另一版本第二句为"故人尚隔湘江水",以女子为诗作的主体。这里是以作者为诗作的主体,描写作者在边塞征戍时对家乡妻子的思念和深情。

浣溪沙·独立寒阶望月华

[唐]张泌

独立寒阶望月华,露浓香泛小庭花,绣屏愁背一灯斜。
云雨自从分散后,人间无路到仙家,但凭梦魂访天涯。

[赏析]独自伫立在寒冷的台阶,遥望明月光华,庭院里露水很重,花儿散发着清香,愁人背后是刺绣的屏风,亮着一盏孤灯。与你分别犹如云雨各散,人间已没有路到天仙般情人的家,但愿能凭着做梦与你再会在天涯。词句描写当初与情人一别,在人间再难相见,只有在梦中寻访以慰相思。表现作者对心上人的深切怀念与刻骨相思。

定风波·暖日闲窗映碧纱

[五代]欧阳炯

独凭绣床方寸乱。肠断,泪珠穿破脸边花。
邻舍女郎相借问,音信,教人羞道未还家。

[注释]方寸:指人的内心。

[赏析]独守着空房绣床,心绪烦乱,愁肠寸断,泪珠把如花般美艳的脸颊滴满。街坊邻里的女郎问:"他有音信吗?"只能羞涩地说他还没有回到家。这是全词的下片。词句描写独守空房的女子心烦意乱、以泪洗面的哀伤之情,又在邻人面前感到难堪,羞于明说,只能敷衍搪塞的情景。

四 相思苦念

江楼望乡寄内
［五代］刘兼

独上江楼望故乡，泪襟霜笛共凄凉。
云生陇首秋虽早，月在天心夜已长。
魂梦只能随蛱蝶，烟波无计学鸳鸯。
蜀笺都有三千幅，总写离情寄孟光。

[注释]陇首：地名，在今陕西陇县，其西北可入甘肃省境。蛱蝶：蝴蝶，这里喻夫妻成双。孟光：东汉梁鸿之妻。史上有孟光对梁鸿"举案齐眉"的故事，后世以孟光为贤妻之代称。

[赏析]独自登上江边高楼，遥望故乡，泪沾衣襟，冷霜中的笛声很是凄凉。陇上白云飘飞，秋天早早来到，明月高悬中天，寒夜深长。只有在梦境中才能如蝴蝶双双齐飞，烟波浩渺，没有地方可以栖宿鸳鸯。我有蜀地所产彩笺多达三千幅，张张抒写离愁相思，寄给在家的妻子。诗句描写在外为官的作者对家中贤妻的无尽思念。

木兰花·独上小楼春欲暮
［唐］韦庄

独上小楼春欲暮，愁望玉关芳草路。
消息断，不逢人，却敛细眉归绣户。
坐看落花空叹息，罗袂湿斑红泪滴。
千山万水不曾行，魂梦欲教何处觅。

[注释]袂：袖子。

[赏析] 春天就要过去,独自走上小楼,远望长满芳草通向边关的路,心里充满愁忧。没有消息,也见不到什么人,只好敛蹙细眉回到绣房。坐困房中,看花儿凋落,只能空自叹息孤寂;眼泪流满抹着脂粉的脸颊,罗衣袖子揩得红湿斑斑。与他远隔千山万水,我却未曾去过,即使在梦里,我也无处去寻觅。词句描写征人的妻子独守闺中、日思夜想的凄清幽怨苦情。

小重山·谢了荼蘼春事休
[宋] 吴淑姬

独自倚妆楼。一川烟草浪,衬云浮。
不如归去下帘钩。心儿小,难着许多愁。

[赏析] 她独自倚在梳妆楼上,看到飘忽的白云下面,是一望无际、草凄烟迷的景象,芳草随风一波一波地翻卷,衬着浮动的白云,哪里有什么归舟!她不忍卒看,只得回到房间,放下帘钩。但小小的心里,怎能放得下那么多思念远人的幽愁。这是全词的下片。词句描写闺中思妇看到春天过去,触景生情,放不下、隔不断思念远方丈夫的无限情愁。

《西厢记》第一本第一折
[元] 王实甫

饿眼望将穿,馋口涎空咽,
空着我透骨髓相思病染,怎当他临去秋波那一转!

[赏析] 盼爱情望眼欲穿,嘴里馋直咽口水。我空害相思,病重已入骨

髓,我怎能料到她即将离去时突然眼神迷离一转,又送过来摄魂的秋波。曲词灵动地表现张生对崔莺莺的极"饿"、极"馋"的相思之情,和崔莺莺眼神迷离、"秋波"转动的爱欲之意。

忆少年·飞花时节

[清]朱彝尊

飞花时节,垂杨巷陌,东风庭院。
重帘尚如昔,但窥帘人远。
叶底歌莺梁上燕,一声声伴人幽怨。
相思了无益,悔当初相见。

[赏析]又是个落花纷飞的时节,就在垂杨掩映的街巷里,东风吹拂着一座庭院。重重帘幕一如往昔,但我所窥望的帘中之人离我很远。绿叶下莺儿唱歌,画梁上燕子飞舞。这美妙景象勾起我情思,更添我幽怨。今日再去相思又有什么益处呢,真后悔当初不该相见,未曾相见就不会有长久的烦恼。这首词是作者为其年轻时真情喜爱乃至终生不忘的一位女子所作。词句表达了作者的"与其不能相合,不如未曾相见"的思慕情爱,他备受煎熬,只好自我安慰解脱。

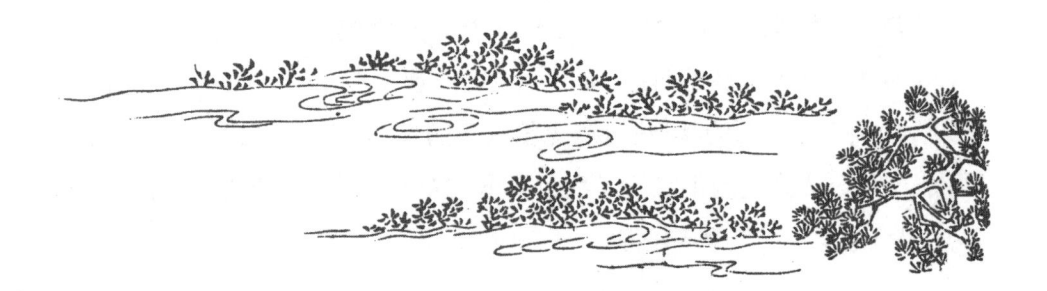

[双调]大德歌·秋
[元]关汉卿

风飘飘,雨潇潇,便做陈抟睡不着。
懊恼伤怀抱,扑簌簌泪点抛。
秋蝉儿噪罢寒蛩儿叫,淅零零细雨打芭蕉。

[**注释**]陈抟:五代末、北宋初的著名道士。据说他常常长睡多日不起。蛩:古书上指蟋蟀。

[**赏析**]秋风飘飘,冷雨潇潇,这种时候就算是陈抟也会睡不着。太多的懊悔烦恼伤透了心,泪水扑簌簌地像断线的珍珠飞抛。秋蝉刚噪叫罢,寒凉中的蟋蟀又叫个没完没了,淅淅沥沥的细雨不断地打着芭蕉。曲词描写女主人公怀念远人而愁思烦恼,心灵受尽煎熬。

从军行七首·其一
[唐]王昌龄

烽火城西百尺楼,黄昏独上海风秋。
更吹羌笛关山月,无那金闺万里愁。

[**注释**]无那:无奈。金闺:指年轻女子居住的闺房。

[**赏析**]在烽火台的西边,高高地耸着一座戍楼,黄昏时分独自坐在戍楼上,任凭来自湖面的秋风吹拂。羌笛吹奏的《关山月》乐曲也被秋风从远处传送过来,无奈这也消除不了我对万里之外闺房里妻子的思念。诗句描写戍边将士思念家室的愁苦心情。

四 相思苦念

柳
[唐]裴说

高拂危楼低拂尘,灞桥攀折一何频。
思量却是无情树,不解迎人只送人。

[注释]危楼:高大楼屋。
[赏析]柳树高大的枝条拂着高楼,低矮地扫着地面尘土。人们频繁地攀折它的枝条,送给出行的人。仔细想想,这柳树可真是无情,它不懂得迎接人来团聚,却只是送人别离。古时有折柳枝送别的习俗。诗句描写柳枝总是被人们用作送别之赠物,却不能被用作迎候亲人、情人的礼物,表达了人们惜别和相思的心绪。

生查子·关山魂梦长
[宋]晏几道

关山魂梦长,鱼雁音尘少。
两鬓可怜青,只为相思老。
归梦碧纱窗,说与人人道:"真个别离难,不似相逢好。"

[注释]人人:人儿,宋词里常用为对亲近的人的昵称。
[赏析]遥远荒凉的关山总让我梦萦魂牵,在边塞征戍的夫君极少有音信传来。可惜我两鬓乌黑的头发,只因为日夜相思而逐渐变白。你终于在我的梦中回到了家里,我在碧纱窗下对亲爱的人儿说:"离别真是世间最难受的事呀,实在不如跟你相逢团聚在一起美好。"词句从女子角度描写对在边塞征戍的丈夫的思念团聚的渴望之情。

望月怀远

[唐]张九龄

海上生明月,天涯共此时。
情人怨遥夜,竟夕起相思。
灭烛怜光满,披衣觉露滋。
不堪盈手赠,还寝梦佳期。

[赏析]从海上生出一轮明亮皎洁的月亮,亲人们天各一方,此刻都在望着这轮明月,内心多么期盼团圆;多情的人们都在怨恨这漫漫长夜,对月相思,爱人们彻夜不得入眠。熄灭烛光,满屋映着可爱的月光,披衣到门外望月,觉得露水湿凉。没法把月光捧起赠到你手上,只好回到卧房就寝,期求梦中相会的美好时光。诗句描写月夜怀人,表现作者对家人极度思念的心意,情深意浓。

摊破浣溪沙·秋恨

[五代]李璟

菡萏香销翠叶残,西风愁起绿波间。
还与韶光共憔悴,不堪看。
细雨梦回鸡塞远,小楼吹彻玉笙寒。
多少泪珠何限恨,倚阑干。

[注释]鸡塞:鸡鹿塞(在今陕西省横山县),这里泛指边塞。何限:一作"无限"。

[赏析]荷花飘零,香气消尽,荷叶凋残,秋风吹起绿波,使人愁绪满怀。

我与这秋季的景象一样,已憔悴得不忍卒看。梦境中细雨蒙蒙,我来到边塞外遥远地方,醒来后只能在寒冷的小楼里吹奏玉笙,声音呜咽,倚着栏杆,眼里含着不尽的泪珠,心中有着无限的幽怨。词句描写思妇怀念远在边塞的丈夫,内心充满无奈的幽怨。

相　思
[唐]王维

红豆生南国,春来发几枝。
愿君多采撷,此物最相思。

[注释]红豆:红豆树,常绿乔木,生长在亚热带地区。种子鲜红色,名红豆,也叫相思子。古代文学作品中常用此来象征相思。撷:摘。

[赏析]红豆树生长在南方,春天时会长出许多新枝。希望您能多采摘几枝,多收藏些红豆,这个红豆最能引起人们的相思之情。

思远人·红叶黄花秋意晚
[宋]晏几道

红叶黄花秋意晚,千里念行客。
飞云过尽,归鸿无信,何处寄书得。
泪弹不尽临窗滴。就砚旋研墨。
渐写到别来,此情深处,红笺为无色。

[赏析]林叶转红,黄菊开遍,又是晚秋时节,禁不住思念在千里外的游

子。天空的云彩不断飘走，归来的大雁没有捎来他的信息，我的书信该寄向何处？临窗念情，相思泪滴不尽，就以泪水研墨写信。渐渐写到别后种种情思太深沉，泪滴使红色信笺都褪去了颜色。词句描写情人走后杳无音信，女子就以泪水研墨写信，泪水太多湿透信笺，表现其情思丰富深沉。

敦煌写本·奉答二首·其二
[唐]无名氏

红妆夜夜不曾干，衣带朝朝渐觉宽。
形容祇今消瘦尽，君来莫作去时看。

[注释]祇：同"只"。

[赏析]我的妆容因为流泪太多，夜里都不能晾干，我的衣带一天一天越来越觉得松宽，我的面容身体如今已消瘦得不像样子，你回来相见，切不要以为现在的我还是你出去时的那种状态。诗句以女主人公回答的口吻，想象作者的妻子自述因为相思太过致身体消瘦不堪，以此表现作者与妻子相思相恋的无限爱情。

望江南·暮秋
[明]沈宜修

胡蝶去，何处问归期。
一架秋千寒月老，数声鹍鸠故园非。
空自怨萋萋。

[**注释**]胡蝶:即蝴蝶。鷉鸠:古书上指杜鹃鸟。萋萋:草长得茂盛的样子。

[**赏析**]蝴蝶飞走了,到哪里去问它什么时候回来?花园里,秋千架在寒冷的月色中荒废,只能听到杜鹃鸟的几声啼叫,我家的庭院已面目全非,只有野草生长茂盛,使我空自唉声叹气。这是全词的下片。词句描写暮秋时节,家里花园满目凄凉的景象,表现作者对仕宦在外的丈夫之悲切的相思怀念。

古诗十九首·行行重行行

[汉]无名氏

胡马依北风,越鸟巢南枝。
相去日已远,衣带日已缓。
浮云蔽白日,游子不顾反。
思君令人老,岁月忽已晚。
弃捐勿复道,努力加餐饭。

[**注释**]弃捐:抛开。

[**赏析**]北方胡地的马到了南方仍依恋着北风,南方越地的鸟在北方筑巢还要选朝南的枝头。你我分开的日子越来越久了,我日渐消瘦,衣带越来越宽松。飘浮的云遮住了阳光,游子到了他乡并不想回返。只因想念你,我身心憔悴,容颜衰老,岁月匆匆,又是一年的年关将到。心里的话太多就抛开不再说了,希望你多保重别受了饥寒。全诗十六句,这是后十句。诗句描写女主人公对远行人的深切相思、怨念和殷殷期望。

花非花
[唐]白居易

花非花,雾非雾。夜半来,天明去。
来如春梦几多时,去似朝云无觅处。

[**赏析**]说是花又不是花,说是雾也不是雾。半夜里到来,天亮时离去。来时仿佛是一场短暂而美好的春梦,离去时又像是清晨的云彩无处寻觅。雾非"雾",却是"婺";"婺女"即女宿星,暗指官妓。这首诗意象朦胧,文字双关,通篇是隐语,句句语义别指,实际上写的是官妓。诗句表达对人生如花短暂、似雾亦朦胧的感慨,也表现一种对于生活中存在过而又消逝了的美好的人和物的思慕与追念之情。

春望词四首·其一
[唐]薛涛

花开不同赏,花落不同悲。
欲问相思处,花开花落时。

[**赏析**]花开时人们赏花的心情不同,花谢时人们因此产生的悲伤也不一样。若要问人们的相思在何时何地最难耐,自然是花开花谢的时候感触最深。诗句作者以女子和诗人的双重视角表达了伤春之感、相思之情。

一剪梅·红藕香残玉簟秋

[宋]李清照

花自飘零水自流。

一种相思,两处闲愁。

此情无计可消除,才下眉头,却上心头。

[赏析]花儿径自飘谢零落,河水自管自地流淌。丈夫与妻子有着同一种相思,却分隔在两处,只能各自闷愁。要想消除这种情思实在做不到,眉头刚舒展一点,心里却更加纠结难熬。这是全词的下片。词句抒发了作者与丈夫无法长相厮守、终日相思不已的愁思和痛楚。词句也一般性地表达了夫妻(或情侣)之间互相思念的挚爱情感。

春日我闻室作呈牧翁

[清]柳如是

画堂消息何人晓,翠帐容颜独自看。

珍重君家兰柱室,东风取次一凭阑。

[注释]画堂:描绘着彩画的厅堂。指作者自己住所。兰柱室:妻子住室。作者指自己住室。取次:随意。

[赏析]我在华美屋子里的情况谁能知道,我在翠彩的床帐里只能看到自己的容颜。请夫君珍重家里的妻室,东风吹拂时请随心地凭栏眺望、多思念我。全诗八句,这是后四句。诗句作者对远行在外的丈夫表示自己独自在家无人关爱,希望丈夫能多想着自己。

念奴娇·凤凰山下

［明］张红桥

还忆浴罢描眉，梦回携手，踏碎花间月。
漫道胸前怀豆蔻，今日总成虚设。

[注释]题解：张红桥为美貌才女。闽中才子林鸿以《投赠张红桥》诗追求她，二人遂成眷属。林鸿宦游金陵，以《念奴娇》词相赠，张红桥以此原调原韵词相和。豆蔻：多年生草本植物，花、果呈扁球形，以其像女子孕腹之形，古时习俗女子佩戴它以求子嗣。

[赏析]我想起洗浴后描画眉毛的情景，咱俩手拉手在花园里漫步，踏碎了月影，此已成为梦境。不要说什么胸前戴着豆蔻花儿就会怀孕，这种事在今日已成了虚幻泡影。这是全词下片的前半。作者忆念夫妻在一起时相洽浪漫的情景，表达自己对丈夫满怀相思之情。

踏莎行·春闺风雨

［清］宋澂舆

回首天涯，归期又误，罗衣不耐东风舞。
垂杨枝上月华明，可怜独上银床去。

[赏析]回头远望天涯路，本该是回来的时候，他又误了归期。我身上穿着罗衣，耐不住春风的吹拂。皎洁的月光照着摇曳不定的杨柳枝，我只能独自上银床，是多么可怜孤寂。这是全词的下片。词句描写思妇因丈夫没有按时归来而加深了内心的孤寂幽怨。

四 相思苦念

寄　人
[唐]李群玉

寄语双莲子,须知用意深。
莫嫌一点苦,便拟弃莲心。

[**注释**]莲:这里是双关语,既是莲,又是"怜"。莲子:亦是"怜爱你"。莲心:亦是"怜爱心"。

[**赏析**]我寄给你莲子,也是寄给你怜爱,你应该知道我爱你的心意是多么深沉。你千万别因为嫌莲子心苦,就要把莲子心扔弃,要知道那是我怜爱你的心。

闺怨篇
[南北朝]江总

寂寂青楼大道边,纷纷白雪绮窗前。
池上鸳鸯不独自,帐中苏合还空然。
屏风有意障明月,灯火无情照独眠。
辽西水冻春应少,蓟北鸿来路几千。
愿君关山及早度,念妾桃李片时妍。

[**注释**]青楼:指豪华精致的楼屋。辽西、蓟北:泛指边塞征戍地。妍:美丽,与"媸"(貌丑)相对。

[**赏析**]大路边豪华又寂静的楼阁里,少妇倚着精美窗子,看白雪纷纷扬扬。池塘里的鸳鸯成双成对,流苏帐里仍空空荡荡。卧室的屏风挡住了月光,烛光却无情地照着我独自在床。辽西冰冻未化,少有春气,蓟北鸿雁飞来

417

有几千里路。但愿你能度过重重关山及早回来,你要知道我犹如桃李花,盛开绽放的时间很短。诗句描写在闺阁独处的少妇相思征戍在外的丈夫,切盼其早日归来的幽怨心情。

[正宫]醉西施·玉芙蓉
[元]珠帘秀

寂寞几时休?盼音书天际头。
加人病黄鸟枝头,助人愁渭城衰柳。
满眼春江都是泪,也流不尽许多愁!
若得归来后,同行共止,便是牡丹花下死,做鬼也风流。

[赏析]我的寂寞什么时候能够到头止休?盼望他的音讯书信,他仍在天际尽头。黄莺的啼鸣加重了我的相思病,渭城杨柳的落叶增添了我的闷愁。即使眼前的春江水都是我的眼泪,也流不尽我心中的无限悲愁。如果你真能够回来,与我结成连理,始终同行共止,那么我就是死了,也是个牡丹花下的鬼,也成全了我所渴望的风流。曲词描写作者心中对情人的相思,以及对爱情的渴望与挣扎。

点绛唇·闺思

[宋]李清照

寂寞深闺,柔肠一寸愁千缕。
惜春春去。几点催花雨。
倚遍阑干,只是无情绪。
人何处。连天衰草,望断归来路。

[注释]人:指作者丈夫(赵明诚)。

[赏析]暮春时节,深闺里是无边的寂寞,一寸寸的柔肠里有着千万缕愁思。越是珍惜春天,春天越容易流逝。淅淅沥沥的雨打落花朵,催着春天归去的脚步。倚遍了每一处栏杆,总是提不起精神,没有任何高兴的情绪。禁不住要问:"我心上的人,你在何处?"眼前只蔓延着连绵不断的衰草,使我望不见心上人归来的路。词句描写作者和丈夫暂时分别后无限相思难耐的愁绪。

相思树

[唐]权德舆

家寄江东远,身对江西春。
空见相思树,不见相思人。

[赏析]我的家居住在江东远地,我的官身却要面对大江西面的春季。只能空然看见那种相思树,却看不见我所相思的那个人。作者原籍为天水略阳(今甘肃秦安东北),祖上徙至润州丹徒(今江苏镇江),自己长期在长安任朝廷高官。诗句描写作者思念亲人的深长情意,也表达了一种人们常有的因任职地与家乡分离所致的怀念和怅惘的心情。

长相思·见时羞

[清]杨琇

见时羞,别时愁。
百转千回不自由,教奴争罢休。
懒梳头,怕凝眸。
明月光中上小楼,思若枫叶愁。

[注释]争:怎。

[赏析]见到你时有点羞涩,跟你别离后却老是闷愁。心里百转千回,总被相思束缚住不能自由,叫我对你的想念怎么能够罢休。懒于梳洗打扮,也怕凝神思量。在明月光中,上了小楼寻觅,相思如同枫叶飘零,精神恍惚满怀愁绪。作者为秀才沈遹声之妾,与沈生有一番曲折苦涩的恋爱经历。词句描写作者对沈生怀有火热难离的相思之情。

望江南·江南月

[宋]王琪

江南月,清夜满西楼。
云落开时吐冰鉴,浪花深处玉沉钩。
圆缺几时休。星汉迥,风露入新秋。
丹桂不知摇落恨,素娥应信别离愁。
天上共悠悠。

[注释]迥:远。素娥:即嫦娥。

[赏析]在天朗气清的秋夜,江南的月光洒满了西楼。浮云散开时,月亮

像冰镜倒映在平静的水面；浪花绽放深处，月亮又像白玉弯钩。月圆月缺何时才能罢休？银河那么遥远，秋季来临风露寒冷。月亮里的桂花不会因秋季而凋零，月亮里的嫦娥则深知别离的痛苦。嫦娥和人间的离人都会为月缺人分离、月圆人未圆而相思悠悠。词句借月亮圆缺永不休止，描写人们心中的离愁情思悠悠无穷已。

望江东·江水西头隔烟树

[宋]黄庭坚

江水西头隔烟树。望不见、江东路。
思量只有梦来去。更不怕、江阑住。
灯前写了书无数。算没个、人传与。
直饶寻得雁分付。又还是、秋将暮。

[**注释**]江东路：既指地方，又以"路"指代"人"。阑：阻隔，阻拦。直饶：纵使。分付：交付。

[**赏析**]已是暮春，在江水的西头，如烟似雾的树林遮住了视线，我望不见在江东的那个人。反复思量只能在梦中来往相见，这就不怕烟树的遮挡，更不怕江水的拦阻。在灯下写过无数封情书，但找不到合适的人传递。即使能让鸿雁来传书，可这得等到深秋雁儿南飞的时候。作者罹祸被谪迫迁至西南。全词描写作者的离愁恨怨和东望思归的心情，也可理解为表现主人公思念情人的幽怨之心。

浪淘沙·借问江潮与海水
[唐]白居易

借问江潮与海水,何似君情与妾心？
相恨不如潮有信,相思始觉海非深。

[**赏析**]潮水奔来汹涌澎湃,大海浩瀚深广,这多像是情郎你的狂热之情,又恰似我爱你的忠贞之心。我怨恨你不像潮水的来到那样定时守信,我日夜期盼才觉知自己对你的相思比大海还要深。词句描写思妇的期盼、失望和相思的感觉,以及对不守信约男子的怨恨心情。

凤凰台上忆吹箫·窥户香低
[清]方履籛

俇许长宵清簟,催梦去、梦更恹恹。
春云散、拼留断魂,化作啼鹃。

[**注释**]俇:同"尽"。簟:竹席。恹恹:形容精神疲乏、萎靡状。

[**赏析**]绵绵思念全付给了漫漫长夜和清凉床席,催自己入眠,睡梦中千般愁绪更难解。春天过去了,总要留下未能实现、令人断魂的思念,更化作啼血杜鹃那样去唤回春天。这是全词下片的后半。词句描写独守空房的女子思旧怀人之情,表现女子的绵绵相思和对爱情的坚守不渝。

敦煌写本·思佳人率然成咏七首·其五
[唐]无名氏

精神恍惚总缘奴,憔悴啼多眼欲枯。
遥思遥想肝肠断,遥忆遥怜气不苏。

[赏析]我精神恍惚神志不清,总是因为思念你,我身体憔悴啼哭不断,眼泪快流干。隔得那么远,相思没个完,肝肠都寸断;隔得那么远,思念又爱怜,气断醒不来。诗句描写作者(男主人公)想念妻子(或情人),因相思太深而精神恍惚,泪流不断,不能自拔的情态。

新添声杨柳枝词二首·其二
[唐]温庭筠

井底探灯深烛伊,共郎长行莫围棋。
玲珑骰子安红豆,入骨相思知不知。

[注释]烛:谐音"嘱"。伊:人称代词。长行:古代一种博彩游戏名,与游子外出的"长行"同音,喻长久别离。围棋:字音同"违期"。骰子:又称色子,一种游戏或赌博用具。唐朝时贵族的闺阁里,常将一小块象牙剖开两半,镂空后镶入一颗红豆,再合上,骰点也是凿空的,一掷这骰子六面皆红。此玩物流入民间后,改由便宜的兽骨做成。

[赏析]到井底下去必须点上灯烛照着,我与郎君只玩长行博彩游戏,不下围棋。内房里点灯相照,我要深深地嘱咐你,郎君外出与我分别多日,要按时回来切勿违期。这玲珑剔透镂空的骰子里装的是红豆呀,我对你的相思已嵌入骨头了你知不知道?诗句一语双关,极具缠绵情意,描写闺中少妇内

心深处真挚炽热的爱情和亟盼游子按时归来的期待又焦虑的心情。

七 哀
[三国]曹植

君行逾十年,孤妾常独栖。

君若清路尘,妾若浊水泥。

浮沉各异势,会合何时谐?

愿为西南风,长逝入君怀。

君怀良不开,贱妾当何依?

[赏析]夫君离家出行已超过十年,孤身的我只能独自栖宿。夫君像是清清路上的尘埃飘忽不定,我如同污浊水中的泥土无法移动。浮尘和沉泥各处于不同的态势,什么时候才能相互会合和谐生活?我愿化作一股西南风,飞越千山万水投入你的怀抱。如果你的胸怀不向我敞开,我还能有什么可以依靠?全诗十六句,这是后十句。诗句描写思妇急切地希望见到游子丈夫投入他的怀抱,但又担心游子丈夫变心使她无所依靠。

诗经·王风·君子于役

君子于役,不知其期。曷其至哉?

鸡栖于埘,日之夕矣,羊牛下来。

君子于役,如之何勿思!

[注释]君子：对丈夫的美称。役：劳役，徭役。曷：怎么，何时。埘：鸡笼。

[赏析]夫君去服役了，不知去多长时间，不知何时回来啊？鸡儿进笼，天色已晚，牛羊也从放牧地回来了。我的夫君还在外面服役，我对他怎能不思念？全诗两段，这是第一段。诗句描写丈夫在外服役、女子在家思念丈夫的情状。

饮马长城窟行
[汉]乐府诗

客从远方来，遗我双鲤鱼。
呼儿烹鲤鱼，中有尺素书。
长跪读素书，书中竟何如：
上言加餐食，下言长相忆。

[注释]双鲤鱼：刻成鱼形内装书信的两块木板，合为一函。尺素：古人在一尺左右长的生绢上写信。后以之称书信。跪：古人席地而坐，姿势如跪。长跪：指挺直腰身跪坐。

[赏析]有位客人从远方归来，带给我鱼形板木函封的信绢。赶紧叫儿打开鱼板，里面是孩子他爹写的信。我挺直腰身跪坐着细读信绢，看看里面有些什么话：前面是让我多吃点饭保重身体，后面说人隔两地常常忆念。全诗二十句。前面的十二句描写妻子对在外服役的丈夫的相思。这里是后八句，诗句描写在外服役的丈夫给在家的妻子寄信表达思念的心情。

婆罗门令·昨宵里

[宋]柳永

空床展转重追想,云雨梦、任欹枕难继。

寸心万绪,咫尺千里。

好景良天,彼此空有相怜意。未有相怜计。

[注释]欹:倾斜,歪。

[赏析]在空荡荡的床上辗转反侧,追想往日与心爱的人儿云雨欢娱情景,不过是一场梦。现在斜靠在枕头上,好梦难以为继。心乱如麻,千头万绪。似是近在咫尺,实已远隔千里。青春年华,良辰美景,彼此心相恋,情相连,命相怜,但没有能聚在一起的好主意。这是全词的后半。词句描写主人公夜晚难以入眠,满心都是对情人的相思和分别的离愁。

[双调]折桂令·相思

[元]丘士元

空落得忘餐废寝,怎能够并枕同衾。

院落沉沉,无限相思,付与瑶琴。

[注释]瑶琴:用玉装饰的琴。

[赏析]你走了剩下我一个人,我守着空房吃不下睡不着,什么时候才能再与你同床共枕。院子里空空荡荡、死气沉沉,我对你的无限相思,只能寄托于弹奏瑶琴。这是全曲的后半。曲词描写女子在孤独寂寥中无限思念情人的心情。

长相思·来匆匆

[宋]王灼

来匆匆,去匆匆。
短梦无凭春又空。难随郎马踪。
山重重,水重重。
飞絮流云西复东。音书何处通。

[赏析]你匆匆地来了,又匆匆地走了。啊,这只是短短的一场梦,无凭无据,醒来是一场空。我到哪里去追随你的行踪。山峦重重,江河渺渺。你就像飞絮流云,一会儿西一会儿东。音讯书信在何时何处才能通?词句描写女子对匆匆来去、不能相见、渺无音讯的情人的思念、等待和烦恼、怨恨。

忆秦娥·秋萧索

[宋]黄机

离愁不管人漂泊。年年孤负黄花约。
黄花约。几重庭院,几重帘幕。

[注释]孤负:同"辜负"。黄花:菊花。

[赏析]我不管漂泊在何处,离愁总是压在心头。当初相约重逢在菊花盛开季节,然而年年我都辜负了约定,错过了时候。遥想在那深深庭院里、重重帘幕内,她不知会忍受着怎样的寂寞和相思的幽愁。这是全词的下片。词句描写游子伤秋怀人的离愁,表现游子对闺中女子相思、幽怨的理解和自己深感歉疚的心情。

明月夜留别
[唐]李冶

离人无语月无声,明月有光人有情。
别后相思人似月,云间水上到层城。

[**注释**]层城:古代神话谓昆仑山有层城九重,后用以比喻高大城阙。

[**赏析**]分离的人儿如同天上明月,明月光辉皎然,你我情丝万千。离别后我的相思犹如月光,追照到你所在的任何地方,无论是云端水上还是九重层城。诗句描写女作者在离别后对丈夫的相思犹如月光的照耀无分时间地点。

古诗十九首·凛凛岁云暮
[汉]无名氏

良人惟古欢,枉驾惠前绥。
愿得常巧笑,携手同车归。

[**注释**]良人:指称丈夫。古欢:即故欢,旧日的欢乐。绥:指挽以登车的绳索。

[**赏析**]夫君还是旧日与我欢爱的夫君,仍然是来娶我时的样子,他亲自驾着彩车,把索子交给我让我登上车。但愿此后永远过着快乐的日子,生生世世携手共度此生。全诗二十句,这是其中的四句。诗句描写的是女子梦里的情形。女子因日夜想念丈夫,而使丈夫与自己的旧日恩爱情景在梦中再现。

敦煌写本·思佳人率然成咏七首·其一
[唐]无名氏

临封尺素黯消魂,泪流盈纸可悲吞。
白书莫怪有斑污,总是潸然为染痕。

[**注释**] 尺素:指书信。潸然:黯然流泪的样子。

[**赏析**] 临到将书信封口时,心情更加黯然伤悲,我泪流满面滴落信纸饮泣吞声。你别怪洁白的纸笺上有许多斑渍污迹,都是我潸然泪下所沾染的泪痕。作者或为戍边士卒,甚或为被羁押的俘囚。诗句描写作者给妻子(或情人)写信时泪流满面滴落纸笺的情状,表现作者相思心情极为深切悲痛。

鹧鸪天·绣幕低低拂地垂
[宋]晁补之

临晚景,忆当时。愁心一动乱如丝。
夕阳芳草本无恨,才子佳人空自悲。

[**赏析**] 临到傍晚看着晚霞满天,禁不住想起当时的火热情感。心里涌动的离愁就像乱丝一团。本来夕阳、芳草的存在与离愁别恨无关,只是那些才子佳人触景生情在自悲自叹。这是全词的下片。作者认为自然的景象与人们的情思本是各自存在、毫无关系,但才子佳人多情思,往往触景涌情,不能自已。词句描写思妇的情感需求和心理状态,意味深长。

点绛唇·寄外

[清] 钱念生

岭南云高,梦儿欲把羊城绕。
怪它双棹。不送魂飞到。
多病多愁,多恨多烦恼。
谁知道,情田虽小,长遍相思草。

[注释] 岭:泛指华南五岭。羊城:广州的别称。棹:船桨。相思草:植物名,别称秋海棠、八月春、断肠草等。

[赏析] 岭南地方白云高飘,我想在梦中把羊城遍绕。只怪船儿的双桨没那么大力量,它不能把我的情魂飞快送到。我多疾病又多忧愁,还多怨恨,更多烦恼,都是相思惹的祸。谁承想,你也该知道,爱情的心田虽然小,却长满了相思草。词句描写女主人公对在外(羊城)的丈夫的绵绵相思和无尽愁绪。

转调二郎神·闷来无那

[宋] 张孝祥

绿鬓点霜,玉肌消雪,两处十分憔悴。
怎忍见、旧时娟娟素月,照人千里。

[赏析] (我想)你的鬓发已染上点点白霜,你玉肌的粉嫩雪白也渐消,你我两处身心都憔悴不堪。怎忍心想起当年你娟秀风采,如明月一般照亮千里,我所到之处你都能照着。作者与李氏私下结合,生有一子,当时还是一个年轻书生;作者科举廷试获进士第一名(状元)后,遭归李氏。作者历任高官。这几句是全词下片的后半。词句表现作者进入高层位阶、囿于社会礼教而遭

归李氏后,内心愧疚,一直怀念,情思不断。作者写此词两年后去世。

减字木兰花·落花飞絮
［宋］魏玩

落花飞絮,杳杳天涯人甚处。
欲寄相思,春尽衡阳雁渐稀。
离肠泪眼,肠断泪痕流不断。
明月西楼,一曲栏杆一倍愁。

［注释］杳:远得看不见踪影。衡阳:指今湖南衡阳一带。古时认为大雁南飞到衡阳为止。

［赏析］已是落花飞絮的季节,你还在遥远的天涯,到底是在什么地方?想托大雁把我的相思带给你,但是春天过去了,飞到衡阳的大雁已没有多少。眼里总含着泪,心中充满离思,即使是愁肠断了眼泪也流不完。明月依旧照着西楼,看着楼阁里的每一段栏杆都会倍添忧愁。词句描写女主人公对长期离家在外、不知何处的丈夫的无尽思念和幽怨。

相思歌
［五代］梁意娘

落花落叶落纷纷,终日思君不见君。
肠断断肠肠欲断,泪珠痕上更添痕。

［赏析］花谢了叶落了树木凋零,天气转凉,整天思念你却总是见不到

你。愁得我肠要断要断肠啊,脸上旧泪痕没揩去又添叠上了新泪痕。诗句描写女子极度思念情人以泪洗面痛苦欲绝的情状。

浣溪沙·满目江山忆旧游
[宋]慕容岩卿妻

满目江山忆旧游,汀洲花草弄春柔。
长亭舣住木兰舟。
好梦易随流水去,芳心空逐晓云愁。
行人莫上望京楼。

[**注释**]汀:水边平地。舣:使船靠岸。

[**赏析**]面对美好江山,我想起了往日同游的情景,在水边沙滩上欣赏春色轻抚花草。荡着精美的小船,又在分别的长亭边停住。往事如梦已随江水流去,芬芳热诚的心追逐着晨云,空自幽愁。就不要登上望京楼去独倚危栏,痴望归舟了。词句描写女子对游子的绵绵情思和怅惘失落的心绪。

蝶恋花·梦入江南烟水路
[宋]晏几道

梦入江南烟水路。
行尽江南,不与离人遇。
睡里消魂无说处。觉来惆怅消魂误。
欲尽此情书尺素。浮雁沉鱼,终了无凭据。
却倚缓弦歌别绪。断肠移破秦筝柱。

[注释] 尺素：古代书写用的一尺长的白绢，借指简短书信。

[赏析] 睡梦中我在烟雨迷蒙的江南水路上。走遍了江南大地，也未能与离别的心上人相遇。梦境里黯然伤悲无处诉说，醒来后惆怅不已，只因被梦中伤悲所迷误。想提笔给你写信诉说我的相思，但是雁儿飞走鱼沉江底，信也终于没能寄出。无奈只好缓缓弹筝，抒发心中的离情别绪，但弹破了筝的弦柱，也未能把怨情抒。词的上片描写梦中的相思，下片描写醒后的抒怀。全词描写作者难以释怀又无处寄托的相思情感。

关山月

[唐]李白

明月出天山，苍茫云海间。
长风几万里，吹度玉门关。
汉下白登道，胡窥青海湾。
由来征战地，不见有人还。
戍客望边邑，思妇多苦颜。
高楼当此夜，叹息未应闲。

[注释] 天山：指位于今甘肃省西北部的祁连山。白登：今山西大同东有白登山。胡：此处指吐蕃。

[赏析] 一轮明月升起在天山之上，在苍茫的云海间徘徊。萧瑟的秋风吹送明月越过千万里，向东度过玉门关照着戍边的征人。当年汉兵曾直指白登山道，现今吐蕃觊觎青海大片河山。这里自来总是征战之地，出征将士很少能够生还。戍守士卒远望边城景象，家乡思妇都是愁容满面。此时高楼里的将士妻子，都在叹息远方亲人何时能够相见。诗句作者嗟叹在边地征戍的将士的苦辛，描写思妇在家中对征戍亲人的相思。

古诗十九首·明月何皎皎
[汉]无名氏

明月何皎皎,照我罗床帏。
忧愁不能寐,揽衣起徘徊。
客行虽云乐,不如早旋归。
出户独彷徨,愁思当告谁?
引领还入房,泪下沾裳衣。

[赏析]皎洁的月光多么明亮,照着我床上的丝质帏帐。内心忧愁不能入睡,穿好衣裳在房内徘徊。夫君啊你在外面或许很快乐,总是不如早点回家好呀!走到房外独自彷徨,我心中的愁苦能对谁说?低头转身又回到空房,泪如雨下沾湿了衣裳。诗句描写思妇在月夜想念在外的丈夫的凄清苦闷、徘徊哀婉的心情。

燕歌行二首·其一
[三国]曹丕

明月皎皎照我床,星汉西流夜未央。
牵牛织女遥相望,尔独何辜限河梁。

[注释]星汉:指银河。夜未央:夜已深而未尽的时候。河梁:河上的桥。"河"指银河。

[赏析]皎洁的月光照着我的空床,银河转向西边,夜已深沉。牛郎与织女只能遥遥相望,你为什么无辜地被限制在银河那边。全诗十五句,以女主人公口吻指出秋天已到,戍边征人应该回来了。这里是最后四句,描写女主

人公在夜深时分,以牛郎织女故事自比而思念远方征人的凄苦心情。

千秋岁·数声鶗鴂
[宋]张先

莫把幺弦拨。怨极弦能说。
天不老,情难绝。
心似双丝网,中有千千结。
夜过也,东窗未白凝残月。

[注释]幺弦:琵琶的第四弦,最细。亦有用来借指琵琶。凝残月:有的版本作"孤灯灭"。

[赏析]不要去拨动琵琶的细弦,内心的哀怨太深,会在弦声中透露出来。天因无情而不老,人是有情情难绝。多情的心就像是双股丝结成的网,其中有千千个难以解开的情结。中夜已经过去,东方尚未发白,还留着一弯残月。这是全词的下片。词句描写作者怀念旧日情人的绵绵相思,也显出其对爱情的执着。

马头调·相思债
[清]蒋士铨

那先生,看罢脉时说不碍。
也不是病来也不是灾,这就是,情人留下的相思债。

[赏析]那位郎中切过脉象后,说:"你的身体没有什么问题,不碍事

的。"你总感觉心里不爽快,既不是什么疾病,也没有遭什么疫灾,只不过是你的情人留给了你一笔相思债,使得你整日相思还不完。这是全曲的后半。曲词以直白、诙谐的口吻指出女子只是因期求爱情、相思不已,而导致的似病非病的情态。

青玉案·年年社戏停针线

[宋]黄公绍

年年社日停针线。怎忍见、双飞燕。

今日江城春已半。

一身犹在,乱山深处,寂寞溪桥畔。

春衫著破谁针线。点点行行泪痕满。落日解鞍芳草岸。

花无人戴,酒无人劝,醉也无人管。

[**注释**] 社日:农村祭土地神的日子。这里指春社。著:即"着"。

[**赏析**] 在每年春社日子,妇女们停下针线活。孤单的她怎忍见双飞双栖的春燕。今日江城的春色已过去大半,我还独自羁留在乱山深处,寂寞地伫立在小溪畔。春衫穿破了,谁来给我缀针缝线?一点点一行行的泪痕滴满衣衫。日落时分,我解鞍拴马在芳草萋萋的河岸。虽有好花,却没有人来戴,我想喝酒没有人把盏相劝,自己喝醉了更没有人照管。词句描写羁留在外的游子遥想妻子的孤独情况,又感慨自己漂泊异乡的寂寞和思念妻子的心情。

春闺思

[唐]张仲素

袅袅城边柳,青青陌上桑。
提笼忘采叶,昨夜梦渔阳。

[**注释**]袅袅:形容细长柔美的东西随风摆动。渔阳:古郡名,治所在今天津蓟州区一带,唐代是东北方向的边塞重镇、征戍之地。

[**赏析**]城边的垂柳细长柔美,摇曳多姿,路旁的桑树已是青绿一片。我提着篮筐看着这景色,竟然忘记了采撷桑叶,只想着昨夜梦到了在渔阳的丈夫。诗句描写女子心中思念戍边丈夫的苦涩心情。

[中吕]十二月过尧民歌·别情

[元]王实甫

怕黄昏忽地又黄昏,不销魂怎地不销魂。
新啼痕压旧啼痕,断肠人忆断肠人。
今春香肌瘦几分?缕带宽三寸!

[**注释**]缕带:衣带。

[**赏析**]怕黄昏到来,黄昏偏偏匆匆来临,不想失魂落魄,又叫我怎能不失魂伤心。旧的泪痕还没有褪去,又添上了新的泪痕,相思痛苦到极点的人总是记挂着同样相思断肠的人。今年春天,香润的肌肤又消瘦了几分?我的衣带又宽了三寸!全曲十二句,这是后六句。曲词描写与情人分别、独守闺阁的女子内心的愁闷和无限思念远离在外的情人的幽怨。

南乡子·捣衣

[清]顾贞观

片石冷于冰,两袖霜华旋欲凝。

今夜戍楼归梦里,分明,纤手频呵带月迎。

[注释]捣衣:指在砧石上用杵捶捣衣料使之柔软,以便于缝制。片石:指捣衣用的砧石。霜华:这里指月亮。

[赏析]捣衣的砧石比冰还要冷啊,我的衣袖在月光下似乎瞬间就凝冻得冰硬。今夜他在戍楼里也会做起归乡梦吧,分明已来到了家门口,看到我在皎洁的月光里一边呵气暖手,一边喜极候迎。这是全词的下片。词句描写持家的妇人在捣衣劳作时,想象征戍在边地的丈夫因为思念自己,而在梦中回到家乡与自己相见团聚,表现妇人的辛劳、忠贞和对丈夫的绵绵相思之情。

菩萨蛮·平林漠漠烟如织

[唐]李白

平林漠漠烟如织,寒山一带伤心碧。

暝色入高楼,有人楼上愁。

玉阶空伫立,宿鸟归飞急。

何处是归程,长亭更短亭。

[注释]暝:天黑。长亭、短亭:指古代供人休息和送别用的亭子,一般是十里一座长亭,五里一座短亭。

[赏析]平阔的树林上,烟云弥漫好像织锦一样,寒秋的山色还留着让人伤心的绿翠。夜色弥漫进高楼闺阁,楼上的人心中泛起阵阵烦愁。她在闺

阁阶梯上徒然久久地凝眸站立,只看见一群群鸟儿在归心催促下急急飞翔。哪里是你回乡的路程?只见路上一座座长亭连着一个个短亭,你在哪里暂停休歇?词句描写秋冬之交暮色苍茫,留守的女子在闺楼上凝望,切盼远行的丈夫尽早归来的惆怅和焦灼的心情。

[双调]折桂令·春情

[元]徐再思

平生不会相思,才会相思,便害相思。
身似浮云,心如飞絮,气若游丝。
空一缕余香在此,盼千金游子何之。
证候来时,正是何时?
灯半昏时,月半明时。

[**注释**]余香:喻指定情的信物。

[**赏析**]我长这么大不知道什么叫相思,刚懂一点什么是相思,自己就遭到了相思的折磨。身体好像浮在云中没着没落,内心好像柳絮飘忽不定,气息好像一根随时会断的游丝。只留下一件信物在这里,我殷切盼望的情人到哪里去了?相思的痛苦不知什么时候就会猛烈地涌上来,是灯光若明若暗之时,是月光半隐半亮之时。曲词描写少女因为情人走了,害起了相思病,而处于魂不守舍、恍惚迷离、极度焦虑、不能自拔的情态。

虞美人·深闺春色劳思想
［五代］顾夐

凭阑愁立双蛾细,柳影斜摇砌。
玉郎还是不还家,教人魂梦逐杨花、绕天涯。

［注释］蛾:指女子眉毛。

［赏析］倚着栏杆,愁眉不展,伫立眺望,远处柳枝摇曳,影影绰绰。俊美才郎至今还不回来,我的心魂在梦中跟随柳絮到天涯四处寻索。这是全词的下片。词句描写少妇终日盼望郎君回来的离愁相思。

忆王孙·春词
［宋］李重元

萋萋芳草忆王孙。柳外楼高空断魂。
杜宇声声不忍闻。欲黄昏。雨打梨花深闭门。

［注释］萋萋:形容草长得茂盛的样子。王孙:泛指游子、行人。杜宇:即杜鹃鸟。

［赏析］芳草茂盛接连天涯,我是多么想念公子。高楼外柳荫碧绿,楼内我空自断魂。杜鹃鸟泣血声声,实在不忍听闻。天色临近黄昏,无情风雨会吹落梨花,无奈只好关闭深深的院门。词句描写女子怀念离别的心上人,不忍听到杜鹃鸟叫,不愿看到风雨吹落梨花,只得深闭院门,独自神伤相思。

蝶恋花·丙寅寒夜与宛君谈君庸流落相对泣下而作
[明]张倩倩

千遍相思才夜半。又听楼前,叫过伤心雁。
不恨天涯人去远,三生缘薄吹箫伴。

[**注释**]三生:指佛家所说的前生、今生和来生。吹箫伴:秦穆公的女儿弄玉和吹箫人萧史因箫音结缘,双双乘鸾飞升。

[**赏析**]思念他千百遍才到半夜。又听到楼前飞过的大雁叫声凄切,更使我伤心难以入眠。我倒不是怪恨他外出远在天涯,只是怨恨自己人生缘分薄,不如弄玉,没有萧史那样的有情人来与我终生相伴。这是全词的下片。词句描写作者在寒冷冬夜,与朋友谈及远在天涯的丈夫的内心痛苦。

闺 情
[唐]无名氏

千回万转梦不成,万遍千回梦里惊。
总为相思愁不寐,纵然愁寐到天明。

[**注释**]寐:睡着。

[**赏析**]在床上千百次辗转反侧睡不着,睡着后又千百次从梦里惊醒。总是因为相思忧愁太过而睡不着,纵然睡着了也解不开愁思一直到天明。作者是戍边被俘的士卒。诗句是作者在被羁押时想象远在家乡的妻子对自己的日夜相思。

梦江南·千万恨

[唐]温庭筠

千万恨,恨极在天涯。
山月不知心里事,水风空落眼前花。
摇曳碧云斜。

[赏析]千丝万缕的爱恨缠绕在我心头,我爱恨至极的人仍远在天涯。山间的明月不知道我的心事,水面的清风又把眼前盛放的花儿吹落。只有空枝在摇曳,斜入云霄。词句描写月、风、云不会理解我的情怨,远方的那个人似乎也感受不到我对他的思念。表达的是思妇内心的离情和相思的怨恨。

杂诗七首·其三

[三国]曹植

妾身守空闺,良人行从军。
自期三年归,今已历九春。
飞鸟绕树翔,嗷嗷鸣索群。
愿为南流景,驰光见我君。

[注释]良人:指称丈夫。嗷:同"叫"。南流景:一说指太阳,一说指月亮。可理解为时光、岁月。

[赏析]我守着空落的闺房,丈夫从军远征去了。本来期望他服役三年回来,谁知到现今已过去了九个春天。飞鸟绕着树林翱翔,鸣叫着追索同群同伴。我愿成为不断前行又不断流走的时光,飞驰到我夫君身边。全诗十四句,这是后八句。诗句描写独守闺房的女子迫切期望与丈夫在一起。

诗经·郑风·子衿

青青子衿,悠悠我心。
纵我不往,子宁不嗣音?
青青子佩,悠悠我思。
纵我不往,子宁不来?
挑兮达兮,在城阙兮。
一日不见,如三月兮!

[注释]子:你,古代对人的一种尊称。衿:衣领,古代士子的衣服是青色衣领。嗣音:传音讯。城阙:城门两边的望楼。

[赏析]你的青色衣领,悠长不断地盘旋在我心头;纵使我没有上你那儿去,你难道就不能传给我一点音讯?你的青色佩带,悠长不断地占据我的心思;纵然我没有去找你,你难道就不能主动过来?我在高高的城门楼上,走来走去,东张西望,一定要看到你呀,一天没有见到你,就像有三个月那样长!诗句描写少女对心上人的绵绵不绝的思念,以及一定要见面的坚决态度。

诉衷情·清晨帘幕卷轻霜
[宋]欧阳修

清晨帘幕卷轻霜。呵手试梅妆。
都缘自有离恨,故画作,远山长。

[赏析]清晨起来,卷起帘幕看到外面有薄薄的秋霜。呵一呵冰凉的手开始梳梅花妆。因为心上人离去了,我把眉毛画成远山一样细长,也好寄托心中的离愁别绪相思情。这是全词的上片。词句描写女子清晨的妆扮生活景象,表现其内心的离愁情怨。

情诗五首·其三
[晋]张华

清风动帷帘,晨月照幽房。
佳人处遐远,兰室无容光。
襟怀拥虚景,轻衾覆空床。
居欢惜夜促,在戚怨宵长。
拊枕独啸叹,感慨心内伤。

[注释]景:即影。虚景:指月影。戚:紧迫,皱。拊:拍。

[赏析]清风吹进窗里,罗帐飘动,淡淡晨月照着幽幽闺房,可是夫君此刻正在远方,兰香闺阁里没有他的音容笑貌。我的襟怀只拥着月的光影,轻柔的被子覆盖着空床,往昔恩爱时总嫌夜晚短促,而今独自煎熬,又怨恨宵夜漫长。只能轻击枕头长长叹息,无限感慨内心的忧伤。诗句描写思妇夜晚寂寞难耐的幽怨心情。

伊州歌
[唐]王维

清风明月苦相思,荡子从戎十载余。
征人去日殷勤嘱,归雁来时数附书。

[注释]伊州歌:乐府曲调名。相传此诗是当时梨园传唱的流行歌曲。伊州:州名,今新疆维吾尔自治区哈密地域。

[赏析]清风明月,秋色多么美好,引起我不尽的相思,我的夫君从军戍边已十年多了。他临出征时,我再三嘱咐他,当大雁南飞时要让它多带来几

封书信啊。诗句描写女子在秋夜里苦苦思念远戍丈夫的心情。

得阎伯钧书
[唐]李冶

情来对镜懒梳头,暮雨潇潇庭树秋。
莫怪阑干垂玉筯,只因惆怅对银钩。

[**注释**]阑干:此处指流泪。玉筯:即玉箸,筷子。借喻流泪。

[**赏析**]接到书信勾起绵绵情思,我都懒得梳妆打扮了,夜晚听着秋雨潇潇打着庭树。不要怪我泪流满面,只因为一个人面对着窗帘的银钩过于伤感。诗句描写女作者接到情人书信后内心激动、泪流满面,反映其内心的寂寞和相思的情切。

石州慢·寒水依痕
[宋]张元幹

情切。
画楼深闭,想见东风,暗消肌雪。
辜负枕前云雨,尊前花月。
心期切处,更有多少凄凉,殷勤留与归时说。
到得再相逢,恰经年离别。

[**注释**]尊:同"樽"。

[**赏析**]相思情是多么深切。闺妇独居的华美楼阁紧闭,日夜思念夫君,身体渐渐消瘦。枕前甜蜜生活,花前月下饮酒,辜负了佳期,耽误了青春。我内心的期盼切望,说不尽有多少凄凉,所有缠绵情意只能等夫君回到家后再说。但谁能知道,到了再次重逢时日,已是离别一年之后了。这是全词的下片。词句描写作者思归念远,遥想妻子会怎样思念自己,但想到自己的不良处境,又恐怕重逢后再将离别,不由得情意缠绵,愁思痛切。

沁园春·情若连环

[宋]苏轼

情若连环,恨如流水,甚时是休。

也不须惊怪,沈郎易瘦;也不须惊怪,潘鬓先愁。

总是难禁,许多魔难,奈好事教人不自由。

空追想,念前欢杳杳,后会悠悠。

[**注释**]沈郎:本指南朝梁国时的沈约,后借指身材瘦损。潘鬓:指人在中年时鬓发开始变白。好事:特指男女欢会情事。

[**赏析**]爱情就像是串成连环的玉珠,悔恨又如同不断的流水,什么时候才能到头。用不着大惊小怪,相思必致人瘦损,也使人鬓发渐白。心里无法不去想,心魔不可能除掉,有过好事就会让人的心灵不再自由。总是会不断回想往事,追念以前的欢会,已杳然过去,想着不知何时才会再有如此的悠悠时日。这是全词的上片。词句描写男女欢会之后,女子相思不断、无法抑制、无穷无尽的情与"恨"。

秋 风

[南北朝]汤惠休

秋风袅袅入曲房,罗帐含月思心伤。
蟋蟀夜鸣断人肠,长夜思君心飞扬。
他人相思君相忘,锦衾瑶席为谁芳。

[注释]袅袅:形容微风吹拂。曲房:曲折深邃的房间,内室。瑶席:华美的席。

[赏析]轻柔的秋风吹进内室闺房,月光照着丝质帏帐使我内心感伤。深夜里蟋蟀鸣叫不断,使我肠断烦恼,漫漫长夜,思念夫君心神煎熬。他人想念夫君你可以淡然相忘,我床上的锦缎被褥华美席面是在等待谁,你该知道!诗句描写少妇在秋夜思念夫君无法入眠的幽怨心情。

秋 夜

[南北朝]谢朓

秋夜促织鸣,南邻捣衣急。
思君隔九重,夜夜空伫立。
北窗轻幔垂,西户月光入。
何知白露下,坐视阶前湿。
谁能长分居,秋尽复冬及。

[注释]促织:蟋蟀。九重:泛指多层。这里意指遥远。白露:农历二十四节气中的第十五个节气。此后,露白为霜,天气已转凉。

[赏析]宁静的秋夜里,蟋蟀不停地鸣叫,南面邻家捣衣声很是急促。相

隔那么遥远,因为思念你,我每夜总是独自伫立在庭院。北面窗户挂着的幔帐轻垂着,月光透过西面窗户照进来。你可知道已过了白露节气,房间前的台阶已是冷湿一片。谁能承受夫妻长久分居两地的痛苦,秋天尽了冬天即将来临,还不见你的踪影。诗句描写女主人公在秋夜触动相思情,对夫妻长期分居两地的悲凄。

杨柳枝·秋夜香闺思寂寥
[五代]顾敻

秋夜香闺思寂寥,漏迢迢。
鸳帷罗幌麝烟销,烛光摇。
正忆玉郎游荡去,无寻处。
更闻帘外雨潇潇,滴芭蕉。

[**注释**]玉郎:对丈夫(或情人)的一种昵称。

[**赏析**]秋夜的深闺里只有寂寞无聊,远处的更漏声声击打着她的思绪心窝。夜风吹动绣着鸳鸯的丝罗帏帐,销尽了麝香的烟气,轻轻摇动的烛光照着她的孤独身影。她总是想着那个俊美才郎,不知他到哪儿浪荡游逛去了,无处可寻。孤独的她只能听着帘外的雨,潇潇地下个不停,清脆的雨点不断滴落在芭蕉叶上。词句描写秋夜独处的女子思念又怨艾情郎,听着雨打芭蕉更觉寂寞难耐。

蝶恋花·感怀
[明]沈宜修

却恨疏帘帘外渺。愁里光阴,脉脉谁知道?

心绪一砧空自捣,沿阶依旧生芳草。

[赏析]透过随风而动的窗帘向外凝望,远方是一片渺茫。日子在愁闷中度过,我对夫君的脉脉情思,他知不知道?心里空空落落,想给他捣衣整理好了也无法送到。庭院依旧那么冷冷清清,萋萋芳草长满在石阶旁。这是全词的下片。词句描写作者独守深闺、思念在外丈夫的忧伤和无奈的心绪。

相思怨
[唐]李冶

人道海水深,不抵相思半。

海水尚有涯,相思渺无畔。

携琴上高楼,楼虚月华满。

弹得相思曲,弦肠一时断。

[注释]畔:边界。

[赏析]人们说海水很深,它再深也抵不上我的相思情深的一半。海水的广袤尚有边际,相思却是渺无际涯。我带着琴登上高楼,楼堂空空洒满月光。弹奏一曲想排解相思,让相思愁肠随着弦一起断了。诗句极言女子对情人的相思是没有边际,没有尽头,无法比拟和难以自制的。诗句描写难以得到爱情的女子的痛切感受和极度抑郁的心情。

江梅引·人间离别易多时

[宋]姜夔

(小序:"予留梁溪,将诣淮南不得,因梦思以述志。")

人间离别易多时,见梅枝,忽相思。

几度小窗幽梦手同携。

今夜梦中无觅处,漫徘徊,寒浸被,尚未知。

[**注释**]梁溪:在今江苏无锡市。诣:往。淮南:实指位于淮河以南的合肥。

[**赏析**]人世间离别容易看重时节,见到蜡梅花开,对你的相思情忽地涌上心头。几次梦里,在小窗内幽深的花间,与你手牵手漫步。今天夜里的梦中却找不到你了,我徒然独自徘徊。夜里的寒气已将被子浸透,梦里头都没有感觉。这是全词的上片。词句描写作者住在梁溪某庄园里,怀念远在合肥的情人,因而产生携手同游、又找不到了等相思梦境。

长相思二首·其二

[唐]李白

日色欲尽花含烟,月明如素愁不眠。

赵瑟初停凤凰柱,蜀琴欲奏鸳鸯弦。

此曲有意无人传,愿随春风寄燕然。

忆君迢迢隔青天,昔时横波目,今作流泪泉。

不信妾肠断,归来看取明镜前。

[**注释**]赵瑟:相传古代赵国人善弹瑟。燕然:山名,指杭爱山(在今蒙古国境内),这里指代边塞。

[赏析]太阳快落尽,天色朦胧,花丛仿佛笼着轻烟,月光皎洁如白绢,愁思使我不得入眠。我停奏了雕饰凤凰弦柱的赵瑟,想弹奏蜀琴里的鸳鸯弦。这个曲调虽然情意浓郁,可惜无人能传递给你。但愿它能随着春风到达遥远的边塞,让你听到。我想你啊,即使你迢迢万里在天的那一边,当年横送秋波的双眼,而今已是不断涌泪的泉源。你如不信我因思念你肝肠欲断,你归来时就在明镜前看我的容颜!诗句描写女子对戍边丈夫的无限思念。

晚秋二首·其一

[唐]无名氏

日月千回数,君名万遍呼。
睡时应入梦,知我断肠无?

[赏析]一千回数着我在边塞的日子,一万遍呼唤着你的名字。你在睡梦里是否见到了我,你是否知道我内心的无限痛苦?诗句描写戍守青海边塞的作者的内心痛楚,和对妻子的魂牵梦萦、无限思念。

忆秦娥(子夜歌)·三更月

[宋]贺铸

三更月,中庭恰照梨花雪。
梨花雪,不胜凄断,杜鹃啼血。
王孙何许音尘绝,柔桑陌上吞声别。
吞声别,陇头流水,替人呜咽。

[注释]更：旧时夜间报时单位，一更相当于一个时辰（两小时）。三更，即夜里十一时至次日一时。王孙：指称丈夫或情人。陇头：即陇山。

[赏析]深夜月光照着庭中的梨花如同白雪，怀着相思情，有说不尽的凄切，就像是杜鹃鸟在啼血。远去的公子你为什么没有音讯，当时在桑树夹道的小路上，我忍住哭声和你道别。只有那陇山的流水仿佛知道我的心思，发出潺潺声响像是替我哭泣。词句描写女子在深夜时寂寞凄苦的心情。

诗经·秦风·晨风

山有苞棣，隰有树檖。
未见君子，忧心如醉。
如何如何？忘我实多。

[注释]苞：茂密丛生的样子。棣：棠棣树。隰：低洼湿地。檖：山梨树。君子：指称丈夫。

[赏析]山上生长着茂密的棠棣，洼地里挺立着山梨树。见不着我的夫君归来，我忧心忡忡好像喝醉一般。为什么，为什么你会这样？准是你已经把我忘记。全诗三段，这是第三段。诗句描写女子焦急地思念着出征的丈夫，盼他早日归来，并怀疑他已忘记了自己。

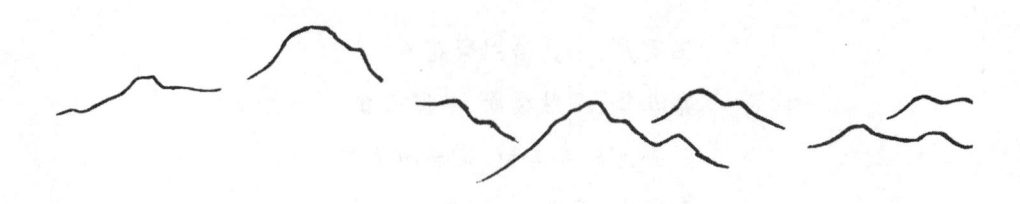

一丛花令·伤高怀远几时穷

[宋]张先

伤高怀远几时穷。无物似情浓。

离愁正引千丝乱,更东陌、飞絮濛濛。

嘶骑渐遥,征尘不断,何处认郎踪。

[赏析]登上高阁怀念远方的情郎,这伤感的恋思什么时候是个头?世间没有别的东西比恋情更加浓重。分离的愁苦就像那千丝万缕,乱无头绪,更何况东面小路上,垂柳已是飞絮蒙蒙。我眼前又浮现你骑马嘶鸣,越跑越远,一路上不断扬起灰尘。啊,我到哪里去辨认、寻找你的行踪!这是全词的上片。词句描写女子经历了与情郎的久别后,怀着对恋人的无限相思和愁怨的心情。

春江花月夜

[唐]张若虚

谁家今夜扁舟子?何处相思明月楼?

可怜楼上月徘徊,应照离人妆镜台。

玉户帘中卷不去,捣衣砧上拂还来。

此时相望不相闻,愿逐月华流照君。

[注释]扁舟子:指飘荡在江湖的游子。玉户:形容有华丽楼阁之家。

[赏析]哪家的游子今夜坐着小船在漂流?哪个明月照着的楼上的女子在相思?月亮移动徘徊,照着可怜的离人家里的梳妆台。月光照进华丽楼阁的门帘卷不走,她家捣衣砧上照着的月光也拂不掉。这个时候双方同望明

月,却互相见不着听不到,她真希望追随月光去到他的身边。全诗很长,这是其中的八句。诗句描写在明月夜里,分处两地的爱人切望能在一起。

杨花曲三首·其三
[南北朝]汤惠休

深堤下生草,高城上入云。
春人心生思,思心长为君。

[赏析]深阔的河堤下长满青草,高高的城楼似乎插入云霄。春天里的我生发出无限情思,绵绵情思只为了你呀我的夫君。诗句描写妻子对出门在外的丈夫的缠绵蕴厚的思念。

柳梢青·何事沉吟
[清]彭孙遹

十年旧事重寻,回首处,山高水深。
两点眉峰,半分腰带,憔悴而今。

[赏析]十年前的情事不断忆念,想把那段感情再找回来,山高水深路遥人远,何其困难。她是愁容不展,黛眉锁成两点,我是相思成病,瘦损腰围几分,身心憔悴至今无悔未变。这是全词的下片。词句抒写作者对往日一位有情佳人的刻骨铭心的相思。

李夫人歌

[汉]刘彻

是耶？非耶？
立而望之,偏何姗姗其来迟。

[**注释**]刘彻:即汉武帝。李夫人:汉武帝宠妃,年轻早逝。汉武帝思念她,有方士为了讨好皇帝而上演了一场"李夫人魂灵再现"的把戏。偏:即"翩"。姗姗:形容走路缓慢从容的姿态。

[**赏析**]真是李夫人的魂灵归来了,还是只是我的幻觉?李夫人翩翩而来,亭亭玉立,深情伫望,顾盼流光。"你为什么这么迟迟地才来呀?"汉武帝又惊又喜,话语表现了他对李夫人的深切思念。

望江南·梳洗罢

[唐]温庭筠

梳洗罢,独倚望江楼。
过尽千帆皆不是,斜晖脉脉水悠悠。
肠断白𬞟洲。

[**注释**]白𬞟:白色的水中浮草,古时男女常采𬞟花赠别。

[**赏析**]清晨梳洗打扮完了后,我独自倚在楼头望见江水。上千条帆船都驶过去了,所盼望的他的船仍没有出现。夕阳的余晖似是脉脉含情地凝视着江水悠悠地流。我思念的愁肠要断在那片白𬞟洲。词句描写女子观望江上驶过的船只,等待丈夫归来的焦灼、失望的心情。

一丛花令·伤高怀远几时穷

[宋]张先

双鸳池沼水溶溶,南北小桡通。

梯横画阁黄昏后,又还是、斜月帘栊。

沉恨细思,不如桃杏,犹解嫁东风。

[注释]桡:船桨。引申为船。栊:窗。

[赏析]一对鸳鸯相戏在溶溶池水中,这池水南北相通,时有小船往来。雕梁画栋的闺阁上,梯子已经撤去横放,黄昏后仍是我独自面对拉上的窗帘和清冷的月光。深怀怨恨反复思量,我的命运竟不如桃花杏花,它们尚且能够嫁给东风,随风飘走。词句描写女子面对丈夫长久离别、自己只能独宿的境遇而发出的怨艾慨叹。

玉蝴蝶·望处雨收云断

[宋]柳永

水风轻、蘋花渐老。

月露冷、梧叶飘黄。遣情伤。

故人何在?烟水茫茫。

[注释]蘋花:一种夏季开小白花的浮萍。故人:老朋友,昔日情人。

[赏析]轻风拂过水面,白蘋花渐渐衰败,寒凉的月光使露水凝结,梧桐树叶枯黄飘落。这情景使我寂寞感伤。昔日的情人你在何方?眼前只有望不尽的秋水,一片水雾茫茫。这是全词的上片的后半。词句描写作者在秋凉时节,面对花谢叶落的残败景象,思念已不知在何方的昔日情人,不禁产生心

绪浩茫、情无所寄的孤寂伤感。

醉花间·春闺
[清]吴绮

思时候,忆时候。时与春相凑。
把酒祝东风,种出双红豆。
鸦啼门外柳,逐渐教人瘦。
花影暗窗纱,最怕黄昏又。

[注释]红豆:又称相思豆。人们常以之喻爱情和相思。

[赏析]相思他呀,忆念他呀,在春天这种心情更加迫切。不禁端起酒杯祝愿东风,使红豆树长出成双成对的红豆。门外绿柳上的鸦雀啼叫,让人烦愁,使人消瘦。窗外花影绰绰,遮住了窗纱,又到了最使人感到孤寂的黄昏时候。词句希望东风促使红豆更快生长,更多结果,以成全人间美好爱情,又深深感叹黄昏来临时的寂寞。

长相思·别情
[唐]白居易

思悠悠,恨悠悠,恨到归时方始休。
月明人倚楼。

[赏析]悠悠不尽的思念,绵绵不绝的恨怨,直到你归来时才会罢休。如

今我只能在这月明之夜独倚楼头怅望。这是全词的下片。词句描写闺中女子怀人念远,抒发相思,因所思之人没有回来只能独自空倚高楼的幽凄之状。

女冠子·四月十七
[唐]韦庄

四月十七,正是去年今日,别君时。
忍泪佯低面,含羞半敛眉。
不知魂已断,空有梦相随。
除却天边月,没人知。

[赏析]今天是四月十七,正是去年的这一天与你离别。当时我强忍泪水,假装低着头,害羞皱着眉头。你不知道分别后我已是魂销肠断,如今只是在梦里与你相见。我对你的相思,除了天边的月亮,没有人能知道。词句描写少女与情人分别后,内心受相思煎熬,欲罢不能,无处诉说的心情。

浪淘沙·春恨
[清]沈谦

弹泪湿流光,闷倚回廊,屏间金鸭袅余香。
有限青春无限事,不要思量。
只是软心肠,蓦地悲伤,别时言语总荒唐。
寒食清明都过了,难道端阳。

[注释]金鸭:指鸭形香炉。蓦地:突然。端阳:即端午。

[**赏析**]泪珠挥洒如同流动的白光,闷闷不乐地倚在回廊的柱上。屋里屏风间的鸭形香炉里,散发着轻烟袅袅有余香。自己宝贵的青春年华正在悄悄流逝,满腹的心事能向谁诉说?唉,那就不要思量了吧。只是心肠太软,总要牵肠挂肚、无法放下。突然间悲伤袭来,分别时他回家团聚的许诺多么荒唐。现在清明节都已过去了,难道要等到端午节才能相见吗?词句描写闺中少妇闷坐流泪,盼望夫君归来,但他没有实现诺言。少妇愁怀无处诉说,相思更加浓重,内心非常焦虑。她想暂时忘却、"不要思量",怎么可能呢!

减字木兰花·天涯旧恨
[宋]秦观

天涯旧恨,独自凄凉人不问。
欲见回肠,断尽金炉小篆香。
黛蛾长敛,任是东风吹不展。
困倚危楼,过尽飞鸿字字愁。

[**注释**]篆香:比喻盘香和缭绕的香烟。

[**赏析**]远在天涯仍未消释以前的怨恨,心里独自凄凉,旁人不会过问。想要倾诉愁怨,烧完了铜炉里的香也无从说起。黛色蛾眉总是紧蹙着,春风再怎么吹也舒展不开。困在高楼上倚栏怅望,看着雁群不断飞过,它排成的字个个都使人发愁。词句描写独处的女子在春天里想念远方情人的离愁相思和凄切深情。

江城子·别徐州

[宋]苏轼

天涯流落思无穷。既相逢,却匆匆。

携手佳人,和泪折残红。为问东风余几许?

春纵在,与谁同?

[**注释**]别徐州:指作者除去徐州知州职务,调任湖州知州,时在宋神宗元丰二年(1079)。

[**赏析**]流落在天涯,职任在徐州,思绪无穷。既已相逢于此,又要告别匆匆。只与佳人短暂欢乐,又流着泪面对落花飘零。我要问东风还留下多少和煦,春天纵然还在,我又能与谁同享温情?这是全词的上片。作者把调任之政事描写得极为温婉多情,词句或许也隐喻作者对某女子惜别、相思之意蕴。

古诗十九首·迢迢牵牛星

[汉]无名氏

迢迢牵牛星,皎皎河汉女。

纤纤擢素手,札札弄机杼。

终日不成章,泣涕零如雨。

河汉清且浅,相去复几许。

盈盈一水间,脉脉不得语。

[**注释**]迢迢:形容路途遥远。河汉:银河。擢:拔,摆。

[**赏析**]牵牛星隔得多么遥远,白亮的织女星在银河的那边。织女摆动

着纤细白皙的手指,梭子札札不停地穿过织机。整天劳作还织不成一段布,相思的眼泪滴落如雨。银河清清又很浅,一水之隔要过去又有多远?彼此脉脉相思相望,就是不得相聚晤语。诗句描写牛郎织女的神话故事,表现情人之间不能相聚的相思苦楚。

恨　别
[宋]朱淑真

调朱弄粉总无心,瘦觉宽余缠臂金。
别后大拼憔悴损,思情未抵此情深。

[**注释**]缠臂金:古代女性佩戴在臂腕的金银饰物。

[**赏析**]对调和脂粉梳妆打扮的事我没有一点心情,身体逐渐消瘦连缠臂金饰都松宽了。自与你分别后越来越憔悴,任何思念都抵不了离情的痛苦之深。词句描写女子(或就是作者本人)与丈夫(或情人)别离后,无限相思对她身心的折磨。

[越调]寨儿令·挑短檠
[元]周文质

挑短檠,倚云屏,伤心伴人清瘦影。
薄酒初醒,好梦难成,斜月为谁明?
闷恹恹听彻残更,意迟迟盼杀多情。
西风穿户冷,檐马隔帘鸣。叮,疑是珮环声。

[注释] 短檠：矮的灯架。代指灯。恹恹：形容因思念太多而精神疲惫。杀：这里同"煞"。檐马：悬在屋檐下的风铃。

[赏析] 挑一挑灯花，靠着云母屏风，看着灯下自己清瘦的身影不禁伤心。喝一点儿酒犯困但已醒，也没做成好梦。西斜的月儿还是那么明亮，它在照着谁？心里烦闷极为倦怠，彻夜听着打更声声，相思不断总想着她是不是太多情。萧瑟西风穿户而进带着寒意，也带来帘外檐下风铃的响鸣，使我疑惑是不是她的珮环声叮叮。曲词描写男主人公思念情人彻夜不寐的情境。

燕歌行
[唐] 高适

铁衣远戍辛勤久，玉箸应啼别离后。
少妇城南欲断肠，征人蓟北空回首。

[注释] 铁衣：借指将士。箸：筷子。城南：唐朝京城长安的住宅区在城南一带。蓟：蓟州，泛指唐朝东北方向广大地区，今河北、北京、天津北部地带。

[赏析] 将士身穿铁甲辛勤戍守边塞已经很久了，留在长安城南家中的少妇在别离后泪流不止、凄清肠断，远戍的征人在蓟北边地空自回望顾念。全诗较长，有二十八句，这是其中的四句。诗句描写少妇与征人互相牵挂思念。作者感慨长期的边塞战事导致夫妻分离思念的困苦境况。

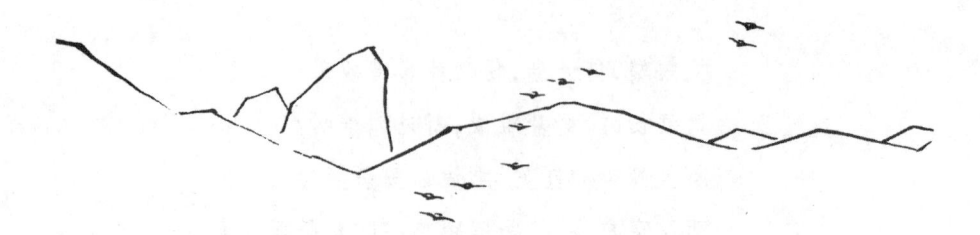

风入松·听风听雨过清明

[宋]吴文英

听风听雨过清明,愁草瘗花铭。
楼前绿暗分携路,一丝柳,一寸柔情。
料峭春寒中酒,交加晓梦啼莺。

[**注释**]草:起草,拟写。瘗:埋葬。铭:一种文体。古代常把铭文刻在墓碑或器物上。中酒:指醉酒。

[**赏析**]我闷在楼里听着风雨声度过清明,也没有心情拟写伤春葬花的铭文。在这楼前绿柳荫深的地方我们分手,看着一条条柳丝,犹如一寸寸柔情。在春寒料峭中借酒浇愁,想在醉梦中与你相逢,却被莺儿杂乱的啼鸣吵醒。这是全词的上片。词句描写主人公在清明的风雨中怀春伤别,难抑相思的心情。

古诗十九首·庭中有奇树

[汉]无名氏

庭中有奇树,绿叶发华滋。
攀条折其荣,将以遗所思。
馨香盈怀袖,路远莫致之。
此物何足贵?但感别经时。

[**注释**]遗:赠送。贵:一作"贡"。

[**赏析**]庭院里有一棵奇树,满树绿叶,花开繁盛。我攀着枝条摘下美丽花朵,要把它送给日夜思念的爱人。花香充满了我的衣服襟袖,可是路途遥

远没法送到夫君手中。倒不是此花有多么珍贵,只是别离太久借此表达怀念的心情。诗句描写少妇折花行为所透露出来的对远行丈夫的深切思念之情。

寄朱放
[唐]李冶

望水试登山,山高湖又阔。
相思无晓夕,相望经年月。
郁郁山木荣,绵绵野花发。
别后无限情,相逢一时说。

[赏析]想登上高山越过水域,见到情人,但是山岭高峻,湖面辽阔,难以相见。这使得我的相思从拂晓到夜深,对你的想念经年累月无止无休。山上的树木茂密繁盛,连绵不断的野花荣发滋长。与你分别后内心无限思念的深情,等到相逢的时候再细细诉说。诗句描写女作者对情人的相思从早到晚、经年累月,不能自已,并焦急等待着在相逢时细诉衷肠。

挂枝儿·帐
[明]民歌

为冤家造一本相思帐,旧相思、新相思,早晚登记得忙。
一行行,一字字,都是明白帐。
旧相思销未了,新相思又上了一大桩。

[注释]帐:同"账"。冤家:对情郎的昵称。

[**赏析**]我要给情郎你专设一本相思账簿,把我对你的旧相思加上新相思,从早到晚登记,一行行,一字字,有多少相思都是明白清楚的呀。以往的相思账还没有偿还勾销,又产生新的一大笔相思账。把这个相思账拿来和你当面算一算,已经还给了你多少,不知还有多少相思账没有还呀!歌词描写女主人公对情郎从过去到现在有无尽的相思,希望情郎能理解、体念自己的无限的爱。

《倩女离魂》第一折 [那吒令]

[元]郑光祖

我一年一日过了,团圆日较少;

三十三天觑了,离恨天最高;

四百四病害了,相思病怎熬。

[**注释**]三十三天:佛教、道教都有对"天"分"界"和分"层"的说法,这是形容极高层处的"天"。觑:看,瞧。四百四病:佛教认为人身因四大不调而引起的所有疾病的总称。泛指多种疾病。

[**赏析**]我一年年一天天过日子,团圆的日子较少。极高的"三十三层天界"我也看到过了,最高的是离恨天;许许多多种疾病我都害过,又治愈了,只有相思病不知怎么能熬得过。曲词描写倩女在意中人被迫离去后心中无穷纠结、相思的痛苦。

玉楼春·春恨

[宋]晏殊

无情不似多情苦,一寸还成千万缕。
天涯地角有穷时,只有相思无尽处。

[赏析]无情人没有多情人那么多的苦恼,多情人的一寸寸爱心早已化成千丝万缕的无法理清的相思愁绪。天有涯,地有边,都是能够穷尽的,只有这心中的相思是无穷无尽,没有到头的地方和时候。这是全词的下片。词句描写多情男女之间的痛苦的离别、无穷的相思。

无 题

[明]王彦泓

吴歌凄断偏相入,楚梦微茫不易留。
时节落花人病酒,睡魂经雨思悠悠。

[注释]吴歌:指吴地民间的俗乐歌词,有缠绵委婉的特点。楚梦:典出楚国宋玉《高唐赋》,泛指男女幽会等情事。

[赏析]吴地的俗歌缠绵凄切、欲断又续,偏偏传入我的心房,梦幻中楚王神女的云雨情事渺渺茫茫难以留住。春天过去,花儿凋落,使人苦闷只能借酒浇愁,睡梦中的情魂被雨声惊醒,只剩下一片悠悠离思。全诗八句,这是后四句。诗句描写主人公(或作者自己)对邻近某女子的相思和痴迷的心情,暗喻自己的爱情花朵已随风飘落未能留住。

减字浣溪沙·听歌有感

[清]况周颐

惜起残红泪满衣,他生莫作有情痴,人间无地著相思。

花若再开非故树,云能暂驻亦哀丝,不成消遣只成悲。

[注释]著:即"着"。

[赏析]听着这歌声回想往日,不禁叹惜泪流,沾满衣襟,下辈子不要再做痴情的人了,人世间的相思之苦是难以承受、无处安放的。即使爱情之花能再开放,也不是原来的那一朵了,彩云暂时停留,也不过是几片令人哀愁的残丝,已不可能消解排遣我内心的情思,只会成为悲愁。词句是说已有过的最美好的爱情,在失去之后是不可能复制的,就不要那么多情了。

[双调]寿阳春·春将暮

[元]马致远

相思病,怎地医? 只除是有情人调理。

相偎相抱诊脉息,不服药自然圆备。

[赏析]得的是相思病,怎么来医治呢? 别的任何人都治不了,只有情人来了才能调理好。两人偎依着、搂抱着,这样来切着脉、闻气息,诊疗治理,不用服什么药,相思病自然而然就圆满痊愈了。全曲有二十三段,这是其中的第十六段。曲词直白地说,对于"相思"这种心理疾病,只能由情人来"治疗",情人来到身边一"调理",病就好了。

长相思

[唐]陈羽

相思长相思,相思无限极。
相思苦相思,相思损容色。
容色真可惜,相思不可彻。
日日长相思,相思肠断绝。
肠断绝,泪还续,闲人莫作相思曲!

[赏析]相思啊长久的相思,相思之情无穷无尽。相思总是苦苦的相思,相思之情让人容颜衰老。容颜衰老让人惋惜,相思却难以断绝。天天相思长久不绝,相思太多肝肠断绝,肝肠断绝了泪还没流完。没有真正的相思情,普通人就不要去写那种相思曲!诗句认为相思太多太深,就会造成容损肠断、泪流无尽的心理困境。

[双调]清江引·相思

[元]徐再思

相思有如少债的,每日催相逼。
常挑着一担愁,准不了三分利。
这本钱见他时才算得。

[注释]少债:欠债。准不了:折不了,抵不得。

[赏析]相思就像欠了情债,每天债主紧紧来催逼还债。经常挑着一担情愁,却抵不了三分利息,这笔债只有见到爱人时才得以了结。这首词喻相思为情债,不仅是放不下、抹不掉,而且"利息"日积月累、越来越多,只有两

人相见才能一次性地了结,还清这笔相思债。但也可进一步推想,一旦离别,这笔债又背上了,成为欠了必须还、还了又会欠、没完没了的滚雪球式的情债,越滚动,积累得越多。曲词比喻新奇,恰如爱情生活的实际。

圈儿词
[清]梁绍壬

相思欲寄无从寄,画个圈儿替。
话在圈儿外,心在圈儿里。
我密密加圈、你须密密知侬意。
单圈儿是我,双圈儿是你,破圈儿是离别。
那说不尽的相思,把一路圈儿圈到底。

[**赏析**]想把我对你的相思寄给你,只是我不识字不会写信,只好在纸上画圈儿代替书信的文字。我要说的话在圈儿外,我对你的爱心在圈儿里。我密密地画了好多圈,你必须知道这表示我的爱意。单个圈代表我,两个圈代表你,圈是破的表示别离。我那说不尽的相思,只好画在从头到尾的无数个圈里。词句描写在家的妻子以独特的方式表达对在外的丈夫的无尽相思。

满江红·敲碎离愁
[宋]辛弃疾

相思字,空盈幅;相思意,何时足?
滴罗襟点点,泪珠盈掬。
芳草不迷行客路,垂杨只碍离人目。
最苦是,立尽月黄昏,栏干曲。

[赏析]你写在信上的相思话语徒然盈篇满纸,我心中的相思情何时得以满足?泪珠不断滴落,点点洒在衣襟袖口。遍地芳草不要迷失你远行的道路,路旁的垂杨柳却阻碍了我远望的视线。最令我苦恼的是,整天伫立在栏杆边眺望,直到夜色朦胧明月当空。这是全词的下片。词句描写女子对远行的丈夫的无尽相思与久久眺望却不得相见的怅惘心情。

疏影·秋柳
[清]李良年

相思最是鸳鸯渡,应渐冷、碧纱窗牖。
纵待得、来岁春还,只恐那人腰瘦。

[注释]鸳鸯渡:本指河北境内的鸳鸯河边的渡口。这里借指与情人相处之地。牖:窗户。

[赏析]我总是想着咱俩一起生活过的地方。秋天来了天气渐冷,碧绿纱窗的房间更加冷清。纵然我到明年春天回还,只恐你那时人已消瘦。全词较长,这是最后六句。词句描写男子对情人的担忧和怜惜。

圣无忧·珠帘卷
[宋]欧阳修

香断锦屏新别,人闲玉簟初秋。

多少旧欢新恨,书杳杳,梦悠悠。

[注释]簟:竹席。

[赏析]锦绣屏风,熏香燃尽,他已离去了,天已秋凉玉色竹帘卷起,引发美人心中无限苦闷。他音讯杳然,多少往日欢爱,多少离愁别恨,只能重现在悠悠梦中。这是全词的下片。词句描写女子相思情怨,多少欢爱往事只能出现在梦中。

更漏子·柳丝长
[唐]温庭筠

香雾薄,透重幕,惆怅谢家池阁。

红烛背,绣帘垂,梦长君不知。

[注释]谢家:泛指金闺。谢家池阁:指女主人公居所。长:一作"残"。

[赏析]薄薄的香雾缭绕在重重帘幕之中,精致的楼阁池榭,无人与我一起游赏,我惆怅难言。闺房绣帘低垂,我独自背对着红烛泪流,漫漫长夜,忽梦忽醒,你却并不知道我对你的思念。这是全词的下片。词句表达深闺少妇春夜难眠、相思苦闷的心声。

风流子·木叶亭皋下
[宋]张耒

向风前懊恼,芳心一点,寸眉两叶,禁甚闲愁。
情到不堪言处,分付东流。

[赏析]你在风前懊恼不已,一片芳心,两叶柳眉,怎禁得起无尽的忧愁。相思情多到言说不尽之时,只能付与东流水,让它流走。这是全词下片的后半。词句作者想象妻子思念自己时的痛苦,末句更是指情愁凄苦至极。

忆秦娥·秋思
[唐]李白

箫声咽,秦娥梦断秦楼月。
秦楼月,年年柳色,灞陵伤别。
乐游原上清秋节,咸阳古道音尘绝。
音尘绝,西风残照,汉家陵阙。

[注释]秦娥:秦地的女子。灞陵:即霸陵(汉文帝陵墓)。因靠近长安的灞水,又称灞陵。灞水上的桥,称为灞桥,当时为人们送别之地,在今陕西省西安市东面。乐游原:位于长安东南郊,是唐时游览胜地。清秋节:指重阳节。咸阳:秦朝都城,在今陕西咸阳市,喻指长安。

[赏析]箫声呜咽悲凉,秦地女子在梦中惊醒,从楼上看见一轮明月,还有灞桥边柳色青青,年年有多少人在此悽怆离别。在乐游原上过重阳节甚为凄清冷落,通往咸阳的古道上音信早已断绝。夕阳残照,西风吹拂,眼前只有汉朝留下的陵墓和宫阙。词句描写女子思念离别的情人的凄苦心情。

桂枝香·朝霞飞散

[明]王廷相

小楼悄悄阑干倚,最浮云、不堪情恋。
玉书难寄,海天空阔,梦迷人远。

[**注释**]浮云:指游子。玉书:指女子写的书信。

[**赏析**]闺中小楼静悄悄,少妇倚着栏杆相望。他像是云四处浮游,我的情思何处着落。我的书信没法儿寄,大海茫茫天空辽阔。我的梦迷离冷清,远处的他知不知道?这是全词上片的后半。词句描写闺中妇人对游子的思念幽怨的心情。

喜迁莺·晓月坠

[五代]李煜

晓月坠,宿云微,无语枕频欹。
梦回芳草思依依,天远雁声稀。

[**注释**]欹:倾斜,歪。芳草:这里指代所思念的人。

[**赏析**]拂晓时残月已经落坠,夜间的云雾也消散式微,我再也睡不着,斜靠着枕头。想着梦中见到日夜思念的人,想借雁群与她互传相思之情,但天高地远,雁难来,雁声稀疏难觅踪迹。作者本是五代时南唐皇帝,作此词时在失国被俘成为阶下囚后。这是全词的上片。词句抒写作者在与美人别后的无尽思念。

蓦山溪·赠衡阳妓陈湘

[宋]黄庭坚

心期得处,每自不由人。
长亭柳,君知否?千里犹回首。

[赏析]我内心的期望总与我之所得不同,不能尽如我愿。你还记得长亭分别时相赠柳枝的情景吗?我虽已在千里之外,犹然频频回望,寻觅令我难以忘怀的倩影。这是全词下片的后半。词句描写作者对陈湘依恋深、爱慕切,难忘往事,叹息不能掌握自己命运的心情。

阮郎归·杏花疏雨洒香堤

[清]佟世南

杏花疏雨洒香堤,高楼帘幕垂。
远山映水夕阳低,春愁压翠眉。
芳草句,碧云辞,低徊闲自思。
柳莺枝上不曾啼,知君断肠时。

[赏析]杏花如稀疏春雨般飘洒在堤上,仍散发着香气,高楼里闺房的珠帘罗幕垂落,房门紧闭。远处的山岭映照在水流里,夕阳已经很低,闺中少妇娇翠的眉头被思春的愁闷压抑得展不开。她低头徘徊,思考用"芳草""碧云"一类词语表达自己的春思;树上的黄莺也知道她正处于春愁肠断难过之时,不来打扰,也不再鸣啼。词句描写少妇在开春时节思念远方的丈夫(或情人)的春愁情思。

诗经·邶风·雄雉

雄雉于飞,下上其音。
展矣君子,实劳我心。
瞻彼日月,悠悠我思。
道之云远,曷云能来?

[注释]雉:外形像鸡的鸟。通称野鸡,山鸡。展:诚,实。瞻:往前或往上看。曷:何,何时。

[赏析]雄雉在山野里飞翔,忽上忽下叫声响亮。我的夫君是个实诚人,他实在让我操心劳神。眼看着日月运行时光漫长,我对夫君的思念悠悠不断。都说道路遥远,使我愁煞,夫君何时才能回到家乡?全诗四段,这是第二、三段。诗句描写女子对征戍在外的丈夫的绵绵不尽之思念。

鹧鸪天·绣幕低低拂地垂
[宋]晁补之

绣幕低低拂地垂,春风何事入罗帏。
胡麻好种无人种,正是归时君未归。

[注释]胡麻:芝麻。

[赏析]锦绣的帘幕低垂着到地面,春风吹进罗帐扰动我的心。已是种植胡麻的时节,却没人来下种,该是夫君回来的时候,你还没有回来。这是全词的上片。词句描写春风吹拂,扰动少妇的春心,播种时候到了,妻子切盼丈夫回来。词句反映当时社会动荡,男子外出服役未归,女子在家相思难耐的生活(劳作和情爱)困境。

定风波·雁过秋空夜未央

[五代]李珣

雁过秋空夜未央,隔窗烟月锁莲塘。

往事岂堪容易想,惆怅。故人迢递在潇湘。

[注释]容易:随便。迢递:形容遥远。潇湘:指潇水、湘水流经的地方(今湖南地域)。

[赏析]大雁飞过秋天的空中,天还没有亮,窗外的莲塘仍被朦胧月光和雾气笼着。历历往事岂是随随便便会想起来的,情动于此,怎能不伤感惆怅?你在遥远的潇湘地方,我是愁思无限又无奈。这是全词的上片。词句描写思妇在不眠的秋夜里怀念远人的愁苦心情。

踏莎行·自沔东来丁未元日至金陵江上感梦而作

[宋]姜夔

燕燕轻盈,莺莺娇软,分明又向华胥见。

夜长争得薄情知?春初早被相思染。

[注释]华胥:传说中的古国名,这里指虚无的梦境。

[赏析]啊,像燕子这般灵巧轻盈,又像莺儿那样娇滴柔软,我分明又见到你了,可惜只是在夜梦的幻境里。长夜里我对你的相思,薄情的人儿呀你怎能得知?在这初春的时日,我的内心已完全浸染在对你的思念里。这是全词的上片。作者昔日在合肥时曾与一女子相恋。此词描写作者从沔东去往湖州,途经金陵时,内心泛起对昔日恋人的思念。

如梦令·野店几杯空酒

[宋]向滈

野店几杯空酒。醉里两眉长皱。
已自不成眠,那更酒醒时候!
知否。知否。直是为他消瘦。

[注释]他:指"她"。

[赏析]在乡野旅店独自空肚喝了几杯酒,有点醉了,心里烦闷,眉头长皱不展。本来就没有睡着,酒醒之后脑子更加清楚。我自己明白,我自己知道。我是因为对她的相思而日渐消瘦。词句描写作者旅途中居于野店,借酒浇愁,思念心上人,不能自已的境况。

踏莎行·叶打星窗

[清]万树

叶打星窗,雁鸣飚馆,便凄凉煞无人管。
前尘昨梦不堪提,素颜青鬓都来换。

[注释]飚馆:指宾馆,旅舍。素颜:指女子白皙的容颜。青鬓:指浓黑的鬓发。

[赏析]树叶遮住了窗外的星光,大雁鸣叫着掠过旅舍。没有人会来管我理睬我,我心中的凄凉无以复加。昨夜梦见的往事不能够再回想,她白皙的容颜、浓密的黑发是否都已换了模样。这里是全词的上片。词句描写作者感叹自己羁旅在外,无人关心、无人体贴、无人温存的孤寂境况,以及十分怀念昔日恋人的心情。

彩书怨
［唐］上官婉儿

叶下洞庭初，思君万里余。
露浓香被冷，月落锦屏虚。
欲奏江南曲，贪封蓟北书。
书中无别意，惟怅久离居。

[**注释**] 贪：急切的欲求。蓟北：泛指唐代的边塞。

[**赏析**] 秋天来了，红叶向洞庭湖里飘落，我思念的你还在迢迢万里之外。露水浓重香被寒冷，月儿快落尽了，锦绣屏风里只有空虚的我一个。本想弹奏个江南小曲解解闷，还是急切匆忙地给在蓟北的你写信了。书信里也没有什么别的意思，只是诉说长久分离使我感到惆怅寂寞。诗句描写女作者向远在边塞的爱人诉说自己闺房独处的寂寞和强烈的思念。

寒夜怨
［南北朝］陶弘景

夜云生，夜鸿惊，凄切嘹唳伤夜情。
空山霜满高烟平。铅华沉照帐孤明。
寒月微，寒风紧。愁心绝，愁泪尽。
情人不胜怨，思来谁能忍！

[**注释**] 唳：（鹤、鸿雁等）鸣叫。

[**赏析**] 夜空笼罩着层云，雁群惊恐地飞过，它们凄切嘹亮的鸣叫充满忧伤。空旷的山峦布满冷霜，犹如弥漫着白烟。一盏孤灯照着女子的帐幔。月

光冷寒微微明,寒风一阵又一阵。相思的心无法断绝,相思的泪快要流尽。情人哪,我怨恨你不来相见,这种相思谁能忍受得了？诗句描写寒夜里思妇不堪忍受孤寂、怨伤至极的心绪。

昼夜乐·洞房记得初相遇
[宋]柳永

一场寂寞凭谁诉？算前言、总轻负。
早知恁地难拼,悔不当初留住。
其奈风流端正外,更别有、系人心处。
一日不思量,也攒眉千度。

[**注释**] 攒:聚在一起。

[**赏析**] 一场情爱过后是无尽的寂寞,这又能跟谁去诉说？想起以前的种种诺言,都被他轻易地辜负了。早知道离愁是如此难熬,真后悔当初没把他留住。他除了长得风流端正以外,更有些让人朝思暮想的地方。一天不想他,都要皱眉千次,更何况想他呢？这是全词的下片。词句描写女主人公在情人走后对他的无限思念。

长相思·一重山[1]

[五代]李煜

一重山,两重山。
山远天高烟水寒,相思枫叶丹。
菊花开,菊花残。
塞雁高飞人未还,一帘风月闲。

[赏析]一座山啊又一座山,重重山岭绵延不断。天是那么高,烟云水汽又是那么寒冷,只有我的相思像枫叶那样火红热切。菊花开了又谢了。塞外的大雁飞来避寒,我思念的人却没有回来。只有帘外的风月无思无忧。词句描写深秋时节思妇内心期待未能实现的空寂幽怨。

送某君之吴门

[清]李苹香

一舸翻然去,盈盈水一涯。
离情拼浊酒,别泪溅桃花。
计拙留诗卷,愁多感岁华。
此心不可说,月已上窗纱。

[注释]吴门:苏州。舸:大船。翻然:迅速而彻底。
[赏析]你坐上大船迅速又彻底地到吴门那里去了,我与你隔着一大片

---

[1] 一说此词为宋代邓肃所作。

水域没法追赶。离别后,我情思难收,只能不断喝酒,泪水溅在扇面上,犹如朵朵桃花。没有好办法,只能抒写诗句,幽愁感叹年华流逝不再。我对你的心能向谁去说,夜深了月光照着窗纱。诗句描写作者送别情人后,惋惜自己年华空度,内心的相思愁绪无处诉说。

赠人三首·其三

[明]红杏

一曲琵琶泪不休,喃喃絮语四弦留。
相思远似程江水,绕过清溪尚欲流。

[**注释**]四弦:即琵琶(有四根弦)。程:路程,远程。

[**赏析**]我弹着琵琶,泪水流个不停,心里的无数话儿诉说在琵琶声中。我的相思就像那远流不断的江水,绕转过了多少条河溪还在淌流。"赠人"三首诗的第一首说明男女双方本已订好婚约,因家庭迁徙而分手了。由此使女主人公情意难忘,相思不断。诗句描写女主人公在弹奏琵琶中寄托对原未婚夫的绵绵情思,极为伤感。

百字令·丁酉清明

[清]厉鹗

一自笑桃人去后,几叶碧云深浅。
乱掷榆钱,细垂桐乳,尚惹游丝转。
望中何处?那堪天远山远。

[**注释**]笑桃人：指意中人。唐崔护《题都城南庄》诗中有"人面不知何处去,桃花依旧笑春风"句。

[**赏析**]自从我邂逅的那个桃花般美丽的姑娘离去后,只有天上几片或浓或淡的彩云相伴。榆钱乱撒满地,桐子垂挂树枝,春天过去,尚有虫网丝丝,吊着转悠在空中。爱已成空,相思不绝如缕。我心中的那个姑娘今在何处？我不堪忍受这看不到尽头的天和山。这是全词下片中的大部分。词句描写作者对偶遇而生暗恋的姑娘的绵绵不已的相思之情。

八六子·倚危亭

[宋]秦观

倚危亭。恨如芳草,萋萋刬尽还生。

念柳外青骢别后,水边红袂分时,怆然暗惊。

无端天与娉婷。夜月一帘幽梦,春风十里柔情。

[**注释**]萋萋：形容草长得茂盛的样子。刬：同"铲"。娉婷：形容女子的姿态优美,代指美貌女子。

[**赏析**]送别归来途中,独自倚在高高的亭子上。回头望去,芳草连天,那是无边的离恨呀,它就像那茂盛的春草,把它铲除尽了又不断地生长出来。一想到在水边与那红袖佳人分别的情景,我心中就伤感不已。上天怎么就平白地赐予她如此的美貌。我总是想起当年月夜里与她同在帘帐进入幽幽之梦,温煦的春风不断吹拂着她的无限柔情。这是全词的前半。词句描写作者在送别佳人后忆念当年与佳人欢娱的时光,现在自己科场失意,已过了而立之年还未能入仕,实在难以抑制对曾经与自己爱恋的歌女的相思。

菩萨蛮·忆郎还上层楼曲

[宋]张先

忆郎还上层楼曲。楼前芳草年年绿。
绿似去时袍,回头风袖飘。
郎袍应已旧,颜色非长久。
惜恐镜中春,不如花草新。

[赏析]思念情郎,登上高楼远望。春天来到,楼前的芳草又绿了。这翠绿跟你离去时所穿衣袍的颜色一样,你离去时回头凝望,绿色衣袖随风飘荡。时光荏苒,你的衣袍一定已旧了,衣袍的绿色难以久长;韶华易逝,我在镜中的容颜怕是不再芳华依旧,如春光般姣好。词句描写闺中少妇感时怀郎,又恐怕自己芳华不再的充满复杂的春思情怨的心态。

玉楼春·春思

[宋]严仁

意长翻恨游丝短。尽日相思罗带缓。
宝奁明月不欺人,明日归来君试看。

[注释]奁:古代妇女梳妆用的镜匣。

[赏析]我的情意太绵长,而怨恨的游丝过于短。整日里为相思所煎熬,以致日渐消瘦,衣带松宽。梳妆的镜匣如明月一般不会欺骗人,明日你回来,就能看见我在镜中的容颜已憔悴不堪。这是全词的下片。词句描写少妇因相思太过,自感容颜憔悴、身体消瘦、衣带松宽。

闺 情
[唐]郑虔

银钥开香阁,金台照夜灯。
长征君自惯,独卧妾何曾。

[赏析]银质钥匙打开熏香的楼阁,金色灯台照亮着长夜的闺房。夫君你已习惯在远处征戍,但我何曾说过已经习惯独卧?诗句以思妇反问语,表示对总是独守空闺的春怨心情。

诉衷情·永夜抛人何处去
[五代]顾敻

永夜抛人何处去?绝来音。
香阁掩,眉敛,月将沉。
争忍不相寻?怨孤衾。
换我心,为你心。始知相忆深。

[赏析]长夜漫漫,你抛开我到哪里去了?来临的音讯断绝。我只好关上闺阁的小门,紧皱眉头,眼看月儿即将落沉。我怎么可能忍心,不寻觅,不期待,不等候你?怨念被褥孤单。只有将我的心,换成你的心,你才会知道我对你的忆念相思是多么深。词句描写痴心女子长夜孤衾,思念又怨艾久久相违的情人。

秋夜曲
[清]黄景仁

幽兰裛露露珠白,零落花香葬花骨。
秋深夜冷谁相怜,知君此时眠未眠。

[注释]幽兰:幽谷之兰,这里暗喻作者之表妹。裛:书套。这里通"浥",沾湿。

[赏析]作者年少时与表妹相恋,但未订立婚约。作者十七岁时外出求学,表妹奉父命远嫁他乡。二人旧情终是难忘。幽谷里的兰花沾着露水,使得露珠发白,兰花的芳香消散了,叶片随之零落葬入泥土。深秋夜里多么寒冷,谁会来怜惜你,真不知道这个时候你能否入眠。全诗八句,这是后四句。诗句描写作者对初恋情人(表妹)的深深怀念。

情诗五首·其五
[晋]张华

游目四野外,逍遥独延伫。
兰蕙缘清渠,繁华荫绿渚。
佳人不在兹,取此欲谁与?
巢居知风寒,穴处识阴雨。
不曾远别离,安知慕俦侣?

[注释]渚:沙洲。兹:这里。俦:伴侣。

[赏析]游子放眼野外,四处观览,虽然逍遥自在,只能独自伫望。兰蕙沿着清清水渠,散发芳香,繁花和绿荫覆盖着沙洲。美人不在这里,摘取香兰幽草去送给谁?树上的鸟最清楚风寒之冷,洞穴里的虫最易感受阴雨之苦。

485

未曾经历别离的人,怎能知道我思慕伴侣的痛苦?!

西江月·题情
[明]高濂

有恨不随流水,闲愁怪逐飞花。
梦魂无日不天涯,醒处孤灯残夜。
恩在难忘销骨,情含空自酸牙。
重重叠叠剩还他,都在淋漓罗帕。

[赏析]我的怨恨不会随流水而去,愁绪缠绕,去追逐飞花,也消解不了。每夜做同样的梦,总是见他在海角天涯,醒来时夜未尽,陪伴我的只有一盏孤灯。夫妻恩义难忘,相思使我形立骨销,情深尽在心中,无处诉说,吃饭没有滋味,空叫牙齿发酸。相见时刻也不必啰唆重复思念的话,只把淋漓层叠满是泪痕的罗帕交给他看看就足够了。词句描写思妇独守空闺的心绪和思念丈夫的情愁。

相思曲
[唐]戴叔伦

鱼沉雁杳天涯路,始信人间别离苦。
……
妾身愿作巫山云,飞入仙郎梦魂里。

[赏析]鱼儿沉落水底,大雁杳无信息,天涯路途漫漫,我的爱人你在哪

里?我这才相信,人世间与爱人别离、分隔两地,是多么痛苦的事情。……我真愿化作一片巫山上的云,飘飞到我爱人的梦魂里,与他相聚。全诗十六句,这是第五、六句和最后两句。诗句描写女子与情郎离别后相思深重,女子急切希望飞入情郎的梦魂(怀抱)里。

一剪梅·雨打梨花深闭门
[明]唐寅

雨打梨花深闭门,孤负青春,虚负青春。
赏心乐事共谁论?花下销魂,月下销魂。
愁聚眉峰尽日颦,千点啼痕,万点啼痕。
晓看天色暮看云。行也思君,坐也思君。

[注释]孤负:同"辜负"。颦:皱眉。

[赏析]沉重地关上房门,只听着窗外雨打梨花声,就这样辜负了青春年华,虚度了美好青春。纵然有美好愉悦的事情,又能与谁共享?在花下失魂落魄,在月下也黯然伤神。相思愁闷使我整日皱着眉头,揩拭不完脸上千点万点的泪痕。早起看天色,傍晚再看行云,怕你在路上遭受风吹雨淋。我做什么事都在想着你,一歇下来更是相思不尽。全词的上片描写少妇在深闺孤寂中对离别相思的怨情,下片描写少妇对出门在外的丈夫的百般惦记、苦苦思念。

鹧 鸪
[唐] 郑谷

雨昏青草湖边过,花落黄陵庙里啼。
游子乍闻征袖湿,佳人才唱翠眉低。

[注释] 青草湖:又名巴丘湖,在洞庭湖东南。黄陵庙:祭祀帝舜的妃子娥皇、女英的庙。

[赏析] 天空阴沉雨水不断,我经过青草湖边,黄陵庙里花瓣飘落,只听到鹧鸪在啼叫。异乡的游子听到这叫声,不禁泪水涟涟沾湿了衣裳,美丽的女子听到这叫声,不禁黛眉低垂,唱起了相思的歌。全诗八句,这是其中的第三至第六句。诗句描写鹧鸪的啼叫声触发了游子的思乡情和女子的相思情。

山鹧鸪词二首
[唐] 苏颋

玉关征戍久,空闺人独愁。
寒露湿青苔,别来蓬鬓秋。
人坐青楼晚,莺语百花时。
愁多人易老,断肠君不知。

[赏析] 这本是两首诗,这里是合起来读。你到边关戍守已很久了,我在空落的闺房里独自闷愁。天候已到寒露,秋气润湿青苔,与你别后,我的鬓发恰似飞蓬。每天在楼阁里枯坐到晚,只听着莺儿在百花丛中啼鸣。忧愁多了,人容易衰老,我思念你愁肠寸断,你却不知道。诗句描写闺阁女子对戍边夫君诉说因相思而自感衰老的情态。

玉阶怨
[唐]李白

玉阶生白露,夜久侵罗袜。
却下水晶帘,玲珑望秋月。

[赏析]秋夜里,独自伫立在闺阁的台阶上,时间一长,浓重的露水浸湿了罗袜。她回到房中放下了珠帘,仍然凝望着透明珠帘外皎洁的月光。诗句描写女主人公秋夜怀人、痴心凝望、空落怨念的情景。

菩萨蛮·玉楼明月长相忆
[唐]温庭筠

玉楼明月长相忆,柳丝袅娜春无力。
门外草萋萋,送君闻马嘶。
画罗金翡翠,香烛销成泪。
花落子规啼,绿窗残梦迷。

[注释]画罗:有画饰的罗帐。子规:即杜鹃鸟。绿窗:绿色纱窗,借指女子居室。

[赏析]华美的楼阁里,明亮的月光下,她又沉浸在漫漫的忆念里。楼外柳丝摇曳,春情使她神迷无力。她总是想起送他出门时,门外那些茂密的蔓草和骏马的嘶鸣。而今独卧在饰有金色翡翠鸟的罗帐里,芳香的蜡烛融为滴滴蜡油。正是落花时节,杜鹃鸟泣血鸣啼,晨曦映在淡绿的窗纱上,残破的梦境已模糊迷离。词句描写闺妇思念远行丈夫的残梦迷离、情思幽怨的情境。

更漏子·玉炉香

[唐]温庭筠

玉炉香,红烛泪,偏照华堂秋思。
眉翠薄,鬓云残,夜长衾枕寒。
梧桐树,三更雨,不道离情正苦。
一叶叶,一声声,空阶滴到明。

[赏析]玉炉散发着香烟,红蜡烛流着烛泪,摇曳的烛光照着华美内室主人在这秋天里的愁思。她蛾眉的颜色已褪,如云的鬓发显得零乱,漫漫长夜,拥着寒凉的枕头被子无法入睡。窗外的梧桐树,正淋着三更时的冷雨,它不会理解屋内失眠的她在为别离伤心。雨点打在梧桐叶上滴滴有声,又落到空寂的石阶上,一直滴到天明。词句描写淅沥秋雨中闺阁少妇深夜相思怀人不能入睡的凄苦心情。

杨柳枝词

[清]厉鹗

玉女窗前日未曛,笼烟带雨渐氤氲。
柔黄愿借为金缕,绣出相思寄与君。

[注释]曛:暮,昏暗。氤氲:形容烟雾或云气浓郁。君:夫君(或情人)。
[赏析]如花似玉的女子在天光未暗时临窗而望,看着杨柳树笼罩在蒙蒙细雨的烟云之中。她真想让鹅黄色的柔软细嫩的杨柳枝化为一缕缕金线,绣出自己心中的相思,寄给外出的夫君。诗句描写女子在初春时节扰动不已的相思愁情。

[正宫]塞鸿秋·题情
[元]赵莹

玉人不见徒劳望,相思两地音书旷。

挥毫难写断肠文,枕几惟添愁旅况。

只为美人情,空取时人谤,何时再得相亲傍?

[注释]玉人:对女子的美称,这里指作者的妻子。时人谤:指当时一些人嘲笑作者用情太多,总在"想老婆"。

[赏析]见不到我润美如玉的妻子,音讯书信皆无,两地徒然相思。提笔挥毫,我却难以写出令人唏嘘断肠的文章,孤枕单几不断增添我羁旅愁思。只因为我极为想念爱妻,竟招致一些俗鄙之人嘲笑,我才不在乎呢,只是我不知何时才能结束这羁旅生活,好和爱妻日夜厮守、亲密相傍? 词句描写作者在羁旅中对妻子深情思念、切望早日回家团聚的心情。

长恨歌
[唐]白居易

玉容寂寞泪阑干,梨花一枝春带雨。

[注释]阑干:横七竖八、纵横交错的样子。

[赏析]冥冥中的杨贵妃神色忧愁,满面泪痕,好似一枝带着春雨的梨花。全诗很长,这是其中两句。诗句想象杨贵妃死后,唐玄宗在想念中"见到"她含泪幽怨的样子。

满江红·眼角相勾
[明]王彦泓

欲寄语,加餐饭。难嘱咐,凭鱼雁。
隔云山牵挽,寸心如线。
善病每逢春月卧,长愁多向花前叹。
况如今、憔悴去依边,何曾惯。

[注释]鱼雁:指书信。

[赏析]想给你写信,劝你多吃点饭。仅凭书信往来,很难再说什么。只有我的爱心像一条丝线,隔着层云叠山与你牵挽。每到春花开、月儿圆时,我总会卧病,我内心无尽的愁思只能在花前空自悲叹。何况现今我憔悴不堪,真让人难以习惯啊。这是全词的下片。词句描写闺中女子念盼情人的抑郁、焦虑的心绪,以及音信难通的状况下痛苦的相思。

临江仙·直自凤凰城破后
[宋]朱敦儒

月解重圆星解聚,如何不见人归?
今春还听杜鹃啼。
年年看塞雁,一十四番回。

[注释]凤凰城:指北宋都城汴梁(汴京,今河南开封)。

[赏析]月亮缺了知道重圆,星星散了懂得再聚,为什么那么多年了还不见你归来?今年春天,我又听到杜鹃鸟的"不如归去"的鸣啼。年年仰望秋去春回的鸿雁,它们已经往返了十四个春秋。这是全词的下片。词句描写

北宋都城及中原被金人占据后,广大民众失散流离,他们思念亲人、切盼亲人团圆,以及返回故园的家国情怀。

点绛唇·云透斜阳
[宋]曹组

云透斜阳,半楼红影明窗户。
暮山无数。归雁愁还去。
十里平芜,花远重重树。
空凝伫。故人何处。可惜春将暮。

[注释]故人:指情人。

[赏析]夕阳透过层云,把半边楼屋及窗户照得红亮。无数山岭暮色苍茫。大雁虽然发愁路途遥远,还是要返回故乡。在广阔原野上,花儿已不多了,树荫茂密重重。空自伫立凝望,我的情人在哪里?春光将逝,未能相见,多么可惜。词句描写羁旅的作者惜春怀人的情思。

代春怨
[唐]刘方平

朝日残莺伴妾啼,开帘只见草萋萋。
庭前时有东风入,杨柳千条尽向西。

[注释]西:指征人所在方向。代春怨:代思妇拟春怨诗。

[赏析]暮春时节,阳光下有几只黄莺鸣啼,似是懂得我的心,卷起珠帘能看到茂盛的满地青草。庭院里时常有东风吹进来,吹得千万条杨柳都倾斜着向西。诗句描写暮春时女子在家思念远在西陲征戍的丈夫的"春怨"情景。

[北双调]蟾宫曲·四景闺词四首·其一
[明]冯惟敏

正青春人在天涯,添一度年华,少一度年华。
近黄昏数尽归鸦,开一扇窗纱,掩一扇窗纱。
雨纷纷风翦翦,聚一堆落花,散一堆落花。
闷无聊愁无奈,唱一曲琵琶,拨一曲琵琶。
业身躯无处安插,叫一句冤家,骂一句冤家。

[注释]翦:同"剪"。业:佛教用语。佛家认为人的生死轮回情况由"业"决定。业有善恶之分,一般常云"罪业"。

[赏析]我正值青春时期,他却远在天涯,我平添一岁,少了一年美好年华。黄昏时分我只能一一数着归鸦,我打开了这一扇纱窗,又关上了另一扇纱窗。细雨纷纷,寒风如剪,吹聚起一堆落花,又吹散了另一堆落花。烦闷无聊,悲愁无奈,且弹奏一曲琵琶,又跟唱一曲琵琶。我已经委身于他,还能嫁往何处人家?只得叫一声冤家呀,你何时回家,又骂一句冤家呀,你真让我想煞。曲词描写女子专一地思念远出不归的情人那极为怨艾的心情。

鹧鸪天·枝上流莺和泪闻[1]

[宋] 秦观

枝上流莺和泪闻,新啼痕间旧啼痕。
一春鱼鸟无消息,千里关山劳梦魂。
无一语,对芳尊,安排肠断到黄昏。
甫能炙得灯儿了,雨打梨花深闭门。

[注释] 鱼鸟:指书信(传说鱼和雁能传递书信)。尊:同"樽"。甫能:"刚才"之意。炙:指燃,烧。

[赏析] 树枝上黄莺的啼鸣唤醒了正在梦中哭泣的我,旧的泪痕未拭去,又叠上了新的泪痕。整个春天没有见到他的书信,我只能在梦中去见千里关山外的夫君。没有人可以说一句话,只能独自面对精致的酒樽。多么无奈,肝肠寸断直到黄昏。漫漫长夜,刚刚把灯油燃尽,一直听着深闭的院门外,雨水打落梨花声。词句描写孤寂生活中的妇人思念征戍在外的丈夫、梦中泪流不止的情景。

杂诗二首·其二

[南北朝] 王微

朱火独照人,抱景自愁怨。
谁知心曲乱,所思不可论。

---

[1] 一说作者是无名氏。

[**注释**]朱火：烛光。景：即"影"。

[**赏析**]夜里的烛光照着孤独的我，我抱着自己的身影，寂寞又愁怨。谁能知道我的心里是多么乱，我对你的思念又能向谁诉说。全诗十六句，这是最后四句。诗句描写思妇在夜里孤独凄清，愁怨相思，又无处诉说的心情。

山花子·小院深深数折阑
[清]汪士铎

烛泪堆时人语寂，剪刀停处漏声残。
欲去欲留无限意，梦中难。

[**赏析**]蜡烛流下的烛油堆积起来，人们都已入睡，四周静寂悄悄，她手里做针线活的剪刀也放下了，只有计时的滴漏声声不断。要不去想他，又实在无法扯断心中的情丝，即使是在梦中也难以割舍。这是全词的下片。词句描写闺妇长夜里怀念夫君之绵绵不断的情思。

蝶恋花·伫倚危楼风细细
[宋]柳永

伫倚危楼风细细，望极春愁，黯黯生天际。
草色烟光残照里。无言谁会凭阑意。
拟把疏狂图一醉，对酒当歌，强乐还无味。
衣带渐宽终不悔，为伊消得人憔悴。

[**注释**]伊：人称代词，指他或她。

[赏析]我长时间倚着高楼的栏杆,微风不断拂着我的脸面。望不到头的春日离愁,似乎悄然升起在天际。落日的余晖映照着绿草和那飘忽缭绕的云霭雾气,我默默无言,谁能领会我在此凭栏的情意。想着干脆喝个一醉方休,举杯高歌乱唱一阵,但这样强颜欢笑还是没有什么意味。人已日渐消瘦,衣带很宽松了,我也无怨无悔。只因思念我心爱的人,才使我如此消瘦憔悴。词句描写主人公对情人的极度思念之苦。最后两句后来常被用于追求理想锲而不舍的执着态度。

定风波·自春来惨绿愁红

[宋]柳永

自春来惨绿愁红,芳心是事可可。
日上花梢,莺穿柳带,犹压香衾卧。
暖酥消,腻云䚯,终日厌厌倦梳裹。
无那!恨薄情一去,音书无个。

[注释]暖酥:指女子的肌肤。腻云:代指女子的头发。䚯:下垂。厌厌:犹恹恹,无精打采状。

[赏析]自入春以来,看那些绿叶红花似乎都带着凄惨愁苦的样子,我心里对什么事情都不在意。太阳已升上了树梢,黄莺在柳条间穿飞歌唱,我还拥着锦被没起床。丰腴的肌肤渐渐消瘦,一头秀发低垂散乱,终日里心灰意懒,没心情对镜梳妆。无奈呀!可恨那薄情郎自从离去后,连一封书信也没有寄回来。这是全词的上片。词句描写女子自情郎走后相思不尽、十分慵懒、打不起精神的身心状态。

自君之出矣[①]

[唐]辛弘智

自君之出矣,宝镜为谁明?
思君如陇水,长闻呜咽声。

[赏析] 自从夫君外出后,这镜子能为谁的梳妆打扮而明亮呢?我对夫君的思念就像陇水长流无尽,你听到的水流呜咽的声音,就是我在不断伤感悲泣。诗句描写思妇对外出未归的丈夫的深切思念。

赋得自君之出矣

[唐]张九龄

自君之出矣,不复理残机。
思君如满月,夜夜减清辉。

[赏析] 自从夫君外出之后,我不再去打理那架陈旧的织机。就像满月过了十五,一夜夜地亏减了清亮的光辉一样,我对夫君的思念使我身容一天一天地消瘦。诗句比喻思妇既如月亮般皎洁纯贞,又因思念夫君而像月亮由盈渐亏一般消瘦下去。

---

① 又见唐雍裕之《自君之出矣》其一。

自君之出矣

[隋]陈叔达

自君之出矣,红颜转憔悴。
思君如明烛,煎心且衔泪。
自君之出矣,明镜罢红妆。
思君如夜烛,煎泪几千行。

[赏析]自从你离家外出,我红润的容颜变得憔悴。想念夫君使我像一支燃亮的蜡烛,煎熬着身心,满含泪水。自从你离家外出,我不再对着镜子梳妆打扮。想念夫君使我像夜里不灭的蜡烛,煎熬着身心,泪流几千行。诗句描写自丈夫外出后,留守妇人内心的无尽相思和焦虑。

自君之出矣六首·其五

[南北朝]陈叔宝

自君之出矣,绿草遍阶生。
思君如夜烛,垂泪著鸡鸣。

[注释]著:"着"的本字。这里意为使,令。

[赏析]自从你离开家外出,家事无人打理,庭院杂草丛生。我天天思念你,就像夜里的蜡烛不断滴泪直到鸡叫天明。

春　愁
[唐]韦庄

自有春愁正断魂,不堪芳草思王孙。
落花寂寂黄昏雨,深院无人独依门。

[注释]芳草:喻美丽女子。王孙:泛指贵族官宦子弟。

[赏析]自从产生了对他的情思春愁,美丽女子就像失了魂魄,总是思念着那个公子。花儿谢落在寂寞的黄昏中,此时又下起了雨,庭院深深没有别人,只能枉自倚门空等。诗句描写某女子的内心深情和难以承受的孤寂凄清。

敦煌写本·奉答二首·其一
[唐]无名氏

纵使千金与万金,不如人意与人心。
欲知贱妾相思处,碧海清江解没深。

[注释]解:明白,知道。

[赏析]即使给我送来千万两黄金,也抵不上你对我的心意和爱情。要知道我对你的相思有多深,那碧海清江的水深也没有我的相思深。在敦煌写本中有以男女问答体形式写的《思佳人率然成咏》诗七首及《奉答》二首,前者描写的是戍边军士对家乡妻子(或情人)的思念;这一首"奉答"诗描写作为妻子(或情人)的女主人公表达同样思念对方的无限爱情。

如梦令·昨夜洞房春暖

[明]李梦阳

昨夜洞房春暖,烛尽琵琶声缓。
闲步倚阑干,人在天涯近远。
影转,影转,月压海棠枝软。

[**注释**]洞房:这里指少妇的里间卧室。

[**赏析**]昨天夜里,少妇在里间卧室也感受到了春天的暖意,她长时间弹着琵琶,灯烛已燃尽,声调也缓慢了。她不由自主地信步走到楼头,倚着栏杆凝望,不知他在天涯何处。月影在移动,月影在游转,明月逐渐西斜,把海棠树的枝杈压得软下来。词句描写心怀春情的闺中少妇对在外的丈夫的相思之情。

蝶恋花·槛菊愁烟兰泣露

[宋]晏殊

昨夜西风凋碧树。独上高楼,望尽天涯路。
欲寄彩笺兼尺素,山长水阔知何处。

[**注释**]彩笺:彩色的信笺。

[**赏析**]昨夜西风刮得很猛,青绿的树叶纷纷凋落。我独自登上高楼,望尽了通向天涯远处的路。想给心上人寄一封书信,但是高山连绵、碧水辽阔,不知道我的心上人在何处。这是全词的下片。词句描写主人公想把相思之情托于书信,却无处可寄,表现其对情人怀念之深和困于现实阻隔之怅惘。

女冠子·昨夜夜半
[唐]韦庄

昨夜夜半,枕上分明梦见。
语多时。依旧桃花面,频低柳叶眉。
半羞还半喜,欲去又依依。
觉来知是梦,不胜悲。

[赏析]昨天深夜,我在梦里很清楚地见到你了。我们说了好长时间的话。你还是同过去一样面若桃花,频频低垂眼睑,柳叶眉儿弯弯。你半是含羞半是喜欢,要走开离去又依依不舍。醒来了才明白只是个梦,我不胜伤感悲哀。词句描写作者在梦境中与情人会面,表达作者对情人的相思深情。

醉花间·休相问
[五代]毛文锡

昨夜雨霏霏,临明寒一阵。
偏忆戍楼人,久绝边庭信。

[注释]戍楼:边塞驻军的瞭望楼。
[赏析]昨夜里春雨纷纷,天明时寒气阵阵。偏偏又想起了远征戍边的他,我已很久未收到边关的来信。这是全词的下片。词句描写少妇对戍边丈夫的思念。

五 生离死别

人从青春期开始，就有了对异性、对爱情的需要和向往，以至于终身；如果结了婚，在一夫一妻制度的规约下，对异性的爱情专限于夫或妻。这样，千百年来，就形成了由规范、习俗、舆论，以至于律条所制约的婚姻事实和爱情心理——山盟海誓呀，白头偕老呀，从一而终呀，"你我好比鸳鸯鸟"呀，"我的心里只有你"呀，甚至还有"不能同年同月同日生，但愿同年同月同日死"的誓愿，以及"咱俩下辈子还做夫妻"的梦幻式期待，等等，等等，都是世上绝大多数夫妻的事实和心理的反映与表现。

但是，爱情、婚姻是几十年的长途跋涉，在这个过程里，既会有阳光灿烂，又会有风雨交加。在这个漫长的旅途中，常常是欢愉恣肆、健康和美与辛劳争吵、疾病愁苦并存，还可能发生情变、离异，以至"长捐"（死亡）等情况。这可说是人生的常态。

在这一部分里，读者会看到古诗词里对"人生常态"之一的生离死别的描述。

"结发为夫妻，恩爱两不疑。欢娱在今夕，燕婉及良时。征夫怀往路，起视夜何其。参辰皆已没，去去从此辞。行役在战场，相见未有期。握手一长叹，泪为生别滋。努力爱春华，莫忘欢乐时。生当复来归，死当长相思。"（［汉］无名氏《别诗四首》其三）这个"征夫"离别的境况不是令人很心酸吗？

一对夫妻从北方向南方归去的跋涉过程中，妻子生病，不能走了，这是妻子不得不中途留下时的诗话："念与君离别，气结不能言。各各重自爱，远道归还难。妾当守空房，闭门下重关。若生当相见，亡者会黄泉。"（［汉］民歌，见［宋］郭茂倩编《乐府诗集·艳歌何尝行》）这样沉重的心情，令人不能不唏嘘叹息。

我们在古诗词中还看到了一些悼亡的诗词。例如："结发为夫妇，于今十七年。相看犹不足,何况是长捐。我鬓已多白,此身宁久全。终当与同穴,未死泪涟涟。"([宋]梅尧臣《悼亡三首》其一)"望庐思其人,入室想所历。帏屏无仿佛,翰墨有余迹。流芳未及歇,遗挂犹在壁。怅恍如或存,回惶忡惊惕。"([晋]潘岳《悼亡诗三首》其一)

潘岳、元稹、苏轼、纳兰性德、王士禛等作者的悼亡诗词发自肺腑,哀婉痛惜,历来为人们所注意,为诗词家所嗟叹,在这一部分里也有辑录。

读者朋友们,在您读完本书,了解到古代人种种浪漫、欢悦、思念、苦涩、哀痛等爱情全过程情景后,一定会对爱情这个"人生美事"有更进一步的理解和更深一层的体悟,从而有助于您获得和增进美好、灿烂、圆满的爱情。这也是本书编著者的祝愿。

白头吟

[汉]卓文君

皑如山上雪,皎若云间月。
闻君有两意,故来相决绝。
……
凄凄复凄凄,嫁娶不须啼。
愿得为一人,白头不相离。

[注释]皑:洁白。皎:白而亮。

[赏析]爱情本应该如山上的雪那样洁白,像云间的月那样明亮。听说你怀有二心,所以来与你断绝。……凄凉寂寞啊寂寞凄凉,嫁娶也好诀别也罢,都用不着哭哭啼啼。我只愿有个一心一意的丈夫,与我白头偕老永不相弃分离。作者本是富家小姐。司马相如以一曲《凤求凰》琴声相挑,后二人演出了恋爱私奔的活剧。当司马相如困窘之际,卓文君甘于"当垆卖酒";而当司马相如赢得功名、志得意满、另有新欢后,卓文君却只能独守空帏、啃噬寂寞。卓文君不哭泣、不吵闹,写下了这首诗与之诀别。全诗有十六句,这里是开头四句和中间的四句。诗句显示了作者内心的刚强,表现了一个肯为爱付出青春乃至一生的女子内心唯一的、最大的愿望,是与同样忠诚于爱情的丈夫白头偕老、不离不弃。

女冠子·晓莺啼罢
[清]方是仙

爱风流,几许赚人句。
恨此生、却似海棠开无主,佳期难据。
怕鱼沉雁杳,寻伊何处。

[注释]赚:这里意指哄骗。鱼、雁:借指书信。

[赏析]你个风流人儿爱拈花惹草,拿几句甜言蜜语哄骗我。我怨恨自己的人生,就像是海棠花开了却没有恩主,盼着好日子而难有依靠。我怕你是鱼沉水底、雁飞杳然,连书信都没有,到哪里去寻找你?作者是歌女。这是全词下片的前半。词句表达作者对薄幸男子抛弃自己离去无踪影的怨愤。

[正宫]塞鸿秋·爱他时似爱初生月
[元]无名氏

爱他时似爱初生月,喜他时似喜梅梢月,
想他时道几首西江月,盼他时似盼辰钩月。
当初意儿别,今日相抛撇,要相逢似水底捞明月。

[注释]西江月:词牌名。辰钩月:指难以见到的辰星(水星)。别:指(感情)特别(好)。

[赏析]他与我相爱时,我爱他像初生月亮那般清新,我喜欢他像月儿刚上梅树梢时那样明媚,想念他时我禁不住唱起了几首《西江月》,盼望与他相会。他却像辰星那样难以见到。想当初是多么甜情蜜意,特别相好,看今天他却把我抛开撇在一旁,要想与他再相逢,如同水底捞明月。曲词描写女子自诉与一薄幸男子相爱却被"抛撇"的不幸境遇和悲伤心情。

曲玉管·陇首云飞
[宋]柳永

暗想当初,有多少、幽欢佳会,
岂知聚散难期,翻成雨恨云愁。
阻追游。
每登山临水,惹起平生心事,
一场消黯,永日无言,却下层楼。

[赏析] 回想当初,有多少次幽会相聚的美好时光,谁知聚散不能由人,难以预期,当时的欢乐反变成今日云散雨停的无限怨愁。不知是什么在阻碍着我们的悠游。每当我登楼又见到山水美景,都会勾起我的回忆和心事,总是黯然神伤,长时间默然无语,只好独自下楼。这是全词的下片。词句描写女子与情人先是相爱欢愉,别离之后再难相见的无限惆怅。

别 赋
[南北朝]江淹

黯然销魂者,惟别而已矣。

[赏析] 最让人心神沮丧、失魂落魄的,只有别离这个事啊!这一句是江淹《别赋》的总纲。《别赋》指出"别虽一绪,事乃万族",铺陈了各种别离的情状,以及特定人物同中有异的别离之情。别离之苦既有共性,又有不同类型的个性。这里可着重从夫妻或情人离别的角度理解。

柳

[唐]罗隐

灞岸晴来送客频,相偎相依不胜春。
自家飞絮犹无定,争解垂丝绊路人。

[注释]灞:灞水(灞河),是渭河的一条支流,流经长安附近。唐代时长安的人们送别常来到灞水岸边。折柳送人,是古代习俗,唐代尤盛。"灞柳风雪"曾被称为"关中八景"之一。不胜:指无法承担,承受不了。争:怎么。

[赏析]天气晴好时,在灞水岸边总会频频出现离别的人们,互相偎依着实在舍不得分开,美好的春景也承受不了离别的伤感。柳树自身的飞絮尚且飘忽不定,它怎么能够以枝条丝绦来牵绊住行人上路呢?

独不见

[唐]李白

白马谁家子,黄龙边塞儿。
天山三丈雪,岂是远行时。
春蕙忽秋草,莎鸡鸣西池。
风摧寒棕响,月入霜闺悲。
忆与君别年,种桃齐蛾眉。
桃今百余尺,花落成枯枝。
终然独不见,流泪空自知。

[注释]黄龙:古城池名,又称龙城。这里泛指边塞地。莎鸡:昆虫名,俗称纺织娘。棕:即梭,织布用的一种机具。

[赏析]那是谁家的翩翩青年,骑在白马上驰骋?那是在龙城边塞征戍的人。如今天山已有三丈厚的大雪,这种时候岂能远行?春日的蕙兰已成了枯萎的秋草,纺织娘在池边瑟瑟哀鸣。秋风阵阵,寒意浸浸,女子织布的梭子声响个不停。月光如霜,照进清冷的闺房,女子是多么伤情。她还记得与丈夫离别的那年,门前的桃树不过与她齐眉。现在桃树已长得百尺有余,花开花落,很多枝条已经枯萎了。不知过了多少年,始终不见丈夫的踪影,眼泪空流,内心的凄凉伤悲只有她自己知道。诗句描写桃树长大,花开枝落,秋风吹入闺房等景况,衬托出丈夫离家戍边多年不归、女子思念丈夫的孤独心境。

祝英台近·晚春

[宋]辛弃疾

宝钗分,桃叶渡。烟柳暗南浦。
怕上层楼,十日九风雨。
断肠片片飞红,都无人管,更谁劝、啼莺声住?

[注释]钗:女子头饰。宝钗分:指夫妇离别(古代夫妻或情侣分别时,有分钗赠别的习俗)。桃叶渡:南京秦淮河的一个渡口。因晋王献之常在此送其爱妾桃叶渡河而得名。后来桃叶渡与南浦泛指男女分别之地。

[赏析]在桃叶渡口,你我分钗别离。南浦烟柳黯淡,一片凄迷。从此我最怕登上层层高楼,特别是在十天倒有九天风雨的那种天气。花瓣片片飘飞,令人断肠悲愁,风雨摧落花儿,都没有人来管护,还会有谁来劝黄莺将啼声停住?这是全词的下片。词句描写夫妻或情人缠绵伤感的离别,表现女子凄苦怅惘的心境。

悼亡二首·其二
［清］陈祖范

悲思三月损容肌,霜益粘须鬓益丝。
恐负平生怜我意,从今不忍复相思。

[赏析]你去世后的三个月里,悲伤哀思使我形销骨立,容颜苍老,胡须染上了更多霜雪,鬓发更加白稀。这样下去,反而辜负了你一生怜爱我的情意,今后我宁可咬牙忍耐,不再怀念相思。诗句作者认为自己应该从悲痛中自拔,振作精神,好好活着,才是真正不辜负亡妻生前对自己的怜爱和期望。

哭夫诗百首
［明］薄少君

北邙幽恨结寒云,千载同悲岂独君?
焉得长江俱化酒,将来浇尽古今坟。

[注释]北邙:崤山支脉,北邙山东段在今河南洛阳东北,其中多古代王侯公卿坟墓。这里泛指墓地。

[赏析]北邙山墓地里的幽恨凝结成天空的寒云,千百年来多少人在此悲悼亡者,岂止我一人在悼念夫君!怎么能使长长江河的水都化为祭酒,拿来浇尽古往今来多少志士仁人的坟茔。作者丈夫沈承英年早逝,诗句表现作者对丈夫的悼念深情。

《西厢记》第四本第三折
[元]王实甫

碧云天,黄花地,西风紧。北雁南飞。
晓来谁染霜林醉？总是离人泪。

[赏析]蓝色的天空中飘着白云,地上开着菊花,落满枯黄树叶,西面紧吹刮来寒风。北方的雁鸟纷纷向南方飞去。清晨一看,林叶上已挂满了白霜,是谁把树叶染白了？这白霜分明是别离之人的泪花啊！词句描绘出一派萧瑟的秋景,一种悲凉的气氛,为戏剧中情人的离别作铺垫。

清平乐·别来春半
[五代]李煜

别来春半,触目柔肠断。
砌下落梅如雪乱,拂了一身还满。
雁来音信无凭,路遥旧梦难成。
离恨恰如春草,更行更远还生。

[赏析]离别以来,春天已过去一半,眼前景色触目惊心,使我愁肠寸断。台阶下零落的梅花就像纷扬的雪片,把它拂去,一会儿它又飘洒得我一身满满。鸿雁飞回,音信杳然,路途那么遥远,有家难回。离别的愁恨正像春天的野草,你越走得远,它越是在我心中不断繁生。作者作为南唐君主,派弟弟李从善到宋朝都城汴京进贡,李从善被宋朝皇帝赵匡胤扣留不得归。这首词本是作者思念其弟之作。不过,词句所描写的人心中的离恨情愁无穷无尽,有增无已,难以平复,亦具有普适性。因而其含义也契合夫妇或情人之间的离愁别绪。

寄 人

[唐]张泌

别梦依依到谢家,小廊回合曲阑斜。
多情只有春庭月,犹为离人照落花。

[**注释**]谢家:泛指闺中女子的家。

[**赏析**]别后思念深深,经常梦到你家。院中风景依旧,回廊栏杆曲折。魂牵梦萦着你,却见不到倩影。只有多情明月仍然照着庭院,照着我满怀忧愁,照着那一地落花。作者对已分手的女子未能忘怀。诗句作者既表现对女子的魂牵梦萦的思念,又希望女子能理解自己的心。

别 意

[清]黄景仁

别无相赠言,沉吟背灯立。
半晌不抬头,罗衣泪沾湿。

[**注释**]晌:一天内的一段时间。罗衣:丝织品做的上衣。

[**赏析**]要分别了送给我几句话吧,但她背对灯光站着,始终沉默不语。好长时间只是低着头,身穿的罗衣却已被泪水沾湿。诗句描写夫妻或情人离别前夜,女子无言而泣的悲凄伤感。

虞美人·秋夕信步

[清]纳兰性德

薄情转是多情累,曲曲柔肠碎。
红笺向壁字模糊,忆共灯前呵手为伊书。

[**赏析**]我宁愿让自己薄情寡义,不因多情而心累,每每写词都会使自己柔肠破碎。展开粉红信纸,面对空空四壁,不堪书写,眼前只有模糊一片,总会想起往日夜晚在灯前,我呼着热气暖冻手,书写对你的情爱。整首词是作者悼念早亡的妻子。这里是全词的下片。词句描写作者对妻子早逝的无限哀伤。

水龙吟·次韵章质夫杨花词

[宋]苏轼

不恨此花飞尽,恨西园,落红难缀。
晓来雨过,遗踪何在?一池萍碎。
春色三分,二分尘土,一分流水。
细看来,不是杨花,点点是离人泪。

[**注释**]此花:指杨花。缀:连起来,组合。春色:这里指杨花景色。

[**赏析**]我不怨恨杨花飞尽了,只怨恨西园里红花落尽,难以重新缀起。清晨一阵雨过后,到哪里去寻杨花的踪迹?飘落在水池中的已被雨打碎。如果把春天里杨花的姿容分成三份,其中的两份已化作了尘土,一份落入流水了无踪影。仔细看来,那不是杨花,点点滴滴都是离人的眼泪。这是全词的下片。词句借描写暮春时到处飘飞、无所依托的杨花,表现人们普遍具有的幽怨缠绵、空灵飞动的离愁。

浪淘沙·春恨

[明]陈子龙

不嫁惜娉婷,特地飘零。落花春梦两无凭。
满眼离愁留不住,悔我多情。

[注释]娉婷:形容女子的姿态美。

[赏析]你不肯嫁给我,是爱惜你自己美好的风姿,以至于选择了飘零。说是落花也好,说是春梦也罢,似乎都是无据无凭,爱情终究没有结果。现在分别,我双眼含泪,满腔离愁,总是留不住你。只能怨我一厢情愿自作多情。作者是明末清初名士、诗人,与时称"秦淮八艳"之一的柳如是曾同居经年,后柳如是离去。人已去,情难忘。这是全词的下片。词句描写作者对一场已经结束的短时爱情的深深眷恋和伤感。

杂 诗

[唐]无名氏

不洗残妆凭绣床,也同女伴绣鸳鸯。
回针刺到双飞处,忆著征夫泪数行。

[注释]著:即"着"。

[赏析]没有洗掉残留的妆容就来到绣床边,同女伴们一起刺绣鸳鸯图案。当针儿刺到鸳鸯双宿双飞的画面时,不禁想起了出征在外的丈夫而泪落成行。诗句描写女主人公刺绣时,触及夫妻分离的难堪处境,内心深感痛苦的情景。

啰唝曲

[唐]刘采春

不喜秦淮水,生憎江上船。
载儿夫婿去,经岁又经年。
莫作商人妇,金钗当卜钱。
朝朝江口望,错认几人船。

[注释]啰唝:有"回来呀"之意。秦淮:流经南京的河流。江:指长江。

[赏析]我不喜欢那秦淮河,最恨那长江上的船。它载着我的夫君远去,一年又一年不回来。女人切莫嫁给商人啊,那样会把金钗当成卜卦的小钱。我天天伫立在楼头望着江口,总是把别人的船误认是夫君的归船。诗句描写女子对商人丈夫长期外出不归的怨愤心情。

菩萨蛮·彩舟载得离愁动

[宋]贺铸

彩舟载得离愁动,无端更借樵风送。
波渺夕阳迟,销魂不自持。
良宵谁与共?赖有窗间梦。
可奈梦回时,一番新别离。

[注释]樵风:树林中吹来的风。指顺风。

[赏析]彩画的船载着离愁驶出家乡,想不到有顺风送我登程。夕阳下水波浩渺,暮色中不禁难以自持,黯然伤神。美好夜晚,没有人与我共度,幸好睡梦里还能与爱人小窗同倚。无奈到了梦醒时候,反增添了一番新的离

愁。全词描写作者离别爱人登程及离别后的不尽思念。

南柯子·丁酉清明
[宋]黄升

侧帽吹飞絮,凭栏送客晖。
粉痕销淡锦书稀。
怕见山南山北、子规啼。

[注释]侧帽:指风吹歪了帽子。锦书:指妻子寄给丈夫的书信。

[赏析]风吹着柳絮飘飞,吹歪了我的帽子,我独自凭栏远眺,看着渐渐落下的余晖。久别之后书信稀少,以前寄来的锦书中的泪痕已经销蚀淡去。真怕听子规四处啼叫凄凄惨惨。这是全词的下片。词句描写征夫想念久别的妻子和不得归乡的离情。

离思五首·其四
[唐]元稹

曾经沧海难为水,除却巫山不是云。
取次花丛懒回头,半缘修道半缘君。

[注释]花丛:借指美貌女子众多的地方。

[赏析]曾经见识过辽阔的大海,就难以把别的小江小河放在眼里;已经看到过巫山变幻莫测的云,其他地方的云就算不上奇美了。我在鲜花丛中

走过,也懒得回头顾盼一下,这一半是由于自己修道清心寡欲,一半是因为曾经拥有过最美好的你,再没有别的想头。诗句以巧比曲喻手法,表达作者对故去爱妻的眷恋之情:我已得到了你这样美好的爱情,就不可能再去爱别的人了。

暗香·旧时月色
[宋]姜夔

长记曾携手处,千树压、西湖寒碧。
又片片、吹尽也,几时见得?

[赏析]总记得与美人携手游赏之地,千株梅林布满了绽放的红梅,西湖上泛着寒波一片澄碧。此刻梅花飘零,一片片被风吹得凋落无余。啊,何时才能和你一起重赏梅花的幽丽?这是全词下片的后半。词句描写作者想从红梅身上寄托和排遣内心的离恨别怨,然而引起的却是更加难以忘情的回忆。

怨歌行
[汉]班婕妤

常恐秋节至,凉飚夺炎热。
弃捐箧笥中,恩情中道绝。

[注释]飚:疾风。箧:小箱子。笥:盛饭或衣服的方形竹器。

[**赏析**]常常害怕秋季到来,凉爽的秋风扫除了夏日的炎热。团扇就会被扔弃在小竹箱子里,与人的恩情也就在中途断绝了。作者是才女,一度是汉成帝宠妃,后被弃。此诗又名《团扇诗》。全诗十句,这是后四句。诗句描写作者内心的哀怨:青春美貌随着时光流逝,皇帝另有了新宠,原来的宠妃被弃入冷宫,无人过问。

车遥遥篇
[宋]范成大

车遥遥,马憧憧。
君游东山东复东,安得奋飞逐西风。
愿我如星君如月,夜夜流光相皎洁。
月暂晦,星常明。
留明待月复,三五共盈盈。

[**注释**]憧憧:晃动,摇摆不定。东山:指泰山顶东侧。三五:即(农历)十五日。

[**赏析**]他坐着车踏上遥远的路程,车和马晃动着摇摆不定。夫君要游历到泰山的东面,不会再为追逐西风而奔波。但愿我是天上的星星,你是天上的月亮,我们夜夜相伴流照光辉。秋夜的月亮有时晦暗,星星却常常高悬闪耀。我期待十五之夜月亮圆满时,你我团聚,如星月互相映辉。诗句描写女主人公切盼暂时远出的夫君早日回来,与自己长相厮守、永续欢欣。

十二月十二日夜梦游沈氏园亭二首·其二

[宋]陆游

城南小陌又逢春,只见梅花不见人。
玉骨久成泉下土,墨痕犹锁壁间尘。

[**赏析**]城南田野小路又是春意盎然了,可惜只能见到梅花,再也见不到我的心中人。啊,她的玉体早已成了黄泉下的尘土,但我题在墙壁上的《钗头凤》仍蒙在一片灰尘之中。陆游与唐琬婚后,因陆母不待见唐琬,二人离异。后在沈园不期而遇,勾起旧情,不久唐琬离世。作者写此诗时已是四十多年后了。诗句表明作者在唐琬去世几十年后,仍没有消释与爱人离异的悲怆,还没有放下内心的情意。

沈园二首·其一

[宋]陆游

城上斜阳画角哀,沈园已非旧池台。
伤心桥下春波绿,曾是惊鸿照影来。

[**注释**]沈园:即沈氏园,故址在今浙江绍兴禹迹寺南。画角:涂有色彩的军乐器。惊鸿:受惊的大雁,这里特指作者前妻唐琬。

[**赏析**]夕阳斜照着城墙,画角声多么凄哀,沈园的池阁亭台已不是昔日的模样。桥下春水碧绿,使我想起了伤心的往事,因为那水波映照过她那轻盈柔美的身姿。诗句表达了作者对几十年前的忍痛分离的前妻的无限追思。

长恨歌
[唐]白居易

迟迟钟鼓初长夜,耿耿星河欲曙天。

鸳鸯瓦冷霜华重,翡翠衾寒谁与共。

[**注释**]耿耿:明亮。

[**赏析**]独自数着迟缓的钟鼓声,越数越觉得黑夜漫长,遥望着天上星河明亮闪烁,直到东方吐出曙光。寝宫顶上的鸳鸯瓦生出重重霜花,冰冷的翡翠被里谁来与我同床共枕。全诗很长,这是其中四句。诗句描写杨贵妃被缢杀,安史之乱消停平息,唐玄宗返回皇宫后,在冷冰冰的寝宫里孤寂清冷、难以入眠的情境。

鹧鸪天·重过阊门万事非
[宋]贺铸

重过阊门万事非,同来何事不同归?

梧桐半死清霜后,头白鸳鸯失伴飞。

原上草,露初晞。旧栖新垅两依依。

空床卧听南窗雨,谁复挑灯夜补衣?

[**注释**]阊门:江苏苏州城西门。梧桐半死:有"(梧桐)根半生半死"之说,斫以制琴,其音至悲。晞:干。

[**赏析**]再次来到苏州经过阊门,觉得万事都不一样了,与我相伴而来的妻子为什么竟未能与我一同回去?我好像那遭霜打后的梧桐半生半死,又好像白头鸳鸯失去了伴侣只能孤哀独飞。原野绿草萋萋,露珠刚被晒干。

我流连于往日同住过的居室,又徘徊在垅上新坟周围。躺在空荡荡的床上,听着南窗外的雨声淅沥,还有谁会在夜里挑亮油灯为我缝补衣裳?词作者直抒胸臆,悼念与自己相濡以沫的亡妻,感叹自己的孤独凄凉,情真意切,痛彻心扉。

金缕曲·亡妇忌日有感

[清]纳兰性德

重泉若有双鱼寄。
好知他、年来苦乐,与谁相倚。
我自终宵成转侧,忍听湘弦重理?

[注释]重泉:即黄泉,九泉。双鱼:指书信。他:这里即"她"(亡妻)。湘弦:原指湘妃之琴。

[赏析]作者与原配卢氏爱深情笃,但卢氏在结婚三年后亡故。此悼念词是作者在妻子亡故三周年的日子所写。据说卢氏在世时喜弹琴。倘能与九泉之下的亡妻通书信,我也好问问她,这几年的生活是苦是乐,与谁人互相倚持?我整夜思念她,辗转反侧难以成眠,哪里还忍心听别的女子再来弹琴结续情缘。这是全词下片的前半。词句描写作者对情浓意恰的亡妻极深的挚爱与伤感。

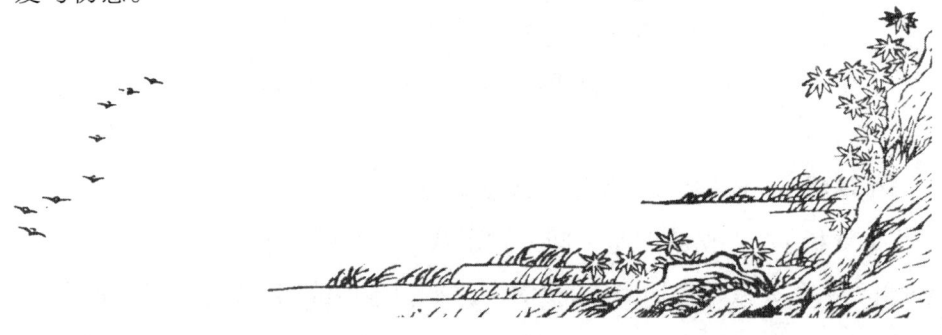

沁园春·瞬息浮生

[清]纳兰性德

重寻碧落茫茫,料短发、朝来定有霜。

便人间天上,尘缘未断;春花秋叶,触绪还伤。

欲结绸缪,翻惊摇落,减尽荀衣昨日香。

真无奈,倩声声邻笛,谱出回肠。

[注释]绸缪:这里指缠绵。

[赏析]我梦醒后再要寻找梦境中的爱妻,已茫茫无着落,而我自己一夜之间可能已是头发稀疏,还会有点点白霜。虽然我与你相隔在人间天上,但尘缘未尽、相思无已。每见春花秋叶,总会触发思念,带来感伤。我本想与你恩爱终生,不料你突然像木叶飘然零落,从此衣香减尽,使我绮梦成空。真是无奈啊,听到邻院传来的笛声,呜咽凄厉,荡气回肠,让我难受至极。这是全词的下片。词句描写作者对亡妻刻骨铭心的思念和自己内心无比的哀伤凄凉。

送 人

[唐]徐月英

惆怅人间万事违,两人同去一人归。

生憎平望亭前水,忍照鸳鸯相背飞。

[注释]平望亭:吴江岸边送人登船的驿亭。

[赏析]令人伤感的是人间种种事情总与愿望相违,两人一同去那里,却剩我一个人孤零零地回归。我憎恨这平望亭前的江水,它竟然平如明镜,

清晰地映照着一对鸳鸯背向而飞。诗句描写作者在送别爱人后深感失落和孤独的心情。

蝶恋花·九十韶光如梦里
[清]文廷式

惆怅玉箫催别意。
蕙些兰骚,未是伤心事。
重叠泪痕缄锦字,人生只有情难死。

[注释]蕙、兰:指香草,喻品性美善志行高洁。些:古语气词。骚:指屈原及其代表作《离骚》。缄:寄。锦字:一般指妻子写给丈夫的书信。

[赏析]玉箫吹起了惆怅惜别的音调。蕙兰被弃,屈原失意,个人受挫并不是令我伤心的事。我泪流不断,泪痕相叠,封好了信封,人生中只有真挚的感情才永远不会死去。这是全词的下片。清政府在中日甲午战争中战败后,与日本订立了《马关条约》。作者是维新人士,因弹劾权臣李鸿章而被削职离开北京。此词表面上是描写妻子对负心丈夫的忠贞不渝爱情,实际上是作者借离情表现对国家山河破碎深感惨痛的爱国情怀。词句所表现的情爱意义仍具有独特性和普适性。

喜友人至
[明]赵观

愁紫别远入门惊,忘却寒暄之子情。
执手但言君去后,竹窗虚影为谁清。

[**赏析**]别离后你我天各一方,使我愁绪萦绕,突然进门的你使我惊喜万分,我情不自禁竟忘却了寒暄的礼貌。紧紧握着你的手急着向你诉说,自你走后,竹窗里只我一个人是多么冷清与寂寞。诗句描写作者与友人(实为情人)远别重逢时惊喜非常,急于诉说自己内心的相思和寂寞。

临江仙·戍云南江陵别内

[明]杨慎

楚塞巴山横渡口,行人莫上高楼。

征骖去棹两悠悠。

相看临远水,独自上孤舟。

却羡多情沙上鸟,双飞双宿河洲。

今宵明月为谁留?

团团清影好,偏照别离愁。

[**注释**]楚塞:指江陵西南的南津关,扼守西陵峡口,为古代要塞。骖:本指驾在车辕两边的马。棹:桨。指代船。江陵:今湖北江陵。

[**赏析**]前面是楚地要塞扼守、巴蜀山峰横亘,我们到了江边渡口,远行的人勿要登上江边高楼。我骑马、你乘船,两相分离,越来越远。我只能在江边远看着你独自乘上孤舟。我倒很羡慕那些多情的鸟儿,总能够双飞双宿在河边的沙滩。今夜的明月是在为谁高悬天空?皎洁的月光本是为了照亮人间的团圆,却偏偏照着我与爱妻别离的愁绪。作者本在朝廷为官,罹祸被永远谪戍云南永昌卫。这首词是作者被谪赴云南、妻子归蜀地老家,夫妇在江陵离别时所作。词句描写作者与妻子难舍的离别愁怨,以及对自身遭际的愤懑和怨怼。

念奴娇·风帆更起

[宋]张孝祥

船过采石江边,望夫山下,酌水应怀古。
德耀归来,虽富贵,忍弃平生荆布。
默想音容,遥怜儿女,独立衡皋暮。
桐乡君子,念予憔悴如许!

[注释]采石:即采石矶,在安徽当涂县牛渚山下。望夫山:这里指采石矶边的望夫山。荆布:即荆钗布裙(荆枝作钗,粗布为裙),指贫穷妇女的素朴服饰。这里特指李氏。衡:同"蘅",杜蘅,香草名。皋:江边高地。桐乡:古国名,在今安徽桐城县北(作者原籍在安徽和县)。

[赏析]她坐的船经过江边的采石矶、望夫崖,她看着流水,自会酌念往事,无限伤感。我高中状元、荣归故里,虽然富贵耀眼,怎忍心抛弃曾与我共度困苦的妻子。默然回想她的音容笑貌,可怜我那幼小的儿子。在暮色苍茫中,我独自在江边高地上凝望杜蘅香草远去,但愿家乡里的君子们,不要过于谴责我的负心,我也是身心憔悴不堪啊。这是全词的下片。词句描写作者囿于封建社会的等级和礼教而与少时爱侣分离的惭愧和愁情。

杨柳枝

[唐]刘禹锡

春江一曲柳千条,二十年前旧板桥。
曾与美人桥上别,恨无消息到今朝!

[赏析]春天的江边,一曲歌未了,柳枝千万条,我清楚记得二十年前江

上那座旧板桥。就在这桥上,我与钟情的美人分别,至今再无她的消息,我是多么惆怅迷惘。诗句是作者回忆与美人匆匆分别,难忘旧情。

钗头凤·红酥手
[宋]陆游

春如旧,人空瘦,泪痕红浥鲛绡透。
桃花落,闲池阁。
山盟虽在,锦书难托。
莫、莫、莫!

[**注释**]浥:沾湿。鲛绡:薄绸。这里指薄绸手帕。

[**赏析**]春天的景色仍和往年一样,只是我枉自相思消瘦,泪痕斑斑把胭脂红色的薄绸手帕湿透。桃花已经凋落,池边楼阁闲置。我与你曾经的山盟海誓虽然仍在,但是你写给我的情书却无法投托到达了。还是别、别、别投托!这是全词的下片。词句表达的是作者对不得不分离的前妻的深厚感情,同时认为破镜难以重圆。

生查子·春山烟欲收
[五代]牛希济

春山烟欲收,天澹星稀小。
残月脸边明,别泪临清晓。
语已多,情未了,回首犹重道:记得绿罗裙,处处怜芳草。

[**注释**]澹：同"淡"。

[**赏析**]春天山上的雾气就要消散，天色已露微明，星星也慢慢黯淡下去。残留的一点月光照着他的脸庞，在这黎明时刻离别，不禁泪水涟落。话已说得很多，情意却未终了，在他回过头来的刹那，她又再次说道：如果你能记得我穿着绿罗裙的姿态，那么你不论到了何处，都会怜惜那些青绿的芳草。诗句描写情人离别时的景况，女子希望情人不论到了什么地方，看到青绿的芳草就能想到和挂念穿着绿罗裙的自己。

满庭芳·山抹微云

[宋]秦观

此去何时见也？襟袖上、空惹啼痕。

伤情处，高城望断，灯火已黄昏。

[**赏析**]这一离去，不知何时能重逢？离别的泪水沾湿了衣襟和袖口。在这伤心悲情的地方，已望不见高高的城楼，家家点起了灯火，天色已是黄昏。这是全词下片的后半。词句描写主人公与相恋女子别离的境况和难舍的心情。

题情尽桥

[唐]雍陶

从来只有情难尽，何事名为情尽桥。

自此改名为折柳，任他离恨一条条。

[**注释**] 折柳：人们离别时折取柳枝相送。

[**赏析**] 人们的爱情从来都是难以断尽的，为什么这座桥却取名为"情尽"呢？这岂不是违背了人伦常理！倒不如从今以后把它改名为折柳桥，让人们的离恨别苦犹如一条条柳枝永在手心里。诗句是说"情难尽"，即使是离别了，情也永在心里，表现人们实有和应有的深厚情愫。

山　歌
[清]黄遵宪

催人出门鸡乱啼，送人离别水东西。

挽水西流想无法，从今不养五更鸡。

[**注释**] 五更鸡：公鸡在五更时分就啼鸣。

[**赏析**] 公鸡乱叫不断鸣啼，这是在催人赶快出门启程。送丈夫远行别离犹如水道分流东西。我没有办法把水挽留住让它向西流去，从今以后我再也不养在五更时就啼鸣的鸡。诗句以女子的口吻表现与心爱的丈夫不得不分别时的无奈心情。

采莲令·月华收
[宋]柳永

翠娥执手，送临歧、轧轧开朱户。

千娇面、盈盈伫立，无言有泪，断肠怎忍回顾。

[**注释**]歧:岔路。轧轧:指门轴转动的声音。

[**赏析**]翠滴滴的美女握着我的手,为了送我到分别的岔路口,她打开朱门发出轧轧的声音。千娇百媚的脸庞,婀娜轻盈的身姿,她久久地伫立着,没有说什么,只是不断地流泪。我肠子都要痛断了,又怎么忍心再回头看她一眼?这是全词上片的后半。词句描写情人离别的情景:送别的女子无限依恋,出行的男子感怀断肠。

凤栖梧·自题词集后
[清]黄人

寸心万古情魔宅。

积泪如河,积恨如山叠。

愿遣美人都化月,山河留影无生灭。

[**赏析**]内心这个方寸之地自古以来都是爱情心魔的住宅。为爱而流的泪积成了河,为爱而遗的恨如山岭重叠。但愿我至爱的美人化为明月,永远照亮山河使亿万人长留不灭。作者因恋人病亡极为悲恸。这是全词的上片。词句描写作者痛苦的思忆,也显示作者的一种宽宏博大的胸襟和对世人的祝福。

菩萨蛮·悼亡

[清]梁清标

玳梁当日栖双燕,碧桃花下看人面。
往事耐思量,银灯照晚妆。
宝钿空瑟瑟,愁煞西堂客。
肠断只三声,长更与短更。

[注释]玳梁:以玳瑁装饰的屋梁。碧桃:变种桃树,花多重瓣,花期长,观赏价值高。宝钿:用金玉等制成的饰物。西堂:即西厢房。客:作者自指。

[赏析]玳瑁画梁上当年栖宿着双飞燕,重瓣的桃花下我看着你如花的容颜。往事历历令我回想不断,银灯的光芒曾照着你晚妆红艳。金玉的饰物已空落瑟缩在一边,忧愁煎熬着西厢里孤单的我。长夜漫漫使人肠断,只有声声哀叹,从长更听到短更,我是彻夜不眠。作者悼念亡妻,词句在今昔对比中更显凄凉哀痛的心情。

踏莎行·细草愁烟

[宋]晏殊

带缓罗衣,香残蕙炷。天长不禁迢迢路。
垂杨只解惹春风,何曾系得行人住。

[注释]蕙:一种香草。

[赏析]稍为松缓一下罗衣上的锦带,蕙草捻成的香炷还留着残香。天高路远无论如何也难以挽阻他。细长的垂杨柳只知道招惹春风的眷顾,什么

时候你的柔丝能把要走的人系住留下？这是全词的下片。词句描写情人离去后女子在清晨时的怅惘和无奈的心情。

长恨歌
［唐］白居易

但教心似金钿坚，天上人间会相见。

[**注释**] 金钿：金首饰。

[**赏析**] 只愿你我相爱之心像金首饰那样坚固永不蚀变，我们无论是在人间还是到了天上都会相见。全诗很长，这是其中的两句。诗句本是表现唐玄宗对死去的杨贵妃的情感仍旧不断。诗句也表现了男女双方对爱情的坚贞不移。

秋夜月·当初聚散
［宋］柳永

当初聚散。便唤作、无由再逢伊面。
近日来、不期而会重欢宴。
向尊前、闲暇里，敛着眉儿长叹。惹起旧愁无限。

[**注释**] 聚散：指离开、分手。尊：同"樽"。

[**赏析**] 当初分手时，就和她说怕是没有机会再见面。没想到近日会不期而遇，相聚欢宴。筵席闲坐之间，她面对酒杯，不禁皱起眉头长声嗟叹。想

起旧时情形,感到爱恨情愁无限。这是全词的上片。词句描写作者与已经分手的歌女不期而遇,相聚欢宴,却勾起旧日相爱的缕缕情思、缠绕不断。

送别诗
[南北朝]范云

东风柳线长,送郎上河梁。
未尽樽前酒,妾泪已千行。
不愁书难寄,但恐鬓将霜。
望怀白首约,江上早归航。

[**注释**]河梁:桥梁。

[**赏析**]春风吹拂,柳条依依,我在桥边送别郎君。还没有喝完樽里的酒,我已泪落千行。倒不是忧愁你的书信难以寄回,只恐怕时光流逝我的双鬓将染上白霜。希望你想着白头偕老的盟誓婚约,尽早坐上江船归来。诗句描写妻子送别丈夫远行时的真挚柔软、深沉忐忑的爱恋心情。

昼夜乐·洞房记得初相遇
[宋]柳永

洞房记得初相遇。便只合、长相聚。
何期小会幽欢,变作离情别绪。
况值阑珊春色暮。对满目、乱花狂絮。
直恐好风光、尽随伊归去。

[**注释**]洞房:深邃的住室。阑珊:将尽。

[**赏析**]记得在深邃住室夜里初次相遇的情景。当时想着此后应该长期相聚在一起了,谁知道这短暂的幽会欢娱,竟变成了长期的离愁别绪。又恰好是在春色将尽时候。对着满眼乱飘的柳絮,心里恐怕这美好的春光都会随着他的离去而消散了。这是全词的上片。词句作者以女主人公的口吻,叙述与情人短暂相聚又长久别离的情爱故事和内心的幽怨怅恨。

春柳二首·其二

[清]李苹香

短长亭外雨丝中,送别依依挽玉骢。
不把长条系郎住,临歧只管舞东风。

[**注释**]短长亭:古时五里一短亭,十里一长亭,供路人歇息;人们常在此送别。玉骢:指良马(骢,毛色青白相间的马)。歧:岔(道)。

[**赏析**]细雨蒙蒙中在短亭长亭外分别,惜别依依挽住马头不让他走。春柳啊,你的细长枝条不把郎君系住,在我和郎君离别的岔路口,你只管自己随着东风飘舞。诗句埋怨春柳只管自己飘舞,却不来帮着挽留郎君,表现了作者挽留不住郎君外出的遗憾心情。

雨霖铃·寒蝉凄切
[宋]柳永

多情自古伤离别,更那堪,冷落清秋节!
今宵酒醒何处?杨柳岸,晓风残月。
此去经年,应是良辰好景虚设。
便纵有千种风情,更与何人说!

[注释]清秋节:重阳节。

[赏析]这里从秋天季节特征角度释意。自古以来多情之人最伤心的就是离别,更何况是在这凄清冷落的秋天时节!真不知我今夜酒醒时会在何处?大概是在杨柳岸边,面对清冷的晨风和拂晓时的残月。这一去长年分别,再好的时辰、再美的风景对我又有何意义。即使我有千种风情万般爱意,又能向谁去诉说!这是全词的下片。词句描写作者仕途失意、不得不与情人离别时,内心无限留恋、痛苦又无奈的心情。

哭夫诗百首
[明]薄少君

儿幼应知未识予,予从汝父莫踟蹰。
今生汝父无繇见,好向他年读父书。

[注释]予:我。汝:你。踟蹰:同"踌躇"。繇:缘由。

[赏析]孩子啊,我明白你年幼尚不能理解我,我当年跟从你父亲没有一点犹豫。你一辈子都没有机缘见到你父亲了,你长大后就好好地读你父亲写的诗文吧!作者丈夫沈承,工诗赋,突然病亡,其子为遗腹子。诗句表现作者在丈夫忌日面对遗腹子时的巨大悲痛和深切嘱咐。

采桑子·而今才道当时错
[清]纳兰性德

而今才道当时错,心绪凄迷。
红泪偷垂,满眼春风百事非。
情知此后来无计,强说欢期。
一别如斯,落尽梨花月又西。

[注释] 红泪:形容女子的眼泪。

[赏析] 现在才知道那时是我错了,心中凄凉迷乱难堪。看着你默默流泪我真不落忍,满眼似乎都是春风,百样事物却已面目全非。心里知道以后不大可能再见,还是勉强约定将来相会的日期。像这样难堪的别离,梨花落尽,月亮已经转到天的西边。词句描写作者与情人不得不分别时的痛楚和悲怆。

别紫云
[清]陈维崧

二度牵衣送我行,并州才唱泪纵横。
生憎一片江南月,不是离筵不肯明。

[注释] 二度:指重逢后再次离别。并州:指抒写离别的古歌谣《并州歌》。

[赏析] 你又一次送我远行,牵着我的衣裳不放手,才唱了一句《并州歌》,你我都泪流满面。这江南地方的月亮特别可恨,平日常是晦暗,到了人们离别饯行的筵席时,它反倒格外明亮。诗句描写紫云饯别作者时依依不舍的柔情。

踏莎行·江上送客

[元]张翥

芳草平沙,斜阳远树,无情桃叶江头渡。

醉来扶上木兰舟,将愁不去将人去。

[注释]桃叶江头渡:即桃叶渡,在秦淮河口。木兰舟:用木兰树的材料造的船。将:送。

[赏析]平阔的沙岸上长满了芳草,远处的树林已被夕阳斜照。这桃叶渡口是个无情的地方啊,你有点醉了,不要难过,我扶你到船上。没有办法把离愁送走,却不得不送你远行了。这是全词的上片。词句描写作者送一位与之欢会的可与桃叶相媲美的女子上船,在不得不离别时情意绵绵、难分难舍的景象。

长相思·本意

[清]王士禄

风半廊,月半廊。

凤胫灯青玉簟黄。别时秋乍凉。

蘋已霜,蓼已霜。

碣石潇湘尚渺茫。关河较梦长。

[注释]廊:指回廊。凤胫灯:擎柱如凤足的高脚灯台。玉簟:精美的竹席。蘋、蓼:白蘋、水蓼,都是水草。碣石:山名,在今河北昌黎县北,面临渤海。潇、湘:水名,在今湖南省地域。

[赏析]风吹进空荡荡的回廊,月光照着冷清清的回廊。高脚的灯台青凌凌,精美的竹席明黄黄。与夫君分别时,正是初秋天气刚转凉。现在已到了深秋,白蘋、水蓼都覆盖了白霜。北方的碣石、南面的潇湘,你远去的地方那

么渺渺茫茫。你踪迹所到的关河比我的梦还要漫长。词句描写独守空房的思妇在丈夫外出至遥远地方时,自己所感受到的闺房、庭廊、外界的冷清和内心的孤独与凄惘。

山花子·风絮飘残已化萍
　　[清]纳兰性德

风絮飘残已化萍,泥莲刚倩藕丝萦。
珍重别拈香一瓣,记前生。
人到情多情转薄,而今真个不多情。
又到断肠回首处,泪偷零。

[赏析]风中的残碎柳絮飘落到水面化为浮萍,从河泥中长出的莲花倩丽刚劲,莲根藕茎的丝总是不断牵萦。我拈取花瓣作为心香与你告别,以永远纪念你生前的种种事和情。人如果过于多情,也可能反而会转化为薄情。如今悟过来,似乎还真是不要过于多情为好。我又来到伤心断肠的地方回望,泪水禁不住悄悄往下流淌。此为作者悼念亡妻之作。此悼亡词句也包含着作者对人的感情复杂性及其变化的思考和慨叹。

武陵春·春晚
　　[宋]李清照

风住尘香花已尽,日晚倦梳头。
物是人非事事休,欲语泪先流。
闻说双溪春尚好,也拟泛轻舟。
只恐双溪舴艋舟,载不动许多愁。

[注释]双溪:水流名。浙江永康、东阳两河水流至金华城东南并入婺江,两水交汇的一段叫双溪。舴艋:一种状似蚱蜢的小船。

[赏析]风雨停了,花儿落尽,只有沾花的尘土还微微有点香气。太阳已高我仍无心梳洗头面。物还在人已亡,我对什么事情都没有兴致,想说点什么,没有开口已泪流满面。听说双溪那里春景很不错,我也想到那里划划船散散心。只恐怕双溪上的那种蚱蜢般的小船,根本无法载下我心里的无限哀愁。女作者与丈夫在金兵进犯的战乱中流落南方,此时丈夫病逝,家藏的金石文物散失殆尽,自己孤苦一人。词句描写女词人在漂泊的处境里,心中郁结着太多的忧愁和苦闷,内心的情爱缺失和沉痛哀伤难以承受、无法解脱,自己根本没有兴致去游春玩赏。

题 壁

[宋]陆游

(禹迹寺南,有沈氏小园。四十年前,尝题小词一阕壁间。偶复一到,而园已易主。刻小阕于石,读之怅然。)

枫叶初丹槲叶黄,河阳愁鬓怯新霜。
林亭感旧空回首,泉路凭谁说断肠?
坏壁醉题尘漠漠,断云幽梦事茫茫。
年来妄念消除尽,回向蒲龛一炷香。

[注释]槲:落叶乔木,花黄褐色。河阳愁鬓:晋代美男潘岳曾为河阳令,在其所作赋中有自叹"斑鬓发"之语。坏壁醉题:作者与唐琬离异后,一次在沈园不期而遇,二人仍怀旧情。作者因之作词《钗头凤》题于壁上。

[赏析]枫叶开始转红,槲叶已是发黄,鬓发斑白的我怯于秋天冷霜。在沈园的林亭,追忆往事,徒然回首,你已在泉下,我还能向谁诉说断肠?

四十年前题写《钗头凤》的墙壁已蒙尘颓坏,幽梦难寻,情爱茫茫。多年来我种种妄想已消除净尽,只能跪在蒲团,面向神龛,点燃一炷心香。诗句描写作者对前妻唐琬念念不忘旧情,即使唐琬已逝去多年,作者仍要诉情跪拜烧香祈祷。

西宫秋怨
[唐]王昌龄

芙蓉不及美人妆,水殿风来珠翠香。
却恨含情掩秋扇,空悬明月待君王。

[**注释**]秋扇:秋天里的扇子(没有用了),喻指被君王弃置的妃嫔。

[**赏析**]荷花很美也赶不上美人的艳妆容貌,碧水环绕的宫殿被风吹送出妃嫔们脂粉的浓香。最令她们怨恨的是即便含情脉脉,也像秋扇般被弃置一旁,在高照的明月下却等不来薄情的君王。诗句描写妃嫔被弃置的悲酸的命运,以及她们对君王的怨恨心情。

悼 内
[清]蒲松龄

浮世原同鬼作邻,况当岁过七余旬。
安知杯酒倾谈夕,便是闺房决绝辰。
魂若有灵当入梦,涕如不下亦伤神。
迩来倍觉无生趣,死者方为快活人。

[注释] 迩：近。迩来：近来。

[赏析] 动荡匆忙的人生原本就是与死鬼做着邻居，何况我这个年已七十多岁的老翁。没想到喝酒谈心的夜晚，竟成了你与我在闺房诀别的时辰。如果你真有魂灵，就应该进入我的梦境，即使是眼泪不流了我仍然伤感不尽。近来愈加感觉人生凄苦没有趣味，反倒相信死者才是快活的人。诗句描写作者哀悼遽然离世的老妻的痛苦心情，也是作者对一种"生不如死"的人生况味的沉重慨叹。

新婚别
[唐] 杜甫

父母养我时，日夜令我藏。
生女有所归，鸡狗亦相将。
君今往死地，沉痛迫中肠。
誓欲随君去，形势反苍黄。
勿为新婚念，努力事戎行。
妇人在军中，兵气恐不扬。
自嗟贫家女，久致罗襦裳。
罗襦不复施，对君洗红妆。
仰视百鸟飞，大小必双翔。
人事多错迕，与君永相望。

[注释] 藏：古时少女深居闺中，不轻易见生人。归：指女子出嫁。鸡狗：所谓"嫁鸡随鸡，嫁狗随狗"之意。将：顺从。苍黄：同"仓皇"，匆促、慌张。襦：短衣，短袄。迕：不顺从。

[赏析] 我做女儿时父母教养我，不要抛头露面随便见生人。作为女子

总要出嫁,"嫁鸡随鸡,嫁狗随狗",我都认了。夫君今日要去战场死地,我心里是多么沉痛。真愿发誓跟你一块儿去,只怕军情紧迫形势多变。你不要为新婚离别难过,努力在战场上服役兵事吧。我不可能跟随你去,女人随军怕会影响士气。嗟叹我本是穷家女儿,好不容易置办了这身嫁衣。从现在起我不再穿它了,再当着你面洗掉红粉面妆。你看看天上的鸟儿在自由飞翔,无论大的小的必是成对成双。人世间错厄、不如意的事太多了,我会永远与你同心相望,等着你早日回来。全诗三十二句,这是后二十句。诗句描写新婚女子不得不送别被强征丈夫远戍时的沉重别辞和内心无限痛苦的情景。

征妇怨

[唐]张籍

妇人依倚子与夫,同居贫贱心亦舒。
夫死战场子在腹,妾身虽存如昼烛。

[注释]征妇:指丈夫戍边远征、独自留守家中的妻子。

[赏析]作为妇人能依靠和持恃的是丈夫和儿子,全家人生活在一起,即使贫穷,心情也舒畅。如今我丈夫死在战场上了,儿子还在腹中尚未出世,我虽然还活在世上,却像大白天里点着的蜡烛没有光亮可言,生活毫无希望。诗句直接叙述留守家中的征妇在丈夫战死后孤苦无助的惨痛和怨愤。

虞美人·高城望断尘如雾

[宋]秦观

高城望断尘如雾,不见联骖处。

夕阳村外小湾头,只有柳花无数,送归舟。

[**注释**]高城:指北宋都城汴京。骖:指驾车在辕两旁的马。

[**赏析**]回望高高的都城城楼,只见尘土飞扬如雾,再也看不到与她同乘马车悠游之处。日落时分在这村外的小河湾头,只有飘飞的柳絮无数,似乎在送我乘坐的小船回家乡去。这是全词的上片。词句描写男子(或是作者自己)离开都城、离别心上人后的失落心情。

蝶恋花·萧瑟兰成看老去

[清]纳兰性德

阁泪倚花愁不语,暗香飘尽知何处。

……

休说生生花里住,惜花人去花无主。

[**注释**]阁泪:即搁泪,指强忍泪水。暗香飘尽:指作者妻卢氏在暮春时逝去。生生:即终生,一生。

[**赏析**]我强忍泪水倚在花丛,愁绪万千说不出话,爱妻卢氏的芳香不知飘到了何方。……不要再说一生恩爱使我如同住在花丛,如花似玉的爱妻已逝,只苦了花自飘零无人怜。这里分别是全词上片的后两句和下片的后两句。词句以伤春惜花寄托作者对亡妻的无尽相思和深深怀念。

断肠诗哭亡姬乔氏

[清] 李渔

各事纷纷一笔销,安心蓬户伴渔樵。
赠予宛转情千缕,偿汝零星泪一瓢。
偕老愿终来世约,独栖甘度可怜宵。
休言再觅同心侣,岂复人间有二乔!

[注释] 李渔:清代剧作家、戏剧理论家。乔氏:由作者创办的李家班(剧团)中的乔姓女主演,与作者相爱,在十九岁时去世。

[赏析] 你去了,纷纷扰扰的事情都一笔勾销,我将安心在蓬门陋室,与渔翁樵夫相伴度过余生。你赠给我婉转美妙、千丝万缕的情,我只能报偿给你零零星星的眼泪一瓢。白头偕老之类的誓约只能等到来世,我甘心独自度过凄清可怜的夜晚。不要说什么让我再去找一个同心的伴侣,这世间怎么可能有第二个你这样的乔氏啊!作者悼念"亡姬乔氏"的心情极为悲凉真挚。

哭聪娘

[清] 袁枚

羹是手调才有味,语无心曲不同商。
如何二十多年事,只抵春宵一梦长。

[注释] 商:中国古代音乐五个音阶(宫商角徵羽)之一。

[赏析] 你亲手做的羹汤吃起来才有味道,如果咱俩说的不是心里话就不能合成一个曲调。为什么你我二十多年的爱情,就好像只是春宵一梦,那

么快就结束了？全诗八句，这里是后四句。诗句描写作者与方聪娘心相通、爱意深，因而对聪娘的逝世怀有极大的哀伤。

悼亡二首·其一
[明]商景兰

公自成千古，吾犹恋一生。
君臣原大节，儿女亦人情。
折槛生前事，遗碑死后名。
存亡虽异路，贞白本相成。

[注释] 公：对上了年纪的男子的尊称。这里指作者丈夫祁彪佳。祁为明时朝臣，南明政权覆亡时，他投水自沉以殉明朝。千古：指死者已成不朽的哀悼婉辞。折槛：历史典故为汉朝朱云向汉成帝直谏，手攀殿槛，致槛折断，后指朝臣敢于直谏。

[赏析] 相公啊，你为明朝殉身已成不朽，我还留恋人生而存活在世间。臣为君死，原本就是做臣子的大节，留恋人生照顾儿女也是人之常情。像朱云那样攀折殿槛直谏，是为臣的本分，因为殉职被立了碑那是死后有美名。生死虽然是不同的路，但其中的贞节与清白本是一样的，相辅而相成。作者平静地述说对君臣大义、儿女人情的理解和认识；诗句既是作者对丈夫的赞颂，又表现出自己的高洁和坚忍。

弃妇词

[唐]顾况

古人虽弃妇,弃妇有归处。

今日妾辞君,辞君欲何去。

本家零落尽,恸哭来时路。

忆昔未嫁君,闻君甚周旋。

及与同结发,值君适幽燕。

孤魂托飞鸟,两眼如流泉。

流泉咽不燥,万里关山道。

及至见君归,君归妾已老。

物情弃衰歇,新宠方妍好。

拭泪出故房,伤心剧秋草。

妾以憔悴捐,羞将旧物还。

余生欲有寄,谁肯相留连。

空床对虚牖,不觉尘埃厚。

寒水芙蓉花,秋风堕杨柳。

记得初嫁君,小姑始扶床。

今日君弃妾,小姑如妾长。

回头语小姑,莫嫁如兄夫。

[**注释**]幽燕:泛指北方边地。虚牖:不闭的窗户。

[**赏析**]过去虽然也有被丈夫休弃的妇人,但妇人尚有娘家可回。今天让我离开你家,叫我到哪里去呢?我娘家人已零落殆尽,我只能在当年嫁过来的路上痛哭。回想还未嫁给你时,听说你举止仪容甚合礼仪。与你结发成为夫妻后,你就去了北方边地。我孤寂的魂灵只能托飞鸟跟随于你,两眼泪如泉涌。我的眼泪如同流泉一直不干,流在你的万里关山的路途。等到你回

来时,我已经衰老。你却抛弃了这个家和我的情,只宠爱年轻美貌的新娶的小媳妇。我揩拭着眼泪走出旧房间,我的心伤甚于秋天衰败的草。我的身心憔悴不堪,耻于将旧物归还。我的余生即使想另有寄托,谁还会留连我这个弃妇!我只能倚着空床面对空窗,也不管屋里积满厚厚的尘埃。我就像冷水里的荷花,又像是被秋风吹折的杨柳。记得我刚嫁给你时,小姑子才有床那么高。现今你抛弃了我,小姑子已长得如同当年的我。我不禁回过头去对小姑子说,你要嫁人切不要嫁给像你哥哥那样的人啊!全诗以被抛弃的妇人的口吻,叙说一个弃妇的不幸婚姻和她对无义丈夫的悲愤谴责。

[仙吕]太常引·饯齐参议回山东

[元]刘燕歌

故人别我出阳关,无计锁雕鞍。
今古别离难,兀谁画蛾眉远山。
一尊别酒,一声杜宇,寂寞又春残。
明月小楼间,第一夜相思泪弹。

[注释]阳关:这里代指离别地点。兀:仍旧,还是。远山:指所谓"远山眉",即画出的眉毛状如远处的山峦。杜宇:即杜鹃鸟。

[赏析]相好的齐参议和我告别出阳关,我没有办法锁住他的雕画马鞍不让他走。古今别离最是让人伤感,以后还有谁会来给我描画远山眉?喝一杯离别酒,听着杜鹃鸟"不如归去"的啼唤,又是在百花凋残时节,我是多么寂寞。今夜我将独守空楼,对着明月把泪流。曲词描写作者饯别情人齐参议时内心的无奈和怅惘。

柳　絮
[清]李苹香

惯逐游蜂浪蝶飞,画桥风暖日光辉。
如何不解征人恨,偏趁东风点客衣。

[注释]画桥:对桥的美称。征人:指远行人。

[赏析]柳絮习惯于像蜜蜂蝴蝶一样到处乱飞,雕画美丽的桥上暖风吹拂,阳光辉照。柳絮不能理解远行离人内心的爱怨情恨,还趁着东风的劲儿乱沾在离人的衣襟。诗句描写征人离别时不舍的内心怨蕴,表现他们意绪烦乱和遗憾难言的心情。

谢赐珍珠
[唐]江采蘋

桂叶双眉久不描,残妆和泪污红绡。
长门尽日无梳洗,何必珍珠慰寂寥!

[注释]江采蘋:即唐玄宗的梅妃。唐玄宗宠幸杨贵妃后,梅妃即被冷落。后来有外族使者进贡珍珠,唐玄宗命封一斛珍珠密赐梅妃,梅妃拒受,旋作此诗。长门:长门宫。汉武帝时被废黜的陈皇后居此,后泛指冷宫。

[赏析]我细细的桂叶眉很久不描了,脸上残留的脂粉和着泪水流下,污了红绡衣裳。我在长门冷宫里一天到晚无心梳妆,你又何必用一斛珍珠来安慰我内心的寂寥。诗句中梅妃自陈已心灰意冷,拒受皇帝赏赐,显示了她的孤高性情,并以此来维护自己的最后一点尊严。

马嵬二首·其二

[唐]李商隐

海外徒闻更九州,他生未卜此生休。
……
如何四纪为天子,不及卢家有莫愁。

[**注释**]马嵬:地名。九州:传说中我国上古时的行政区划,后用作中国的代称。纪:十二年为一纪。古人以木星绕日一周(十二年)为一纪。唐玄宗实际在位四十五年,不到"四纪"。莫愁:代指平民女子。

[**赏析**]徒然听说海外还有一个中国九州,来生还很难料,今生就此罢休。……虽说你当皇帝已经历了四纪,还真不如卢家夫婿能朝夕陪伴莫愁。这首诗涉及的历史事实是:唐玄宗在马嵬坡兵变中为了江山社稷,缢死了杨贵妃。全诗八句,这里是开头两句和最后两句。诗句讥刺帝王与宠妃的"恩爱",还不及平民百姓夫妻能白头偕老。

离亭赋得折杨柳二首·其二

[唐]李商隐

含烟惹雾每依依,万绪千条拂落晖。
为报行人休尽折,半留相送半迎归。

[**赏析**]茂密的枝条笼罩在淡淡烟雾中,在夕阳下,轻风吹拂千枝万条,依依不舍。它似在告诉送行人不要为你的情折尽了枝条,用一半送走行人,留一半好迎接归客。诗句描写情人们在"离亭"不得不分别、又盼望着再聚的心情。

雨霖铃·寒蝉凄切

[宋]柳永

寒蝉凄切。对长亭晚,骤雨初歇。

都门帐饮无绪,留恋处、兰舟催发。

执手相看泪眼,竟无语凝噎。

念去去、千里烟波,暮霭沉沉楚天阔。

[注释]长亭:古代一种供行人休息用的亭子,一般十里一座。都:指北宋都城汴京(今河南开封)。

[赏析]秋日初寒,蝉儿叫声凄厉悲切。面对长亭,傍晚时分,一阵急雨过去,与情人离别是多么伤感。在都城外设帐饯别,没有一点饮酒的心绪,正依依不舍时,船上的人已催着快点开船出发。紧握着手含泪对视,多少话语凝噎在喉间,一句也说不出来。想到这一去路途遥远,千里迢迢,楚地无数烟波,天空夜雾沉沉茫无际涯。词句描写作者仕途失意,不得不离开京都,在与情人离别时痛苦和凄凉交织的情景。

和《垓下歌》

[秦]虞姬

汉兵已略地,四面楚歌声。

大王意气尽,贱妾何聊生!

[注释]虞姬:"西楚霸王"项羽的宠姬,项羽出征时一直随侍。项羽兵败自杀,其亦自刎而死。

[赏析]汉王刘邦的军队已攻占了楚国的广大土地,四面八方传来令人

悲凄的楚国的歌声。大王的英雄气概已经磨灭殆尽,我一个卑下的女子岂能苟且偷生!诗句描写作者在项羽走投无路之际,决心殉情自尽,以表示对项羽的忠贞和保留其作为女性的"不被俘虏、不受侮辱"的清白和尊严。

燕归梁·细柳营中有亚夫
[宋]赵才卿

汉王拓境思名将,捧飞诏欲登途。
从前密约悉成虚。空赢得、泪流珠。

[注释]汉王:借指当时的朝廷、皇帝。

[赏析]皇上要拓展边境疆域,就想到了您这样的名将,您捧着紧急飞送的皇上诏书,即将登程奔赴重任。您以前私密对我的许诺都不能兑现,成了虚话,我只得到了一场空欢喜,泪珠滚滚流。据说作者是成都地方的官妓。一个相好的军官对她说要被调走了。作者是奉命作词。这是全词的下片。词句除恭维军官是"名将"外,还表达了对军官未兑现许诺的不满。

唐多令·何处合成愁
[宋]吴文英

何处合成愁。离人心上秋。
纵芭蕉、不雨也飕飕。
都道晚凉天气好,有明月、怕登楼。

[注释]心上秋:组合成为"愁"字。

[赏析]怎么就合成了一个"愁"字？就是离别之人的心上加个"秋"。纵然在秋雨停歇后,风吹芭蕉的叶片也是冷气飕飕。人们都说夜晚时天气凉爽最好,有明月当空照,可是我在这时却害怕登上高楼。这是全词的上片。词句描写秋季天气凉爽,我(主人公)却只会产生对离人的遐想,那明月下的秋天景象,反使我增添情思忧愁。词句反映了人们内心深处的无限离情别绪。

暮秋独游曲江

[唐]李商隐

荷叶生时春恨生,荷叶枯时秋恨成。
深知身在情长在,怅望江头江水声。

[注释]曲江：即曲江池,在长安城东南,是著名的风景区。

[赏析]荷叶茂盛时春情爱意产生了,荷叶干枯时恋情幽思已难以挽回。我深深知道只要人在情意就存在,你走了我只能惆怅地望着江里的流水不断呜咽。据说作者有一初恋女子小名"荷花",陪着作者读书。但荷花染病早逝凋零,给作者带来沉重打击。诗句描写作者内心对已故初恋情人的沉痛哀伤之情。

柳梢青·红分翠别

[宋]朱敦儒

红分翠别。宿酒半醒,征鞍将发。
楼外残钟,帐前残烛,窗边残月。
想伊绣枕无眠,记行客、如今去也。
心下难弃,眼前难觅,口头难说。

[赏析]要与红晕翠滴的女子分别了。昨夜的酒才半醒,就要跨上马鞍出发。楼外晨钟余音袅袅,床帐前还点着残烛,窗边有残月的清光。她躺在绣花枕上彻夜无眠,知道我这个过客今天远行。虽是心中留恋不舍,眼前再也见不着这个人了,但也难以开口挽留。词句描写"行客"出行之时,女子难舍又难留的情景和心绪。

长相思令·红花飞

[宋]邓肃

红花飞,白花飞。郎与春风同别离。

春归郎不归。雨霏霏,雪霏霏。

又是黄昏独掩扉。孤灯隔翠帷。

[注释]霏霏:指(雨、雪)纷飞。扉:门扇。

[赏析]红的白的花儿飞落凋谢,郎君与春天一起离别了我。现在又一个春天来了,郎君却没有回来。雨纷飞,雪纷飞,冬天到来,黄昏时候我只能独自关上房门。在翠绿色的帷幕里,夜夜伴着一盏孤灯。词句描写女子的丈夫或情人离别两年仍未回归,表现思妇独守空房的孤寂、幽怨心情。

菩萨蛮·红楼别夜堪惆怅

[唐]韦庄

红楼别夜堪惆怅,香灯半卷流苏帐。

残月出门时,美人和泪辞。

琵琶金翠羽,弦上黄莺语。

劝我早归家,绿窗人似花。

[**注释**]香灯：指长明灯。流苏帐：饰有流苏的帷帐。金翠羽：指在琵琶上的羽毛、金玉之类的装饰。

[**赏析**]在红楼里的离别前夜，我是多么惆怅，暗淡的灯光照着流苏帷帐。凌晨时分还残留着月光，美人流着泪送我出门远行。临别前，她用装饰着金玉的琵琶为我弹奏一曲，弦上流出娇软婉转的莺语。她似乎借此劝说我早点回家，碧纱窗下的如花美人在等待呀。词句描写主人公在离别前夜及清晨离别时，女子弹奏琵琶凄恻难舍的情景。

一剪梅·红藕香残玉簟秋
[宋]李清照

红藕香残玉簟秋。轻解罗裳，独上兰舟。

云中谁寄锦书来？雁字回时，月满西楼。

[**赏析**]红色荷花凋谢了，玉白色竹席带着秋的凉意。轻轻解开丝织衣裳，独自登上木兰之舟。那白云舒卷处，谁会将书信寄来？等到鸿雁回来之时，月光当会照满西楼。这是全词的上片。词句描写作者对婚后不久即负笈远游的丈夫的离情别绪。

[中吕]红绣鞋·春闺情
[元]李致远

红日嫩风摇翠柳，绿窗深烟暖香篝。

怪来朝雨妒风流。

二分春色去，一半杏花休。

归期何太久。

[**注释**] 篝：笼。

[**赏析**] 红红的太阳下轻风吹拂着翠柳，绿纱窗里暖笼透出缕缕香烟。一阵大雨突然袭来，似乎是妒忌风流美景，把天下的三分春色摧去了二分，把一大半杏花打落到了地上。情郎呀，为什么那么久了还不归来，难道要让我等到青春老去吗？曲词描写女子怀念远人、深怨离愁的幽婉情思。

钗头凤·红酥手
［宋］陆游

红酥手，黄縢酒，满城春色宫墙柳。
东风恶，欢情薄，一怀愁绪，几年离索。
错，错，错！

[**注释**] 黄縢酒：酒名（酒坛封口上贴着黄纸）。宫：作者家在绍兴，这里是古代越国都城。

[**赏析**] 记得你红润酥软的手里，拿着盛了黄縢酒的杯子。而今满城春色依旧，沈园杨柳仍然青青，你的春绿我已遥不可及。东风那么猛烈可恶，把欢情吹得稀薄无影。只剩下我难以挥去的愁绪，和这些年的萧索生活。感叹当年的分离真是错了，错了，错了！词句描写作者内心不堪回首往事的沉重哀伤。

踏莎行·候馆梅残

[宋]欧阳修

候馆梅残,溪桥柳细。草薰风暖摇征辔。
离愁渐远渐无穷,迢迢不断如春水。

[**注释**]候馆:官客旅宿的馆舍。薰:指香气袭人。辔:缰绳。

[**赏析**]驿站馆舍旁的梅花已经凋谢,溪流桥边的新柳细条下垂。春草清香袭人,暖风吹拂征马的缰绳。马儿渐跑渐远,离愁越加深沉无穷,就像那迢迢不断地流着的春水。这是全词的上片。词句描写离家远行的征人对家庭的无限眷恋的深情。

踏莎行·寄书

[清]柳如是

花痕月片,愁头恨尾,临时已是无多泪。
写成忽被巧风吹,巧风吹碎人儿意。

[**注释**]花痕月片:本指信笺上的图案,这里指风花雪月的往事。临时:这里指提笔写信时。

[**赏析**]风花雪月的往事痕迹,是破碎的青春记忆,情愁的开始,怨恨的结尾。到现在提笔写信时,已没有多少眼泪。一阵风吹走刚写完的信,同时也把我的心意吹得粉碎。这是全词的上片。作者柳如是嫁给名人钱谦益为妾之前,与诗人陈子龙有过一段恋情。陈子龙"寄书"(写信)给作者,似乎是旧情难断。作者此词表示对昔日恋人已记忆模糊,情感已被风吹碎,即恋情已丧失殆尽,从此两相忘吧。

贺圣朝·留别
[宋]叶清臣

花开花谢,都来几许。且高歌休诉。
不知来岁牡丹时,再相逢何处。

[赏析]花开花谢年年如此,相思之情又有多少?就让我们高歌畅饮,不必诉说伤感往事。不知道明年牡丹盛开时,我们会相逢在何处?这是全词的下片。词句慨叹时序更迭,离愁难诉,后会难期,不如趁此相聚之时开心豁达地高歌畅饮吧。词句可理解为表达朋友离别时的情感,也可理解为相爱男女不得不离别时的恋恋不舍。

点绛唇·花信来时
[宋]晏几道

花信来时,恨无人似花依旧。
又成春瘦,折断门前柳。
天与多情,不与长相守。
分飞后,泪痕和酒,占了双罗袖。

[注释]花信:指各种花按照时间信息开放。

[赏析]花守信开放的时候,心上人已离去,他不像花儿那样按时来临。等候着的我日夜伤春,憔悴羸瘦,白白折尽了门前柳枝。上天赋予我多情的心,却没有给予长相厮守的机会。自他与我分别后,相思的泪、浇愁的酒,沾湿了我的双罗袖。词句描写思妇对情人不能按期归来的深深怨情。

小重山·春到长门春草青
[宋]李清照

花影压重门。
疏帘铺淡月,好黄昏。二年三度负东君。
归来也,著意过今春。

[注释]二年三度:指第一年的春天到第三年的初春,两年多时间里逢三个春天。东君:指司春之神,泛指美好春光。

[赏析]层层花影掩映着重重房门,疏疏帘幕透进来淡淡月影,这是多么美好的黄昏。两年多时间要第三次辜负春神了。快回来吧,让咱们好好品味温馨的今春。这是全词的下片。词句指出远行的丈夫已两年多未归。又一个春天来到了,妻子希望丈夫早日归来。词句描写妻子(作者)企盼丈夫早日回来团聚的急切心情。

鹧鸪天·画舫东时洛水清
[宋]朱敦儒

画舫东时洛水清,别离心绪若为情。
西风挹泪分携后,十夜长亭九梦君。
云背水,雁回汀,只应芳草见离魂。
前回共采芙蓉处,风自凄凄月自明。

[注释]挹:舀,取。汀:水边沙地。

[赏析]坐着彩画的船儿,顺着清清洛水向东驶去,满怀着与情人别离的不舍心绪。西风为我拭去分别的泪水,留宿在驿亭里,十个夜晚九次梦见你。洛水上空,行云已经远去,雁儿回到水边沙洲宿息。我只能在满地芳草中

见到你的魂灵。从前和你同舟采摘荷花的情景还历历在目,那个地方现在只有凄冷的清风和明亮的月光。作者是河南府洛阳人,北宋灭亡时逃往南方。词句描写作者思念别离的情人及往事的愁苦心情。

踏莎行·祖席离歌
[宋]晏殊

画阁魂消,高楼目断,斜阳只送平波远。
无穷无尽是离愁,天涯地角寻思遍。

[赏析]在装饰精美的楼阁上,我黯然魂销,再上高楼望断天涯,夕阳下只能看到江水泛波,无边无垠。人世间无穷无尽的是离愁别恨,我的心要飞到天涯地角去寻他个遍。这是全词的下片。词句描写设宴送别远行人后,留守女子对别离的无奈和对远行人的揪心思念。

悼亡妻[1]
[明]徐渭

(内子亡十年,其家以甥在,稍还母所服。潞州红衫,颈汗尚沘,余为泣数行下,时夜天下雨雪。)
　　黄金小纽茜衫温,袖摺犹存举案痕。
　　开匣不知双泪下,满庭积雪一灯昏。

------

① 标题为编者所加。

[**注释**]内子：妻子。泚：浸染。茜：草名，根可做红色染料，因借指红色。举案：指汉代梁鸿、孟光夫妻"举案齐眉、相敬如宾"之事。

[**赏析**]金色纽扣的红衫似乎仍留着你的体温，袖子还存着因举案齐眉而形成的褶痕。打开你的衣箱，不知不觉流下了眼泪，窗外满庭大雪积压，房间里一灯如豆昏暗蒙蒙。作者在妻子亡故十年后，见到故妻娘家还回故妻的部分衣服，不禁流泪。诗句描写作者睹物思人、悲哀大恸的心情。

拟古诗十二首·其二

[唐]韦应物

黄鸟何关关，幽兰亦靡靡。
此时深闺妇，日照纱窗里。
娟娟双青娥，微微启玉齿。
自惜桃李年，误身游侠子。
无事久离别，不知今生死。

[**注释**]黄鸟：即黄莺。靡靡：花开纷乱状。娥：指眉毛。

[**赏析**]黄莺关关地鸣叫着，兰花幽静地开放纷披。阳光透过纱窗照进闺房，里面深居着一位少妇。她两条眉毛青黑美丽，嘴唇微张牙齿洁白如玉。她叹惜自己在桃李花开之年，却误嫁了游侠男子。他并没有什么任务差事，却离别我已经很久，现在都不知道他是生是死。诗句描写独守闺房的少妇感叹游侠丈夫外出不归、自己春情无寄的寂寞幽怨心情。

诗经·卫风·氓

及尔偕老,老使我怨。
淇则有岸,隰则有泮。
总角之宴,言笑晏晏,
信誓旦旦,不思其反。
反是不思,亦已焉哉!

[**注释**]淇:河名,今河南淇河。隰:低湿,指漯河。泮:水边。总角:古时儿童发式。借指童年。晏晏:和悦欢乐的样子。旦旦:至诚恳切的样子。反:即"返",违反,违背。

[**赏析**]当初相约白头偕老,没有到老尽是愁怨。淇水虽宽总是有岸,漯河浩荡也有个边。少年时光一起游乐,说说笑笑和美欢畅,山盟海誓多么恳切,没想到你会背弃誓言。你既已变心我也不留恋,就这样吧从此两断!全诗很长,有六段。全诗叙写女子与一个叫氓的男子钟情、相恋、结婚以及被氓抛弃的全过程。这里是最后的第六段。诗句从女子角度描写这个爱情婚姻故事的结局及女子的怨愤。

别　内

[清]黄景仁

几回契阔喜生还,人老凄风苦雨间。
今夜别君无一语,但看堂上有衰颜。

[**注释**]契阔:离合,聚散。堂上:指母亲。

[**赏析**]几次离家谋生,幸喜我活着回来了,我在凄风苦雨的困顿中渐向中年。明天又要分别,今夜面对你说不出一句话,只是感到母亲已有了衰老的容颜。诗句描写作者与妻子又要分别的前夜,相对无语,想到母亲衰老而倍感辛酸的情景。

八声甘州·甚年时

[清]张鸣珂

记得凤啮桥畔,眉展奁残月,同倚窗纱。
道寻春未晚,仙梦碧城遮。
翦淞波、绿芜千里,误几回、燕子傍谁家。
魂归也,有垂杨处,啼煞昏鸦。

[**注释**]凤啮桥:清时桥名,简称凤桥,今浙江嘉兴市东南有凤桥镇。奁:古时妇女梳妆用的锦匣,这里指女子化妆。碧城:本指仙人居地,这里指女子住所。翦:同"剪"。淞:指吴淞江(在今上海市,又名苏州河)。

[**赏析**]记得在凤啮桥边的那处住所,你的眉毛像一弯残月,与我一同倚在窗边有说不完的话。你说渴求春暖,不要性急,总要明媒正娶,犹如仙人良缘,才是终身归宿。后来我也曾在绿野千里的深春,乘船渡江,几度来到吴淞江畔凤啮桥边重访闺阁,然而门墙犹在,燕子已离旧巢,不知飞向何处依傍谁家。但愿你的魂灵归来,在这垂杨之处,有一只老鸦在苦苦鸣啼。这首词实为一首悼亡词,这是全词的下片。词句描写作者对曾爱恋过的故乡女子香消玉殒的深情哀思。

[黄钟]昼夜乐·冬

[元]赵显宏

佳人,佳人多命薄!今遭,难逃。

难逃他粉悴烟憔,直恁般鱼沉雁杳!

谁承想拆散了鸾凤交,空教人梦断魂劳。

心痒难揉,心痒难揉,盼不得鸡儿叫。

[**注释**]鸾凤交:比喻夫妇情谊。

[**赏析**]美人啊美人,你真是命薄。这一回真难逃脱。难脱花容月貌憔悴,他这样音讯全无,如同鱼沉水底,雁儿杳渺。怎能想到会活生生地拆散了鸾凤情交,白白地让人魂牵梦绕。心里想想真难承受,心头痒痒倍受煎熬,只盼着公鸡早早啼叫报晓。这是全曲的下片。曲词描写丈夫出走,音讯杳然,夫妻分离,女子孤寂难熬的幽怨之情。

破　镜

[唐]杜牧

佳人失手镜初分,何日团圆再会君?

今朝万里秋风起,山北山南一片云。

[**赏析**]美人失手使一面圆镜裂为两半,什么时候才能破镜重圆再见郎君?如今肃杀的秋风吹遍千里万里,山北山南只能见到一片云雾蒙蒙。诗句描写美人无意中打破了圆镜,即与丈夫或情人分离了(没有明写导致女主人公"失手破镜"的真正缘由),而使得她"破镜重圆"的愿望处在"万里秋风""云雾迷蒙"的不确定之中。其爱怨期待的哀伤令人唏嘘。

送志衍

[清]卞玉京

剪烛巴山别思遥,送君兰楫渡江皋。
愿将一幅潇湘种,寄与春风问薛涛。

[注释]楫:船桨,指代船。皋:水边高地。潇湘种:或指潇湘地方著名神女(舜帝之妃娥皇、女英)。薛涛:唐代蜀地著名女诗人。

[赏析]长夜交谈不断剪去烛花,你离别了要去巴山地方,以后只能迢遥思念。我在高高岸边送你乘上兰舟渡江,权且送你一幅潇湘神女的画像作为留念,我的心意只有春风和像薛涛那样的女杰能够理解。作者是明末清初江南著名的"秦淮八艳"之一。诗句通过送别、赠画,联系到舜妃、薛涛等知名女子,抒发作者的离愁别绪和难言心情。

卜算子·席上送王彦猷

[宋]周紫芝

江北上归舟,再见江南岸。
江北江南几度秋,梦里朱颜换。
人是岭头云,聚散天谁管。
君似孤云何处归,我似离群雁。

[赏析]在江北岸送你上船,若再相见,该是在对岸的江南。江南江北几度秋风吹过,在依稀的别梦中韶华逝去,红颜改变。人生就是山岭上空的云,飘忽变幻、聚散无常,天也难管。你好像孤云一片,不知在何处归宿,我恰似离群的雁凄惶哀哀。词句是作者在离别宴席上赠别好友升官赴任时所作,描

写作者难舍好友和感慨以后难聚的怅惘伤感的心情。这本是送别好友、坦露肺腑之作,但其含义也可理解为情人之间离别时的情感表达。

闺 怨
[明]周在

江南二月试罗衣,春尽燕山雪尚飞。
应是子规啼不到,故乡虽好不思归。

[注释]二月:农历时间。

[赏析]江南到二月已是春天,人们都在试穿新制罗衣了。春天将尽,而燕山一带雪花尚在飞舞。一定是杜鹃鸟"不如归去"的啼鸣还没有到达那里,所以江南故乡虽然美好,夫君却没有想着回家来。诗句描写春天已到,远在燕山的丈夫却迟迟不归,反映了江南思妇对丈夫未归的闺怨幽恨的心情。

望江南·江南柳
[宋]欧阳修

江南月,如镜复如钩。
似镜不侵红粉面,似钩不挂画帘头。
长是照离愁。

[赏析]江南的月亮,像是一面圆镜又像是一只弯钩。说它是一面镜子,女子们并不能用它来照粉妆红面;说它是一只弯钩,又不能挂住任何一个画

帘头。它总是映照着分离女子的怨愁。这是全词的下片。词句描写月亮的圆缺对在家的女子来说并无意义,只会照着离愁。

悼亡诗三首·其二

[晋]潘岳

皎皎窗中月,照我室南端。
清商应秋至,溽暑随节阑。
凛凛凉风升,始觉夏衾单。
岂曰无重纩,谁与同岁寒。
岁寒无与同,朗月何胧胧。
展转眄枕席,长簟竟床空。
床空委清尘,室虚来悲风。
独无李氏灵,髣髴覩尔容。
抚衿长叹息,不觉涕沾胸。
沾胸安能已,悲怀从中起。

[**注释**]阑:将尽。纩:丝绵。眄:视。李氏灵:李氏指汉武帝宠妃李夫人。髣、髴:仿、佛的异体字。覩:同"睹"。衿:同"襟",古代指读书人穿的衣服。

[**赏析**]皎洁的月光透过窗户照进我寝室的南端。清爽的凉风跟着秋天到来,湿热的暑气随夏季的过去而消尽。有点凛冽的凉风吹起来了,我开始觉得夏天的被子已然单薄。并不是我没有厚重的丝绵,只是没有人陪着我同度寒冷的冬天。冬季里没有人陪伴我呀,明亮的月光也变得昏暗朦胧。翻来覆去看着床榻,宽大床席空空荡荡。空床已落下清细的尘埃,悲戚的凉风吹进了空房。难道你不能像李夫人那样显灵吗,也好让我隐约窥见你的芳容。我抚着衣领深长地叹息,不知不觉泪水沾湿了胸襟。沾湿了胸襟也不能止住

伤感,悲痛的情怀从心中涌起。全诗二十八句,这是前二十句。诗句描写随着秋冬来临气候转凉,作者自己在房间中更觉空虚和孤寂的处境,从而更加重了对亡妻的思念。

浪淘沙慢·梦觉透窗风一线
[宋]柳永

嗟因循、久作天涯客。
负佳人、几许盟言,便忍把、从前欢会,陡顿翻成忧戚。

[注释]嗟:叹息。陡顿:突然,顿时。

[赏析]可叹我总是迟延犹豫,以致久久地浪迹天涯,蹉跎困顿。辜负了佳人的多少盟誓期盼,终至又忍心地把从前的欢会极乐,陡然间变成忧愁悲戚。全词有三片。这是第一片的后半。词句描写羁旅之人想念情人、追思欢爱,又自怨自艾、矛盾自责的心绪。

悼亡三首·其一
[宋]梅尧臣

结发为夫妇,于今十七年。
相看犹不足,何况是长捐。
我鬓已多白,此身宁久全。
终当与同穴,未死泪涟涟。

[注释]捐:这里指舍弃,丢失。长捐:指永远失去,即指死亡。

[赏析] 我与你结发成为夫妻，到如今已十七年了。互相厮守天天看着还嫌不够，何况现在成了永别叫我如何承受。我的鬓发已多见斑白，我这身子骨还能坚持多久？最终要与你同归于一个墓穴，未死之时总是涕泪涟涟！诗句以平实语言叙述作者对亡妻的挚爱之情和丧妻的深切沉痛。

别诗四首·其三

[汉] 无名氏

结发为夫妻，恩爱两不疑。
欢娱在今夕，燕婉及良时。
征夫怀往路，起视夜何其。
参辰皆已没，去去从此辞。
行役在战场，相见未有期。
握手一长叹，泪为生别滋。
努力爱春华，莫忘欢乐时。
生当复来归，死当长相思。

[注释] 燕婉：指夫妻恩爱和谐。参：指参（shēn）星。

[赏析] 你和我是结发夫妻，十分恩爱互不相疑。今夜的生活是多么欢娱，恩爱和谐总是美好时光。我惦念着赴征前行的路程，夜里起来看看天气怎样。参星等星辰都已经隐没，我这就走了即此辞别。到战场上去服役，何时能回来相见没有日期。握着你的手长叹声声，因为生离泪水淋漓。望你多多爱惜青春年华，不要忘记咱俩欢乐之时。只要我还活着，就一定归来与你团聚，即使战死疆场，也会在地下永远思念你。诗句描写征夫离家时对妻子的深情告别和一定要与妻子生死相依的庄重承诺。

燕子楼三首·其三

[唐]白居易

今春有客洛阳回,曾到尚书墓上来。
见说白杨堪作柱,怎教红粉不成灰。

[注释]燕子楼:唐时在徐州,今江苏徐州市铜山区境内。据说是唐朝高官张愔为其爱妾关盼盼所建。张死后,关幽居此楼不另嫁。多年后有张仲素见到作者,出示三首诗(说是关盼盼所作),作者一一和之。

[赏析]今年春天有客人从洛阳来到徐州,曾到张尚书(张愔曾任武宁军节度使、工部尚书等官职)墓地瞻仰祭拜。人们见到张尚书墓地上的白杨树长得又粗又高,夸说这真是做梁柱的材料啊,又如何才能使得盼盼的花容月貌最后不会变成灰土呢?诗句描写和感叹关盼盼为张愔守节至死的真挚爱情。

一落索·惯被好花留住

[宋]朱敦儒

今日江南春暮,朱颜何处。
莫将愁绪比飞花,花有数、愁无数。

[赏析]现今江南的春天已经过去,那美丽的红颜到哪里去找?不要把愁绪比作落花,落花再多也是有数的,而我心中的愁思却是无限。这是全词的下片。词句描写主人公对离去的情人的无尽思念和怅惘。

即席留别
[明]沙来青

锦瑟声中情冉冉,彩笺句里恨茫茫。
何须别后方追忆,只是尊前已断肠。

[**注释**]彩笺:信纸,此处指诗篇。尊前:酒杯前,饮酒时。

[**赏析**]弹奏着华美的瑟,其声情意绵绵,相赠的诗句里满含离恨茫然。用不着在分别后才追忆曾经的柔情蜜意,眼前的别离酒已使我柔肠寸断。诗句描写女子在与情人即将分别时的不舍心情。

锦 瑟
[唐]李商隐

锦瑟无端五十弦,一弦一柱思华年。
庄生晓梦迷蝴蝶,望帝春心托杜鹃。
沧海明月珠有泪,蓝田日暖玉生烟。
此情可待成追忆,只是当时已惘然。

[**注释**]瑟:拨弦乐器,通常是二十五条弦。柱:指瑟上固定弦端的小木柱。"庄生"句:《庄子》里说庄周在梦里成为蝴蝶,醒来后分不清是庄周成了蝴蝶,还是蝴蝶成了庄周。"望帝"句:杜宇在蜀地称帝,号曰望帝,后禅位归隐。蜀人哀之,以为杜鹃鸟的鸣叫是对他的悲叹。珠有泪:古代传说南海外有如鱼般的"鲛人",在水中居住,其哭泣时眼泪出而成珍珠。蓝田:县名,在长安附近(今陕西蓝田县),有玉山,多产玉,称为"蓝田玉"。

[**赏析**]装饰华美的瑟竟有五十根弦,每一根弦每一个柱都会勾起我对

黄金年华的思绪怀恋。庄周在迷梦中把自己化为蝴蝶,望帝的美好心愿托身于杜鹃鸟的鸣啼。明月下沧海里的鲛人流下的眼泪成了珍珠,蓝田地方日暖玉石才能化作青烟。那时的种种情景为什么到现在才追忆,只因为当时的我懵然迷惘还不懂得珍惜情爱。诗句描写作者因为往日青春年少,对爱情漫不经心,直到对方亡故之后,才追忆不可挽回的往事,感到无限痛惜和自责,不胜怅惘慨叹。诗句似含悼念亡妻又有自我感伤之意。

君难托

[宋]王安石

槿花朝开暮还坠,妾身与花宁独异。
忆昔相逢俱少年,两情未许谁最先?
感君绸缪逐君去,成君家计良辛苦。
人事反覆那能知?谗言入耳须臾离。
嫁时罗衣羞更著,如今始悟君难托。
君难托,妾亦不忘旧时约!

[注释]绸缪:缠绵。那:这里同"哪"。须臾:极短时间,片刻。

[赏析]木槿花早晨开放黄昏就凋谢了,我的命运与槿花有什么差异。想当初与你相逢时都在青春年华,两情没有确定,是谁最先提起的?感念你情意缠绵我就追随于你,替你操持家计,确实是辛苦不已。人事的翻覆变化哪能未卜先知?你听信谗言,不多久就将我休弃。出嫁时的罗衣我羞于再穿,如今悟彻你并不可靠,难托终身。虽然你不可信托,但当初的盟誓我还是不能忘记。诗句描写女主人公对男方不守誓约、遗弃自己的幽怨心情,虽已悟彻仍不忘旧情。实际上这是一首政治诗:作者王安石在皇帝(宋神宗)的恩遇和支持下实行"变法",宋神宗去世后,"王安石变法"终告失败。不过,

除去其中的政治隐喻,此诗仍是一首上乘的女性斥责男子情变的怨妇诗。

掷红巾诗
[唐]王福娘

久赋恩情欲托身,已将心事再三陈。
泥莲既没移栽分,今日分离莫恨人。

[注释]泥莲:污泥中的莲花。

[赏析]长久给予你恩爱之情,想着托身于你结为正式夫妻,我已把这个内心隐秘再三向你表明。你既然认为我不过是个"泥莲",没资格移栽到你家里,现在与你断绝关系,你也不要恨我。作者为歌妓,写诗给孙棨,明白地说愿与他结为正式夫妻,但被孙棨拒绝。后来孙棨在一次宴饮时发现作者,登门造访,作者之妹掷出此红巾,红巾上写有此诗。诗句表示作者决绝地与孙棨分离不再来往,显示作者的自爱自尊和被孙棨羞辱地称为"泥莲"的内心创伤。

阮郎归·月下感事
[宋]史达祖

旧时明月旧时身,旧时梅萼新。
旧时月底似梅人,梅春人不春。
香入梦,粉成尘,情多多断魂。
芙蓉孔雀夜温温,愁痕即泪痕。

[赏析]旧地重游,想起同样的明月映照过那时的那个佳人。那株梅树

又长出了新的花萼,还是那么芳香沁人,而那时月光下那个梅花般的人儿啊,已没有了,不再有当年的那个玉人。或许梅花的芳香能进入我的梦乡,而梅花本身已经飘零粉碎成为灰尘。昔日的旧情想得太多,只会使人伤心断魂。荷花孔雀被衾夜夜温存,我的哀愁却只能化成一片泪痕。词句描写作者旧地重游,对旧时情人的无限怀念和内心伤感。

寄吴郎
[明]王儒卿

旧事巫山一梦中,佳期回首竟成空。
郎心亦似浮萍草,莫怪杨花易逐风。

[**注释**]巫山:喻男女欢爱。

[**赏析**]你我的爱情就像楚王与巫山神女的故事一样只是旧梦,我想佳期再续已成为一场空。既然你的心似浮萍般摇荡不定,就不要怪杨花会逐风飘走。诗句作者表示:既然你这个姓吴的对爱情并不专心,也别怪我走自己的路了。

悼亡姬十二首·其十二
[清]厉鹗

旧隐南湖渌水旁,稳双栖处转思量。
收灯门巷忺微雨,汲井帘栊泥早凉。
故扇也应尘漠漠,遗钿何在月苍苍。
当时见惯惊鸿影,才隔重泉便渺茫。

[**注释**]南湖:在浙江嘉兴市东南。忺:高兴,适意。泥:濡湿。

[**赏析**]以前隐居在绿水清澈的南湖旁,双飞双宿的稳定生活使我反复念想。你在微雨中快意地收起门前的灯笼,帘栊凝霜的清晨,你去汲取井水不怕寒凉。你用过的檀香扇已满布灰尘,你遗留的首饰不知放在哪里,夜里只见月色朦胧。当年见惯了你翩若惊鸿的身影,现在隔着黄泉不能再见,只有一片渺茫。诗句描述"亡姬"在世时的种种生活情景,表现作者对亡者的清晰记忆和哀哀思念之情。

佳 人

[唐]杜甫

绝代有佳人,幽居在空谷。
自云良家子,零落依草木。
关中昔丧乱,兄弟遭杀戮。
高官何足论,不得收骨肉。
世情恶衰歇,万事随转烛。
夫婿轻薄儿,新人美如玉。
合昏尚知时,鸳鸯不独宿。
但见新人笑,那闻旧人哭?
在山泉水清,出山泉水浊。

[**注释**]关中:指今陕西省潼关以西一带(属于平原富庶地域)。丧乱:指唐代的安史之乱。合昏:又称合欢,其花朝开夜合。

[**赏析**]有一个冠绝当代的美艳佳人,幽隐地居住在僻静的深山谷地。她说自己本是大户好人家的女儿,飘零落寞在此田野山林。由于关中过去遭到战乱,父母兄弟惨遭杀戮。即使是高官也没有保障,尸首无着骨肉不得安

葬。世情势利嫌弃失势的人，万事就像随风而转的烛光。丈夫是个无情寡义的小人，他另有新欢美如碧玉。合欢花朝开夜合尚且有信，鸳鸯双飞双栖不会独宿。他只喜欢与新人欢乐调笑，哪会去听原配妻子的啼哭？她犹如在山的泉水清澈自守，他恰似出山的泉水混乱污浊。诗句叙述了一位佳人遭遇战乱，娘家人被杀害，而丈夫又抛弃了她另结新欢的悲剧命运，并慨叹人情的势利和社会的污浊。

答秦嘉诗
［汉］徐淑

君今兮奉命，远适兮京师。
悠悠兮离别，无因兮叙怀。
瞻望兮踊跃，伫立兮徘徊。
思君兮感结，梦想兮容辉。
君发兮引迈，去我兮日乖。
恨无兮羽翼，高飞兮相追。
长吟兮永叹，泪下兮沾衣。

[注释]适：去，往。结：聚积。引：长。乖：背离。

[赏析]夫君现今奉命远去京城洛阳。与你一别悠悠，没有机会详叙衷肠。我遥望远处，独自伫立徘徊。因为思念致情感郁结，想在梦中见到你的容颜。夫君出发迈步长行，离我而去，一日远过一日。我恨自己没有翅膀，不能高飞追随着你。长久地吟诵你留给我的诗，不断叹息，泪如雨下沾湿衣裳。全诗二十句，这里是后十四句。诗句描写作者挚爱远行丈夫的深情。秦嘉、徐淑夫妇是东汉桓帝时陇西郡（今甘肃东南部）人。秦嘉为郡吏，奉命送簿记去往京城（洛阳），临行时写下《留郡赠妇诗三首》，赠病居在娘家的妻子，这是作

者答诗中的句子。秦嘉在洛阳完成任务后被任为黄门郎,后病死客乡,二人终未重见。徐淑娘家兄长要求徐淑再嫁,徐淑坚决不从,守节至死。

去 妇
[唐]孟郊

君心匣中镜,一破不复全。
妾心藕中丝,虽断犹牵连。
安知御轮士,今日翻回辕。
一女事一夫,安可再移天。
君听去鹤言,哀哀七丝弦。

[赏析] 你的心好像锦匣里的镜子,一旦打破就再也不能复原。我的心就像是藕丝,藕断丝仍然相连。哪里知道驾车前行的那个人,而今又调转车辕返了回来。但是从来一个女子只能侍奉一位夫君,岂可再嫁一次。你去听听黄鹤一去不返的言说吧,我只能在七弦琴里寄托我的哀绪万千。诗句描写女子对抛弃自己的男子虽仍存怀念,但她又决绝地表示不可能与抛弃她的前夫再续前缘。

蝶恋花·槛菊愁烟兰泣露
[宋]晏殊

槛菊愁烟兰泣露,罗幕轻寒,燕子双飞去。
明月不谙离恨苦,斜光到晓穿朱户。

[注释]谙:熟悉。

[赏析]栏杆外,菊花笼罩着忧愁的烟雾,兰叶沾着露珠似乎是在哭泣。绫罗帷幕里透出一缕缕轻轻的寒意,一双燕子倏地飞去了。明月并不明白情人间离别后的痛苦,月光仍然穿过朱门,斜照着窗户直到天亮。这是全词的上片。词句描绘情人的离恨别愁的深沉和难耐。

后宫词
[唐]白居易

泪湿罗巾梦不成,夜深前殿按歌声。
红颜未老恩先断,斜倚薰笼坐到明。

[赏析]泪水湿透了罗巾,无法入睡好梦难成,夜已深了还从前殿传来按着节拍的歌唱声声。美丽的容貌尚未老去,皇帝的宠爱已经不再,每天只能倚靠在薰香炉笼旁边,独自寂寞地一直坐到天明。诗句描写失宠的嫔妃们凄凉孤寂的处境。

南乡子·为亡妇题照
[清]纳兰性德

泪咽却无声,只向从前悔薄情。
凭仗丹青省重识,盈盈,一片伤心画不成。

[赏析]流泪哽噎,泣而无声,只是痛悔从前没有珍惜你对我的深情。想凭仗自己的丹青笔法描画你的面容,好与我日日相聚面对。但泪眼模糊,心碎肠

断,不能把你的容貌画成。作者与他前后两任妻子都相知深爱,然而两任妻子都先后亡故,匆匆而去。这是全词的上片。词句描写作者极度凄婉的悼亡之情。

垓下歌

[秦]项羽

力拔山兮气盖世,时不利兮骓不逝。
骓不逝兮可奈何,虞兮虞兮奈若何!

[**注释**]骓:乌骓马,骏马,项羽的坐骑。虞:受项羽宠爱的女子。
[**赏析**]我拥有的势力很大,能把(秦朝)这座山掀翻拔掉,我率领的军队气概豪迈盖过世上各路人马。只是我的时运不济,我的乌骓马已不能再驰骋,马已跑不动了可怎么办哪!虞呀,虞呀,我已经无可奈何,叫我怎么安顿你呀!秦朝覆灭后,项羽与刘邦争夺天下,项羽在垓下大败后自杀。这是项羽在自杀前对虞姬表白自己失败又无可奈何的诀别词。后虞姬亦自杀殉情。

绝句五首·其一[①]

[明]沈宜修

(仲韶往苕上,别时风雨凄人,天将暝矣。自归,寄绝句五首,依韵次答,当时临岐之泪耳。)

莲壶催漏自销魂,画枕银屏夜色昏。
萧索半春愁里过,一天风雨尽啼痕。

---

① 标题为编者加。

[**注释**]莲壶：刻着莲花式样的计时铜壶。仲韶：即作者的丈夫叶绍袁。苕上：指今浙江湖州市地域，因其境内有苕溪，故称。

[**赏析**]送丈夫归来，夜色笼罩，独自面对锦绣的枕头、镶银的屏风，计时铜壶不断滴漏着，我倍感愁苦伤感。一半的春天我将在萧索和幽怨中度过，这一整天的凄风苦雨伴着我满面的泪痕。这是作者的"绝句五首"中的一首。诗句描写作者暂别丈夫后落寞孤独的心情，并隐含青春易逝的感叹。

莲丝曲
[清]屈大均

莲丝长与柳丝长，歧路缠绵恨未央。
柳丝与郎系玉臂，莲丝与侬续断肠。

[**注释**]莲丝：谐音"怜思"。未央：未尽。

[**赏析**]莲藕的丝很长，春柳的枝条也很长，在分别的岔路口，情意缠绵难舍，离恨悠悠不尽。我把柳枝系在郎君玉臂上，请郎君用莲丝（怜思）来接上我痛断的柔肠。诗句描写夫妻分别时难舍难分、情思相连的情景。

秋夕书怀呈戎州郎中二首·其二
[五代]刘兼

菱镜也知移艳态，锦书其奈隔年光。
鸾胶处处难寻觅，断尽相思寸寸肠。

[**注释**]菱镜：即菱花镜，指形制为菱花外形的铜镜。锦书：妻子写给丈

夫书信的美称。鸾胶：传说中的一种胶，能把弓弦断处粘在一起。旧时称男子丧妻后再娶为续弦、续胶或鸾胶再续。

[赏析]菱花镜似乎也知道她的美艳姿态已经移去，她写来的书信还在，无奈已间隔了一年的时光。能把断了的弓弦再粘在一起的鸾胶很难寻找到，痛苦使我相思之肠断成一寸一寸的了。全诗八句，这是后四句。诗句描写夫妻爱情很深，男主人公（或作者）因丧妻而痛断肝肠。

清平乐·留人不住
[宋]晏几道

留人不住。
醉解兰舟去。一棹碧涛春水路。过尽晓莺啼处。
渡头杨柳青青，枝枝叶叶离情。
此后锦书休寄，画楼云雨无凭。

[注释]棹：船桨。指代船。

[赏析]我留不住你呀！饯别酒喝醉后你就登上画船，扬帆而去。那小船在碧绿春水中行进，一路上能听到清晨黄莺的啼鸣。送别的渡口边杨柳青青，杨柳的枝枝叶叶都关乎离别的情。从此以后你也不必再寄书信，雕画楼阁里的云雨欢情不过是一场梦，都是虚幻无凭已经锁住尘封。词句描写女子"留人不住"，只得送别情人，因而产生的负气怨恨的决绝意念。

诗经·邶风·绿衣

绿兮衣兮,绿衣黄里。
心之忧矣,曷维其已!
绿兮衣兮,绿衣黄裳。
心之忧矣,曷维其亡。

[注释]曷:何时。维:这里是语助词。裳:下衣,形如裙。(上古称上衣为衣,称下衣为裳。男女均此。)亡:通"忘"。

[赏析]绿衣啊绿衣,绿色在外黄色在里。我的心多么忧伤,无尽忧伤何时已!绿衣啊绿衣,上身绿衣下身黄裳。我的心多么忧伤,忧伤无尽永不忘。全诗四段,这是前两段。诗句显示人亡物(妻子所做的绿衣黄裳)在。诗句描写丈夫对亡妻的无限哀伤和怀念悲情。

酷相思·月挂霜林寒欲坠
[宋]程垓

马上离魂衣上泪。各自个、供憔悴。
问江路梅花开也未。
春到也、须频寄。人到也、须频寄。

[赏析]马上的人神情恍惚,送别的人泪湿衣襟。双方面容憔悴。要问一问,沿江路边的梅花开了没开。春天来了,要折枝梅花寄过去,到了目的地,也要折枝梅花寄回来。这是全词的下片。词句描写远行男子与留守女子分别时,双方黯然神伤、不忍别离的深厚感情。

长相思三首·其三

[唐]李白

美人在时花满堂,美人去后花余床。
床中绣被卷不寝,至今三载犹闻香。
香亦竟不灭,人亦竟不来。
相思黄叶落,白露湿青苔。

[注释]犹闻:一作"闻余"。

[赏析]美人在这时,满堂都铺满香花;美人离去以后,只剩下一张寂寞的空床。床上的绣花被卷起没人来睡,至今已有三年,还能闻到花的余香。香味经久不去,而人却有去无回。黄叶飘落反增添了多少相思,露水湿润滋长了门外的青苔。诗句描写主人公对离去美人的怀念和眷恋,以及深感惆怅凄清的情韵。

琵琶行

[唐]白居易

门前冷落鞍马稀,老大嫁作商人妇。
商人重利轻别离,前月浮梁买茶去。

[注释]浮梁:古县名。唐代属饶州(今江西景德镇市),盛产茶叶。

[赏析]容颜衰老,门庭冷落,很少有乘鞍骑马的贵客来了。年纪大了,只能嫁给一个商人。商人只看重赚钱获利,不在乎夫妻别离,前月到浮梁做茶叶生意去了。那个时代,商人社会地位低,美女嫁给商人被认为是下嫁。全诗很长,这是其中四句。诗句描写京城歌女青春不再后的遭遇,以及她自感缺乏温情关爱的内心痛楚。

[中吕]红绣鞋·晚秋

[元]李致远

梦断陈王罗袜,情伤学士琵琶,又见西风换年华。
数杯添泪酒,几点送秋花,行人天一涯。

[**注释**]陈王:指三国曹植,他是曹操第三个儿子,曾被封为陈王。罗袜:曹植所写《洛神赋》中有"凌波微步,罗袜生尘"句。学士琵琶:指白居易所写《琵琶行》。

[**赏析**]从与洛神的梦中醒来,有如白居易作《琵琶行》那样感伤,西风起,到晚秋,一年又将过去。面对丛丛菊花,喝几杯重阳佳节酒,滴洒出多少相思泪,行人仍远在天涯。曲词描写闺妇在晚秋时节,想到丈夫离别经年仍未回来,伤感情更浓,相思泪更洒,离别愁更深。

沈园二首·其二

[宋]陆游

梦断香消四十年,沈园柳老不吹绵。
此身行作稽山土,犹吊遗踪一泫然。

[**注释**]稽山:即会稽山,在浙江绍兴南。

[**赏析**]你梦断尘世、香消玉殒已四十多年,沈园的柳树也老了,不再吐絮吹绵。我的身躯行将就木,要进入会稽山土里,今天还能来这里凭吊你的遗踪,我不禁泪下潸然。此诗为作者凭吊唐琬之作。诗句表达作者对亡故已四十多年的前妻,仍怀有无尽哀思和难言苦痛。

悼朝云

[宋]苏轼

苗而不秀亦其天,不使童乌与我玄。
驻景恨无千岁药,赠行惟有小乘禅。
伤心一念偿前债,弹指三生断后缘。
归卧竹根无远近,夜灯勤礼塔中仙。

[注释]童乌:本喻幼年夭折的孩子,这里指朝云所生之子(未满百日即逝)。景:同"影"。小乘禅:指朝云临终时所诵佛经之语。朝云:王朝云,幼为乐伎,苏轼为之脱籍收为侍女,后纳为妾。苏轼在朝廷罹祸被发配至惠州(今广东省惠州市),家散,只朝云独自跟随,朝云于次年病逝。

[赏析]苗长得好却没能抽穗,这是天注定呀,老天让孩子不能长大,与我谈论文章的玄妙。想留住你身影,只怅恨没有能使人千岁不死的药,你走之前只把四句佛家禅语留给了我。你一直相伴,是我今生欠你的债,我伤心的是想偿债却终未实现,姻缘短暂,天人永隔,三世的缘已断了。你归葬于竹林之下,无远近可言,我只能在夜灯下向塔中女仙勤于祈祷礼拜。诗句是作者对爱妾朝云的泣血追忆和锥心悼念。

悼亡二首·其二

[唐]赵嘏

明月萧萧海上风,君归泉路我飘蓬。
门前虽有如花貌,争奈如花心不同。

[赏析]明月当空,海上风声萧萧,你已归于黄泉,我如同风中飞蓬。我

家附近虽有貌美如花的女子,无奈容貌如你,心地性情却和你不同。诗句描写作者深深眷念亡妻,而不愿续弦再娶一个与亡妻心地不同的女子。

悼亡诗三十五首·其三十三
[清] 王士禛

陌上莺啼细草薰,鱼鳞风皱水成纹。
江南红豆相思苦,岁岁花开一忆君!

[赏析] 田间小路上,黄莺在鸣啼,细草散发着香气,阵阵和风吹皱了池塘春水,碧波粼粼。江南的红豆引起我对你无尽的苦念相思,每年花开时节对你的忆念更加沉深!诗句描写作者对亡故的原配妻子张氏的悼念,情意真挚。

马 嵬
[清] 袁枚

莫唱当年长恨歌,人间亦自有银河。
石壕村里夫妻别,泪比长生殿上多。

[注释] 长恨歌:唐代诗人白居易作《长恨歌》,叙写了唐玄宗和杨贵妃的故事。石壕村:杜甫诗作《石壕吏》中所写的村庄。长生殿:唐玄宗时所建宫殿,被认为是唐玄宗和杨贵妃的寝殿(实际上另有寝殿)。

[赏析] 不要再吟唱当年皇帝与贵妃爱恨交织的诗歌了,人世间平民百姓夫妻分散的离情更多。战乱中,石壕村里的夫妻被官府强迫离别,他们的苦

难泪水比宫殿里的人流的泪要多得多。诗句作者从平民百姓的角度指出：平民夫妻所遭受的分离之苦比皇帝贵妃不得不分离的个别情况要普遍得多。

《西厢记》诸官调·卷六
[金]董解元

莫道男儿心如铁，君不见满川红叶，尽是离人眼中血。

[赏析]不要说男子们都是铁石心肠，你没有看到满川的红叶，那都是男子们在分离时流下的血泪所染成的啊！在该剧中，张生与崔莺莺刚完婚，就被迫进京赶考。这是张生的唱词，表现他内心的不舍和痛苦。

别黄玄龙八首·其六
[明]崔重文

莫轻春梦薄残缘，疑语关心十五年。
覆水落花难再合，匣琴从此怯危弦。

[注释]危弦：高音弦。

[赏析]不要轻视你我的春梦、淡去的残缘，这十五年有过多少的疑虑和关爱啊。泼出去的水不可能收回来，凋落了的花不可能再开，匣中的琴从此以后也害怕弹奏高妙音弦。作者是歌女。诗句描写作者告诫同居男子在离别后，不要忘了那么多年的相守之情，自己也清醒地知道后会难期而不胜惆怅。

广州竹枝曲
[清]彭孙遹

木棉花上鹧鸪啼,木棉花下牵郎衣。
欲行未行不忍别,落红没尽郎马蹄。

[注释]木棉:在南方生长的高大落叶乔木,花色红艳。鹧鸪:鸟名,其鸣声犹如"行不得也哥哥"。

[赏析]鹧鸪停在木棉树上鸣啼,红艳的木棉花下我牵着郎君的衣角。郎君要远行,也迟延着不忍心别离,木棉树的红花纷纷落下,没住了郎君的马蹄。诗句描写夫妻(或情人)要分别时,久久地互相牵延着不忍别离的情景。

悼亡三十五首·其二十四
[清]王士禛

年年辛苦寄冬衣,刀尺声中玉漏稀。
今日岁残衣不到,断肠方羡雉朝飞。

[注释]漏:古代的计时器具。

[赏析]妻子年年辛苦地做好冬衣寄给我,她纺织、裁剪衣料的刀尺声盖过了滴漏声音。今年没剩几天了,冬衣还没有来到,我在断肠般的痛苦中,多么羡慕雉鸟每天能双双齐飞。诗句作者以不见冬衣寄来,表现对亡妻的思念,也寄寓了对自己身世飘零的伤感。

民　歌[①]

[汉]无名氏

念与君离别,气结不能言。
各各重自爱,远道归还难。
妾当守空房,闭门下重关。
若生当相见,亡者会黄泉。

[注释]黄泉:指人死后埋葬的地方,也指阴间。

[赏析]想到今天不得不与你离别,我心气结住难过得说不出话来。咱俩各自珍重吧,路那么远,恐难再相聚了。我会守着空巢,一生忠于你。真希望咱们能活着相见,死后也能在黄泉相逢。全诗很长,假托一对白鹄离别时顾恋不舍的情景,描写一对新婚鸟儿在向东南方长途迁徙过程中,雌鸟骤然患病不能相携同行,在生离亦可能是死别之际,夫妻互相表明永不相负的心迹。这几句是雌鸟的表白。

江边柳

[唐]雍裕之

袅袅古堤边,青青一树烟。
若为丝不断,留取系郎船。

[注释]袅袅:形容细长柔软的样子。

---

① 见[宋]郭茂倩编《乐府诗集·艳歌何尝行》。

[赏析]古堤边垂柳青,青细长柔软,随风摇曳,远远望去,恰似一缕缕碧绿的雾烟在飘舞。如果柳丝能绵绵不断地生长,把情郎的船儿系住该有多好啊。诗句描写女主人公希望柳丝长长,能把船系住,使情郎与自己永不分离,更显女子的离愁别恨之深重。

水调歌头·舟次感成
[清]蒋士铨

偶为共命鸟,都是可怜虫。
泪与秋河相似,点点注天东。
十载楼中新妇,九载天涯夫婿,首已似飞蓬。
年光愁病里,心绪别离中。

[赏析]你我有幸成为夫妻,却因长久分离难以相聚。眼泪如同秋水点点向东流。当新媳妇已有十年住在这楼中,夫婿却有九年在天涯奔走;我操持家务整天忙碌,头发凌乱恰似飞蓬。年光在忧愁和疾病里度过,心绪一直沉浸在离愁别恨中。这是全词的上片。词句作者在远行的船中怀念妻子,描写在长期别离中妻子生活的苦辛,也表达自己对妻子的深厚真挚之情。

莺莺传·告绝诗
[唐]崔莺莺

弃置今何道,当时且自亲。
还将旧来意,怜取眼前人。

[**赏析**]以前被你抛弃,现在又何必再说什么;当时只因我年轻无知,而与你亲爱。如果你还有旧时的那种心意,就好好地去怜爱你现在的身边人吧。在《莺莺传》里,张生对崔莺莺始乱终弃,后来张生又求见崔莺莺。崔莺莺此诗绵里藏针,表明自己不愿再理睬他,决绝地维护了自己人格的独立与尊严。

浪淘沙慢·梦觉透窗风一线
[宋]柳永

恰到如今,天长漏永,无端自家疏隔。
知何时,却拥秦云态?
原低帏昵枕,轻轻细说与,
江乡夜夜,数寒更思忆。

[**注释**]秦云:秦楼云雨,喻指男女欢爱。原:即"愿"。

[**赏析**]事到如今,长夜漫漫,漏壶永远在滴,无端地让你相思,都是我太轻率粗疏所致。不知要等到哪天,你我才能重聚,共拥欢情。到那时,帏幔低垂,枕上亲昵,让我对你轻轻细说,在这偏远的寒江水乡,夜夜难眠,数着寒更声声,把你思念回忆。全词分三片,这是第三片。词句描写作者与情人分离,备感羁旅之困和相思之苦。

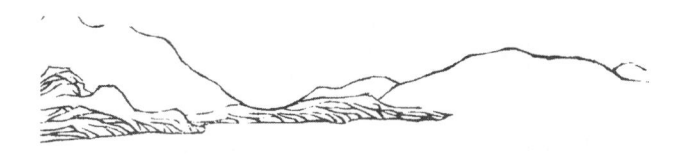

秋海棠诗

[清]纪昀

憔悴幽花剧可怜,斜阳院落晚秋天。
词人老大风情减,犹对残红一怅然!

[赏析]秋天傍晚,斜阳照着院落,这株秋海棠的花朵很是憔悴,充满幽怨,多么可怜。我已老了,早年的风情不再,但面对这株海棠残花,还是禁不住内心怅惘无限。作者早年与叔父家的婢女文鸾相恋,订立婚约。作者应试取得功名后,因双方家庭原因未能成婚,文鸾抑郁早逝。作者在院中种下一株海棠。作者终生未能忘此女之情,而有此悼亡之作。

怨词二首·其一

[唐]崔国辅

妾有罗衣裳,秦王在时作。
为舞春风多,秋来不堪著。

[注释]秦王:李世民(唐太宗)在唐初被封秦王,这里泛指君王。著:即"着"。

[赏析]我有绫罗的衣裳,是君王您在位之初做好的。我穿着它多少次在春风中翩然起舞,现在已经秋凉,不能再穿它了。诗句暗喻妃嫔遭到君王冷落后的幽怨。

青蛉行寄内

[明]杨慎

青蛉绝塞怨离居,金雁桥头几岁除。
易求海上琼枝树,难得闺中锦字书。

[注释]青蛉:古县名,治所在今云南大姚县,晋朝后废县。金雁桥:借指作者妻子黄娥所在地,此桥在今四川成都市西南隅。琼枝树:传说生长在海上的仙树。

[赏析]我被贬谪到青蛉这种荒凉之地,被迫与你分离,我心里多么愤怨,你居住在四川老家金雁桥边已好多年。名贵的海上琼枝树是容易得到的,但你从闺中寄来的书信是多么难得啊!诗句描写与妻子通信很困难,表现作者对妻子深深思念之情。

踏莎行·情似游丝

[宋]周紫芝

情似游丝,人如飞絮。
泪珠阁定空相觑。
一溪烟柳万丝垂,无因系得兰舟住。
雁过斜阳,草迷烟渚。
如今已是愁无数。
明朝且做莫思量,如何过得今宵去。

[注释]阁:同"搁",停住。
[赏析]离情像游丝般晃悠飘忽,情人如飞絮般踪影难留。离别时凝住泪

眼空自相对。溪边烟柳垂下万条丝绦,也没法儿把他的木兰舟拴住。夕阳下,雁群向远方迁徙,雾气覆盖沙洲,草树一片迷离。如今愁绪郁结,已是难以数计。姑且不去思量明天的事情,还不知今夜怎样熬过去。词句描写女子送别情人时的无奈景况,以及送别后不知怎样度过空落时光的孤苦无依的心情。

再 晤
[明]李非烟

去年花里送君行,此日相逢又落英。
已道鸾俦难再合,宁期牛女复怜情。

[注释]鸾俦:结为夫妇。牛女:牛郎织女。

[赏析]去年花开时节送你远行,今日与你相逢却是落英缤纷。本来认为已不可能与你结为夫妻了,怎能期望像牛郎织女相会似的重结爱怜旧情?全诗八句,这是前四句。诗句描写女子与往日情人在分手后又重逢,使女子升起重燃旧情的期望。但下面的四句诗,说明最终男子仍要远行,"鸾俦""再合"并不可能。

减字木兰花·去年今夜
[宋]吕本中

去年今夜,同醉月明花树下。
此夜江边,月暗长堤柳暗船。
故人何处?带我离愁江外去。
来岁花前,又是今年惜昔年。

[**注释**]故人:情人,昔日的情人。江外:指长江以南地域(从中原地域来看)。

[**赏析**]去年今夜,我们在明月映照的花丛中欢饮同醉。而今年今夜,只有我一人独自伫立江边,月色朦胧,长堤昏暗,垂柳的阴影遮住了停在江边的小船。远游的故人,你现在何处?只能请江月把我的离恨情愁带往江南你的居所。遥想明年百花盛开时节,我仍会像今年这样,再次追忆往事往年。词句描写作者对情人的深情思念和离愁叹惋。

折花仕女
[明]沈周

去年人别花正开,今日花开人未回。
紫恨红愁千万种,春风吹入手中来。

[**赏析**]去年花开时节,你与我别离,今年的花又开了,你还没有回来。眼前的万紫千红反勾起我绵绵不尽的离恨别愁,春风把无限思念之情吹到我的心头。这是一首题画诗,诗句描写春天来临时,女子折取烂漫春花,不但没有感到欢愉,反而被美景刺痛,加深了内心的思念和情感的落寞。

钗头凤·世情薄
[宋]唐琬

人成各,今非昨,病魂常似秋千索。
角声寒,夜阑珊。
怕人寻问,咽泪装欢。
瞒!瞒!瞒!

[**注释**]阑珊:衰残,将尽。

[**赏析**]陆游作《钗头凤》词,唐琬以此相答。你我已经离异,各过各的生活,如今不同于往日。我常常身染疾病,精神恍惚,像在秋千绳上来回悠荡。在寒夜听着远处的号角声,我的生命像黑夜似的将要尽了。怕被人问起我与你是怎么回事,就忍住泪水强颜欢笑。瞒着往事,瞒着,瞒着!这是全词的下片。词句描写作者与陆游旧情未断,身心痛苦挣扎的情境。

[北双调]沉醉东风·风情嘲戏

[明]金銮

人面前瞒神吓鬼,我跟前口是心非。

只将那冷语儿剗,常把个心血来昧。

闪的人寸步难移。便要撑开船头待怎的?

谁和你一篙子到底!

[**注释**]剗:挑剔,讽刺。闪:甩,丢。

[**赏析**]你在别人面前欺瞒神吓唬鬼,在我的跟前口说是心里非。只会将冷言谩语来挖苦讽刺,说话做事总是昧着良心。你把我甩掉,还让我动弹不了。你不就是要撑开船头一走了之吗,还想怎么着?哼,谁和你这样的人一篙子撑到底相伴终身!曲词描写愤懑倔强的女子以嘲笑口吻对狡猾无良的负心男子的犀利斥责和决绝态度。

梦江南·怀人二十首·其一

[清]柳如是

人去也,人去凤城西。
细雨湿将红袖意,新芜深与翠眉低。
蝴蝶最迷离。

[注释] 人:指作者原来的情人陈子龙。凤城:指京城。芜:草长得多而乱。

[赏析] 他离去了,到京城那边去了,也没有说要去干什么。蒙蒙细雨把我的红袄衣袖打湿,丛生的野草已长得很高,我却低着头,皱着浓黑的眉毛,心里空荡荡。心思迷离犹如蝴蝶乱飞,不知在何处停落。词句描写作者在情人(陈子龙)离去后内心怀念、无所寄托的心情。

梦江南·怀人二十首·其二

[清]柳如是

人去也,人去鹭鹚洲。
菡萏结为翡翠恨,柳丝飞上钿筝愁。
罗幕早惊秋。

[注释] 鹭鹚洲:在作者原来的情人陈子龙故里松江(今上海市松江区)。钿筝:镶有金银饰的筝。

[赏析] 他离去了,回到鹭鹚洲那里去了。翡翠般的绿叶衬托着红色荷花,这景象反勾起我的怨恨,柳絮飞来沾在钿筝上,又使我愁闷。风吹动着幔帐,秋时早早来到更令我心惊。作者是"秦淮八艳"之一。词句描写作者与情人分手后又思念又怨恨的心情。

百 日

[元]傅若金

人生悲死别,矧在心相知。

新婚未及久,杳杳遽何之。

昔为连理木,今为断肠枝。

相去时几何?百日奄在兹。

亏月有圆夕,逝水无还期。

弃置非人情,何以为我思?

[**注释**]矧:况且。杳:远得看不见踪影。遽:立即。奄:忽然。

[**赏析**]死别是人生最悲哀的事,何况你是我心心相印的妻子。新婚没有多少时间,你就没有了踪影,是去了哪里?以前本是连理树,今天成了断肠枝。忽然离去已有多少日子?百日之前你还在家里。月亮缺了有圆的夜晚,水流走了没有回还的时候。人死了就变心不理会,绝不是人应当怀有的感情,我怎么可能不日夜思念你?!作者妻子孙淑在婚后几个月遽然去世。诗句是作者对新婚不久即亡故的妻子的深情悼念。

拟青青河畔草

[南北朝]鲍令晖

人生谁不别,恨君早从戎。

鸣弦惭夜月,绀黛羞春风。

[**注释**]君:女主人公的丈夫。绀:稍微带红的黑色。黛:青黑色颜料,古代女子用来画眉。

[**赏析**]谁的人生都会有离别,我只怨恨你过早从军远征不归。我在夜里弹琴连月亮也惭愧不如,我在清晨以绀黛画眉使春风都羞居于下位。全诗十句,这是后四句。诗句描写端淑闺妇鸣琴、切盼丈夫归来,又深怨寂寞、伤感年华的痛苦心情。

长亭怨慢·渐吹尽

[宋]姜夔

日暮,望高城不见,只见乱山无数。

韦郎去也,怎忘得、玉环分付:第一是早早归来,怕红萼无人为主。

算空有并刀,难剪离愁千缕。

[**注释**]韦郎:典故是唐韦皋与玉箫女有情,别时留下玉指环。后韦皋八载不至,玉箫绝食而死。红萼:红花,女子自指。并刀:指并州(今山西太原)出产的剪刀。

[**赏析**]日落黄昏时分,望不见高耸的城楼,只能看见乱岩层叠的无数山岭。"我的韦郎,你这一去呀,怎么也不能忘了你给我的玉指环和我对你的嘱咐:最要紧的是早早回来,我怕没人给我做主。"就算我有并州出产的锋利剪刀,也难以剪断这千丝万缕的离愁别恨。作者在合肥时与一歌女相恋。这是全词的下片。词句借韦皋与玉箫女典故以及该女子离别赠语,表现两人离别时女子对作者的思念。

入山看见藤缠树

[清]民歌

入山看见藤缠树,出山看见树缠藤。
藤生树死缠到死,树死藤生死亦缠。

[赏析]进山时看见长长的藤缠绕着树,出山时看见树上缠绕着长长的藤。藤活着,树死了,藤还要缠绕到死为止,树死了,藤活着,藤仍死死地缠着树。诗句以藤缠绕着树生死不变,比喻男女爱情婚姻应该生死不渝始终不变。

古怨别

[唐]孟郊

飒飒秋风生,愁人怨离别。
含情两相向,欲语气先咽。
心曲千万端,悲来却难说。
别后唯所思,天涯共明月。

[赏析]秋风飒飒的时节,忧愁的夫妻不得不别离。两人眼含热泪面面相觑,想说点什么,还未开口已泣不成声。心里乱糟糟的有着千头万绪,悲伤之极却无法诉说。咱俩分别后只有互相思念,虽然天各一方,但愿能共享明月情深永不相忘。诗句描写一对不得不分别的夫妻的真挚爱情,他们怀有互相信任和"共明月"的默契与坚贞。

满庭芳·山抹微云

[宋]秦观

山抹微云,天连衰草,画角声断谯门。

暂停征棹,聊共引离尊。

多少蓬莱旧事,空回首、烟霭纷纷。

斜阳外,寒鸦万点,流水绕孤村。

[注释]连:一作"粘"。谯门:城门。尊:同"樽"。蓬莱旧事:指男女情爱往事。

[赏析]会稽山上有一抹薄云,越州城外衰枯的野草无边无际,城门楼上的号角声已经响过。北归的客船暂且停留,与歌女举杯话别。回想起有多少情爱往事,到此时已化为散去的一缕缕烟云。眼前,夕阳西下,寒鸦千万只飞过天空,一弯流水绕着孤村。这是全词的上片。词句描写作者与相恋歌女作别时,感慨景色惨淡、往事如烟的情景。

[双调]落梅风·答卢疏斋[①]

[元]珠帘秀

山无数,烟万缕,憔悴杀玉堂人物。

倚篷窗一身儿活受苦,恨不得随大江东去。

[注释]卢疏斋:即卢挚,元代著名学者、散曲作家。杀:这里同"煞"。玉堂:汉代官署名,后世称翰林院。玉堂人物:这里是对卢疏斋的敬称(卢曾考

---

① "落梅风"又名"寿阳曲"。

中进士,做过翰林学士)。

[赏析]卢疏斋呀,你走了,你我之间隔着无数山岭,飘着万缕烟云。你本是翰林学士,这会儿显得多么憔悴。我在蓬门荜户里倚窗远望,苦涩难熬,真恨不得随着大江东去与你做伴。作者是元代杂剧名伶。曲词描写作者在挚爱的情人离去后倚窗自叹、痛不欲生的心情。

上山采蘼芜

[汉]乐府诗

上山采蘼芜,下山逢故夫。
长跪问故夫:新人复何如?
新人虽言好,未若故人姝。
颜色类相似,手爪不相如。
新人从门入,故人从阁去。
新人工织缣,故人工织素。
织缣日一匹,织素五丈余。
将缣来比素,新人不如故。

[注释]蘼芜:古书上指芎䓖的苗,一种香草。跪:古人席地而坐的姿势。长跪:指伸直腰身跪坐。手爪:指纺织、剪裁等功夫。门:指正门。阁:指旁门,小门。缣、素:都是丝织品,缣带黄色,素色洁白,素比缣贵。匹:整卷的织品。当时一匹为四丈。

[赏析]上山去采香草,下山碰见前夫。挺直身姿,跪坐问他:"你的新媳妇怎么样?""新人虽说甚好,没有故人美妙。姿色容貌相差不多,女红功夫不如你了。新人已从大门进来,故人已从旁门回去。唉,新人善于织黄绢,故人白绸织得好。黄绢一天织四丈,白绸一天五丈多。黄绢白绸两相比较,新人

就不如你好。"诗句描写离异双方相见时的情景。弃妇虽有怨恨,仍温婉平和,显示出其善良忍耐的品性。

江城子·西城杨柳弄春柔
［宋］秦观

韶华不为少年留。
恨悠悠。几时休。
飞絮落花时候、一登楼。
便做春江都是泪,流不尽,许多愁。

[注释]韶华:美好时光。

[赏析]美好的时光不会停留在青春年少。离别的苦恨难熬,何时能够到头？在柳絮飘飞、百花凋谢的时候,登上楼台相望。想起往事,即使春天的江水都化作泪水,也流不尽我心中的情愁。这是全词的下片。词句描写主人公与情人分离后挥不去的记忆和无尽的离恨别怨。

古诗十九首·涉江采芙蓉
［汉］无名氏

涉江采芙蓉,兰泽多芳草。
采之欲遗谁？所思在远道。
还顾望旧乡,长路漫浩浩。
同心而离居,忧伤以终老。

[注释] 遗：馈赠。

[赏析] 在江边，涉水去采撷那里的荷花，水泽中长满香草。采了荷花，要送给谁呀？我思念的人在很远的地方。回想故乡的爱妻，长路漫漫，云天遥遥。我与妻十分恩爱，却分离于两地，这样的愁思到老是多么忧伤。诗句描写主人公与相爱的人（妻子）被迫分隔两地的无尽思念和痛苦。

如梦令·谁伴明窗独坐 ①
[宋] 向滈

谁伴明窗独坐，和我影儿两个。
灯烬欲眠时，影也把人抛躲。
无那，无那，好个恓惶的我！

[注释] 恓惶：惶恐不安状。无那：无奈。

[赏析] 有谁来陪伴窗下独坐的我？只有灯光映照出我的影子。灯已燃尽我要睡觉，此时影子也抛下我不知躲到哪里去了。无奈呀，实在无奈，只有惶恐凄凉、心神不安的我自己一个。词作者直白地诉说自己独坐灯下的凄清、孤寂、无奈的心情。

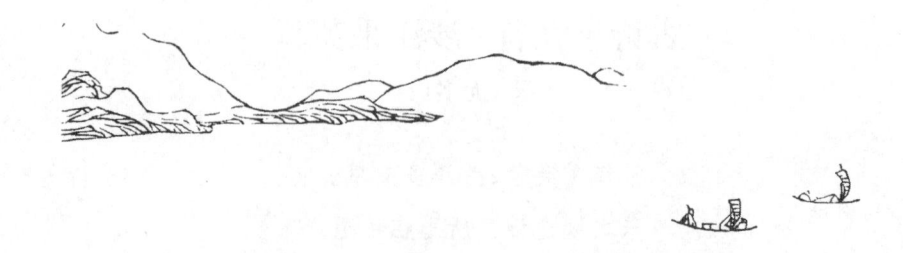

---

① 一说此词为李清照所作。二者有个别词语不同。

采桑子·谁翻乐府凄凉曲
[清]纳兰性德

谁翻乐府凄凉曲?
风也萧萧,雨也萧萧,瘦尽灯花又一宵。
不知何事萦怀抱?
醒也无聊,醉也无聊,梦也何曾到谢桥。

[**注释**] 翻:演奏,演唱。谢桥:谢娘桥,指到心仪女子住地必经的桥。

[**赏析**] 是谁在唱着凄切悲凉的乐府旧曲?风一阵阵掠过,雨点淅沥洒落,屋里灯烛彻夜点着已快燃尽,又是孤独难眠的一夜。夜里不知是什么事总在心怀萦绕,无论是清醒还是沉醉都感到很无聊,即使是在梦里也未曾经过谢娘桥。词句描写作者对亡妻的深情怀念和无限愁绪。

浣溪沙·谁念西风独自凉
[清]纳兰性德

谁念西风独自凉,萧萧黄叶闭疏窗。
沉思往事立残阳。
被酒莫惊春睡重,赌书消得泼茶香。
当时只道是寻常。

[**注释**] 疏窗:指有孔能透光通风,并可以开关的窗。

[**赏析**] 谁会想着我在西风萧瑟中独自凄凉,黄叶纷纷飘落,只好关闭疏窗。久久伫立在夕阳下把往事细思回想。那时我喝醉酒,你照料我酣睡,因诗书内容打赌玩儿,泼洒了香茶。当时只认为是平常生活,这样的情趣今日

再到哪里去找？作者与妻子感情甚笃。词句回忆夫妻间生活往事,表现作者对青春早逝的妻子的无限怀念及伤痛之情。

[双调]寿阳曲·思旧三首·其二·其三
[元]邦哲

谁知道,天不容,两三年间抛鸾折凤。

苦多情朝思夜梦,害相思沉沉病重。

尔在东,我在西,阳台梦隔断山溪。

孤雁唳夜半月凄凄,再相逢此生莫期。

[注释]天:这里喻指某些外部势力。尔:你。阳台梦:指传说中楚王与巫山神女的情爱故事。唳:鹤、鸿雁等的鸣叫。

[赏析]谁能知道,那些外部势力竟然不容许咱俩相好,两三年之间鸾凤就被抛离拆散。此后只能白天想念,夜晚做梦,害起相思病日渐沉重。你在东,我在西,情爱欢愉的美梦已被辽远的山岭溪水隔断。我成了一只孤雁在夜空里悲鸣,经受着无边的凄苦,你我此生再也没有相逢的时期。这是全曲的第二、第三段。曲词描写一对相爱男女被某些外部势力阻挡不能在一起的凄苦境况和悲切心情。

春 游
[宋]陆游

沈家园里花如锦,半是当年识放翁。

也信美人终做土,不堪幽梦太匆匆。

[**注释**]放翁：作者自指。陆游，字放翁。

[**赏析**]沈园仍是春意盎然，繁花似锦，这里的花儿多半认识我，当年你是那么美丽，在这里与我相恋缘情。六十多年过去了，你已先归于尘土，可叹咱俩的幽梦实在太匆匆。这是陆游最后一首寄情唐琬的诗。作此诗后不久，陆游在对一生恋情的牵挂与追念中溘然长逝。

《牡丹亭》闹殇[集贤宾]
[明]汤显祖

甚西风吹梦无踪！

人去难逢，须不是神挑鬼弄。

在眉峰，心坎里别是一般疼痛。

[**注释**]人：指《牡丹亭》剧中女主人公杜丽娘的情人柳梦梅。

[**赏析**]无情的西风把我的爱情美梦吹得无影无踪！情人离去了再难相逢，这并不是神灵鬼怪在挑拨捉弄。我内心的伤感在眉峰上，在心坎里，别有一番无边又难言的隐痛。这是曲词的后半，描写女主人公失去情人后内心的极度痛苦。

梦亡内作
[清]赵翼

生前心事有余悲，入梦依然泪暗垂。

从我正当贫贱日，与君多半别离时。

纸钱岂解营环佩，絮酒难偿啖粥糜。

一穗寒灯重怅忆，帘前新月似愁眉。

[**注释**]环佩:指玉质的佩饰。絮酒:菲薄的祭酒。啖:吃。

[**赏析**]你生前有许多心事,死后尚有余悲,来到我的梦中仍然暗暗垂泪。在我贫贱的时日你跟从了我,你我在生活中多半分别两地。上坟的纸钱怎够买玉佩金饰,祭奠的薄酒也难以补偿你跟着我喝粥的情义。在一盏寒灯下,我怅惘地回忆往事,窗外那一弯新月就像你未能舒展的愁眉。诗句描写妻子与作者长期生活在困境中,现在遽然逝世,表现作者深感难以补偿妻子同患难的歉疚和悲悼的心情。

悼亡四首·其一
[清]王夫之

十年前此晓霜天,惊破晨钟梦亦仙。
一断藕丝无续处,寒风吹叶洒新阡。

[**注释**]阡:这里指通往坟墓的道路。

[**赏析**]拂晓时的晨钟声惊醒了我在梦中与妻子的相会,十年前妻子正是在这样的深秋霜晨时刻离世。藕丝断了,妻子亡故,爱情已无法相续。而今续弦的妻子竟也逝去,秋风吹下片片树叶,撒落在通往续妻新坟的路途。作者原配陶氏和续弦郑氏在十年间先后亡故,这是作者悼亡诗四首之一,显示了作者悼念亡者时内心的哀伤和凄凉。

江城子·乙卯正月二十日夜记梦
[宋]苏轼

十年生死两茫茫。不思量,自难忘。
千里孤坟,无处话凄凉。
纵使相逢应不识,尘满面,鬓如霜。

[赏析]你我夫妻诀别已整整十年,强忍不去思念可终究难相忘。你孤零零地躺在千里之外,我也没有地方去诉说自己的孤独和凄凉。即使重逢,恐怕你也认不出我了,我已是满面尘埃,两鬓如霜。这是作者怀念亡妻王弗的一首词的上片。词句描写作者对亡妻的无限思念以致梦见后凄楚难言的心情。

偶　成
[宋]李清照

十五年前花月底,相从曾赋赏花诗。
今看花月浑相似,安得情怀似往时。

[赏析]此诗是作者在丈夫赵明诚逝世十五年后所作。十五年前那些花前月下的时光,你我相伴游园作诗赏花,多么安闲欢畅。如今花和月仍然与往年相似,但我的心情怎么可能与往年一样。诗句抚今追昔,表现作者对亡夫的思恋、哀悼和痛惜之情。

采桑子·时光只解催人老

[宋]晏殊

时光只解催人老,不信多情,长恨离亭,泪滴春衫酒易醒。

[赏析]时光只知道不断地催着人变老,并不理解人世间的爱情是多么难分难舍。你看情人们在长亭别离时是多么恨怨,伤心的泪水滴在薄薄的衣衫上,即使是醉酒的人也会很快清醒。这是全词的上片。词句把别离与时光无情、年华渐老联系起来,形成了双重的伤感和无奈,使别离的心情更加沉重。

钗头凤·世情薄

[宋]唐琬

世情薄,人情恶。
雨送黄昏花易落。
晓风干,泪痕残。
欲笺心事,独语斜阑。
难,难,难!

[赏析]这世态多么炎凉,人心是多么险恶。时过黄昏,风雨中花朵易被摧落。晨风虽已吹干了我的眼泪,脸颊的泪痕仍然残留着。想写信表达自己的心事,又做不到,只能斜倚栏杆自话自说。真是难啊,难啊,难啊! 这是全词的上片。词句描写作者对被休弃的愤懑和对旧情难忘又难续的恨怨。

九绝为亚卿作·其四

[宋]韩驹

世上无情似有情,俱将苦泪点离罇。
人心真处君须会,认取侬家暗断魂。

[注释]罇:盛装好酒的坛子。断魂:指灵魂离开肉体,形容悲伤到极点。亚卿:姓葛,作者的朋友。亚卿与一风尘女子相恋,短期分手。作者以该女子的口吻,写了九首七言绝句。

[赏析]你对我好像很有情爱,实际上是无情的,我只能将所有的痛苦泪水洒落在酒罇边。我内心的真情你应该好好体会,你应该知道我的内心已极度伤悲。诗句描写女子对葛亚卿的无限情意和对他一走了之的极度怨愤。

燕子楼三首·其三

[唐]关盼盼

适看鸿雁岳阳回,又睹玄禽逼社来。
瑶瑟玉箫无意绪,任从蛛网任从灰。

[注释]适:适才,刚才。岳阳:与衡阳同在湖南省境内,借指衡阳,相传雁南飞到衡阳为止。玄禽:燕子。瑶瑟玉箫:指镶着玉的瑟、箫,是对瑟、箫等乐器的美称。

[赏析]刚才看到大雁从南方飞回,又见燕子在临近春社时来到。时光流逝,弹瑟吹箫我都没有心绪意趣,房间里任由蜘蛛结网,家具落满灰尘。作者原是歌女,被张愔(徐州守帅,后曾为尚书)纳为妾。张为之建燕子楼(在

江苏徐州境内）。张死后，关独居燕子楼至死。诗句描写作者在独居生活中心灰意懒、连房间都无心打扫的惨淡心境。

沁园春·瞬息浮生
[清]纳兰性德

瞬息浮生，薄命如斯，低徊怎忘？

记绣榻闲时，并吹红雨；

雕阑曲处，同倚斜阳。

梦好难留，诗残莫续，赢得更深哭一场。

遗容在，只灵飙一转，未许端详。

[注释] 瞬息：一眨眼一呼吸的短时间。红雨：原指桃花，也泛指落花。飙：暴风。

[赏析] 你的人生竟这样短促，似在瞬息之间，红颜薄命的古语也应在了你身上，使我怎能不低徊掩抑，无法释怀？我清楚记得，咱俩在锦绣的床榻上，一齐吹着飘飞的花瓣嬉戏，坐在雕栏玉饰的回廊上同赏夕阳西下时的黄昏景色。今在梦中相见，但好梦难留，一首残诗没法续写，只能使我更加痛苦地哭一场。梦醒了，你的音容似乎还在，一阵暴风，都刮走了，已来不及仔细端详。这是全词的上片。词句描写作者梦见夫妻在一起时的快乐景象，梦醒了，一切都没有了。词句表现作者对亡妻的真挚感情及凄恻哀伤的追思。

《西厢记》第四本第三折
[元]王实甫

四围山色中,一鞭残照里。
遍人间烦恼填胸臆,量这些大小车儿如何载得起?

[**赏析**]四周一片暮色苍茫,在残阳余晖下挥起马鞭绝尘而去。烦恼实在太多,都压抑在心头,就是有多少辆车子也装不下这心中的烦愁。词句描写男主人公无法遂愿,内心愁苦不堪,只好急速离去。

清波引(用白石韵)
[清]钱芳标

送君南浦。
饮君酒,为君楚舞。
柳眉几许。
和烟向人妩。
翠被那曾暖,又逐青丝吹去。
劳劳亭外斜阳。是千古、断肠处。

[**注释**]南浦:指代别离之地。楚舞:本指楚地舞蹈,后泛指家乡舞蹈。青丝:指即将骑马远去的情人。劳劳亭:原为三国吴时所筑之亭(在今南京市西南),指送别之地。

[**赏析**]在这离人都会伤感的南浦送别你。我喝了你的酒,请你欣赏我为你跳的家乡舞蹈。你再看看我的柳叶秀眉,和我泪眼模糊的妩媚。翠绿的锦被还没捂暖,我就不得不送你跨马远行。这夕阳斜照的劳劳亭,千古以来

都是情人断肠伤心之地啊！这是全词的上片。词句描写女子送别情人时的伤痛心情。

吴　歌
［明］民歌

送郎八月到扬州,长夜孤眠在画楼。
女子拆开不成好,秋心合着却成愁。

[注释]扬州：当时的繁华城市(今江苏扬州市城区)。

[赏析]（农历）八月秋天时送情郎到扬州去了,漫漫长夜我只得独自睡在华美的楼阁里。女、子两个字一分开就不成其为"好"字,秋、心两个字合起来写却成了"愁"字。诗句运用某些汉字分开或合写为不同字而有不同含义的特点,表达女子在秋天与情郎分别后孤独愁闷的心情。

《西厢记》第四本第三折
［元］王实甫

虽然眼底人千里,且尽生前酒一杯。
未饮心先醉。
眼中流血,心里成灰。

[赏析]虽然人就在眼前,可马上就要远隔千里了,姑且喝上这杯生离前的告别酒吧。酒还没有喝,心里已经沉醉,我眼里流的不是泪而是血,心里痛苦得成了一团灰。这是该段曲词的后半片。曲词描写主人公为了赴考,不

得不与爱人别离的万般痛苦心情。

别　赋
［清］柳如是

虽知己而必别,纵暂别其必深。
冀白首而同归,愿心志之固贞。

[赏析]你我虽是知己,但必然分别无疑;纵然你我暂时分别,爱情必将更加深沉。我仍希望能与你一起白头偕老,但愿你我都有这样坚固忠贞的心志。全赋很长,这是最后部分的四句。作者表明自己认识到命运不可逆转,仍存相期白首之痴情。

哭夫诗百首
［明］薄少君

他人哭我我无知,我哭他人我则悲。
今日我悲君不哭,先离烦恼是便宜。

[赏析]有一天我死了,别人来哭悼,我不会知道;如果是我哭悼别人,我会是多么悲伤。今天我悲悼夫君,你也不会有泪水,你先我离开这个世界,倒是摆脱了烦恼啊!作者丈夫沈承,英年早逝。作者作哭悼亡夫诗百首。这一首表现作者极度悲伤压抑的心情。

孤雁儿·藤床纸帐朝眠起

[宋]李清照

藤床纸帐朝眠起,说不尽无佳思。
沈香断续玉炉寒,伴我情怀如水。
笛声三弄,梅心惊破,多少春情意。
小风疏雨萧萧地,又催下千行泪。
吹箫人去玉楼空,肠断与谁同倚。
一枝折得,人间天上,没个人堪寄。

[注释]沈:同"沉"。三弄:指《梅花三弄》笛曲。吹箫人:喻知音者。

[赏析]早晨我在青素的藤床纱帐中起来,没有上好的咏梅构思,却有说不尽的伤感。室内的香炉已渐渐冷却,只断断续续地散发着余烟,伴着我如水一般的凄清情怀。《梅花三弄》的笛声能把枝头的梅花吹开,春天虽然来临,我的心里又有多少春情暖意。轻风吹着,细雨潇潇下个不停,使得我泪下千行。明诚既逝,犹如吹箫人去玉楼空;纵有梅花好景,我已肠断,与谁倚栏同赏?即使折下一枝梅花,在这人间天上,没有一个人可供寄赠!此词有一小序:"世人作梅词,下笔便俗。予试作一首,乃知前言不妄耳。"此词由咏梅引起,实为悼亡,描写作者孤寂凄冷和悲痛至极的心境。

长恨歌

[唐]白居易

天长地久有时尽,此恨绵绵无绝期。

[注释]此恨:指杨贵妃与唐玄宗的死别所致的怨恨。

[**赏析**]天地虽然很长久,但总有到尽头的时候,唯有这不得不死别的相思和怨恨绵绵不尽,永无断绝的时期。全诗很长,这是其中的两句。诗句描写唐玄宗因安史之乱而逃亡,在途中,透过、缢杀了杨贵妃,这表达了唐玄宗一生绵绵不绝的痛悔、思念,以及和杨贵妃对死别永无止境的哀愁怨恨。

永遇乐

（彭城夜宿燕子楼,梦盼盼,因作此词）

[宋]苏轼

天涯倦客,山中归路,望断故园心眼。

燕子楼空,佳人何在,空锁楼中燕。

[**注释**]彭城:今江苏徐州。

[**赏析**]长期浪迹天涯的游子已疲惫不堪,看着山中通向家乡的归路,不禁苦念故乡望眼欲穿。燕子楼空空荡荡,佳人早已不在了,空留着那些燕子在雕梁画栋的楼堂中。这是全词下片的前半。词句借关盼盼故事描写作者对人生跌宕、身世浮沉的感慨和悟彻。

白头吟二首·其一

[唐]李白

兔丝固无情,随风任倾倒。

谁使女萝枝,而来强萦抱。

两草犹一心,人心不如草。

莫卷龙须席,从他生网丝。

且留琥珀枕,或有梦来时。

[**注释**]兔丝：即菟丝子，草本植物。多寄生在豆科植物上。女萝：即松萝。多附生在松树上，成丝状下垂。龙须席：用龙须草编织成的床席。

[**赏析**]菟丝子固然是无情的植物，它随风任意倾倒，毫无骨气。可是它却与松萝枝缠抱在一起，难以分离。这两种草木犹能相合一心，与之相比，人心尚不如草木。床上的龙须席用不着卷起，任它落满灰尘，挂满蛛丝。那个琥珀枕头暂留下来，枕着它或许会在梦中见到你。全诗是作者有感于司马相如与卓文君的故事而作。全诗较长，有三十句，这是其中的十句。诗句从女子的角度，描写弃妇的悲情和对坚贞爱情、白头偕老的渴望。

悼亡诗三首·其一
[晋]潘岳

望庐思其人，入室想所历。
帏屏无仿佛，翰墨有余迹。
流芳未及歇，遗挂犹在壁。
怅恍如或存，回惶忡惊惕。

[**赏析**]送葬归来，看见家里房子就想到你，进到屋里，种种生活情景历历在目。帏幔屏风还在，却再无你的倩影，只剩纸张上你的墨迹。你的芳香还在流散没有消弭，你穿过的衣裳还挂在墙上。恍惚迷离中，你好像还在我身边，我惶恐不安，忧心忡忡，惊悚不已。全诗有二十六句，这是其中的八句。诗句表现作者为亡妻杨氏送葬归来，失魂落魄、恍惚无奈的情状。自此诗后，"悼亡"一语从悼念死者的泛称，发展成为悼念亡妻的专指、特称。

木兰花·燕鸿过后莺归去

[宋]晏殊

闻琴解佩神仙侣,挽断罗衣留不住。
劝君莫作独醒人,烂醉花间应有数。

[**注释**]闻琴:暗指卓文君与司马相如相恋私奔之事。解佩:汉时,有人遇二仙女佩两珠,此人与之交谈并想得到宝珠,二仙女解佩送珠,但转眼间仙女和宝珠都不见了。

[**赏析**]像卓文君那样闻琴而知音,像二仙女那样解佩珠相赠,这种神仙般的伴侣早已离去,即使拉断她们的衣裙,也留不住她们的身心。劝君莫要作为世人皆醉唯你独醒的人,不如到花间去尽情狂欢,让酒来麻醉这颗受伤的心。这是全词的下片。词句描写作者对男女分手无情如陌路的无奈,尤其"醒不如醉"表达了作者的愤激心声。

悼亡二首·其一

[清]陈祖范

我辈钟情故自长,别于垂老更难忘。
不如晨牝兼狮吼,少下今朝泪几行。

[**注释**]牝:雌性(鸟兽)。晨牝:指母鸡司晨,喻女子专权。狮吼:即"河东狮吼",借指悍妇。

[**赏析**]我对妻子十分钟爱,情深意长,在垂老之年永别更使我难以忘怀。假如当年她属于那种"司晨母鸡"且常常"河东狮吼"式的妇人,那样我今天也许能少点泪水,不那么伤感了。诗句以反说正,描写作者对贤惠亡

妻的深深悼念之情。

长相思

[宋]林逋

吴山青,越山青。
两岸青山相送迎。
谁知别离情。
君泪盈,妾泪盈。
罗带同心结未成。
江头潮已平。

[注释]吴山:泛指钱塘江北边的群山,古属吴国范围。越山:泛指钱塘江南边的群山,古属越国范围。同心结:一种表示永远同心、终生相爱的结扣样式。

[赏析]吴山青翠,越山碧绿,矗立在钱塘江的北南。两方似在送别,又似在互相欢迎。但它们怎会懂得情人的离愁别绪。你眼里充满泪水,我也是热泪盈眶。咱俩想把罗带打成同心结竟没能成,现在钱塘江潮水已涨得与江岸相平,你坐的船就要开走了。词句描写女子不得不与情人分别时难舍难分、伤感不已的心情。

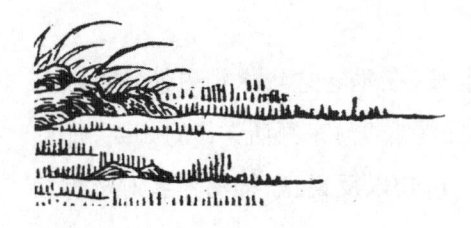

出 还

[唐]韦应物

昔出喜还家,今还独伤意。
入室掩无光,衔哀写虚位。
凄凄动幽幔,寂寂惊寒吹。
幼女复何知,时来庭下戏。
咨嗟日复老,错莫身如寄。
家人劝我餐,对案空垂泪。

[**注释**]虚位:指作者夫人灵位。

[**赏析**]过去外出回家会很高兴,今次回来只能独自神伤。走进屋里心情暗淡无光,面对夫人灵位满怀悲哀。幽幽晃动的幔帐多么凄凉,寒风吹过惊破一片静寂。只有五岁的女儿不懂世事,时不时在庭院戏耍。我不停嗟叹自己日见衰老,心烦意乱为何还寄身世上。家里人劝我别太难过吃点饭吧,对着饭桌泪水空自流淌。诗句描写作者对夫人元苹逝世的极度哀伤。

遣悲怀三首·其二

[唐]元稹

昔日戏言身后事,今朝都到眼前来。
衣裳已施行看尽,针线犹存未忍开。
尚想旧情怜婢仆,也曾因梦送钱财。
诚知此恨人人有,贫贱夫妻百事哀。

[**注释**]身后:死后。

[赏析]想当年咱俩开玩笑说死后会怎样怎样,没想到今天都成为眼前的沉痛事实。你遗留的衣裳都施舍给人,眼看就要送完了,你用过的针线仍封存着不忍心打开。我怀念旧情,也怜惜你使唤过的丫鬟仆人,也曾经因为梦见你而送给他们钱财。我诚然知道人人都会遇到这种阴阳相隔的悲恨,但一想起我们夫妻在贫贱时桩桩件件困苦往事,就特别感到哀从中来。诗句描写作者在妻子亡故后,触景伤情,事事引起自己的哀思,表现了对亡妻的深厚感情。

谒金门·溪声咽

[宋]蔡伸

溪声咽。
溪上有人离别。
别语叮咛和泪说。
罗巾沾啼血。
尽做刚肠如铁,到此也应愁绝。
回首断山帆影灭。画船空载月。

[赏析]情人在溪水边离别,深情使得溪水也呜咽起来。女子流着泪叮咛再三,啼哭使罗巾沾满了泪和血。即使心肠刚硬、意志如铁的男子汉,在这境况下也会瘫软愁绝。回过头去再要看看,山峦已把帆影遮断,他乘坐的华美楼船周边空有月光一片。词句描写情人分别时哭泣难舍的绵绵柔情。

诗经·小雅·谷风

习习谷风,维山崔嵬。
无草不死,无木不萎。
忘我大德,思我小怨。

[注释]习习:形容风声。崔嵬:山势高峻的样子。

[赏析]山谷里风声呼呼,刮过大地和山巅。刮得百草全枯死,刮得树木都凋零。你全忘了我的好处大德,总是记着我的小缺点。全诗三段,这是第三段。诗句描写被丈夫抛弃的女子的凄苦愤怨。

下山歌

[唐]宋之问

下嵩山兮多所思,携佳人兮步迟迟。
松间明月长如此,君再游兮复何时?

[注释]嵩山:被称为"五岳"中的"中岳",位于今河南省登封市。

[赏析]要离开嵩山了,心里有无限的思念,手挽着佳人,举步迟迟。嵩山松林间的明月总是那么明亮,只是你下次再来不知道要到什么时候?诗句描写作者不得不离开佳人奔赴前程时,双方内心的难舍、怅望和伤感。

诗经·唐风·葛生

夏之日,冬之夜。
百岁之后,归于其居!
冬之夜,夏之日。百岁之后,归于其室!

[注释]居、室:这里指坟墓。

[赏析]夏天白日热炎炎,冬季黑夜长漫漫。百年以后同归宿,与你相聚在墓穴!冬季黑夜长漫漫,夏天白日热炎炎。百年以后同归宿,与你一起到阴间!全诗五段,这是第四、第五段。诗句描写思妇对在外征战的丈夫的无尽思念,内心蕴含着悼亡的悲哀,表现出对生命最终归宿的无奈和叹息。

挽红桥

[明]林鸿

仙魂已逐梨云梦,人世空传薤露歌。
自是忘情非上知,此生长抱怨情多。

[注释]红桥:张红桥,美貌才女,作者妻子。梨云:如梨花般洁白的云。薤:多年生草本植物。薤露:指如同薤上的露水很容易干。薤露歌:古代的挽歌。上知:这里指人有高智慧、很聪明。

[赏析]你的仙魂如梨花般洁白,去追逐永远的梦,我在人世只能空对你的魂灵哀唱薤露挽歌。自古以来,忘情者绝不是高明的圣人,我将永远保持对你的无尽哀思,度过余生。作者与张红桥以才智相惜,互为知音,结成夫妻。后来作者宦游金陵,红桥相思成疾,抑郁而终。作者以这首挽诗表达对妻子张红桥逝世的无尽哀伤。全诗八句,这是后四句。

遣悲怀三首·其三
［唐］元稹

闲坐悲君亦自悲，百年多是几多时。

邓攸无子寻知命，潘岳悼亡犹费词。

同穴窅冥何所望，他生缘会更难期。

惟将终夜长开眼，报答平生未展眉。

[注释] 君：这里指作者早逝的妻子。邓攸：晋代人，任太守职，在战乱中舍子保侄，最终无子。知命：孔子有"五十而知天命"之说。作者在五十岁时才由其继室生一子。潘岳：晋代人，又称潘安，时人公认为"美男"。窅：深远。

[赏析] 闲坐房中常常悼念你，同时也悲叹自己，纵使人生能活百年又算是多长时间呢！邓攸在战乱中丧失儿子，难道不是命运安排；潘岳悼念亡妻斟酌词句，也是枉费心机。即便在深幽昏暗的墓穴里合葬，也无法倾诉衷情，更难以期盼在来世再结情缘。我只有整夜不睡，睁着眼睛思念你，报答你一生为我吃苦受累，始终未能舒展愁眉过一点快乐日子。作者在悼念亡妻时，也不禁自我悲叹，想到人的生命毕竟有限，更感觉生命的无常和命运的不确定，充满了哀伤和悲情。诗句表达作者对亡妻真挚又歉疚的深厚感情。

木兰花·和孙公素别安陆
［宋］张先

相离徒有相逢梦，门外马蹄尘已动。

怨歌留待醉时听，远目不堪空际送。

今宵风月知谁共，声咽琵琶槽上凤。

人生无物比多情，江水不深山不重。

[**注释**]槽：指琵琶弦柱之槽口。槽上凤：指槽口上方雕刻的凤头。

[**赏析**]今天离别，徒然期待再次相逢的梦，门外马蹄奔跑已扬起了灰尘。离别的怨歌留待喝醉时再听吧，眼看着你远去实在不堪相送。今天晚上不知与谁共度良宵，连琵琶上端的凤凰也会呜咽难过。人生没有任何东西比得上人的多情，与深深的爱相比，江水再深，山峰再高，都算不了什么。词句描写女子与情人离别后内心的空落和怅惘。

凤凰台上忆吹箫·香冷金猊

[宋]李清照

香冷金猊，被翻红浪，起来慵自梳头。
任宝奁尘满，日上帘钩。
生怕离怀别苦，多少事、欲说还休。
新来瘦，非干病酒，不是悲秋。

[**注释**]金猊：铜制的狮形熏香炉。奁：古代妇女梳妆用的锦匣。

[**赏析**]铜质狮形的熏香炉已冷了，掀开红锦缎被子，虽然起床了也懒得梳头。任那妆奁的锦匣上积满灰尘，也不管太阳已照着帘钩。人生怕的是夫妻离别，有多少心事想说，唉，又不想说了。最近身体瘦了，不是喝多了酒，也不是伤怀悲秋，实在是因为离别带来的痛苦太多。这是全词的上片。词句描写作者在夫妻别离后内心落寞、慵懒无神、身心憔悴、愁苦不堪的情态。

过故妻墓

[元]傅若金

湘皋烟草绿纷纷,洒泪东风忆细君。

每恨嫦娥能入月,虚疑神女解为云。

花阴午坐闲金剪,竹里春愁冷翠裙。

留得旧时残绣在,伤心不忍读回文。

[注释]故妻:作者妻孙淑,在婚后几个月亡故。皋:水边高地。细君:古代诸侯妻子的称谓,后亦以代称妻子。回文:指倒过来读也通顺的诗文。

[赏析]湘江岸边的茂密青草上笼罩着烟霭,我迎着东风洒下泪水,忆念我的故妻。常常厌恨人们爱说的嫦娥能够奔月,还有虚拟的巫山神女化为暮雨朝云。我坐在花荫下,也听不到你的金剪响声,春日走进幽静竹林,也看不到你的翠裙。只有你留下没有绣完的锦衣陪伴我,太过伤感,再也不忍心去读你写的诗文。诗句描写作者对短暂婚姻、遽然逝去的妻子的深情忆念。

[双调]折桂令・忆别十二首・其二

[元]刘庭信

想人生最苦離别。

三个字细细分开,凄凄凉凉无了无歇。

別字儿半晌痴呆,離字儿一时拆散,苦字儿两下堆叠。

[注释]離:是"离"字的繁体(这里按照曲词原意而不使用简体字)。

[赏析]仔细一想,人生最痛苦的事是離别。我且把"苦離别"三个字分拆开来,逐字推究一番:"别"字的一半为"另","另"字与"呆"字近似,夫妻或情人分别会使人"半晌痴呆";"離"字可分拆为"离"和"隹",所以说

是"一时拆散";"苦"字上面是"艹",下面是"古",这是痛苦在"两下里堆叠"。通过拆字,就可知夫妻或情人之间的离别是多么凄凉,而且这种凄凉是无了无歇、没有个完的。这里是这首曲词的前半。曲词描写一位女子别出心裁地通过"拆字"方法,表现她和情人离别所致的痛苦心情。

眼儿媚·萧萧江上荻花秋
[宋]无名氏

萧萧江上荻花秋,做弄许多愁。
半竿落日,两行新雁,一叶扁舟。
惜分长怕君先去,直待醉时休。
今宵眼底,明朝心上,后日眉头。

[**赏析**]江上秋风萧萧,江边荻花瑟瑟,包含着多少离愁。你远行了,坐着一叶扁舟,夕阳只剩半竿高,空中刚飞过两行新雁。过去总是怕你离我而去,现在只有醉倒才能解除这个烦恼。今夜你还在我眼前,到明晚只有你的样貌在我心里,到后天只能皱起眉头想念着你。词句描写女子送男子远行时秋天傍晚的萧瑟景象,以及女子在别离时内心的不舍和空落的意绪。

满庭芳·山抹微云
[宋]秦观

销魂。当此际,香囊暗解,罗带轻分。
谩赢得、青楼薄幸名存。
此去何时见也,襟袖上、空惹啼痕。
伤情处,高城望断,灯火已黄昏。

[注释] 谩：徒然。

[赏析] 在这个时候，心神恍惚不知所以，解开腰间丝质系带，取下香囊聊以相赠。我在这里徒然赢得一个青楼薄情郎的名声。这一去，不知道何时能再见，啼哭的泪水沾湿了衣襟袖口。伤心悲情之时，天色渐入黄昏，高大的城楼模糊不清，千家万户已点起灯火。这是全词的下片。词句描写作者与相恋歌女分别时恍惚迷离又痛苦难抑的心情。

悼亡四首·其三
[宋]王十朋

偕老相期未及期，回头人事已成非。
逢春尚拟风光转，过眼忽惊花片飞。

[赏析] 本希望与你白头偕老，却未到预想年期，回头望去，种种事情已成过往。又到春季，还想着风光回转，美好再现，忽然有落花飘过眼前，使我惊醒，原来仍在现实里面。诗句描写作者对亡故妻子的深情悼念。诗句也概括了人生常会遇到的一种悲哀情境。

江南柳·隋堤远
[宋]张先

斜照后，新月上西城。
城上楼高重倚望，愿身能似月亭亭，千里伴君行。

[赏析] 伫立凝望情人远去，直到夕阳西下，又见一弯新月爬上西城天

空。在高高的城楼上还要借着月光远望。但愿我也能像月亮亭亭如盖,高悬长照,伴你远行千里。这是全词的下片。词句描写深情女子送别情人从白天一直到月亮升起,还要借着月光远望不已,内心情牵,不忍离去。

遣悲怀三首·其一
[唐]元稹

谢公最小偏怜女,自嫁黔娄百事乖。
顾我无衣搜荩箧,泥他沽酒拔金钗。
野蔬充膳甘长藿,落叶添薪仰古槐。
今日俸钱过十万,与君营奠复营斋。

[**注释**]谢公:指东晋谢安(曾任宰相),其侄女谢道韫是才女,后嫁与王凝。谢、王两家都是世家大族。这里喻妻子出身高贵(作者妻子韦氏亦是高官之幼女)。黔娄:春秋时齐国的贫士。齐、鲁两国欲聘为高官,其不受而在家著述守贫,作者以之自比。荩箧:草编的小箱子。泥:缠。藿:豆类作物的叶子。

[**赏析**]你如同谢公最偏爱的小女儿,自从你嫁给我这个贫寒书生,事事劳神费力、难遂心愿。掏遍了草箱子,看我没有一件像样的衣服,拔下自己的金首饰去给我买酒喝。你甘愿和我一起以野菜当饭,拿长长的豆叶充饥,为了扫来落叶添一把柴火,还得仰仗门前的古槐树。现今我高官厚禄,你却离开人间,为纪念你,我来祭奠还安排了斋饭。诗句作者叙述妻子出身高门、下嫁自己,回忆妻子生前与自己共度艰难时光的景况,并表示痛心地来祭奠,充满了悲悼亡妻的深情怀念。

忆江南·宿双林禅院有感

[清]纳兰性德

心灰尽、有发未全僧。

风雨消磨生死别,似曾相识只孤檠,情在不能醒。

[注释]檠:灯台。

[赏析]我心如死灰,只是还有头发,不完全是个僧人。我与你风雨相守,却落得生死相别,只有那个似曾相识的孤独灯台尚在眼前。我深陷对你的情里,实在难以自醒。这是全词的上片。词句描写作者对妻子亡故的无限伤感和不了深情。

蝶恋花·辛苦最怜天上月

[清]纳兰性德

辛苦最怜天上月。

一昔如环,昔昔都成玦。

若似月轮终皎洁,不辞冰雪为卿热。

[注释]昔:这里同"夕"。玦:有缺口的环形佩玉。

[赏析]天上的月亮呵,你真是辛苦又可怜:每月只有一个夜晚是圆环,其他夜晚总是残缺如玦。如果能够像天上的圆月,长盈不亏,我将无惧月宫的寒冷,为你送去温暖。这是全词的上片。词句描写作者丧妻后的内心痛苦,以及对亡妻难以消释的思念。

行香子·七夕

[宋]李清照

星桥鹊驾,经年才见,想离情、别恨难穷。
牵牛织女,莫是离中。
甚霎儿晴,霎儿雨,霎儿风。

[注释]霎:短时间,一会儿。

[赏析]七月七日的银河上,喜鹊搭起长桥,牛郎织女一年才能有一次相会,他们心中有多少离情别恨要诉说啊。只是这一夕的时间是多么短暂,或许牛郎织女此时还未相聚。况且这七月的天气总是阴晴不定,一会儿晴了,一会儿下雨,一会儿刮风,妨碍他们的相聚。这是全词的下片。词句通过描写牛郎织女七夕相会的短暂,抒发作者自己与丈夫相隔两地的情思缱绻和无限离愁。

诗经·邶风·谷风

行道迟迟,中心有违。
不远伊迩,薄送我畿。
谁谓荼苦,如甘如荠。
宴尔新昏,如兄如弟。

[注释]伊:这里起加强语气作用。迩:近。薄:轻微,轻视。畿:指门槛,门口。荼:指一种苦菜。荠:荠菜,味甜。宴尔:快乐,安乐。昏:婚。

[赏析]走出这个门后真是迈不动步,实在是违背了我的心意。且不论是送得远还是送得近,哪想到你只送我出房门。谁说荼菜苦又苦,我觉得它

很甘甜如同荠菜。那个人又新婚了，正快活着呢，两口子亲密得就像是兄弟。全诗六段，这是第二段。诗句描述一位被丈夫抛弃的女子在负心丈夫迎新再娶之后说的话，表达了弃妇心中的委屈和怨愤（现代使用"宴尔新婚"一语已无怨愤之意，用作庆贺新婚之辞）。

古诗十九首·行行重行行
［汉］无名氏

行行重行行，与君生别离。
相去万余里，各在天一方。
道路阻且长，会面安可知？

［赏析］走了走了，越走越远，夫君与我生生地别离。你与我相隔万里之遥，天南地北，各在一方。路途多么漫长，又有多少阻隔，何时重逢怎么才能够知道？全诗十六句，这是前六句。诗句描写女子与不得不外出的丈夫离别后内心的牵挂和痛苦。

声声慢·秋情
［宋］李清照

寻寻觅觅，冷冷清清，凄凄惨惨戚戚。
乍暖还寒时候，最难将息。
三杯两盏淡酒，怎敌他、晚来风急？
雁过也，正伤心，却是旧时相识。

[**注释**]将息：保养，（病后、体弱）调理。

[**赏析**]苦苦地寻来找去，周围只有一片冷冷清清，怎样才能让人不感到凄惨悲戚。在这个乍暖还寒的秋凉季节，人是最难将息保养的。喝两三杯淡酒，怎抵得住晚上急来的风寒。一群大雁飞过，更让人伤心，因为都是当年为我传递书信的旧相识。这是全词的上片。词句描写作者在国破流离、丈夫病亡的不幸境遇中，在残秋时节黯然产生的孤寂落寞、悲凉愁苦的心绪。

清平乐·厌厌别酒
[宋]秦观

厌厌别酒。更执纤纤手。
指似归期庭下柳。一叶西风前后。
无端不系归舟。载将多少离愁。
又是十分明月，照人两处登楼。

[**注释**]厌厌：同"恹恹"，精神疲颓状态。无端：这里指无奈。

[**赏析**]没精打采地喝完了送别的酒，再次握着她纤细的手。指着庭院中的柳树，约定归期：秋风一起，树叶初落前后。无奈我孤舟漂泊，身不由己，误期未归，离愁越积越多。又到了满月高挂时候，照着天各一方的两人各自登楼，互望寄愁。词句描写主人公漂泊在外，不能按期回来，自感愧对情人的无奈、惆怅、歉疚之情。

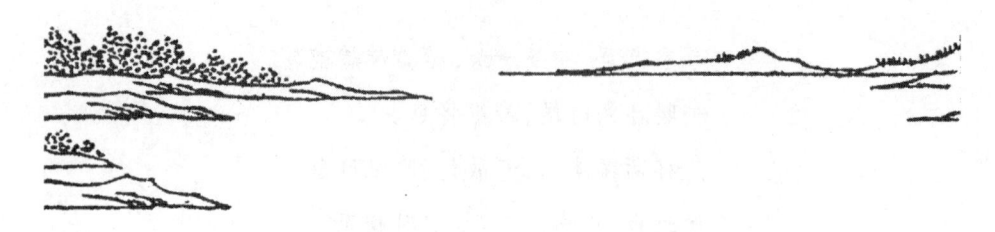

木兰花·燕鸿过后莺归去

[宋]晏殊

燕鸿过后莺归去,细算浮生千万绪。
长于春梦几多时?散似秋云无觅处。

[**注释**]春梦:喻爱情美梦不长。

[**赏析**]鸿鹄春燕已飞走,黄莺随后也归去,细想起来,漂泊不定的人生真是千头万绪。莺歌燕舞的爱情像梦幻一般,能有多少时光?很快就如同秋云那样消散了,再也寻觅不到它的踪影。这是全词的上片。词句描写爱情美景和美好年华易逝,人生和爱情一样聚难散易,感慨深沉。

北风行

[唐]李白

燕山雪花大如席,片片吹落轩辕台。
幽州思妇十二月,停歌罢笑双蛾摧。
倚门望行人,念君长城苦寒良可哀。
别时提剑救边去,遗此虎文金鞞靫。
中有一双白羽箭,蜘蛛结网生尘埃。
箭空在,人今战死不复回!
不忍见此物,焚之已成灰。
黄河捧土尚可塞,北风雨雪恨难裁!

[**注释**]燕山:山名,今河北北部、北京市北部的燕山山脉。轩辕:即黄帝,普遍认为是中华民族的人文始祖。轩辕台:纪念黄帝的建筑物,遗址在今

河北省涿鹿县城东南。幽州：古州名，今京津冀北部地域。鞞靫：刀鞘与箭鞘。这里指装箭的袋子。

[**赏析**]燕山地方的雪片有席子那么大，一大片一大片地吹落到轩辕台上。在严冬腊月，幽州的一个思妇在家中不歌不笑，双眉紧锁。她倚着门遥望出征的丈夫，想着他在极冷的长城戍守是多么悲哀。他提着剑赴边地去救急难，临别时只留下饰有虎纹的箭袋。箭袋里留着一双白羽箭，袋里已有蜘蛛结网，落满尘埃。箭还在，人已战死，再也回不来。实在不忍心再见到此遗物，只好把它烧成灰。滔滔黄河尚可用泥土塞住，这漫天风雪中的恨怨无法量裁。这里是全诗的大部分（此前还有开头四句）。诗句描写女子思念戍边战死的丈夫的极为悲愤痛苦的心情。

赠　人

[唐]杨氏

扬子江边送玉郎，柳丝牵挽柳条长。
柳丝挽得吾郎住，再向江头种两行。

[**注释**]扬子江：长江在江苏镇江以下的部分又称扬子江。

[**赏析**]在扬子江边送别郎君，我送你的长长柳丝是我萦牵梦绕的情思。如果柳丝真能把我的郎君挽留住，我就在这江边渡口再种上几行柳树。作者是唐朝一个叫元沛的官员之妻。诗句描写妻子不得不送别夫君又依依不舍的爱恋心情。

卜算子·答施酒监

[宋]乐婉

要见无因见,见了终难判。
若是前生未有缘,重结来世愿。

[注释]酒监:官职名。前生、来世:佛教有三世轮回之说。

[赏析]要重逢,又没有因由,纵使相见也难以决定婚姻之事。如果你我在前世就注定了今世没有缘分,那么就等待来世去了结心愿吧。这是全词的下片。作者是歌女。词句反映了那个时代歌女和官员之间的一种情感关系。作者实际上是冷静地回复了施酒监重叙旧好的要求:不可能了,等来世吧!

悼亡诗三首·其三

[晋]潘岳

曜灵运天机,四节代迁逝。
凄凄朝露凝,烈烈夕风厉。
奈何悼淑俪,仪容永潜翳。
念此如昨日,谁知已卒岁。
改服从朝政,哀心寄私制。
茵帐张故房,朔望临尔祭。
尔祭讵几时,朔望忽复尽。
衾裳一毁撤,千载不复引。

[注释]曜:日、月、星都叫曜;日光。翳:眼中病变留下的瘢痕。朔望:朔

日和望日（农历初一和十五）。讵：岂（表示反问）。

[赏析] 太阳遵循天机在运行，四季交替，时光流逝。清晨的露水凝在叶片上，显得凄惶，怕被晒干，傍晚的阵阵劲风刮来，猎猎有声。怎样才能来悼念贤惠淑俪的你啊，只有把你的仪容永远珍藏在我受伤的心底。一想起你的种种美好，犹在昨日，谁能想到已过去了一年。我不得不改换衣服，回到朝堂办理公事，对你的哀思只能寄放心里。把丧事用过的幔帐张挂到你以前住的房间里，我每逢初一、十五都去祭奠。这才祭奠了多少时日啊，感觉到忽然之间一切都已结束。你的被子衣服都毁掉了，永远不可能再拿来给你穿用了。全诗三十四句，这是前十六句。诗句描写作者对亡妻的怀念、祭奠，在一年后不得不结束丧事，销毁亡妻衣被等遗物，只能把对亡妻的哀思藏于心底。

夜别筵
[唐]元稹

夜长酒阑灯花长，灯花落地复落床。
似我别泪三四行，滴君满坐之衣裳。
与君别后泪痕在，年年著衣心莫改。

[注释] 阑：将尽。著：即"着"。

[赏析] 漫漫长夜里，酒快喝尽，灯花很长，灯花落在地上，也落在床上。恰似我的离别泪成行地滴落，滴在你穿着的衣服上。与你分别后，那些眼泪的痕迹还存在，希望你每年都要穿一穿这件衣裳，看到那些泪痕，永远记着我，对我的爱心永远不变。诗句描写男女离别前夜，女子对丈夫（或情人）的深情不舍和由衷祈盼的心情。

江城子(乙卯正月二十日夜记梦)
[宋]苏轼

夜来幽梦忽还乡,小轩窗,正梳妆。
相顾无言,惟有泪千行。
料得年年肠断处,明月夜,短松冈。

[赏析]在夜里的幽幽梦中,我回到了家,看见她正在小窗前对镜梳妆。我与她相互凝视,没有说话,只有眼泪如雨般落下。料想到每年使我肠断的地方,就是那凄冷的明月之夜,在那荒废的长满小松树的山冈。这是一首作者怀念亡妻王弗的词的下片。这几句描写梦境的平淡朴实的话语,寄寓了作者对亡妻真挚淳厚的怀念深情。

闺 情
[唐]孟浩然

一别隔炎凉,君衣忘短长。
裁缝无处等,以意忖情量。
畏瘦疑伤窄,防寒更厚装。
半啼封裹了,知欲寄谁将。

[赏析]分别之后,天气逐渐变凉,忘记了你衣服的尺寸短长。缝新衣无法得到等身的尺寸,只能估摸着大致情形裁量。担心身体瘦了,又怕做得窄小,衬里装得厚实一些可以防御寒冷。一边哭泣,一边将衣服做好并封好包裹,但不知道寄往何处你能收到。诗句描写闺中女子为在外的夫君做冬装,表现其对夫君的关切和思念之情。

两地书（又称怨郎诗）

[汉]卓文君

一别之后，二地相悬。
只说三四月，谁知五六年。
七弦琴无心弹，八行字无可传。
九连环从中折断，十里长亭望眼穿。
百思念，千系念，万般无奈把郎怨。
万语千言说不完，百无聊赖十依栏。
九重九登高看孤雁，八月仲秋月圆人不圆。
七月半，秉烛烧香问苍天，六月伏天人人摇扇我心寒。
五月石榴似火红，偏偏阵阵冷雨浇花端。
四月枇杷未黄，我欲对镜心意乱。
忽忽忽，三月桃花随水转，飘零零，二月风筝线儿断。
噫，郎呀郎，巴不得下一世，你为女来我做男。

[赏析]蜀郡富家女、年轻寡妇卓文君与司马相如相恋私奔成婚。后来，司马相如回到长安，因擅长作赋而受皇帝青睐，颇为得意。过了五年，卓文君才接到司马相如一封信，上面只写了从"一"到"万"的十三个数位字，而缺"亿"这个数位字，似是寓"无忆"或"无意"之意。卓文君大失所望，愤而以此同样的数位字为句子首字作答。上述《怨郎诗》，文字直白通俗，无需重复解释。其中的数字就是：一二三四五六七八九十百千万，万千百十九八七六五四三二一。其寓意或是：我们从私奔开始，发展到分别到现在，又变回到起初两不相干的样子。据传司马相如看完此信后，不禁惊叹卓文君之才华，亦有所羞愧，此后似不再提"无亿（忆）"之事了。这首诗不仅是一首情怨诗，也可说是古代"数字诗"的代表作。

鹧鸪天·一点残红欲尽时

[宋]周紫芝

一点残红欲尽时，乍凉秋气满屏帏。

梧桐叶上三更雨，叶叶声声是别离。

调宝瑟，拨金猊，那时同唱鹧鸪词。

如今风雨西楼夜，不听清歌也泪垂。

[注释]瑟：古代一种弦乐器。鹧鸪词：指描写男女恋情的词。因鹧鸪雌雄双栖，故以相喻。

[赏析]我独自守着一盏孤灯，灯即将燃尽，天乍凉，秋气满布屏风和帷幔。已到三更，雨还下个不停，滴在梧桐树上，一叶叶、一声声都是别离的愁音。那时候，我和他相对调弄宝瑟，拨动炉中薰香，同唱《鹧鸪词》，曾是多么欢畅。如今，在风雨交加的西楼夜里，人已离去，听不到情歌声，只有泪流成行。词句描写女子对昔日美妙的情爱时光的甜蜜回忆和对离别后孤独处境的凄清伤感。

五绝句·其一[①]

[清]黎简

（二月十三夜梦于邕州江上。因友人归舟作书，寄妇梁雪，百端集于笔下，才书"家贫出门，使卿独居"八字，以风浪大作，触舟而醒。呜呼！梦而不见，不如其勿梦也，况予多病少眠，梦亦不易得耶！辄作诗寄之，得五绝句云尔。）

---

① 标题为编者所加。

一度花时两梦之,一回无语一相思。

相思坟上种红豆,豆熟打坟知不知?

[注释]一度花时:指一个春天。之:指亡妻(梁雪)。

[赏析]在一个春夜里,我两次梦见亡妻梁雪,上次梦见未能说什么话,这次"梦而不见",徒然令我相思不已。妻啊,我已在你的坟上种了红豆树,它结出的红豆落在坟上,你知不知道呢?诗句以"梦见""红豆敲打相思坟",寄寓了作者思念亡妻的深厚感情。

暮春江上送别
[明]赵彩姬

一片潮声下石头,江亭送客使人愁。

可怜垂柳丝千尺,不为春江绾去舟。

[注释]石头:指石头城,今南京市。绾:束结,盘绕,挽留。丝:谐音"思"。

[赏析]在拍打石头城的一片长江潮声中,到江边亭上送客,使我充满离愁。可怜哪,江边柳丝长长,我的情思悠悠,也留不住要离去的船呀。诗句描写作者江上送别,虽情思深长,也难以留住坐船离开的心上人。

画堂春·一生一代一双人
[清]纳兰性德

一生一代一双人,争教两处销魂。

相思相望不相亲,天为谁春。

[**赏析**]咱俩是同一辈同一生的一对夫妻,你怎么就先走了,使咱俩分开两处,不能在一起极乐销魂。相思又相望,却不能相亲相爱,看着这一年一年的春色,真不知都是为谁而来。这是全词的上片。作者之妻卢氏殁后,作者终日愁绪满怀,常常睹物思人。在落花时节,眼望残红,更以此词句表述了相爱的两人阴阳相隔、再会无期的痛苦心情。

诉衷情·章贡别怀

[宋]严仁

一声水调解兰舟。人间无此愁。
无情江水东流去,与我泪争流。
人已远,更回头。苦凝眸。
断魂何处,梅花岸曲,小小红楼。

[**注释**]水调:曲调名,传说是在隋炀帝开运河时所作,声怨。眸:眼睛。

[**赏析**]在一声声幽怨的"水调"中解缆开船。人间恐怕再也没有比我此时更忧愁的了。无情的江水滔滔东去,好像是与我的泪水争相奔流。离我心上人越来越远了,我禁不住再次回过头去,痛苦地凝望。使我魂牵肠断的地方,就是开着梅花的河岸弯曲处,那座小小的红楼。词句描写主人公不得不离别时,想起没有来相送的心上人,难舍又无奈的深情。

孤鸾·为谁抛撇

[明]林章

一声晚钟动了,又送人、断肠时节。
莫把琵琶乱拨,正春江潮咽。

[赏析]寺院的晚钟响起来了,在这个时候离别情人,实在是伤感断肠。还是不要再弹奏琵琶了,琵琶声和晚钟声、江潮声交织在一起,岂不更增添了别离的悲愁。这是全词下片的后半。词句描写傍晚时离别情人时哀伤凄婉的心情。

赠庠士傅春谪戍诗[①]

[明]齐景云

一呷春醪万里情,断肠芳草断肠莺。
愿将双泪啼为雨,明日留君不出城。

[注释]呷:小口饮。春醪:甜酒。芳草、莺:借指女子。这里是作者自喻。庠:古(殷周)时的官学。庠士:学生,书生。谪戍:发配充军。

[赏析]再喝一口甜酒吧,你远去万里,且留下深情,我是芳草是莺儿,已肠断,只有魂能跟随。但愿我今日的泪水化为大雨,明天把你留住不必出城。作者因情人被谪戍而悲伤,想象自己的泪水化为雨,阻止情人出城"起解"的行程。诗句描写了作者对情人的深情。

---

① 又名赠别傅生。

悼 亡

[清]洪亮吉

一种伤心谱不成,画眉窗外穗帷横。

何堪枕冷衾寒夜,重听儿啼女哭声。

只影更谁怜后死?遗言先已订他生。

无眠转羡长眠者,数尽疏钟到五更。

[注释]谱:写出,表达。穗:指灯花,烛光。庠:古(殷周)时的官学。庠士:学生,书生。谪戍:发配充军。

[赏析]无法表达我的伤痛心情,在曾为你画眉的窗外,烛光和灵帐多么凄清。枕冷被寒的夜晚已不堪忍受,更何况听着儿女们不断的啼哭声。谁会来可怜后死的我形单影只,你临终遗言已与我缘定来生。长夜不眠的人反倒羡慕长眠往生者,我数着稀疏的钟声直到五更时分。诗句描写作者悼念亡妻的极为哀痛的心情。

悼亡二首·其一

[唐]赵嘏

一烛从风到奈何,二年衾枕逐流波。

虽知不得公然泪,时泣阑干恨更多。

[注释]阑干:这里指涕泪纵横状。

[赏析]你匆匆逝去如风吹烛灭,我无可奈何,两年同床共枕之情化为乌有,如同追逐流水而去。虽然我囿于习俗不能公然号啕痛哭,但我独自饮泣,涕泪纵横,悲伤更多。诗句作者表示自己受礼教习俗束缚,不能公然哭悼

亡妻的悲哀隐痛的心情。

悼亡诗三十五首·其十八
[清]王士禛

遗挂空存冷旧薰,重阳阁闭雨纷纷。
方诸万点鲛人泪,洒向穷泉竟不闻。

[注释]方诸:比之于。

[赏析]你遗留的衣服仍然在,原有的香气已经寒凝,重阳时节阁门紧闭,任由秋雨纷纷。我也泪流不尽,犹如鲛人泪出成珠,只是我泪洒黄泉,你已不能听见。诗句是作者悼念原配妻子张氏之作,情意真挚。

有 感
[元]刘燕歌

忆昔欢娱不下床,盟齐山海莫相忘。
那堪忽尔成抛弃,千古生憎李十郎。

[赏析]想起往日欢娱的时候,都不愿离开被窝下床,你我山盟海誓,说永不会相离忘却。忽然之间被你抛弃,让我多么难堪,我一辈子到死也憎恨你个李十郎。作者是歌妓。诗句描写作者对曾经相爱又见弃的那个"李十郎"的愤恨和憎恶。

哭夫诗百首·其一
[明]薄少君

英雄七尺岂烟消,骨作山陵气作潮。
不朽君心一寸铁,何年出世剪天骄。

[注释]铁:指兵器。天骄:汉代称北方的匈奴单于为"天之骄子",这里泛指边地的少数民族。

[赏析]七尺男儿的英雄气概岂会因死难而烟消云散,他们的铁骨化作山陵豪气成为怒潮。夫君的不朽英灵如同锐利的兵器,什么时候你再出世,去消灭那些入侵的"天骄"!作者丈夫沈承在抗击外侮过程中英年早逝。诗句是作者悼念亡夫之作,表达对丈夫等抗御外敌的死难者的英雄气概的赞颂。

[双调]沉醉东风(五首)·忧则忧鸾孤凤单(其二)
[元]关汉卿

忧则忧鸾孤凤单,愁则愁月缺花残。
为则为俏冤家,害则害谁曾惯?
瘦则瘦不似今番。
恨则恨孤帏绣衾寒,怕则怕黄昏到晚。

[注释]鸾凤:比喻夫妻。冤家:对情人的昵称。

[赏析]只忧虑鸾凤分开,各自孤单,只发愁情人分散如同月缺花残。只因为那俊俏可爱的情人冤家,害怕的是与他分开了怎能习惯?我瘦得从来不像现今这番模样。恨只恨孤独地对着帏帐,锦绣被褥冷寒,怕只怕这样寂

寞到黄昏长夜又漫漫。曲词描写女子在情人离去后内心处于无限相思和无尽纠结之中。

无题·油壁香车不再逢
［宋］晏殊

油壁香车不再逢,峡云无迹任西东。
梨花院落溶溶月,柳絮池塘淡淡风。
几日寂寥伤酒后,一番萧瑟禁烟中。
鱼书欲寄何由达,水远山长处处同。

［注释］溶溶:波光浮动状。

［赏析］她乘着油壁香车离去了,好像山峡上的云,踪影不定,忽西忽东。院落里,梨花沐浴在如水一般的月光之中;池塘边阵阵微风吹来,柳絮在空中飞舞。这几天,心中寂寞寥落,喝多了酒,因寒食禁烟,到处都是一片萧瑟。我想寄封书信向她诉说,相隔远远的流水长长的山岭,怎样才能到达她的手中?诗句描写主人公与情人别离后无尽的相思萦怀,缠绵伤情。

水龙吟·小楼连苑横空
［宋］秦观

玉佩丁东别后,怅佳期、参差难又。
名缰利锁,天还知道,和天也瘦。
花下重门,柳边深巷,不堪回首。
念多情、但有当时皓月,向人依旧。

[注释]丁东：形容金、玉等饰物碰撞的声音。参差：长短、高低不齐。瘦：这里是"老"的意思。

[赏析]自从和你分别，再听不到金玉佩环的丁东声，总是错过与你重见的好日子，我是多么怅惘。为名利所驱策束缚，而到处奔波，上天知道我的苦恼，你也难免会因思念而与天同老。花下的重重门户，深巷中的柳树旁边，那些以前欢会之地实在是不堪回首。真是怀念那多情缠绵的时光，只有皓月仍如当时，依旧照着分别在两地的你和我。这是全词的下片。词句描写主人公为了功名利禄而不断奔波，男女双方都在离愁相思之中，都有不胜离别煎熬之苦衷。

摊破浣溪沙·欲语心情梦已阑

[清]纳兰性德

欲语心情梦已阑，镜中依约见春山。
方悔从前真草草，等闲看。
环佩只应归月下，钿钗何意寄人间。
多少滴残红蜡泪，几时干？

[注释]阑：尽。环佩：古人佩戴的玉器。这里代指亡妻。钿钗：指女子饰物。

[赏析]刚要对你诉说衷肠，梦已清醒，只隐约在妆镜里看到你眉如春山。这才悔恨以前过于草率，没有对你分外珍惜爱怜。在月光下归来的是你的芳魂，你的妆饰和情意已无法寄达人间。夜晚我和红烛一起滴残了多少泪水啊，不知何时才能干？词句描写作者怀念亡妻的真挚深情。

送 人
[唐]杜牧

鸳鸯帐里暖芙蓉,低泣关山几万重。
明鉴半边钗一股,此生何处不相逢。

[**注释**]鸳鸯帐:绣有鸳鸯纹饰的帷帐。芙蓉:荷花。这里喻指女子。

[**赏析**]在鸳鸯帐里与你相拥是多么温暖,你低声哭泣,怕我的前路上有关山万重。我牢记着明亮的镜子里映着你头上的美丽金钗,今日虽然分别,这一生又怎能不会在什么地方再次相逢。诗句描写作者与情人分别之前,安慰情人不要太难过伤感,诗句概括出具有某种普遍意义的"人生何处不相逢"的哲思。

杂体诗三十首·古离别
[南北朝]江淹

远与君别者,乃至雁门关。
黄云蔽千里,游子何时还。
送君如昨日,檐则露已团。
不惜蕙草晚,所悲道里寒。
君在天一涯,妾身长别离。
愿一见颜色,不异琼树枝。
兔丝及水萍,所寄终不移。

[**注释**]雁门关:古关名,古时是军事要塞,故址在今山西代县雁门山上。蕙草:一种香草。琼:美玉。

[赏析]你我别后相隔这样遥远,你竟到了雁门关边塞。那里黄尘笼罩着千里荒原,夫君什么时候才能返回家园?送别夫君好像还是昨天的事,时光忽忽已到深秋,屋檐的露水凝结成珠。蕙草凋零没有什么好可惜的,我担忧的是在远方的夫君遭受饥寒。夫君远在天涯,我与你长年别离。但愿能一见你的容颜,仍与白玉树枝一样雅洁。我如同菟丝子、水白萍,终身寄托在你身上始终不移。诗句描写女子对远出丈夫的不尽思念,表示与丈夫相爱终生不渝。

送 行
[明]王微

月到觉庭空,风来怜叶舞。
秋烟拥断岑,孤云暗南浦。
无计缆去舟,愿折篙与橹。

[注释]岑:小而高的山。南浦:指送别的河岸。

[赏析]月亮升起,更觉得庭院空落,风儿刮来,可怜那些树叶飘摇。秋雾重重像是把山拦腰截断,云彩飘浮遮住了南浦的天空。我没有办法缆住远行的船,真想把竹篙和桨橹都折断,让船不能驶走。诗句描写女子不愿让相爱的人离去时的烦乱、冲动的心情。

嫦 娥
[唐]李商隐

云母屏风烛影深,长河渐落晓星沉。
嫦娥应悔偷灵药,碧海青天夜夜心。

[**注释**]嫦娥：古代神话中住在月宫里的女神。传说她本是后羿的妻子，因为偷吃了丈夫从西王母那里求来的不死药，就飞入了月宫。云母屏风：以云母石制作的屏风。长河：指银河。

[**赏析**]烛光暗淡，云母屏风上的光影幽微模糊；银河逐渐斜移，晨星也沉落隐没。嫦娥应该后悔偷吃了那个使人不死的灵药，住在月宫里，每夜只能独自面对茫茫无际的碧海青天，内心是多么的孤独寂寞。诗句感叹嫦娥在月宫里长夜不寐、孤寂冷清的处境，表现处境孤独、缺少爱情、心情相仿的女子的清冷寂寞的感受，暗含作者自己内心的伤感自怜。

己亥杂诗·第一八七首
[清]龚自珍

云英未嫁损华年，心绪曾凭阿母传。
偿得三生幽怨否？许侬亲对玉棺眠。

[**注释**]云英：古代作品中的美女名。这里作者借指与自己内心互爱的表妹。

[**赏析**]云英表妹啊，你还没有出嫁，就夭折在如花年华，你的心愿已通过你的母亲传达。不知道在我的三生里，能否报偿你的失望幽怨，请允许我能守着你的玉棺英灵而眠。诗句描写作者对表妹早逝的悼念深情。

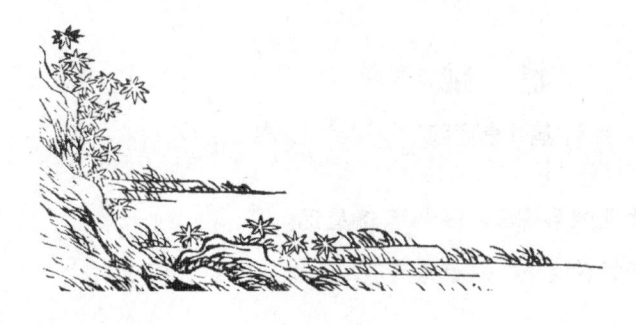

离亭赋得折杨柳二首·其一

[唐]李商隐

暂凭樽酒送无憀,莫损愁眉与细腰。
人世死前惟有别,春风争拟惜长条。

[注释]无憀:即无聊,指无所依靠,愁苦。争拟:怎拟,即不拟,即为了惜别不想爱惜柳条。

[赏析]暂且借这杯酒排遣你心中无所依靠的愁苦,不要让愁苦损害了你的柳眉和细腰。人世间的痛苦除了死亡,没有什么比得上离别,春风也不会因为爱惜柳枝而不让离别的人去攀折。诗句描写一对情人在"离亭"不得不分别时的情景。

章台柳·寄柳氏

[唐]韩翃

章台柳,章台柳,往日依依今在否?
纵使长条似旧垂,也应攀折他人手。

[注释]章台柳:词牌名。(此作有的版本作为词,有的版本作为诗,无词牌名。)章台:汉代长安城里街名,是繁华之地。后借指娼妓聚居地。柳:既指杨柳枝,又指柳氏,语带双关。

[赏析]章台的柳枝呀,章台的柳氏啊,过去是那样婀娜多姿,如今还和往日一样吗?柔嫩细长的枝条飘垂如故,恐怕也被他人攀折得不像样了。叠句的急切呼唤之情跃然纸上,意味深长,表达了作者对柳氏的思念之情。全诗情真意切,感人肺腑,催人泪下。据书籍记载,作者作为年轻才子时,有一

富豪曾将歌姬柳氏赠予他。安史之乱爆发，柳氏独居，恐不免，便落发为尼。不久，柳氏为藩将所劫。京师收复后，作者曾携金氏到长安来寻柳氏。词句描写作者的悠悠情思。柳氏读之呜咽，回复《杨柳枝·答韩翃》，其中有句："一叶随风忽报秋，纵使君来岂堪折。"

折杨柳
[清]钱琦

折杨柳，挽郎手，问郎几时归，不言但回首。

折杨柳，怨杨柳：如何短长条，只系妾心头，不系郎马首？

[注释]但：只。

[赏析]折下一条杨柳枝送给郎君，紧紧地挽住郎君的手，再三问郎君几时回来，郎君不回答只是回头看着我。折下一条杨柳枝，心里却怨恨杨柳枝：为什么短短长长的枝条，只是牢牢系在我的心头，却系不住郎君的马头？诗句描写女子对郎君离家外出的不舍，表现了女子对郎君归期不定的担心和忧虑。

赠苏绾书记
[唐]杜审言

知君书记本翩翩，为许从戎赴朔边。

红粉楼中应计日，燕支山下莫经年。

[注释]书记:当时军旅中的文书、秘书一类职务。苏绾要去北庭节度使府任此职。燕支山:又名焉支山、胭脂山,在今甘肃省山丹县东南。

[赏析]我知道你是个风度翩翩的美男,为了从军立功,前往北方边庭幕府担任文书职务。那红粉佳人正在绣楼里数着你回来的日子,你在燕支山边庭,切不要经年留连。诗句描写作者关怀友人,劝说友人不必只为功名而流连边庭,应早日回家与娇妻团聚。

[双调]沉醉东风·咫尺的天南地北

[元]关汉卿

咫尺的天南地北,霎时间月缺花飞。
手执着饯行杯,眼阁着别离泪。
刚道得声保重将息,痛煞煞教人舍不得。
好去者,望前程万里。

[注释]咫尺:比喻很近的距离。霎:极短时间,一会儿。阁:同"搁",放置,这里指含着。将息:保养,调理。

[赏析]现在还近在咫尺,很快就天南地北,一会儿工夫,月就缺了,花也谢了。我手里拿着为你饯行的酒杯,眼里满含着舍不得离别的泪水。刚说了句多多保重,心里就悲痛极了,实在舍不得与你别离。"你就好好儿的去吧,祝福你前程万里。"曲词描写女主人公送别情人时的痛苦不舍和直率真切的心声。

八 至
[唐]李冶

至近至远东西，至深至浅清溪。
至高至明日月，至亲至疏夫妻。

[注释]至：最，到了极点。

[赏析]最近的和最远的是东与西，最深的和最浅的是清溪。最高远最明亮的是太阳月亮；最亲的和最疏远的是夫妻。此诗着重在最后一句，表达夫妻一时离别后的内心情感。

永遇乐·落日熔金
[宋]李清照

中州盛日，闺门多暇，记得偏重三五。
铺翠冠儿，捻金雪柳，簇带争济楚。
如今憔悴，风鬟雾鬓，怕见夜间出去。
不如向帘儿底下，听人笑语。

[注释]中州：即中土、中原。这里指北宋都城汴京（今河南开封）。三五：指正月十五，元宵节。铺翠冠儿：以珠翠装饰帽子。雪柳：指以素绢、银纸做成的饰物。簇带：簇，聚集；带，即戴（加在头上谓戴）。济楚：整齐、漂亮。

[赏析]难以忘怀的是在汴京繁盛的那些时日，我待字闺中多有闲暇，特别偏爱正月十五那天。头上戴着镶嵌翡翠珠宝的帽子，还有用美丽金线捻成的雪柳，争相打扮得翘楚俊丽。如今容颜憔悴，头发蓬散无心梳理，更怕在节日夜间出去。宁可躲在帘儿底下，听别人的欢声笑语。这是全词的下片。词

句表现作者中年漂泊江南,在元宵节时,对比往年(在汴京)与今日(在流落地)的盛衰,所产生的极度孤独凄凉的心境。

悼　亡
[金]秦略

自古生离足感伤,争教死别便相忘。
荒陂何处坟三尺,老眼他乡泪数行。
多事春风吹梦散,无情寒月照更长。
还家恰是新寒节,忍见堂空纸挂墙。

[**注释**]陂:山坡。更:古代夜间计时单位,一个"更"相当于一个"时辰"(两小时)。寒节:寒食节,在清明前一两天。

[**赏析**]自古以来生离就足以使人感伤,何况是死别,我怎么会把你忘记。你在他乡荒坡的三尺坟茔里,我老眼昏花地祭奠,泪流不断。春风忒多事,吹散了我的好梦,寒冷的月光无情地照着,每一更都那么漫长。回到家里恰是寒食时节,实在不忍看空空的堂屋墙上挂着你的遗像。作者妻子可能是亡故在他乡。诗句描写作者回到家悲切悼念亡妻的情境。

[南吕]四块玉·别情
[元]关汉卿

自送别,心难舍,一点相思几时绝?
凭阑袖拂杨花雪。
溪又斜,山又遮,人去也。

[**注释**]阑:同"栏"。

[**赏析**]自从送别你后,我心里实在难以割舍,那相思情什么时候才能断绝?记得送别时我倚着栏杆,用衣袖拂去雪花般飞舞的杨花,看着你走远,溪流弯曲转过,山岭遮住视线,看不见了,你真的离去了。曲词描写女子回想送别情人时的情景,刻骨铭心,相思绵绵不尽。

蝶恋花·自送行人无意味
[清]黄燮清

自送行人无意味。

独上高楼,何处愁堪寄。

闻道长安西北是。

栏杆不向东南倚。

别恨似烟春似水。

一阵轻寒,一阵游丝起。

小院落花飞燕子。

夕阳闲在蘼芜地。

[**注释**]蘼芜:川芎的苗,一种香草。古诗词中使用此词多与夫妻分离有关,甚或指代弃妇。

[**赏析**]自从送别远行的人,总觉得生活没有意趣情味。独自登上高楼,我的情愁该寄向何处?听说他去往的长安在西北方向,我就从不倚着东南方向的栏杆。离别的幽恨如飘散的轻烟,似流走的春水。乍暖还寒,风吹柳丝,都引起我的忧思。小院里很寂静,只有落花飞燕。夕阳淡淡地映照着一片蘼芜地。词句描写丈夫外出后,妻子独自在家的一种空落、惆怅的意境,表达女主人公的离愁别恨,又暗含思妇恐怕丈夫不归、担心自己被遗弃的幽怨情思。

秋怨五首·其一

[明]徐翻

自许恩情百岁同，那堪弃置任秋风。
开帘见月还羞月，似笑齐纨筥箧中。

[**注释**] 纨：细绢。齐纨：指用齐地细绢制成的团扇。筥：盛饭或盛衣服的方形竹器。箧：小箱子。

[**赏析**] 自以为恩爱情深能偕老到百岁，哪里受得了中道被扔在一边任凭秋风吹！打起窗帘，自感容颜比月亮还美艳，月亮却笑我如同团扇被抛弃在小竹箱里。作者是歌女。作者以团扇自喻，本来期许百年好合，却在中道被弃，表达了怨愤又无奈的弃妇心情。

为姬人自伤诗

[南北朝]王僧孺

自知心里恨，还向影中羞。
回持昔慊慊，变作今悠悠。
还君与妾珥，归妾奉君裘。
弦断犹可续，心去最难留。

[**注释**] 姬人：古代贵族、官僚等家里的侍妾一类人。慊：满足，满意。珥：用珠、玉等做的耳饰。

[**赏析**] 我无处诉说内心的痛苦怨恨，只能对影自怜伤感。回想往日你的恩爱，如今情变留下悠悠之恨。我把你送给我的耳饰退还给你，请你把我奉赠给你的裘衣归还于我。弦断了还可以用胶粘住再用，心去了是最难以挽

留住的。这是作者为"姬人"代言的诗。诗句描写作为"姬人"的女子看清了豪门公子"心去"情变的真面目,退还礼物,也要求对方归还物品,与之决裂。

寄子安
[唐]鱼玄机

醉别千卮不浣愁,离肠百结解无由。
蕙兰销歇归春圃,杨柳东西绊客舟。
聚散已悲云不定,恩情须学水长流。
有花时节知难遇,未肯厌厌醉玉楼。

[注释]卮:酒杯。浣:洗。厌厌:无精打采状。子安:李忆,字子安,作者丈夫。

[赏析]分别时,千杯酒喝醉了,也洗不尽忧愁,离肠的百个结没有解开的因由。蕙兰香草一旦谢了,就回到园圃里,倒是各处的杨柳还能系住客人的归舟。夫妻聚散欢悲难料,如同云彩飘忽不定,保持恩爱深情,要学江水长流不断。知音难遇,你我相合在花开时节,劝君在外感到烦闷时,切勿醉倒在风月玉楼。诗句是作者对出门在外的李子安的深情嘱咐,暗含对李子安能否专情的不安心态。

玉楼春·尊前拟把归期说
[宋]欧阳修

尊前拟把归期说,未语春容先惨咽。
人生自是有情痴,此恨不关风与月。

[**注释**]春容：指佳人。

[**赏析**]饯行的酒席上想把回来的时间说明，还没说出口，佳人妩媚的颜容已惨淡，流泪低声呜咽。唉，人生总是有情，情太深就成痴，这发自心头的离恨无关乎清风明月。这是全词的上片。词句慨叹离别时情人内心的伤感，这伤感发自内心的真情，不是由景物所能触发的。词句表现出作者对离合情痴一种深刻的人生体验。